JN178646

史記 上

春秋戦国篇

田中謙二
一海知義

角川文庫
24633

目次

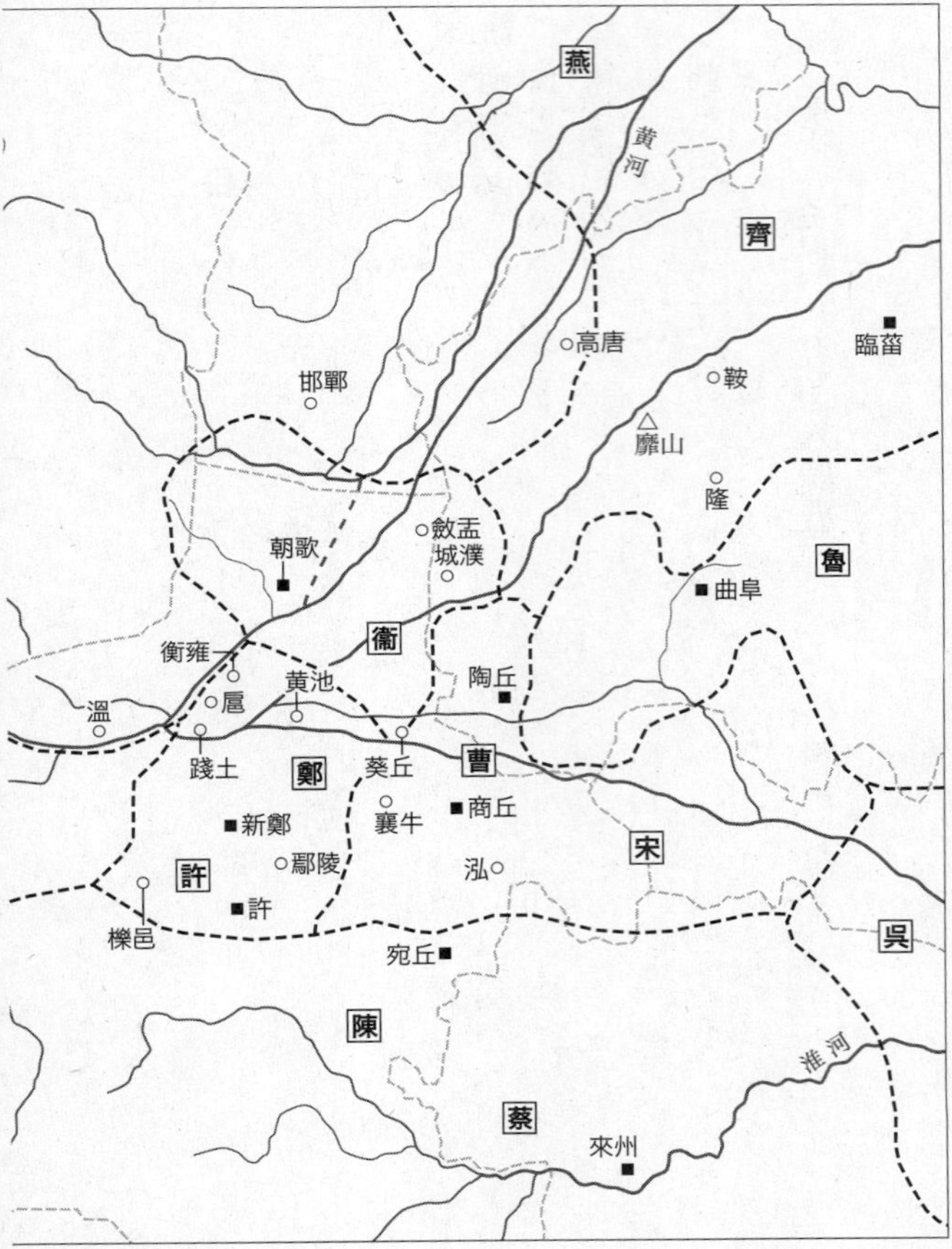
燕
黄河
齊
高唐
臨淄
邯鄲
鞍
靡山
隆
魯
曲阜
斂盂
城濮
朝歌
衛
衡雍
陶丘
黄池
溫
扈
踐土
鄭
葵丘
曹
商丘
新鄭
襄牛
宋
許
鄢陵
泓
櫟邑
許
呉
宛丘
陳
淮河
蔡
來州

中原地図

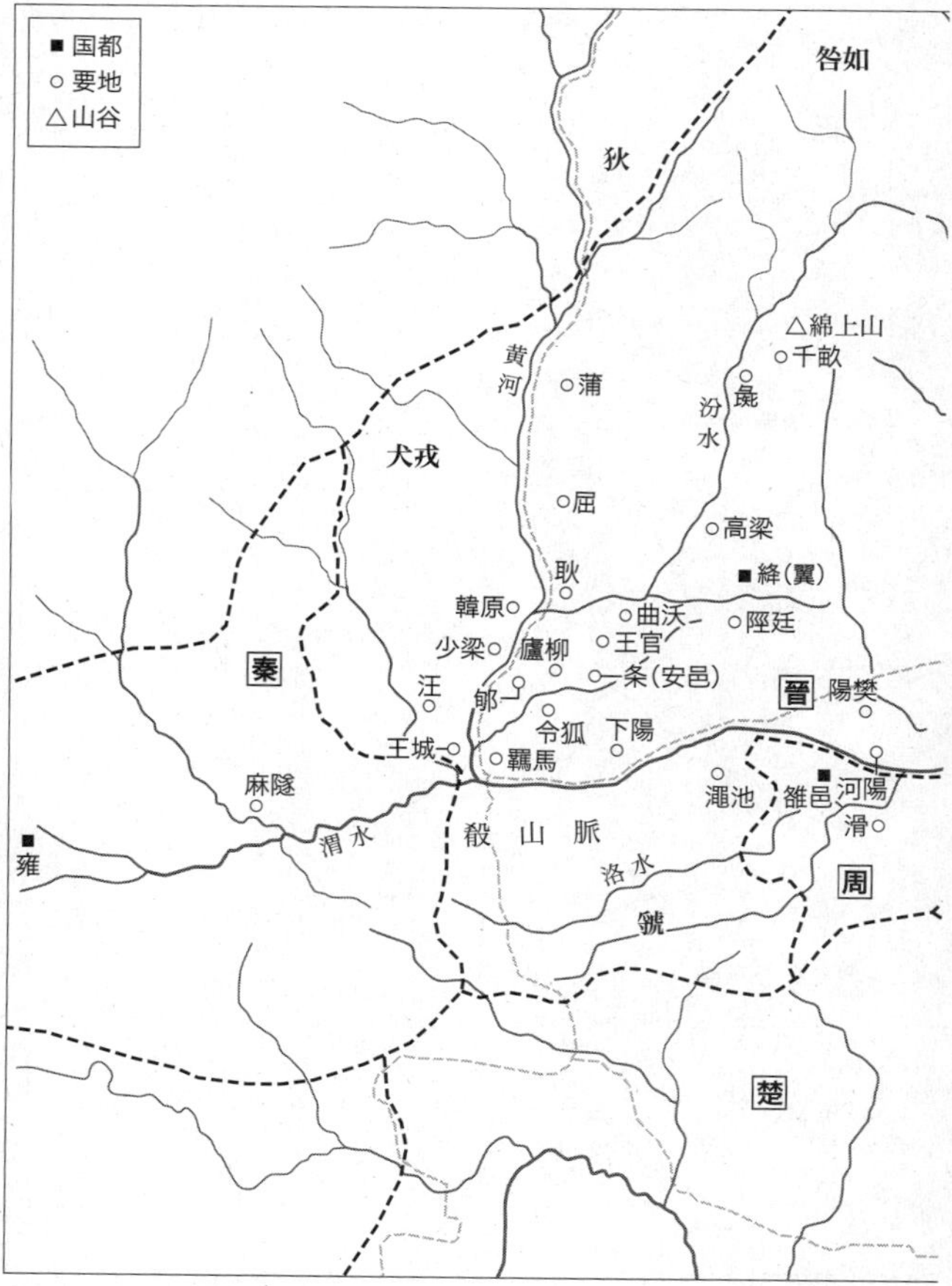
■ 国都
○ 要地
△ 山谷
咎如
狄
黄河
犬戎
秦
晋
周
楚
蒲
屈
耿
韓原
少梁
廬柳
汪
郇
王城
令狐
下陽
羈馬
麻隧
雍
渭水
殽山脈
洛水
虢
曲沃
王官
条(安邑)
陘廷
絳(翼)
高梁
汾水
彘
千畝
綿上山
陽樊
澠池
雒邑
河陽
滑

春秋時代

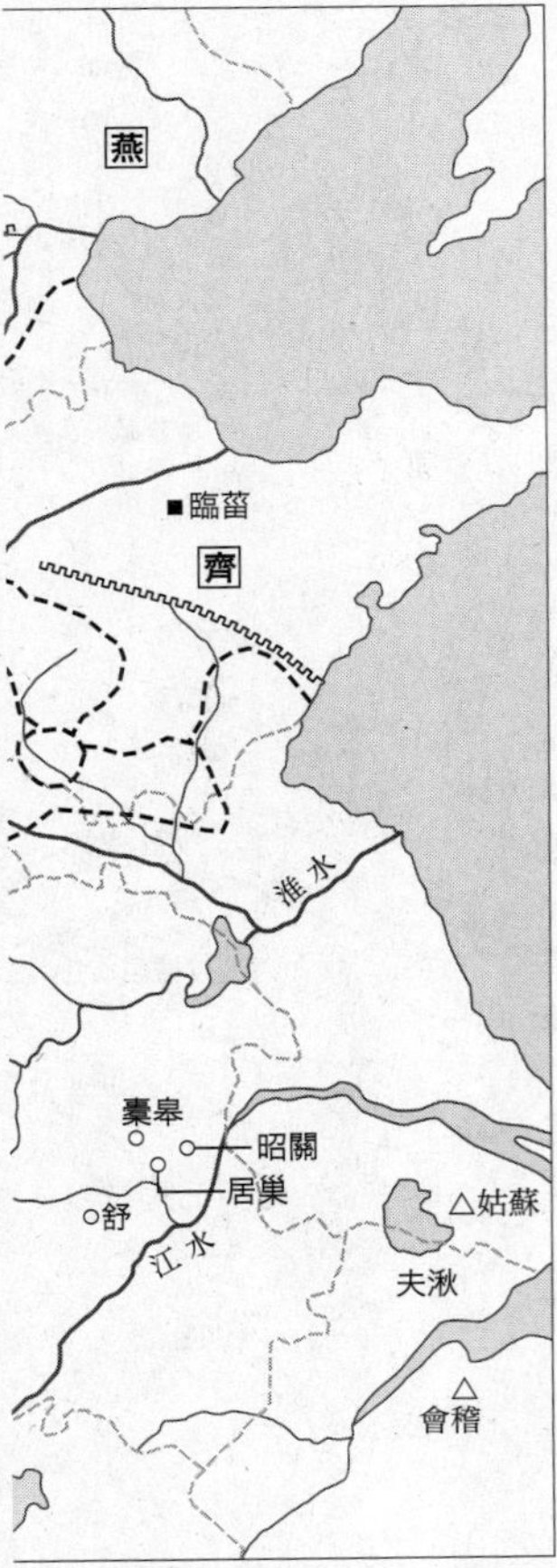

燕
臨菑
齊
淮水
橐皋
昭關
居巣
舒
江水
姑蘇
夫湫
會稽

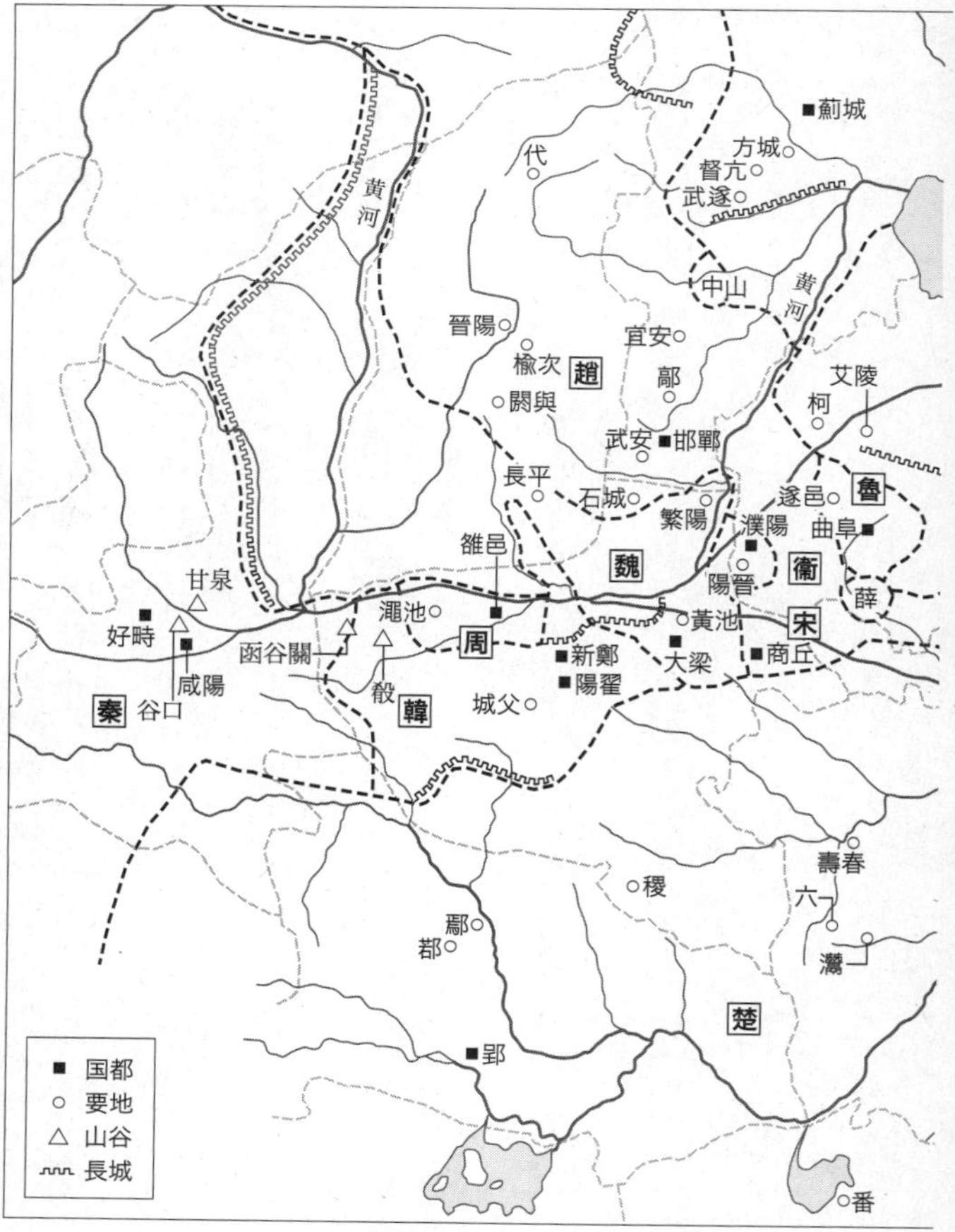
黄河
薊城
方城
督亢
武遂
代
中山
黄河
晋陽
楡次
趙
宜安
鄗
閼與
艾陵
柯
武安
邯鄲
長平
石城
繁陽
魯
逡邑
濮陽
曲阜
雒邑
魏
衛
陽晋
甘泉
薛
好畤
澠池
周
黄池
宋
咸陽
函谷關
新鄭
大梁
商丘
陽翟
殽
秦
谷口
韓
城父
壽春
稷
六
鄢
鄀
灊
楚
郢
番
国都
要地
山谷
長城

戦国時代境域地図

中巻目次

下巻目次

まえがき

田中謙二

一

まず、一つのエピソードを紹介しよう。

いまからおよそ二千百年のむかし、ヨーロッパでいえば、ローマに滅ぼされたカルタゴの灰燼《かいじん》が冷めやらぬ、西紀前一四〇年前後のことである。漢朝第五代の天子武帝は、帝位についてまだ間もなかった。

この青年皇帝にはすでに正妃はあったが、後嗣ぎの男児にめぐまれない。すこし性急だともいえようが、このことを最も憂慮したのが、武帝の同腹の姉――平陽公主《へいようこうしゅ》（公主は皇女）である。かの女はわざわざ氏《うじ》に汚れのない美女十数人を集め、きらびやかに着飾らせて、邸内に待機させておいた。

やがて三月上巳《じょうし》の日がおとずれた。この日には首都長安の東方、灞水《はすい》のほとりで、みそぎの祭りが挙行される。この祭りに行幸した武帝が、還幸の途中、姉の邸にたちよった。

むろん、平陽公主は用意しておいた美女たちを、つぎつぎと武帝にお目どおりさせた。公主の期待はみごとうらぎられ、一人として武帝のめがねにかなうものがない。やがて酒宴が始まり、アトラクションの舞踊が展開された。歌姫たちが登場した。すると、そのなかの一人、衛子夫《えいしふ》という賤しい階級のむすめ（奴隷としての歌妓であったろう）が、選りぬきの美女たちには目もくれない武帝の心を射たのである。おそらくかの女には、一般家庭の令嬢たちには見いだせない、コケティッシュな魅力がそなわっていたのであろう。

しばらくして武帝は厠《かわや》にたった。平陽公主はこの機をのがさず、衛子夫を武帝のお召し替えの手つだいに差しむけた。かの女はたちまち控えの間で武帝の愛をうけたのである。ことは予想外の方向に運んだが、平陽公主は、あらためて武帝に申しいれて、いよいよ衛子夫の宮廷入りが決定した。

さて、その衛子夫が車に乗って公主の邸を去ろうとするとき、送り出した平陽公主は、かの女の背をぽんとたたいていった。

「行ってらっしゃい。しっかりご飯を食べて、がんばりなさい。出世しても、あたしをお忘れでないよ。」

みぎのエピソードは『史記』巻四十九「外戚世家《がいせきせいか》」——漢朝歴代皇帝の妃たちの出

身と消長をのべた一篇の、ごく短い一段である。以下に原文を読みくだして掲げておこう。

衛皇后、字《あざな》は子夫、生まれ微《び》なり。蓋《けだ》しその家、号して衛氏といい、平陽侯の邑《ゆう》より出《い》ず。子夫は平陽主の謳者《おうしゃ》たり。武帝、初めて位に即《つ》く。数歳、子なし。平陽主、諸《もろもろ》の良家《りょうか》の子女十余人を求め、飾りて家に置く。武帝、覇《は》上に祓《はら》いして還り、因りて平陽主のもとに過《よぎ》る。主、侍《はべ》るところの美人を見《しめ》すに、上《しょう》は説《よろこ》ばず。既にさけ飲みて、謳者、進む。上、望み見て独り衛子夫を説《よろこ》ぶ。是《こ》の日、武帝、更衣に起《た》つ。子夫、侍《はべ》りて衣を尚《つかさど》り、軒《けん》中にて幸《こう》を得《う》。上、坐に還りて、驩《よろこ》ぶこと甚だしく、平陽主に金《こがね》千斤を賜う。主、因りて子夫を奏し、奉送して宮《みや》に入《い》らしむ。子夫、車に上《のぼ》る。平陽主、その背を拊《う》ちていわく、「行けよ。強《し》いて飯《はん》してこれを勉《つと》めよ。即《たと》え貴からんも相忘るる無《なか》れ」と。

この衛子夫こそは、のちの衛皇后その人であり、皇太子の生母として一時は武帝の寵愛をあつめる。かの女の弟衛青《えいせい》も、大将軍として匈奴《きょうど》討伐戦に偉勲を立て、武帝の信任をうるに至る。それはともかく、読者はこの短いエピソードにおける平陽公主のい、い、しぐさとせりふにぶつかり、必ずかの女に皇帝の姉とは全く違ったイメージを描くはずである。

それは、貴族か富豪に身請けされた妓女を見送る女将、あるいはかれらの仲をとりもったやりて婆のイメージである。筆者は明代の小説か戯曲のなかで、この種のおんなの同じしぐさとせりふにぶつかった記憶があり、あまりの酷似に一驚した。

それは、すでに色気を喪失し、人間的な愛情から完全に見はなされて、いまはただ物質欲のみが生きる支えとなっている、孤独のおんなのすがたである。平陽公主のこのしぐさとせりふから受けた印象を反芻していると、武帝が肉親の姉に黄金千斤を下賜したことまでが、あらたな重味をもって迫って来る。また、用意された美女たちのお目見えまでが、旧中国における妓楼の慣習といわれる顔見せ——「看花《カンホワル》」を連想させさえする。平陽公主のようなおんなは、いまでも世界のどこかに、いや、われわれの身辺にさえ、存在しそうである。

このように今もなおそこらにいそうな特異な性格の典型を、『史記』の作者はいみじくも二千年のむかしに描破したのである。

『史記』、はじめの名は『太史公書《たいしこうしょ》』、百三十巻。中国の歴代王朝が交替するごとに、つぎの王朝の歴史編纂官によって編まれる「正史」の、トップに位置する歴史の書物である。編者は漢の武帝朝の歴史編纂官——太史令であった司馬遷《しばせん》であり、いまからおよそ二千五十年のむかしに完成された。この書物が対象とするのは、太古より編者の眼前の時代まで、およそ二千年間にわたっている。『史記』はこのようにまず歴史の書物として誕生したのだが、すでに挙げた短いエピソードによっても、これが単なる歴史の書物でないことは、読者も諒解されたであろう。

もしも単なる歴史の書物であるなら、少なくとも、筆者が指摘したしぐさとせりふを含む、衛子夫見送りの部分は、なくてもよかったろう。

結論をいおう――『史記』は人間探究の書である。人間はいかに生きて来たかという「歴史」の形をかりながら、人間とはいかなる存在であるかを説きあかし、やがて読者に、人はいかに生きるべきかを静かにひとりで思索させる書物である。ここには、時間と空間を超越した普遍の人間、しかも強烈な体臭を発散し、切れば赤い血の滴る人間のさまざまな姿が、生き生きと描かれている。すでに数千年を隔てながら、『史記』が描く世界はなお昨日のごとくに新しい。

このような「人間探究の書」が生まれるまでには、それ相応の理由がひそんでいる。『史記』がいかなる書物であるかを詳説するまえに、この不朽の名著が誕生するまでの経緯を、編者司馬遷の伝記とともに語らねばならない。

二

司馬遷の伝記資料としては、『史記』そのものの最終巻（巻百三十）に「太史公自序」を収め、その家がらに始まり、かれ自身の生いたちにふれながら、『史記』の完成に至るまでの過程が、司馬遷自身によって語られている。また、これを補うものとしては、司馬遷が友人の死刑囚——任安《じんあん》に答えた書翰「任少卿に報いる書」（後漢・班固『漢書』巻六十二および梁・昭明太子『文選』巻四十一）がある。『漢書《かんじょ》』に収める本伝は、主にみぎの二資料によって構成されたものであり、さらにその欠を補うものとして、同書の「李陵伝《りりょうでん》」が挙げられる。

しかし、司馬遷の伝記の細部については、生卒年などの不明の点も多く、近代に至ってつぎの伝記考証の著作が出現した。

王国維「太史公行年考」（観堂集林、巻十一）
滝川亀太郎「太史公年譜」（史記会注考証、第十冊）
鄭鶴声《ていかくせい》『司馬遷年譜』（商務印書館刊、一九三三年初版、一九五六年再販）
張鵬一《ちょうほういっ》『太史公年譜』（関隴叢書）

いま、それらをも参照しながら、司馬遷の生涯と『史記』の成立過程のあらましをのべておこう。

まず、司馬の家がらについては、「太史公自序」の冒頭に、一種の誇りをもって記されている。およそ西紀前九世紀ごろから、司馬の家は周王室の史官の職掌を世襲した。中国の史官は王室関係の記録を掌るとともに、天文・祭祀・律暦をも掌る官であった。

その後、司馬家は周を去って晋（山西省を占める王国、「晋世家」参照）に、晋よりさらに秦（陝西省中南部を中心とする王国）に移住し、その末裔はやがて数か国に分散した。そのなかで、秦に残留した司馬家がすなわち遷の直系の祖である。

世はうつろい時はかわり、秦の統一による戦国列強の対立の終結、そして始皇帝の万世にわたる支配の夢やぶれたあっけない滅亡、そのあと楚漢攻防戦を経て劉邦《りゅうほう》の漢王朝樹立まで、その間数百年にわたり、司馬家からは少なからぬ官僚・軍人が送り出された。こうして父の談《たん》に至り、広い視野のもとに吸収した該博な知識によって漢朝に仕官し、奇しくもここに遠い先祖が世襲した職掌――史官つまり太子令に就任した。

このように由緒ある家がらのもと、すぐれた知識人を父として、司馬遷は景帝の中元五年（BC一四五）に竜門――現在の陝西《せんせい》省韓城《かんじょう》県でうぶ声をあげた。かれの生まれ年については、さらに十年をくだる武帝の建元六年（BC一三五）とする説が、李長之氏（司馬遷生年為建元六年弁——開明書店刊『司馬遷之人格与風格』）らによって主張されているし、ほかにも異説がある。

インテリ家庭に生をうけた遷の読書生活が早期に開始されたことは、いうまでもない。自序には「年十歳、則ち古文を誦す」とある。中国の知識階級が日常生活の軌範と仰いだ古典、いわゆる経書の古代文字によるテクストを、かれは十歳で諳んじた。

しかし、その後の司馬遷については、二十歳をすぎたある時期に郎中《ろうちゅう》、つまり宮中宿衛官として仕官するまで、ただ一つのことしかわからない。二十歳前後に長途の大旅行を敢行したことである。かれの足跡は、南は長江——揚子江から淮河《わいが》の流域をめぐり、その間、浙江《せっこう》省の会稽《かいけい》山と禹穴《うけつ》および湖南省の九疑《きゅうぎ》山などに、太古の聖天子たちの遺跡を訪ねる。そして沅《げん》水・湘《しょう》水を経て汶《ぶん》水・泗《し》水を北上、現在の山東・河北両省にかけて、斉《せい》・魯《ろ》両国の首都を通る。さらに薛《せつ》（山東省滕県の東南）や彭《ほう》城（江蘇省銅山県）に楚漢攻防戦のあとを歩き、現在の河南・江蘇・安徽《あんき》・湖北四省にまたがる梁《りょう》・楚《そ》を経て、首都長安に帰還した。どのような資格と任務のもとにこころみた旅行であるかは知るよしもない。父談《たん》の公用出張に随行したという説がある。

このような長期旅行の経験は、この時だけではなかった。郎中就任後のある時期にさらに一たび敢行された。このときのはあきらかに公用出張であり、司馬遷の足跡は、前回の旅行で残されたさらに広い部分に及んだ。つまり、西南の四川・湖南両省より、西南夷《せいなんい》とよばれる異民族の地帯――貴州・広西・広東三省に入り、雲南省の昆明を経て、帰朝したといわれている。

交通の極度に不便な二千年前の、この長途の旅行は、決して誰もがやれるものではない。司馬遷はそれを二度にわたって敢行したのである。この体験はやがてかれの人生に重大なる意義をもたらす。つまり、二度の大旅行による見聞の豊かな収穫は、後年かれが偉大な歴史をつづる際に、どれほど貢献したか、はかり知れないものがある。

二度めの公用旅行から帰京したのは、武帝が天の子として天地を祭る封禅《ほうぜん》の大儀を山東省の泰山《たいざん》で挙行した年、元封《げんぽう》元年（BC一一〇）のことである。首都に帰った司馬遷は、突如として、まったく予想もしなかった不幸に遭遇しなければならない。父談の死である。しかも、父の死因は尋常のそれではなかった。自序にはいう、

是《こ》の歳、天子、始めて漢家の封《ほう》を建つ。しかるに太史公は周南（河南省洛陽）に留滞して、与《とも》に事に従うを得ず。故に憤りを発して且《まさ》に卒せんとす。

「憤りを発して且《まさ》に卒せんとす」とは、たしかに激越な表現である。『史記』の随処にみえる、簡潔ではあるがしばしば読むものに思索をせまり、なにかをハッと想いあたらせる、司馬遷独自のあの表現である。つまり、病気とかそれに類する突発事故の

発生によって偶然不参加をよぎなくされたというような、父の側の不運に対する、消極的な無念さを示す言葉ではない。

この「発憤」については、すでにわが武田泰淳氏がすぐれた分析を行なっている(講談社刊『司馬遷』)。天文・祭祀を職掌の中心とする太史令の談が、「封禅」の大儀の現代化・神仙化・通俗化に反対する態度を示したため、空前の盛儀に参加することを許されなかった、それに対して「憤りを発し」たというのである。かれの「憤り」は、率直にいえば、時の支配者、いまや天の子たる資格を自認した武帝に対して、直接むけられた憤懣でさえある。だからこそ、生命をも奪うほどに、それは激越だった。

生命のともしびがやがて消えゆくことを自覚した談《たん》は、帰来したばかりのわが子を枕頭によび、一つの重大な使命を託する。すでに史官の職にあるかれは、早くから孔子の『春秋』(魯の国を中心とする年代記)を継ぐ四百余年の歴史の空白を埋める意図をいだいていた。この偉大な抱負の死による挫折をかれは歎き、それの継承実現を遷に遺託したのである。この遺言接受の一段は、「太史公自序」のうちでもことに精彩に富む部分であるから、全文を掲げておこう。

子なる遷、適〻《たまたま》使いして反《かえ》り、父と河洛《からく》の間に見《まみ》ゆ。太史公、遷の手を執り、泣いて曰く、「余が先は、周室の太史なり。上世、嘗《かつ》て功名を虞《ぐ》・夏《か》に顕《あらわ》してより、天官の事を典《つかさど》る。後世、中ごろ衰う。予に絶えんか。汝、復《ま》た太史とならば、則ち吾《わ》が祖を継げ。今、天子、千歳の統を接《つ》ぎて、泰山に封《まつ》る。しかるに余、行に従うを得ず。これ命なるかな、命なるかな。余死せば、汝は必ず太史たらむ。太史たらば、吾《わ》が論著せんと欲する所を忘るる無れ。且つ、夫《そ》れ孝は親に事《つか》うるに始まり、君に事《つか》うるに中《なか》ほどし、身を立つるに終る（三句は『孝経』の語）。名を後世に揚げ、もって父母を顕《あらわ》す。此ぞ孝の大なるものなり。夫《そ》れ天下の、周公（周の武王の弟、成王を輔佐した有名な宰相）を称誦するは、その能《よ》く文（王）・武（王）の徳を論じ歌い、周《しゅう》・邵《しょう》の風を宣《の》べ（『詩経』国風の周南・召南のうたのテーマとして宣揚する）、太王・王季（周の先祖）の思慮を達し、爰《ここ》に公劉（后稷のひまご）に及び、もって后稷《こうしょく》（周の始祖、名は棄、后稷は官名）を尊びしを言う。幽《ゆう》・厲《れい》（ともに周の暴君）の後《のち》は、王道欠け、礼楽《れいがく》衰う。孔子は旧《ふる》きを修め廃《すた》れしを起こし、『詩（経）』『書（経）』を論じ、『春秋』を作る。則ち学者、今に至るまでこれに則《のっと》る。「獲麟《かくりん》」（魯の哀公十四年、西方に狩りして麟を捕獲したこと。孔子の『春秋』はこの暗示にとむ記事でうち切られ、したがって春秋期の歴史はこの年で幕を閉じる）より以来四百年、しかも諸侯相兼ね（たがいに領土併呑をやる）、史記（史官の記録）放絶す。今や漢興《おこ》り、海内は一統さる。明主・賢君、忠臣、義に死する士あり。

余、太史たるに、論載せずんば、天下の史文を廃するならん。余、甚だ懼る。汝、それ念《おも》えよや」と。俯首流涕して曰く、「小子、不敏なれど請う、悉く先人《せんじん》の次《じ》せし旧聞を論じ、敢えて闕《か》かじ」と。

父談のこのような抱負がどうして形成されたかは、興味ある問題だが、資料を欠くために正しい答えをうることはむつかしい。ただ、はるかな聖天子のみ代に史官を世襲した家がらに生まれ、かれ自身も同じ職掌を復活しえたという自負と使命感、そしてなによりも正義に対する強烈な熱情が、この企図の根底にあったことは、疑いない。前記のように、史官は天文・律暦などを兼掌するために、一方では単なる技術屋とみられがちでもあったろう。だがかれの意識では、もはや客観事実の忠実な記録者――真実を伝えるためには時としては命をも賭ける――としての栄光が大きな座を占めていたに相違ない。

司馬遷のいう「先人の次《じ》せし旧聞」が、はたしてどのような形のものであったか、つまり『史記』の原型が父談の手でどの程度まで進行していたか、この点もまったくつかめない。父の遺言にある『春秋』以後の空白を埋めるという構想が、現行の『史記』のそれとひどく違うことも、みぎの疑問をより複雑なものにしている。

父の遺言に涙ながら誓った司馬遷も、実際に筆を執るまでには、かなりの準備期間を必要としたらしい。かれは父の死後三年めの元封三年（BC一〇八）には、父の職掌をついで太史令に就任した。ここに、宮廷に保存された過去の史官の記録、いわゆる「史記」をはじめ、諸種の文献を自由に披見しうる権限をえて、準備は着着と進められた。そして四年後の太初元年（BC一〇四）、いよいよ正式の執筆が始まった。時に司馬遷は四十二歳。

ところが、執筆途上に想いがけぬ不幸がかれを待ちうけていた。正義を愛する激情に流されたかれのふとした行動が、みずからを獄屋に繋ぐ結果をもたらした。いわゆる「李陵《りりょう》の禍」がそれである。

大帝国の支配者の多くがそうであるように、空前のロマンチスト武帝は、漢帝国の基礎が確立して国内が一おう安定すると、外国に対して積極的な政策を採りはじめた。北辺の強敵――匈奴《きょうど》に対する討伐である。

匈奴とは、蒙古高原を中心に広大な地域を領有する遊牧民族であり、前四世紀ごろからたびたび中国を脅かしつづけて来た。秦の始皇帝に「万里の長城」を築かせたのもこの強敵であった。漢の高祖もかつて平城（山西省大同）に包囲されて、九死に一生をえた（本書中「高祖本紀」参照）。そうしたにがい経験もあり、文・景二帝の世にはだいたい懐柔策がとられた。したがって、武帝の胸底には早くから、この漢朝草創期以来のガン匈奴に対する復仇の念がたぎり、ここに大規模な作戦が開始されて、国家の総力が集中された。その間の事情は、『史記』の巻百十「匈奴列伝」をはじめ、巻百九「李将軍列伝」（本書下所収）および巻百十一「衛将軍驃騎《ひょうき》列伝」など将軍たちの伝記にも詳しい（なお、岩波新書、吉川幸次郎『漢の武帝』第二章参照）。

その数次にわたる匈奴討伐戦のうち、天漢二年（BC九九）の戦闘で、李陵という少壮気鋭の指揮官が、ごく少数の兵力とたいへん不利な情況のもとに敗北し、力尽きてついに匈奴に降伏した（「李将軍列伝」参照）。

李陵は、騎射の名手として並ぶもののない、あの有名な飛将軍李広《りこう》の孫である。かれ自身も沈着豪胆ですばらしい騎射の腕をもち、部下を愛してかれらの信頼もあつい、まことの武人であった。そのかれも匈奴戦では最善を尽くしたにかかわらず、上記の不利な情況と少数の兵力では、いかんともなしがたかった。

だが、一たび降伏の報がもたらされると、あらゆる条件はすべて慮外におしやられる。朝野の憎悪は、かれおよび、祖国に残されたかれの家族や一門に集中された。

この時、李陵とは単に同僚というだけで、特別ふかい交際があったわけでもない司馬遷が、武帝の下問に答えて、李陵弁護の論陣をはったのである。李陵は日ごろいかに部下を愛してかれらの信望を集めていたか。孤立無援の不利な情況のもとでいかに善戦したか。またいかにやむない事情のもとに降伏したか。かれのこのたびの過失は過去の功績によって相殺されるべきことなどを、堂堂と主張したのである。

このような言動の危険なことは、当時においても予想されぬわけではなかった。一人が死罪に問われると、時として親兄弟妻子の三族にまで処刑がおよんだ。死刑囚を弁護したためにじぶんも一命を失うことは、魏其侯竇嬰《ぎきこうとうえい》（本書下冊「魏其武安侯列伝《ぎきぶあんこう》」参照）などの先例もある。にもかかわらず、司馬遷にこの挙を敢行させたのは、くり返していおう、なにものも制止しえない正義を愛する熱情の奔騰であった。おそらくそれは、父の談《たん》より直接うけついだ血液ででもあったろう。

果たしてこの上奏は武帝の激怒をかった。李陵が降伏をよぎなくされた時の総司令官は、武帝の寵愛を一身にあつめていた李夫人の兄――李広利《りこうり》将軍である。李陵を弁護することは、ただちに李広利を非難することを意味した。かれはたちまち獄屋に投ぜられた。『史記』執筆後七年めのことである。

中国の諺に「禍は単《ひと》り身ならず」とか「福は双《なら》び至るの日なけれど、禍は併《あわ》せ来たるの時あり」などとあるように、続いて新たな不運が司馬遷におそいかかる。かれが投獄された翌年、匈奴に捕えられた李陵が匈奴部隊の軍事教練を指導しているという情報が、李陵救出にむかった部隊によってもたらされた。司馬遷は終に死刑の宣告をうける。

もっとも、当時は金銭で死刑を贖うことが公然と許可されており、賄賂の横行もさかんであった。だが司馬遷の場合は、死を贖う運動に挺身してくれる親戚・知友は、一人としてなかった。人が一たび権勢を失ったり不利な立場に陥ると、それまで交渉の深かったひとたちも、掌を翻すように離反してゆく事実は、史実がなにより雄弁に物語っている。

おそらく、この時の体験があまりに切実であったのだろう。司馬遷は『史記』の数篇、たとえば巻七十五「孟嘗君《もうしょうくん》列伝」・巻八十一「廉頗藺相如《れんぱりんしょうじょ》列伝」（本書上冊所収）・巻百七「魏其武安侯列伝」（同下冊所収）・巻百二十「汲鄭《きゅうてい》列伝」（同下冊所収）などで、みぎの問題に言及している。しかもかれは、人間の関係は商人の交易と同じく、ただ利のあるところに趨くことをも、また人間の真実として、或いは人間という存在のいかんともしがたい弱点として、是認する観点に立ってながめている。

金銭で贖うことのできぬ場合、もう一つ残された生命の代償に「宮刑」がある。「宮刑」とは生殖器を切断する、最もいまわしく惨酷な肉体刑である。詳しい経過はわからぬが、結局、司馬遷はこれをえらんで、四十八歳をむかえた健康な肉体は、完全な男性と永別する。皮肉なことに、まもなくもたらされた情報に拠って、さきの匈奴における軍事教練の指導者は李陵と同姓の別人――李緒《りしょ》であったことが判明する。

それから二年、太始《たいし》元年（BC九六）にようやく釈放された司馬遷は、原職の太史令に復帰することができた。時にかれは五十歳。

危うく一命を拾った司馬遷。だが、いまやかれにとり、拾った生命はかえって重荷でなかったか。「宮刑」は、人間が生きながら受ける最大の屈辱である。死刑囚任安《じんあん》に答えた書翰のなかでも、人間の恥辱をつらねて受刑のかずかずに言及し、最後に「最も下《げ》なるは腐刑（宮刑）にして、極まれり」といっている。

しかも、なお社会に伍して生き続けねばならぬ司馬遷は、この屈辱にさいなまれるだけですんだろうか。かれの手記のどこにも直接には記されていないが、生ま身の人間のあらゆる苦悩は、なお日夜かれをさいなんだに相違ない。このような境遇におかれた人間がただちに死を想うことも、また想像にかたくない。司馬遷もたしかに死を見つめた。そして、一たび死刑を宣告せられたかれにとって、死ぬことはさほどむつかしいことでなかった。かれはいう、

僕、怯懦《きょうだ》（おく病）にして苟《かりそ》めに活《い》きんと欲すといえども、また頗《いささ》か去就の分《ぶん》を識れり。何ぞ縲紲《るいせつ》（なわめ）の辱《はずか》しめに沈溺するに至らんや。かつ、夫《そ》れ臧獲《ぞうかく》（奴隷）・婢妾《ひしょう》すらなお能《よ》く引決す。況《いわ》んや僕の已《や》むを得ざるをや。――任少卿に報いる書

生ける屍であることを自覚しつつなお生き続ける、屈辱にはり裂けんばかりの刑余の肉体を擁してなお生き続けることは、死にもまさる苦痛であったはずである。それにもかかわらず、この汙濁の烙印をおされた余生をかれに貪らせたのは、ほかならぬ亡父の遺託――孔子の『春秋』をうけて正しい歴史を書く、栄光ある使命であった。かれはいう、

隠忍して苟《かりそ》めに活《い》き、糞土の中に幽せられて辞せざる所以《ゆえん》のものは、私心の尽くさざるところあるを恨み、世を没するも文彩の後世に表れざるを鄙陋《ひろう》すればなり。

かれは自分と同じ境遇にあった過去の幾人かに想いをいたした。かれらは不遇の境遇にしおたれず、むしろそのために奮起して不幸を克服し、不朽の名著を完成して永遠の生命を獲得した。

夫《そ》れ『詩（経）』・『書（経）』の隠約せるものは、その志思を遂げんと欲せるなり。昔、西伯《せいはく》（周の文王）は羑里《ゆうり》に拘《とら》われて『周易』を演《の》べ、孔子は陳《ちん》・蔡《さい》に戹《くる》（厄）しみて『春秋』を作り、屈原《くつげん》は放逐せられて『離騒《りそう》』を著《あらわ》し、左丘《さきゅう》（明）は失明してそれ『国語』あり、孫子《そんし》は脚《あし》臏《ぎ》られて兵法を論じ、不韋《ふい》（秦の呂不韋）は蜀

に遷されて、世に『呂覧《りょらん》（呂氏春秋）』伝わり、韓非《かんぴ》（秦の韓非子）は秦に囚《とらわ》れて「説難《ぜいなん》」・「孤憤《こふん》」（『韓非子』中の代表篇）あり。『詩（経）』三百篇は大抵賢聖が憤りを発して作りし所為《ゆえん》なり。此の人らみな意に鬱結するところありて、その道を通ずるを得ざりしなり。故に往事を述べて、来者を思えり。

こうして司馬遷は、刑余の身をさらす生き恥と、正義の主張が容れられなかった憤りを、すべて制作欲に還元して、中断された栄光ある歴史の執筆を続行した。そして、ついに命あるうちに、『太史公書』およそ五十二万六千五百字を完成したのである。実際の完成期がいつであるかは明らかでないし、かれが死んだ年さえ茫として靄に包まれている。諸家の説は、武帝の末年ごろ（BC八六）を擬しているけれども。

『史記』の完成に至るまでには、ともかくも以上の経緯が秘められていた。このような経緯のもとに生まれた『史記』が、単なる歴史の書物で終るはずがあろうか。

いわば、漢の武帝朝の一史官であった司馬遷は、宮刑に遭うたその時すでに死滅し去り、ここに「人類の史官」——時間と空間を超越した人間の記録者としての司馬遷が、誕生する。史官が栄光にかがやく職掌であるのは、常に客観的な立場で事実をありのままに記載しうるからである。かれの父やかれ自身が使命感に駆りたてられて正しい歴史の執筆を企図したのも、そのためであった。だが、現実は必ずしもそうでない。漢王室の史官は、漢王室の史官であるがゆえに、なお完全に自由で客観的な立場に立つことがむつかしい。ところが、いま司馬遷は完全な自由を獲得した。かれはすでに一たび「死」を経験した人間である。人間の自由ならぬ条件の最たる「死」からさえ解放された人間、つまり永遠の人間であるともいえよう。永遠の人間であることが自覚されたとき、さまざまな不自由——「死」をはじめとして、人間がもてあます情念や欲望などから思想や道徳に至るまで——に縛られてうごめきまわる人間どもを熟視するかれの眼は、必ず別のものでありえたはずである。

三

歴史の書物である『史記』は、当然のこととして、人間の歩んだ足跡を正しく歪めずにあとづけようとする。そのためには、まず超自然的・非理性的な事件は極力排撃する。たとえば、民族のあけぼのは、神話・伝説によって始まり、それらはつねに荒唐無稽の話柄にいろどられている。中国の創世記もその例外ではない。「三皇《さんこう》」という荒唐無稽な三人の皇帝の君臨がまず語られる。『史記』の編者はその時代を切りすてて、「五帝本紀」より始めた。その論賛においてかれは明確にみずからの態度を表

明する。まず、

学者、多く五帝を称すること尚《ひさ》し。然れども『尚書（書経）』は独り堯《ぎょう》以来を載す。而るに百家（諸子百家、各種思想家の著作）は黄《こう》帝を言い、その文、雅馴《がじゅん》ならず、薦紳《せんしん》先生（れきとしたインテリたち）はこれを言うを難《はばか》る。

五帝のうちでも堯以前の三帝に関する記載は、正確さを欠くというのである。「雅馴ならず」とは、良識にてらして正確妥当性が疑われることを指すのであろう。かれは続けていう――しかし、黄帝以下の三帝も、たとえば孔子の『春秋』・左丘明《さきゅうめい》の『国語』のごとき、正統の古典のうちにもふれている。また黄帝や堯《ぎょう》・舜《しゅん》のことを語る地域にゆくと、なにか他と異なる教化のあとが感ぜられる。そのようなみずからの体験に拠って、やはりかれらから筆をおこしはするが、資料はあくまで正確なもののみを選択したという。

余、並びに論次し、その言の尤も雅なるものを択《えら》び、故に著《しる》して本紀書の首《はじめ》となせり。

実は五帝はおろか、それにつぐ「夏本紀《かほんぎ》」に記された夏王朝でさえ、現在なおその存在を確認する遺跡も遺物も出土していない。だが、夏王朝につぐ殷《いん》王朝については、二〇世紀の開幕前夜、河南省安陽県小屯《とん》の都あと――殷墟《いんきょ》から、遺跡の発掘にともなって、大量の遺物――青銅器・土器そのほか古代文字を刻んだ占卜用の獣骨や亀甲がつぎつぎと発見された。それらの古代文字が告げる殷王朝の歴代帝王の名称は、『史記』の巻三「殷本紀」の記載とほぼ一致して、人びとを驚かせた。

さらに、巻六十九「蘇秦《そしん》列伝」の論賛にはいう、

世の蘇秦を言うもの多くは異なれり。異時の、事のこれに類するものあれば、みなこれを蘇秦に附《つ》く。夫《そ》れ蘇秦は閭閻《りよえん》（むらざと）より起り、六国を連ねて従《たて》に親しましむ。これその智、人に過《まさ》るものあればなり。吾、故にその行事を列し、その時序（時間的順序）を次し、独り悪声を蒙《こうむ》らしむること毋《なか》らんとせり。

この文章のまえには、弁舌に長じた蘇秦ら兄弟が、戦国列強を遊説する際に用いた術策があまりに権謀にすぎて、世間の非難を浴びていることを述べる。そのように一たび非難を浴びると、事態の類似する別人の話までが、集中的にかれ蘇秦のうえにまぎれこみ、かれらの悪評は不当に高められた。司馬遷はここに蘇秦に関する正確な事

実のみを選別して、歴史を動かしたこの異才ある人間を顕彰したというのである。

ここにも、歴史の真実を正しく伝えようとする司馬遷の態度が明瞭に看取されよう。

四

『史記』以前の歴史の記載様式としては、「編年体」とよばれる年代記ふうのそれが普通であった。孔子の編纂した『春秋』がそうであり、左丘明の『国語』でさえ、王国別ではあるがそれに近い。ところが『史記』では、個人を中心として叙《の》べるまったく新しい特殊な様式が採用された。いわゆる「紀伝体」がそれであり、以後の正史はすべてこれに効《なら》っている。

「紀伝体」とは、帝王つまり天下の支配者の伝記である「本紀《ほんぎ》」、帝王のもとに列国の統治を委任された諸侯王の伝記である「世家《せいか》」、そして庶民を含む臣下の伝記である「列伝」を主軸とし、別に制度・文物の変遷とか学術・経済界の展望乃至《ないし》発達史ともいうべき「書」(のちの正史では「志」とよぶ)、諸侯王や宰相その他重要職の就任者を一目瞭然たらしめる「表」を従軸とする、構成をもつ。

このような歴史の記載様式は、司馬遷の独創によるもので、『史記』の執筆に先だって、十分に練られた形式であったろう。これこそは、人間という存在の多様性に焦点をあわせた、司馬遷の歴史を書く態度を如実に示す。人間はその顔や姿がそれぞれ異なるように、それぞれ異なる性格をもつ。さまざまに異なるこの人間が、さらにさまざまに異なる環境条件のもとに、複雑多岐な変化を精神と肉体のうえに示す、そのことを司馬遷はまず見きわめた。そして、この複雑多岐な人間とその変化が、ふしぎな有機的関係を結びつつ、人間の歴史の主流と支流、あるいは底流をば、やすみなく推し進めてゆくことに、かれは気づいたのである。

ところで、こんなにも複雑多岐な現われかたをする人間、その人間におおいかぶさる同様に複雑多岐な問題を描くにあたっては、それゆえに、叙述形式も一様である必要はない。われわれが『史記』を読んで、少し篇をかさねてすぐ気づくことは、この叙述形式の不統一である。

だが、一見不統一の感がされる叙述形式も、よく注意すると、実は決して単なる不統一ではない。結論的にいうなら、それぞれの叙述形式は、一篇ないし一段のテーマに応じて、選択されているのである。

いま、その叙述形式を整理してみると、およそ二類に分かつことができる。一は記録体、二は物語体である。前者の記録体はその性質上、表現が多様であるのと、二種の叙述形式が多くは混用されているので、われわれ読者には、前記のごとく不統一に見えるのである。

さて、その記録体と物語体という二種の叙述形式は、実は編者である司馬遷の個人的条件と密接な関係をもつ。つまり、かれの伝記中の二つの重要事項――かれが史官の職にあって、宮廷に保存された過去のあらゆる生まの資料を利用しえたことと、二度の大旅行によって歴史の舞台を実地に踏み、豊富な伝聞を収穫したことと、それぞれ結びつくのである。まことに、司馬遷は人間の歴史を書く条件に恵まれていた。

ところで、司馬遷はそれらのさまざまな資料をどのように利用したであろうか。

五

第一の記録体の場合については、宮廷に保存された過去の史官の記録、いわゆる「史記」を、かれはほとんど筆を加えずに転写した。生まの記録は、いわばかれによってまる写しされたのである。叙述があくまで簡潔であり、極度に修飾を避けているから、その部分は読者にもただちにそれと確認できる。史官の記録とはいえ、そこにもおのずから時代差・個人差を免れない。それがそのまま転写されているから、同類の事がらをみれば、かえってまる写しだとわかるのである。

それはたしかにまる写しではある。だが、たとえば後世の「実録」と呼ばれる一類の、正史の原資料のように、雑然と羅列されたものではない。司馬遷は、このまる写し工作にあたって、一つの単純な手法を、二千余年のむかしに考えついていた。つまり、全く同一か同一方向をもつ事態や言動を反覆する、という方法である。
たとえば、巻六「秦始皇本紀」の叙述形式について分析を試みておこう。この一篇の初めの段階では、空前の独裁君主が戦国六国併立の局面を終結させて、天下を統一するまでの過程をのべる。そこでは、秦の宮廷に保存された史官の記録がまる写しされる。その年代順に羅列された記事は、およそつぎの四類に分かたれる。

㈠ 天象の異変……彗星の出現、日蝕、そのほか諸種の天体の異常コースへの移動。なお、中国でも天象の異変は人事に関連し、それはただちに政治の異変を意味して、支配者に対する警鐘と考えられた。
㈡ 天災の発生……旱魃、飢饉、蝗の襲来、地震、冬季の落雷、初夏の異常寒冷など。
㈢ 侵略戦争の戦果……戦国の六国にそれぞれ止めをさす戦争の記事、多くは「××将軍を殺し、斬首×万」という表現をとる。
㈣ 王侯貴族や重臣将軍の死亡記事。

始皇帝の中国統一という、空前の偉業が達成される過程に、このような叙述形式が用いられたのである。そこには偉業の輝かしさなどみじんもなく、かえって暗黒時代の到来を、読者にひしひしと感ぜしめずにはおかない。

ついで、中国統一完成後の始皇帝を描くにあたってはどうか。始皇帝はみずからの意志と欲望のおもむくままに、人間の可能性をつぎつぎと試みる。大規模の建築土木事業、刑法の無限の強化、大量の書籍焼却と大量の学者坑殺という文化の破壊がつづく。と同時に、この独裁君主はみずからの宣伝をも忘れない。後世に残すために、みずからと秦国の偉大さを各地の石碑に刻みつけたのである。この段階を語るにあたり、司馬遷はまたしても生まの資料をまる写しする。おもおもしく厳めしい内容をもつ六個の碑石の文章が、一つ一つ克明に転写された。それが正確に転写されたことは、現存する一部の残碑からも証明される。正確といえばこれほど正確な記録はないわけである。だが、それらのいずれも長文の内容が、おもおもしく厳めしいほど、独裁皇帝の演ずる道化芝居は、いよいよ空虚さが強調される。ここでは、六つの同一方向をもつ内容の克明なまる写しが、形式に酔うて現実を無視した愚かな皇帝のすがたを、読者に強烈に印象づけるであろう。

こうして、空前の独裁君主の、なにごともなしえたと思いこんだ最も得意な面を描きおわった司馬遷は、最後の段階において、このオールマイティーにもなしえなかったただ一つの不得意な面を、まえとは対照的に描く。いうまでもなく、なべての人間の宿命である「死」との対決である。死の訪れに対する独裁皇帝の怯えとあがき——死の話を聞くことの恐怖、不老不死の薬を求める話、それらには必ずしも記録体を用いていないが——を冷酷に描いて、「始皇本紀」は一篇を閉じる。

みぎは誰にもわかり易いほんの一例にすぎない。史官の記録をまる写ししたこの記録体は、到るところに利用されている。さらにわかり易い例を挙げるなら、漢の高祖のもとに挺身した軍人たちの伝記は、ほとんど全篇がそうである。かれらの出身、戦場における戦功とそのつど与えられる褒賞の羅列だけで終始する。これらは宮廷に残る論功行賞の記録のまる写しを想わせる。しかも当時の出身素性意識にふさわしいそれぞれの記録様式が採られているのは、必ずしも偶然であるまい。

ところで、これらの記録体を採用した部分は、史官の記録のまる写しではあっても、そこに選択が加えられている。「始皇本紀」の場合にしても、始皇帝の原記録には、天象異変や天災ばかりでもあるまい。不吉の現象とは反対に、むしろ聖天子の出現をたたえる瑞兆——珍獣の出現などの記事も含まれていただろう。また軍人たちにも、それぞれに勇猛な奮闘や単純な忠誠をしめすエピソードなどもあったろう。事実、高祖の将軍樊噲《はんかい》などは、巻七「項羽《こうう》本紀」（本書中冊所収）の著名な一段をなす「鴻門《こうもん》の会」では、会談の急迫した不穏の空気を一掃する勇気と忠誠が、力づよい筆致で語られている。しかし、司馬遷の人間にそそぐ眼光は冷たくきびしい。あくまで人間の本質的なものを透視して、それを多くは他人の伝記に、時には当人自身の伝記に、描き出そうとつとめる。まる写しされた記録は、まる写しであるために、やはりこれほど正確な史実はない。だが、まる写しではあっても、あくまで編者である司馬遷独自のフィルターの濾過を経たものなのである。

実は、記録体の部分は、修飾を除いた同一乃至同一方向の記事がながながと執拗に羅列されるために、読者にとっては最もたいくつな部分でもある。本書にほとんど採っていないのもこのためである。しかし、この司馬遷独自のフィルターリングの意図がいずれにあるかに気づくとき、たいくつな一篇ないし一段は、にわかに新たな魅力をもってわれわれに迫るはずである。

六

第二の叙述形式である物語体について語ろう。『史記』の伝記が読者を魅了するのも、ふつう主としてこの部分であり、しばしば小説的なふくらみをもつのも、この部分である。冒頭に紹介したエピソードは数あるそれらのわずかに一例であるにすぎない。物語体の部分が拠る資料は、すでに述べたごとく、司馬遷が二度にわたって行なった、ほとんど中国全土に跨がる大旅行の際の見聞である。実はそれだけではない。かれは日常の見聞も貪欲に吸収して蓄えておいた。巻百八「韓長孺《かんちょうじゅ》列伝」の論賛にいう、

余、壺遂《こすい》と律暦を定めしとき、韓長孺《かんちょうじゅ》の義あると、壺遂の深中隠厚（おく深く誠実をたたえ、くめどもつきぬこと）なるを観る。世の梁《りょう》に長者多きを言うは、虚《いつわり》ならざるかな。

これに類する言及は、巻八十六「刺客《しかく》列伝」（本書上冊所収）・巻百九「李将軍列伝」（同下冊所収）の論賛などにもみえる。したがって、正確にいえば、見聞のゆたかさという条件は、大旅行の機会にめぐまれたという単なる偶然にもとづくものではない。やはり、人間を観察する司馬遷の眼の鍛錬である。おそらく、それも宮刑をうけたのちに、いよいよ磨ぎすまされたものであろう。生きる人間であることを放棄させられた直後から、人間にそそぐかれの眼は異様な輝きをおびたのではないか。かつてはかれ自身もかれの対象とする生ま臭い舞台にうごめいていた人間のひとりであった。そのころのあらゆる体験——生ま身の人間の肉体と精神で体験したもののかずかずは、いまや一種の執念をもって回想され、新たな色と香りさえ附加される。かつて

筆者は五か年にわたって禁煙を決行した。すでに禁煙は成功して、眼前でふかす他人の煙霧のなかでもようやく平静でおれる段階にたどりついた。だがその時でさえ、一たび知った禁断の果実の味は忘れがたいばかりか、その味が実際以上に美化されてゆくことを、ふしぎにみずから意識していた。また、ヴェテランの一女流作家は、女性の退潮期に至り、かえって「性」の存在に真実の眼がむけられるようになったと、ある座談会で告白している。しかり、かの女の作品は妖しい光りを放って、この点で人間の真実をえぐり出す。似たような現象は、すでに逝ったある私小説作家の作品にも指摘される。かれらの人間熟視の態度には、執念ともいえる異常なものがひそむかにみえる。そのせいであろうか、かれらの筆は人間の理性の面よりも、むしろ感情の面を描く場合に一そうの冴えを示すようである。

『史記』もまさにそうだ。一たび『史記』をひもとく読者は、この書の到るところに人間の情念が渦まいていることに驚くだろう。司馬遷の文字は、そうしたくだりに至ると、突如として熱と光りを発する。ここではそうした情念の一つ――「怨恨」に焦点を合わせて物語体部分における『史記』の特徴をのべよう。

「怨恨」のあらしは、『史記』の随処に吹きすさんでいる。『史記』にはさまざまの叛逆事件が語られているが、その動機もほとんどみな「怨恨」に帰しうる。しかもプライヴェートな「怨恨」である。春秋時代の主なる叛逆事件は、君主に妻をねとられた臣下のそれに起因する（「晋世家」参照）。また漢代のそれは、むしろ叛逆の破綻における直接の原因が、プライヴェートな「怨恨」に求められる（本書中冊「淮陰侯列伝《わいいんこうれつでん》」、同中冊「黥布列伝《げいふ》」）。さらに、「怨恨」のすさまじさは、女性の場合もっとも熾烈であり、そこでは嫉妬の形をとって燃えさかる。その典型は漢の高祖の王妃——呂后《りょこう》である。巻九「呂后本紀」の前半は、かの女への寵を高祖から奪った妃たちとその王子たちに対する復仇が、執拗にくり返されて、読者の眼をおおわしめる。とりわけ、若い妃で高祖の晩年の愛を独占した戚夫人《せき》と、呂后が生んだ孝恵太子（のちの恵帝）の地位を危うくした戚夫人の子如意《にょい》に対しては、想像を絶して惨虐きわまる復仇がおこなわれた。あまりの惨虐さにわが子孝恵の繊細な神経は破壊され、かれは心ならずも放恣な生活に身をゆだねて病死する。つまり、呂后の「怨恨」——「嫉妬」のほむらは間接にわが子をも焼き殺すほどに熾烈だったのである。そのほか、「怨恨」をテーマとする一段は、枚挙にいとまがない。ここでは「怨恨」そのものを一篇のテーマとした巻六十六「伍子胥列伝《ごししょ》」（本冊所収）について、『史記』のリアリズムを語ろう。

伍子胥《ごししょ》、名は員《うん》、楚《そ》の人である。父の伍奢《ごしゃ》は平王の太子建の教育主任であった。副主任の費無忌《ひむき》は、太子の妻に予定された女性を平王にとりもったことから、次第に太子や伍奢がけむたくなる。そこで平王に中傷してふたりを捕縛させようとするが、太子建はいち早く宋国に亡命する。伍奢を逮捕しただけではなお不安な費無忌は、その子伍尚と伍員を甘言をもっておびき寄せようとする。激越な性格の伍員はあくまで抵抗して、太子のいる宋国に逃げこむ。結局、父と兄は費無忌のために殺害されてしまう。

宋に亡命した太子と伍員つまり子胥は、内乱勃発のために晋国へ、さらに国際紛争の余波をくって鄭《てい》国へと、亡命の旅をつづける。鄭では太子が殺されるというかさなる悲運に遭い、伍子胥は太子の忘れがたみ勝《しょう》をつれて呉国へ亡命する。

呉では太子光のもとに投じ、その力を借りて楚に対する復仇を図る。太子の野望はおりから国内政権の獲得にむけられ、そのため志を得ないでいるうちに、めざす仇敵平王は死んでしまう。呉は平王死去の虚に乗じて、二人の王子を派遣して楚を討たせるが、留守中に太子光は父を殺害して即位する。実は、太子の意中を察した伍子胥が、わが目的を達するために、テロリスト専諸《せんしょ》を太子にあてがっておいたのである。

その後はもっぱら楚に対する攻撃が継続され、数年を経てはじめて楚の首都郢《えい》が陥落する。伍子胥はせめて平王の子昭王を捕えようとしたが失敗し、やむなく平王の墓をあばいて、死屍に三百の鞭を加える。

以後はかの有名な呉越攻防戦の反覆である。呉王闔閭《こうりょ》は戦傷がもとで怨みをのんで死に、その子夫差《ふさ》が即位する。夫差の代になると、宰相の伯嚭《はくひ》に妨碍されて、伍子胥の相次ぐ忠告は容れられない。それのみか叛逆の意図を疑われて、呉王より自決を迫られ、ついにかれは不幸にみちみちた生涯に終止符をうつのである。

このあとには、呉王夫差がついに越王句践《こうせん》に滅ぼされること、太子建の忘れがたみ勝が楚に召還されて白公と名のり、ひそかに決死隊を養成して父のあだ鄭に対する報復を図ること、楚の宰相子西《しせい》は一たん鄭攻撃を約束しながら、晋に攻撃された鄭に救援を求められると、忽ち援助に赴いて同盟して来ること、怒った白公が子西を仇敵視して四年後に宮廷で討ちとり、石乞《せきこつ》の勧めで楚王の暗殺をも図って失敗、追手をうけて山中に自殺することなど、一連の話を加えている。

さて、この一篇は『史記』のうちでことに精彩に富む傑作に属する。相つぐ悲運に妨げられて日ごと焦燥にかりたてられる伍子胥の復仇心の熱気は、読み進むにつれて読者を圧倒せずにおかない。その篇末にそえた司馬遷の論賛にはいう、

怨毒《えんどく》の人におけるや、甚だしいかな。王者すらなおこれを臣下に行なう能わず。況《いわ》んや同列をや。

「怨毒」とは復仇心の激越さをいうことばである。それは、伍子胥だけでなく、白公

勝のそれをも指すであろう。「毒」を怨（あるいは恚）の意とする説もあるが、ともかく「毒」とよぶからには、すでに客観的には肯定しえぬ存在である。

だが、「伍子胥列伝」にはつぎの一段がある。伍子胥にはかつて申包胥《しんぽうしょ》という友人がいた。伍子胥が亡命する際「我、必ず楚を覆《くつが》えさん」と放言したのに対し、かれは「我、必ずこれを存せん」と応酬した。やがて伍子胥が楚の首都に攻め入り、平王の死屍に鞭うったとき、申包胥は人づてに伍子胥に伝えた、

子《し》の讎《あだ》に報ゆること、それ以に甚《すで》だしいかな。吾これを聞けり、人衆《おお》ければ天に勝つも、天定まればまた能《よ》く人を破ると。今、子は故《もと》の平王の臣にして、親しく北面してこれに事《つか》えしに、今、死人を僇《は》ずかしむるに至る。此れ豈《あ》に天道の極（殛—誅滅）なからんや。

これは、伍子胥の怨毒に対する客観的な批判の声を、申包胥の言に託したものだろう。天意に逆らうものであるがゆえに、「怨恨」は否定されるべき人間の悪徳である。これが「毒」といわれるのは、あるいは他人だけでなく、みずからをも毒して不幸に陥らせるからであるかもしれない。司馬遷の冷静な理性の復仇心に対する認識はそうであったろう。

だが、理性による客観的判断において否定されるこの怨毒を、かれは否定するべきものとして一蹴し去ったろうか。いや、否定し去る描きかたをしているだろうか。論賛には続けていう、

向《さき》に伍子胥をして奢《しや》に従いて倶に死せしむれば、何ぞ螻蟻《ろうぎ》に異ならんや。小義を弃《す》て大恥を雪《すす》ぎ、名、後世に垂る。悲しいかな、子胥が江の上《ほとり》に窘《くる》しみ、道すがら食乞うに方《あた》りて、志、豈《あ》に嘗《かつ》て須臾《しゆゆ》も郢《えい》を忘れしや。故に隠忍して功名を就《な》せり、烈丈夫に非ずんば、孰《たれ》か能《よ》く此を致さんや。

これは完全に、伍子胥の行為を肯定せざるをえなかった司馬遷自身の人間観にもとづく論賛である。「毒」とよばれるほどに激越な「怨恨」、それは人を害するばかりかわが身をも害し、天道をも無視する悪徳ではある。だからといって人間の理性の力で制止しうるものであろうか。悲運にさいなまれつづけた伍子胥の立場にも立つ司馬遷は、ここに、理性では制止しえない人間の情念のうごめきを是認し、それをあるがままに描こうとしたのである。申包胥からの忠告をうけた伍子胥が、言づての人に託した答えにはいう、

我《わ》がために申包胥《しんぽうしょ》に謝して曰《い》え、「吾《われ》、日莫《く》れて途遠《みちとお》し。吾、故に倒行してこれを逆施せり（道理に逆行するやぶれかぶれの行動に出たのだ）」と。

日暮れて前途の遠い伍子胥の思いは、同じ体験をもつ司馬遷の体内に、とりわけ切実な痛みをうずかせたでもあろう。だからこそ、なにものも制止しえないほどに強烈な人間の情念のうごめきを、あるがままに描かざるをえなかった。これはまさに文学におけるリアリズムの基本的態度である。

要するに、『史記』における人間の描きかたは、つねに人間の〈ザイン〉に重点がおかれ、〈ゾルレン〉ははるか背後に後退している。ここに、この書物がわれわれを魅する源泉が見いだされるのである。

ただ、事実をあるがままに描くといっても、司馬遷はあくまで真実に対して忠誠を誓い、それをひたむきに貫きとおした「人類の史官」である。与えられた資料に対して、かれが消極的には選択を加え、積極的には書きかえ——一種の創作——をさえ断行して、しばしば歴史的真実よりも文学的真実をうつすのに忠実なことは、べつに巻末の「『史記』における人間描写」に詳説しておいた。

司馬遷はこのように、ふたつの叙述形式——記録体と物語体とを巧みに駆って、それらを適当に使いわけ織りまぜつつ、さまざまな人間の典型をえがきあげた。人間は、その外貌のごとく、個個の性格は限りなく多様を示しながら、一方では相互に類似をも示し、また本質的には類似を示しながら、その間になお微細な差異をも示す。長い歴史の舞台に上るおびただしい人間群を扱いながら、司馬遷は人間のこの多様性と類似性とに、鋭い観察の眼をむけつづけた。しかもかれは、その対象を追うとき、それがおかれた環境に応じて示す変化の相を透して、あくまでその本質を見のがすまいとした。このことについては、本書中冊に付録した解説「項羽と劉邦」を参照していただきたい。

七

ところで、この多種多様の人間群を扱った司馬遷は、いったい人間をどのように考えていたであろうか。

読者は『史記』のなかで、人間を支配するものとしての因果応報律の肯定、乃至は肯定に傾く司馬遷の姿勢に、容易に気づかれるだろう。すなわち、ある行為が応報としてある結果をもたらすことの指摘である。それはおもに論賛部分にあって顕著であるが、時には伝記部分にも、エピソードや談話の形をかりて現われる。以下には最も見やすい例として、殺戮者の末路の悲惨を当然とする考えかたを示そう。

漢の高祖の功臣黥布《げいふ》は、初め楚の項羽《こうう》に仕え、秦国打倒の段階では、主君の殺戮行為の先頭に立って挺身した。かれは後に高祖に帰順し、このたびはかつての主君を滅ぼす戦闘に大功を立てる。だが、やがて叛逆罪に問われてついに破滅の途をたどる。その生涯を語る巻九十一「黥布列伝」（本書中冊所収）の論賛にいう、

項氏が活き埋めにして殺した人の数は、幾千幾万にのぼり、しかも布はいつも残虐行為の首魁として、功績は諸侯に冠たるものがあった。おかげでかれは王位を獲得したが、その身は世の大処刑をうけることを免がれなかった。

このほか、秦の統一をもたらす六国討滅に挺身した将軍、白起《はくき》・王翦《おうせん》・蒙恬《もうてん》らの不幸な最後についても、エピソードや主人公の独白を通じて、同じ考えかたをうかがうことができる。

また、この考えかたは、本質的に残忍な軍人の場合のみに限らない。たとえば、漢の武帝朝の名将李広《りこう》のように、人間愛もゆたかな真の武人にあっても同じである。李広は神技ともいうべき弓術と、無類の勇気とによって、匈奴《きょうど》族を圧倒した。しかし、

かれはその生涯を終始不遇のうちにすごし、結局、自殺に追いやられる。巻百九「李将軍列伝」(本書下冊所収)の中間には一つのエピソードを挿入している。

李広はあるとき、運勢判断をやる王朔《おうさく》との茶のみばなしでいった、「漢が匈奴討伐をやってからというもの、わしはいつの討伐戦にも参加していた。ところが、部隊の校尉以下の、才能では中クラスにも達せぬくせに、えびす征伐の戦功で諸侯を物にしたものが数十人もいる。ところが、わしは人に劣るとも思われんのに、領地を頂戴するほどのわずかな功績もない。これはどういうことだろう。わしの人相が諸侯になれぬようにできてるんだろうか。運命というんだろうか。」

王朔「閣下、胸に手をあてて考えてください。なにか過去に悔いを残したことがございますか。」

李広「かつてわしが隴西《ろうせい》郡の郡守だったころ、羌《きょう》族が叛乱をおこした。わしはうまくおびき寄せて降伏させ、降伏したものが八百人あまり。わしはやつらをだまして即日殺してしもうた。これが今日まで悔いを残している。ただ一つこれだけが。」

王朔「すでに降伏したものを殺すほど、大きな禍はありません。これが閣下の諸侯になれぬ原因ですぞ。」

ここにみえる因果応報の考えかたは、単に李広や王朔の主観としてのみ看過されるべきではなく、司馬遷自身のそれの肯定として読みとるべきであろう。

みぎに挙げたのはほんの数例にすぎない。『史記』の全体には、このような因果応報律の肯定が、あちこちに指摘しうる。いや、肯定というより、むしろ肯定したい司馬遷の悲願というほうが適切だろう。なぜなら、人間の現実がそれのみで割りきれないことは、だれよりも司馬遷自身が知っていた。

『史記』には周知のとおり、物質慾・権勢慾・愛慾などいろいろのみにくい欲望のもとにうごめく人間とともに、それらの衝動には冷静であり、清潔で誠実な生きかたをつらぬいた人間の美しいすがたも描かれている。殷《いん》末の伯夷《はくい》・叔斉《しゅくせい》とか、春秋期の孔《こう》子《し》とか、戦国楚《そ》の屈原《くつげん》とかがそうである。

ところで、みにくい衝動のままにうごめく人間が悪しき報いをうけ、その反対に、清らかで美しい行為の主がよき報いをうけたであろうか。現実はかならずしもそうでない。かの残虐な殺戮者のなかにも、畳の上で大往生を遂げたものがいくらもある。その反対もしかり、屈原は後者のそれを代表するだろう。

この厳たる事実はどう考えればよいのか。人間は人間自身がいかんともなしがたい絶対者の制約をうけている。それを司馬遷は天とよぶ。因果応報律をあやつるものも、天と考えられたであろう。だが、その天の意志はかならずしも善意に満ちてはいない。時としては人間を絶望の淵に追いやりさえする。歴史の舞台に登場した人物たちは、しばしば「豈《あ》に天に非《あら》ずや」とか「命《めい》なる哉《かな》」とか、絶望にちかい悲痛な叫びを残して死んでいった。李広がそうだ。項羽がそうだ。司馬遷の父談《たん》がそうであった。いや、当の司馬遷さえ天に対する絶望感をば救いがたいほど味わったに相違ない。

ここでわたくしも、すでに諸家が指摘する、列伝の第一「伯夷列伝」における、天に対して投じた司馬遷の懐疑を紹介しなければならない。

伯夷《はくい》・叔斉《しゅくせい》の兄弟は、太古殷《いん》王朝下の孤竹君の子である。父は弟のほうを嗣子と定めて世を去ったが、ふたりはたがいに譲りあって、結局兄は家出し、弟もその跡を追う。やがてふたりは、殷の暴君を討つ武《ぶ》王《おう》の馬前をさえぎり、父の喪中に、しかも臣下のぶんざいで君主を討つことの不義を鳴らすが、きかれない。周王朝の成立とともに、ふたりは周の粟《ぞく》(食糧)を食うまいと決意し、その治下を去って首陽山《しゅようざん》にかくれ、わらびを食べてついに餓死してしまう。正義をつらぬきながらかくも不幸な最後を遂げた兄弟には、はたして怨みの念がなかったか、そのことが孔子の弟子たちによって問題にされた。そのとき孔子は、再度にわたり怨念の存在を否定した。

伯夷・叔斉は人の旧悪を念《おも》わず、だから怨むことはほとんどなかった(角川ソフィア文庫版『論語』上冊二九一ページ）。

仁を求めて仁を得たのだ。そのうえ何を怨むことがあろう（同前二六七ページ）。

だが、人間の現実を重視する司馬遷は、この孔子の見解に釈然とせぬものをおぼえた。それに、伯夷・叔斉には、餓死直前によんだ歌がのこされている。

彼《か》の西山に登りて　そのわらびを採る
暴をもって暴に易《か》え　その非《あやま》れるを知らず
神農《じんのう》・虞《ぐ》・夏《か》のひじり　忽焉《こつえん》として没せり
われらいずくに適《ゆ》き帰《つ》かん
ああ徂《ゆ》かん（死出の旅に）　命《めい》の衰えたるかな

司馬遷はいう、「この歌から察すると、かれらは怨んでいたろうか、そうでないのだろうか」（怨めるや非ざるや）。まず孔子の見解に反撥したかれは、いよいよ天に対する懐疑を投げつける。

ある人がいった、「天道には馴れあいがない。いつも善人の味方だ」と。伯夷《はくい》・

叔斉《しゅくせい》のごときは、善人といえるのだろうか、いえないのだろうか。かくも人格をみがき行為の清潔をたもちながら、かれらは餓死した。それに、孔子の弟子七十子の徒で、ただひとり顔淵《がんえん》は仲尼《ちゅうじ》(孔子)から学問好きだと推賞された。ところがその顔回《がんかい》(顔淵の字《あざな》)はしばしば無一文になり、ぬかくずさえ満足に食べられず、ついに早逝した。善人に対する天の報いは、一体どういうことなのか。盗蹠《とうせき》(柳下恵の弟、大盗賊)は日ごと罪なき民を殺し、人肉をなますにして、暴虐の限りをつくし、数千の徒党をくんで天下を横行した。それがなんと天寿を全うしたのは、一体どんな善徳を積んだ結果なんだろう。これらは最も顕著明白な実例である。近い世ともなると、志行ともに常軌を逸して、人がはばかる悪行を犯しながら、生涯を逸楽と富貴に送ったものが、いつの時代にも絶えない。そうかとおもえば、行動や発言にはしかるべき所と時をえらび、正正堂堂の道を歩んで、不正に直面しなければ憤りを発しないというのに、不幸な災禍にあうものが、数えきれぬほどある。わたしはなんとも思い惑う。もしかして、いわゆる天道は是《ぜ》なのであろうか、非《ひ》なのであろうかと。

ここに投ぜられた天道の是非に対する懐疑には、たしかに一種の激しさがある。といって、天に対する完全な絶望をこれに感ずることはできない。それが感ぜられないために、司馬遷の悲痛な思いはかえってひしひしとわれわれに迫る。もしもかれが、天に対して全く絶望したのなら、人間の行為はすべて空しいものと化し、『史記』執筆の仕事でさえ、たちまち栄光を失い、かれはただちに筆を折らねばならない。

司馬遷はあくまで執筆をつづけた。天に対するかれの懐疑は少しも拭われぬまま、なお天の善意を信じようとつとめた。だからこそ、客観性の稀薄な因果応報の思想も、かれの切実な悲願として、なお『史記』の全体に流れているのである。

もしかすると、われわれは次のようにいうことも可能であろう。司馬遷は生ける屍をさらしつつ、みずから正しい歴史を綴ることによって、清らかで美しい生きかたをつらぬいた人間を顕彰し、またみにくい欲望のままに生きた人間を露呈し、それぞれ死後に不滅の美名と汚名を得させようとしたのだと。かれが死後の名声にしばしば言及することが、いよいよそれを思わせさえするのである。

なお、本章に関連するすぐれた論文に、今鷹真氏の「史記にあらわれた司馬遷の因果応報の思想と運命観」（中国文学報、第八冊）がある。

八

『史記』が世に出たのは、司馬遷の死後のことである。『漢書』司馬遷伝にいう、遷すでに死せるの後、その書、稍《ようや》く出《い》ず。宣帝《せんてい》の時、遷の外孫、平通侯なる楊惲《よううん》、その書を祖述し、終に宣布す。

まだ紙が生まれず、木片または竹片（簡）に書かれた時代のことであるから、最初は少しずつ伝写され、宣帝（BC七四―四九在位）の世に至って、外孫の楊惲《よううん》によりはじめて日のめを見たわけであろう。しかし、後漢《ごかん》の班固《はんこ》（三二―九二）が撰した『漢書』芸文志の「太史公百三十篇」の項下には、「十篇は録ありて書なし」の注記がみえる。百三十巻中の十巻は目録だけで、本文は当時すでに失われていたというのである。その十巻とは、三国魏のひと張晏《あん》によればつぎの諸篇である。

景帝本紀・武帝本紀・礼書・楽《がく》書・兵書（太史公自序にのべる篇目には、もともと「兵書」はない。「律書」がこれに当たるといわれている）・漢興以来将相年表・日者列伝・三王世家・亀策《きさく》列伝・傅靳蒯成《ふきんかいせい》列伝

これら十篇は後世の人の手によって、『漢書』その他から補作されたといわれている。みぎの十篇が早い時期に失われた原因は、必ずしも一様でなかろう。だが少なく

ともその一因として、漢王室関係の忌諱にふれたことが指摘されている。『西京雑記』（巻六）にはいう、

司馬遷の「景帝本紀」を作るや、その短を極言し、武帝の過《あやま》ちに及ぶ。帝、怒りてこれを削り去る。

すでにふれたように、漢王朝の史官より人類の史官へと転身した司馬遷は、過去の皇帝はおろか眼前の皇帝をさえ、ただの一個の人間として、あらゆる衣粧を容赦なく剝奪して描いた。かの漢の高祖における博愛と非情との、皇帝とごろつきとの同居は、まことに巧妙に浮き彫りされている（本書中冊付録の解説「項羽と劉邦」参照）。また、武帝の憑《つ》かれたような神仙遍歴は、巻二十八「封禅書《ほうぜんしょ》」の冷たいテーマでもある。われわれはさらに、巻五十九「五宗世家」をながめよう。この一篇は、五人の妃より生まれた景帝の王子十三人の伝記をのべる。ただひとり、儒学者としても著名な河間《かかん》の献王――劉徳《りゅうとく》を除くと、他はそろいもそろって凡愚の王子たちである。大ていは驕慢で遊楽にふけり、最後はお家断絶の処置にあう。わけても、母系を異にする幾たりかは、わが子や同腹の女きょうだいと姦淫を犯すという、野獣的な淫乱を示すし、他にも男色を好んだことを想わせる王子、インポテンツの王子など、まったくろくでな

しばかりである。この一篇には明らかに一つの意図が含まれている。つまり「五宗世家」は、間接にかれらの父である景帝に対する批判を投射したものではないか。母系を異にする王子幾たりかの淫乱の血は、父景帝よりうけ継いだことを暗示するかのように、筆者には考えられる。一部の人たちによって、補作視されている現存の「景帝本紀」では、むろん景帝自身の淫乱にふれてはいない。しかし、その一篇の叙述は、前記「始皇本紀」の最初の段階と酷似を示している。いや、「始皇本紀」よりもさらに徹底した、新聞の見出しみたいに極端に簡潔で客観的な記事で終始する。そこに読みすすむ読者は、たちまち冷たく陰惨な地下倉にでも入りこむ想いに襲われるのである。これは、刻薄非情の晁錯《ちょうそ》を信任して、呉楚七国の叛乱を惹起した皇帝の陰暗の世を示すに十分である。筆者は、この一篇の原作を主張する明の陳仁錫《ちんじんせき》(『陳明卿史記考』)のつぎの発言に同意する。

景紀《けいき》は編年例を用い、惟《た》だ本事を書くのみ。此《これ》、必ず太史公の書にして、後人の補うところに非ざるなり。

したがって、『西京雑記』の指摘はそのまま信ずることはできない。だが『史記』の内容の幾篇乃至幾か処かが、現前の支配勢力である漢王室の忌諱にふれたであろうそのことだけは、ほとんど疑う余地がない。すでに挙げた諸篇でさえ、よくも今日まで伝わりえたかと思う。それを伝えたものこそ、人間像を浮き彫りするうえに用いられた、司馬遷独自の隠微で巧妙なさまざまの手法によるだろう。いやなによりも、『史記』の全体がもつ、人間の歴史を書くという態度の圧倒的な力によるだろう。

なおテクストについては、もともと一章をたてるべきであるのを、あえて割愛した。かような名著では、テクストも早い時代にいちおう定着をみて、現存刊本のあいだには、問題にするべき異同も少ないようである。われわれは主として、本邦滝川亀太郎博士の労作『史記会注考証』本に拠り、ただ重要な異同にのみ言及するにとどめた。

晋世家

孔子が編纂した最古の中国史、『春秋』が対象とする春秋期（BC七二二—四八一）には、周王朝のもとに諸侯王の十数か国が存在した。『史記』では、それらの主なる国国の興亡盛衰が、「世家《せいか》」の形式で綴られている。そのうち、これはもっとも長い一篇である。晋《しん》王国は山西省の南部を中心に、西紀前十二世紀ごろからほぼ八世紀間にわたって存続した。その間、第二十二代君主の文公のころには、周王室の統制力の後退にともない、一時は諸侯の間に実際的な支配権を掌握して、斉《せい》の桓《かん》公とともに、覇者の名をうたわれた。

ところで、春秋期に属する「世家」の諸篇は、あくまで各侯王国の歴史であり、個人のそれではない。したがって、列伝などにみられるように、これらに一篇をつらぬくテーマを求めることはむつかしい。巻三十九「晋世家《しんせいか》」もまたその例外でない。しかし、この篇の主要部分については、それを求めることもなお不可能ではなさそうだ。

そこでは、晋王家のお家騒動が国際紛争にまで進展し、結局、晋の制覇が実現するという、かなり複雑な過程が描かれている。しかも、それらの過程は、なにか必然の糸によって連ねられ、その根底には人間の生ま生ましい愛憎の念――といってもつねに愛より憎に重点がおかれる――が、やはり人間のもてあましものとして、横たわるかのようにおもわれる。この点については、巻末の『『史記』における人間描写』を参照していただきたい。

一篇はまず、晋王国の起源から説きおこされる。

唐叔虞者。周武王子。而成王弟。初武王與叔虞母會時。夢天謂武王曰。余命女生子。名虞。余與之唐。及生子。文在其手曰虞。故遂因命之曰虞。

唐叔虞《とうしゅくぐ》なる者は、周《しゅう》の武王の子にして、成王の弟なり。初め、武王、叔虞の母と会いし時、夢に、天、武王に謂《い》いて曰く、「余《よ》、女《なんじ》〔汝〕に命じて子を生ましめん。虞《ぐ》と名づけよ。余、これに唐《とう》を与えん」と。子を生むに及び、文《ぶん》、其の手に在り、虞《ぐ》と曰《い》う。故に遂《つい》に因《よ》りてこれに命じて虞《ぐ》と曰《い》う。

唐叔虞《とうしゅくぐ》というのは、周王朝の武王の子で、成王の弟にあたる。かつて武王が叔虞の母に会うたとき、夢をみた――天帝が武王に、「わしはおまえに男の子を生ませてやろう。その子には虞という名をつけなさい。わしはその子に唐《とう》（太古、夏《か》王朝の孔甲《こうこう》の世に御竜氏《ぎょりゅうし》を封じたところ、山西省翼城の南方）をやろう」といった。

「会う」とは、契ることをも意味するだろう。『左伝《さでん》』（昭公元年）によれば、夢みる主体は叔虞の母、つまり邑姜《ゆうきょう》になっている。なお、類似の夢のはなしは、古代に少なくない。たとえば、巻三十七「衛康叔世家《えいこうしゅくせいか》」にもいう――むかし、襄公《じょうこう》に身分のいやしいそばめがいた。襄公に可愛がられて妊娠した。夢のうちで告げるものがある、「わしは康叔だ。そちの子にはきっと衛の国を領有させよう。そちの子に元《げん》という名をつけなさい。」

やがて男の子が生まれると、手のひらに虞《ぐ》という字の形に読める紋様があらわれていた。だから、それにちなんで虞《ぐ》と命名したのである。

「文」は文字、掌のすじが特定の文字を形成していたのである。いまの筆書体からは想像しにくいが、亀の甲や獣骨、その他金属にほりつけた上代文字（甲骨文・金文）なら、必ずしもとっぴな現象ではなく、「虞」は[illegible]と書く（『金文編』による）。なお『左伝』には、やはりこれに似た例が二三指摘される。たとえば、宋の武公の次女が生まれたとき、将来かの女が魯の殿さまの妃となる運命をになって、「魯」の指紋が現われていた（隠《いん》公元年）。また、魯の成季が生まれたときは、「友」の指紋が現われていたので、やはり指紋どおり名づけた（閔《びん》公元年）という。

武王崩。成王立。唐有亂。周公誅滅唐。

武王、崩《ほう》じ、成王、立つ。唐に乱あり。周公、唐を誅滅《ちゅうめつ》す。

周の武王が亡くなり、成王が即位した。唐の国に内乱がおこり、周公が唐を滅ぼした。

「周公」は武王の弟姫旦《きたん》、成王の叔父にあたる。武王の死後、幼少の成王を庇護して、七年のあいだ摂政の地位にあり、周王朝の制度文物をととのえてその基礎をかためた。かの孔子がもっとも崇拝した人物として知られる（角川ソフィア文庫版『論語』上冊二五六ページ参照）。「誅」は処罰の意味をもって殺すこと、処刑の意。

成王與叔虞戲。削桐葉爲珪。以與叔虞。曰。以此封若。史佚因請擇日立叔虞。成王曰。吾與之戲耳。史佚曰。天子無戲言。言則史書之。禮成之。樂歌之。於是遂封叔虞於唐。唐在河汾之東。方百里。故曰唐叔虞。姓姬氏。字子于。

成王、叔虞《しゅくぐ》と戯《たわむ》る。桐葉《とうよう》を削《けず》りて珪《けい》と為し、以て叔虞に与う。曰《いわ》く、「此《こ》れを以て若《なんじ》を封《ほう》ぜん」と。史佚《しいつ》、因《よ》りて日を択《えら》びて叔虞を立てんことを請う。成王曰く、「吾はこれと戯れしのみ」と。史佚曰《しいついわ》く、「天子に戯言《ぎげん》なし。言わば則ち史これを書き、礼もてこれを成し、楽《がく》もてこれを歌う」と。是《ここ》に於て、遂に叔虞《しゅくぐ》を唐に封ず。唐は河《か》・汾《ふん》の東に在り、方百里。故に唐叔虞と曰《い》う。姓は姫《き》氏、字《あざな》は子于《しう》。

周の成王が叔虞とふざけていたとき、桐の葉を珪《けい》の形にきりとり、叔虞にあたえていった、「これできみを大名にとりたてよう。」「珪」というのは、領地権の象徴として、諸侯が君主より授かる玉器の一種である。

史官の尹佚《いんいつ》は、このことをたてに、吉日をえらんで叔虞を諸侯にとりたてるようお願いした。成王はいった、「わしはあれと遊んでいただけだ。」尹佚はいった、「天子に冗談などありません。なにか発言なされば、史官が記録して、宮廷の儀式のかたちで、その発言を実現完成し、雅楽部の手で楽歌にうたって公表するものです。」

『礼記《らいき》』玉藻《ぎょくそう》篇によれば、史官には右史と左史の別がある。右史は君主の発言を、左史は君主の行動を記録する（ただし『漢書芸文志』では反対になっている）。後者の実例は本冊所収の「廉頗藺相如《れんぱりんしょうじょ》列伝」（三七三ページ）にも見えている。

そこで成王は、そのまま叔虞を唐《とう》――唐は黄河と汾水《ふんすい》の東にあり、百里四方の領地である――の領主にとりたてた。だから、唐叔虞といった。姓は周王室と同じ姫《き》氏、字《あざな》つまり通称を子于《しう》という。

一里はおよそ半キロ、百里四方といえば東京都を一まわり大きくしたぐらいと考えればよかろう。

唐叔子燮。是爲晉侯。晉侯子寧族。是爲武侯。武侯之子服人。是爲成侯。成侯子福。是爲厲侯。厲侯之子宜臼。是爲靖侯。靖侯已來。年紀可推。自唐叔至靖侯五世。無其年數。

唐叔の子は燮《しょう》、是《こ》れ晉《しん》侯たり。晉侯の子は寧族《ねいぞく》、是れ武侯たり。武侯の子は服人《ふくじん》、是れ成侯たり。成侯の子は福《ふく》、是れ厲《れい》侯たり。厲侯の子は宜臼《ぎきゅう》、是れ靖《せい》侯たり。靖侯已来《いらい》、年紀は推すべきも、唐叔より靖侯に至るまでの五世は、其の年数なし。

唐叔虞、略して唐叔の子は燮《しょう》という、これが晋侯である。「晋侯」は固有名詞ではない。唐が滅んで燮の代から国名が「晋」とあらたまり、諸侯の五等爵、つまり「公侯伯子男」の第二階に列せられたことをさすだろう。

晋侯の子は寧族《ねいぞく》、これが武侯、武侯の子が服人、これが成侯、成侯の子が福、これが厲《れい》侯、厲侯の子が宜臼《ぎきゆう》、これが靖《せい》侯である。靖侯以下は年代が推定できるが、唐叔から靖侯までの五世は、それぞれの在位年についての記録がない。「唐叔から靖侯まで」の靖侯を厲侯につくるべきこと、すでに先人が指摘するとおりである。

靖侯十七年。周厲王迷惑暴虐。國人作亂。厲王出奔于彘。大臣行政。故曰共和。十八年。靖侯卒。子釐侯司徒立。釐侯十四年。周宣王初立。十八年。釐侯卒。子獻侯籍立。獻侯十一年卒。子穆侯費王立。

靖侯《せいこう》の十七年、周の厲《れい》王、迷惑《めいわく》して暴虐《ぼうぎやく》なれば、国人、乱を作《な》す。厲王、彘《てい》に出《しゆっ》奔《ぽん》し、大臣、政を行なう。故に共和《きようわ》と曰《い》う。十八年、靖侯卒《せいこうしゆっ》し、子の釐《き》侯司徒《しと》立つ。釐侯の十四年、周の宣《せん》王、初めて立つ。十八年、釐侯卒《しゆっ》し、子の献《けん》侯籍《せき》、立つ。献侯、十一年にして卒し、子の穆《ぼく》侯費《ひ》王《おう》、立つ。

靖侯《せいこう》が立って十七年（BC八四二）、周王朝第十代の天子厲王《れいおう》（在位三十九年・BC八七八―八四〇）が血迷うて暴虐をふるった。それで、その国の臣下たちがクーデターを起こした。厲王は周の直轄領から出て彘《てい》（山西省霍《かく》県の東北方）に逃げ、大臣たちの手で政治がおこなわれた。だから「共和」というのである。

巻四「周本紀」には、「召公・周公の二相、政を行なう」とある。「共和」というのは年号で、以後の厲王生存中の十四年間だけが、この年号でよばれる。なお、「国人」などの「人」は、大体支配階級を指すようで、必ずしも国民全体を指すのではないらしい。

十八年（BC八四二）、靖侯は亡くなり、その子の釐侯《きこう》の司徒《しと》が立った。釐侯の十四年（BC八二七）に、周王朝ではじめての宣王が即位した。釐《き》侯は在位十八年で亡くなり、子の献侯の籍《せき》が立った。献侯は在位十一年で亡くなり、子の穆侯《ぼくこう》の費王《ひおう》が立った。

穆侯四年。取齊女姜氏爲夫人。七年。伐條。生太子仇。十年。伐千畝。有功。生少子。名曰成師。晉人師服曰。異哉。君之命子也。太子曰仇。仇者讎也。少子曰成師。成師。大號成之者也。名自命也。物自定也。今適庶名反逆。此後晉其能毋亂乎。

穆《ぼく》侯の四年、斉《せい》の女姜《きょう》氏を取りて夫人と為《な》す。七年、条を伐《う》つ。太子仇《きゅう》を生む。十年、千畝《せんぽ》を伐ち、功あり。少子を生む。名づけて成師《せいし》と曰《い》う。晋人師服《しふく》曰く、「異《い》なる哉《かな》、君の子に命《な》づくるや。太子を仇《きゅう》と曰《い》う。仇は讐《あだ》なり。少子を成師《せいし》と曰《い》う。成師は、大号これを成す者なり。名、自《おのずか》ら命《な》づけられて、物、自《おのずか》ら定まるなり。今、適《てき》・庶《しょ》の名、反逆《はんぎゃく》なり。此《こ》の後《のち》、晋、其れ能《よ》く乱るる毋《なか》らんや」と。

穆《ぼく》侯の四年（BC八〇八）、おなじ諸侯である斉の王女の姜氏《きょうし》をめとって、夫人にした。「夫人」は奥方、諸侯であるから后・妃とはいわないのだろう。

七年、条（山西省安邑）を討伐した。皇太子の仇が生まれた年である。十年、千畝《せんぽ》（山西省介林県の南方）を討伐して成果をおさめた。このころ下の王子が生まれたので、成師という名をつけた。

晋の家老の師服がいった、「なんとも奇怪だ、殿が子息の名のつけかたは。太子さまは仇という。仇といえば讐《あだ》である。下のお子は成師という。成師というのは、ご本人を成功させるすばらしい名だ。名というものはなんとなくしぜんにつけられ、名づけられたものは、その名のとおり運命づけられる。この場合、後嗣ぎのお子とそうでないお子の名が、あべこべだ。このさき、晋の国は乱れずにすむだろうか。」

師服の予言はやがて実現する。古代にはこれに類する予言的な発言や歌謡が少なくない。「適」は嫡におなじ。

二十七年。穆侯卒。弟殤叔自立。太子仇出奔。殤叔三年。周宣王崩。四年。穆侯太子仇。率其徒。襲殤叔而立。是爲文侯。

二十七年、穆《ぼく》侯卒《しゅっ》し、弟　殤叔《しょうしゅく》、自《みずか》ら立つ。太子仇《きゅう》、出奔《しゅっぽん》す。殤叔の三年、周の宣《せん》王、崩《ほう》ず。四年。穆《ぼく》侯の太子仇《きゅう》、其の徒を率《ひき》い、殤叔を襲《おそ》いて立つ。是《こ》れ文侯たり。

在位二十七年で穆侯《ぼくこう》は亡くなった（BC七八五）。弟の殤叔《しょうしゅく》がかってに即位し、太子の仇は亡命した。殤叔の三年に、周の宣王が亡くなった。殤叔の四年（BC七八二）、穆侯の太子である仇が、その徒党をひきいて、殤叔を襲撃して即位した。これが文侯である。

文侯十年。周幽王無道。犬戎殺幽王。周東徙。而秦襄公始列爲諸侯。三十五年。文侯仇卒。子昭侯伯立。

文侯の十年。周の幽《ゆう》王、無道《むどう》なり。犬戎《けんじゅう》、幽王を殺す。周、東に徙《うつ》る。而《しこ》うして秦の襄《じょう》公、始めて列せられて諸侯と為《な》る。三十五年、文侯仇《きゅう》、卒《しゅっ》す。子の昭《しょう》侯伯《はく》、立つ。

文侯の十年（BC七七一）、周の第十二代天子幽王（在位BC七八一―七七一）は、道をふみはずした暴君である。犬戎《けんじゅう》という陝西《せんせい》省北部に住む異民族が幽王を殺した。

この事件については巻四「周本紀」に有名なエピソードが伝えられている。――幽王には褒姒《ほうじ》という寵姫があった。かの女はめったに笑顔を見せない。そこで幽王は、かの女を笑わせるために、事故もないのにのろしをあげ太鼓をうって、諸侯の非常呼集をおこなった。急いで馳せつける諸侯のあっけにとられた顔を見た褒姒は、はたして笑いころげた。調子にのった幽王は、その後もたびたび呼集をくり返す。諸侯のほうではばかばかしくなり、次第に応じなくなった。そのやさき、まえに廃立された正妃の父にあたる申侯《しんこう》が、西夷《せいい》や犬戎《けんじゅう》などの異民族と結んで襲撃をくわえ、幽王はあえなく敗れて殺害された。

周は東方の地、雒邑《らくゆう》（河南省洛陽）に遷都した。「周本紀」によれば、幽王が殺されたあと、諸侯は申侯の意見に従って、もとの太子宜臼《ぎきゅう》を擁立した。平王という。後世の歴史家はこれ以前を西周、以後を東周とよぶ。

秦の襄公《じょうこう》がこのとき始めて諸侯のなかま入りをした。三十五年、文侯の仇が亡くなり、子の昭侯、伯が立った。

昭侯元年。封文侯弟成師于曲沃。曲沃邑大於翼。翼晉君都邑也。成師封曲沃。號爲桓叔。靖侯庶孫欒賓相桓叔。桓叔。是時年五十八矣。好德。晉國之衆皆附焉。君子曰。晉之亂。其在曲沃矣。末大於本。而得民心。不亂何待。

昭侯の元年、文侯の弟成師《せいし》を曲沃《きょくよく》に封《ほう》ず。曲沃は、邑《ゆう》、翼《よく》より大なり。翼は、晋の君の都邑《とゆう》なり。成師、曲沃に封ぜられ、号して桓叔《かんしゅく》と為《な》す。靖《せい》侯の庶孫欒賓《らんぴん》、桓叔に相《しょう》たり。桓叔、是《こ》の時、年五十八なり。徳を好み、晋国の衆、皆附《つ》く。君子曰く、「晋の乱るるは、其れ曲沃に在らん。末《すえ》、本《もと》より大にして、民の心を得《う》。乱れずして何をか待たん」と。

昭侯の元年（BC七四五）、文侯の弟である成師を曲沃《きょくよく》（山西省聞喜県の東方）の領主にした。曲沃は領土が翼（同上翼城県）よりも大きい。翼というのは晋の君主の都城地区である。曲沃の領主になった成師は、桓叔と名のった。靖侯《せいこう》の傍系の孫にあたる欒賓《らんぴん》が、この桓叔を輔佐した。桓叔はこのころ五十八歳になっていた。恩恵を施すのが好きで、晋の国民たちから慕われた。

世の識者がいった、「晋が乱れるもとは、曲沃にあるだろう。末が幹よりも大きく、しかも民心を把握している。内乱が起きないですむものか。」

「君子とは、人格・教養がすぐれ、客観的な判断をくだしうる人をいう。『史記』では、時おり歴史事象に対する「君子」の批判や予言を借りて、みずからの批判を代弁させている。この一条がもとづいた『左伝』(桓公二年)では、このことばの発言者が上にみえる師服になっている。

七年。晉大臣潘父。弑其君昭侯。而迎曲沃桓叔。桓叔欲入晉。晉人發兵攻桓叔。桓叔敗。還歸曲沃。晉人共立昭侯子平爲君。是爲孝侯。誅潘父。

七年、晋の大臣潘父《はんぽ》、其の君昭侯を弑《しい》して、曲沃の桓叔《かんしゅく》を迎う。桓叔、晋に入らんと欲す。晋人《しんひと》、兵を発して桓叔を攻む。桓叔、敗れ、還《かえ》りて曲沃に帰る。晋人、共に昭侯の子平《へい》を立てて君と為《な》す。是れ孝《こう》侯たり。潘父《はんぽ》を誅す。

昭侯の七年(BC七三九)、晋の大臣である潘父《はんぽ》が、君主の昭侯を殺害して、曲沃の桓叔を国王に迎えようとした。桓叔が晋にのりこもうとすると、晋の家臣たちは、軍隊をくり出して桓叔を攻撃した。桓叔は敗北し、旋回して曲沃に帰った。晋の家臣たちは、共同して昭侯の子である平を君主に擁立した。これが孝侯である。潘父を処刑した。

孝侯八年。曲沃桓叔卒。子鱓代桓叔。是爲曲沃莊伯。孝侯十五年。曲沃莊伯弑其君晉孝侯于翼。晉人攻曲沃莊伯。莊伯復入曲沃。晉人復立孝侯子郄爲君。是爲鄂侯。鄂侯二年。魯隱公初立。鄂侯六年卒。曲沃莊伯聞晉鄂侯卒。乃興兵伐晉。周平王使虢公將兵伐曲沃莊伯。莊伯走保曲沃。晉人共立鄂侯子光。是爲哀侯。哀侯二年。曲沃莊伯卒。子稱代莊伯立。是爲曲沃武公。哀侯六年。魯弑其君隱公。哀侯八年。晉侵陘廷。陘廷與曲沃武公謀。九年。伐晉于汾旁。虜哀侯。晉人乃立哀侯子小子爲君。是爲小子侯。小子元年。曲沃武公使韓萬殺所虜晉哀侯。曲沃益彊。晉無如之何。

孝侯の八年、曲沃《きよくよく》の桓叔《かんしゆく》卒《しゆつ》し、子の鱓《せん》、桓叔に代る。是《こ》れ曲沃の莊伯《そうはく》たり。孝侯の十五年、曲沃の莊伯、其の君晋の孝侯を翼《よく》に弑《しい》す。晋人、曲沃の莊伯を攻む。莊伯、復《ま》た曲沃に入る。晋人、復た孝侯の子郄《げき》を立てて君と為《な》す。是れ鄂侯《がくこう》たり。鄂侯の二年。魯《ろ》の隠公《いんこう》、初めて立つ。鄂侯、六年にして卒す。曲沃の莊伯、晋の鄂《がく》侯の卒するを聞き、乃ち兵を興《おこ》して晋を伐《う》つ。周の平王、虢公《かくこう》をして兵を将《ひき》いて曲沃の莊伯を伐たしむ。莊伯、走りて曲沃を保《たも》つ。晋人、共に鄂侯の子光《こう》を立つ。是《こ》れ哀侯たり。哀侯の二年、曲沃の莊伯、卒す。子の称《しょう》、莊伯に代りて立つ。

是れ曲沃の武公たり。哀侯の六年、魯《ろ》、其の君隠公《いんこう》を弑《しい》す。哀侯の八年、晋、陘《けい》廷《てい》を侵《おか》す。陘廷、曲沃の武公と謀り、九年、晋を汾《ふん》の旁《かたわら》に伐ち、哀侯を虜《とら》う。晋人、乃ち哀侯の子小子《しょうし》を立てて君と為《な》す。是れ小子侯たり。小子の元年、曲沃の武公、韓万《かんまん》をして虜《とら》えし所の晋の哀侯を殺さしむ。曲沃、益《ま》すます強く、晋、これを如何《いかん》ともするなし。

孝侯の八年（BC七三二）、曲沃の桓叔が亡くなり、子の鱓《せん》が桓叔のあとを嗣いだ。これが曲沃の荘伯である。孝侯の十五年、曲沃の荘伯は、君主である晋の孝侯を首都の翼で殺害した。晋の家臣たちが曲沃の荘伯を攻撃したので、荘伯はもとどおり曲沃の地に入った。晋の家臣たちは、また孝侯の子である郄《げき》を君主に擁立した。これが鄂《がく》侯《こう》である。

鄂侯の二年（BC七二二）、山東省曲阜《きょくふ》を中心とする魯《ろ》の国の隠公《いんこう》が、はじめて即位した。「魯」は前にもふれた周王朝創始期の周公旦の領地である。魯の出身である孔子が祖国を中心として書いた編年体の中国史『春秋』は、この隠公元年よりはじまり、哀公十四年（BC四八一）に終っている。後世の歴史家は、約二百五十年にわたるこの時期を「春秋」とよぶ。ここで魯の隠公の即位に言及したのは、春秋期の開始を告げたのであろう。

鄂侯《がくこう》は在位六年で亡くなった。曲沃の荘伯は、晋の鄂侯の死を聞くと、軍事力を発動して晋を攻撃した。周王朝第十三代の天子平王は、虢《かく》（河南省陝《せん》県の東南）の領主である虢《かく》公に、軍隊をひきいて曲沃の荘伯を攻撃させた。荘伯は逃走して自領の曲沃にたてこもった。晋の家臣たちはみなで、鄂侯の子である光を擁立した。これが哀侯である。「保」とは城壁でかこまれた町を防衛すること。

哀侯の二年（BC七一六）、曲沃の荘伯が亡くなり、子の称が荘伯のあとを嗣いで立った。これが曲沃の武公である。哀侯の六年、魯の国では君主の隠公が殺害された。哀侯の八年、晋はすぐ東南にある陘廷《けいてい》（庭にも作る）を侵略した。陘廷がわは曲沃の武公と共謀して、翌九年に汾水《ふんすい》のほとりで晋を攻撃し、哀侯を捕虜にした。そこで晋の家臣たちは、哀侯の子である小子を君主に擁立した。これが小子侯である。

小子の元年（BC七〇九）、曲沃の武公は、捕虜になっている晋の哀侯を韓万に殺害させた。曲沃がわはますます勢力が強くなり、晋には手のつけられぬ存在となった。

晉小子之四年。曲沃武公誘召晉小子。殺之。周桓王使虢仲伐曲沃武公。武公入于曲沃。乃立晉哀侯弟緡爲晉侯。晉侯緡四年。宋執鄭祭仲。而立突爲鄭君。晉侯十九年。齊人管至父弑其君襄公。晉侯二十八年。齊桓公始覇。曲沃武公伐晉侯緡滅之。盡以其寶器賂獻于周釐王。釐王命曲沃武公爲晉君。列爲諸侯。於是盡併晉地而有之。

晋の小子の四年、曲沃《きょくよく》の武公、誘うて晋の小子を召し、これを殺す。周の桓《かん》王、虢仲《かくちゅう》をして曲沃の武公を伐たしむ。武公、曲沃に入る。乃ち晋の哀侯の弟緡《びん》を立てて晋侯と為す。晋侯緡の四年、宋《そう》、鄭《てい》の祭仲《さいちゅう》を執《とら》え、突《とつ》を立てて鄭の君と為す。晋侯の十九年、斉人管至父《せいじんかんしほ》、其の君襄公《じょうこう》を弑《しい》す。晋侯の二十八年、斉の桓公《かんこう》、始めて覇《は》たり。曲沃の武公、晋侯緡《びん》を伐ちてこれを滅ぼし、尽《ことごと》く其の宝器を以て周の釐《き》王に賂《まいな》い献ず。釐王、曲沃の武公に命じて晋の君たらしめ、列して諸侯たらしむ。是《ここ》に於て、尽《ことごと》く晋の地を併《あわ》せてこれを有《たも》つ。

晋の小子の四年（BC七〇六）、曲沃の武公は晋の小子をおびき寄せて殺害した。東周第二代の天子である桓王（在位BC七一九―六九七）は、虢仲《かくちゅう》に曲沃の武公を攻撃させた。武公は曲沃にはいると、ここに晋の哀侯の弟にあたる緡《びん》を立てて、晋の君主にした。

晋のきみ緡の四年（BC七〇三）、河南省商丘《しょうきゅう》を中心とする宋《そう》の国は、同省新鄭《しんてい》を中心とする鄭《てい》の国の祭仲を捕え、突《とつ》を鄭の君主に擁立した。晋の君の十九年、斉のひと管至父《かんしほ》は、君主の襄公を殺害した。

晋の君の二十八年（BC六七九）には、斉の桓公がはじめて諸侯を制覇《は》した。「覇《は》」とは、政治の力によって支配者になる「王」に対して、武力・権力によって諸侯を制圧することをいう。このころすでに中央政権の周王朝が弱体化して、諸侯王に対する統制力を失なっていたからである。

曲沃の武公は、晋のきみ緡《びん》を攻撃して滅亡させ、晋王室の宝物・金銀・珠玉などのすべてを、賄賂がわりに東周第四代の天子・釐《き》王（在位BC六八一―六七七）に献上した。釐王は、曲沃の武公を晋の君主に任命し、諸侯のなかま入りをさせた。いまやかれは、曲沃に加えて晋の領土をも領有することになった。

ここで晋王室の直系は滅亡したわけである。「晋侯」は、哀侯とか小子侯とかいう正式の称号とちがって、ただ侯の爵位を与えられた晋王国の君主を意味するだろう。亡国の君だから、おそらく正式の称号があたえられなかったのか。ともかく「晋侯」で示されていることが、滅亡を強調する効果を添えるようにもおもわれる。

曲沃武公已即位三十七年矣。更號曰晉武公。晉武公始都晉國。前即位曲沃。通年三十八年。

曲沃の武公、已《すで》に即位して三十七年なり。号を更《あらた》めて晋の武公と曰《い》う。晋の武公、始めて晋国に都《みやこ》す。前《さき》に曲沃に即位してより、通年三十八年なり。

曲沃の武公は、即位してから三十七年めに、称号を晋の武公とあらためた。晋の武公は、はじめてもとの晋の首都、翼《よく》に都をさだめた。まえに曲沃で即位しているから、通算すると在位三十八年ということになる。

「晋国」の「国」は首都を指す。たとえば「国門」といえば、首都の城門をいう。

武公稱者。先晉穆侯曾孫也。曲沃桓叔孫也。桓叔者。始封曲沃。武公。莊伯子也。自桓叔初封曲沃。以至武公滅晉也。凡六十七歳。而卒代晉爲諸侯。武公代晉二歳卒。與曲沃通年。即位凡三十九年而卒。子獻公詭諸立。

武公称《しょう》なる者は、先《さき》の晋の穆《ぼく》侯の曽孫《そうそん》なり。曲沃《きょくよく》の桓叔《かんしゅく》の孫なり。桓叔なる者、始めて曲沃に封《ほう》ぜらる。武公は荘伯《そうはく》の子なり。桓叔の初めて曲沃に封《ほう》ぜられしより、以て武公の晋を滅ぼすに至るまで、凡《およ》そ六十七歳にして、卒《つい》に晋に代りて諸侯と為《な》る。武公、晋に代るや、二歳にして卒す。曲沃と通年せば、位《くらい》に即《つ》きてより凡そ三十九年にして卒す。子の献《けん》公詭諸《きしょ》、立つ。

武公の称は、もとの晋の第九代穆侯《ぼくこう》の曽孫《ひまご》であり、桓叔の孫である。桓叔は、はじめて曲沃の領主になったひと。武公は荘伯の子である。桓叔がむかし曲沃の領主にされてから、武公が晋の本家すじを滅ぼすまで、あわせて六十七年、ついに晋に代って諸侯になったのである。

この一段の説明をたすけるために、系譜を示すと、左のごとくなる。

献公8 ┬ 穆侯9 ┬ 文侯11 ─ 昭侯12 ─ 孝侯13 ─ 鄂侯14 ┬ 哀侯15 ─ 小子侯16
　　　│　　　　│　　　　　　　　　　　　　　　　　　└ 晋侯17
　　　│　　　　└ 桓叔 ─ 荘伯 ─ 武公18 ─ 献公19
　　　└ 殤叔10

武公は、晋の本家に代ってから二年めに亡くなった。曲沃にいた分を通算すると、あわせて三十九年で亡くなったわけである。子の献公・詭諸《きしょ》が立った。

獻公元年。周惠王弟穨攻惠王。惠王出奔。居鄭之櫟邑。五年。伐驪戎。得驪姫・驪姫弟。倶愛幸之。八年。士蔿說公曰。故晉之羣公子多。不誅。亂且起。乃使盡殺諸公子。而城聚都之。命曰絳。始都絳。九年。晉羣公子既亡奔虢。虢以其故再伐晉。弗克。十年。晉欲伐虢。士蔿曰。且待其亂。

献《けん》公の元年、周の恵《けい》王の弟穨《たい》、恵王を攻む。恵王、出奔《しゅっぽん》し、鄭《てい》の櫟邑《れきゆう》に居《お》る。五年、驪戎《りじゅう》を伐ち、驪姫《りき》と驪姫の弟《いもうと》〔娣〕を得て、倶《とも》にこれを愛幸《あいこう》す。八年、士蔿《しい》、公に説《と》きて曰く、「故《もと》の晋の群公子、多し。誅《ちゅう》せずんば、乱且《まさ》に起らんとす」と。乃ち尽《ことごと》く諸公子を殺さしむ。而《しこ》うして聚《しゅう》に城《きず》きてこれに都《みやこ》し、命じて絳《こう》と曰う。始めて絳に都す。九年、晋の群公子、既に亡《のが》れて虢《かく》に奔《はし》る。虢、其の故を以て、再び晋を伐つ。克《か》たず。十年、晋、虢《かく》を伐たんと欲す。士蔿《しい》曰く、「且《しばら》く其の乱るるを待て」と。

献公の元年（BC六七六）、東周第五代の天子恵王（在位BC六七六—六五二）の弟にあたる穨《たい》が、恵王を攻撃した。恵王は亡命して、鄭の櫟邑《れきゆう》（河南省禹県）に住んだ。この事件は「周本紀」に詳しくみえている——恵王は即位すると、ある大臣の庭園を奪って動物の飼育地にあてた。そこで五人の家老が叛逆して、燕・衛二国の軍隊を招きいれ、恵王襲撃の計画をたてた。亡命した恵王は、はじめは温（河南省温県の西南、周の直轄領）、ついで櫟《れき》にいった。恵王の異母弟であり、父からも可愛がられていた穨《たい》は、恵王出奔のあとに擁立されたが、かれもたちまち殺害の悲運にあった。

献公の五年、陝西省驪山《りざん》附近に住む異民族の驪戎《りじゅう》を討伐して、驪姫《りき》とその妹を手にいれ、ふたりとも妃として寵愛した。

ここの「弟」は「娣」とも書かれる妹をいう。古代においては、姉妹がいっしょにおなじ一人のところへ嫁ぐ（八二ページ、二三六ページ参照）。

献公の八年、士蔿《しい》が献公をくどいた、「もとの晋（つまり本家すじ）の王子たちはたくさんおります。処刑しておかないと、クーデターが起こります。」

そこで、王子たちをすっかり殺害させようとした。そして、翼城の東南にある聚《しゅう》に城壁を築いて首都づくりをやり、絳《こう》と名づけた。はじめて絳を首都にしたのである。

献公の九年、晋の王子たちは虢《かく》に亡命した。虢は、そのために再び晋を攻撃したが、敗北した。

献公の十年、晋は虢《かく》を討伐しようとしたが、士蔿がいった、「まあまあ内乱がおこるのをお待ちなさい。」

十二年。驪姫生奚齊。獻公有意廢太子。乃曰。曲沃。吾先祖宗廟所在。而蒲邊秦。屈邊翟。不使諸子居之。我懼焉。於是使太子申生居曲沃。公子重耳居蒲。公子夷吾居屈。獻公與驪姫子奚齊居絳。晉國以此知太子不立也。

十二年、驪姫《りき》、奚斉《けいせい》を生む。献公、太子を廃するに意あり。乃ち曰く、「曲沃は、吾が先祖の宗廟《そうびょう》の在る所にして、蒲《ほ》は秦《しん》に辺《さかい》し、屈《くつ》は翟《てき》に辺《さかい》す。諸子をしてこれに居《お》らしめずんば、我、懼《おそ》る」と。是《ここ》に於て、太子申生《しんせい》をして曲沃に居《お》り、公子重耳《ちょうじ》をして蒲《ほ》に居《お》り、公子夷吾《いご》をして屈《くつ》に居《お》らしむ。献公は驪《り》姫《き》の子奚斉《けいせい》と絳《こう》に居る。晋国、此《こ》れを以て太子の立たざるを知るなり。

献公の十二年（BC六六五）、驪《り》姫《き》が奚斉《けいせい》を生んだ。献公は太子を廃立したい腹である。そこでいった、「曲沃は、わが先祖のみたまやの所在地だ。それに、蒲《ほ》（山西省隰県の西北）は秦の国に隣接し、屈《くつ》（同上吉県の東北）は翟《てき》の国に隣接して、どちらも重要な土地である。むすこたちにでも住まわせておかないと、安心ならんわい。」そこで、太子の申生を曲沃におき、王子の重耳《ちょうじ》を蒲におき、王子の夷吾《いご》を屈においた。献公は驪姫が生んだ奚斉《けいせい》とともに絳《こう》にいた。晋の都の人びとは、こうしたことから、太子が廃立されるであろうことを知った。

太子申生。其母齊桓公女也。曰齊姜。早死。申生同母女弟。爲秦穆公夫人。重耳母。翟之狐氏女也。夷吾母。重耳母女弟也。獻公子八人。而太子申生・重耳・夷吾。皆有賢行。及得驪姫。乃遠此三子。

太子申生《しんせい》、其の母は斉《せい》の桓《かん》公の女《むすめ》なり。斉姜《せいきよう》と曰《い》う。早く死す。中生の同母の女弟は、秦《しん》の穆公《ぼくこう》の夫人なり。重耳《ちょうじ》の母は、翟《てき》の狐《こ》氏の女《むすめ》なり。夷吾《いご》の母は、重耳の母の女弟なり。献公の子は八人にして、太子申生・重耳・夷吾、皆賢行あり。驪《り》姫《き》を得るに及び、乃ち此の三子を遠ざく。

太子の申生は、その母が斉の桓公のむすめである。早死にしている。中生の同母の妹は、秦《しん》の穆《ぼく》公の奥方である。献公の二十二年に嫁ぎ、その条では「秦の穆姫」としてみえる（一〇四ページ参照）。斉姜《せいきょう》といって、重耳《ちょうじ》の母は、翟《てき》の狐《こ》氏のむすめであり、夷吾の母は、重耳の母の妹である。献公には八人のむすこがあり、太子の申生および重耳や夷吾は、いずれも品行がりっぱであった。ところが、献公は驪《り》姫《き》を手にいれると、この三人を遠ざけたのである。

十六年。晉獻公作二軍。公將上軍。太子申生將下軍。趙夙御戎。畢萬爲右。伐滅霍。滅魏。滅耿。還爲太子城曲沃。賜趙夙耿。賜畢萬魏。以爲大夫。士蔿曰。太子不得立矣。分之都城。而位以卿。先爲之極。又安得立。不如逃之。無使罪至。爲呉太伯。不亦可乎。猶有令名。太子不從。

十六年、晋の献公、二軍を作る。公は上軍に将たり。太子申生は下軍に将たり。

趙夙《ちょうしゅく》は戎《じゅう》に御《ぎょ》たり。畢万《ひつまん》は右《ゆう》たり。伐《う》ちて霍《かく》を滅ぼし、魏《ぎ》を滅ぼし、耿《こう》を滅ぼす。還《かえ》りて、太子の為《ため》に曲沃に城《きず》き、趙夙《ちょうしゅく》に耿《こう》を賜い、畢万に魏《ぎ》を賜い、以て大夫と為《な》す。士蔿《しい》曰く、「太子は立つを得ざらん。これに都城を分かちて、位《くらい》するに卿《けい》を以てし、先ずこれが極《きょく》を為せり。又《ま》た安《いずく》んぞ立つを得ん。これより逃《のが》るるに如《し》かず。罪をして至らしむる無《な》かれ。呉《ご》の太伯たるも、亦《ま》た可ならずや。猶《な》お令《れい》名《めい》あり」と。太子従わず。

十六年（BC六六一）、晋の献公は二軍を編成した。周の制度では、一軍が一万二千五百人、天子は「六《りく》軍」をそなえ、その下にある諸侯のうち、大国が三軍、次が二軍、小国が一軍と規定されている（『周礼』夏官・序官）。晋はつまり中クラスの国にのしあがったのであるが、おそらく周王朝の許可をえたのではあるまい。なお、晋はこのさき勢力を増すごとに軍を増し、やがて天子に匹敵する常備軍をもつに至る。

献公じしんは上軍を統率し、太子の中生は下軍を統率、趙夙《ちょうしゅく》は献公の戦車の馭者《ぎょしゃ》をつとめ、畢万《ひつまん》が陪乗者をつとめて、霍《かく》（山西省霍県の西南）・魏（同省芮《ぜい》城の東北）・耿《こう》（同省河津、邢にもつくる）を討伐、いずれをも滅ぼした。凱旋すると、太子のために曲沃に築城し、趙夙には耿をあたえ、畢万には魏をあたえて、それぞれ大夫の職につけた。当時の官僚は卿・大夫・士に分かれ、それぞれがさらに上・中・下に分かれていた。

士蔿がいった、「太子さまは、王位につくことはできますまい。太子さまには城を分け、大臣の地位につけて、まず身分についての最高限を示されましたのに、なんで王位につくことができましょう。お逃げになったほうがよい、罪にかかるようなことにならないうちに。呉の太伯さまになるのも、いいじゃないですか。評判ぐらいは残りますよ。」太子は、その忠告に従わなかった。

「呉の太伯」とは、周の先祖である古公亶父《たんぽ》（太王と呼ばれる）の嫡子である。かれは、異腹の末弟である季歴がすぐれた素質をもち、季歴のむすこ昌（のちの文王）にも天子となる瑞兆があって、季歴自身に相続させる意志があることを察した。それで弟の仲雍《ちゅうよう》（虞《ぐ》仲）といっしょに荊蛮《けいばん》（南方の異民族）の地に逃避して、土俗にしたがっていれずみや断髪を敢行、じぶんから嗣子の資格を放棄した。それに感激した荊蛮の千人あまりが、かれを君主に擁立して、呉の国を建てた。のちに越《えつ》としのぎをけずる呉がそれである（巻三十一「呉太伯世家」。）

卜偃曰。畢萬之後必大。萬盈數也。魏大名也。以是始賞。天開之矣。天子曰兆民。諸侯曰萬民。今命之大。以從盈數。其必有衆。初畢萬卜仕於晉國。遇屯之比。辛廖占之曰。吉。屯固。比入。吉孰大焉。其後必蕃昌。

卜偃《ぼくえん》曰く、「畢万《ひつまん》の後《のち》は必ず大ならん。万は盈数《えいすう》なり。魏《ぎ》は大名《だいめい》なり。是《こ》れを以て始めて賞せしは、天これを開くなり。天子に『兆民《ちょう》』と曰《い》い、諸侯に『万民《ばん》』と曰《い》う。今、これに大と命じ、以て盈数《えいすう》に従わしむ。其れ必ず衆《おお》きを有《たも》たん」と。

初め畢万《ひつまん》は晋国に仕うるを卜《うらな》うに、屯《ちゅん》の比《ひ》に之《ゆ》くに遇《あ》う。辛廖《しんりょう》これを占《うらな》いて曰く、「吉なり。屯《ちゅん》は固し。比は入る。吉、孰《いず》れか焉《これ》より大ならん。其の後《のち》は必ず蕃昌《はんしょう》せん」と。

卜偃《ぼくえん》、つまり占卜《せんぼく》官である郭偃《かくえん》がいった、「畢万《ひつまん》の子孫はきっと盛大になるだろう。万は数をしめす最高の単位だし、魏は大きいという意味をもつことばだ。そうした名称をかれへの最初の褒美としたのは、天の意志によって開運することなのだ。天子には兆民《ちょうみん》といい、諸侯には万民という。いま、かれに大を意味する魏の殿さまを名のらせ、数の最高単位をしめす名に附随させた。将来きっとおおぜいの人民を領有することだろう。」

「魏」が大きいという概念をもつことは、たとえば高大なさまを形容する「魏魏乎」（巍とも書く）や、宮中の高大な門とか宮城そのものをいう「魏闕《ぎけつ》」などの語によって知りうる。また、『書経』呂刑《りょけい》篇に「一人慶《よろこ》びあり、兆民これに頼る」とあるのが天子の民の例。『詩経』魯頌《ろしょう》・閟宮《ひきゅう》の詩に「孔《はなは》だ曼《なが》く且つ碩《おお》きく、万民これ若《したが》う」が諸侯の民の例である。「諸侯には万民という」を引用して、暗に畢万が将来諸侯になるであろうことを予言した。この予言もみごとに的中して、のちに魏姓を名のった畢万の子孫は、次第に勢力をえて、ついに趙・韓とならんで晋の領土を分割し、やがて戦国七雄の一に数えられる。

むかし、畢万が晋に仕えることの吉凶を占ったとき、「屯《ちゅん》が変化して比《ひ》になる」という卦《か》にぶつかった。辛廖《しんりょう》がこの卦を判断していった、「吉です。屯《ちゅん》は険難を前にして、堅固をあらわします。比は水が地中にしみこむ状態で、親密をあらわします。この卦にまさる吉はありません。子孫はかならず繁栄するにちがいない。」

「屯《ちゅん》」「比」ともに『易《えき》』の卦の名である。「屯」䷂は前方に険難☵をひかえて、堅固な態度でのぞむ形である。「比」䷇は屯の初爻《こう》（六爻の最下位）が変化した卦で、象《しょう》（卦の解説）にも「地上に水あるは比なり。先王以て万国を建て、諸侯を親しむ」とある。

十七年。晋侯使太子申生伐東山。里克諫獻公曰。太子奉冢祀社稷之粢盛。以朝夕視君膳者也。故曰冢子。君行則守。有守則從。從曰撫軍。守曰監國。古之制也。夫率師。專行謀也。誓軍旅。君與國政之所圖也。非太子之事也。師在制命而已。

稟命則不威。専命則不孝。故君之嗣適。不可以帥師。君失其官。率師不威。将安用之。公曰。寡人有子。未知其太子誰立。

十七年、晋侯、太子申生《しんせい》をして東山《とうざん》を伐《う》たしむ。里克《りこく》、献公を諌《いさ》めて曰く、「太子は冢祀《ちょうし》と社稷《しゃしょく》の粢《し》盛《せい》を奉じ、以て朝夕《ちょうせき》に君の膳《ぜん》を視《み》る者なり。故に冢子《ちょうし》と曰《い》う。君行かば則ち守り、守《まもり》あらば則ち従う。従うを撫軍《ぶぐん》と曰い、守るを監国《かんこく》と曰う。古の制なり。夫《そ》れ師を率《ひき》いなば、専ら謀《はか》りごとのみを行うなり。軍旅《ぐんりょ》に誓うは、君と国政との図《はか》る所なり。太子の事に非ざるなり。師は命《めい》を制するに在るのみ。命を稟《う》けなば、則ち威あらず。命を専らにせば、則ち孝ならず。故に君の嗣適《してき》〔嫡〕は、以て師を帥《ひき》いるべからず。君、其の官を失い、師を率《ひき》いて威あらずんば、将《は》た安《いず》くにこれを用いんや」と。公曰く、「寡人《かじん》、子あり。未だ其の太子に誰を立つるかを知らず」と。

十七年（BC六六〇）、晋の君である献公は、太子の申生に、東山《とうざん》（山西省皐落《こうらく》）に住む北方異民族を討伐させた。里克《りこく》が献公を諌めていった、

「太子さまは先祖のみたまやと、国家の象徴である土地神・穀物神の祭祀に奉仕して、朝な夕な君主の食膳をせわするる身です。だから冢子《ちょうし》というのです。主君が討伐などの

ことで都から出られますときは、留守役をつとめ、ほかに留守役があれば、お供をされます。お供をされるのが撫軍《ぶぐん》、留守をつとめられるのが監《かん》国、これが古代の制度です。大体、軍隊を統率する場合には、軍事計画の遂行を専断します。だから軍隊に宣誓し号令する、つまり軍事権を発動するのは、君主と宰相が計画することであって、太子がやることではありません。軍隊の出動で重要なのは、ただ命令権をおさえることだけです。他人から命令されるようでは、威厳を維持することができませんし、といって命令権を専断されますと、太子さまの場合は親不孝になります。だから、君主の後継者である嫡子《ちゃくし》は、軍隊を統率してはいけないのです。ご主君が職務の任命をあやまられたために、太子さまが軍隊を指揮して威厳を失なわれました場合、太子さまの用途がなくなりますよ。」

献公はいった、「わしにはむすこたちがいる。太子に誰が立つかは、まだわからんぞ。」

「軍旅に誓う」とは、出陣にあたって部隊に訓示したり誓約すること。『尚書（書経）』の甘誓《かんぜい》・湯誓《とうせい》・泰誓《たいせい》など「誓」のつく諸篇は、みなその実例である。「国政」は後漢・賈逵《かき》の注に「正卿《せいけい》なり」とあるのに従った。

「寡人」は君主の自称、寡は少、寡徳の人（人格に欠けるもの）と謙遜するきもち。

里克不對而退。見太子。太子曰。吾其廢乎。里克曰。太子勉之。教以軍旅。不共是懼。何故廢乎。且子懼不孝。毋懼不得立。修己而不責人。則免於難。太子帥師。公衣之偏衣。佩之金玦。里克謝病。不從太子。太子遂伐東山。

里克《りこく》、対《こた》えずして退き、太子に見《まみ》ゆ。太子曰く、「吾、其れ廃せられんか」と。里克曰く、「太子、これを勉《つと》めよ。教うるに軍旅《ぐんりょ》を以てすれば、共《きょう》〔供〕せざらんことを是《こ》れ懼《おそ》れよ。何故に廃せられんや。且《か》つ子は孝ならざらんことを懼れよ。立つを得ざらんことを懼るる毋《なか》れ。己《おのれ》を修めて人を責めずんば、則ち難より免《まぬが》れん」と。太子の師を帥《ひき》いるや、公これに偏衣《へんい》を衣《き》せ、これに金玦《きんけつ》を佩《お》びしむ。里克《りこく》、病《やまい》と謝して、太子に従わず。太子、遂に東山を伐つ。

里克は、それには返事しないで退出し、太子に会った。太子がいった、「わたしは太子をやめさせせられるんだろうな。」

里克はいった、「太子さま、しっかりおやりなさい。あなたは下軍の指揮者として、軍を動かすよう命ぜられたのですから、ただ職務を大切にするよう気をつかえばよろしい。やめさせられるなんてことがあるもんですか。それに、子どもは親不孝にならぬようにとつとめ、太子に立てられないかなどとおそれるものではありません。わが身の人格をみがいて他人を責めなければ、災難をうけずにすみますよ。」「共（供）」は供職、職務をつつしむこと。

太子が軍隊を統率するにあたり、献公は左右色ちがいの服を着せ、黄金の玦《けつ》を携帯させた。里克は病気を理由にして、太子の供をしなかった。太子はそのまま東山討伐にでかけた。

「偏衣」の色ちがいの半分は君主（父）の服を意味して、君主に代る重要任務であることをしめす。「玦」は一か所だけ欠けた環、普通は玉で作られる。ここは訣別の意を託するが、本書中冊「項羽本紀」（七二ページ参照）のいわゆる鴻門《こうもん》の会《かい》の一段では、決断の意を託している。項羽と沛公《はいこう》（のちの漢の高祖、劉邦）の軍事会談の席上、項羽の腹心である范増が、劉邦らを殺害するよう、項羽に決断をうながす――「范増、数〻《しばしば》項羽を目《もく》し、佩《お》ぶる所の玉玦を挙げて、以てこれに示すこと三たび。」

十九年。獻公曰。始吾先君莊伯・武公之誅晉亂。而虢常助晉伐我。又匿晉亡公子。果爲亂。弗誅。後遺子孫憂。乃使荀息以屈產之乘。假道於虞。虞假道。遂伐虢。取其下陽以歸。

十九年、献公曰く、「始め吾《わ》が先君荘伯《そうはく》・武公の、晋の乱を誅せしに、虢《かく》は常に晋を助けて我を伐ち、又《ま》た晋の亡《ぼう》公子を匿《かく》す。果して乱を為せり。誅せずんば、後《のち》に子孫の憂《うれい》を遺《のこ》さん」と。乃ち荀息《じゅんそく》をして、屈産《くっさん》の乗《じょう》を以て、道を虞《ぐ》に仮《か》らしむ。虞、道を仮す。遂に虢《かく》を伐ち、其の下陽《かよう》を取り、以て帰る。

十九年（BC六五八）、献公はいった、「むかし、わたしの先代――祖父の荘伯さまと父の武公さまが本家の内紛をおさめたとき、虢《かく》はいつも本家がわを援助して、こちらを攻撃したり、亡命中の晋本家の王子たちをかくまったりしおった。いま、はたせるかな叛逆の行為に出た。この虢をやっつけておかないと、このさき子孫に心配のたねを残すだろう。」

そこで荀息《じゅんそく》に命じて、屈産《くっさん》（山西省石楼の東南）の四頭だて馬車の馬を代償として、平陸の東北方にある虞《ぐ》の国に、軍隊の通過を申しいれさせた。虞が承知したので、虢を討伐し、その下陽《かよう》（山西省平陸の東北）を占拠して凱旋した。

このあたりより、晋王室のお家騒動が発生する。驪《り》姫《き》の子奚斉《けいせい》が可愛くてならない献公に、太子を廃立する意図がめばえたことは、たびたび言及された。それがこのころから明確な形をとり始めるとともに、献公の意図はかならずしもかれ一人のものでなかったことが、巧みな筆致で徐徐に読者に知らされる。

獻公私謂驪姫曰。吾欲廢太子。以奚齊代之。驪姫泣曰。太子之立。諸侯皆已知之。而數将兵。百姓附之。奈何以賤妾之故。廢適立庶。君必行之。妾自殺也。驪姫詳譽太子。而陰令人譖惡太子。而欲立其子。

献公、私《ひそ》かに驪姫《りき》に謂《い》いて曰く、「吾、太子を廃し、奚斉《けいせい》を以てこれに代えんと欲す」と。驪姫、泣いて曰く、「太子の立たんことは、諸侯、皆已《すで》にこれを知れり。而《しか》も数《しば》しば兵に将たりて、百姓《ひゃくせい》これに附《つ》く。奈何《いかん》ぞ賤妾《せんしょう》の故を以て、適《てき》〔嫡〕を廃して庶《しょ》を立てんとするや。君必ずこれを行わば、妾《しょう》自殺せん」と。驪姫《りき》、詳《いつわ》〔佯〕りて太子を誉《ほ》むるも、而《しか》も陰《ひそ》かに人をして太子を譖悪《しんあく》せしめて、其の子を立てんと欲す。

献公はこっそりと驪姫《りき》にいった、「わしは太子を廃して、奚斉を代りにするつもりだ。」

驪姫は泣いていった、「太子さまが、世嗣ぎの地位にありますことは、諸侯たちみんなが知っておりますそれに、たびたび軍の指揮をあそばし、家臣たちがなついております。なぜ、このあたしのために嫡子を廃して庶子を立てようとなさいますの。殿がぜひにも実行なさいますなら、あたしは自殺しますよ。」驪姫はうわべは太子をほめるのだが、かげでは人に太子の悪口をいわせて、わが子を立てたく考えていた。

二十一年。驪姫謂太子曰。君夢見齊姜。太子速祭曲沃。歸釐於君。太子於是祭其母齊姜於曲沃。上其薦胙於獻公。獻公時出獵。置胙於宮中。驪姫使人置毒藥胙中。居二日。獻公從獵來還。宰人上胙獻公。獻公欲饗之。驪姫從旁止之曰。胙所從來遠。宜試之。祭地。地墳。與犬。犬死。與小臣。小臣死。驪姫泣曰。太子何忍也。其父而欲弑代之。況他人乎。且君老矣。旦暮之人。曾不能待。而欲弑之。謂獻公曰。太子所以然者。不過以妾及奚齊之故。妾願子母辟之他國。若早自殺。毋徒使母子爲太子所魚肉也。始君欲廢之。妾猶恨之至於今。妾殊自失於此。太子聞之。奔新城。獻公怒。乃誅其傅杜原款。

二十一年、驪姫《りき》、太子に謂《い》いて曰く、「君、夢に斉姜《せいきょう》を見る。太子、速かに曲沃《きょくよく》に祭り、釐《き》を君に帰《おく》れ」と。太子、是《ここ》に於て其の母斉姜を曲沃に祭り、其の薦胙《せんそ》を献公に上《たてまつ》る。献公、時に出猟す。胙《そ》を宮中に置く。驪姫《りき》、人をして毒薬を胙《そ》中に置かしむ。居《お》ること二日、献公、猟より来たり還《かえ》る。宰人《さいじん》、胙《そ》を献公に上《たてまつ》る。献公、これを饗《う》けんと欲す。驪姫、旁《かたわら》よりこれを止《とど》めて曰く、「胙《そ》の従《よ》りて来たる所や遠し。宜《よろ》しくこれを試むべし」と。地を祭るに、地墳《うごも》つ。犬に与うるに、犬死す。小臣に与うるに、小臣死す。驪姫、泣きて曰く、「太子、何ぞ忍《にん》なるや。其の父なるに弑《しい》してこれに代らんと欲す。況《いわ》んや他人をや。且《か》つ君は老いたり。旦暮《たんぼ》の人なるに、曽《な》お待つ能わずして、これを弑せんと欲す」と。献公に謂《い》いて曰く、「太子の然る所以《ゆえん》の者は、妾《しょう》及び奚斉《けいせい》の故を以てに過ぎざるのみ。妾、願わくは、子母してこれを他国に辟《さ》〔避〕くるか、若《も》しくは早く自殺せん。徒《いたず》らに母子をして太子の魚肉とする所と為《な》らしむる毋《なか》れ。始め君これを廃せんと欲せり。妾、猶《な》おこれを恨みて今に至れば、妾、殊《こと》に此《ここ》に自失す」と。太子、これを聞きて、新城に奔《はし》る。献公、怒る。乃ち其の傅《ふ》、杜原款《とげんかん》を誅す。

献公の二十一年（BC六五六）、驪姫が太子にいった、「殿さまは、あなたの母うえの斉姜《せいきょう》さまに夢で会われました。太子さま、急いで曲沃のみたまやでお祭りをされ、お供えの肉を殿さまにさしあげなすっては。」

そこで太子は、曲沃で母の斉姜の祭りをすませ、供物の肉のおさがりを献公にさしあげた。献公はちょうど狩猟に出て留守だったので、肉は宮中におかれた。驪姫は人をつかって肉に毒を盛らせた。

そのまま二日がたち、献公が狩猟から帰還した。料理がかりが、肉を献公にさしあげる。献公がそれを頂戴しようとすると、驪姫がそばからおし止《とど》めていった、「そのおさがりの肉は、ずいぶん遠方からとどいたもの。毒味をおさせになるのがよいかと存じます。」

地上に酒をそそぐと、地めんが湧きたった。犬に肉をあたえると、犬は死んだ。茶坊主にあたえると、茶坊主は死んだ。

驪姫が泣いていった、「太子さまはなんとまあむごいかた。おのれの父うえだというのに、殺して代ろうおつもり。これがもし他人ならどうでしょう。しかも、殿はご老体、明日をも知れぬお人なのに、それが待てずに殺そうとなさる。」

献公にむかっていった、「太子さまのこのしうちは、あたしと奚斉のせいにきまっておりまする。あたしたち母子《おやこ》して、他国に避難いたしますか、それともさっさと自殺しちまいたいもの。この母子《おやこ》をむざむざ太子さまの餌じきにさせないでくださいまし。あのとき、殿は太子さまを廃立したいとおっしゃいました。あたしは今の今までそのことをお恨みにおもっていたのです。それがこうなると、あたくしすっかりとまどいますわ。」

これを聞いた太子は、所領の新城——曲沃に逃げかえった。献公は立腹して、ここに太子の守り役杜原款《とげんかん》を処刑する。

「地を祭る」とは、神酒を地にふりかけて地の神を祭ること。儀礼的な饗宴とか行事の開始にさきだって、附帯的に、そして後には単に形式的に行なわれた。「小臣」はふつう下級の臣をいうが、『左伝』（僖公四年）の注によれば、宮廷奥向きに仕える宦《かん》官《がん》をさすとある。また「魚肉」は、魚肉のように切りきざまれることであって、魚と肉のこと（牛・豚・羊など）ではあるまい。この一段については、『史記』における人間描写」（五三九ページ）を参照されたい。

或謂太子曰。爲此藥者。乃驪姫也。太子何不自辭明之。太子曰。吾君老矣。非驪姫。寢不安。食不甘。卽辭之。君且怒之。不可。或謂太子曰。可奔他國。太子曰。被此惡名以出。人誰內我。我自殺耳。十二月戊申。申生自殺於新城。

或るひと、太子に謂《い》いて曰く、「此の薬者を為《な》せし者は、乃ち驪《り》姫《き》なり。太子、何ぞ自《みずか》らこれを辞《じ》明《めい》せざる」と。太子曰く、「吾が君は老いたり。驪姫に非ずんば、寝《しん》、安からず、食、甘からず。即《も》しこれを辞《じ》せば、君、且《まさ》にこれに怒らんとす。不可なり」と。或るひと、太子に謂《い》いて曰く、「他国に奔《はし》るべし」と。太子曰く、「此の悪《あく》名《めい》を被《こう》りて以て出《い》ずるも、人、誰《たれ》か我を内《い》れん。我は自殺せんのみ」と。十二月戊《ぼ》申《しん》、申生、新城に自殺す。

ある人が太子に忠告した、「この薬をしかけた張本人は、驪姫ですよ。太子さまはなぜごじぶんで弁明なさいません。」

太子はいった、「殿はお年をめされている。驪姫さまでなければ、寝ても安まれず、食べてもおいしくないほどです。もし子細をお話すれば、驪姫さまに立腹なさるだろう。そりゃだめです。」

またある人が、「外国にお逃げなさい」というと、太子はいった、「親殺しの汚名をきたまま亡命したところで、誰がわたしを迎えてくれましょう。わたしには自殺あるのみです。」

十二月戊申《つちのえさる》の日、申生は新城で自殺した。

太子の申生が父を想う衷情、そしてその行動は、巻三十七「衛康叔世家」にみえる衛の宣公の太子伋《きゅう》のそれと、酷似して、読者の胸をゆさぶらずにはおくまい。司馬遷自身も「衛世家」のほうの論賛でいう、「わたしは世家の記述を読んで、宣公の太子が妻の一件のために殺され、弟の寿がいのちがけで王位就任を辞退したくだりに来た。これは晋の太子の申生が驪姫のしうちを明かさなかったのと同じであり、どちらも父のおもわくを傷つけることをいとうたのである。しかし、結局はふたりとも死んだ。まことに悲しいことである。」

ここに「衛世家」の一段を紹介しておく。

むかし、宣公は奥方の夷姜《いきょう》を寵愛して、かの女が生んだ伋《きゅう》を太子に立て、右公子《ゆう》に養育させた。右公子は太子の妻に斉の王女をむかえたが、まだこしいれがすまぬころ、太子の妻に予定されたむすめの美貌を見て、気にいった宣公が、かの女をわが妻にし、太子にはほかの女をめとらせた。宣公が妻にした斉の王女には、寿《じゅ》と朔《さく》二人の子が生まれ、左公子に養育させた。太子伋の母が亡くなると、宣公の正夫人は、朔とともに太子の伋を中傷した。かつてその妻を横取りしたことから太子を憎み、すでに廃立するつもりでいた宣公は、中傷を聞いてすっかり立腹した。伋を斉に派遣して、国境附近の匪賊に殺させようと、太子に白旄《はくぼう》(白い羽毛の旗)を与え、また国境附近の匪賊に、白旄をもつものを見れば殺すようにおしえた。さて太子が出発しようとすると、朔の兄である寿(太子の異母弟)は、朔が太子を憎んでいることや、君が太子を殺すつもりであることを知って、太子に告げた、「国境附近の匪賊が、太子の白旄を見たら殺します。行ってはなりません。」すると太子は、「父上の命にそむいてまで生をのぞむことは、わたくしにはできない」といってそのまま出発した。寿は太子が思い止まらぬので、その白旄をぬすみ、先に馬を馳せて国境まで行った。匪賊はめじるしを見ると、すぐさまかれを殺害した。寿が殺されたあと、さらに太子の伋がやってきていった、「ほんとに殺すのは、このわたしだよ。」匪賊は太子の伋をも殺して、宣公に報告した。

此時重耳・夷吾來朝。人或告驪姫曰。二公子怨驪姫譖殺太子。驪姫恐。因譖二公子。中生之藥胙。二公子知之。二子聞之。恐。重耳走蒲。夷吾走屈。保其城。自備守。初獻公使士蔿爲二公子築蒲・屈城。弗就。夷吾以告公。公怒士蔿。士蔿謝曰。邊城少寇。安用之。退而歌曰。狐裘蒙茸。一國三公。吾誰適從。卒就城。及中生死。二子亦歸保其城。

此の時、重耳《ちょうじ》・夷吾《いご》、来《きた》り朝《ちょう》す。人、或るいは驪姫《りき》に告げて曰く、「二公子、驪姫の譖《そし》りて太子を殺せしを怨む」と。驪姫、恐る。因《よ》りて二公子を譖《そし》る、「中生の薬胙《やくそ》は、二公子これを知れり」と。二子、これを聞きて、恐る。重耳は蒲《ほ》に走り、夷吾は屈《くつ》に走り、其の城を保ちて、自《みずか》ら備《そな》え守る。初め献公、士蔿《しい》をして二公子の為《ため》に蒲・屈の城を築《きず》かしむ。就《な》らず。夷吾、以て公に告ぐ。公、士蔿《しい》を怒る。士蔿、謝して曰く、「辺城、寇《こう》少し。安《いず》くんぞこれを用いん」と。退きて歌う。曰く、「狐裘《こきゅう》、蒙茸《もうじょう》たり。一国に三公あり。吾、誰にか適《ゆ》き従わん」と。卒《つい》に城を就《な》す。中生の死するに及び、二子も亦《ま》た帰りて其の城を保つ。

この時、太子の異母弟である重耳《ちょうじ》と夷吾《いご》が、めいめいの所領から宮廷にやって来た。だれかが驪姫に告げた、「ふたりの王子たちは、あなたがわる告げして太子を殺したことを怨んでいますよ。」驪姫はこわくなったので、ふたりの王子を中傷し、「中生さまの毒肉殺人の件は、ふたりの王子さまもごぞんじだったのです。」中傷されたと聞いたふたりは、こわくなり、重耳は蒲《ほ》に、夷吾は屈《くつ》にのがれ、みな居城にたてこもって、わが身の防衛をはかった。

かつて献公は士蔿《しい》に、二王子のために蒲と屈に築城するよう命じたが、なかなか出来あがらなかった。夷吾がそのことを献公につげたので、献公は士蔿に腹をたてた。士蔿がわびていった、「かたほとりの城《まち》で侵略者はほとんどありません。城壁なんかが必要でしょうか。」退出すると歌った、

狐の皮ごろもは毛むくじゃら
一つの国にみたりの君
さてもわたしは誰につこう

ついに城壁を完成した。中生が死んだ今になって、二王子も所領に帰ってたてこもったわけである。

士蔿の歌は茸（rong）・公（gong）・従（cong）と押韻されている。「蒙茸《もうじょう》」（mong-rong）は擬態語で、狐の皮ごろもの毛がいり乱れたさまを形容し、国内の乱脈状態に

喩えたわけである。

二十二年。獻公怒二子不辭而去。果有謀矣。乃使兵伐蒲。蒲人之宦者勃鞮。命重耳促自殺。重耳踰垣。宦者追斬其衣袪。重耳遂奔翟。使人伐屈。屈城守不可下。

二十二年、献公、二子の辞せずして去り、果して謀《はか》るあるを怒る。乃ち兵をして蒲《ほ》を伐たしむ。蒲人の宦者勃鞮《かんじゃぼってい》、重耳《ちょうじ》に命じて自殺を促す。重耳、垣《かき》を踰《こ》ゆ。宦者、追うて其の衣《ころも》の袪《そで》を斬る。重耳、遂に翟《てき》に奔《はし》る。人をして屈を伐たしむ。屈、城守して下《くだ》すべからず。

二十二年（BC六五五）、献公はふたりの王子が挨拶なしにたち去ったかとおもうと、はたして叛逆のたくらみがあったことに立腹した。そこで軍隊に蒲を攻撃させた。蒲出身の宦官の勃鞮《ぼってい》は、重耳に命令して自殺を迫った。重耳は垣をこえてにげた。宦官はあとを追い、かれの袖を斬りおとした。重耳はそのまま翟《てき》に逃げのびた。献公は人をやって屈を攻撃させたが、屈はたてこもって攻略できない。

是歳也。晉復假道於虞以伐虢。虞之大夫宮之奇諫虞君曰。晉不可假道也。是且滅虞。虞君曰。晉我同姓。不宜伐我。宮之奇曰。太伯・虞仲。太王之子也。太伯亡去。是以不嗣。虢仲・虢叔。王季之子也。爲文王卿士。其記勳在王室。藏於盟府。將虢是滅。何愛于虞。且虞之親。能親於桓・莊之族乎。桓・莊之族何罪。盡滅之。虞之與虢。脣之與齒。脣亡則齒寒。虞公不聽。遂許晉。宮之奇以其族去虞。

是《こ》の歳《とし》や、晋、復《ま》た道を虞《ぐ》に仮《か》りて、以て虢《かく》を伐つ。虞《ぐ》の大夫宮之奇《きゅうしき》、虞の君を諫《いさ》めて曰く、「晋、道を仮すべからざるなり。是《こ》れ且《まさ》に虞を滅ぼさんとするなり」と。虞の君曰く、「晋は我が同姓、宜《よろ》しく我を伐つべからず」と。宮之奇曰く、「太伯《たいはく》・虞仲《ぐちゅう》は、太王の子なり。太伯、亡《のが》れ去る。是《ここ》を以て嗣《つ》がず。虢仲《かくちゅう》・虢叔《かくしゅく》は、王季《おうき》の子なり。文王の卿士《けいし》と為り、其の勳《いさお》を記せるは王室に在り、盟府《めいふ》に蔵《よ》す。将《まさ》に虢《かく》を是《こ》れ滅ぼさんとするに、何ぞ虞《ぐ》を愛《おし》まんや。且《か》つ虞の親しきは、能く桓・荘の族より親しからんや。桓・荘の族、何の罪ありや、尽《ことごと》くこれを滅ぼせり。虞《ぐ》の虢《かく》に与《お》けるは、唇の歯に与《お》けるなり。唇、亡びなば、則ち歯寒《した》し」と。虞公、聴かず。遂に晋に許す。宮之奇、其の族を以て虞を去る。

この年、晋はふたたび虞《ぐ》を通過させてもらって、虢《かく》を討伐しようとした。虞の家老である宮之奇《きゅうしき》が虞の君を諫めていった、「晋にこの虞を通過させてはなりません。わが国が滅ぶことになりかねぬからです。」
虞の君「晋はわが国と同姓だから、まさかわが国を攻撃するような不つごうはあるまい。」
宮之奇「呉の太伯さまとわが国のご先祖虞仲さまとは、太王さま（周の遠祖、古公亶父）のお子です。太伯さまは、弟の季歴さまに相続権を譲って、南方荊蛮《けいばん》の地に逃亡されましたので、王位を継がれぬことになりました。虢仲《かくちゅう》と虢叔おふたりは、太伯・虞仲おふたりの母方の叔父にあたる王季さまのお子です。周の文王の重臣をつとめ、その功業の記録は、ちゃんと王室の文庫におさめられております（つまり、虢の先祖は周王室と密接な血縁関係にあるうえに、その功績によって諸侯の地位が万世にわたって保証されていたのである）。そのちかしい虢をさえ滅ぼそうとしておりますのに、わが虞の国の滅亡ぐらい惜しがるものですか。それに、わが虞の国が晋と同姓で関係が深いといったところで、かれらの本家すじの桓侯・荘侯の一族より親近というわけにまいりましょうか。その桓侯・荘侯の一族をも、これといって罪もないのに、みな滅ぼしてしまいました。わが虞と虢とは、唇と歯の関係です。唇がなくなれば、歯はむき出しになり直接危険にさらされます。」
虞の君はいうことをきかず、晋に許可をあたえてしまった。宮之奇は、危険がわが身におよぶことをおそれ、一族をひきつれて虞の国を去った。

「盟府」は盟書（勲功に対して世襲の封邑をあたえる誓約書）をおさめる倉庫。「将虢是滅」は、「将滅虢」を強調した表現である。なお、宮之奇の予想は、はたして実現した。

其冬晉滅虢。虢公醜奔周。還襲滅虞。虜虞公及其大夫井伯・百里奚。以媵秦穆姫。而修虞祀。荀息牽曩所遺虞屈産之乗馬。奉之獻公。獻公笑曰。馬則吾馬。齒亦老矣。

其の冬、晋、虢《かく》を滅ぼす。虢公醜《しゅう》、周に奔《はし》る。還《かえ》り襲《おそ》いて虞《ぐ》を滅ぼし、虞公及び其の大夫井伯《せいはく》・百里奚《ひゃくりけい》を虜《とりこ》にし、以て秦の穆姫《ぼくき》に媵《よう》たらしむ。而《しこ》うして虞《ぐ》の祀《し》を修む。荀息《じゅんそく》、曩《さき》に虞に遺《おく》りし所の屈産《くっさん》の乗馬を牽《ひ》きて、これを献公に奉る。献公、笑いて曰く、「馬は則ち吾が馬なるも、歯《よわい》〔齢〕亦《ま》た老いたり」と。

その冬、晋は虢を滅ぼし、虢の君醜《しゅう》は周に亡命した。献公は旋回し、虞をも襲撃して滅ぼした。虞の君および、その家老である井伯や百里奚を捕虜にし、かれらを重耳の姉で秦の穆公に嫁ぐ穆姫のつけうどにさせた。そして、滅ぼした虞の宗廟の祭祀を欠かさぬ措置をも講じた。

荀息《じゅんそく》は、さきごろ虞に贈った屈産《くつさん》の四頭立ての馬をひっぱって帰り、献公にさしあげた。献公は笑っていった、「馬はいかにもわしの馬だが、年をとったわい。」「媵《よう》」には二つの用法がある。一は花嫁に随行する娣姪《ていてつ》（八〇ページおよび八一ページ参照）、一は花嫁に随行する召使いをいう。ここはむろん後者であって、その場合は「媵臣」ともよばれる。

二十三年。獻公遂發賈華等伐屈。屈潰。夷吾將奔翟。冀芮曰。不可。重耳已在矣。今往。晉必移兵伐翟。翟畏晉。禍且及。不如走梁。梁近於秦。秦彊。吾君百歲後。可以求入焉。遂奔梁。

二十三年、献公、遂に賈華《かか》等を発して屈を伐つ。屈《くつ》、潰《つい》ゆ。夷吾《いご》、将《まさ》に翟《てき》に奔《はし》らんとす。冀芮《きぜい》曰く、「不可なり。重耳已《すで》に在り。今往《ゆ》かば、晋は必ず兵を移して翟《てき》を伐たん。翟は晋を畏《おそ》る。禍《わざわい》、且《まさ》に及ばんとす。梁《りよう》に《に》走ぐるに如《し》かず。梁は秦に近し。秦は強し。吾が君、百歳の後《のち》、以て入るを求むべし」と。遂に梁に奔《はし》る。

二十三年（BC六五四）、図にのった献公は、賈華《かか》らを派遣して屈を討伐した。屈は壊滅して、滞在中の夷吾《いご》は翟《てき》に亡命しようとした。冀芮《きぜい》がいった、「いけません。

重耳さまがおられます。今、あなたがゆけば、晋はきっと軍隊を移動させて翟を攻撃しましょう。翟は晋をこわがって、禍があなたにふりかかります。梁（陝西省韓城の南にある小国）にお逃げになるほうがよい。梁は秦にも近いし、秦は強国です。わがきみ献公さまがおかくれあそばすとき、秦の力を借りれば、本国入りがかないます。」
いわれたとおり、梁に亡命した。

二十五年。晉伐翟。翟以重耳故。亦撃晉於齧桑。晉兵解而去。當此時晉彊。西有河西。與秦接境。北邊翟。東至河内。驪姫弟生悼子。

二十五年、晋《しん》、翟《てき》を伐つ。翟、重耳の故を以て、亦《ま》た晋を齧桑《けっそう》に撃つ。晋の兵、解きて去る。此の時に当り、晋強く、西は河西《かせい》を有《たも》ちて秦と境を接し、北は翟《てき》に辺《となり》し、東は河内《かだい》に至る。驪姫《りき》の弟《いもうと》〔娣〕、悼子《とうし》を生む。

献公の二十五年（BC六五二）、晋は翟《てき》を攻撃した。翟も亡命中の重耳《ちょうじ》を本国入りさせたいために、齧桑《けっそう》で晋を攻撃した。晋軍はちりぢりになって引きあげた。
このころは、晋の国力が強大で、西は黄河の西がわ、陝西省の北部から甘粛省にわたる地帯を領有して、秦と国境を接し、また北は翟に隣接し、東は黄河以北の地帯にもおよんだ。
驪姫《りき》の妹が悼子《とうし》を生んだ。

二十六年夏。齊桓公大會諸侯於葵丘。晉獻公病。行後。未至。逢周之宰孔。宰孔曰。齊桓公益驕。不務德而務遠略。諸侯弗平。君弟毋會。毋如晉何。獻公亦病。復還歸。

二十六年夏、斉《せい》の桓《かん》公、大いに諸侯を葵丘《ききゆう》に会す。晋の献公、病《や》み、行くこと後《おく》る。未だ至らざるに、周《しゆう》の宰孔《さいこう》に逢う。宰孔曰く、「斉の桓公、益《ます》ます驕《おご》り、徳を務《つと》めずして遠略《えんりやく》を務む。諸侯、弗平《ふへい》なり。君、弟《た》だ会する毋《なか》れ。晋を如何《いかん》ともする毋《なか》らん」と。献公も亦《ま》た病みて、復《ま》た還《かえ》り帰る。

献公の二十六年（BC六五一）夏、斉の桓公は宋領の葵丘《ききゆう》（河南省考城の東方）で諸侯の大召集をおこなった。「諸侯を九合し」て覇者の地位を獲得した桓公としては、この時の会集が決定的なものであったらしい。周の襄王は太宰《たいさい》の孔氏を派遣して、文王・武王を祭った肉の供物と朱塗りの弓矢・儀仗用大型馬車（一八九ページ参照）などを下賜した（巻三十二「斉太公世家」）。

晋の献公は病気のために出かけるのが遅れ、まだ行きつかぬ途中で、周の太宰である孔《こう》氏に逢うた。「斉太公世家」によれば、これは斉が同じ年の秋にふたたび葵丘に諸侯を会集させた時のことである。「宰孔」の「宰」は太宰、周の官名で大臣にあたる。

太宰の孔氏はいった、「斉の桓公はますます傲慢になり、人道に則した政治をこころがけないで、領土拡大の計略ばかり練っています。諸侯は心中おだやかでありません。あなたは決して参集なさいますな。桓公も晋にはなんとも手が出せますまい。」献公も病気の身なので、もと来た道をとって返した。

「斉太公世家」には桓公の傲慢さが語られている。まえに周王からの下賜品があったとき、あいての言葉どおり堂上で拝受しようとして、管仲にたしなめられている。周の太宰孔のすすめに従った献公の胸には、おそらく強大になりつつある晋に対する自負もうごめいていたかもしれない。しかし、斉の桓公に弓を引いたことは、やがて亡命の王子重耳を援助する桓公の熱意に油をそそぐ結果をまねく。こうした点にも、事件の継起における必然の糸をたぐりよせることができるのである。

病甚。乃謂荀息曰。吾以奚齊爲後。年少。諸大臣不服。恐亂起。子能立之乎。荀息曰。能。獻公曰。何以爲驗。對曰。使死者復生。生者不慙。爲之驗。於是遂屬奚齊於荀息。荀息爲相。主國政。

病《やまい》、甚だし。乃ち荀息《じゅんそく》に謂《い》いて曰く、「吾、奚斉《けいせい》を以て後《のち》と為《な》さんも、年少《わか》く、諸大臣、服せざらん。乱の起るを恐る。子《し》、能《よ》くこれを立つるや」と。荀息《じゅんそく》曰く、「能《よ》くせん」と。献公曰く、「何を以て験《しるし》と為すや」と。対《こた》えて曰く、「死者をして復《ま》た生かしむるも、生者は慙《は》じず。これを験《しるし》と為さん」と。是《ここ》に於て遂《つい》に奚斉《けいせい》を荀息に属《しょく》す。荀息、相《しょう》と為り、国政を主《つかさど》る。

献公は病気が悪化した。そこで荀息にいった、「わしは奚斉を後嗣ぎにするが、まだ年ゆかぬ子だから、大臣たちが心服するまい。内乱がおこりはせぬかと気づかわれる。そなたにあの子をもり立てることができるかな。」荀息「できます。」献公「なにを証拠にするかね。」かれは答えた、「かりに死者が生きかえっても、生者は顔むけがなります。それが証拠でございます。」

こうして奚斉を荀息に一任することにした。荀息は大臣となり、政務を主宰した。「死者をして復た生かしむるも、生者は慙《は》じず」は、巻四十三「趙世家」の肥義の談話中にもみえる。一種のことわざであろう。なお仮設句の冒頭におかれる使役の語「使」または「令」は、ただちに「もし」「たとえ」と読んでよい。後世の二音節化した「仮使・仮令・即使」などは、すべて設辞である。

秋九月。獻公卒。里克・邳鄭。欲內重耳。以三公子之徒作亂。謂荀息曰。三怨將起。秦・晉輔之。子將何如。荀息曰。吾不可負先君言。十月。里克殺奚齊于喪次。獻公未葬也。荀息將死之。或曰。不如立奚齊弟悼子而傅之。荀息立悼子。而葬獻公。十一月。里克弑悼子于朝。荀息死之。君子曰。詩所謂白珪之玷。猶可磨也。斯言之玷。不可爲也。其荀息之謂乎。不負其言。

秋九月、献公卒《しゅっ》す。里克《りこく》・邳鄭《ひてい》、重耳《ちょうじ》を内《い》れ、三公子の徒《と》を以《ひき》いて乱を作《な》さんと欲す。荀息《じゅんそく》に謂《い》いて曰く、「三怨《さんえん》、将《まさ》に起らんとし、秦・晋これを輔《たす》く。子《し》、将《は》た如何《いかん》せん」と。荀息曰く、「吾、先君の言に負《そむ》くべからず」と。十月、里克、奚斉《けいせい》を喪《も》の次《やどり》に殺す。献公、未だ葬《ほうむ》らざるなり。荀息、将《まさ》にこれに死せんとす。或るひと曰く、「奚斉の弟悼子《とうし》を立てて、これに傅《ふ》たるに如《し》かず」と。荀息、悼子を立てて、献公を葬る。十一月、里克、悼子を朝に弑《しい》す。荀息、これに死す。君子曰く、「詩に所謂《いわゆる》『白珪《はくけい》の玷《きず》は、猶《な》お磨《みが》くべきも、斯《こ》の言の玷《きず》は、為《おさ》むべからず』とは、其れ荀息の謂《いい》か、其の言に負《そむ》かず」と。

秋九月、献公が亡くなった。里克《りこく》と邳鄭《ひてい》は亡命中の重耳を迎えいれ、三王子――申生・重耳・夷吾――の一党をひきいてクーデターを起こそうと、荀息《じゅんそく》にいった、「三人の王子たちの怨みが爆発しかけている。秦の国も本国の晋も手を貸すのだ。おぬしはどうかね。」荀息はいった、「わたしは、先君の遺言にそむくことはできん。」

十月、里克は、喪主《もしゅ》が昼夜つめている遺骸の安置所で奚斉を殺した。献公がまだ埋葬されないでいた時である。荀息が命を捨てようとすると、ある人がいった、「奚斉さまの弟悼子《とうし》さまを立てて、介添え役をなさるがよい。」荀息は悼子をもり立てて、献公を埋葬した。

十一月、里克《りこく》は悼子を政庁で殺害した。荀息はこのクーデターで死んだ。「之に死す」とは、おそらく殉じて自殺したのであろうか。あるいは抵抗して殺されたかもしれない。

世の識者がいった、『詩経』の大雅《たいが》・抑《よく》の詩にうたわれている、

白き珪《たま》のきずならば
まだしも磨《みが》いて消しうるが
言《こと》の葉《は》のこのきずは
拭うこともなりませぬ

とは、荀息のことであろうか。かつての発言に背かぬ行為であった。」

初獻公將伐驪戎。卜曰。齒牙爲禍。及破驪戎。獲驪姫愛之。竟以亂晉。

初め献公、将《まさ》に驪戎《りじゆう》を伐たんとして、卜《うらな》うに、曰く「歯牙《しが》、禍《わざわい》を為さん」と。驪戎を破るに及び、驪姫《りき》を獲《え》てこれを愛す。竟《つい》に以て晋を乱る。

むかし、献公が驪戎《りじゆう》を討伐しようとして占ったところ、「歯牙が禍いをまねく」と出た。驪戎を破ったとき、驪姫《りき》を手にいれて寵愛し、結局それが晋をめちゃめちゃにしたのである。

驪姫によってもたらされた晋の不幸の第一段階（奚斉《けいせい》や悼子《とうし》の死）がここで終ったので、一おうしめくくりをしたのである。「歯牙」とは口舌を指し、驪姫の中傷が災禍をまねいたことを意味する。以下には、亡命の三王子たちが相次いで帰国し、王位につく。

里克等已殺奚齊・悼子。使人迎公子重耳於翟。欲立之。重耳謝曰。負父之命出奔。

父死。不得修人子之禮侍喪。重耳何敢入。大夫。其更立他子。還報里克。

里克《りこく》等、已《すで》に奚斉《けいせい》・悼子《とうし》を殺し、人をして公子重耳《ちょうじ》を翟《てき》より迎えしめて、これを立てんと欲す。重耳、謝して曰く、「父の命に負《そむ》きて出奔《しゅつぽん》し、父死するも、人子《じんし》の礼を修めて喪《そう》に侍《じ》するを得ず。重耳、何ぞ敢て入らんや。大夫、其れ更《あらた》めて他子を立てよ」と。還りて里克に報ず。

里克らは、奚斉《けいせい》と悼子《とうし》を殺すと、人をやって王子の重耳を亡命さきの翟から迎え、王に擁立しようとした。重耳は断わった、「父のいいつけにそむいて亡命し、父が死んでも、人の子たる礼をつくして遺骸につきそうこともできなかった。そんなわたしがのめのめ乗りこむわけにゆきますか。ご家老がたで、あらたにべつの王子を立ててください。」使者は帰って、そのよしを里克に報告した。

里克使迎夷吾於梁。夷吾欲往。呂省・郤芮曰。內猶有公子可立者。而外求。難信。計非之秦輔彊國之威以入。恐危。乃使郤芮厚賂秦。約曰。即得入。請以晉河西之地與秦。及遺里克書曰。誠得立。請遂封子於汾陽之邑。秦穆公乃發兵送夷吾於晉。齊桓公聞晉內亂。亦率諸侯如晉。秦兵與夷吾亦至晉。齊乃使隰朋會秦。俱入夷吾。

立爲晉君。是爲惠公。齊桓公至晉之高梁而還歸。

里克《りこく》、夷吾《いご》を梁《りょう》より迎えしむ。夷吾、往《ゆ》かんと欲す。呂省《りょせい》・郤芮《げきぜい》曰く、「内に猶《な》お公子の立つべき者あるに、外に求む。信じ難し。計《はか》るに秦に之《ゆ》き、強国の威に輔《たす》けられて以て入るに非ずんば、恐らくは危《あやう》からん」と。乃ち郤芮《げきぜい》をして厚く秦に賂《まいない》せしめ、約して曰く、「即《も》し入るを得ば、請う、晉の河西の地を以て秦に与えん」と。及《ま》た里克に書を遺《おく》りて曰く、「誠《も》し立つを得ば、請う、遂に子《し》を汾陽《ふんよう》の邑《ゆう》に封《ほう》ぜん」と。秦の穆《ぼく》公、乃ち兵を発して、夷吾を晉に送る。斉《せい》の桓《かん》公、晉の内乱を聞き、亦《ま》た諸侯を率《ひき》いて晉に如《ゆ》く。秦の兵、夷吾と亦《ま》た晉に至る。斉、乃ち隰朋《しゅうほう》をして秦と会せしめ、倶《とも》に夷吾を入れ、立てて晉の君と為《な》す。是《こ》れ恵《けい》公たり。斉の桓公、晉の高梁《こうりょう》に至りて還《かえ》り帰る。

里克は夷吾を亡命さきの梁から迎えさせようとした。夷吾がゆく気でいると、呂省《りょせい》と郤芮《げきぜい》がいった、「国内にまだ王位につくべき王子がおられますのに、国外からよぼうとする、そのままには受けとりかねます。われわれの考えでは、秦にゆき、この強国の威力に助けられてのりこむのでなければ、危いでしょう。」

献公には併せて八人のむすこがいた（八一ページ）から、三王子を除いても、国内にはなお数人が残っていたはずである。

そこで、郤芮《げきぜい》をやって秦にたっぷり賄賂をおくらせ、約束させた、「もしも本国入りがかなえば、晋領に属する河西《かせい》の地を秦にさしあげましょう。」「河西」はまえにみえる。そのうち晋に属する部分を提供しようというのである。巻五「秦本紀」によれば、「河西に属する晋の八城を割《さ》いて秦にさしあげよう」とある。

さらに、里克に手紙をおくって、「たしかに王位につくことができれば、そなたを汾陽《ふんよう》（山西省陽曲の西北）の領主にさせてもらいましょう」と書いた。

そこで、秦の穆公《ぼくこう》は軍隊を出して夷吾を晋に送りこんだ。斉の桓公も、晋の内乱を聞いて、諸侯たちを統率して晋にむかう。秦軍も夷吾とともに晋に到着する。斉はここに隰朋《しゅうほう》に命じて秦と会談させ、いっしょに夷吾をのりこませて、晋の君主に擁立した。これが恵公《けいこう》である。斉の桓公は晋の高梁（山西省臨汾《りんふん》の北、高河鎮）までゆき、ひき返していった。


恵公夷吾元年。使邳鄭謝秦曰。始夷吾以河西地許君。今幸得入立。大臣曰。地者先君之地。君亡在外。何以得擅許秦者。寡人爭之。弗能得。故謝秦。亦不與里克汾陽邑。而奪之權。

恵《けい》公夷吾《いご》の元年、邳《ひ》鄭《てい》をして秦に謝せしめて曰く、「始め夷吾、河西の地を以て君に許せり。今、幸いに入りて立つを得たるも、大臣曰く『地なる者は先君の地なり。君、亡《のが》れて外に在り。何を以て擅《ほしいまま》に秦に許すを得ん者ぞ』と。寡人《かじん》、これを争いしも、得る能わず。故に秦に謝するなり」と。亦《ま》た里克《りこく》に汾陽《ふんよう》の邑《ゆう》を与えず。而《しか》もこれが権を奪う。

恵公つまり夷吾の元年（BC六五〇）、邳《ひ》鄭《てい》を使者にたてて秦に詫びを入れさせた。

「かつて夷吾《わたくし》はあなたに河西の地をさしあげると約束しました。いま、さいわいにも入国して王位につくことがかないましたが、大臣どもが『土地は先代さまの土地、国外に亡命していたあなたが、かってに秦にあたえる約束をするなど許されましょうか』と申します。わたくしは抗弁したのですが、かないません。それで秦にお詫びするわけです。」

また、里克にも汾陽の領地をやらぬばかりか、かれの権限をも剝奪した。

四月。周襄王使周公忌父會齊・秦大夫。共禮晉惠公。惠公以重耳在外。畏里克爲變。賜里克死。謂曰。微里子。寡人不得立。雖然。子亦殺二君・一大夫。爲子君者。不亦難乎。里克對曰。不有所廢。君何以興。欲誅之。其無辭乎。乃言爲此。

臣聞命矣。遂伏劍而死。於是邳鄭使謝秦。未還。故不及難。

四月、周《しゅう》の襄《じょう》王、周公忌父《きほ》をして斉・秦の大夫《たいふ》を会し、共に晋の恵公《けい》を礼せしむ。恵公、重耳《ちょうじ》の外《そと》に在るを以て、里克の変を為《な》さんことを畏《おそ》れ、里克に死を賜う。謂《い》いて曰く、「里子微《な》かりせば、寡人《かじん》立つを得ず。然《しか》りと雖《いえど》も、子《し》も亦《ま》た二君・一大夫を殺せり。子《し》の君たるは、亦《ま》た難からずや」と。里克対《こた》えて曰く、「廃せらるる所あらずんば、君、何を以て興《おこ》らん。これを誅《ちゅう》せんと欲せば、其れ辞なからんや。乃ち言いて此《こ》れが為《ため》にす。臣、命《めい》を聞かん」と。遂に剣に伏して死す。是《ここ》に於て邳鄭《ひてい》、使いして秦に謝し、未だ還《かえ》らず。故に難に及ばず。

四月、東周第六代天子の襄王《じょうおう》（在位BC六五一―六一九）は、周公の忌父《きほ》を使者にたて、斉と秦の家老たちを参集させ、みなのまえで晋の恵公に正式の挨拶をさせた。「礼」とは、おなじ諸侯の継承者として恵公が王位就任の挨拶をするとともに、諸侯たちはそれを承認して慶祝する使節を派遣したのである。

恵公は、重耳がまだ国外にいるので、里克にクーデターを起されてはたいへんと、里克に自殺を強要した、「里克どのがいなければ、わたくしは王位に就くことができなかったでしょう。だが、そなたは二人の君主と一人の大臣を殺された。そういうそなたの主君の立場は、むつかしいと思われぬかな。」

里克は答えた、「廃立されるものがなければ、殿も興起されるによしなかったはずです。人を処刑しようと思えば、どんな理由だってつけられます。わざわざこのことのせいになさらなくても。それがし仰せに従いますよ。」そのまま剣にうつぶして死んだ。

このとき丕鄭《ひてい》は、秦への謝罪の使節にたち、まだ帰還していなかったので、災難にはかからなかった。

「里子」というように、姓の下に「子」を加えたのは、ていねいな呼びかたである。したがって、ここの恵公の要請は、おそろしく非礼な内容をもつにもかかわらず、ことば自体は、いやにていねいだったことを示している。なお「不亦……乎」は、強く且つやわらかに、相手の同意をもとめる表現（角川ソフィア文庫版『論語』上冊二四ページ参照）。

晉君改葬恭太子申生。秋。狐突之下國。遇申生。申生與載而告之。曰。夷吾無禮。余得請於帝。將以晉與秦。秦將祀余。狐突對曰。臣聞神不食非其宗。君其祀毋乃絕乎。君其圖之。申生曰。諾。吾將復請帝。後十日。新城西偏。將有巫者。見我焉。許之。遂不見。及期而往。復見申生。告之曰。帝許罰有罪矣。斃於韓。兒乃謠曰。恭太子更葬矣。後十四年。晉亦不昌。昌乃在兄。

晋の君、恭太子《きょう》中生《しんせい》を改め葬る。秋、狐突《ことつ》、下国《かこく》に之《ゆ》きて、中生に遇《あ》う。中生、与《とも》に載せてこれに告ぐ。曰く、「夷吾《いご》は礼なし。余《よ》、帝《てい》に請うを得たり、将《まさ》に晋を以て秦に与えんとす。秦、将《まさ》に余を祀《まつ》らんとす」と。狐突、対《こた》えて曰く、「臣聞く、『神は其の宗《そう》に非ざるものに食《う》けず』と。君、其の祀《まつ》りは乃ち絶ゆる毋《なか》らんや。君、其れこれを図《はか》れ」と。中生曰く、「諾《よ》し。吾《われ》、将《まさ》に復《ま》た帝に請わんとす。後《のち》十日、新城の西偏《せいへん》に将《まさ》に巫者《ふしゃ》あらんとす。我に見《あ》わん」と。これを許す。遂に見《み》えず。期に及んで往《ゆ》く。復《ま》た中生に見《あ》う。これに告げて曰く、「帝、有罪を罰するを許せり。韓《かん》に獘《やぶ》れん」と。児、乃ち謡《うた》いて曰く、「恭太子《きょう》、更《あらた》め葬らる。後《のち》十四年、晋も亦《ま》た昌《さかん》ならず。昌《さかん》なるは乃ち兄に在らん」と。

晋の君は、非業の最期をとげた恭太子の中生《しんせい》をあらためて埋葬した。その秋、狐突《ことつ》が控えのみやこ——曲沃に出かけて、中生の亡霊に出会った。「下国」はふつう中央政府つまり周が諸侯の国を指していうが、ここの「国」はおそらく国都を意味し（七七ページ参照）、宗廟のある第二のみやこ曲沃を指すようにおもわれる。

中生はじぶんの車に同乗させて、狐突につげた、「夷吾はけしからんやつだ。わたしは天帝にお願いがかのうて、晋を秦にあたえてもらい、秦がわたしの祭りをしてくれることになった。」

狐突は答えた、「それがしが聞くところでは、神霊は血統のちがうものの祭祀を受けいれない（「食」はお供えものを食うこと）そうです。若殿さま、あなたの祭祀が絶やされることになりはしませんか。よくお考えなさい。」

「其祀」の「其」を衍字とみる説もあるが、「君」を呼びかけとみれば、かえって通ずるのではないか。また「無（毋）乃」は、清の劉淇《りゅうき》の『助字弁略』に「疑辞也」とあるように、「それでは……ことになりはしないか」の意である。

申生はいった、「承知した。わたしはもう一ど天帝にお願いしてみよう。あと十日して、新城の西のはずれにみこがいるはず、その媒介によって会うことにしよう。」約束すると、そのまま姿が消えた。

約束の時期にでかけてゆき、申生に再会した。申生はかれに告げた、「天帝は不届きもの——恵公を処罰すると約束された。やつは韓でくたばるだろう。」

わらべたちがここに歌っていった、

恭太子さまの葬式やりなおし

あと十四年すれば

晋の栄えも下火になって
栄えだすのは兄《あに》さまじゃ

この一段がもとづいた『左伝』（僖公十年）には、童謡の部分がすっかりない。また、『国語』（晋語）では、恵公が改葬したとき、屍臭がそとに発散した事実をのべ、それに対して晋国のひとが諷刺の詩を作って、屍臭の発散は恵公が礼を失したためだと歌っている。ここに引く童謡の出処は不明だが、はなはだ散文的であるのが、すこし気がかりである。なお、中国古代の「童謡」とよばれるものは、おおむね予言的な性格をそなえ、たいていは政治と密接な関係をもつ。

邳鄭使秦。聞里克誅。乃説秦繆公曰。呂省・郤稱・冀芮。實爲不從。若重賂與謀。出晉君入重耳。事必就。秦繆公許之。使人與歸報晉。厚賂三子。三子曰。幣厚言甘。此必邳鄭賣我於秦。遂殺邳鄭及里克・邳鄭之黨七輿大夫。邳鄭子豹奔秦。言伐晉。繆公弗聽。

邳鄭《ひてい》、秦に使いし、里克《りこく》の誅せられしを聞く。乃ち秦の繆《ぼく》公に説きて曰く、「呂《りょ》省《せい》・郤称《げきしょう》・冀芮《きぜい》、実は従わずと為《な》す。若《も》し重く賂《まいない》して与《とも》に謀《はか》り、晋の君を出《い》だして重耳を入れなば、事必ずや就《な》らん」と。秦の繆《ぼく》公、これを許す。人をして与《とも》に帰りて晋に報ぜしめ、厚く三子に賂《まいない》す。三子曰く、「幣《へい》厚く、言《げん》甘し。此《こ》れ必ず邳鄭《ひてい》が我らを秦に売りしならん」と。遂《つい》に邳鄭及び里克・邳鄭の党なる七輿大夫《しちよたいふ》を殺す。邳鄭の子豹《ひょう》、秦に奔《はし》り、晋を伐《う》たんことを言う。繆《ぼく》公、聴かず。

使節として秦に来ていた邳鄭《ひてい》は、里克が処刑されたと聞くと、秦の繆公《ぼくこう》をくどいた、「呂省《りょせい》・郤称《げきしょう》・冀芮《きぜい》らは、ほんとは秦をうらぎる恵公の政策に賛成しておりません。もし賄賂をどっさりやって、かれらと相談し、晋の君主を追放して重耳さまをのりこませれば、事はきっとうまく運びます。」

秦の繆公はそれに承諾をあたえ、人を派遣して報告のためいっしょに帰らせて、三人の大臣に賄賂をたっぷりつかませた。

三人はいった、「贈り物はどっさりだし、口上はあまいぞ。これは、邳鄭《ひてい》がわれわれを秦に売りおったにちがいない。」

そこで邳鄭や、里克と邳鄭のなかまである七人の輿大夫《よたいふ》を殺害した。邳鄭の子である豹《ひょう》は秦に亡命して、晋討伐を進言したが、繆公はききいれなかった。

「輿大夫」とは、諸侯の副《そ》え馬車をあずかる次官クラスをいう。『国語』(晋語)韋昭《いしょう》の注によれば、これらの七輿大夫は、もと太子申生に直属した人たちで、だから申生のために報復の陰謀をたくらんでいたといわれている。

惠公之立。倍秦地及里克。誅七輿大夫。國人不附。二年。周使召公過禮晉惠公。惠公禮倨。召公譏之。四年。晉饑。乞糴於秦。繆公問百里奚。百里奚曰。天菑流行。國家代有。救菑恤鄰。國之道也。與之。邳鄭子豹曰。伐之。繆公曰。其君是惡。其民何罪。卒與粟。自雍屬絳。

恵《けい》公の立つや、秦の地及び里克に倍《そむ》き、七輿《しちよ》大夫《たいふ》を誅《ちゅう》したれば、国人、附《つ》かず。二年、周、召公をして過《よぎ》りて晋の恵公に礼せしむ。恵公、礼倨《おご》る。召公これを譏《そし》る。四年、晋饑《う》う。糴《てき》を秦に乞《こ》う。繆《ぼく》公、百里奚《ひゃくりけい》に問う。百里奚曰く、「天の菑《わざわい》の流行するは、国家代《かわ》るがわる有り。菑を救い鄰《となり》を恤《あわれ》むは、国の道なり。これを与えよ」と。邳《ひ》鄭《てい》の子豹《ひょう》曰く、「これを伐《う》て」と。繆公曰く、「其の君、是《こ》れ悪《あ》しくとも、其の民、何の罪かあらん」と。卒《つい》に粟《ぞく》を与う。雍《よう》より絳《こう》に属《つら》なる。

恵公が即位して、秦とかわした土地の約束や里克との約束にそむいたり、七人の輿大夫を処刑したりしたので、家臣たちは離反していった。

二年（BC六四九）、周は召公に命じ、晋にたちよって恵公に敬意をはらわせた。

恵公は応対の礼がおうへいであった。帰国した召公はかれのことを悪しざまにいった。

四年、晋には飢饉がおこり、秦から米を買い入れたいとたのんだ。「糴《てき》」とは米を買い入れること、売り出すほうを「糶《ちょう》」という。

繆公《ぼくこう》が百里奚《ひゃくりけい》にたずねた。「百里奚」が繆公の夫人の附人《つけうど》として秦にいったことは、前に言及されている（一〇四ページ参照）。かれはまもなく逃亡して宛《えん》にゆき、楚のひとに捕まった。繆公はかれがすぐれた人物であると聞くと、五ひきの羖羊《こよう》（黒い牝羊）の皮で買いもどした。そして、すでに七十をこしたかれを重臣に登用して、国政に参与させた。世に「五羖大夫《ごこたいふ》」と呼ばれたという（巻五「秦本紀」）。

百里奚はいった、「天がくだす禍というものは、いずれの国にもかわるがわるめぐって来ます。禍を救い隣人に同情をかけるのは、国家の歩むべき道です。提供しておやりなさい。」

丕鄭のむすこ豹は「討伐なさい」という。

繆公は、「たとえ君主は悪くても、人民にはなんの罪があろう」といって、ついに米穀を提供してやった。輸送の隊列は、雍《よう》（陝西省鳳翔の南）より絳《こう》までえんえんとつづいた。

「粟《ぞく》」とは米穀類の脱穀しただけのものをいう。「雍」は秦の首都。水陸両路にわたる救援食糧のリレー輸送が、秦・晋両国の首都間にと切れなく続いたという、誇張した表現である。「秦本紀」には、「船もて漕《おく》り車もて転《はこ》び、雍より相望むに絳に至る」とある。

ここに見える晋の求援についての相談は、「秦本紀」ではやや違っている。――繆公は公孫支《こうそんし》に問うた。支はいった、「飢饉と豊作は、まさに交替におこる現象です。提供しなければなりません。」百里傒（奚に同じ）に問うた。傒はいった、「夷吾は殿に失礼なことをしましたが、その国民になんの罪がありましょう。」

五年。秦饑。請糴於晉。晉君謀之。慶鄭曰。以秦得立。已而倍其地約。晉饑而秦貸我。今秦饑請糴。與之。何疑而謀之。虢射曰。往年天以晉賜秦。秦弗知取而貸我。今天以秦賜晉。晉其可以逆天乎。遂伐之。惠公用虢射謀。不與秦粟。而發兵且伐秦。秦大怒。亦發兵伐晉。

五年、秦饑《う》う。糴《てき》を晋に請う。晋の君、これを謀《はか》る。慶鄭《けいてい》曰く、「秦を以て立つを得、已《すで》にして其の地の約に倍《そむ》くに、晋饑《う》えて秦は我に貸《か》せり。今、秦饑《う》えて糴《てき》を請う。これを与えんのみ。何ぞ疑《ためら》いてこれを謀るや」と。虢射《かくしゃ》曰く、「往年《おうねん》、天は晋を以て秦に賜いしに、秦は取るを知らずして我に貸せり。今、天は秦を以て晋に賜う。晋、それ以て天に逆《さから》うべけんや。遂《つい》にこれを伐《う》て」と。恵公、虢射《かくしゃ》の謀《はか》りごとを用い、秦に粟《ぞく》を与えず。而《しか》も兵を発して且《まさ》に秦を伐たんとす。秦も大いに怒りて、亦た兵を発して晋を伐つ。

恵公の五年（BC六四六）、秦に飢饉がおこり、米を買い入れたいと晋に申しいれた。晋の君が相談すると、大臣の慶鄭《けいてい》がいった、「秦のおかげで王位につけましたのに、まもなく秦との土地の約束にそむかれました。それにもかかわらず、この晋の飢饉のときに、秦はわが国に米を貸してくれました。いま、秦が飢饉で米を買い入れたいとの頼みなら、ただ提供するばかり。いまさらためらって相談でもありますまい。」

恵公の奥方の兄にあたる虢射《かくしゃ》がいった、「かつての年には、天が晋を秦にたまわったのに、秦は取ることを知らず、食糧をわが国に貸しました。いまは、天が秦をわが晋にたまわったのです。晋は天意に逆らっていいものでしょうか。この機をのがさず討伐なさい。」

恵公は虢射《かくしゃ》の意見を採用して、秦に米穀をあたえないばかりか、軍隊をくり出して秦を攻撃しようとした。秦がわはたいそう怒り、やはり軍隊をくり出して晋を攻撃した。

同じく飢饉における求援という事態に、こんなにも反対の処置が講ぜられた。繆公と恵公、ふたりの君主の性格があまりにも対照的である。ただし、虢射とほとんど同じ進言は、巻四十一「越王句践《えつおうこうせん》世家」にもみられる。越王句践が忍苦二十年のすえやっと呉に報復したとき、呉王夫差《ふさ》は使者を派遣して、越の憐憫を歎願した。おもわずこれに同情した句践が呉の願いをいれようとすると、范蠡《はんれい》がいった、「会稽の事件（越王が敗北して会稽山に隠れ、呉に憐みを乞うたこと、三三四ページ参照）は、天が越を呉にたまわったのに、呉が頂戴しなかったのです。いま、天は呉を越にたまわったのです。わが越は天に逆らっていいものでしょうか。しかも、殿が早朝から深夜まで政務にいそしまれたのは、呉のためではありませんか。呉に対して報復を計画すること二十二年、その労苦を一朝にしておすてになる、そりゃいけません。それに、そもそも天がくださるのに頂戴しなければ、かえって天の咎めをうけます……。」

六年春。秦繆公将兵伐晉。晉惠公謂慶鄭曰。秦師深矣。奈何。鄭曰。秦内君。君倍其賂。晉饑。秦輸粟。秦饑而晉倍之。乃欲因其饑伐之。其深不亦宜乎。晉卜御・右。慶鄭皆吉。公曰。鄭不孫。乃更令歩陽御戎。家僕徒爲右。進兵。

六年春、秦の繆《ぼく》公、兵を将《ひき》いて晋を伐つ。晋の恵《けい》公、慶鄭《けいてい》に謂《い》いて曰く、「秦の師、深し。奈何《いかん》せん」と。鄭《てい》曰く、「秦は君を内《い》れしに、君は其の賂《まいない》に倍《そむ》けり。晋饑《う》えて、秦粟《ぞく》を輸《おく》る。秦饑えて晋これに倍《そむ》き、乃ち其の饑うるに因《よ》りてこれを伐たんと欲す。其の深きこと、亦《ま》た宜《むべ》ならずや」と。晋、御《ぎょ》・右《ゆう》を卜《うらな》う。慶鄭《けいてい》、皆吉《きっ》なるも、公曰く、「鄭は不孫〔遜〕なり」と。乃ち更《あらた》めて歩陽《ほよう》をして戎《じゅう》に御《ぎょ》たらしめ、家僕徒《かぼくと》をして右《ゆう》たらしめて、兵を進む。

恵公の六年（BC六四五）春、秦の繆公《ぼくこう》は軍隊をひきいて晋を攻撃した。晋の恵公は慶鄭にいった、「秦の軍隊はわが領土にふかく侵入している。どうしたものだろう。」慶鄭がいった、「秦は殿に本国入りさせてくれましたのに、殿は代償としての贈り物の約束に違背されました。またわが晋の飢饉のときに、秦は穀物をゆずってくれましたのに、秦の飢饉のときに、晋はかれをうらぎり、かえって飢饉に乗じて攻撃しようとなさいました。これじゃ国内ふかく侵入するのは当りまえです。」

晋では、恵公の乗る戦車の馭者と陪乗者を誰にするかを占った。慶鄭がそのどちらにも「吉」と出た。けれど、恵公は「鄭は傲慢不遜だ」といって、あらたに歩陽《ほよう》を馭者にすえ、家僕徒《かぼくと》を陪乗者にすえて、軍を進めることになった。

九月壬戌。秦繆公・晉惠公。合戰韓原。惠公馬鷙不行。秦兵至。公窘。召慶鄭爲御。鄭曰。不用卜。敗不亦當乎。遂去。更令梁繇靡御。虢射爲右。輅秦繆公。繆公壯士冒敗晉軍。晉軍敗。遂失秦繆公。反獲晉公以歸。

九月壬戌《じんじゅつ》、秦の繆公《ぼく》・晋の恵公《けい》、韓原《かんげん》に合戦す。恵公の馬、鷙《ちつ》して行《すす》まず。秦の兵至り、公窘《くる》しむ。慶鄭《けいてい》を召して御《ぎょ》たらしめんとするに、鄭曰く、「卜《うらな》いを用いず。敗るること、亦《ま》た当《むべ》ならずや」と。遂に去る。更めて梁繇靡《りょうゆうび》をして御せしめ、虢射《かくしゃ》をして右《ゆう》たらしむ。秦の繆公を輅《むか》う。繆公の壮士《そうし》、冒《おか》して晋の軍を敗る。晋の軍敗れ、遂に秦の繆公を失う。反《かえ》って晋公を獲《え》て以て帰る。

九月壬戌《みずのえいぬ》の日、秦の繆公と晋の恵公は韓原《かんげん》（陝西省韓城県）で交戦した。恵公の戦車の馬は重くて、ぬかるみに足をとられて進まない。秦の軍がやって来て、恵公は窮地に陥った。慶鄭を呼んで馭者に代らせようとするが、鄭は「占いに従わなかったのだから、負けるのは当りまえでしょう」といったまま、たち去った。あらためて梁繇《りょうゆう》靡《び》を馭者に、虢射《かくしゃ》を陪乗者にすえて、秦の繆公を迎えうった。繆公がわの荒くれ男たちが、危険をおかして晋軍を撃破した。晋軍は敗北して、秦の繆公を捕えぞこない、秦はかえって晋の恵公を捕虜にして帰った。

ここに突如として現われる「壮士」――いま仮りに「荒くれ男」と訳したが――については、かれらの活躍に至る秘話が「秦本紀」に詳述されている。実は、このとき繆公は晋軍に包囲されて負傷し、一時は危機にひんした。それを知った岐下（陝西省岐山附近）出身の決死隊三百人が、晋軍に突入したおかげで、繆公は九死に一生をえた。「秦本紀」にはいう――むかし、繆公は駿馬をうしなった。岐下の農民たち三百人あまりが、みなで捕えて食べた。役人が逮捕して、かれらを法の処分にかけようとした。繆公がいった、「人格者は畜生のために人間をそこなうことをせぬものだ。なんでも駿馬の肉を食べて酒をのまないと、人間がやられるそうだ。」そこでみなに酒を下賜して罪を免じてやった。三百人は秦が晋を攻撃すると聞くと、みな従軍したいという。従軍して繆公が窮地におちいったと見ると、みなが武器を冒してわれ先に命を賭けて戦い、馬を食った恩に報いた。

秦將以祀上帝。晉君姊爲繆公夫人。衰絰涕泣。公曰。得晉侯。將以爲樂。今乃如此。且吾聞箕子見唐叔之初封。曰其後必當大矣。晉庸可滅乎。乃與晉侯盟王城。而許之歸。晉侯亦使呂省等報國人曰。孤雖得歸。毋面目見社稷。卜日立子圉。晉人聞之皆哭。

秦、将《まさ》に以て上帝を祀《まつ》らんとす。晋の君の姉は繆《ぼく》公の夫人たり。衰絰《さいてつ》して涕泣《ていきゅう》す。公曰く、「晋侯を得て、将《まさ》に以て楽しみを為《な》さんとするに、今、乃ち此《か》くの如し。且つ吾《われ》は聞けり、箕子《きし》、唐叔《とうしゅく》の初めて封《ほう》ぜらるるを見るや、『其の後《のち》、必ず当《まさ》に大なるべし』と曰《い》えりと。晋、庸《なん》ぞ滅ぼすべけんや」と。乃ち晋侯と王城に盟《ちか》いて、これに帰るを許す。晋侯も亦た呂省《りょせい》らをして国人に報ぜしめて曰く、「孤《われ》、帰るを得《う》と雖《いえど》も、面目《めんもく》の社稷《しゃしょく》に見《まみ》ゆる毋《な》し。日を卜《うらな》いて子圉《しぎょ》を立てよ」と。晋の人、これを聞きて皆哭《な》く。

秦は戦勝を感謝して、捕虜の恵公を供えて天帝を祭ろうとした。晋のきみ恵公の姉は、繆公の奥方である。かの女は喪服をつけて泣きぬれた。「衰経《さいてつ》」は麻でつくった喪服をいう。

弟が犠牲の血祭りにされることを悲しんだのである。「秦本紀」によれば、まず周の天子より、周と同姓であることを理由に、恵公の助命が要請されているし、奥方も実は弟の助命をはっきり願い出ている。「秦本紀」にはいう――これを聞いた奥方は、喪服をつけ、はだしになっていった、「あたくし、実の弟であるのに救うこともできず、殿さまのご命令にどろぬることになります。」それを聞いてヒューマニスト繆公は反省する。

繆公はいった、「晋の君を捕え、いざ戦勝を歓ぼうというやさきに、このていたらくだ。これでは歓ぶどころでない。それにこんな話がある――殷《いん》の紂王《ちゅうおう》のおじで賢人のほまれ高い箕子《きし》が、晋の祖先の唐叔虞《とうしゅくぐ》が封ぜられるのを見て、『この子孫はきっと強大になるぞ』といった。晋は滅ぼしていいものだろうか。」そこで、晋のきみ恵公と王城（陝西省朝邑の東方）で和平の誓いをして、本国への帰還を許した。晋のきみも呂省らに命じて、家臣に報告させた、「わしは帰還がかのうたが、いまさら社稷《しゃしょく》（国家の象徴たる土地神・穀物神）にあわせる顔もない。吉日を占うて、太子の圉《ぎょ》を即位させよ。」晋の家臣たちは、これを聞いてみな声をあげて泣いた。「孤」は諸侯（大名）の自称。

秦繆公問呂省。晉國和乎。對曰。不和。小人懼失君亡親。不憚立子圉。曰。必報讐。寧事戎狄。其君子則愛君而知罪。以待秦命。曰。必報德。有此二。故不和。於是秦繆公更舍晉惠公。餽之七牢。

秦の繆《ぼく》公、呂省《りょせい》に問う、「晋の国、和《わ》するや」と。対《こた》えて曰く、「和せざらん。小《しょう》人《じん》は、君を失い親を亡《うしな》わんことを懼《おそ》れ、子圉《しぎょ》を立つるを憚《はばか》らずして、曰《い》わん、『必ず讐《あだ》に報いん。寧《なん》ぞ戎狄《じゅうてき》に事《つか》えんや』と。其の君子《くんし》は、則ち君を愛すれども罪を知り、以て秦の命を待ちて、曰《い》わん、『必ず徳に報いん』と。此《こ》の二あり。故に和せざらん」と。是《ここ》に於て秦の繆公、更に晋の恵公を舎《とど》め、これに七牢《しちろう》を餽《おく》る。

協調すること。秦の繆公が呂省にたずねた、「晋の国は一致しているかな。」「和」とは国内が融和

呂省は答えた、「一致しておりません。くだらぬ人間は、君主を失ない親を失なうことを恐れ、臆面もなく子圉を王に擁立していうでしょう、『かならず復讐しよう。えびすに仕えるなんてまっぴらだ』と。晋の心あるひとたちは、君主を愛しはするものの、悪いことをした覚えがありますから、秦の命令を期待していうでしょう、『かならずご恩に報いよう』と。この二派の人間がおりますから、おさまるわけにはまいりますまい。」

そこで秦の繆公は、晋の恵公をさらに滞在させて、七牢のごちそうを提供した。「寧《なん》ぞ戎狄《じゅうてき》に事《つか》えんや」を「寧《むし》ろ戎狄に事えん」とよみ、秦に仕えるくらいなら、いっそ夷《えびす》に服従したほうがましだと解する説もある。この説は、秦を戎狄視することにちゅうちょを覚えたことに因るだろう。「七牢」とは、牛・羊・豚など七種のごちそうをいう。

十一月。歸晉侯。晉侯至國。誅慶鄭。修政教。謀曰。重耳在外。諸侯多利内之。欲使人殺重耳於狄。重耳聞之如齊。

十一月、晋侯を帰《おく》る。晋侯、国に至るや、慶鄭《けいてい》を誅《ちゅう》し、政教を修む。謀《はか》りて曰く、「重耳《ちょうじ》、外に在り。諸侯、多くはこれを内るるを利とす」と。人をして重耳を狄《てき》に殺さしめんと欲す。重耳、これを聞きて斉《せい》に如《ゆ》く。

十一月、晋の君を送還した。晋の君は本国に帰ると、慶鄭《けいてい》を処刑し、政治教化を改善整備して、相談した、「重耳が国外にあり、諸侯はたいていかれを本国に送りこむのが好つごうだと考えている。」人をやって、山西省北辺の異民族——狄《てき》に重耳を殺させようとした。重耳はこのことを聞いて、斉に行った。

八年。使太子圉質秦。初恵公亡在梁。梁伯以其女妻之。生一男一女。梁伯卜之。男爲人臣。女爲人妾。故名男爲圉。女爲妾。

八年、太子圉《ぎょ》をして秦に質《ち》たらしむ。初め恵公《けい》、亡《のが》れて梁《りょう》に在りしとき、梁伯、其の女《むすめ》を以てこれに妻《めあ》わし、一男一女を生む。梁伯、これを卜《うらな》うに、男は人の臣たり、女は人の妾《しょう》たり。故に名づけて男を圉《ぎょ》と為《な》し、女を妾《しょう》と為《な》す。

恵公の八年（BC六四三）、恵公は太子の圉《ぎょ》を人質として秦に送った。むかし、恵公が梁に亡命していたとき、梁伯つまり梁の君が、そのむすめをかれにめあわせ、一男一女が生まれた。梁王はこの孫たちの運勢を占うと、男は人の臣下になり、女は人の妾になると出た。そこで男の子を圉《ぎょ》、女の子を妾《しょう》と名づけた。「男の子に圉と名づけた」理由として、後漢・服虔の「史記集解《しっかい》」に馬を飼う下級官吏を圉人というからだとする。「圉」は動物の檻を意味し、臣下として他人に養われるからとも解しうる。

十年。秦滅梁。梁伯好土功。治城溝。民力罷怨。其衆數相驚曰。秦寇至。民恐惑。秦竟滅之。十三年。晉惠公病。內有數子。太子圉曰。吾母家在梁。梁今秦滅之。我外輕於秦。而內無援於國。君卽不起。病大夫輕。更立他公子。乃謀與其妻俱亡歸。秦女曰。子一國太子。辱在此。秦使婢子侍。以固子之心。子亡矣。我不從子。亦不敢言。子圉遂亡歸晉。

十年、秦、梁《りょう》を滅ぼす。梁伯、土《ど》功《こう》を好み、城溝《こう》を治め、民力、罷《つか》れ怨む。其の衆、数《しば》しば相驚かせて曰く、「秦寇《しんこう》、至る」と。民、恐れ惑《まど》う。秦、竟《つい》にこれを滅ぼす。十三年、晋の恵公、病む。内に数子あり。太子圉《ぎょ》曰く、「吾《わ》が母の家は梁《りょう》に在り。梁は今、秦これを滅ぼせり。我、外は秦に軽《かろ》んぜられ、内は国に援《たす》けなし。君、即《も》し起《た》たずんば、大夫は軽《かろ》んじて、更に他の公子を立つるを病《うれ》えん」と。乃ち其の妻と倶に亡《のが》れ帰らんと謀《はか》る。秦の女《むすめ》曰く、「子《し》は一国の太子なり。辱《はず》かしめられて此《ここ》に在り。秦、婢子《ひし》をして侍《じ》せしめ、以て子《し》の心を固《かと》うせんとす。子《し》は亡《のが》れよ。我は子《し》に従わず。亦た敢えて言《ま》げず」と。子圉《しぎょ》、遂に亡《のが》れて晋に帰る。

恵公の十年（BC六四一）、秦が梁を滅ぼした。梁王は土木事業が好きで、城壁や堀をつくり、人民はつかれて怨嗟《えんさ》の声にみちていた。梁王の家臣たちはたびたび「秦の賊めがやって来たぞ」と驚かせたので、人民たちは恐れまどうて、とうとう秦に滅ぼされたのである。

「相驚」の「相」は、主格が複数の場合に自動詞に添えて用いるそれとも考えられるが、いまは主体と客体間の相対関係を示す「相」、つまり下の自動詞を他動詞化する用法とみる。この事件の表現は簡潔すぎてよくわからぬが、『左伝』（僖公十九年）によると、梁伯自身が土木事業をおこす口実として、あるいはそれに従事する人民が疲労して動かぬのを督励する口実として、類似のおどし文句が吐かれている。ここも、狼と少年の話のように、「秦寇至る」の嘘がやたらに使われたことが、人民の混乱をまねき、秦にその弱点が利用されて、実際に秦に侵攻されたときは収拾がつかず、簡単に滅亡したのではなかろうか。

十三年、晋の恵《けい》公が病気になった。国内には数人の男の子がいるので、秦に人質にされている太子の圉がいった、「わたしの母のさとは梁にある。梁はいま秦に滅ぼされた。わたしという人間は、外国では秦にばかにされ、国内では援助してくれるものがない。わが君がもしこのまま再起できなければ、家老たちはわたしをばかにして、ほかの王子を擁立するんじゃないかな。」

そこで、かれの妻といっしょに逃げ帰ろうと相談した。秦の君のむすめ、つまりかれの妻はいった、「あなたは一国の太子さま。人質の辱しめをうけてここにいらっしゃいます。秦はあなたのお心がさわがぬようにと、あたくしをお側に仕えさせました。たとえあなたがお逃げになろうと、あたくしはお供いたしませんし、人に申したりもいたしません。」

子圉はそのまま逃亡して晋に帰った。

十四年九月。恵公卒。太子圉立。是爲懷公。子圉之亡。秦怨之。乃求公子重耳欲内之。子圉之立。畏秦之伐也。乃令國中諸從重耳亡者與期。期盡不到者。盡滅其家。

十四年九月、恵公《けい》卒《しゅつ》す。太子圉《ぎょ》、立つ。是《こ》れ懐公《かいこう》たり。子圉《しぎょ》の亡《に》ぐるや、秦これを怨む。乃ち公子重耳を求めて、これを内《い》れんと欲す。子圉の立つや、秦の伐《う》たんことを畏《おそ》る。乃ち国中の諸《もろ》もろの重耳に従いて亡《のが》れし者に令《れい》して、与《とも》に期《き》す。期尽《つ》きて到らざる者は、尽《ことごと》く其の家を滅ぼす。

恵公の十四年（BC六三七）九月、恵公が亡くなり、太子の圉《ぎょ》が王位についた。これが懐公である。

子圉の逃亡は、秦の怨みをかった。そこで秦は王子重耳のゆくえを捜して、本国に乗りこませようとした。

王位についた子圉《しぎょ》は、秦の攻撃をおそれた。そこで、国内の重耳について亡命しているものの家族を、期限つきで出頭させるよう布令を出した。期限がすぎても出頭しないものは、一家みな殺しの処置をとった。

狐突之子毛及偃。従重耳在秦。弗肯召。懐公怒。囚狐突。突曰。臣子事重耳有年數矣。今召之。是教之反君也。何以教之。懐公卒殺狐突。

狐突《ことつ》の子毛《もう》及び偃《えん》、重耳に従いて秦に在り。召さるるに肯《がえん》ぜず。懐公《かいこう》怒り、狐突《ことつ》を囚《とら》う。突曰く、「臣の子は、重耳に事《つか》えて年数あり。今、これを召さば、是《こ》れこれに君に反《そむ》かんことを教うるなり。何を以てこれに教えんや」と。懐公、卒《つい》に狐突を殺す。

狐突《ことつ》のむすこ毛《もう》と偃《えん》とは、重耳について秦にいるが、狐突はよび寄せることを拒んだ。懐公は立腹して狐突を召し捕えた。突はいう、「それがしのせがれは、重耳さまに仕えて久しゅうなります。いま、これを呼びもどせば、主君にそむけとかれらに教えることになります。どうしてそんなことが教えられますか。」懐公はついに狐突を殺害した。

秦繆公乃發兵。送內重耳。使人告欒・郤之黨爲內應。殺懷公於高粱。入重耳。重耳立。是爲文公。

秦の繆公《ぼくこう》、乃ち兵を発し、送りて重耳を内《い》れ、人をして欒《らん》・郤《げき》の党《とう》に告げて内応を為《な》さしめ、懐公《かい》を高粱《こうりょう》に殺して、重耳を入る。重耳、立つ。是《こ》れ文公たり。

秦の繆公は、ここに重耳を本国に乗りこませるため、軍隊をくり出した。人をつかって欒枝《らんし》・郤穀《げきこく》の残党にしらせて内応させ、高梁（山西省臨汾の北、高河鎮）で懐公を殺害して、重耳を乗りこませた。重耳は王位についた。これが文公である。「内応を為す」は「為めに内応す」とよめるかもしれない。

三人めの亡命王子重耳の本国入りが成功した。司馬遷はここで時の流れを遡行して、重耳の亡命当初に返るのである。

晉文公重耳。晉獻公之子也。自少好士。年十七。有賢士五人。曰趙衰・狐偃咎犯文公舅也。賈佗・先軫・魏武子。自獻公爲太子時。重耳固已成人矣。獻公卽位。重耳年二十一。獻公十三年。以驪姫故。重耳備蒲城守秦。獻公二十一年。獻公殺太子申生。驪姫譖之。恐。不辭獻公而守蒲城。獻公二十二年。獻公使宦者履鞮趣殺重耳。重耳踰垣。宦者逐。斬其衣袪。重耳遂奔狄。狄其母國也。是時重耳年四十三。從此五士。其餘不名者數十人。

晋の文公重耳《ちょうじ》は、晋の献公の子なり。少《わか》きより士を好む。年十七、賢士五人あり。曰《いわ》く、趙衰《ちょうさい》・狐偃《こえん》——咎犯《きゅうはん》、文公の舅《きゅう》なり——賈佗《かだ》・先軫《せんしん》・魏武子《ぎぶし》。献公の太子たりし時より、重耳は固《もと》より已《すで》に成人せり。献公、即位するに、重耳は年二十一。

献公の十三年、驪姫《りき》の故《ゆえ》を以て、重耳は蒲城《ほじよう》に備《そな》えて秦に守《まも》りす。献公の二十一年、献公、太子申生《しんせい》を殺す。驪姫《りき》、これを譏《そし》る。恐れて、献公に辞せずして、蒲城を守る。献公の二十二年、献公、宦者履鞮《かんりてい》をして趣《すみや》かに重耳を殺さしめんとす。重耳、垣《かき》を踰《こ》ゆ。宦者《かんじや》、逐《お》う。其の衣《ころも》の袪《そで》を斬る。重耳、遂に狄《てき》に奔《はし》る。狄は其の母の国なり。是《こ》の時、重耳は年四十三、此《こ》の五士を従う。其の余の名あらざる者、数十人あり。

晋の文公つまり重耳は、晋の献公の子である。若いころから「おとこ」にほれこんだ。「士」とは、文武いずれの方面にしろ修養をつんで実力をもつものの称である。ここでは、自分の野望を実現するためのブレーン・トラスト乃至《ないし》ボデー・ガードとして、いわゆる「おとこ」を食客として養い、万一にそなえたのである。

十七歳のころ、すでに五人の優秀なおとこをかかえていた。趙衰《ちようさい》・文公のおじにあたる狐偃《こえん》・賈佗《かだ》・先軫《せんしん》・魏武子《ぎぶし》という。

「趙衰」は巻四十三「趙世家」によれば、趙夙《ちようしゆく》の孫にあたり、通称を子余という。ただし、『国語』(晋語)によれば夙の弟ということになっている。かれはかつてどういう君主に仕えればよいかと占ったとき、献公や他の王子にはすべて「凶」、ただ重耳には「吉」と出たので、そのとおり実行した。

「狐偃」は前条にみえるとおり、狐突のむすこで、通称を子犯といい（巻四十「楚世家」）、また咎犯ともいう。「舅」は本邦における用法のほかに、母や妻の兄弟をもいう。まえに「重耳の母は翟《てき》の狐氏の女《むすめ》なり」とあるから、ここは母の兄弟、つまり母方のおじにあたる。

「魏武子」は巻四十四「魏世家」によれば、畢万《ひつまん》の子である。魏に封地をもらった畢万の一族は、かつて卜偃《ぼくえん》や辛廖《しんりよう》が予言したとおり（八四ページ参照）、次第に繁栄して魏姓を名のった。他のふたりの素姓についてはまったくわからない。

献公がまだ太子だったころから、重耳はすでに成人しており、献公が即位したとき、重耳は二十一歳だった。

献公の十三年、驪姫のことから、つまり驪姫がわが子の奚斉を太子にしようとしたことから、三王子が敬遠され、重耳は秦に対する防備を名目として、蒲城の守りについた。

献公の二十一年、献公は太子の申生を殺害し――実は自殺したのだが――、それも驪姫が太子を悪つげしたためで、こわくなった重耳は、献公に別れも告げずに、蒲城に帰ってたてこもった。

献公の二十二年、献公は宦官の履鞮《りてい》に急遽重耳を殺害するよう命令した。重耳は垣を越え、宦官は追いすがって、かれの服の袖を斬った。重耳はそのまま狄《てき》に亡命した。

狄はかれの母の国である。このとき重耳は四十三歳、前記の五人のおとこがお供をしており、ほかに無名の士が数十人もいた。

この一条はほとんど前にみえる（一〇一ページ参照）が、履鞮を勃鞮、狄を翟に作っている。

至狄。狄伐咎如。得二女。以長女妻重耳。生伯儵・叔劉。以少女妻趙衰。生盾。

狄《てき》に至る。狄、咎如《きゆうじよ》を伐ち、二女を得《う》。長女を以て重耳に妻《めあ》わす。伯儵《はくちゆう》と叔劉《しゆくりゆう》を生む。少女を以て趙衰《ちようさい》に妻《めあ》わす。盾《とん》を生む。

このくだりから、重耳の国外流浪を叙《の》べる。かれが亡命した国国の、かれに対する待遇は、当時の複雑な国際関係を反映して、さまざまの形をとる。それがまた晋の文公になった重耳から一つ一つ報いられて、やがて国際紛争をまきおこすに至るのである。

重耳は狄《てき》にやってきた。狄は咎如《きゆうじよ》を討伐したとき、戦利品として二人のむすめを手にいれた。年長のむすめを重耳の妻にし、伯儵《はくちゆう》・叔劉《しゆくりゆう》が生まれた。年少のむすめを趙衰の妻にして、盾《とん》が生まれた。

居狄五歳。而晉獻公卒。里克已殺奚齊・悼子。乃使人迎。欲立重耳。重耳畏殺。因固謝不敢入。已而晉更迎其弟夷吾立之。是爲惠公。惠公七年。畏重耳。乃使宦者履鞮與壯士。欲殺重耳。重耳聞之。乃謀趙衰等曰。始吾奔狄。非以爲可用與。以近易通。故且休足。休足久矣。固願徙之大國。夫齊桓公好善。志在覇王。收恤諸侯。今聞管仲・隰朋死。此亦欲得賢佐。盍往乎。於是遂行。

狄《てき》に居《お》ること五歳にして、晋の献公卒《しゅっ》す。里克《りこく》、已《すで》に奚斉《けいせい》・悼子《とうし》を殺し、乃ち人をして迎えしめて、重耳を立てんと欲す。重耳、殺されんことを畏《おそ》れ、因《よ》りて固《かた》く謝し、敢えて入らず。已《すで》にして晋、更《あらた》めて其の弟夷吾《いご》を迎えてこれを立つ。是れ恵公《けいこう》たり。恵公《けいこう》の七年、重耳を畏れ、乃ち宦者履鞮《かんりてい》と壮士とを使い、重耳を殺さんと欲す。重耳、これを聞く。乃ち趙衰《ちょうさい》らに謀《はか》りて曰く、「始め吾の狄《てき》に奔《はし》りしは、用《もっ》て与《とも》にすべしと以為《おも》いしに非ず。近くして通じ易《やす》きを以て、故に且《しばら》く足を休めたるなり。足を休むること久し。固《もと》より徙《うつ》りて大国に之《ゆ》かんと願う。夫《そ》れ斉《せい》の桓《かん》公、善を好み、志、覇王《はおう》たるに在りて、諸侯を収恤《しゅうじゅつ》す。今聞く、管仲《かんちゅう》・隰朋《しゅうほう》は死せりと。此《こ》れ亦《ま》た賢佐《けんさ》を得んと欲するならん。盍《なん》ぞ往《ゆ》かざるや」と。是《ここ》に於て遂《つい》に行く。

狄《てき》にくらすこと五年、晋の献公が亡くなった。里克《りこく》は奚斉と悼子を殺してしまうと、迎えの人をよこして、重耳を擁立しようとした。重耳は殺されてはかなわないので、とても本国に乗りこむ気にはなれぬと固辞した。

やがて晋は、あらためて弟の夷吾を迎えて王位につかせた。これが恵公である。

恵公の七年（ＢＣ六四四）、重耳がじゃまなので、宦官の履鞮《りてい》と壮漢を使って、重耳を殺害させようとした。重耳はこれを聞くと、趙衰らに相談した、

「むかし、わしが狄《てき》に亡命したのは、狄なら協力してもらえると思ったからではない。国に近くて連絡が容易なためだ。だからとにかく落ちついたのだが、ここに落ちついてずいぶんになる。大国に移りたいのがわしの本願だ。ところで、斉の桓公は善行をこのみ、覇者となる野心にもえて、諸侯なかまに同情をかけて配下にひきいれようとしている。いま聞けば、名宰相の管仲や隰朋《しゅうほう》は死んだそうだ。だからすぐれた援助者をほしがっているだろう。行ってみようじゃないか。」

そこで斉にでかけることになった。

「可用与」の「与」は一本に「興」に作っており、それだと「狄を利用して旗あげできる」意となる。字形が近似するから、どちらかが誤りであろうが、どちらでも意味は通ずる。

重耳謂其妻曰。待我二十五年。不來。乃嫁。其妻笑曰。犂二十五年。吾冢上柏大矣。雖然。妾待子。重耳居狄。凡十二年而去。

重耳《ちょうじ》、其の妻に謂《い》いて曰く、「我を待つこと二十五年にして、来たらずんば、乃ち嫁《とつ》げ」と。其の妻、笑って曰く、「二十五年に犂《およ》べば、吾が冢《つか》の上なる柏《はく》は大ならん。然《しか》りと雖《いえど》も、妾《しょう》、子《し》を待たん」と。重耳、狄《てき》に居ること、凡《およ》そ十二年にして去る。

重耳はその妻にいった、「わしを二十五年待って、もしやって来なければ、再婚しておくれ。」妻は笑っていった、「二十五年もすれば、あたしのお墓の柏の木が大きくなってますわ。でもあたくしお待ちします。」重耳は狄にくらすこと通算十二年でたち去った。

「犂」は「黎」にも作り、「及」「比」と同じく「……のころには」の意。『左伝』(僖公二十三年)における妻の答えは、「あたしの年は二十五、そんなころになってお嫁にゆけば、お棺入りですわ。でもあなたを待たせていただきます」となっている。「棺に入る(原文は木に就《つ》く)」と「墓上の柏が大きくなっている」という二つの表現をくらべて、どちらがより文学的であるかは、読者の判定にゆだねよう。

なお、柏を墓のうえに植えることは、五言詩の祖といわれる二世紀前後の「古詩十九首」以来、近世に至る文学作品にもたびたび見られる。

過衛。衛文公不禮。去過五鹿。飢而従野人乞食。野人盛土器中進之。重耳怒。趙衰曰。土者有土也。君其拜受之。

衛《えい》を過ぐ。衛の文公、礼せず。去りて五鹿《ごろく》を過ぐ。飢《う》えて野人《やじん》に従いて食を乞う。野人、土を器中に盛りて、これを進む。重耳怒る。趙衰《ちょうさい》曰く、「土《つち》なる者は、土《くに》を有《たも》つなり。君、其れ拝してこれを受けよ」と。

衛の国にたち寄った。「衛」は周の武王の同母弟である康叔《こうしゅく》が領地にもらった王国で、楚丘《そきゅう》（河南省滑県の東）を首都とする。

衛の文公はこの亡命の王子を礼遇してくれない。重耳は去って五鹿（河北省大名の東方）にさしかかった。空腹をかかえて農民のところへゆき、食物を乞うた。農民は土をうつわに盛ってさし出した。重耳が腹をたてると、趙衰がいった、「土は、土地を領有するという意味です。殿、拝礼してお受けなさい。」

この趙衰のことばは、『左伝』(僖公二十三年)や『国語』(晋語)では、子犯つまり狐偃のことばとしている。

至齊。齊桓公厚禮。而以宗女妻之。有馬二十乘。重耳安之。重耳至齊二歳。而桓公卒。會豎刁等爲内亂。齊孝公之立。諸侯兵數至。

斉《せい》に至る。斉の桓《かん》公、厚く礼して、宗女《そうじょ》を以てこれに妻《めあ》わす。馬二十乗あり。重耳、これに安んず。重耳、斉に至りて二歳にして、桓《かん》公卒《しゅっ》す。会《たま》たま豎刁《じゅちょう》ら内乱を為《な》す。斉の孝公の立つや、諸侯の兵数《しば》しば至る。

斉の国にやってきた。斉の桓公は鄭重に待遇して、嫡系の王女を妻にあたえた。この王女には財産として二十乗分の馬がついている。

「乗」は四頭だての馬車馬、またはそれを数える単位。『孟子』梁恵王篇に「万乗の国、その君を弑《しい》する者は、必ず千乗の家なり」とあるように、天子を「万乗の君」、諸侯を「千乗の家」という。古くから戦車の所有量が勢力の基準とされた。同様に、一般の車馬の多少も財産の基準になっていた。

重耳はこのけっこうな身分に安住した。

重耳が斉に来て二年めに、桓公が亡くなった。おりから豎刁《じゅちょう》らがクーデターをおこした。孝公が王位につくと、諸侯の軍隊がたびたびやって来て、脅威をあたえた。

巻三十二「斉太公世家」には、このへんの事情がやや詳しくのべられている。桓公の王子五人は、桓公の生前から相続権をめぐって醜い争いをつづけていた。十月に桓公が病死すると、易牙《えきが》・豎刁《じゅちょう》という二人の家老が王子の無詭《むき》を擁してクーデターをやり、反対派の多数を殺害した。その結果、太子の昭は亡命し、かつては天下に覇をとなえた桓公も、遺骸が納棺されず、うじ虫がわく状態で六十七日間も放置されていた。やがて十二月になって即位した無詭も、翌年三月には殺され、宋に亡命中の太子の昭が、宋の支持のもとに帰国して即位した。これが孝公である。

留齊凡五歳。重耳愛齊女。毋去心。趙衰・咎犯乃於桑下謀行。齊女侍者在桑上聞之。以告其主。其主乃殺侍者。勸重耳趣行。重耳曰。人生安樂。孰知其他。必死於此。不能去。齊女曰。子一國公子。窮而來此。數士者以子爲命。子不疾反國報勞臣。而懷女德。竊爲子羞之。且不求。何時得功。乃與趙衰等謀。醉重耳。載以行。行遠而覺。重耳大怒。引戈欲殺咎犯。咎犯曰。殺臣成子。偃之願也。重耳曰。事不成。我食舅氏之肉。咎犯曰。事不成。犯肉腥臊。何足食。乃止。遂行。

斉《せい》に留《とど》まること凡そ五歳、重耳、斉の女《むすめ》を愛し、去る心毋《な》し。趙衰《ちょうさい》・咎犯《きゅうはん》、乃ち桑の下に於て行くを謀る。斉の女《むすめ》の侍者、桑の上に在りてこれを聞き、以て其の主に告ぐ。其の主、乃ち侍者を殺し、重耳に勧《すす》めて行かんことを趣《うなが》す。重耳曰く、「人生は安楽のみ。孰《いず》れか其の他を知らん。必ず此《ここ》に死せん。去る能わず」と。斉の女曰く、「子《し》は一国の公子なり。窮して此《ここ》に来たる。数士は子《し》を以て命《いのち》と為《な》すに、子は疾《と》く国に反《かえ》りて労臣に報いずして、女の徳を懐《した》う。窃《ひそ》かに子の為《ため》にこれを羞《は》ず。且つ求めずんば何《いず》れの時か功を得ん」と。乃ち趙衰《ちょうさい》らと謀り、重耳を酔わしめ、載《の》せて以て行かしむ。行くこと遠くして覚《さ》む。重耳、大いに怒る。戈《ほこ》を引きて咎犯《きゅうはん》を殺さんと欲す。咎犯曰く、「臣を殺して子《し》を成さしむるは、偃《えん》の願いなり」と。重耳曰く、「事成らずんば、我、舅氏《きゅうし》の肉を食《くら》わん」と。咎犯《きゅうはん》曰く、「事成らざるも、犯《はん》の肉は腥臊《なまぐさ》ければ、何ぞ食うに足らん」と。乃ち止《や》めて遂《つい》に行く。

斉に滞在することあわせて五年、重耳は斉の王女を愛して、たち去る気がない。そこで趙衰《ちょうさい》と咎犯《きゅうはん》は桑の木のもとで、出発の相談をした。斉の王女の腰元が、桑の木のうえでこれを聞き、そのことを主人にしらせた。主人はかえって腰元を殺し、重耳に勧告して旅だつようにせきたてた。

重耳はいった、「人生には安楽さえあればそれでいい。ほかのことはどうでもよい。ぜひここで一生を終るのだ。たち去るわけにはゆかん。」

斉の王女はいった、「あなたは一国の王子です。せっぱつまってここへいらっした。あのかたがたは、あなたを命と考えています。あなたは一刻もはやく帰国して苦労をかけたお供のかたにこたえようとなさらぬばかりか、女の情けが忘れられないでいらっしゃる。あなたのためにひそかに恥ずかしいことだとおもいます。それに、物事は積極的にやる気にならねば、いつになってもうまくゆきませんわ。」

そこで、かの女は趙衰らと相談して、重耳を泥酔させ、馬車に乗せて旅だたせた。遠くまで来て酔いがさめた。ひどく怒った重耳は、戈《ほこ》をひきよせて、咎犯を殺そうとする。

咎犯「それがしが殺されてあなたの大事を成就させる、それこそこの偃《えん》の望むところです。」

重耳「大事が成就しなければ、おじうえの肉を食べますよ。」

咎犯「大事が成就しなくても、この犯の肉は生臭うて、食えたものじゃありません。」

そこで争いを止めて、旅をつづけた。

過曹。曹共公不禮。欲觀重耳駢脇。曹大夫釐負羈曰。晉公子賢。又同姓。窮來過我。奈何不禮。共公不從其謀。負羈乃私遺重耳食。置璧其下。重耳受其食。還其璧去。

曹《そう》を過ぐ。曹の共公《きょう》、礼せず。重耳の駢脇《べんきょう》を観《み》んと欲す。曹の大夫釐負羈《きふき》曰く、「晋の公子は賢にして、又《ま》た同姓なり。窮し来たりて、我に過《よぎ》る。奈何《いかん》ぞ礼せざらん」と。共公、其の謀りごとに従わず。負羈《ふき》、乃ち私《ひそ》かに重耳に食を遺《おく》り、璧《たま》を其の下に置く。重耳、其の食を受け、其の璧を還《かえ》して去る。

曹《そう》の国にたち寄った。「曹」も周の武王の同母弟である叔振鐸《しゅくしんたく》が領地にもらった国で、いまの山東省定陶《ていとう》を首都とする。

曹の共公は礼遇せず、重耳の一枚骨のような肋骨を見ようとした。『左伝』（僖公二十三年）によれば、重耳の裸体を見るために、わざわざ入浴させてすだれ越しにながめたという。

曹の家老の釐負羈《きふき》がいった、「晋の王子はりっぱなかたです。それにわが国とは同姓です。窮迫した境遇にあってわが国にたち寄られました。どうして非礼の扱いですませられましょう。」「同姓」とは、晋の祖先も周の武王の子だからである。

共公はかれの意見をききいれない。そこで負羈《ふき》は重耳にこっそり食べ物をとどけ、食べ物の下に璧《たま》を敷いた。「璧」は諸侯への贈りものに添えられる。つまり諸侯なみの待遇を示したわけである。

重耳は食べ物を受けとり、璧のほうは返してたち去った。古人の注によれば、貪欲でない顔をしてみせたのだという。

過宋。宋襄公新困兵於楚。傷於泓。聞重耳賢。乃以國禮禮於重耳。宋司馬公孫固善於咎犯。曰。宋小國。新困。不足以求入。更之大國。乃去。

宋《そう》を過ぐ。宋の襄《じょう》公、新たに兵に楚《そ》に困《くる》しみ、泓《こう》に傷《きず》つく。重耳の賢なるを聞き、乃ち国礼を以て重耳に礼す。宋の司馬《しば》公孫固《こうそんこ》、咎犯《きゅうはん》に善し。曰く、「宋は小国にして、新たに困《くる》しむ。以て入るを求むるに足らず。更《あらた》めて大国に之《ゆ》け」と。乃ち去る。

宋の国にたち寄った。「宋」は河南省商丘を中心とする小王国である。

宋の襄公《じょうこう》は、つい先ごろ楚との軍事紛争になやまされ、泓《こう》（河南省柘城の北一五キロ）で戦傷をうけたばかりである。巻三十八「宋微子世家」によれば、この年の夏、宋は鄭を攻撃したために、楚が救援にのり出し、宋はかえって窮地におちいったという。

襄公は重耳がりっぱな人物だと聞くと、一国を領有する諸侯の待遇で重耳を優遇した。

咎犯と親しい宋の司馬《しば》、つまり陸軍大臣の公孫固《こうそんこ》がいった、「わが宋のくには小国で、つい先ごろ苦しいめにあったばかりだから、とてもお国入りの援助をたのまれる相手ではない。ほかの大国へゆきなさい。」そこで宋の国を去った。

過鄭。鄭文公弗禮。鄭叔瞻諫其君曰。晉公子賢。而其從者皆國相。且又同姓。鄭之出。自厲王。而晉之出。自武王。鄭君曰。諸侯亡公子過此者衆。安可盡禮。叔瞻曰。君不禮。不如殺之。且後爲國患。鄭君不聽。

鄭《てい》を過ぐ。鄭の文公、礼せず。鄭の叔瞻《しゆくせん》、其の君を諫《いさ》めて曰く、「晋の公子は賢にして、其の従者は皆国相《こくしよう》たり。且つ又《ま》た同姓なり。鄭の出《い》ずるは、厲《れい》王よりし、晋の出《い》ずるは、武王よりす」と。鄭《てい》の君曰く、「諸侯の亡《ぼう》公子、此《ここ》を過ぐる者衆《おお》し。安《いず》くんぞ尽《ことごと》く礼すべけんや」と。叔瞻《しゆくせん》曰く、「君、礼せずんば、これを殺すに如《し》かず。且《まさ》に後に国の患《うれ》いと為《な》らんとす」と。鄭の君、聴かず。

鄭の国にたち寄った。「鄭」は河南省新鄭を中心とする小王国、周の宣王が弟の友を領主にしたところである。

鄭の文公は礼遇しない。文公の弟にあたる叔瞻《しゅくせん》（詹にもつくる）が主君を諫めた、「晋の王子は、優秀なかたですし、部下のかたがたはいずれも一国の大臣たる器量ぞろい。それにわが国とは同姓です。鄭は周の厲王から出ており、晋は周の武王から出ております。」

鄭の君はいった、「諸侯の亡命王子で、ここにたち寄るものは大ぜいだ。だれもかれもを優遇できるかね。」

叔瞻はいった、「殿は、優遇されないのなら、いっそ殺しておしまいなさい。将来、国家の禍をまねくもとですよ。」

鄭の君はきかなかった。

「叔瞻」のこの徹底して割りきった考えかた、或いはそういう考えかたを根底とする生きかた、それはおそらく春秋より戦国にかけての、複雑な国際関係が生んだものであろうが、やはりわれわれには驚きを禁じえない。祖国を追われた亡命王子の多かったこととともに。

重耳去之楚。楚成王以適諸侯禮待之。重耳謝不敢當。趙衰曰。子亡在外十餘年。小國輕子。況大國乎。今楚大國。而固遇子。子其毋讓。此天開子也。遂以客禮見之。

重耳、去りて楚《そ》に之《ゆ》く。楚の成王、適《てき》諸侯の礼を以てこれを待《あつか》う。重耳、敢えて当らざると謝す。趙衰《ちょうさい》曰く、「子《し》、亡《のが》れて外に在ること十余年、小国すら子を軽《かろ》んず、況《いわ》んや大国をや。今、楚は大国なるに、固く子を遇す。子《し》、其れ譲る毋《なか》れ。此《こ》れ天が子《し》を開けるなり」と。遂《つい》に客礼を以てこれに見《まみ》ゆ。

重耳は鄭を去って楚にいった。「楚」は河南南部・湖北・湖南・江蘇・安徽・江西・浙江各省にまたがる大国である。

楚の成王は、諸侯なみの儀礼で待遇してくれようとする。重耳はそのがらでないと断わった。「不敢当」bugandang は現代語においても、「どういたしまして」というきもちで用いられる。

趙衰がいった、「あなたは国外に亡命してすでに十年あまり。小国までがあなたをばかにしておりますぞ。まして大国とあれば。いま、その大国の一つ楚があなたに対して鄭重な待遇です。遠慮は無用。これは天があなたに幸運を開いてくれたのです。」

いわれるとおり、賓客の礼で成王に謁見した。

成王厚遇重耳。重耳甚卑。成王曰。子卽反國。何以報寡人。重耳曰。羽毛・齒角・玉帛。君王所餘。未知所以報。王曰。雖然。何以報不穀。重耳曰。卽不得已。與君王以兵車會平原廣澤。請辟王三舍。楚將子玉怒曰。王遇晉公子至厚。今重耳言不孫。請殺之。成王曰。晉公子賢而困於外久。從者皆國器。此天所置。庸可殺乎。且言何以易之。

成王、厚く重耳を遇す。重耳、甚だ卑《へりくだ》る。成王曰く、「子《し》、即《も》し国に反《かえ》らば、何を以て寡人《かじん》に報《むく》いるや」と。重耳曰く、「羽毛・歯角《しかく》・玉帛《ぎょくはく》は、君王の余《あま》れる所なり。未だ報いる所以《ゆえん》を知らず」と。王曰く、「然《しか》りと雖《いえど》も、何を以て不穀《ふこく》に報いんとするや」と。重耳曰く、「即《も》し已《や》むを得ずして、君王と兵車を以て平原広《へいげんこう》択《たく》に会わば、請う、王を辟《さ》〔避〕くること三舎《しゃ》ならん」と。楚の将子玉《しぎょく》、怒りて曰く、「王、晋の公子を遇すること至って厚きに、今、重耳は言不孫《ふそん》〔遜〕なり。請う、これを殺さん」と。成王曰く、「晋の公子は賢にして、外に困《くる》しむこと久し。従者は皆国器《こくき》なり。此《こ》れ天の置く所、庸《なん》ぞ殺すべけんや。且つ言は何を以てこれを易《か》えんや」と。

成王は重耳を手あつくもてなし、重耳はたいそうへり下った。

成王「そなたがもし本国に帰られたら、それがしにどんなふうに返しをされますかな。」

重耳「鳥獣の羽毛とか、象牙や犀の角、あるいは玉器や絹織物などの貴重の品は、王さまにあり余っておりまする。さてどんなふうにお返しをしたものやら。」

成王「それにしても、このわたしにはなんらかの返しをされましょう。」「不穀」とは不善の意で、王侯じしんの謙称として用いる。章炳麟《しょうへいりん》（一八六九—一九三六）の『新方言』には、「僕」（puk）が「不穀」（but-guk）の合音だと説明されている。

重耳「もしもよんどころない事情のもとに、王さまと広い戦場で戦車にのっておめにかかりますなら、王さまから三舎《さんしゃ》の距離だけ退却させていただきましょう。」

「三舎」の「舎」は三十華里、およそ一五キロをいう。恩人と交戦するケースを想いうかべて、「三舎」の距離、五〇キロばかり退避しましょうというわけである。上に「甚だ卑《へりくだ》る」と重耳の態度が説明されているから、この発言は、いっそうおもしろい。子玉の立腹も当然である。

将軍の子玉が怒っていった、「王さまは晋の王子をとても鄭重に扱われておりますのに、いまの重耳のことばは横柄です。やつを殺させてください。」

成王はいった、「晋の王子はめぐまれた素質をもちながら、国の外でながねん苦労しておられる。部下も国家を背負って立つべき器量ぞろい。これは天の配剤だ。どうして殺していいものか。それに、一たん約束したことは変えてなるものかね。」

「言何以易之」の句は難解である。『史記索隠』の説によれば、「言は何ぞ以て易《かろがろ》しくせん」とよみ、子玉の軽率な発言をたしなめる言葉とみる。また、小竹文夫・武夫両氏によれば、「言は何ぞ以てこれに易《か》えん」とよみ、重耳にほかの言いかたがあるかいと解する（筑摩書房「世界文学大系」）。いま、しばらく訳文のような見解をとる。

居楚數月。而晉太子圉亡秦。秦怨之。聞重耳在楚。乃召之。成王曰。楚遠。更數國。乃至晉。秦・晉接境。秦君賢。子其勉行。厚送重耳。

楚《そ》に居《お》ること数月にして、晋の太子圉《ぎょ》、秦より亡《に》ぐ。秦、これを怨む。重耳の楚に在るを聞き、乃ちこれを召す。成王曰く、「楚は遠く、数国を更《へ》て、乃ち晋に至る。秦・晋、境を接し、秦の君は賢なり。子《し》、其れ勉《つと》めて行け」と。厚く重耳に送る。

重耳が楚に滞在して数か月、晋の太子の圉《ぎょ》が秦より逃亡した。それを怨んだ秦は、重耳が楚にいると聞くと、かれを招こうとした。成王はいった、「わが楚の国は遠国であり、数か国を通らねば晋にゆけません。秦と晋は国境を接し、秦の君はすぐれたかたです。あなたは無理をしてでもお出かけなさい。」

重耳を鄭重に送り出した。車馬など旅の装備を十分にととのえたことをいう。

重耳至秦。繆公以宗女五人妻重耳。故子圉妻與往。重耳不欲受。司空季子曰。其國且伐。況其故妻乎。且受以結秦親而求入。子乃拘小禮忘大醜乎。遂受。繆公大歡。與重耳飲。趙衰歌黍苗詩。繆公曰。知子欲急反國矣。趙衰與重耳下。再拜曰。孤臣之仰君。如百穀之望時雨。

重耳、秦に至る。繆公《ぼくこう》、宗女《そうじょ》五人を以て重耳に妻《めあ》わす。故《もと》の子圉《しぎょ》の妻も与《とも》に往《ゆ》く。重耳、受くるを欲せず。司空季子《しくうきし》曰く、「其の国すら且《か》つ伐《う》つ、況《いわ》んや其の故《もと》の妻をや。且《しばら》く受け、以て秦の親《しん》を結びて入らんことを求めよ。子、乃ち小礼に拘《かかわ》りて大醜《たいしゅう》を忘るるか」と。遂《つい》に受く。繆公、大いに歓《よろこ》び、重耳と飲む。趙衰《ちょうさい》、「黍苗《しょびょう》」の詩を歌う。繆公曰く、「子の急ぎ国に反《かえ》らんと欲するを知る」と。趙衰、重耳と下《くだ》り、再拝して曰く、「孤臣《こしん》の君を仰ぐこと、百穀《ひゃくこく》の時雨《じう》を望むが如し」と。

重耳は秦にやってきた。繆公《ぼくこう》は秦王家の王女五人を重耳の妻にした。かつての子圉《しぎょ》の妻も、とつぐなかまにはいっていた。重耳はかの女をもらいたくない。司空季子《しくうきし》、つまり胥臣《しょしん》がいった、「その国さえ討とうというのに、もとの妻ぐらいなんですか。まあとにかく頂戴して、秦と姻戚関係を結び、本国入りすることをお考えなさい。あなたは、つまらぬ礼にこだわり大きな恥辱を忘れたのですか。」「小礼」とは、弟と妻を共有することの非礼をさし、「大醜」とは亡命の境遇にあることをさす。なお、『国語』(晋語四)によれば、このとき三人の従者が忠告している(『史記』における人間描写」五四六―五五〇ページ参照)。

重耳は胥臣《しょしん》の忠告どおり、お受けした。繆公はたいそうよろこび、重耳と酒を飲んだ。趙衰《ちょうさい》が「黍苗《しょびょう》」の詩をうたった。「黍苗」とは『詩経』小雅に属する詩篇で、周の宣王《せんおう》がおじの申伯《しんぱく》を河南の謝《しゃ》の領主につけ、召伯に築城を命じたとき、召伯が労役部隊をいたわりつつ、任務を完遂したことをのべる。全詩は五節よりなる。

(一)　芃芃《ほうほう》(伸びそだった形容)たる黍の苗は
　陰雨これを膏《うるお》せり
悠悠たる南の行(勤労動員)

(二)

召伯これを労《ねぎら》えり
我が任《せおいに》　我が輦《てぐるま》
我が車　我が牛
我が行　既に集《な》りたれば
蓋《けだ》し云わん　帰らん哉《かな》と

(三)

我が徒《かちびと》　我が御《うまびと》
我が師　我が旅
我が行　既に集《な》りたれば
蓋し云わん　帰り処《す》まわんと

(四)

粛粛（厳粛な）たる謝の功《しごと》
召伯　これを営めり
烈烈たる征旅《いくさ》
召伯　これを成《と》げたり

(五)

原隰《はらの》　既に平らぎ
泉流《ながれ》　既に清《す》めり
召伯　成《と》ぐる有り
王の心　載《ここ》に寧《やす》んず

ここでこの詩をうたったのは、繆公《ぼくこう》を召伯によそえ、その助力によって帰国し、王位就任の大業を遂げたい気もちを託したものとおもわれる。

繆公はいった、「あなたがたの早く帰国されたいきもちがよくわかります。」

趙衰は重耳とともに、ざしきから降り、再拝していった、「それがしどもが殿に期待しますことは、よろずの稲が季節の雨を待ちのぞむみたいなものです。」

「孤臣」の「孤」は父を失った子、「臣」は繆公に対する重耳の謙称。「百穀の時雨を望むが如し」とは、むろん「黍苗」詩の第一節首二句をうけていったものである。

是時晉惠公十四年秋。惠公以九月卒。子圉立。十一月。葬惠公。十二月。晉國大夫欒・郤等。聞重耳在秦。皆陰來勸重耳・趙衰等反國。爲内應甚衆。於是秦繆公乃發兵。與重耳歸晉。晉聞秦兵來。亦發兵拒之。然皆陰知公子重耳入也。唯惠公之故貴臣呂・郤之屬。不欲立重耳。重耳出亡凡十九歳而得入。時年六十二矣。晉人多附焉。

是《こ》の時、晋の恵公《けい》十四年の秋なり。恵公、九月を以て卒《しゅっ》す。子圉《しぎょ》立つ。十一月、恵公を葬る。十二月、晋国の大夫欒《らん》・郤《げき》ら、重耳の秦に在るを聞き、皆陰《ひそ》かに来たりて、重耳・趙衰らに国に反《かえ》らんことを勧《すす》め、内応を為《な》すもの甚だ衆《おお》し。是《ここ》に於て秦の繆公、乃ち兵を発して、重耳の晋に帰るに与《あず》からしむ。晋、秦の兵の来たるを聞き、亦《ま》た兵を発してこれを拒《ふせ》ぐ。然《しか》れども、皆陰《ひそ》かに公子重耳の入るを知るなり。唯《た》だ恵公の故《もと》の貴臣呂《りょ》・郤《げき》の属《ぞく》のみ、重耳を立つるを欲せず。重耳、出《い》でて亡《のが》るること凡《およ》そ十九歳にして、入るを得たり。時に年六十二なり。晋の人、多く附《つ》く。

このときは晋の恵公十四年（BC六三七）の秋である。恵公は九月に亡くなり、子の圉《ぎょ》が即位した。十一月、恵公を埋葬した。十二月、晋の国の家老である欒枝《らんし》・郤縠《げきこく》らは、重耳が秦にいると聞き、みなこっそりやって来て、重耳と趙衰《ちょうさい》らに帰国をすすめ、国内から呼応しようとするものが大勢いた。そこで秦の繆公《ぼくこう》は軍隊をくり出して、晋に帰る重耳に同行させた。晋がわも、秦の軍隊が来ると聞いて、やはり軍隊をくり出して阻止させた。しかし、だれもが王子の重耳が本国入りすることを内内に知っていた。ただ、かつて恵公に仕えた重臣の呂省《りょせい》・郤芮《げきぜい》の一党だけは、重耳の即位をのぞまない。

重耳は国を出て亡命すること、あわせて十九年ののち、本国入りすることができた。時に六十二歳。晋の家臣たちはたいていかれに親愛をしめした。

さて、重耳（文公）の亡命の旅はここにおわった。司馬遷は読者をいざのうて回想の始まる時点に復帰させる。

文公元年春。秦送重耳至河。咎犯曰。臣從君周旋天下。過亦多矣。臣猶知之。況於君乎。請從此去矣。重耳曰。若反國。所不與子犯共者。河伯視之。乃投璧河中。以與子犯盟。是時介子推從在船中。乃笑曰。天實開公子。而子犯以爲己功。而要市於君。固足羞也。吾不忍與同位。乃自隱。

文公元年の春、秦、重耳を送りて河に至る。咎犯《きゅうはん》曰く、「臣、君に従いて天下を周旋《しゅうせん》し、過《あやま》ちも亦《ま》た多し。臣すら猶《な》おこれを知る。況《いわ》んや君に於てをや。請う、此《ここ》より去らん」と。重耳曰く、「若《も》し国に反《かえ》りて、子《し》犯《はん》と共にせざる所の者あらば、河《か》伯《はく》これを視《み》よ」と。乃ち璧《たま》を河中に投じて、以て子犯と盟《ちか》う。是《こ》の時、介《かい》子《し》推《すい》、従いて船中に在り。乃ち笑いて曰く、「天、実に公子に開くに、而《しか》も子犯は己《おのれ》が功なりと以為《おも》いて、市《し》を君に要《もと》む。固《もと》より羞《は》ずるに足るなり。吾、与《とも》に位《くらい》を同じうするに忍びず」と。乃ち自《みずか》ら隠《かく》る。

文公元年（BC六三六）の春。といっても、重耳はまだ即位していないから、文公元年とはいえない。後の記録にしたがったのである。秦は重耳を黄河まで送っていった。

咎犯《きゅうはん》がいった、「それがし、殿のお供をして天下をめぐりましたが、たくさん失敗もやりました。じぶんでさえ知っているのですから、まして殿はごぞんじのはず。どうかここから去らせてください。」

重耳はいった、「もしも帰国してから、子犯どのと協調せぬようなことがあれば、河伯さま、ご照覧ください。」そういうと、璧《たま》を河の中に投げて、子犯と誓いをたてた。「河伯」とは河の神。「河伯これを視よ」とは、もしも約束に違背すれば、神罰を加えられてもよいと誓うことば、下文にもみえる（二三〇ページ参照）。

この時、従者として船にいた介子推《かいしすい》は笑っていった、「天が実は王子に開運をみちびき給うたのに、子犯はじぶんの功績だとおもい、殿に取引きを要求しおる。これほど恥ずかしいことがあるかい。わしはやっと席をつらねるに忍びん。」そういうとじぶんから身をかくしてしまった。「市」は商取引。

渡河。秦兵圍令狐。晉軍于廬柳。二月辛丑。咎犯與秦・晉大夫盟于郇。壬寅。重耳入于晉師。丙午。入于曲沃。丁未。朝于武宮。卽位爲晉君。是爲文公。羣臣皆往。懷公圉奔高梁。戊申。使人殺懷公。

河を渡る。秦の兵、令狐《れいこ》を囲む。晋、廬柳《ろりゅう》に軍す。二月辛丑《しんちゅう》、咎犯《きゅうはん》、秦・晋の大夫と郇《しゅん》に盟《ちか》う。壬寅《じんいん》、重耳、晋の師に入る。丙午《へいご》、曲沃《きょくよく》に入る。丁未《ていび》、武宮に朝《ちょう》し、即位して晋の君と為《な》る。是れ文公たり。群臣、皆往《ゆ》く。懐《かい》公圉《ぎょ》、高梁《こうりょう》に奔《はし》る。戊申《ぼしん》、人をして懐公を殺さしむ。

黄河をわたった。秦軍は令狐《れいこ》（山西省猗氏《いし》の西方）を包囲した。晋はその西方の廬《ろ》柳《りゅう》に布陣した。

二月辛丑《かのとうし》の日、咎犯《きゅうはん》は秦・晋二国の家老たちとともに、郇《しゅん》（猗氏の西北）で停戦協定を結んだ。翌壬寅《みずのえとら》の日、重耳は晋軍のなかに乗りこんだ。四日のちの丙午《ひのえうま》の日に曲沃に入り、翌丁未《ひのとひつじ》の日に先祖武公の廟に参拝、即位して晋の君主になった。これが文公である。

懐公の圉《ぎょ》は高梁に逃げていたが、戊申《つちのえさる》の日、といえば、文公即位の翌日であるが、文公は人をやって懐公を殺害させた。

懐公故大臣呂省・郤芮。本不附文公。文公立。恐誅。乃欲與其徒謀燒公宮殺文公。文公不知。始嘗欲殺文公宦者履鞮知其謀。欲以告文公解前罪。求見文公。文公不見。使人讓曰。蒲城之事。女斬予袪。其後我從狄君獵。女爲惠公來。求殺我。惠公與女期三日至。而女一日至。何速也。女其念之。宦者曰。臣刀鋸之餘。不敢以二心事君倍主。故得罪於君。君已反國。其毋蒲・翟乎。且管仲射鉤。桓公以覇。今刑餘之人以事告。而君不見。禍又且及矣。於是見之。遂以呂・郤等告文公。文公欲召呂・郤。呂・郤等黨多。文公恐初入國國人賣己。乃為微行。會秦繆公於王城。國人莫知。三月己丑。呂・郤等果反。焚公宮。不得文公。文公之衞徒與戰。呂・郤等引兵欲奔。秦繆公誘呂・郤等殺之河上。晉國復。而文公得歸。

懐《かい》公の故《もと》の大臣呂省《りょせい》・郤芮《げきぜい》、本《もと》より文公に附《つ》かず。文公立つや、誅《ちゅう》せらるるを恐る。乃ち其の徒と謀り、公の宮《きゅう》を焼きて文公を殺さんと欲す。文公、知らず。始め嘗《かつ》て文公を殺さんと欲せし宦《かん》者履《り》鞮《てい》、其の謀りごとを知る。以て文公に告げて前《さき》の罪を解かんと欲し、文公に見《まみ》えんことを求む。文公、見《あ》わず。人をして譲《せ》めしめて曰く、「蒲城《ほじょう》の事、女《なんじ》、予《よ》が袪《そで》を斬れり。其の後、我、狄《てき》の君に従いて猟《かり》せしに、女《なんじ》、恵公の為《ため》に来たりて、我を殺さんことを求む。恵公、女《なんじ》と三日にして至らんことを期せしに、女《なんじ》は一日にして至る。何ぞ速《すみや》かなるや。女《なんじ》、其れこれを念《おも》え」と。宦者《かんじゃ》曰く、「臣、刀鋸《とうきょ》の余なり。敢えて二心《にしん》を以て君に事《つか》えて主に倍《そむ》くをせず。故に罪を君に得たり。君、已《すで》に国に反《かえ》る。其れ蒲《ほ》・翟《てき》なからんや。

且つ管仲《かんちゅう》は鉤《こう》を射《い》しも、桓《かん》公は以て覇《は》たり。今、刑余《けいよ》の人、事を以て告ぐるに、君は見《あ》わず。禍、又《ま》た且《まさ》に及ばんとす」と。是《ここ》に於てこれに見《あ》う。遂に呂《りょ》・郤《げき》らのことを以て文公に告ぐ。文公、呂・郤を召さんと欲す。呂・郤ら、党多し。文公、初めて国に入り、国人の己《おのれ》を売らんことを恐れ、乃ち微行《びこう》を為《な》し、秦の繆《ぼく》公に王城に会う。国人、知る莫《な》し。三月己丑《きちゆう》、呂《りょ》・郤《げき》ら果して反《そむ》き、公の宮を焚《や》く。文公を得ず。文公の衛徒《えいと》、与《とも》に戦う。呂・郤ら、兵を引きて奔《はし》らんと欲す。秦の繆公、呂・郤らを誘いて、これを河上に殺す。晋国、復《ふく》して、文公、帰るを得たり。

懐公に仕えていた元の大臣呂省《りょせい》と郤芮《げきぜい》は、もともと文公には味方しなかったので、文公が即位すると、処刑されるのではないかとおそれた。そこでなかまと共謀して、文公の宮殿を焼いて文公を殺そうとした。文公はそれに気がつかない。

むかし文公を殺そうとした宦官《かんがん》の履鞮《りてい》（一〇一ページ参照、ただし履は勃につくる）がその計画を知り、文公に密告してかつての罪を許してもらおうと、文公に面会を申しこんだ。文公は会わない。人に責めさせていった、「蒲城《ほじょう》の事件で、そちはわしの袖を斬った。その後、わしが狄《てき》の君のお供をして狩りに出かけたおりにも、そちは恵公のためにわしの殺害をはかりおった。恵公はそちに三日以内に着くよう約束したのに、そちは一日で着いた。その速さといったら。まあむかしのことを思うてみい。」

宦官はいった、「それがしは刃物の刑を受けた身ではありますが、二心をいだいて主君をうらぎり、あなたにお仕えすることなど、よういたしませぬ。それであなたには申しわけないことをしました。あなたはすでに帰国されましたが、蒲や翟のときのような危難がないものでしょうか。それに、管仲に弓でバックルを射られたにもかかわらず、斉の桓公はかれのおかげで諸侯に覇をとなえました。ただいま、刑余のものの報告だからといって、あなたは会われません。災難がふりかかろうとしておりますのに。」

「宦者《かんじゃ》」とは宮廷の奥むきに仕える官、宮刑（生殖器割除の肉体刑）をうけたものから選ばれる。したがって「刀鋸《とうきょ》の余」といったのである。「其毋蒲翟乎」の句も難解である。一説に「蒲や翟の人があなたや夷吾（恵公）にささげたような忠誠が、わたくしにないでしょうか」と解し、いまあなたを主君にいただいたからには、わたしだってあなたに忠誠をつくすんだとする。論理的にはよく通ずるが、文章としてはむりにおもわれる。

管仲については、「管晏列伝」を参照されたいが、ここの事件は巻三十二「斉太公世家」に詳しい。斉の襄公は暴君なので、禍が及ばんことをおそれた弟の糾《きゅう》は、管仲が輔佐して魯へ、次弟の小白は、鮑叔《ほうしゅく》が輔佐して莒《きょ》へ、それぞれ亡命した。襄公はやがて無知に殺され、その無知も雍林《ようりん》の民に殺害され、それを聞いた亡命中の二王子は、帰国を争った。そのとき管仲は、魯の命によって、莒より帰国する小白を邀撃《ようげき》して、弓で射た。幸い帯鉤（バンドのバックル）に命中したので助かった小白は、死をよそおうて敵を出しぬき、ただちに帰国して即位し、桓公を名のった。魯に掩護《えんご》された糾の一味は失敗し、管仲も逮捕された。しかし、かれは親友の鮑叔の推薦によって桓公の大臣に就任、桓公はやがてかれの援助によって諸侯を制覇することができたのである。

ここに文公は履《り》鞮《てい》を謁見し、履鞮は呂《りょ》・郤《げき》らの焼打ち計画を文公に告げた。文公は呂・郤らを召そうとしたが、呂・郤らの徒党はおおぜいいる。文公はお国入りしたばかりで、家臣たちに裏ぎられるおそれもある。そこで、おしのびで、秦の繆公と王城（陝西省朝邑の東方）で面会した。家臣たちはだれも気がつかない。

三月己丑《つちのとうし》の日、はたして呂省・郤芮らは反逆し、文公の宮殿を焼打ちしたが、文公は見つからない。文公の護衛兵が交戦した。呂・郤らは軍を引きつれて逃げようとする。秦の繆公は呂・郤らをうまく誘導して、黄河のほとりで殺した。晋の国はもとに返り、文公は帰国することができた。

夏。迎夫人於秦。秦所與文公妻者。卒爲夫人。秦送三千人爲衞。以備晉亂。

夏、夫人を秦より迎う。秦の文公に与えて妻《めあ》わせし所の者、卒《つい》に夫人と為《な》る。秦、三千人を送りて衛《まも》りと為《な》し、以て晋の乱に備《そな》う。

その夏、奥方を秦から迎えとった。秦が文公に妻としてあたえたもので、ついに奥方になった。秦は三千人を護衛兵として送り、晋のクーデターに備えた。

文公修政。施恵百姓。賞従亡者及功臣。大者封邑。小者尊爵。未盡行賞。周襄王以弟帯難。出居鄭地。來告急晉。晉初定。欲發兵。恐他亂起。是以賞從亡。未至隱者介子推。推亦不言祿。祿亦不及。

文公、政《せい》を修《おさ》め、恵《めぐ》みを百姓《ひやくせい》に施す。従いて亡《のが》れし者及び功臣を賞す。大なる者は封邑《ほうゆう》、小なる者は尊爵《そんしやく》。未だ尽《ことごと》くは賞を行なわず。周の襄《じよう》王、弟帯《たい》の難《なん》を以て、出《い》でて鄭の地に居り、来たりて急を晋に告ぐ。晋、初めて定まれば、兵を発せんと欲するも、他の乱の起らんことを恐る。是《ここ》を以て従いて亡《のが》れしものを賞せしも、未だ隠者介子推《いんじやかいしすい》に至らず。推《すい》も亦た禄《ろく》を言わず、禄も亦《ま》た及ばず。

文公は政治体制をととのえ、人民たちに恵みをほどこした。亡命のお供をしたものや、勲功を立てた家臣たちを賞し、功績の大きいものには領地をあたえ、小さいものには爵位を授けた。行賞がまだ全体にゆきわたらぬうちに、周の襄王から晋に危急を告げる報せがとどいた。襄王は弟である帯のクーデターのために、鄭領に亡命しているのだ。晋は安定したばかりの時で、軍を送りたいのだが、前とは別のクーデターがおこる恐れもある。そんな事情のために、亡命のお供をしたものへの行賞も、隠者の介子推《かいしすい》（一六五ページ参照）にまでは及ばなかった。介子推も俸禄のことは口にせず、俸禄さえかれのもとにとどいていないのだ。

推曰。獻公子九人。唯君在矣。惠・懷無親。外內弃之。天未絕晉。必將有主。主晉祀者。非君而誰。天實開之。二三子以爲己力。不亦誣乎。竊人之財。猶曰是盜。況貪天之功以爲己力乎。下冒其罪。上賞其姦。上下相蒙。難與處矣。其母曰。盍亦求之。以死誰懟。推曰。尤而效之。罪有甚焉。且出怨言。不食其祿。母曰。亦使知之。若何。對曰。言身之文也。身欲隱。安用文之。文之。是求顯也。其母曰。能如此乎。與女偕隱。至死不復見。

推《すい》曰く、「献公の子は九人、唯《た》だ君のみ在《いま》す。恵《けい》・懐《かい》は親しきものなく、外内これを弃《す》てしに、天は未だ晋を絶《た》たしめず。必ず将《まさ》に主あらしめんとす。晋の祀《まつ》りを主《つかさど》る者は、君に非ずして誰ぞ。天、実にこれに開けるに、二三子、以て己《おのれ》が力と為《な》す。亦《ま》た誣《し》いずや。人の財を窃《ぬす》むものすら猶《な》お曰《い》う、是《こ》れ盗なりと。況《いわ》んや天の功を貪《むさぼ》りて以て己《おのれ》が力と為《な》すものをや。下《しも》、其の罪を冒《おか》し、上《かみ》、其の姦《かん》を賞し、上下《しょうか》相蒙《あざむ》く。与《とも》に処《お》り難し」と。其の母曰く、「盍《なん》ぞ亦《ま》たこれを求めざる。以て死せば誰をか懟《うら》みん」と。推《すい》曰く、「尤《とが》めてこれに効《なら》うは、罪、焉《これ》より甚だしきあり。且つ怨言《えんげん》を出《い》ださば、其の禄《ろく》を食《は》まず」と。母曰く、「亦《ま》たこれを知らしむるは、若何《いかん》」と。対《こた》えて曰く、「言は身《み》の文なり。身、隠れんと欲す、安《いずく》んぞこれを文《かざ》るを用《もち》いん。これを文《かざ》るは、是《こ》れ顕《あらわ》れんことを求むるなり」と。其の母曰く、「能《よ》く此《か》くの如くなるか。女《なんじ》と偕《とも》に隠れん」と。死に至るまで復《ま》た見《あらわ》れず。

介子《かいし》推《すい》はいった、「献公のご子息は九人（前条には八人とある、八一ページ参照）、そのなかで殿だけが残られた。恵公と懐公には親身のものがなく、国の内外から見すてられたが、天はまだ晋の祭祀（血統）を絶やさず、あくまで祭主をおいておくつもりだ。晋の祭祀をつかさどるものは、殿のほかに誰があろう。天がまことに幸運をみちびき給うたのだ。二三のやからが自分のおかげだとおもうているのは、事実をまげる欺瞞行為ではないか。人の品物を盗むものさえ盗賊という。まして天の仕事を貪ぼり奪うて自分のおかげだとおもうやつは。下《しも》は下《しも》で大それたことをやり、上《かみ》は上《かみ》で不正行為をめでる、上と下とでだましあい、こんなやからとともに行動を共にはできない。」

介子推は前にも同僚に対する同じ主張のもとに身を隠したのだが、ここに至って、君主にさえ愛想をつかしてしまった。「下、其の罪を冒す」の「冒」は、この一段がかなり忠実にもとづいた『左伝』(僖公二十四年)では「義」に作る。それなら「君主の誤った行為(論功行賞)を正しいとする」ことか。少なくとも「犯罪」と「冒罪」とは同じでない。ここは「君主の非をだまって見すごす」意味だとおもわれる。また「上下相蒙」の「蒙」は、「欺なり」とある「史記集解」の服虔説にしたがった。「欺」は「あざむく・あなどる・良心をうらぎる」という意味である。

かれの母はいった、「どうしておまえもご褒美がほしいと意思表示をしないの。そして死ぬなら誰をも怨むことはありません。」

介子推「ひとを非難しておきながら、じぶんもかれらの真似をするほど、罪ぶかいことはありません。それに、怨みごとを口に出したからには、その俸禄はいただきません。」

母「でもこのことを知らせるぐらいはどうだい。」

推は答えた、「ことばは身の飾りです。身を隠そうというのに、なんで飾る必要がありましょう。飾るのは、存在を明確にしたいためですよ」
かれの母はいった、「よくそこまで決心したわね。いっしょに身を隠しましょう。」
ふたりは死に至るまで姿を見せなかった。

介子推從者憐之。乃懸書宮門。曰。龍欲上天。五蛇爲輔。龍已升雲。四蛇各入其宇。一蛇獨怨。終不見處所。文公出見其書曰。此介子推也。吾方憂王室。未圖其功。使人召之則亡。遂求所在。聞其入緜上山中。於是文公環緜上山中而封之。以爲介推田。號曰介山。以記吾過。且旌善人。

介子《かいし》推《すい》の従者、これを憐み、乃ち書を宮門に懸《か》く。曰く、「竜《りゅう》、天に上《のぼ》らんと欲し、五蛇《だ》、輔《たす》けを為《な》す。竜已《すで》に雲に升《のぼ》り、四蛇、各《おの》おの其の宇《う》に入るも、一蛇、独り怨み、終《つい》に処《お》る所を見ず」と。文公、出《い》でて其の書を見て曰く、「此《こ》れ介子《かいし》推《すい》なり。吾、方《まさ》に王室を憂いて、未だ其の功を図《はか》らず」と。人をしてこれを召さしむれば、則ち亡《に》ぐ。遂《つい》に所在を求むるに、其の緜《めん》上山中に入りたるを聞く。是《ここ》に於て文公、緜上山中に環《めぐ》らしてこれを封《ほう》じ、以て介推の田《でん》と為《な》し、号して介山《かいざん》と曰《い》う。以て吾が過《あやま》ちを記し、且つ善人を旌《あらわ》す。

介子推の部下は同情した。そこで宮殿の門に書きものを吊るした。その文句にいう、

竜が昇天しようとして
五ひきの蛇が援助する
竜はすでに雲にのぼり
四ひきの蛇はめいめい棲み家にはいる
一ぴきの蛇だけが怨みをいだいて
ついに行くえが知れませぬ

むろん、「竜」は文公を、「蛇」は腹心の五人をさす。なお、「輔」「宇」「所」の三字は、古代にあっては同韻に属する。

外出した文公がその書きものを見ていった、「これは介子推のことだ。わしは王室の心配ごとに夢中になっていて、あれの論功行賞をわすれていた。」人に召させたところ、逃亡していたので、行方を捜させると、綿上山（山西省介休の東南にある山）にはいったという。そこで文公は、綿上山の周囲に境界をさだめて立ち入りを禁止し、領主にたてて、そこを介子推の所領にして、介山と名づけた。そ

のような処置によって、じぶんの過失を銘記し、かつ善行者を表彰したわけである。介子推に関するエピソードは、『左伝』と『国語』の双方に資料を仰いだようであるが、諷刺の歌を宮門につるした一件は、すでに佚した他の文献に拠ったと考えられる。

從亡賤臣壺叔曰。君三行賞。賞不及臣。敢請罪。文公報曰。夫導我以仁義。防我以德惠。此受上賞。輔我以行。卒以成立。此受次賞。矢石之難。汗馬之勞。此復受次賞。若以力事我。而無補吾缺者。此受次賞。三賞之後。故且及子。晉人聞之。皆說。

従いて亡《のが》れし賤《せん》臣壺叔《こしゆく》曰く、「君、三たび賞を行ない、賞、臣に及ばず。敢えて罪を請う」と。文公、報《こた》えて曰く、「夫《そ》れ我を導くに仁義《じんぎ》を以てし、我を防《いまし》むるに徳恵《とくけい》を以てするは、此《こ》れ上賞を受く。我を輔《たす》くるに行ないを以てし、卒《つい》に以て成立せしめしは、此れ次賞を受く。矢石《しせき》の難《なん》、汗馬《かんば》の労は、此《こ》れ復《ま》た次賞を受く。若《も》し力を以て我に事《つか》えて、吾の欠を補うなき者は、此《こ》れ次賞を受く。三賞の後、故《もと》より且《まさ》に子に及ばんとす」と。晋の人、これを聞きて皆説《よろこ》〔悦〕ぶ。

亡命のお供をした足軽の壺叔《こしゆく》がいった、「殿さまは行賞を三回なさいましたが、それがしは賞にあずかりません。おそれながら罪がありますならご処分ください。」

文公はそれに答えた、「大体、仁義のみちでわしを指導し、温情の美徳で身をつつしませてくれたもの、それが最上の賞をうける。行動によってわしを輔佐し、ついに成功させてくれたもの、それが第二の賞をうける。矢だまの降る戦場で疾駆の活躍をしたもの、それも第二の賞をうける。もし力わざでわしに仕えながら、わしの欠点を補うに至らぬものでも、その次の賞をうける。以上の三賞がすんだあとで、むろんそなたにも順がまわってゆくぞ。」

晋の家臣たちは、これを聞いてみなよろこんだ。

「汗馬の労」とは疾駆して汗にまみれた馬のような活躍をいう。なお、「賤臣」に対する答えでありながら、「子」というていねいな二人称代名詞が用いられていることに、注意されたい。


二年春。秦軍河上。將入王。趙衰曰。求覇莫如入王尊周。周・晉同姓。晉不先入王。後秦入之。毋以令于天下。方今尊王。晉之資也。三月甲辰。晉乃發兵至陽樊。圍溫。入襄王于周。四月。殺王弟帶。周襄王賜晉河內陽樊之地。

二年の春、秦、河上に軍し、将《まさ》に王を入れんとす。趙衰《ちょうさい》曰く、「覇《は》たらんことを求むれば、王を入れて周《しゅう》を尊ぶに如《し》くは莫《な》し。周・晋は同姓なり。晋、先んじて王を入れず、秦に後《おく》れてこれを入れなば、以て天下に令《れい》する毋《な》し。方今《ほうこん》、王を尊ぶは晋の資なり」と。三月甲辰《こうしん》、晋、乃ち兵を発して陽樊《ようはん》に至り、温を囲《かこ》み、襄《じょう》王を周に入る。四月、王の弟帯《たい》を殺す。周の襄王、晋に河内《かだい》の陽樊の地を賜う。

文公の二年（BC六三五）春、秦は黄河のほとりに進駐して、亡命中の周の襄王を本国入りさせようとした。趙衰が文公にいった、「諸侯の覇者になりたいのがおのぞみなら、殿は襄王に本国入りをさせて、周の王室を尊ぶほうがよろしい。周と晋とは同姓です。わが国が周王の本国入りで秦におくれをとりますなら、天下に号令しようもありません。ただいま、周王室を尊ぶこと、それが晋のもとでです。」

三月甲辰《きのえたつ》の日、晋は軍隊をくり出して、陽樊《ようはん》（河南省済源の西北）にゆき、温（同省温県）を包囲して、襄王を周にのりこませた。

四月、襄王の弟である帯《たい》を殺害した。周の襄王は晋に河内《かだい》の陽樊《ようはん》の地をあたえた。

四年。楚成王及諸侯圍宋。宋公孫固如晉告急。先軫曰。報施定覇。於今在矣。狐偃曰。楚新得曹。而初婚於衞。若伐曹・衞。楚必救之。則宋免矣。於是晉作三軍。

趙衰擧郤縠將中軍。郤臻佐之。使狐偃將上軍。狐毛佐之。命趙衰爲卿。欒枝將下軍。先軫佐之。荀林父御戎。魏犨爲右。往伐。冬十二月。晉兵先下山東。而以原封趙衰。

四年、楚《そ》の成王、諸侯と宋《そう》を囲む。宋の公孫固《こうそんこ》、晋に如《ゆ》きて急を告ぐ。先軫《せんしん》曰く、「施《ほどこ》しに報い、覇《は》を定むるは、今に於て在り」と。狐偃《こえん》曰く、「楚、新たに曹《そう》を得、初めて衛《えい》と婚《こん》す。若《も》し曹・衛を伐たば、楚は必ずこれを救い、則ち宋は免《まぬが》れん」と。是《ここ》に於て晋は三軍を作る。趙衰、郤縠《げきこく》を挙げて中軍に将たらしめ、郤臻《げきしん》これを佐《たす》く。狐偃《こえん》をして上軍に将たらしめ、狐毛《こもう》これを佐《たす》く。趙衰に命じて卿《けい》たらしむ。欒枝《らんし》は下軍に将たらしめ、先軫《せんしん》これを佐《たす》く。荀林父《じゅんりんぽ》は戎《じゅう》に御《ぎょ》たり、魏犨《ぎしゅう》は右《ゆう》たり。往《ゆ》きて伐つ。冬十二月、晋の兵、先ず山東を下《くだ》し、原《げん》を以て趙衰を封《ほう》ず。

文公の四年（BC六三三）、楚の成王が諸侯とともに宋を包囲した。宋の公孫固は晋に行き、危急を告げた。先軫《せんしん》がいった、「宋よりうけた恩義に報い（一五三ページ参照）、諸侯の覇者たる地歩を確立するのは、ただいまこの時ですぞ。」「於今在矣」は「在今矣」と同義で、強調の口吻を示す。
狐偃《こえん》がいった、「楚の国は最近曹《そう》の地を手に入れ、しかも衛の国から妻を迎えたばかりです。もし曹と衛を攻撃すれば、楚はかならず救援するでしょうから、宋はうまく免れます。」

ここに晋は三軍を設けた。「三軍」とは三個師団に相当する。すでにふれたように（八三ページ）、諸侯の大国にのし上がったわけである。

趙衰の推挙により、郤縠《げきこく》は中軍の指揮官になり、郤溱《げきしん》が補佐し、狐偃を上軍の指揮官にして、狐毛が補佐した。趙衰を卿《けい》に任命、欒枝《らんし》は下軍の指揮官となり、先軫が補佐した。荀林父《じゅんりんぽ》は三軍を統率する文公の戦車の馭者をつとめ、魏犨《ぎしゅう》が陪乗者をつとめて、討伐にでかけた。

「卿」は大夫の上位におかれた大臣で、ここでは総理にあたる。晋ではこののち軍備を増大するにつれて、しだいに卿の数をも増し、「六卿」に至る。

冬十二月、晋軍はまず山東地区、つまり太行《たいこう》山脈の東部一帯を攻略し、趙衰を原（河南省済源）の領主にした。

五年春。晉文公欲伐曹。假道於衞。衞人弗許。還自河南度。侵曹伐衞。正月。取五鹿。二月。晉侯・齊侯盟于斂盂。衞侯請盟晉。晉人不許。衞侯欲與楚。國人不欲。故出其君以説晉。衞侯居襄牛。公子買守衞。楚救衞。不卒。晉侯圍曹。三月丙午。晉師入曹。數之以其不用釐負羈言。而用美女乘軒者三百人也。令軍毋入僖負羈宗家。以報徳。

五年春、晋の文公、曹《そう》を伐たんと欲し、道を衛《えい》に仮《か》る。衛人、許さず。還《めぐ》りて河南より度《わた》り、曹を侵《おか》し衛を伐つ。正月、五鹿《ごろく》を取る。二月、晋侯、斉侯、斂盂《れんう》に盟《ちか》う。衛侯、晋に盟わんことを請う。晋人、許さず。衛侯、楚に与《くみ》せんと欲す。国人は欲せず。故に其の君を出《い》だして以て晋に説《と》く。衛侯、襄牛《じょうぎゅう》に居《お》り、公子買《ばい》、衛を守る。楚、衛を救わんとして、卒《お》えず。晋侯、曹《そう》を囲む。三月丙午《へいご》、晋の師、曹に入る。これを数《せ》むるに、其の釐《き》負《ふ》羈《き》の言を用いずして、美女の軒《けん》に乗る者三百人を用いしを以てす。軍に令し僖《き》負《ふ》羈《き》の宗家《そうか》に入ること毋《なか》らしめ、以て徳に報ゆ。

五年（BC六三二）の春、晋の文公は曹《そう》を討伐しようと、衛に軍隊の通過を申しいれた。衛がわは許さない。方向を換えて、河南の地より黄河をわたり、曹に侵入して衛を攻撃した。

正月、五鹿《ごろく》（河北省大名の東方）を占領した。二月、晋・斉両国の君が、斂盂《れんう》（河南省濮陽、衛領）で同盟を結んだ。衛の君も晋と和平協定を結ぼうとしたが、晋がわが許さない。衛の君は楚と協力しようとしたが、それをのぞまぬ家臣らは、かれらの主君を追い出して、晋に和平交渉をもちかけた。衛の君は襄牛《じょうぎゅう》（河南省葵丘《ききゅう》の西方、衛領）におり、王子の買《ばい》が衛を守っている。楚は衛を救援しようとしたが、不首尾におわった。

晋のきみ文公は曹を包囲した。三月丙午《ひのえうま》の日、晋の軍隊は曹に突入した。かつて文公が亡命したおり、これを優遇せよという釐負羈《きふき》の進言を用いなかったくせに、大型車に乗る美女を三百人も用いていたといって、曹の君を非難した。

「美女の軒（大夫が乗用する大型の馬車）に乗る者三百人を用う」は、前の記述にも関係する条がない。『左伝』（僖公二十八年）は、「用美女」の三字を欠く。それだと、小国のくせに大夫（家老クラス）が三百人もいる無秩序ぶりを非難したことになる。ここもおそらく、大型車を乗用する美女三百人を抱えるぜいたくをしながら、亡命公子の優遇を拒んだというのだろう。とすれば、「言を用いる」「美女を用いる」という二つの「用」の字にこめた諷刺――おそらく司馬遷の手になるだろう――をとくと味うべきである。

軍隊に命令をくだして、僖（釐と同音）負羈一族の邸には侵入せぬようにさせ、その恩情に報いた。

楚圍宋。宋復告急晉。文公欲救。則攻楚。爲楚嘗有德。不欲伐也。欲釋宋。宋又嘗有徳於晉。患之。先軫曰。執曹伯。分曹・衞地以與宋。楚急曹・衞。其勢宜釋宋。於是文公從之。而楚成王乃引兵歸。

楚《そ》、宋《そう》を囲む。宋、復《ま》た急を晋に告ぐ。文公、救わんと欲せば、則ち楚を攻めんも、楚は嘗て徳ありし為《ため》、伐つを欲せざるなり。宋を釈《す》てんと欲せば、宋、又《ま》た嘗て晋に徳あり。これを患《うれ》う。先軫《せんしん》曰く、「曹伯《そうはく》を執《とら》え、曹・衛の地を分かちて以て宋に与えよ。楚は曹・衛に急なり。其の勢い、宜《よろ》しく宋を釈《す》つべし」と。是《ここ》に於て文公これに従う。而うして楚の成王、乃ち兵を引きて帰る。

楚が宋を包囲した。宋はふたたび晋に危急をつげた。文公は救援したいのだが、救援すれば楚を攻撃することになる。楚にはかつて恩恵をうけたことがある（一五六ページ）から、撃ちたくない。そうかといって宋をすてておこうとすれば、宋は宋でかつて晋に恩恵をほどこしている（一五三ページ）。やっかいなことになった。

先軫がいった、「曹の君を召し捕り、曹・衛二国領の一部を宋にお分かちなされては。楚は曹・衛二国のほうを重視しておりますから、かならず宋から手をひくようになりましょう。」「曹伯」の「伯」は諸侯五等爵の第三級をしめす。「其の勢い」とは、事態のなりゆきから「必然的に……なる」意。

ここに文公は、先軫の意見にしたがった。そして、楚の成王もやっと軍隊を引きあげて帰った。

楚將子玉曰。王遇晉至厚。今知楚急曹・衞。而故伐之。是輕王。王曰。晉侯亡在外十九年。困日久矣。果得反國。險阨盡知之。能用其民。天之所開。不可當。子玉請曰。非敢必有功。願以閒執讒慝之口也。楚王怒。少與之兵。於是子玉使宛春告晉。請復衞侯而封曹。臣亦釋宋。咎犯曰。子玉無禮矣。君取一。臣取二。勿許。先軫曰。定人之謂禮。楚一言定三國。子一言而亡之。我則毋禮。不許楚。是弃宋也。不如私許曹・衞以誘之。執宛春以怒楚。既戰而後圖之。晉侯乃囚宛春於衞。且私許復曹・衞。曹・衞告絶於楚。楚得臣怒。擊晉師。晉師退。軍吏曰。爲何退。文公曰。昔在楚。約退三舍。可倍乎。楚師欲去。得臣不肯。

楚《そ》の将子玉《しぎょく》曰く、「王、晋を遇すること至って厚きに、今、楚が曹《そう》・衛《えい》に急なるを知り、故《ことさら》にこれを伐つ。是《こ》れ王を軽《かろ》んずるなり」と。王曰く、「晋侯、亡《のが》れて外に在ること十九年、困《くる》しむこと日久し。果して国に反《かえ》るを得たり。険阨《けんやく》尽《ことごと》くこれを知り、能《よ》く其の民を用う。天の開く所、当るべからず」と。子玉、請うて曰く、「敢えて必ず功あらんとには非ざるも、願わくは以て讒慝《ざんとく》の口を間執《かんしつ》せん」

と。楚王怒り、少しくこれに兵を与う。是《ここ》に於て子玉、宛春《えんしゅん》をして晋に告げしむ、「請う、衛侯を復《ふく》して曹を封《ほう》ぜん。臣も亦《ま》た宋を釈《ゆる》さん」と。咎犯《きゅうはん》曰く、「子玉は無礼なり。君が一を取るに、臣は二を取る。許す勿《なか》れ」と。先軫《せんしん》曰く、「人を定むる、これを礼と謂《い》う。楚が一言にして三国を定め、子《し》は一言にしてこれを亡《ほろ》ぼさば、我は則ち礼毋《なか》らん。楚に許さざるは、是《こ》れ宋を弃《す》つるなり。私《ひそ》かに曹・衛を許して以てこれを誘《いざな》い、宛春《えんしゅん》を執《とら》えて以て楚を怒らせ、既に戦いて後《のち》にこれを図《はか》るに如《し》かず」と。晋侯、乃ち宛春を衛に囚《とら》え、且つ私《ひそ》かに曹・衛を復せんことを許す。曹・衛、絶《た》たんことを楚に告ぐ。楚の得臣《とくしん》、怒り、晋の師を撃つ。晋の師、退く。軍吏曰く、「何が為《ため》に退くや」と。文公曰く、「昔、楚に在りしとき、退くこと三舎《さんしゃ》ならんことを約せり。倍《そむ》くべけんや」と。楚の師、去らんと欲すれど、得臣、肯《がえん》ぜず。

楚の将軍である子玉がいった、「王さまは、晋に対してたいへん鄭重な待遇をされました。いまわが楚の国が曹・衛二国を重視していると知りながら、わざわざ二国を攻撃しますのは、王さまをばかにしてる証拠です。」

王はいった、「晋の君は十九年間も国外に亡命し、長年《ながねん》の苦労がむくわれて、本国に帰ることがかのうたのじゃ。艱難辛苦をなめつくし、民の使いかたもこころえておられる。天意のもとに開運したものには、かないっこないぞ。」

子玉はたのんだ、「きっと成功するというわけにもまいりますまいが、これで中傷するやつらの口をふさぐためにもやりとう存じます。」「間執」とは、ここがもとづく『左伝』(僖公二十八年)の唐・顔師古《がんしこ》の注に「塞也」とある。子玉は楚王の意向に反して、なおも出兵を主張したのである。

楚王は腹を立てながらも、少数の兵力をあたえた。そこで子玉は、宛春《えんしゅん》に命じて晋にいわせた、「どうか衛の君を復活させ、曹を諸侯にしてください。それがしの方も宋をゆるしましょう。」

咎犯《きゅうはん》がいった、「子玉はふとどきなやつ。君主の地位にある文公さまが、宋の包囲を解くという一利しか求められんのに、やつは臣下のぶんざいで曹・衛を復興するという二利を求めおる。許してはなりません。」

先軫《せんしん》はいった、「人人を安定の状態におくのが礼というものです。楚の一度の口きで三国が安定し、そなたの一どの口ききで三国が滅びるなら、わが国が礼を無視したことになりましょう。楚の申し入れを承諾しなければ、宋を見棄てることになります。内密に曹・衛二国の復活を許して、誘いかけ、宛春を捕縛して楚を怒らせ、一戦を交えてから楚の打倒をはかるほうがよろしい。」

そこで晋の君は宛春を衛で捕え、また内密に曹・衛二国の復活を許した。曹・衛二国は楚に対して国交断絶をつげた。楚の得臣《とくしん》、つまり子玉は立腹して、晋の軍隊を攻撃した。晋の軍隊は退却した。軍官が「なぜ退却するのです」というと、文公はいった、「むかし、楚にいたとき、三舎の距離だけ退却すると約束したのだ（一五七ページ参照）。約束を破るわけにはいかん。」

楚の軍隊は引きあげようとしたが、得臣は承知しない。

四月戊辰。宋公・齊將・秦將。與晉侯次城濮。己巳。與楚兵合戰。楚兵敗。得臣收餘兵去。甲午。晉師還至衡雍。作王宮于踐土。初鄭助楚。楚敗。懼。使人請盟晉侯。晉侯與鄭伯盟。五月丁未。獻楚俘於周。駟介百乘。徒兵千。天子使王子虎命晉侯爲伯。賜大輅・彤弓矢百・玈弓矢千・秬鬯一卣・珪瓚・虎賁三百人。晉侯三辭。然後稽首受之。周作晉文侯命。王若曰。父義和。丕顯文・武。能愼明德。昭登於上。布聞在下。維時上帝。集厥命于文・武。恤朕身。繼予一人。永其在位。於是晉文公稱伯。癸亥。王子虎盟諸侯於王庭。

四月戊辰《ぼしん》、宋公・斉の将・秦の将、晋侯と城濮《じょうぼく》に次《やど》る。己巳《きし》、楚の兵と合戦す。楚の兵、敗る。得臣《とくしん》、余兵を収めて去る。甲午《こうご》、晋の師、還りて衡雍《こうよう》に至り、王宮を践土《せんど》に作る。初め鄭は楚を助けしも、楚敗《やぶ》れ、懼《おそ》る。人をして晋侯に盟《ちか》わんことを請わしむ。晋侯、鄭伯と盟う。五月丁未《ていび》、楚の俘《とりこ》を周に献ず。駟介《しかい》百乗、徒兵千。天子、王子虎《こ》をして、晋侯に命じて伯《はく》たらしめ、大輅《だいろ》・彤《あか》き弓矢百・玈《くろ》き弓矢千・秬鬯《きょちょう》一卣《ゆう》・珪瓚《けいさん》・虎賁《こほん》三百人を賜う。晋侯、三たび辞し、然る後稽首《けいしゅ》してこれを受く。周、「晋の文侯の命」を作る。王、若《したが》い曰く、「父《おじ》なる義和《ぎか》よ。丕《おお》いに顕《あきら》かなる文・武、能く明徳を慎み、昭《あきら》かに上に登り、布聞《ふもん》して下に在り。維《こ》れ時に上帝、厥《そ》の命《めい》を文・武に集《しめ》せり。朕《ちん》が身を恤《うれ》い、予が一人に継がしむれば、永《なが》く其れ位《くらい》に在らん」と。是《ここ》に於て晋の文公、伯と称す。癸亥《きがい》、王子虎、諸侯と王庭に盟《ちか》う。

四月戊辰《つちのえたつ》の日、宋の君や斉・秦の将軍たちが、晋の君と城濮《じょうぼく》（山東省濮県の南）に宿営した。翌己巳《つちのとみ》の日、楚軍と交戦して、楚軍は敗北し、得臣（子玉）は敗残兵を集めて引きあげた。甲午《きのえうま》の日、晋の軍隊は帰途について衡雍《こうよう》（河南省原陽）までゆき、践土《せんど》（河南省滎沢の西北）に周王の宮殿をつくった。

はじめ鄭は楚を援助していたが、楚が敗北したのでおそれをなし、使者を立てて晋の君に同盟を申し入れた。晋の君は鄭の君と同盟を結んだ。

五月丁未《ひのとひつじ》の日、楚の捕虜を周王室に献上した。武装駟馬《しば》の戦車百乗と、歩兵千人である。天子は王子虎にいいつけて、晋の君を伯に任命し、儀仗用の大型馬車、朱塗りの弓一はり矢百本、黒塗りの弓一はりり矢千本、黒黍《くろきび》と香り草の神酒《みき》一瓶《かめ》、玉の柄杓《ひしやく》、矢千本、親衛隊三百人を下賜した。

「大輅《だいろ》」は天子が天の祭りを行なうときに用いる馬車、「卣《ゆう》」は酒を入れる青銅のかめ、「珪瓚」は珪（六三ページ参照）の柄がついた杓で神酒をくむのに用いる。「虎賁《こほん》」は勇猛の兵士で、天子の親衛隊をいう。以上の下賜品はいずれも、天子と対等の待遇を示すものである。

晋の君は三たび辞退したのち、やっと最敬礼してお受けする。周は「晋の文侯の命」を作った。「王がつつしんでいった、『義和《ぎか》おじよ、わが周の祖先である文王・武王の道はまことに盛大であった。かれらは慎重に有徳の人たちを選んで相談し、その盛徳は天にまで達し、広く人民にまで及んだ。さればこそ、天帝はその使命を文王・武王に賦与して実現させたもうた。そなたら同姓の諸侯がこの身のことを心配して、文王・武王の道を継承させてくれるなら、朕はすえながく王位を全うするだろう』」。

「命」とは辞令のこと、ここにみえる「文侯之命」はさらに長い全文が『尚書（書経）』に収められている。しかし、それには「平王、晋の文侯に秬鬯・珪瓚を錫《たま》う、文侯の命を作る」という序がついている。つまり、この「文侯」は、名を仇という晋の第十一代君主をさす（六八ページ）。周の幽王が犬戎《けんじゆう》に殺されたとき、かれが鄭の武公とともに平王（幽王の太子宜臼）を擁立した功績によって、一方の旗がしらに指名された、その時の辞令である。その間およそ百三十年の隔たりがみられる。ことは「文公」と「文侯」との混同に起因するにしても、司馬遷ともあろう人がなぜこのような誤りを犯したのか、ふしぎでならない。なお、ここに引用された任命文の説明は、唐の孔穎達《くようたつ》の『尚書正義』にしたがい、かたわら吉川幸次郎訳を参照した（岩波書店刊）。

ここに晋の文公は覇をとなえたのである。この「伯」は五等爵のそれではない。「諸侯の覇」——実力による統率者となったわけである。「伯」と「覇」は発音が近似する。

癸亥《みずのとい》の日、王子虎は諸侯と周王室の正庁で盟約を結んだ。形式的ではあるが、諸侯を統率する実権を文公に与えたことを、諸侯に承認させたのである。

晉焚楚軍。火數日不息。文公歎。左右曰。勝楚而君猶憂何。文公曰。吾聞能戰勝安者。唯聖人。是以懼。且子玉猶在。庸可喜乎。子玉之敗而歸。楚成王怒其不用其言。貪與晉戰。讓責子玉。子玉自殺。晉文公曰。我擊其外。楚誅其內。內外相應。於是乃喜。

晋、楚の軍を焚《や》く。火、数日息《や》まず。文公、歎く。左右曰く、「楚に勝てるに、君猶《な》お憂うるは何ぞ」と。文公曰く、「吾聞く、『能《よ》く戦い勝ちて安き者は、唯《た》だ聖人《せいじん》のみ』と。是《ここ》を以て懼《おそ》る。且つ子玉《しぎょく》は猶《な》お在り。庸《なん》ぞ喜ぶべけんや」と。子玉の敗《やぶ》れて帰るや、楚の成王、其《かれ》が其《そ》の言を用いず、貪《むさぼ》りて晋と戦いたるを怒り、子玉を譲《せ》め責《せ》む。子玉、自殺す。晋の文公曰く、「我、其の外を撃ち、楚、其の内を誅《ちゅう》し、内外相応ず」と。是《ここ》に於て乃ち喜ぶ。

晋は楚の陣営を焼いた。その火焔は数日のあいだ消えず、文公はため息をついた。近従のものがいった、「楚に勝つことができましたのに、殿が悲しそうになさるのはなぜですか。」文公はいった、「戦争に勝つことができて心やすらかなのは、聖人だけだと聞いている。だから恐《こわ》いのだ。それに子玉は健在だよ。なんでこれが喜べるかい。」

子玉が敗北して帰ると、楚の成王は、いうことをきかずに欲ばって晋と戦ったことを怒り、子玉を非難したので、子玉は自殺した。晋の文公は、「わが国が外から攻撃し、楚が国内を粛清し、内外呼応したというところだな」といって、はじめてごきげんだった。

六月。晉人復入衞侯。壬午。晉侯度河北。歸國行賞。狐偃爲首。或曰。城濮之事。

先軫之謀。文公曰。城濮之事。偃說我毋失信。先軫曰。軍事勝爲右。吾用之以勝。然此一時之說。偃言萬世之功。奈何以一時之利。而加萬世功乎。是以先之。

六月、晋の人、復《ま》た衛侯を入る。壬午《じんご》、晋侯、河北に度《わた》り、国に帰りて賞を行なう。狐偃《こえん》、首《しゅ》たり。或るひと曰く、「城濮《じょうぼく》の事は、先軫《せんしん》の謀りごとなり」と。文公曰く、「城濮の事は、偃《えん》、我に説きて信を失う毋《なか》らしめり。先軫曰く、『軍事は、勝つを右《ゆう》と為《な》す』と。吾《われ》、これを用いて以て勝つ。然れども此《こ》れ一時の説なり。偃《えん》の言は万世の功なり。奈何《いかん》ぞ一時の利を以て、万世の功に加えんや。是《ここ》を以てこれを先にせり」と。

六月、晋がわはもとどおり衛の君を本国入りさせた。壬午《みずのえうま》の日、晋のきみ文公は、黄河を北にわたり、帰国して論功行賞をおこなった。狐偃《こえん》は行賞の筆頭である。あるひとがいった、「城濮《じょうぼく》の戦いは先軫の計略によるものですよ。」つまり、先軫を賞の筆頭に推すべきだというのである。

文公はいった、「城濮の戦いは、狐偃がわしに約束を破らぬように説いたのだ。先軫は『戦争は勝利が第一です』といい、わしはかれの意見にしたがって勝利をおさめた。しかし、これは一時の見解にすぎない。狐偃のことばは、万世にわたる功労だ。

一時の利が万世の功をしのぐわけにはゆかん。だから、狐偃を優先させたのだ。」
「右」はいつも上位を示す。

冬。晉侯會諸侯於溫。欲率之朝周。力未能。恐其有畔者。乃使人言周襄王狩于河陽。壬申。遂率諸侯。朝王於踐土。孔子讀史記。至文公曰。諸侯無召王。王狩河陽者。春秋諱之也。

冬、晋侯、諸侯を温《おん》に会し、これを率《ひき》いて周に朝《ちょう》せんと欲す。力未だ能わず。其の畔《そむ》く者あらんことを恐る。乃ち人をして周の襄《じょう》王に言いて、河陽《かよう》に狩《か》りせしむ。壬申《じんしん》、遂に諸侯を率いて、王に践土《せんど》に朝《ちょう》す。孔子、史記を読み、文公に至りて曰く、「諸侯、王を召したるなし」と。「王、河陽に狩りす」とは、『春秋』これを諱《い》めるなり。

その冬、晋のきみ文公は、諸侯を温（河南省温県）に集合させ、かれらを統率して周王に拝謁しようとした。つまり、諸侯の覇者たる実力を示そうとしたのである。
しかし、実力がなお足りないために、召集に応ぜぬものがありはせぬかとおそれた。そこで人をやって周の襄王に言上させ、河陽《かよう》（河南省孟県の西方）で狩猟をされるようにいった。「狩」は「巡狩」というように、民情視察の意味をもつ。
壬申《みずのえさる》の日、文公は諸侯を統率して、践土《せんど》において周王に拝謁した。史官の記録を読んでいた孔子は、文公のくだりまで来るといった、「諸侯で王を召したものはない。」その著『春秋』（僖公二十八年）に「王（今本には天王とある）が河陽で狩りをされた」とあるのは、諸侯の分際で王を召すという秩序の顚倒を、あからさまには書かず、えんりょしたものである。
本書の名である「史記」は、もと「太史公書」と呼ばれるように、史官の記録を意味する。

丁丑。諸侯圍許。曹伯臣或說晉侯。曰。齊桓公合諸侯而國異姓。今君爲會而滅同姓。曹叔振鐸之後。晉唐叔之後。合諸侯而滅兄弟。非禮。晉侯說。復曹伯。於是晉始作三行。荀林父將中行。先縠將右行。先蔑將左行。

丁丑《ていちゅう》、諸侯、許《きょ》を囲む。曹伯《そうはく》の臣に、晋侯に説くもの或《あ》りて、曰く、「斉の桓《かん》公、諸侯を合《あわ》せて、異姓を国とす。今、君は会を為《な》して同姓を滅ぼす。曹は叔振鐸《しゅくしんたく》の後《のち》なり。晋は唐叔《とうしゅく》の後なり。諸侯を合せて、而《しか》も兄弟を滅ぼすは、礼に非ざるなり」と。晋侯、説《よろこ》〔悦〕び、曹伯を復《ふく》す。是《ここ》に於て晋、始めて三行《さんこう》を作る。荀林《じゅんりん》父《ぽ》、中行に将たり。先縠《せんこく》、右行に将たり。先蔑《せんべつ》、左行に将たり。

丁丑《ひのとうし》の日、晋王の召集にこたえて集まった諸侯たちは、河南省許昌《きよしよう》を中心とする小国、許《きよ》を包囲した。曹の君の部下の一人が晋の君をくどいた、「斉の桓公は諸侯を統合して、異姓の国をも諸侯にとりたてました。いま殿は諸侯を会集しながら、同姓の国までも滅ぼそうとなさいます。曹は叔振鐸《しゆくしんたく》の子孫であり、晋は唐叔虞《とうしゆくぐ》の子孫です。諸侯を統合しながら、兄弟国を滅ぼすのは、礼法にそむくものです。」

「曹伯の臣」とは、『左伝』（僖公二十八年）によれば、茶坊主（豎《じゆ》）の侯獳《こうじゆ》という男である。かれは晋の史官に賄賂をおくって文公にいわせたのである。「叔振鐸」は武王の弟にあたる。

晋のきみ文公はよろこんで、曹の君を復活させた。ここに、晋は三軍のほかにあらたな軍組織の三行を設けた。荀林父《じゆんりんぼ》が中行の指揮者、先縠《せんこく》が右行の指揮者、先蔑《せんべつ》が左行の指揮者に任命された。

天下に君臨する天子（周王）が「六軍」を常備するのをまねたわけであるが、さすがに六軍という呼称を避けた。こうして「一軍」から「二軍」、「二軍」から「三軍」、そしていま一挙に「三行」が増設された。晋はここに名実ともに諸侯の優位に立ったわけである。

七年。晉文公・秦繆公共圍鄭。以其無禮於文公亡過時。及城濮時鄭助楚也。圍鄭。欲得叔瞻。叔瞻聞之自殺。鄭持叔瞻告晉。晉曰。必得鄭君而甘心焉。鄭恐。乃閒令使謂秦繆公曰。亡鄭厚晉。於晉得矣。而秦未爲利。君何不解鄭。得爲東道交。秦伯說。罷兵。晉亦罷兵。

七年、晋の文公・秦の繆《ぼく》公、共に鄭《てい》を囲む。其の文公が亡《のが》れ過《よぎ》りし時に礼なく、及《ま》た城濮《じょうぼく》の時に鄭が楚を助けしを以てなり。鄭を囲み、叔瞻《しゅくせん》を得んと欲す。叔瞻、これを聞きて自殺す。鄭、叔瞻を持ちて晋に告ぐ。晋曰く、「必ず鄭の君を得て甘心《かんしん》せん」と。鄭、恐る。乃ち間《ひそ》かに使《つか》いをして秦の繆公に謂《い》わしめて曰く、「鄭を亡《ほろ》ぼし晋に厚くするは、晋に於て得《とく》なり。而うして秦には未だ利ありと為《な》さず。君、何ぞ鄭を解きて、東道の交《まじわ》りを為《な》すを得ざる」と。秦伯、説《よろこ》〔悦〕び、兵を罷《や》む。晋も亦《ま》た兵を罷《や》む。

七年（BC六三〇）、晋の文公と秦の繆公《ぼくこう》は、共同して鄭を包囲した。かつて文公が亡命してたち寄ったとき、鄭が礼遇を欠き、さらに城濮の戦いのとき鄭が楚を援助したからである。鄭を包囲した両軍は、叔瞻《しゅくせん》を捕えようとした。叔瞻はこれを聞いて自殺した。鄭は叔瞻の首を持って晋に報告した。晋は、「鄭の君を捕えねば気がすまぬ」という。「甘心」とは「胸がすく」「満足する」意。

おそれた鄭は、密使をたてて秦の繆公にいわせた、「鄭を滅ぼし晋と友好関係を結ばれるのは、晋にとってはプラスになりますが、秦には得《とく》になりません。殿はなぜ鄭の包囲を解いて、東方の友好国にしようとなさらないのです。」

秦の君はよろこんで、軍事行動を中止した。晋も同様に中止した。

『左伝』（僖公三十年）によれば、「若し鄭を舎《す》てて東道の主となし、行李の往来に、その乏困に供えしむれば、君も害《そこな》わるる所なからん」とみえる。秦の使節が東方に旅行するとき、鄭が接待国としてせわするようにすれば、めいわくをこうむることはない、というのである。「東道の主」とは、後世では賓客が「主人」をさしていうことばである。

九年冬。晉文公卒。子襄公歡立。是歲鄭伯亦卒。鄭人或賣其國於秦。秦繆公發兵往襲鄭。十二月。秦兵過我郊。襄公元年春。秦師過周。無禮。王孫滿譏之。兵至滑。鄭賈人弦高將市于周。遇之。以十二牛勞秦師。秦師驚而還。滅滑而去。晉先軫曰。秦伯不用蹇叔。反其衆心。此可擊。欒枝曰。未報先君施於秦。擊之不可。先軫曰。秦侮吾孤。伐吾同姓。何德之報。遂擊之。襄公墨衰絰。四月。敗秦師于殽。虜秦三将孟明視・西乞秫・白乙丙以歸。遂墨以葬文公。

九年冬、晋の文公卒《しゅっ》し、子の襄《じょう》公歓《かん》、立つ。是《こ》の歳、鄭《てい》伯も亦《ま》た卒《しゅっ》す。鄭の人、其の国を秦に売るもの或《あ》り。秦の繆《ぼく》公、兵を発し、往《ゆ》きて鄭を襲《おそ》う。十二月、秦の兵、我が郊を過ぐ。襄公の元年春、秦の師、周を過ぐ。礼なし。王孫満《おうそんまん》、これを識《そ》る。兵、滑《かっ》に至る。鄭の賈《こ》人弦高《げんこう》、将《まさ》に周に市《う》らんとして、これに遇う。十二牛を以て秦の師を労《ねぎら》う。秦の師、驚きて還り、滑《かっ》を滅ぼして去る。晋の先軫《せんしん》曰く、「秦伯は蹇叔《けんしゅく》を用いず、其の衆の心に反《そむ》く。此《こ》れ撃つべし」と。欒枝《らんし》曰く、「未だ先君の施《ほどこ》しに秦に報いず。これを撃つは可《か》ならず」と。先軫曰く、「秦は吾の孤《こ》なるを侮《あなど》り、吾が同姓を伐つ。何の徳にかこれ報いん」と。遂《つい》にこれを撃つ。襄公、墨衰経《ぼくさいてつ》す。四月、秦の師を殽《こう》に敗《やぶ》り、秦の三将孟明視《もうめいし》・西乞秫《せいきつじゅつ》・白乙丙《はくおつへい》を虜《とりこ》にして以て帰る。遂に墨《ぼく》して以て文公を葬る。

文公の九年（BC六二八）冬、晋の文公が亡くなり、子の襄公、歓が即位した。この年、鄭の君も亡くなった。鄭の家臣に、鄭を裏ぎり秦に内応したものがあり、秦の繆公は軍隊をくり出して、鄭を襲撃した。「秦本紀」によると、内応した男は、「わたくしは鄭の城門をあずかっております。鄭を襲撃なさいまし」といった。秦の繆公はこの時、蹇叔《けんしゅく》と百里傒《ひゃくりけい》に相談したところ、二人は、数か国を通過して千里の遠方を攻撃することの不利をのべ、さらに、鄭と同じようにわが国にも裏ぎり者が出ないとも限らないといって、反対した。繆公はかれらの反対を押して出兵したのである。

十二月、秦軍がわが晋の近郊地を通過した。「郊」とは首都の近郊地をいう。その範囲は国の格式や大小によって異なる。なお「我《わ》が」とあるのは、晋王室の史官の記録をついそのまま写したなごりで、下文にも類似の未整理の個処が若干指摘される。

襄公元年の春、秦の軍隊が周の直轄地を通過し、非礼を犯した。王孫満が非難した。周王朝の管轄下にある諸侯として、礼を失したわけで、これは周室の実権が失われていることとともに、秦の擡頭《たいとう》を示すものであろう。

秦軍は、滑《かつ》（河南省偃師）に到着した。周領内で取引するつもりの鄭の商人弦高《げんこう》が、これに出会った。連れていた牛十二頭を提供して、秦軍を慰労した。秦軍はおどろいて引きかえし、滑《かつ》を滅ぼしてたち去った。秦軍がなぜ驚いたかについては「秦本紀」に説明がある。弦高はこのとき殺されるか捕虜になるかとおもったので、商売用の牛を提供していった、「貴国が鄭を討伐されると聞いて、わが鄭の君は防禦の準備をととのえ、それがしに牛十二頭をつれて貴国の軍隊を慰労せよとのことでございます。」それを聞いた秦の三将軍は、秦の攻撃がすでに敵にさとられており、とても勝ちめがないとみたのである。

晋の先軫《せんしん》がいった、「秦の君は、蹇叔《けんしゅく》の進言を用いないで、部下の意思にそむきました。いまこそ攻撃すべきです。」欒枝《らんし》がいった、「秦に対しては先代さまが受けられたご恩の返しがまだできておりません。秦を攻撃するのはいけません。」先軫がいった、「秦はわが君の年ゆかぬのをばかにして、わが国と同姓の鄭を攻撃しました。なんの恩返しすることがありましょう。」「孤」とは父を亡くした子をいうが、ここでは訳文の意味であろう。

そこで晋は秦を攻撃した。襄公は墨染《すみぞ》めの喪服をつけた。父の喪中にあったからである。喪服はふつう白だが、この異常は万事をつつしむべき喪中に、軍事行動をおこしたからであろうか。

四月、晋は秦軍を殽《こう》（河南省北西隅を横断する山系）で撃破し、秦の三将軍——孟《もう》明視《めいし》・西乞秫《せいきつじゅつ》・白乙丙《はくおつへい》を捕虜にして帰った。そこで墨染めの服のまま文公を埋葬した。「秦本紀」によると、孟明視は百里傒の子、西乞秫は蹇叔《けんしゅく》の子である。かれらが出陣するとき、親たちは敗北を予知して泣き、その地点までピタリと予言した。

文公夫人。秦女。謂襄公曰。秦欲得其三將戮之。公許遣之。先軫聞之。謂襄公曰。患生矣。軫乃追秦將。秦將渡河。已在船中。頓首謝。卒不反。後三年。秦果使孟明伐晉。報殽之敗。取晉汪以歸。

文公の夫人は、秦の女《むすめ》なり。襄《じょう》公に謂《い》いて曰く、「秦は、其の三将を得て、これを戮《りく》せんと欲す」と。公、許してこれを遣《つか》わす。先軫《せんしん》これを聞き、襄公に謂《い》いて曰く、「患《うれ》い生ぜん」と。軫《しん》、乃ち秦の将を追う。秦の将は河を渡り、已《すで》に船中に在り。頓首《とんしゅ》して謝し、卒《つい》に反《かえ》らず。後《のち》三年、秦は果して孟明《もうめい》をして晋を伐たしめ、殽《こう》の敗《はい》に報い、晋の汪《おう》を取りて以て帰る。

文公の奥方は、秦の王女である（一六〇、一七一ページ参照）。かの女は襄公にいった、「秦は三人の将軍の身がらをもらいうけて、殺したいというのです。」襄公は承知してかれらを送還した。

奥方の要請の理由はむろんでたらめである。「秦本紀」にはいう——文公の奥方は秦の王女で、秦の三将軍のためにいった、「繆公はこの三人に対し怨み骨髄に徹しておられます。どうかこの三人を帰還させ、わが君（繆公）に釜ゆでの刑を行なわせ、胸をすかせてあげてください。」

送還させたと聞いた先軫はいった、「災難がおこりますよ。」先軫は、そこで秦の将軍たちを追跡する。秦の将軍たちは黄河を渡るところで、すでに船上にあった。最敬礼をして挨拶し、結局ひき返さなかった。

「頓首」とは地に頭をうちつける鄭重な拝礼をいう。これだけでもユーモアを感じさせるが、この一段がもとづく『左伝』(僖公三十三年)の詳細な記述によって、ユーモアはいっそう高められる。追手の陽処父《ようしょほ》という男が黄河の岸辺にかけつけると、三人はすでに船上にあった。かれは機転をきかせて、馬車のそえ馬をはずし、晋の殿さまから孟明どのへのご下賜品ですぞと叫んだ。しかし孟明もさるもの、「稽首」(やはり最敬礼)していった、「お恵みによって、われわれを血祭りにせず、本国に帰って刑罰をうけよとのかたじけないお沙汰。主君に処刑されるなら、死んでも花がさくというもの。万一、わが君のお恵みによって一命が助かれば、三年してからご下賜の品を頂戴にあがりましょう。」本国では、繆公が送還された三人を喪服で迎え、百里奚と蹇叔の進言を用いなかった不明をわびつつ、もとの官に復したという。

それから三年、秦は果たして孟明に晋を攻撃させ、殽《こう》の敗戦の報復をとげ、晋領の汪《おう》(陝西省澄城、一説に白水附近)を攻略して帰った。すでに引用した『左伝』のほうの孟明のことばを参照しないと、「後三年、秦は果たして」がよく効かない。これも司馬遷のミスであろう。

四年。秦繆公大興兵伐我。度河取王官。封殽尸而去。晋恐。不敢出。遂城守。五年。晉伐秦。取新城。報王官役也。

四年、秦の繆《ぼく》公、大いに兵を興《おこ》して我を伐《う》つ。河を度《わた》りて王官《おうかん》を取り、殽《こう》の尸《しかばね》を封《ほう》じて去る。晉、恐れ、敢えて出《い》でず。遂に城守す。五年、晉は秦を伐ちて、新城を取る。王官《おうかん》の役《えき》に報ゆるなり。

襄公の四年（BC六二四）、秦の繆公《ぼくこう》は大規模の軍事行動をおこし、わが晋を攻撃した。黄河をわたって王官（山西省聞喜の西方）を攻略、殽《こう》における戦死者の遺骸を埋葬して引きあげた。おそれをなした晋は出撃しようとせず、城内にたてこもったままだった。

五年、晋は秦を攻撃して、新城（秦が新たに邧《げん》に築いた城、陝西省澄城附近）を攻略した。王官の戦いに報復したのである。

六年。趙衰成子・欒貞子・咎季子犯・霍伯皆卒。趙盾代趙衰執政。七年八月。襄公卒。太子夷皐少。晉人以難故。欲立長君。趙盾曰。立襄公弟雍。好善而長。先君愛之。且近於秦。秦故好也。立善則固。事長則順。奉愛則孝。結旧好則安。賈季曰。不如其弟樂。辰嬴嬖於二君。立其子。民必安之。趙盾曰。辰嬴賤。班在九人下。其子何震之有。且爲二君嬖。淫也。爲先君子。不能求大。而出在小國。僻也。母淫子僻。無威。陳小而遠。無援。將何可乎。使士會如秦迎公子雍。賈季亦使人召公子樂於陳。趙盾廢賈季。以其殺陽處父。十月。葬襄公。十一月。賈季奔翟。是歲。秦繆公亦卒。

六年、趙衰成子《ちょうさいせいし》・欒貞子《らんていし》・咎季子犯《きゅうきしはん》・霍伯《かくはく》、皆卒《しゅつ》す。趙盾《ちょうとん》、趙衰に代りて政を執る。七年八月、襄公卒《しゅつ》す。太子夷皐《いこう》、少《わか》し。晋人、難の故を以て長君を立てんと欲す。趙盾《ちょうとん》曰く、「襄公の弟雍《よう》を立てん。善を好みて長ぜり。先君これを愛し、且つ秦に近し。秦は故《ふる》き好《よしみ》なり。善なるを立つれば則ち固《こ》、長ぜるに事《つか》うれば則ち順、愛せらるるを奉ずれば則ち孝、旧好を結べば則ち安からん」と。賈季《かき》曰く、「其の弟楽《がく》に如《し》かず。辰嬴《しんえい》は二君に嬖《へい》たり。其の子を立てなば、民、必ずこれに安んぜん」と。趙盾《ちょうとん》曰く、辰嬴《しんえい》は賤《いや》しく、班《はん》、九人の下に在り。其の子、何の震《しん》かこれ有らん。且つ二君に嬖《へい》たるは淫《いん》なり。先君の子たりて、大を求むる能わず、出《い》でて小国に在るは、僻《へき》なり。母淫にして子僻ならば威なし。陳《ちん》は小にして遠く、援《たす》けなし。将《は》た何ぞ可ならんや」と。士《し》会《かい》をして秦に如《ゆ》きて公子雍《よう》を迎えしむ。賈季も亦《ま》た人をして公子楽《がく》を陳より召さしむ。趙盾、賈季《かき》を廃す。其の陽処父《ようしょほ》を殺せしを以てなり。十月、襄公を葬る。十一月、賈季、翟《てき》に奔《はし》る。是《こ》の歳、秦の繆公も亦《ま》た卒《しゅっ》す。

襄公の六年（BC六二二）、趙衰《ちょうさい》、おくり名が成子（巻四十三「趙世家」では成季）、欒枝《らんし》、おくり名が貞子、咎季子犯《きゅうきし》つまり狐偃《こえん》（一説に咎季は胥臣のあざな臼季の誤りだという）、霍伯《かく》つまり先且居《せんしょきょ》らが、みな亡くなった。趙衰の子である趙盾《ちょうとん》が父に代って政務を執った。「卿」として首相の位置についたのである。

七年八月、襄公が亡くなった。太子の夷皋《いこう》はまだいとけない。晋の家臣たちは、クーデターの発生をおそれたので、年かさの君主を立てようと考えた。

趙盾がいった、「襄公の弟の雍どのを立てよう。善行をこのまれ、それに年もいっておられる。先代さまも可愛がり、それに秦との血縁関係も濃い。秦はふるくからの友好国だ。善行の人を擁立すれば、国家は強固になる。年いった人に仕えるのは順当だし、先君に可愛がられた人を奉戴すれば、孝道がたつ。ふるい友と手をつなげば安泰だよ。」

狐偃《こえん》のむすこ賈季《かき》がいった、「弟の楽《がく》どののほうがよい。辰嬴《しんえい》さま――秦の王女で、はじめは懐公の妻、のちに文公の妻になった（一三五、一六〇ページ参照）――はふたりの君主の側室《そばめ》になられた。そのお子を立てたら、国民はきっと落ちつくだろう。」

趙盾はいった、「辰嬴さまは身分が低くて、きさきの序列では九人の下だ。そのお子に威光などあるもんか。それに、ふたりの君主の側室になるなど、みだらだよ。諸侯に覇をとなえた先代さまの子でありながら、大望をもつかい性《しょう》もなく、祖国から出て小国にいるなど、けちな器量だ。母がみだらで子がけちでは、威厳はない。陳《ちん》はちっぽけな遠方の国で、これに援助の手をさしのべてくれる国もない。それがどうしていいのかね。」「将」とは疑問文に用いる発語のことば、「いったい」といったきもち。士会に命じて、王子の雍《よう》を迎えに秦にゆかせた。「士会」は士蔿《しい》（七八ページ参照）の孫で、范武子という。また、随《ずい》（山西省介休）の城主になり、それを姓にして随会《ずいかい》ともいう。下文ではほとんどこの名であらわれる。

賈季《かき》も人に命じて、陳《ちん》から王子の楽《がく》を召還させた。趙盾は賈季を免職処分に付した。かれが陽処父《ようしょほ》を殺害したからである。『左伝』（文公六年）によれば、賈季は、趙盾のはからいで中軍の将の地位を陽処父に奪われ、これを怨みにおもい、この年の九月、人手をかりて陽処父を殺害したからである。

十月、襄公を埋葬した。十一月、賈季は翟《てき》に亡命した。

この年には、秦の繆公も亡くなった。

靈公元年四月。秦康公曰。昔文公之入也。無衞。故有呂・郤之患。乃多與公子雍衞。太子母繆嬴。日夜抱太子以號泣於朝曰。先君何罪。其嗣亦何罪。舍適而外求君。將安置此。出朝則抱以適趙盾所。頓首曰。先君奉此子而屬之子曰。此子材。吾受其賜。不材。吾怨子。今君卒。言猶在耳。而弃之若何。趙盾與諸大夫。皆患繆嬴。且畏誅。乃背所迎而立太子夷皐。是為靈公。發兵以距秦送公子雍者。趙盾爲將。往擊秦。敗之令狐。先蔑・隨會亡奔秦。秋。齊・宋・衞・鄭・曹・許君。皆會趙盾。盟於扈。以靈公初立故也。

霊《れい》公の元年四月、秦の康《こう》公曰く、「昔、文公の入るや、衛《まも》りなし。故に呂《りょ》・郤《げき》の患《うれ》いあり」と。乃ち多く公子雍《よう》の衛《まも》りを与う。太子の母繆嬴《ぼくえい》、日夜太子を抱《いだ》き、以て朝《ちょう》に号泣して曰く、「先君、何の罪かあらん。其の嗣《し》も亦《ま》た何の罪かあらん。適《てき》を舎《す》てて外に君を求む。将《は》た安《いず》くにこれを置かんとするや」と。朝《ちょう》を出《い》ずれば、則ち抱《いだ》きて以て趙盾の所に適《ゆ》き、頓首《とんしゅ》して曰く、「先君、此の子を奉じて、これを子《し》に属《しょく》して曰く、『此の子、材あらば、吾、其の賜《たまもの》を受けん。材あらずんば、吾、子を怨まん』と。今、君卒《しゅっ》するも、言猶《な》お耳に在り。而《しか》るにこれを弃《す》つるは若何《いかん》」と。趙盾《ちょうとん》、諸大夫《たいふ》と、皆繆嬴《ぼくえい》を患《うれ》い、且つ誅《ちゅう》せられんことを畏《おそ》る。乃ち迎えし所に背《そむ》きて、太子夷皐《いこう》を立つ。是《こ》れ霊公たり。兵を発し以て秦の公子雍《よう》を送る者を距《ふせ》ぐ。趙盾《ちょうとん》、将と為《な》り、往《ゆ》きて秦を撃ち、これを令狐《れいこ》に敗る。先蔑《せんべつ》・随会《ずいかい》、亡《のが》れて秦に奔《はし》る。秋、斉・宋・衛・鄭・曹・許の君、皆趙盾と会し、扈《こ》に盟《ちか》う。

霊公初めて立ちし故を以てなり。

霊公の元年（BC六二〇）、といっても、下文にみえるように、霊公はまだ即位していない。以下、霊公が擁立される経過をのべる。

その四月、秦の康公がいった、「むかし文公が本国入りしたときには、護衛兵がなかった。だから、呂省《りょせい》と郤芮《げきぜい》の乱（一六七ページ参照）がおこった。」そこで王子の雍にたくさん護衛兵をあたえた。

太子夷皐《いこう》の母である繆嬴《ぼくえい》は、あけくれ太子を抱きながら政庁の御殿で泣きさけんでいった、「先代さまになんの罪があり、またその嗣子になんの罪があるというのです。嫡子《ちゃく》をさしおいて国の外から君主をもとめるなんて。一体、この嗣子をどう処置なさるおつもりです。」政庁から出ると、わが子を抱いたまま趙盾のもとにゆき、頭を地にすりつけていった、「先代さまはこの子をささげてあなたに頼まれました、『この子に君主としての素質があるなら、そなたの養育のおかげと感謝しよう。素質がないなら、そなたを怨みにおもいますぞ』と。殿が亡くなったいまでも、おことばは耳にのこっております。それなのにこの子をお見すてになりました。」文公の遺言は、『左伝』（文公七年）によると、「この子や才あらば、吾、子の賜《たまもの》を受けん。不才ならば、吾ただ子を怨まん」とある。

趙盾や家老たちは、みな繆嬴《ぼくえい》のことが気になり、それに、処刑されやしまいかとおそれた。そこで、秦から迎えるつもりの王子の雍をうらぎり、太子の夷皋《いこう》を擁立した。これが霊公である。

軍隊をくりだして、王子の雍を送りこむ秦の部隊を阻止し、趙盾が指揮官となって出発、秦を攻撃して令狐《れいこ》（山西省猗氏の西方）で撃破した。対立派の先蔑《せんべつ》と随会《ずいかい》は、秦に亡命した。

その秋、斉・宋・衛・鄭・曹・許の君主たちは、みな趙盾《ちょうとん》と会合し、扈《こ》（河南省原陽の西方）で盟約した。霊公が諸侯の身分を嗣いだばかりだからである。

四年。伐秦取少梁。秦亦取晉之郩。六年。秦康公伐晉取羈馬。晉侯怒。使趙盾・趙穿・郤缺擊秦。大戰河曲。趙穿最有功。

四年、秦を伐ちて少梁《しょうりょう》を取る。秦も亦《ま》た晋の郩《こう》を取る。六年、秦の康《こう》公、晋を伐《う》ちて羈馬《きば》を取る。晋侯、怒り、趙盾《ちょうとん》・趙穿《ちょうせん》・郤欠《げきけつ》をして秦を撃たしめ、大いに河《か》曲《きょく》に戦う。趙穿、最も功あり。

霊公の四年（BC六一七）、晋は秦を攻撃して少梁《しょうりょう》（陝西省韓城の南方）を奪取した。

秦も晋領の殽《こう》を奪取した。

六年、秦の康公が晋を攻撃して、羈馬《きば》（山西省永済の南一五キロ）を奪取した。晋の君主は怒り、趙盾《ちょうとん》・趙穿《ちょうせん》・郤欠《げきけつ》に秦を攻撃させ、河曲、つまり黄河の屈曲地帯で大激戦を展開し、趙穿が最高殊勲をたてた。

七年。晉六卿患隨會之在秦常爲晉亂。乃詳令魏壽餘反晉降秦。秦使隨會之魏。因執會以歸晉。

七年、晋の六卿《りくけい》、随会《ずいかい》の秦に在りて常に晋の乱を為《な》さんことを患《うれ》い、乃ち詳《いつわ》〔佯〕りて、魏寿余《ぎじゅよ》をして晋に反《そむ》き、秦に降《くだ》らしむ。秦、随会をして魏《ぎ》に之《ゆ》かしむ。因《よ》りて会《かい》を執《とら》えて以て晋に帰る。

霊公の七年（BC六一四）、晋の六卿、つまり六人の大臣たちが、秦にいる随会がいつも晋に対するクーデターを企んでいるのではないかと恐れた。そこでインチキの手を使い、魏寿余《ぎじゅよ》（「秦本紀」では寿を讐につくる）に、晋に叛いて秦に降伏するふりをさせた。秦が随会を魏のところに行かせた機会に、随会を捕えて晋に帰った。

八年。周頃王崩。公卿爭權。故不赴。晉使趙盾以車八百乘平周亂。而立匡王。是年。楚莊王初卽位。十二年。齊人弑其君懿公。

八年、周の頃王《けいおう》、崩《ほう》ず。公卿、権《けん》を争う。故に赴《ふ》せず。晋、趙盾《とん》をして車八百乗を以て周の乱を平らげしめ、匡《きよう》王を立つ。是《こ》の年、楚の荘王、初めて即位す。十二年、斉の人、其の君懿《い》公を弑《しい》す。

八年（ＢＣ六一三）、東周第七代の天子頃王《けいおう》（在位ＢＣ六一八―六一三）が亡くなった。大臣たちが権力争いをやっていたため、喪の通告がおこなわれない。「赴」は「訃」、正式の死亡通告をいう。

晋は趙盾に命じて、戦車八百台をくり出し、周王室の内乱を平定して、匡王《きようおう》を擁立した。この年、楚《そ》の荘《そう》王がはじめて即位した。

十二年（ＢＣ六〇九）、斉の家臣が、君主の懿《い》公を殺害した。この事件は巻三十二「斉太公世家」に詳しくみえる。巻末「『史記』における人間描写」に引用してあるから、ついてみられたい（五五〇ページ参照）。

十四年。靈公壯侈。厚斂以彫牆。從臺上彈人。觀其避丸也。宰夫胹熊蹯不熟。靈公怒殺宰夫。使婦人持其屍出弃之。過朝。趙盾・隨會前數諫。不聽。已又見死人手。二人前諫。隨會先諫。不聽。靈公患之。使鉏麑刺趙盾。盾閨門開。居處節。鉏麑退歎曰。殺忠臣。弃君命。罪一也。遂觸樹而死。

十四年、霊公は壮《そう》にして侈《おご》り、厚く歛《あつ》めて以て牆《かべ》に彫り、台上より人を弾《う》ち、其の丸《がん》を避くるを観《み》る。宰夫《さいふ》、熊蹯《ゆうはん》を胹《に》て熟せず。霊公、怒って宰夫を殺し、婦人をして其の屍《しかばね》を持ち、出《い》でてこれを弃《す》てしめんとして、朝《ちょう》を過ぐ。趙盾《ちょうとん》・随会《ずいかい》、前《さき》に数《しば》しば諫《いさ》めしも、聴かず。已《すで》にして又た死人の手を見る。二人、前《すす》みて諫む。随会、先ず諫む。聴かず。霊公これを患《うれ》い、鉏麑《そげい》をして趙盾を刺《さ》さしむ。盾《とん》、閨《けい》門《もん》開き、居処に節《せつ》あり。鉏麑、退き歎じて曰く、「忠臣を殺すも、君命を弃《す》つるも、罪は一なり」と。遂に樹に触れて死す。

霊公の十四年（BC六〇七）のことである。霊公は強壮でぜいたく好きだった。重税をとりたてて宮殿の壁を彫刻でかざったり、眺望台のうえから弾《はじ》き弓で人を射て、弾《たま》を避けるさまを見物したりした。コックが熊掌《ゆうしょう》を調理したのが生煮えだというので、立腹した霊公はコックを殺し、おんなどもに死骸をかかえて外へ捨てにゆかせた。それが政庁を通りかかった。趙盾と随会は、以前にもたびたび諫めたがきかれなかった。

そこへ今また死人の手が見えたのである。ここの「死人の手を見る」という簡単な表現が、ふしぎに生ま生ましさを覚えさせる。「熊蹯《ゆうはん》」はくまのたなごころ、ふつうには熊掌という、最上の珍味の一つ。

二人は進み出て諫めた。随会がまず諫めたがききいれない。『左伝』（宣公二年）によれば、まず諫めようとする趙盾を士会（随会）がおし止め、「あなたが諫めてもきかれぬときは、もうあとがないから、まずわたしにやらせなさい」といった。ここには言及されていないが、趙盾が諫めてもきかれなかったことはいうまでもない。

霊公は二人の忠告をうるさがり、鉏麑《そげい》に命じて趙盾を刺殺させようとした。趙盾は閨房のドアを開いておき、生活に節度のある人だった。「閨」とは女家族と共にする寝室。寝室のドアが開かれているとは、刺客が忍びこんだ夜中にたまたま開いていたというのか、プライバシーを守る寝室でさえいつもドアを開いている、つまり「居処に節ある」ことを物語る日常生活をいうのか、おそらく後者を意味するだろう。『左伝』（宣公二年）には「寝門開かる。盛服《せいふく》してまさに朝《ちょう》せんとしてなお早ければ、坐して仮寝す」とある。それだと、鉏麑が未明に殺そうと忍びこんだところ、謹厳忠誠の趙盾が、参内するために正装して仮睡しているのがみえたというのである。

趙盾の刺殺にでかけた鉏麑は、ひきさがって歎息した、「忠臣を殺すのも、君命をすてるのも、罪はおんなじだ」といい、木に頭を打ちつけて死んだ。

初盾常田首山。見桑下有餓人。餓人示眯明也。盾與之食。食其半。問其故。曰。宦三年。未知母之存不。願遺母。盾義之。益與之飯肉。已而爲晉宰夫。趙盾弗復知也。九月。晉靈公飲趙盾酒。伏甲將攻盾。公宰示眯明知之。恐盾醉不能起而進曰。君賜臣觴。三行可以罷。欲以去趙盾。令先毋及難。盾既去。靈公伏士未會。先縱齧狗名敖。明爲盾搏殺狗。盾曰。弃人用狗。雖猛何爲。然不知明之爲陰德也。已而靈公縱伏士。出逐趙盾。示眯明反擊靈公之伏士。伏士不能進。而竟脱盾。盾問其故。曰。我桑下餓人。問其名。弗告。明亦因亡去。

初め盾《とん》は常《かつ》て首山《しゅざん》に田《かり》し、桑下《そうか》に餓えし人あるを見る。餓えし人は、示眯明《きびめい》なり。盾、これに食を与うるに、其の半《なか》ばを食らう。其の故を問う。曰く、「宦《かん》すること三年、未だ母の存するや不《いな》やを知らず。願わくは母に遺《おく》らん」と。盾、これを義とし、これに、飯と肉を益《ま》し与う。已《すで》にして晋の宰夫《さいふ》となる。趙盾、復《ま》た知らざるなり。九月、晋の霊公、趙盾に酒を飲ましめ、甲《こう》を伏せて将《まさ》に盾を攻めんとす。公の宰示眯明《さいきびめい》、これを知る。盾の酔うて起《た》つ能わざるを恐れ、進みて曰く、「君、臣に觴《しょう》を賜わば、三行して以て罷《や》むべし」と。以て趙盾を去らしめ、先《ま》ず難に及ぶ毋《なか》らしめんと欲す。盾、既に去り、霊公の伏士、未だ会せず。先ず齧狗《けっく》の敖《ごう》と名づくるを縦《はな》つ。明《めい》、盾《とん》の為に狗《いぬ》を搏《う》ち殺す。盾曰く、「人を弃《す》てて狗《いぬ》を用う。猛なりと雖《いえど》も何をか為《な》さん」と。然れども、明の陰徳を為《な》せしを知らざるなり。已《すで》にして霊公、伏士を縦《はな》ち、出《い》でて趙盾を逐《お》わしむ。示眯明《きびめい》、反《かえ》って霊公の伏士を撃つ。伏士、進む能わずして、竟《つい》に盾《とん》を脱せしむ。盾、其の故《ゆえ》を問う。曰く、「我は桑下の餓えし人なり」と。其の名を問うに、告げず。明も亦《ま》た因りて亡《のが》れ去る。

むかし、趙盾が首山《しゅざん》（山西省永済の南にあり、雷首山《らいしゅ》ともいう）へ狩猟に出かけたとき、桑の木の下に飢えた男がいた。飢えた男は示眯明《きびめい》である。趙盾が食べ物をあたえると、半分だけ食べた。わけをきくとかれはいった、「三年のあいだ仕官していたものです。母が生きておりますかどうかわかりませんが、母にとどけたいのです。」趙盾はこれは感心なことだとおもい、飯と肉を余分にあたえた。この男がまもなく晋王室のコックになっていたことを、趙盾は少しも知らずにいた。

「桑下の餓人」は、『左伝』（宣公二年）では霊輒《れいちょう》となっており、後世の文学作品などに引かれる場合も、ふつう霊輒とされている。かれはのちに霊公の護衛兵となり、下文にみえる伏兵中に参加、武器を味方に向けかえて趙盾をのがし、じぶんもうまく脱出した。なお、コックの示眯明《きびめい》（『左伝』では提弥明）のほうは、下文で猛犬をなぐり殺したあと、みずからは斬り死にする。

九月、晋の霊公は趙盾に酒をのませ、武装兵をしのばせておいて、趙盾を暗討ちしようとした。霊公のコック示眯明《きびめい》はこの計画を知った。かれは趙盾が酔っぱらって起ちあがれぬようになることを心配し、進み出ていった、「ご主君が臣下に杯を賜るときは、三回のやりとりがすめば打ちきるものです。」そういうことで趙盾を帰らせ、とにかく危難にあわせまいとした。

趙盾がひきあげたのに、霊公の用意した伏兵はまだ集合していない。まず、獒《ごう》という猛犬を放った。示眯明は趙盾のために犬を殴り殺してやった。「鬷狗《けっく》」とはかみ犬のこと、古人の注に「犬の四尺なるを獒（嫯）という」とあるから、「獒」は普通名詞であろう。

趙盾がいった、「人間をさしおいて、犬を使いおる。いくらどうもうでも、役にはたたん。」しかし、示眯明がかげで力になっていてくれたことに気づいていない。

やがて霊公は伏兵をどっとくり出し、宮廷を出て趙盾を追跡させた。示眯明は味方である霊公の伏兵に斬りかかる。伏兵は進むことができないので、とうとう趙盾をとり逃がしてしまった。趙盾がわけをたずねるといった、「わたしは桑の木の下で飢えていた男です。」その名を問うてもあかさない。明もその機会に逃げ去った。

盾遂奔。未出晉境。乙丑。盾昆弟將軍趙穿。襲殺靈公於桃園。而迎趙盾。趙盾素貴。得民和。靈公少侈。民不附。故爲弒易。盾復位。晉太史董狐書曰。趙盾弒其君。以視於朝。盾曰。弒者趙穿。我無罪。太史曰。子爲正卿。而亡不出境。反不誅國亂。非子而誰。孔子聞之曰。董狐。古之良史也。書法不隱。宣子。良大夫也。爲法受惡。惜也。出疆乃免。

盾《とん》、遂《つい》に奔《はし》る。未だ晋の境を出《い》でず。乙丑《いっちゅう》、盾の昆弟《こんてい》なる将軍趙穿《ちょうせん》、襲《おそ》うて霊公を桃園《とうえん》に殺して、趙盾を迎う。趙盾、素《も》と貴くして、民の和を得《う》。霊公、少《わか》くして侈《おご》り、民附《つ》かず。故に弑《し》を為《な》すこと易《やす》し。盾、位《くらい》に復す。晋の太史董狐《とうこ》、書して曰く、「趙盾、其の君を弑《しい》す」と。以て朝《ちょう》に視《しめ》す。盾曰く、「弑《しい》せし者は趙穿《せん》なり。我は罪なし」と。太史曰く、「子《し》は正卿《せいけい》たり。而《しか》も亡《のが》れて境を出《い》でず。反《かえ》りて国の乱を誅《ちゅう》せず。子《し》に非ずして誰ぞ」と。孔子《こうし》、これを聞きて曰く、「董狐《とうこ》は古《いにしえ》の良き史なり。法を書きて隠さず。宣子《せんし》は良き大夫なり。法の為《ため》に悪《そし》りを受く。惜しいかな。疆《きょう》を出《い》ずれば、乃ち免《まぬが》れたらん」と。

趙盾はそのまま亡命したが、まだ晋の国境から出ていなかった。乙丑《きのとうし》の日、趙盾の兄弟である将軍の趙穿《ちょうせん》が、霊公を桃園に襲撃して殺害し、趙盾を迎えた。「昆弟」は兄弟だが、日本流の兄弟だけでなく、同姓一族内の同じ世代にあるものをいう。なお、趙穿は『左伝』の注によれば「趙夙《ちょうしゅく》の庶孫」とあり、それだと趙盾のおじにあたる。

趙盾は生まれがよく、国民たちから親しまれている。「趙盾」は父の趙衰が文公（重耳）のお供をして狄《てき》に亡命したとき、狄が征服した咎如《きゅうじょ》の次女と結婚して生んだ子、つまり母は文公の夫人と姉妹である。それが「素《も》と貴し」ということであろう。

霊公は年わかくぜいたくで、人民がなつかず、だから、君主の殺害という大事が簡単にやれた。趙盾は卿の位に復活した。

晋の史官である董狐《とうこ》は、「趙盾、その君主を殺害す」と記録して、朝廷にしめした。趙盾はいった、「殺害したのは趙穿だ。わたしに罪はない。」史官はいった、「そなたは総理です。それに、亡命しながら国境から出ておらず、ひき返して国家の内乱をしずめもしなかった。そなたでなくて誰であろう。」

この話をきいた孔子はいった、「董狐《とうこ》はむかしのりっぱな史官だ。原則的な書きかたどおりに書いてはばからぬ。宣子《せんし》（趙盾のおくりな宣孟の略称）はりっぱな家老だ。原則のために非難をうけた。惜しいことだ、国境から出ていたなら、それこそ汚名を免れていたものを。」

趙盾使趙穿迎襄公弟黑臀于周。而立之。是爲成公。成公者。文公少子。其母周女也。壬申。朝于武宮。成公元年。賜趙氏爲公族。

趙盾《ちょうとん》、趙穿《ちょうせん》をして、襄《じょう》公の弟黒臀《こくでん》を周より迎えしめて、これを立つ。是《こ》れ成公たり。成公なる者は、文公の少子にして、其の母は周の女《むすめ》なり。壬申《じんしん》、武宮に朝《ちょう》す。成公の元年、趙氏に賜いて公族と為《な》す。

趙盾は趙穿に命じ、襄公の弟にあたる黒臀《こくでん》を、亡命さきの周から迎えさせて擁立した。これが成公である。成公というのは、文公の末の子、母は周の王女である。壬《みずのえ》申《さる》の日、曲沃にある祖先武公の廟に参拝した。

成公の元年（BC六〇六）、趙氏一族に「公族」の称号をたまわった。「公族」というのは、もと出身のいやしいきさきに生まれた王子（公子）に与えられた称号だが、驪姫《りき》の乱このかた廃止されていた。それがこのとき復活され、卿の嫡子に領地を与えて「公族」に列し、その同母弟を「余子」、庶子を「公行」とよぶことにしたのである（『左伝』宣公二年）。こうして趙氏一族は皇族待遇をうけて、次第に権力を増大する。

伐鄭。鄭倍晉故也。三年。鄭伯初立。附晉而弃楚。楚怒伐鄭。晉往救之。六年。

伐秦。虜秦將赤。七年。成公與楚莊王爭彊。會諸侯于扈。陳畏楚不會。晉使中行桓子伐陳。因救鄭。與楚戰。敗楚師。是年。成公卒。子景公據立。

鄭《てい》を伐つ。鄭の晋に倍《そむ》きし故《ゆえ》なり。三年、鄭伯初めて立ち、晋に附きて楚を弃《す》つ。楚、怒り鄭を伐つ。晋、往《ゆ》きてこれを救う。六年、秦を伐ち、秦の将赤《せき》を虜《とりこ》にす。七年、成公、楚の荘王と強きを争い、諸侯を扈《こ》に会す。陳《ちん》は楚を畏《おそ》れて会せず。晋、中行桓子《ちゅうこうかんし》をして陳《ちん》を伐たしむ。因《よ》りて鄭を救い、楚と戦い、楚の師を敗る。是《こ》の年、成公卒《しゅっ》す。子の景《けい》公拠《きょ》、立つ。

鄭《てい》を討伐した。鄭が晋に叛逆したからである。成公の三年（BC六〇四）、鄭の伯《きみ》がはじめて即位し、晋に帰附して、楚をうらぎった。楚は怒って鄭を攻撃した。晋は救援にでかけた。

六年、秦を討伐し、秦の大将である赤《せき》を捕虜にした。

七年、成公は楚の荘王と諸侯の統率権を争い、諸侯を扈《こ》（河南省原陽の西）に会集させた。陳《ちん》は楚をはばかって、会集しない。晋は中行桓子、つまり中行の将たる家をついだ荀林父《じゅんりんぽ》に陳を討伐させ、ついでに鄭を救援して楚と戦い、楚の軍隊を敗北させた。この年、成公が亡くなった。子の景公、拠《きょ》が即位した。

景公元年春。陳大夫夏徴舒弑其君靈公。二年。楚莊王伐陳。誅徴舒。

景公の元年春、陳《ちん》の大夫夏徴舒《かちようじよ》、其の君霊公を弑《しい》す。二年、楚の荘王、陳を伐ち、徴舒を誅《ちゆう》す。

景《けい》公の元年（BC五九九）春、陳の家老である夏徴舒《かちようじよ》が、主君の霊公を殺害した。二年、楚の荘王は陳を討伐して、徴舒を処刑した。

これも春秋期に特徴的な弑逆事件の一つである。巻三十六「陳杞《ちんき》世家」に簡潔ながら、巧みな筆致で興味ぶかく語られている。――十四年、霊公と家老の孔寧《こうねい》・儀行父《ぎこうほ》が、いずれも夏姫《かき》と姦通し、夏姫の衣類を肌につけて、宮廷でふざけていた。泄冶《えいや》が諫めた、「君と臣のどちらも淫乱だと、人民はなにを見ならえばいいのでしょう。」霊公は泄冶のことをふたりに話すと、ふたりは泄冶を殺しましょうという。霊公はそれを止めなかった。こうして泄冶は殺された。十五年、霊公はふたりの家老といっしょに夏姫の家で酒をのんでいた。霊公がふたりにふざけていった、「徴舒はおまえに似てるぞ。」ふたりはいった、「殿さまにも似てますよ。」徴舒は怒った。酒宴がすんで霊公が出て来た。徴舒は石弓を馬小屋の入口にかくして、霊公を射ころした。孔寧と儀行父はともに楚へ亡命した。霊公の太子である午は晋に亡命した。徵舒は独断で陳の侯《きみ》に就任した。徵舒はもと陳の家老である。夏姫は御叔の妻であり、舒の母である。
――この一段の叙述、ことに末尾のそれは、いかにも思わせぶりである。つまり、読者にあらためて全体を読みなおさせ、はじめて異常な事件の全貌がのみこめるように工夫されている。司馬遷の文章の特徴を示す、代表的なものの一つであろう。

三年。楚莊王圍鄭。鄭告急晉。晉使荀林父將中軍。隨會將上軍。趙朔將下軍。郤克・欒書・先穀・韓厥・鞏朔佐之。六月。至河。聞楚已服鄭。鄭伯肉袒。與盟而去。荀林父欲還。先穀曰。凡來救鄭。不至不可。將率離心。卒度河。楚已服鄭。欲飲馬于河爲名而去。楚與晉軍大戰。鄭新附楚。畏之。反助楚攻晉。晉軍敗。走河爭度。船中人指甚衆。楚虜我將智罃歸。而林父曰。臣爲督將。軍敗。當誅。請死。景公欲許之。隨會曰。昔文公之與楚戰城濮。成王歸殺子玉。而文公乃喜。今楚已敗我師。又誅其將。是助楚殺仇也。乃止。

三年、楚《そ》の莊王、鄭《てい》を囲む。鄭、急を晋に告ぐ。晋、荀林父《じゅんりんぽ》をして中軍に将たらしめ、随会《ずいかい》をして上軍に将たらしめ、趙朔《ちょうさく》をして下軍に将たらしめ、郤克《げきこく》・欒《らん》書《しょ》・先穀《せんこく》・韓厥《かんけつ》・鞏朔《きょうさく》をしてこれを佐《たす》けしむ。六月、河に至る。楚、已《すで》に鄭を服し、鄭伯肉袒《にくたん》して、与《とも》に盟《ちか》いて去れりと聞く。荀林父、還《かえ》らんと欲す。先穀《せんこく》曰く、「凡《およ》そ来たりしは、鄭を救わんがためなり。至らずんば不可なり」と。将卒、離心するも、卒《つい》に河を度《わた》る。楚、已《すで》に鄭を服し、馬に河に飲《みずか》うを名と為《な》して去らんと欲す。楚、晋の軍と大いに戦う。鄭、新たに楚に附き、これを畏《おそ》れ、反《かえ》って楚を助けて晋を攻む。晋の軍、敗《やぶ》る。河に走《に》げて、度《わた》るを争う。船中、人指《じんし》、甚だ衆《おお》し。楚は我が将智罃《ちおう》を虜《とりこ》にして帰る。而うして林父《りんぽ》曰く、「臣、督《とく》将と為《な》りて、軍敗る。誅《ちゅう》に当らん。請う、死せん」と。景公、これを許さんと欲す。随会《ずいかい》曰く、「昔、文公の楚と城濮《じょうぼく》に戦うや、成王、帰りて子玉《しぎょく》を殺せり。而《しか》も文公は乃ち喜ぶ。今、楚已《すで》に我が師を敗り、又《ま》た其の将を誅《ちゅう》せば、是れ楚を助けて仇《あだ》を殺すなり」と。乃ち止む。

　景公の三年（BC五九七）、楚の荘王が鄭を包囲し、鄭は晋に危急をつげた。晋は荀林父を中軍の、随会を上軍の、趙朔を下軍のそれぞれ指揮者に任命、郤克《げきこく》・欒書《らんしょ》・先穀《せんこく》・韓厥《かんけつ》・鞏朔《きょうさく》らを補佐官にして、六月、黄河まで出撃した。だが、そのとき晋軍は、楚がすでに鄭を降伏させ、鄭の伯《きみ》は処罰をうける姿で、和平の盟約をすませてたち去ったことを聞いた。

巻四十二「鄭世家」には「その来《きた》るや両端を持《じ》す、故に遅る」とあり、晋軍の延着が日和見的態度によることが指摘されている。あらたに登場した人物のうち、趙朔は趙盾の子で、晋の成公の姉と結婚した。郤克は郤芮《げきぜい》の孫、献子とおくり名され、欒書は欒枝の孫で、武子とおくり名される。また、先縠は先軫の子である。これらの家がらは、のちに晋の六卿に列せられる。なお「肉袒」は、肌ぬぎで処罰を待つ姿勢で、降服をいう。

荀林父が引っ返そうとすると、先縠がいった、「かりにもでかけて来たのは、鄭を救援するためだ。鄭までゆかなくちゃいかん。」

将兵のきもちは離反していたが、ついに黄河をわたった。鄭を降伏させた楚は、黄河で馬に水を飲ませねばならぬという名目のもとにたち去ろうとしていた。楚は晋軍と大いに戦った。楚に降伏したばかりの鄭は、楚におそれをなし、かえって楚を助けて晋を攻撃する。晋軍は敗北して、黄河まで逃がれ、われ勝ちに渡河しようとする。船のなかは、人間の指でいっぱいだ。楚はわが軍の指揮官智罃《ちおう》を捕虜にして帰った。「船中、人指甚だ衆《おお》し」は、ただ事態の結果をしめす状景だけを簡潔にえがいて、読者に生ま生ましいイメージを浮かばせる。これも司馬遷独自の手法である。いうまでもなく、船べりにすがる将兵の指が、かたっぽしから友軍によって切り落されたのである。

そこで荀林父《じゅんりんぽ》がいった、「それがしが総指揮官で、軍は敗北しました。死刑罪に相応します。どうか死なせてください。」

景公がそれを認めようとすると、随会がいった、「むかし、文公さまが城濮で楚と戦われたとき、楚の成王は帰国ののち子玉を殺しました（一九二ページ参照）が、あい手の文公さまはかえって喜ばれました。いま、楚にわが軍が敗北を喫し、そのうえ大将を処刑すれば、楚の手つだいをして仇を殺してやることになります。」

そこで死刑はおもいとどまった。

四年。先縠以首計而敗晉軍河上。恐誅。乃奔翟。與翟謀伐晉。晉覺。乃族縠。縠先軫子也。

四年、先縠《せんこく》、首《しゅ》として計《はか》り、晋軍を河上に敗《やぶ》りしを以て、誅《ちゅう》せられんことを恐る。乃ち翟《てき》に奔《はし》り、翟と晋を伐《う》たんことを謀る。晋、覚《さと》り、乃ち縠《こく》を族《ぞく》す。縠は先軫《せんしん》の子なり。

景公の四年（BC五九六）、先縠《せんこく》は、じぶんが先頭にたって計画しながら、晋軍を黄河のほとりで敗北させたので、処刑されはしまいかと恐れた。そこで翟に亡命し、翟と相談して晋を攻撃しようとした。晋はそれに気づいて、先縠の一族を皆殺しにした。轂は先軫《せんしん》の子である。

五年。伐鄭。爲助楚故也。是時楚莊王彊。以挫晉兵河上也。六年。楚伐宋。宋來告急晉。晉欲救之。伯宗謀曰。楚。天方開之。不可當。乃使解揚給爲救宋。鄭人執與楚。楚厚賜。使反其言。令宋急下。解揚給許之。卒致晉君言。楚欲殺之。或諫。乃歸解揚。

五年、鄭《てい》を伐つ。楚を助けし故《ゆえ》の為《ため》なり。是《こ》の時、楚の荘王、強し。晋の兵を河上に挫《くじ》きしを以てなり。六年、楚、宋《そう》を伐つ。宋、来たりて急を晋に告ぐ。晋これを救わんと欲す。伯宗《はくそう》、謀りて曰く、「楚は天方《まさ》にこれを開く。当るべからず」と。乃ち解揚《かいよう》をして給《いつわ》りて宋を救う為《まね》せしむ。鄭人、執《とら》えて楚に与う。楚、厚く賜い、其の言を反《ひるがえ》さしめ、宋をして急ぎ下《くだ》らしめんとす。解揚、給《いつわ》りてこれを許し、卒《つい》に晋の君の言を致す。楚、これを殺さんと欲す。或るひと諫《いさ》む。乃ち解揚を帰す。

景公の五年（BC五九五）、鄭を討伐した。かつて楚に味方したからである。このころ、楚の荘王は勢力があった。かつて諸侯をリードしていた晋軍を黄河のほとりで挫折させたからである。

六年、楚が宋を討伐した。宋は晋に危急をつげて来た。晋がこれを救援しようとすると、家老の伯宗が計略をめぐらしていった、「楚の国はいまや天が開運したまうところです。対抗できません。」「伯宗」は伯州犂《はくしゅうり》の祖父にあたる（三二一ページ参照）。そこで解揚にいんちきの手をつかって宋を救援するふりをさせた。鄭のひとは解揚を捕えて楚にわたした。楚は解揚にたっぷり褒美をあたえて、宋を救援するというかれの言をひるがえさせて、宋に急いで降伏するようにいわせた。解揚はうその承諾をあたえて、結局、晋の主君のことづてを伝えた。楚は解揚を殺そうとしたが、ある人が諫めたので、解揚はやっと帰された。

解揚の活躍については、「鄭世家」のほうに詳しい記載があり、ここの説明不足を補ってくれる――そこで人材をさがして、霍《かく》のひと解揚、字《あざな》は子虎という男がみつかった。かれを使って楚をたぶらかし、宋に降伏せぬようにいわせようとした。鄭を通った。楚と親近関係にある鄭は、解揚を捕えて楚に献上した。楚王はたっぷり褒美をだし、かれと約束して、言をひるがえさせ、宋をすぐに降伏させようとした。三たびたのんで解揚はやっとそれを承知した。そこで楚は、解揚を望楼のついた戦車にのせ、宋によびかけさせた。かれは楚との約束を破って、晋の主君の命令を伝えた、「晋はただいま国内の軍隊をぜんぶくり出して、宋を救援しようとしています。宋は危急にひんしておりましょうが、決して楚には降伏しないよう。わが晋軍はすぐやって来ますよ。」楚の荘王はたいそう立腹して、かれを殺そうとする。解揚はいった、「君主は命令権をおさえる力をもつべきもの、臣下は君命をつらぬくのが信というもの。わたしは主君の命をひきうけて出てまいりました。たとえこの身が殺されようとも、主命を忘れはいたしません。」荘王はいった、「そちはわしに承諾しておきながら、約束を破りおった。そちの信用はどこにあるのかね。」解揚はいった、「王さまに承諾しましたのは、主君の命をはたそうためです。」いざ死ぬというときに、ふり返って楚軍にいった、「人臣たるもの、忠誠をつくしてりっぱに死ぬことを忘れたもうな。」楚王の弟たちがみなで諫めたので、王はかれの罪をゆるした。そこで解揚は放免されて帰り、晋はかれに爵位をあたえて上卿にした。

七年。晉使隨會滅赤狄。八年。使郤克於齊。齊頃公母從樓上觀而笑之。所以然者。郤克僂。而魯使蹇。衞使眇。故齊亦令人如之以導客。郤克怒。歸至河上曰。不報齊者。河伯視之。至國。請君欲伐齊。景公問知其故曰。子之怨。安足以煩國。弗聽。魏文子請老休。辟郤克。克執政。

七年、晋、随会《ずいかい》をして赤狄《せきてき》を滅ぼさしむ。八年、郤克《げきこく》を斉に使いせしむ。斉の頃《けい》公の母、楼上より観《み》て、これを笑う。然《しか》る所以《ゆえん》は、郤克は僂《ろう》にして、魯《ろ》の使いは蹇《けん》、衛《えい》の使いは眇《びょう》なればなり。故に斉も亦《ま》た人をして之《かく》の如くし、以て客を導かしむ。郤克《げきこく》、怒る。帰りて河上に至りて曰く、「斉に報いざる者あらば、河伯《かはく》これを視《み》よ」と。国に至る。君に請うて斉を伐たんと欲す。景公《けいこう》、問いて其の故《こと》を知るや、曰く、「子《し》の怨み、安《いずく》んぞ以て国を煩《わずら》わすに足らんや」と。聴かず。魏《ぎ》文子《ぶんし》、老休を請いて、郤克を辟《さ》〔避〕く。克、政を執る。

景公の七年（BC五九三）、晋は随会に命じて赤狄《せきてき》を滅ぼさせた。「狄」には白・赤の二種族がある。赤狄は赤い服をきて、山西省長治の北方、黎《れい》城の西方あたりに住んでいた。

八年、郤克《げきこく》を斉への使節にたてた。斉の頃公の母が、二階からながめて笑った。なぜ笑ったかというと、郤克は背中が曲がり、しかも魯の使節は足が悪く、衛の使節は目が悪かったからである。それで斉のほうでも、同じような者をえらんで、賓客を案内させた。

巻三十二「斉太公世家」によると、みぎの記事とはやや違っている――頃公の六年春、晋は郤克を斉への使節にたてた。斉は、奥方にカーテンのうちから見物させた。奥方が笑った。郤克はいった、「この仇を討たなければ、二度と黄河はわたるまい。」

この一段は、また孔子の著『春秋』の内容を敷衍した三伝の、それぞれ宣公十七年の条にみえている。やはり少しずつ内容が異なり、それぞれの作者の性格がわかっておもしろい。まず『穀梁伝』では、「魯《ろ》の季孫行父《きそんこうほ》が禿、晋の郤克が眇、衛の孫良夫が跛、曹の公子の手が僂」とある。つぎに『公羊伝』では、「郤克と臧孫許《ぞうそんきょ》の、ひとりが跛、ひとりが眇《しゅ》」といい、『左伝』は郤克を「跛」とするだけで、他の使者にはふれていない。この事件に関するかぎり、三伝のうちで役者がそろって作為の痕が顕著なのは、『穀梁伝』だといえよう。『史記』もかなりに小説的な興味をねらって書かれていることに注意されたい。なお、案内役のほうにも同様の者を選ぶことは、『穀梁』『公羊』の二伝にもみえている。

郤克は怒った。帰国の途について黄河の岸まで来るといった、「もしも斉に復讐しなければ、河神よ、ご照覧ください。」「河伯これを視よ」とは、河神に誓いを立てることばで、上文にも見えている（一六五ページ参照）。

国に帰着すると、斉を討伐するよう主君にお願いした。景公がたずねてその理由がわかると、「そなたの怨みぐらいで、わざわざ国にめいわくかけるにはあたるまい」といって、きいてやらなかった。

魏文子は隠退願いを出して、郤克のとばっちりをうけることを避け、郤克が政務を総理した。「魏文子」はたぶん魏犨《しゅう》の後裔であろうが、名は不明である。『左伝』によれば、この時、范武子（士会、すなわち随会）が隠退を決意して、わが子の文子（二四八ページ参照）にむかい、郤克の怒りを消滅させるようさとしている。ここの「魏文子」は、たぶん「范武子」に作るべきであろう。

九年。楚荘王卒。晉伐齊。齊使太子彊爲質於晉。晉兵罷。十一年春。齊伐魯取隆。魯告急衞。衞與魯皆因郤克告急於晉。晉乃使郤克・欒書・韓厥以兵車八百乘與魯・衞共伐齊。夏。與頃公戰於鞍。傷困頃公。頃公乃與其右易位。下取飲以得脱去。齊師敗走。晉追北至齊。頃公獻寶器以求平。不聽。郤克曰。必得蕭桐姪子爲質。齊使曰。蕭桐姪子。頃公母。頃公母。猶晉君母。奈何必得之。不義。請復戰。晉乃許。與平而去。楚申公巫臣盜夏姫以奔晉。晉以巫臣爲邢大夫。

九年、楚《そ》の荘王卒《しゅつ》す。晋、斉を伐つ。斉、太子強《きょう》をして晋に質《ち》たらしむ。晋の兵、罷《や》む。十一年春、斉、魯《ろ》を伐ちて、隆《りゅう》を取る。魯、急を衛に告ぐ。衛は魯と皆郤《げき》克《こく》に因《よ》りて、急を晋に告ぐ。晋、乃ち郤克《げきこく》・欒書《らんしょ》・韓厥《かんけつ》をして、兵車八百乗を以て、魯・衛と共に斉を伐たしむ。夏、頃《けい》公と鞍《あん》に戦い、頃公を傷《きず》つけ困《くる》しむ。頃公、乃ち其の右《ゆう》と位を易《か》え、下《くだ》って飲《いん》を取り、以て脱し去るを得たり。斉の師、敗走す。晋、北《に》ぐるを追いて斉に至る。頃《けい》公、宝器を献じて、以て平《へい》を求む。聴かず。郤克曰く、「必ず蕭桐《しょうとう》の姪《てつ》の子を得て質《ち》と為《な》さん」と。斉の使曰く、「蕭桐の姪の子は、頃《けい》公の母なり。頃公の母は猶《な》お晋君の母のごとし。奈何《いかん》ぞ必ずこれを得ん。義ならず」と。復《ま》た戦わんことを請う。晋、乃ち許し、与《とも》に平《へい》して去る。

楚の申《しん》公巫臣《ふしん》、夏姫《かき》を盗んで以て晋に奔《はし》る。晋、巫臣を以て邢《けい》の大夫《たいふ》と為《な》す。

景公の九年（BC五九一）、楚の荘王が亡くなった。晋は斉を討伐した。斉は太子の強《きょう》を晋に人質におくことにした。晋は軍事行動を中止した。

十一年の春、斉は魯《ろ》を討伐して、隆《りゅう》（山東省泰安の西南にある竜郷）を奪取した。魯は衛に危急をつげた。衛は魯といっしょに、郤克を通じて晋に危急をつげる。晋はここに、郤克・欒書・韓厥らに命じて、戦車八百台を使って、魯・衛二国とともに斉を討伐させた。

夏、斉の頃公《けいこう》と鞍《あん》（山東省歴城）で交戦し、頃公を負傷させて苦しめた。頃公はそこで、陪乗者と座席を交替し、戦車から水を飲みに降りて、脱出することができた。「鞍《あん》の戦」については、巻三十二「斉太公世家」に『左伝』（成公二年）にもとづく記事があり、ここの簡素な叙述を補足してくれる――六月 癸酉《みずのととり》の日、鞍に布陣した。逢丑父《ほうちゅうほ》は斉の頃公の陪乗者になった。頃公はいった、「さあ馬をかけらせい。晋軍を撃破して会食しよう。」郤克を射て負傷させた。流れる血しおは靴まで滴たる。郤克がもどって陣地に入ろうとすると、馭者はいった、「わたしは戦場に入ったばかりのとき、二度も負傷しましたが、痛いなどとは申しませんでした。部下の兵たちがおじけづくことを恐れたからです。あなたもがまんなすってください。」そこで再び戦い、斉と激戦を展開した。逢丑父は斉の君が捕われてはたいへんと、座席を交替して、頃公が陪乗者の位置についた。戦車が木にひっかかって止まった。晋の少将である韓厥は、斉の君の車前にひれ伏し、「わが君はそれがしに魯と衛とを救援させたのです」といってからかった。丑父《ちゅうほ》は頃公を下車させて飲みものを取りよせ、その機会に逃げ去って、陣中に入ることができた。なお、頃公が負傷した事実は、「斉世家」や、それがもとづく『左伝』にはみえない。

斉の軍隊は敗走した。晋は逃げる斉軍を追撃して、斉までやって来た。頃《けい》公は貴重な器物を献上して、和平交渉をもとめたが、ききいれない。郤克はいう、「ぜひとも蕭桐《しょうとう》の姪《めい》の子を人質にもらいたい。」

斉の使者はいった、「蕭桐の姪の子といえば、頃公さまの母君です。頃公さまの母君といえば、晋の君の母君も同然、どうしてぜひもらいうけたいとおっしゃるのです。筋ちがいでしょう。」そんなことなら、もう一度戦争状態に入ろうという。晋はそこでようやく承諾して、和平を結んでひきあげた。

「蕭桐姪子」は「斉太公世家」では「蕭桐叔子」につくる。「蕭桐」は国の名、「姪」

は「娣姪《ていてつ》」の姪、古代では一人の女が嫁ぐとき兄弟のむすめ（姪）や妹も随行して側室になった（一〇五ページ参照）。

楚の申公《しんこう》、名は巫臣《ふしん》が、夏姫をぬすんで晋に亡命した。晋は巫臣を家老待遇で邢《けい》（山西省河津）の領主にした。

「夏姫《かき》」は夏徴舒の母（二二四ページ参照）、たいへんな淫婦であり、霊公暗殺の原因をつくった。楚の荘王もこの淫婦におぼしめしがあったのか、夏徴舒を滅ぼしたとき、かの女をそばめに迎えようとした。しかし、巫臣が道ならぬことを説いて断念させた。ついで子反《しはん》という男が妻にしようとしたときにも、巫臣はかの女が多くの男を不幸に陥れた女であることを説いて断念させた。かの女はその後も数奇な運命をたどるのだが、結局、他人を断念させた巫臣じしんがかの女のとりこになり、夏姫の父である鄭《てい》の穆公《ぼくこう》の許しをえて妻にした（『左伝』成公二年）。

十二年冬。齊頃公如晉。欲上尊晉景公爲王。景公讓不敢。晉始作六卿。韓厥・鞏朔・趙穿・荀騅・趙括・趙旃皆爲卿。智罃自楚歸。十三年。魯成公朝晉。晉弗敬。魯怒。去倍晉。晉伐鄭取汜。

十二年冬、斉の頃《けい》公、晋に如《ゆ》く。晋の景《けい》公を上《あが》め尊んで王と為《な》さんと欲す。景公、譲《ゆず》りて敢えてせず。晋、始めて六卿《りくけい》を作る。韓厥《かんけつ》・鞏朔《きょうさく》・趙穿《ちょうせん》・荀騅《じゅんすい》・趙括《ちょうかつ》・趙《ちょう》旃《せん》、皆卿《けい》と為《な》る。智罃《ちおう》、楚より帰る。十三年、魯《ろ》の成公、晋に朝《ちょう》す。晋、敬せず。魯怒り、去りて晋に倍《そむ》く。晋、鄭を伐ちて汜《し》を取る。

景公の十二年（BC五八八）冬、斉の頃公が晋にやって来た。晋の景公を尊んで王にしようというのである。「上尊」とは尊称を上《たてまつ》る意味であるかもしれない。景公はとんでもないと遠慮した。

晋は始めて六卿をおいた。実は、この「六卿」は「六軍」の誤りであろう。「六卿」のことはすでに前にみえるし（二一二ページ参照）、『左伝』（成公三年）にも「十二月甲戌、晋、六軍を作る」とある。これまでは「三軍」のほかに「三行」を設けたが（一九六ページ参照）、ここに至って、もはやはばかることなく天子の「六軍」を僭称したのである。しかもそれが、王（つまり天子）に推薦されたのを辞退した直後である。

韓厥《かんけつ》・鞏朔《きょうさく》・趙穿《ちょうせん》・荀騅《じゅんすい》・趙括《ちょうかつ》・趙旃《ちょうせん》がいずれも卿になった。おそらく各人が一軍の将となったのであろう。智罃《ちおう》が楚より帰還した。

十三年、魯《ろ》の成公が晋の宮廷に参内した。「朝す」とは臣下として挨拶することである。しかし、晋が敬意をはらわぬので、魯は怒り、ひきあげて晋に反旗をひるがえした。晋は鄭を討伐して、汜《し》（河南省中牟《ちゅうぼう》）を占領した。「汜」は氾や汜にも誤られる。

十四年。梁山崩。問伯宗。伯宗以爲不足怪也。

十四年、梁山《りょう》崩《くず》る。伯宗《はくそう》に問う。伯宗、以て怪しむに足らずと為《な》す。

景公の十四年（BC五八六）、梁山《りょうざん》（山西省離石の東北にあり、呂梁山ともいう。ただし異説もあり定めがたい）が崩壊した。しんぱいした景公は伯宗にたずねたが、伯宗はべつにいぶかるにあたらぬという意見であった。『左伝』（成公五年）によれば、この時伯宗は、お召しをうけた途中で絳《こう》の男に逢い、その意見をつたえたのである。つまり、くちはてたぼろぼろの山土が崩れたにすぎない。国家には山川を祭る義務があるから、君主は身をつつしんで、山川の神神に礼をつくすべきだというのである。

十六年。楚將子反怨巫臣。滅其族。巫臣怒。遺子反書曰。必令子罷於奔命。乃請使吳。令其子爲吳行人。教吳乘車用兵。吳・晉始通。約伐楚。

十六年、楚の将子反《しはん》、巫臣《ふしん》を怨み、其の族を滅ぼす。巫臣怒り、子反に書を遺《おく》りて曰く、「必ず子《し》をして奔命《ほんめい》に罷《つか》れしめん」と。乃ち請うて呉《ご》に使いし、其の子をして呉の行人《こうじん》と為《な》し、呉に車に乗りて兵を用うるを教えしむ。呉・晋、始めて通じ、楚を伐つを約す。

景公の十六年（BC五八四）、楚の将軍である子反は、巫臣を怨んで、かれの一族を皆殺しにした。まえにものべたように、子反が夏姫を妻にすることには反対しながら、巫臣じしんが妻にして亡命したからである。

巫臣は立腹して、子反に手紙をだし、「きっとおまえさんを馳《か》けずりまわらせ、くたくたにさせてやるぞ」と書いた。そこで、願い出て呉への使者にたち、むすこの狐庸《こよう》を呉の行人《こうじん》にし、戦車による戦術を呉に教えさせた。呉・晋二国は、はじめて国交をひらき、楚を討伐する約束ができた。

「呉」は周の古公亶父《たんぽ》の長男太伯を祖とし、江蘇省一帯を領有する王国である（八四ページ参照）。「行人」は外交儀礼の使節をいう（「伍子胥列伝」参照）。

十七年。誅趙同・趙括。族滅之。韓厥曰。趙衰・趙盾之功。豈可忘乎。奈何絶祀。

乃復令趙庶子武爲趙後。復與之邑。十九年夏。景公病。立其太子壽曼爲君。是爲厲公。後月餘。景公卒。

十七年、趙同《ちょうどう》・趙括《ちょうかつ》を誅《ちゅう》し、これを族滅《ぞくめつ》す。韓厥《かんけつ》曰く、「趙衰《ちょうさい》・趙盾《ちょうとん》の功は、豈《あ》に忘るべけんや。奈何《いかん》ぞ祀《まつ》りを絶たん」と。乃ち復《ま》た趙の庶子武《ぶ》をして趙の後《のち》と為《な》し、復《ま》たこれに邑《ゆう》を与う。十九年の夏、景公病む。其の太子寿曼《じゅまん》を立てて君と為《な》す。是《こ》れ厲《れい》公たり。後《のち》月余、景公卒《しゅつ》す。

景公の十七年（BC五八三）、趙同《ちょうどう》・趙括《ちょうかつ》を処刑し、一族を皆殺しにした。韓厥《かんけつ》がいった、「趙衰や趙盾の功績は、忘れていいものでしょうか。かれらの家の祭祀を絶やすのはいかがなものでしょう。」そこで趙家の庶子である武を趙家の後継者として復活し、もとどおり領地をさずけた。

この一段はきわめて簡単な叙述で終っているが、趙氏一族の滅亡と趙武の復活は、春秋時代における最もドラマティックな事件として、巻四十三「趙世家」の冒頭部分に詳述されている。いま長文をいとわず全貌を紹介しておこう。事件は、実は十五年前にさかのぼる。

晋の景公の三年（BC五九七）、家老の屠岸賈《とがんこ》が趙氏一族を滅ぼそうとした。

かつて趙盾はその在世時に夢をみた——趙家の先祖である叔帯《しゅくたい》が腰につかまり、ひどく悲しげに声をあげて泣き、やがて笑いだして、手を叩きながら歌をうたうのであった。趙盾が夢占いをすると、亀の甲に現われた占いの結果に、家は断絶するけれど末は吉とあった。

趙の史官の援《えん》は判定した、「この夢はたいへん不吉です。あなたご自身ではなく、あなたのむすこさんです。だけど原因《もと》はといえばあなたの罪なのです。お孫さまの代から、趙家は一代一代と衰えてゆくでしょう。」

屠岸賈はかつて霊公に可愛がられ、景公の代になって、法務大臣に就任した。このおとこはクーデターを起こそうと考えていた。それで霊公を殺害した犯人の取調べをやり、趙盾をそれに擬して、全部の将軍たちにしらせた、「趙盾自身はきづいとらんが、やつこそ主犯なのだ。臣下のぶんざいで君主を殺害したものの子孫が朝廷に仕えているかぎり、罪人の懲罰などやれるものではない。やつらを処刑してしまおう。」

韓厥がいった、「霊公さまが殺されたとき、趙盾は朝廷にいなかった。先代の殿さまも、かれには罪がないというご意見で、だから処刑はされなかった。いま、諸君がかれの子孫を殺そうとするのは、先代さまのご意志にそむくものだ。それでも不当の殺害をなさるおつもりかな。不当に人を殺すことを乱という。臣下が重大事をおこそうというのに、君主のお耳に入れないのは、君主を無視するも同然ですぞ。」

屠岸賈はかれのいうことをきかない。韓厥は趙朔に大急ぎで逃げるようにいったが、趙朔はことわった、「あなたがわが趙家の祭りを絶やさないようにしてくだされば、わたしは死んでも本望です。」

韓厥は頼みを承諾し、仮《け》病をつかって出仕しない。屠岸賈は主君の勅許もうけず、独断で将軍たちとともに趙家を下邸《しもやしき》におそい、趙朔・趙同・趙括・趙嬰斉《えいせい》を殺害し、それぞれの一族をもみな殺しにした。

趙朔の妻は成公の姉にあたる。かの女は妊娠中で、お腹《なか》には殺された趙朔の遺児がいる。宮廷から逃がれ出てかくれていた。

趙朔の客分に公孫杵臼《こうそんしょきゅう》というおとこがいた。この杵臼が趙朔の友人である程嬰《ていえい》にいった、「なぜ命をすてなかったのだ。」

程嬰はいった、「趙朔どのの奥方さまは妊娠中だ。もし幸いにもやがて生まれる遺児が男の子なら、わしはこの遺児を育てるつもりだ。もし女の子なら、それから死んだって遅くはなかろう。」

それからほどなくして、趙朔の妻は身ふたつになって、男の子が生まれた。これを聞いた屠岸賈は、邸中を捜索した。奥方は嬰児をスラックスのなかにかくし、「趙家のちすじが滅びるのなら泣きなさい。もし滅びないのなら、声をたてるでないよ」と祈った。いよいよ捜索というときに、嬰児はついに声をたてなかった。

危機を脱すると、程嬰が公孫杵臼にいった、「さて、いま一どの捜索ではみつからなかったが、今後さらにもう一度捜索するにちがいない。どうしたものだろう。」公孫杵臼「遺児をもりたてるのと、死ぬのとではどちらがむつかしいかね。」程嬰「死ぬのはたやすいが、孤児をもりたてるのはむつかしい。」公孫杵臼「趙家の亡きあるじは、きみを大切に待遇され、きみは深い恩顧をうけてるはずだ。だから、きみはむりにもそのむつかしい方をやりたまえ。わたしはたやすい方をやり、先に死なせてもらおう。」

そこでふたりは計画して、他人の嬰児をもらって来て背負い、模様のついたりっぱなおむつをまとわせて、山中にかくれた。程嬰は山から出てゆき、将軍たちをだましていった、「わしはおろかものだ。趙家の孤児を一人まえにするつもりだったが、その力がない。誰かわしに千金の賞を提供してくれまいか。趙家の孤児の居処《いどころ》をおしえよう。」

将軍たちはみな喜んで、賞金の提供を承諾し、軍隊をくり出して程嬰のあとにつかせ、公孫杵臼を襲撃した。杵臼もでたらめをいった、「ろくでなしの程嬰め、むかし下邸の乱では命をすてるかい性もなく、それにわしと計画して趙家の孤児をかくまいながら、こんどはわしを売りおる。こうなれば、たとえ孤児を一人まえにすることができなくても、売り物なんかにしてたまるものか。」

こういいながら、嬰児を抱いたまま声をはりあげた、「天よ天よ、趙家の孤児になんの罪があります。この子の命を助けてください。わたしを殺すだけでいいでしょうが。」

将軍たちは承知しない。そのまま杵臼と偽の孤児を殺してしまった。将軍たちは、趙家の孤児はたしかに死んだものとおもってみな喜んだ。しかし、趙家の孤児はちゃんと生存しており、程嬰はこの孤児といっしょにまんまと山中にかくれた。

そのまま十五年の歳月がながれた。晋の景公が病気になり、占いをたてると、「大業（舜帝の臣で趙家の祖）の子孫で不本意のものが、祟《たた》りをしている」と出た。景公が韓厥にたずねると、趙家の孤児の生存を知る韓厥はいった、「大業の子孫で、この晋にあって祭祀が絶えているものは趙家でございましょう。大体、中衍《ちゅうえん》よりのちはみな嬴《えい》の姓になっております。中衍というのは、顔が人間で口が鳥です。さて、のちの世代は殷《いん》帝の大戊《だいぼ》や周の天子を輔佐し、いずれもりっぱな人徳をそなえております。時代がくだって、周の幽王や厲王といった暴君の世になりますと、中衍の子孫である叔帯は周を去って晋にまいり、先代の文侯さまに仕えて、成公さまのみ代まで世世功績をあらわし、先祖の祭りを絶やしたことがありません。ところがいま、殿さまだけはこの趙の本家の一族を滅ぼされ、国民が哀しんでおります。だから、亀の甲の占いにその結果があらわれたのです。ひとつ殿さま、なんとかご配慮いただけぬものでしょうか。」

景公はたずねた、「趙家にはその血をひく子孫がいるのかい。」韓厥は一部始終をくわしく報告した。

そこで景公は趙家の孤児をたてることを韓厥と相談し、孤児をよびよせて宮中にかくしておいた。将軍たちが病気見舞いに参内した。景公は韓厥の部隊の力をかりて、将軍たちを脅迫し、趙家の孤児にあわせることにした。

趙家の孤児は名を武《ぶ》という。将軍たちはしかたなしにいった、「むかし、あの下邸のクーデターは、屠岸賈がたくらんだもの、それを君命といつわって、われわれ全部に命令したのです。でなければ、誰がクーデターをやれましょう。殿さまの病気の原因だというのでなくても、われわれは趙家の子孫の復活をお願いしたいのが本意です。いま殿さまの命が出ました。それこそわれわれ臣下の希望です。」

そこで趙武と程嬰をよびよせ、将軍たち全部に挨拶させた。こうして、将軍たちは程嬰や趙武といっしょに屠岸賈を攻めて、その一族を滅ぼし、さらに趙武に元どおり領地をあたえた。

趙武が成年式を迎えて冠をいただくと、程嬰は大臣たちに別れの挨拶をすませ、趙武にいった、「むかし下邸のクーデターのおり、誰もかれもがご主君のために一命をささげることができました。わたくしだって死ねなかったわけではありません。わたくしはただ趙家のご子孫をもりたてることを考えたのです。いまや趙武どのは家を興し、一人まえに成育あそばし、元の地位を復活されました。わたくしは地下の趙宣孟《ちようせんもう》(朔)さまや公孫杵臼に報告しようとおもいます。」

それを聞いた趙武は、身もあらずはげしく泣き、たって頼んだ、「わたくしは死ぬまでこの肉体を打ちくだいてご恩に報じたいのです。それなのに、あなたはわたしのもとを去って死ぬ、そんなむごいことがよくもまあ。」

程嬰はいった、「だめです。あのおとこはわたくしに大事を成就する力があると見こんで、だからわたしより先に死にました。いま、わたくしが報告しなければ、われわれの計画は不首尾に終ったとおもいます。」そういうと、かれは自殺してしまった。趙武は斉衰《しさい》(父母の喪につぐ重大な服喪の形式でふつうは三か月)の喪《も》に服すること三年、程嬰のために領内に祠《ほこら》をたてて祭り、春秋二回の祭祀をつとめて、代代欠かしたことがない。

以上が「趙世家」の巻頭をかざる、「趙氏孤児」事件の全貌である。この事件については、漢の劉向《りゆうきよう》の『新序』節士篇や同じ編者の『説苑《ぜいえん》』復恩篇にもさらに詳しい記載がみえる。また、十三・四世紀の交に至ると、中国歌劇の空前の開花期にあたり、紀君祥というすぐれた作者によって、潤色のうえ戯曲化される。元曲初期の傑作の一つ「冤報冤趙氏孤児」がそれである。この戯曲の影響は少なくなく、十六世紀には作者不明の南曲（南方系歌劇）「趙氏孤児記」も生まれる。さらに、十八世紀の中ごろには、紀君祥の作品が翻訳されてフランスにまで紹介され、つづいてヴォルテールの翻案劇も出現するに至るのである。

十九年の夏、景公は病気になった。太子の寿曼《じゅまん》を君主に擁立した。これが厲公《れいこう》である。一月あまりのちに、景公は亡くなった。

厲公元年。初立。欲和諸侯。與秦桓公夾河而盟。歸而秦倍盟。與翟謀伐晉。三年。使呂相讓秦。因與諸侯伐秦。至涇。敗秦於麻隧。虜其將成差。五年。三郤讒伯宗。殺之。伯宗以好直諫得此禍。國人以是不附厲公。

厲《れい》公の元年、初めて立ち、諸侯に和せんと欲す。秦の桓《かん》公と河を夾《はさ》みて盟《ちか》う。帰りて、秦は盟《ちか》いに倍《そむ》き、翟《てき》と晋を伐たんことを謀る。三年、呂相《りよしょう》をして秦を譲《せ》めしむ。因《よ》りて諸侯と秦を伐ちて、涇《けい》に至り、秦を麻隧《ますい》に敗《やぶ》り、其の将成差《せいさ》を虜《とりこ》にす。五年、三郤《げき》、伯宗《はくそう》を讒《そし》りてこれを殺す。伯宗、直諫《ちょくかん》を好みしを以て、此《こ》の禍《わざわい》を得たり。国人、是《こ》れを以て厲《れい》公に附《つ》かず。

厲公《れいこう》の元年（BC五八〇）、厲公は即位したばかりだから、諸侯と親睦しようと考えた。秦の桓公《かんこう》と黄河の両岸にあって同盟を結んだ。帰って来ると秦は盟約を破り、翟《てき》と共謀して晋を討伐しようとした。

三年、呂相《りょしょう》を使節にたてて秦を責めた。そのついでにほかの諸侯とともに秦を討伐した。涇《けい》水まで進出して、秦を麻隧《まずい》（陝西省涇陽の北方）で撃破し、大将の成差《せいさ》を捕虜にした。

五年、三郤すなわち郤錡《げきき》・郤犨《げきしゅう》・郤至《げきし》の三人が伯宗を君に中傷して、殺してしまった。伯宗は思ったとおりずけずけ忠告するのが好きなので、この禍をうけたのである。晋の家臣たちは、そのために厲公の味方をしないようになった。

「三郤《げき》」という表現が、すでに同族の三人が結託して横暴をきわめていたことをしめす。なお、伯宗については『左伝』（成公十五年）で、かれが参内するたびに妻が忠告したことに言及している――「ぬすっとは主人を憎み、民はおかみを憎むもの。あなたはずけずけおっしゃるかただから、きっと災難に逢いますよ。」

六年春。鄭倍晉與楚盟。晉怒。欒書曰。不可以當吾世而失諸侯。乃發兵。厲公自將。五月渡河。聞楚兵來救。范文子請公欲還。郤至曰。發兵誅逆。見彊辟之。無以令諸侯。遂與戰。癸巳。射中楚共王目。楚兵敗於鄢陵。子反收餘兵。拊循欲復戰。晉患之。共王召子反。其侍者豎陽穀進酒。子反醉不能見。王怒讓子反。子反死。王遂引兵歸。晉由此威諸侯。欲以令天下求霸。

六年春、鄭《てい》、晋に倍《そむ》きて、楚と盟《ちか》う。晋怒る。欒書《らんしょ》曰く、「以て吾が世に当りて、諸侯を失うべからず」と。乃ち兵を発し、厲《れい》公、自《みずか》ら将たり。五月、河を渡る。楚の兵来たり救うと聞く。范文子《はんぶんし》、公に請うて還《かえ》らんと欲す。郤至《げきし》曰く、「兵を発して逆《ぎゃく》を誅《ちゅう》せんとするに、強きを見てこれを辟《さ》〔避〕けなば、以て諸侯に令《れい》する無からん」と。遂に与《とも》に戦う。癸巳《きし》、射《い》て楚の共王《きょうおう》の目に中《あ》つ。楚の兵、鄢《えん》陵《りょう》に敗る。子《し》反《はん》、余兵を収め、拊循《ふじゅん》して復《ま》た戦わんと欲す。晋、これを患《うれ》う。共王、子反を召す。其の侍者豎陽穀《じゅようこく》、酒を進む。子反、酔いて見《まみ》ゆる能わず。王、怒りて子反を譲《せ》む。子反、死す。王、遂《つい》に兵を引きて帰る。晋、此《こ》れ由《よ》り諸侯に威あり。以て天下に令《れい》して覇《は》を求めんと欲す。

厲公の六年（BC五七五）春、鄭が晋をうらぎって、楚と同盟した。晋がわは怒った。欒書はいった、「われわれの時代に諸侯を失うようなことではなりませぬ。」そこで軍隊をくり出し、厲公自身が指揮した。五月、黄河をこえた。楚軍が救援に来たと聞いて、范文子《はんぶんし》が厲公にお願いして帰ろうとすると、郤至《げきし》がいった、「軍をくり出して裏ぎり者をやっつけようというのに、手ごわい相手と見て避けるようでは、諸侯に命令する資格もありません。」そのまま楚と交戦した。

癸巳《みずのとみ》の日、楚の共王を射て眼に命中させた。楚軍は鄢陵《えんりょう》（河南省鄢陵）で敗北した。楚の子反は敗残兵をあつめて手なずけ、いま一ど戦うつもりである。晋はやっかいなことになったと思った。共王が子反を呼びよせた。かれの従者で茶坊主の豎陽穀《じゅようこく》に酒をすすめられ、子反は酔っぱらってお目見えできない。怒った王が子反を責めたので、子反は自殺した。そこで王は軍隊を引きつれて帰国した。晋はこのことから、諸侯の間に権威をもった。その権威により、天下に号令して諸侯を制覇しようと考えた。

「由此」は「由是」と違って、後世の「従此」のようにむしろ時間的な助字のごとくにおもわれる。少なくとも、それをも含むのではないか。

厲公多外嬖姬。歸欲盡去羣大夫。而立諸姬兄弟。寵姬兄曰胥童。嘗與郤至有怨。及欒書又怨郤至不用其計而遂敗楚。乃使人間謝楚。楚來詐厲公曰。鄢陵之戰。實至召楚。欲作亂内子周立之。會與國不具。是以事不成。厲公告欒書。欒書曰。其殆有矣。願公試使人之周微考之。果使郤至於周。欒書又使公子周見郤至。郤至不知見賣也。厲公驗之。信然。遂怨郤至。欲殺之。

厲公《れいこう》、外嬖姫《がいへいき》多し。帰るや、尽《ことごと》く群大夫《ぐんたいふ》を去りて諸姫《しょき》の兄弟を立てんと欲す。寵《ちょう》姫《き》の兄を胥童《しょどう》と曰《い》う。嘗て郤至《げきし》と怨みあり。及び欒書《らんしょ》は又《ま》た郤至の其の計を用いずして遂《つい》に楚を敗りしを怨む。乃ち人をして間《ひそ》かに楚に謝せしむ。楚、来たり、厲《れい》公に詐《いつわ》りて曰く、「鄢陵《えんりょう》の戦いは、実は至が楚を召《し》し、乱を作《な》して子周を内《い》れてこれを立てんと欲せるなり。会《たま》たま与《よ》国《こく》の具《そな》わらざれば、是《ここ》を以て事成らず」と。厲《れい》公、欒書《らんしょ》に告ぐ。欒書曰く、「其れ殆《ほとん》ど有らん。願わくは公、試みに人をして周に之《ゆ》き微《ひそ》かにこれを考《しら》べしめよ」と。果して郤至《げきし》を周に使いせしむ。欒書、又《ま》た公子周《しゅう》をして郤至に見《まみ》えしむ。郤至、売られしを知らざるなり。厲公、これを験するに、信《まこと》に然り。遂に郤至を怨み、これを殺さんと欲す。

厲公には愛妾がたくさんいた。「外嬖姫」という語は他にみえず、正確にはわからない。『左伝』（成公十七年）には姫の字がなく、それなら男色のあいてをする寵臣のこと。「外嬖の姫《そばめ》」という見解は最も成立しがたいから、下文にみえる胥童《しょどう》の妹のような「寵臣の姉妹にあたるそばめ」と解する説もある。いまは一おう、正式のきさき以外の側室に類する女性を指すと見ておく。家老たちがおおぜいいたのに、すっかり退けて、そばめたちの兄弟を重職につけようとした。厲公が可愛がっている妾の兄に胥童という男がいた。かつて郤至《げきし》に対して怨みをいだくことがあった。『左伝』（成公十七年）では、かれのために父が廃せられたから怨んだ、と説明されている。また、欒書は欒書で、郤至がかれの意見を用いないで、楚を敗北させたことを怨みにおもっていた。――この個処は説明不足である。前条で、楚の援軍が来たと聞いて帰還をすすめたのは、范文子である。おそらく欒書もおなじ意見であったのか、よくはわからない。

そこで人を使ってこっそりと楚に挨拶させた。楚からひとがやって来て、厲公をだましていった、「鄢陵の戦いは、実は郤至どのが楚によびかけ、クーデターをおこして、周に亡命中の王子の周《しゅう》どの（襄公の孫）を晋にのりこませようとしたのです。同盟国の用意ができていなかったので、失敗に終りましたが。」「与国」とは親善友好関係にある国をいう。

厲公は欒書《らんしょ》にそのことを告げた。欒書はいった、「こりゃありそうなことですね。ひとつ殿さま、試しにだれかを周（その首都雒邑《らくゆう》をさす）にやり、こっそりお調べくだすっては。」

厲公ははたして郤至を周への使節にたてた。欒書は一方で手をまわし、王子の周を郤至に会わせた。郤至は欒書に売られたことに気がつかない。厲公が調べてみると、たしかにそのとおりなので、郤至を怨んで殺そうとした。

八年。厲公獵。與姫飲。郤至殺豕奉進。宦者奪之。郤至射殺宦者。公怒曰。季子欺予。將誅三郤。未發也。郤錡欲攻公曰。我雖死。公亦病矣。郤至曰。信不反君。智不害民。勇不作亂。失此三者。誰與我。我死耳。十二月壬午。公令胥童以兵八百人襲攻殺三郤。胥童因以劫欒書・中行偃于朝。曰。不殺二子。患必及公。公曰。一旦殺三卿。寡人不忍益也。對曰。人將忍君。公弗聽。謝欒書等以誅郤氏罪。大夫復位。二子頓首曰。幸甚。幸甚。公使胥童爲卿。閏月乙卯。厲公游匠驪氏。欒書・中行偃以其黨襲捕厲公。囚之。殺胥童。而使人迎公子周于周而立之。是爲悼公。

八年、厲《れい》公猟《かり》し、姫《き》と飲む。郤至《げきし》、豕《いのこ》を殺して奉《ささ》げ進む。宦者《かんじゃ》これを奪う。郤至、射て宦者を殺す。公、怒りて曰く、「季子《きし》、予《よ》を欺《あなど》れり」と。将《まさ》に三郤《げき》を誅《ちゅう》せんとするも、未だ発せず。郤錡《げきき》、公を攻めんと欲して曰く、「我、死すと雖《いえど》も、公も亦《ま》た病《や》まん」と。郤至《げきし》曰く、「信は君に反《そむ》かず、智は民を害せず、勇は乱を作《な》さず。此の三者を失う者は、誰か我に与《くみ》せん。我、死せんのみ」と。十二月壬午《じんご》、公、胥童《しょどう》をして兵八百人を以て襲《おそ》い攻め、三郤を殺さしむ。胥童、因《よ》りて以て欒《らん》書《しょ》・中行偃《ちゅうこうえん》を朝《ちょう》に劫《おびやか》して曰く、「二子を殺さずんば、患《うれ》い必ず公に及ばん」と。公曰く、「一旦《たん》にして三卿《けい》を殺す。寡人《かじん》、益《ま》すに忍《しの》びざるなり」と。対《こた》えて曰く、

「人、将《まさ》に君に忍《にん》ならんとす」と。公、聴かず。欒書《らんしょ》らに謝するに、郤氏《げき》の罪を誅せしを以てし、「大夫、位《くらい》に復せ」と。二子、頓首《とんしゅ》して曰く、「幸甚《こうじん》なり、幸甚なり」と。公、胥童《しょどう》をして卿《けい》たらしむ。閏月乙卯《うるうづきいつぼう》、厲《れい》公、匠驪氏《しょうりし》に游《あそ》ぶ。欒書・中行偃、其の党を以て襲いて厲公を捕え、これを囚《つな》ぐ。胥童を殺し、人をして公子周《しゅう》を周より迎えしめて、これを立つ。是れ悼《とう》公たり。

厲公の八年（BC五七三）、厲公は狩猟にでかけ、そばめと酒をのんでいた。郤至が豚を殺して献上した。茶坊主（『左伝』によれば孟張というおとこ）が横取りしたので、郤至がその茶坊主を射殺した。厲公は立腹していった、「季子はわしをばかにしとる。」

いよいよ三郤を処刑することになったが、まだ行動をおこさない。郤錡《げきき》が厲公を襲撃しようとしていった、「たとえわしらは死んでも、殿も痛いめにあうだろうさ。」

郤至がいった、「主君をうらぎらぬ信義、国民をいためつけぬ知性、乱逆行為にはしらぬ勇気、この三つがわしのしんじょうだ。もしもこれらを失うなら、だれもわしに味方してはくれまい。わしには死がのこされてるだけだ。」

十二月壬午《みずのえうま》の日、厲公は胥童《しょどう》に八百人の軍勢をひきいて襲撃させ、三郤を殺させた。胥童はこの機会に、欒書・中行偃のふたりを宮廷で脅迫しながら、厲公にいった、にしのびん。」

「ふたりを殺しておかなければ、殿に心配がふりかかりますぞ。」

公がいった、「一ときに三人の大臣を殺してしもうた。余はこのうえ死者をふやす

胥童は答えた、「あのひとたちは殿にむごいことをしようというのですぞ。」

厲公はいうことをきかず、欒書らにこれは郤氏の罪を懲らすためにやったのだとことわり、「家老どのは、元の職についてくだされ」といった。ふたりは平身低頭して、「ありがたき幸せ、ありがたき幸せ」といった。厲公は胥童を卿にとりたてた。「幸甚。幸甚」は、命拾いしてペコペコおじぎする、ふたりのうれしそうなさまを髣髴させる。簡単ながらみごとなせりふである。

閏《うるう》十二月乙卯《きのとう》の日、厲公は匠驪《しょうり》氏のもとへ遊びにでかけた。「匠驪氏」は大夫（家老）の家がらだが、ここは女性であるかもしれない。欒書と中行偃は、なかまをひいて襲撃し、厲公を捕えて牢屋につないだ。胥童を殺し、人をやって王子の周《しゅう》を亡命さきの周から迎えて、擁立した。これが悼《とう》公である。

悼公元年正月庚申。欒書・中行偃弑厲公。葬之以一乘車。厲公囚六日死。死十日庚午。智罃迎公子周來。至絳刑雞。與大夫盟而立之。是爲悼公。辛巳。朝武宮。二月乙酉。卽位。

悼《とう》公の元年、正月庚申《こうしん》、欒書《らんしょ》・中行偃《ちゅうこうえん》、厲《れい》公を弑《しい》し、これを葬るに一乗の車を以てす。厲公、囚《つな》がるること六日にして死し、死して十日なる庚午《こうご》、智罃《ちおう》、公子周を迎えて来たり、絳《こう》に至って鶏を刑《ほふ》り、大夫と盟《ちか》いてこれを立つ。是れ悼《とう》公たり。辛巳《しんし》、武宮に朝《ちょう》し、二月乙酉《いつゆう》、即位す。

悼公《とうこう》の元年（BC五七二）、正月庚申《かのえさる》の日、欒書《らんしょ》と中行偃《ちゅうこうえん》は厲公を殺害し、一台分の馬車つきで葬った。『左伝』（成公十八年）の注によると、諸侯の埋葬にはふつう七台の馬車を陪葬するのが規定であるという。「一乗」は四頭だてで、馬ぐるみ埋葬するのである。

厲公は幽閉されて六日めに殺され、殺されて十日めの庚午《かのえうま》の日に、智罃《ちおう》が王子の周を迎えて来た。絳《こう》に到着していけにえの鶏をほふり、家老たちと誓約して、かれを擁立した。これが悼公である。辛巳《かのとみ》、すなわち十一日後に、曲沃の武宮に参拝し、二月乙酉《きのととり》の日に即位した。「武宮」は先祖の「武公の廟」である。

悼公周者。其大父捷。晉襄公少子也。不得立。號爲桓叔。桓叔最愛。桓叔生惠伯談。談生悼公周。周之立。年十四矣。悼公曰。大父・父皆不得立。而辟難於周。

客死焉。寡人自以疏遠毋幾爲君。今大夫不忘文・襄之意。而惠立桓叔之後。頼宗廟・大夫之靈。得奉晉祀。豈敢不戰戰乎。大夫其亦佐寡人。於是逐不臣者七人。修舊功。施德惠。收文公入時功臣後。

悼《とう》公周《しゅう》なる者、其の大父《たいふ》は捷《しょう》、晋の襄《じょう》公の少子なり。立つを得ず、号して桓叔《かんしゅく》と為《な》す。桓叔、最も愛せらる。桓叔、恵《けい》伯談《たん》を生み、談、悼公周を生む。周の立つや、年十四なり。悼公曰く、「大父・父、皆立つを得ずして、難を周に辟《さ》〔避〕けて、客死《かくし》す。寡人《かじん》、自《みずか》ら疏遠《そえん》なるを以て、君たらんことを幾《ねが》う毋《な》し。今、大夫、文・襄の意を忘れずして、恵《めぐ》みて桓叔《かんしゅく》の後《のち》を立つ。宗廟《そうびょう》・大夫《たいふ》の霊に頼《よ》りて、晋の祀《まつ》りを奉ずるを得たり。豈《あ》に敢えて戦戦《せんせん》たらざらんや。大夫、其れ亦《ま》た寡人を佐《たす》けよ」と。是《ここ》に於て、不臣の者七人を逐《お》い、旧功を修め、徳恵を施し、文公の入りし時の功臣の後《のち》を収む。

悼公の周は、かれの祖父を捷《しょう》といい、晋の襄公の末子にあたる。かれは王位につくことができず、桓叔《かんしゅく》と名のった。桓叔は父の襄公からいちばん可愛がられた。桓叔は恵伯《けいはく》の談《たん》を生み、談は悼公周を生んだ。周が擁立されたときは十四歳である。悼公はいった、「祖父や父はみな王位につくことができず、周に危難を避けたまま、異国で死なれた。それがしは、この身が厲公と血縁関係も遠いので、君主になる希望はほとんどなかった。いま、ご家老がたは文公さまや襄公さまのご意志を忘れず、あわれんで桓叔の子孫であるわたしを立ててくださった。ご先祖さまや亡きご家老がたの霊の加護により、晋の祭祀に奉仕することがかのうた。どうして恐れつつしんで努力せずにおれましょう。ご家老がたも、至らぬこのわたしを援助してください。」

「宗廟」は先祖のみたまや、先祖の霊をさす。その下の「大夫」二字を誤入とみる説もあるが、晋王室に貢献した物故の功臣たちを指すとみればよい。また、「戦戦」はよく「兢兢」と連なる形容語で、失策をやりはしまいかとびくびくして努力すること。

ここで、不逞《ふてい》の臣七人を追放し、厲公によって放棄されていた旧来の施政方針をたてなおし、恩情にあふれた政治をやり、文公が本国入りした時の功臣たちの子孫を臣下にとりたてた。

秋。伐鄭。鄭師敗。遂至陳。三年。晉會諸侯。悼公問羣臣可用者。祁傒擧解狐。解狐傒之仇。復問。擧其子祁午。君子曰。祁傒可謂不黨矣。外擧不隱仇。內擧不隱子。

秋、鄭《てい》を伐《う》つ。鄭の師、敗《やぶ》る。遂《つい》に陳《ちん》に至る。三年、晋、諸侯を会す。悼《とう》公、群臣に用うべき者を問う。祁傒《きけい》、解狐《かいこ》を挙ぐ。解狐は傒の仇なり。復《ま》た問う。其の子祁午《きご》を挙ぐ。君子曰く、「祁傒は、党せずと謂《い》うべし。外、挙ぐるに仇を隠さず。内、挙ぐるに子を隠さず」と。

その秋、晋は鄭《てい》を討伐した。鄭の軍隊は敗北し、そのまま陳《ちん》まで進軍した。三年（ＢＣ五七〇）、晋は諸侯を召集した。悼公は家臣たちに誰が役にたつ有能の臣かとたずねた。祁傒《きけい》は解狐《かいこ》を推挙した。その実、解狐は傒の仇敵なのだ。もっといないかとたずねると、わが子の祁午《きご》を推挙した。

世の識者がいった、「祁傒は主観によって一方に偏するようなことのない男だ。関係外より推挙するのに、仇敵でも遠慮しないし、関係内より推挙するのに、わが子でも遠慮しない。」

方會諸侯。悼公弟楊干亂行。魏絳戮其僕。悼公怒。或諫公。公卒賢絳任之政。使和戎。戎大親附。

諸侯を会するに方《あた》り、悼《とう》公の弟楊干《ようかん》、行《こう》を乱《みだ》す。魏絳《ぎこう》、其の僕を戮《ころ》す。悼公怒る。

或るひと公を諫《いさ》む。公、卒《つい》に絳《こう》を賢なりとし、これに政を任じ、戎《じゅう》と和せしむ。
戎、大いに親附《しんぷ》す。

悼公が諸侯を会集したおり、悼公の弟である楊干《ようかん》の戦車が、閲兵式の戦車操練で隊列をみだした。『左伝』(襄公三年)によれば、この年の六月、単《ぜん》の頃《けい》公や他の諸侯と雞沢(河北省平郷の南)で会集、同盟を結んだ。そのとき、同盟の儀礼として閲兵式があったわけである。

魏犨《ぎしゅう》の孫にあたる魏絳《ぎこう》(おくりなは荘子)が、その責任を問うて楊干の戦車の馭者を殺した。悼公が立腹すると、ある人が悼公に忠告した。結局、悼公は魏絳の処置がりっぱだったことを認め、かれに政務を一任し、異民族と親交策をとらせた。異民族は晋にたいそうなついた。

「魏絳の事件」については、『左伝』によってより詳しい経過がわかる。このとき悼公は、諸侯のまえでわが臣下によって弟が侮辱されたことに憤慨し、羊舌赤《ようぜつせき》に魏絳を逮捕するよう命令した。羊舌は忠誠無比の絳のことだから、自分がわるいと思えば必ず進んで釈明に来るだろうと答えた。そのことばが終るか終らぬうちに、魏絳があらわれ、取次ぎのものに遺書を託して、その場で自殺をはかった。幸いかれはすぐに止められたが、遺書には、司馬(軍事最高官)としての責任から、楊干に失礼をおかした詫びが、こまごまと書かれていた。それを読んだ悼公ははだしのままでとび出し、絳に自分の不明を詫びて、「新軍」の副将にさせた。

十一年。悼公曰。自吾用魏絳。九合諸侯。和戎翟。魏子之力也。賜之樂。三讓乃受之。冬。秦取我櫟。十四年。晉使六卿率諸侯伐秦。度涇。大敗秦軍。至棫林而去。十五年。悼公問治國於師曠。師曠曰。惟仁義爲本。冬。悼公卒。子平公彪立。

十一年、悼《とう》公曰く、「吾《われ》、魏絳《ぎこう》を用いてより、諸侯を九合し、戎翟《じゆうてき》と和す。魏子の力なり」と。これに楽《がく》を賜う。三たび譲りて乃ちこれを受く。冬、秦、我が櫟《れき》を取る。十四年、晋は六卿《りくけい》をして諸侯を率《ひき》いて秦を伐たしむ。涇《けい》を度《わた》りて、大いに秦軍を敗り、棫林《よくりん》に至りて去る。十五年、悼公、国を治むることを師曠《しこう》に問う。師曠曰く、「惟《た》だ仁義を本と為《な》す」と。冬、悼公卒《しゆつ》す、子の平公彪《ひよう》、立つ。

十一年（BC五六二）、悼公がいった、「わしが魏絳を任用して以来、諸侯に号令して九回も会集させ、異民族と親交した。これらは魏子のおかげだ。」魏絳に楽《がく》師を下賜した。三たび辞退ののち、魏絳はやっとお受けした。

「諸侯を九合した」ことについては、後漢・服虔《ふくけん》の注に、悼公が諸侯を九回召集したそれぞれの時と場所を挙げている（「史記集解」）。また巻四十四「魏世家」の悼公のことばに、「吾、魏絳を用いてより八年の中に諸侯を九合す」とあるのも、九を実際に召集した回数と見る可能性をしめしている。しかし、同じことは斉の桓公の事績にもみられる（巻三十二「斉太公世家」および『論語』憲問篇——角川ソフィア文庫版『論語』下冊二〇四ページ参照）。古人もいうように、「九」は単に回数の多いことをしめすもの、それに「九」は同音の「糾」にもつくる。要するに、諸侯の覇者たる権力をもつことをいう。「翟」は「狄」に同じ。晋と領土を接する西北異民族の総称であろう。

さらに、魏絳が楽師を下賜された詳しいいきさつも、『左伝』（襄公十一年）にみえる。この年の十二月、鄭は晋の国へおびただしい戦車と、ほかに三人の楽師につけて十六人の舞姫と楽器の類をおくった。そこで悼公は、舞姫と楽器の半分を魏絳にあたえて、労をねぎらったのである。だが、このことには若干の意味がある。悼公はいった、「八年のあいだに諸侯を九合したことは、音楽が調和するように、しっくりしてこころよい。どうかそなたとともに楽しませてもらおう。」

その冬、秦はわが晋の櫟《れき》（河南省禹県）を占拠した。

十四年、晋は六卿、つまり六人の大臣（同時に六軍の各指揮者）に、諸侯をひきいさせて秦を攻撃した。涇水《けいすい》をわたり、秦軍を大いに撃破し、棫林《よくりん》（現在地不明）まで進撃して、ひきあげた。

十五年、悼公は政治のやりかたについて師曠《しこう》にたずねた。師曠がいった、「ただ仁義が根本です。」「師曠」は宮廷雅楽部の長官である子野のこと（『左伝』襄公十四年）。「仁義」とは要するに真の愛情と正しさをいう。

その冬、悼公が亡くなり、むすこの平公・彪《ひょう》が立った。

平公元年。伐齊。齊靈公與戰靡下。齊師敗走。晏嬰曰。君亦毋勇。何不止戰。遂去。晉追。遂圍臨菑。盡焼屠其郭中。東至膠。南至沂。齊皆城守。晉乃引兵歸。

平公の元年、斉を伐つ。斉の霊公、与《とも》に靡《び》の下《もと》に戦う。斉の師、敗走す。晏嬰《あんえい》曰く、「君も亦た勇なし。何ぞ止《とど》まりて戦わざる」と。遂《つい》に去る。晋、追い、遂《つい》に臨菑《りんし》を囲み、尽《ことごと》く其の郭《かく》中を焼き屠《ほふ》り、東のかた膠《こう》に至り、南のかた沂《き》に至る。斉、皆城守す。晋、乃ち兵を引きて帰る。

平公の元年（BC五五七）、斉を討伐した。斉の霊公は、靡山《びざん》（山東省長清の西南にある靡笄山《びけいざん》）のふもとで交戦し、斉の軍隊は敗走した。宰相の晏嬰《あんえい》が、「殿も勇気のないことですね。なぜ止《とど》まって戦わないのです」といったが、そのままひきあげた。晋は追撃して首都の臨菑《りんし》（山東省臨菑）を包囲し、城郭内の人家や人間をすっかり焼きはらい、東方は膠水《こうすい》、南方は沂水《きすい》まで進出した。斉の城《まち》はすべて籠城状態に入ったので、晋は軍隊をひきあげて帰った。

六年。魯襄公朝晉。晉欒逞有罪。奔齊。八年。齊莊公微遣欒逞於曲沃。以兵隨之。齊兵上太行。欒逞從曲沃中反。襲入絳。絳不戒。平公欲自殺。范獻子止公。以其徒擊逞。逞敗走曲沃。曲沃攻逞。逞死。遂滅欒氏宗。逞者。欒書孫也。其入絳。與魏氏謀。齊莊公聞逞敗。乃還取晉之朝歌去。以報臨菑之役也。

六年、魯《ろ》の襄公《じょうこう》、晋に朝《ちょう》す。晋の欒逞《らんてい》、罪ありて、斉に奔《はし》る。八年、斉の荘公、微《ひそ》かに欒逞を曲沃《きょくよく》に遣《つか》わし、兵を以てこれに随《したが》わしむ。斉の兵、太行《たいこう》に上《のぼ》る。欒《らん》逞《てい》、曲沃《きょくよく》の中より反《そむ》き、襲《おそ》って絳《こう》に入る。絳、戒《いまし》めず。平公、自殺せんと欲す。范献子《はんけんし》、公を止《とど》む。其の徒を以て逞《てい》を撃つ。逞、敗れて曲沃に走《に》ぐ。曲沃、逞を攻む。逞、死す。遂に欒《らん》氏の宗《そう》を滅ぼす。逞なる者は、欒書《らんしょ》の孫なり。其の絳に入るや、魏《ぎ》氏と謀る。斉の荘公、逞の敗れしを聞き、乃ち還《かえ》りて晋の朝歌《ちょうか》を取りて去る。以て臨菑《りんし》の役《えき》に報ゆるなり。

平公の六年（BC五五二）、魯《ろ》の襄公が晋に入朝した。ここの「朝」とは、諸侯がその支配権を握る諸侯のもとに敬意を表するために謁見すること。

晋の欒逞《らんてい》が罪に問われて、斉に亡命した。巻三十二「斉太公世家」や『左伝』（襄公二十一年）では欒盈《らんえい》につくっている。ここで「逞」につくるのは、漢の恵帝《けいてい》の名を避けたという。欒逞は決して罪を犯したわけではなかった。ある不貞の女に叛逆を計画していると誣告《ぶこく》され、はじめは楚、ついで斉に亡命した。この時、斉の荘公は晏嬰や田文子の忠告をきかずに、かれを優遇した。それには下心があったのである。

八年、斉の荘公はこっそり欒逞《らんてい》をかれの旧領である曲沃に派遣し、軍隊についてゆかせた。斉の軍隊は太行山にのぼり、欒逞は曲沃からクーデターを起こし、首都の絳《こう》を襲撃して侵入した。絳では警備体制ができておらず、平公は自殺しようとした。范《はん》献子《けんし》が平公をとめ、部下をつれて欒逞を攻撃した。欒逞は敗北して、曲沃に逃げた。曲沃がわは逞を攻撃したので、逞は死んだ。欒氏の一族はこうして滅亡した。逞というのは、欒書の孫である。かれが絳に侵入したとき、魏氏に相談をもちかけた。

斉の荘公は、欒逞の敗北を聞くと、方向転換して晋領の朝歌（河南省淇《き》県の北方）を占拠してひきあげた。臨菑《りんし》戦役の敗北に報復したわけである。

十年。齊崔杼弑其君莊公。晉因齊亂伐。敗齊於高唐去。報太行之役也。

十年、斉の崔杼《さいじょ》、其の君荘公を弑《しい》す。晋、斉の乱《みだ》れしに因《よ》りて伐ち、斉を高唐《こうとう》に敗りて去る。太行《たいこう》の役《えき》に報ゆるなり。

平公の十年（ＢＣ五四八）、斉の崔杼《さいじょ》が主君の荘公を殺害した。晋は斉の内乱に乗じて攻撃し、斉を高唐（山東省高唐）で撃破してひきあげた。太行戦役の敗北に報復したわけである。

「崔杼の弑逆事件」は、やはり春秋期における重大事件の一つであって、「斉太公世家」に詳しく叙べられている——荘公六年のことである。かつて棠公《とうこう》の妻は美人で、棠公が死んで崔杼が妻に迎えた。荘公はかの女と姦通し、たびたび崔家に通《かよ》った。（あるとき荘公は）崔杼の冠を人に下賜し、おつきのものは「まずいですね」といった。（はたして）崔杼は怒り、斉が晋を討伐した機会に、晋と示しあわせて斉を襲おうとしたが、すきがない。荘公はかつて茶坊主の賈挙《かきょ》を鞭うったことがある。ふたたびお側に仕えていたこの賈挙が、崔杼のために荘公のすきをねらって、怨みを晴らそうとしていた。さて五月、莒《きょ》の殿が斉に入朝した。斉では武装兵のとりかこむなかで饗応した。崔杼は仮病《けびょう》をつかって政務をとらない。乙亥の日、荘公は崔杼の病気見舞にたずね、崔杼の妻のところへゆこうとした。崔杼の妻は部屋に入り、崔杼とともに戸をしめて出て来ない。荘公は柱をかかえて歌をうたった。茶坊主の賈挙《かきょ》は、荘公の従者たちをおしとどめて中にはいり、入口を閉ざした。崔杼の部下が武器を手にして中から行動をおこす。荘公は物見台に登って、命乞いをしたが、許さない。誓約するから許してくれといったが、許さない。先祖のみたまやで自殺させてくれといったが、許さない。そのいずれの場合にも、「殿の家臣であるこの崔杼は、病気中ゆえ仰せに従えませぬ」とのあいさつである。荘公の御殿に近いところなので、重臣たちがわれ先にかけつけたが、「不義を犯したものがおる」というだけで、ほかの命令には耳をかさない。荘公は塀をのり越えた。矢が公の股に命中し、もんどりうって落ち、そこで殺されてしまった。

十四年。呉延陵季子來使。與趙文子・韓宣子・魏獻子語。曰。晉國之政。卒歸此三家矣。十九年。齊使晏嬰如晉。與叔嚮語。叔嚮曰。晉季世也。公厚賦爲臺池。而不恤政。政在私門。其可久乎。晏子然之。

十四年、呉《ご》の延陵《えんりょう》の季子《きし》、来たり使いす。趙文子・韓宣子・魏献子と語る。曰く、「晋国の政、卒《つい》に此の三家に帰《き》せん」と。十九年、斉、晏嬰《あんえい》をして晋に如《ゆ》かしむ。叔嚮《しゅくきょう》と語る。叔嚮曰く、「晋は季世《きせい》なり。公は賦《ふ》を厚くして台池を為《つく》り、而も政を恤《うれ》えず。政は私門に在り。其れ久しかるべけんや」と。晏子《あんし》、これを然《しか》りとす。

平公の十四年（BC五四四）、呉《ご》の延陵《えんりょう》（江蘇省武進）の領主季子《きし》（王族の季札《きさつ》）が使節として晋にやって来て、趙文子つまり趙武、韓宣子つまり韓厥、魏献子つまり魏《ぎ》荼《と》と会談した。かれはいった、「晋の政権はいずれこれら三家の手におちるだろう。」

季札のことばは、会談後か帰国後かの発言であろう。おそらく、趙・韓・魏の三人のおごり乃至横暴さが、すでに眼にあまる段階にあったのだろう。この予言はやがて実現をみる。なお、「魏献子」については魏絳の子の舒とする説もある（『国語』周語、韋昭の注）。

十九年、斉は晏嬰《あんえい》を晋にゆかせて、叔嚮《しゆくきよう》と会談させた。叔嚮がいった、「晋は末世の状態です。殿は重税を徴収して、眺望台やら池をつくり、しかも政治のことは心配しません。政治は私門の手にまかせきり、これじゃ長もちしますまい。」晏子はそのとおりだとおもった。

「趙世家」によると、実は晏嬰が自国の情勢について、「わが斉の政権はいずれ田氏のものになりましょう」（この予言もやがて実現する）といったのに対し、叔向（嚮・向は通用）もつぎの如くいったのである、「晋国の政権は、六卿のものになりかけています。六卿がおごっておりますのに、わが殿は気にかけておりません。」なお、「晏子」の「子」は男子の美称。

二十二年。伐燕。二十六年。平公卒。子昭公夷立。昭公六年卒。六卿彊。公室卑。子頃公去疾立。頃公六年。周景王崩。王子争立。晉六卿平王室亂。立敬王。

二十二年、燕《えん》を伐つ。二十六年、平公卒《しゅっ》す。子の昭公夷《い》、立つ。昭公、六年にして卒す。六卿《りくけい》、強く、公室、卑《ひく》し。子の頃《けい》公去疾《きょしつ》、立つ。頃公の六年、周の景王、崩《ほう》ず。王子、立つを争う。晋の六卿、王室の乱を平らげて、敬王を立つ。

平公の二十二年（ＢＣ五三六）燕を討伐した。「燕」は周が召公奭《せき》を封じた小国、河北省大興を中心とする。

二十六年、平公が亡くなり、子の昭公、夷が立った。昭公は在位六年で亡くなった。六卿の勢力は強く、晋の王室の権威はすでに失墜している。子の頃《けい》公、去疾《きょしつ》が立った。頃公の六年（ＢＣ五二〇）、東周第十二代の天子景《けい》王が亡くなり、王子らは即位をめぐって争った。晋の六卿が周王室の内紛を平定して、敬王を擁立した。「敬王」は在位四十四年間（ＢＣ五一九―四七六）。

九年。魯季氏逐其君昭公。昭公居乾侯。十一年。衛・宋使使請晉納魯君。季平子私賂范獻子。獻子受之。乃謂晉君曰。季子無罪。不果入魯君。

九年、魯《ろ》の季《き》氏、其の君昭公を逐《お》う。昭公、乾侯《けんこう》に居《お》る。十一年、衛《えい》・宋《そう》、使をして晋に請うて魯の君を納れしめんとす。季平子《きへいし》、私《ひそ》かに范献子《はんけんし》に賂《まいない》す。献子これを受け、乃ち晋の君に謂《い》いて曰《い》く、「季子、罪なし」と。魯の君を入るるを果さず。

頃公の九年（BC五一七）、魯《ろ》の国の季子《きし》が、主君である昭公を追放した。この事件は巻三十三「魯周公世家」に詳しい。「季子」は季平子。事件は季平子と郈昭伯《こうしょうはく》の闘雞のもつれに端を発し、郈昭伯の一方的な訴えをきいた昭公、この精神年齢の低い暗愚の殿は季平子に討手をかけた。すると、有力な王族である叔孫・孟孫の二氏が、季平子を助けて昭公をおそい、国外に追放した。昭公ははじめ斉に亡命し、景公の掩護のもとに本国に復帰しようとした。しかし、景公が急に手を引いたので、あらためて晋に亡命し、その掩護を期待したのである。

魯の昭公は乾侯《けんこう》（河北省南境の成安附近）にいた。このことについては、「魯世家」（昭公二十五年の条）に一つのエピソードをかかげている——その春、鸜鵒《くよく》（中国には元来いない珍鳥）がやって来て巣をつくった。師己《しき》がいった、「かって文公・成公さまの御代に、こういう童謡があった、『鸜鵒が来て巣ごもれば、殿さまは乾侯ずまい。鸜鵒がお国に入ってすめば、殿さまは外野《とつくに》ずまい』」と。この場合も童謡の予言が実現したわけである。

十一年、衛・宋二国が使節をよこして、魯《ろ》のきみ昭公を本国入りさせるよう晋に要請した。季平子はこっそり六卿のひとり范献子に賄賂をおくり、それを受けとった献子は、晋の君に「季子には罪がありません」といった。魯の君の本国入りは結局不成功におわった。

この一条については、「魯世家」の記事はやや違っている。季平子は最初から晋の六卿たちと友好を結んでおり、それで賄賂をおくって昭公の帰国を阻止した。しかし、昭公の三十年（BC五一二）、晋が昭公を復帰させようとして、季平子を召喚すると、季平子は六卿を通じて謝罪し、「晋が昭公を帰国させるつもりでも、魯の家臣たちは承知しますまい」といわせた。そのために沙汰やみとなり、結局、翌年昭公は乾侯で死んだ。

十二年。晉之宗家祁傒孫・叔嚮子。相惡於君。六卿欲弱公室。乃遂以法盡滅其族。而分其邑爲十縣。各令其子爲大夫。晉益弱。六卿皆大。

十二年、晋の宗《そう》家祁《き》傒《けい》の孫と叔嚮《しゅくきょう》の子、君に相悪《あいわる》し。六卿《りくけい》、公室を弱めんと欲し、乃ち遂に法を以て尽《ことごと》く其の族を滅ぼし、其の邑《ゆう》を分かちて十県と為《な》し、各《おの》おの其の子をして大夫《たいふ》たらしむ。晋益《ます》ます弱く、六卿《りくけい》、皆大なり。

頃公の十二年（BC五一四）、晋の本家すじにあたる祁《き》傒《けい》の孫の祁《き》盈《えい》と、叔嚮《しゅくきょう》の子の楊食我《ようしが》は、主君から嫌われていた。六卿たちは王室の勢力を弱めようとしていたので、法にかけてかれらの一族を皆殺しにし、かれらの領地を十県に分けて、六卿のそれぞれのむすこを大夫つまり家老の身分にとりたててあたえた。晋王室はますます弱体化し、六卿はいずれも盛大になった。「祁傒の孫・叔嚮の子」は、巻四十四「魏世家」によると、祁氏と羊舌氏になっている。

十四年。頃公卒。子定公午立。定公十一年。魯陽虎奔晉。趙鞅簡子舍之。十二年。孔子相魯。十五年。趙鞅使邯鄲大夫午。不信。欲殺午。午與中行寅・范吉射親。攻趙鞅。鞅走保晉陽。定公圍晉陽。荀櫟・韓不信・魏侈。與范・中行爲仇。乃移兵伐范・中行。范・中行反。晉君擊之。敗范・中行。范・中行走朝歌保之。韓・魏爲趙鞅謝晉君。晉君乃赦趙鞅。復位。

十四年、頃《けい》公卒《しゅっ》し、子の定公午《ていこうご》、立つ。定公の十一年、魯《ろ》の陽虎《ようこ》、晋に奔《はし》る。趙《ちょう》鞅簡子《おうかんし》、これを舎《やど》す。十二年、孔子、魯《ろ》に相《しょう》たり。十五年、趙鞅《ちょうおう》、邯鄲《かんたん》の大夫午《ご》を使わす。信あらず。午を殺さんと欲す。午《ご》は中行寅《ちゅうこういん》・范吉射《はんきつしゃ》と親しく、趙鞅を攻む。鞅、走《のが》れて晋陽《しんよう》を保つ。定公、晋陽を囲む。荀櫟《じゅんれき》・韓不信《かんふしん》・魏侈《ぎし》、范・中行と仇たり。乃ち兵を移して范・中行を伐つ。范・中行、反《そむ》く。晋の君これを撃ち、范・中行を敗る。范・中行、朝歌に走《のが》れてこれを保つ。韓・魏、趙鞅の為《ため》に晋の君に謝す。晋の君、乃ち趙鞅を赦《ゆる》し、位《くらい》に復せしむ。

頃公の十四年（BC五一二）、頃公が亡くなり、子の定公、午《ご》が立った。

定公の十一年（BC五〇一）、魯《ろ》の陽虎《ようこ》が晋に亡命し、趙武の孫である趙鞅《おう》――おくり名は簡子――が家に泊めてやった。「魯世家」によると、陽虎は魯の国の実権をにぎる三桓（孟孫・叔孫・季孫の三王族）の嫡子を殺して、じぶんと懇意の庶子を立てようとした。そのために攻撃をうけて、はじめは斉、ついで晋に亡命した。なお、陽虎は陽貨ともいう。謀叛をたくらむまえに、孔子をなかまに引きいれる魂胆から、面会を申しいれたが拒まれ、やっと道で出会って仕官をくどくエピソードは、『論語』陽貨篇にみえる（角川ソフィア文庫版『論語』下冊三一三ページ参照）。

十二年、孔子が魯の国の大臣になった。巻四十七「孔子世家」によれば、中都（山東省汶上）の宰《さい》になったのである。時に五十一歳。一年後には周囲の諸侯がみな孔子を模範とし、やがて中都の宰より司空となり、さらに大司寇に昇進する。

十五年、趙鞅《ちょうおう》は邯鄲《かんたん》（河北省邯鄲）の領主で家老級の午《ご》をある任務につかせたところ、背信行為をやったので午を殺そうとした。

この事件については、『左伝』（定公十三年）にやや詳しく語られている。――趙鞅はかつて衛を包囲したとき、衛より貢ぎ物として五百家の人民をおくられ、かれらを邯鄲におちつかせた。それを午に命じて自分の領地である晋陽（山西省太原）に移そうとしたのである。午はひきうけて邯鄲に帰ったが、邯鄲の長老たちの反対にあい、はからずも趙鞅の命令にそむく結果となった。かれはのちに晋陽に幽閉されて殺される。

午は中行寅《いん》つまり荀寅《じゅんいん》や范吉射《はんきつしゃ》と親しいので、趙鞅を攻撃した。「中行寅」は中行偃《えん》の孫、おくりなは文子、「范吉射」は范献子の子で、おくりなは昭子、ともに六卿のひとりである。かれらが午《ご》を掩護して趙鞅を討ったことはいうまでもない。なお「親しい」関係については、午が荀寅の甥、荀寅と范吉射は姻戚関係にあったといわれている（「趙世家」集解）。

趙鞅《ちょうおう》は逃走して、所領の晋陽の城《まち》にたてこもった。定公は晋陽を包囲した。荀櫟《じゅんれき》・

韓不《かんふ》信《しん》・魏侈《ぎし》は范・中行の二氏と仇敵のなかである。ここに軍を移動させて范・中行の二氏を攻撃した。「韓不信」は「趙世家」では韓不佞《ねい》につくる、おくりなは簡子。「魏侈」のおくりなは襄子。

范・中行二氏が叛逆した。晋の君はこれを攻撃して、范・中行二氏を敗北させた。范・中行二氏は朝歌に逃げてたてこもった。韓・魏二氏は、趙鞅のために晋の君に詫びをいれてやった。そこで晋の君は趙鞅をゆるして、元の地位に復帰させた。

二十二年。晉敗范・中行氏。二子奔齊。三十年。定公與呉王夫差會黄池爭長。趙鞅時從。卒長呉。三十一年。齊田常弑其君簡公。而立簡公弟驁爲平公。三十三年。孔子卒。三十七年。定公卒。子出公鑿立。

二十二年、晋、范・中行氏を敗る。二子、斉に奔《はし》る。三十年、定公、呉《ご》王夫差《ふさ》と黄池《こうち》に会して、長を争う。趙鞅《ちょうおう》、時に従う。卒《つい》に呉に長たり。三十一年、斉の田《でん》常《じょう》、其の君簡《かん》公を弑《しい》して、簡公の弟驁《ごう》を立てて平公と為《な》す。三十三年、孔子卒《しゅっ》す。三十七年、定公卒《しゅっ》し、子の出《しゅっ》公鑿《さく》、立つ。

定公の二十二年（BC四九〇）、晋は范・中行の二氏を撃破し、二人は斉に亡命した。

三十年、定公は呉王の夫差《ふさ》と黄池《こうち》（河南省封丘の南）で会合し、盟主の地位を争奪した。趙鞅はそのときお供をしており、結局、呉に優先することができた。

巻三十一「呉太伯世家」によれば、黄池の会盟は七月辛丑の日で、むろん、諸侯たちを召集してのことである。このとき呉王は「周の王室にあっては、当方は兄分の家柄だ」といい、定公は定公で、「周王と同姓の姫姓のうちでは、こちらは伯爵だ」と答えた。業《ごう》を煮やした趙鞅が呉を討伐しようといきまいたので、晋の定公の盟主が実現した。呉はその前月に越王句践のために敗戦の苦杯をなめていたからである。

三十一年（BC四八一）、斉の田常《でんじょう》が主君の簡公を殺害して、簡公の弟にあたる驁《ごう》を擁立し、平公といった。

三十三年、孔子が亡くなった。

三十七年、定公が亡くなり、子の出公、鑿《さく》が立った。

出公十七年。知伯與趙・韓・魏共分范・中行地以爲邑。出公怒告齊・魯。欲以伐四卿。四卿恐。遂反攻出公。出公奔齊。道死。故知伯乃立昭公曾孫驕爲晉君。是爲哀公。

出《しゅっ》公の十七年、知伯《ちはく》、趙・韓・魏と共に、范・中行の地を分かち、以て邑《ゆう》と為《な》す。出公、怒りて斉・魯に告げ、以て四卿を伐たんと欲す。四卿、恐る。遂《つい》に反《そむ》き、出公を攻む。出公、斉に奔《はし》る。道に死す。故に、知伯、乃ち昭公の曽孫驕《きょう》を立てて、晋の君と為《な》す。是《こ》れ哀公たり。

出公の十七年（BC四五八）、知伯《ちはく》つまり荀櫟《じゅんれき》（本冊「刺客列伝」四五六ページ参照）は、趙・韓・魏の三氏と、范・中行二氏の旧領を分けて、自分たちの領地にした。立腹した出公は、斉・魯の二国にうったえ、四卿を攻撃しようとした。四卿はこわくなり、叛旗をひるがえして出公を攻撃した。出公は斉に亡命しようとして、道中で死んだ。そのため、知伯は昭公の曽孫にあたる驕《きょう》を晋の君主に擁立した。これが哀公である。

哀公大父雍。晉昭公少子也。號爲戴子。戴子生忌。忌善知伯。蚤死。故知伯欲盡幷晉。未敢。乃立忌子驕爲君。

哀公の大父《たいふ》雍《よう》は、晋の昭公の少子なり。号して戴子《だいし》と為《な》す。戴子、忌《き》を生む。忌、知伯に善し。蚤《はや》く死す。故に知伯、尽《ことごと》く晋を幷《あわ》さんと欲するも、未だ敢えてせず。

乃ち忌《き》の子驕《きょう》を立てて君と為《な》す。

哀公の祖父にあたる雍《よう》は、晋の昭公の末子で、戴子《だいし》と名のった。戴子が忌《き》を生んだ。忌は知伯と親しかったが、若死にした。だから、知伯は晋を統合する野心をもっていたが、なお行動にはよう出なかった。そこで忌の子である驕を君主に立てたのである。

當是時。晉國政皆決知伯。晉哀公不得有所制。知伯遂有范・中行地。最彊。哀公四年。趙襄子・韓康子・魏桓子共殺知伯。盡幷其地。

是《こ》の時に当り、晋国の政は、皆知伯《ちはく》に決し、晋の哀公、制する所あるを得ず。知伯、遂に范・中行の地を有《たも》ち、最も強し。哀公の四年、趙襄子・韓康子・魏桓子、共に知伯を殺し、尽《ことごと》く其の地を幷《あわ》す。

このころには、晋の政治はすべて知伯が決定権を握っており、晋の哀公には政権をおさえるだけの力がない。知伯は范・中行二氏の旧領をも領有して、もっとも強大であった。

哀公の四年（BC四五三）、趙襄子つまり趙無恤《ぶじゅつ》（趙鞅の子）・韓康子つまり韓虎

（韓不信の孫）・魏桓子つまり魏駒《ぎく》（魏侈の孫）が共謀して知伯を殺し、その旧領をすっかり併有した。

十八年。哀公卒。子幽公柳立。幽公之時。晉畏。反朝韓・趙・魏之君。獨有絳・曲沃。餘皆入三晉。十五年。魏文侯初立。十八年。幽公淫婦人。夜竊出邑中。盜殺幽公。魏文侯以兵誅晉亂。立幽公子止。是爲烈公。

十八年、哀公卒《しゅっ》す。子の幽《ゆう》公柳《りゅう》、立つ。幽公の時、晋、畏《おそ》る。反《かえ》って韓・趙・魏の君に朝《ちょう》す。独り絳《こう》と曲沃《きょくよく》をのみ有《たも》ち、余は皆三晋に入る。十五年、魏の文侯、初めて立つ。十八年、幽公、婦人に淫《いん》し、夜、竊《ひそ》かに邑《ゆう》中より出《い》ず。盗、幽公を殺す。魏の文侯、兵を以て晋の乱を誅《ちゅう》し、幽公の子止《し》を立つ。是れ烈《れつ》公たり。

哀公の十八年（BC四三九）、哀公が亡くなった。子の幽《ゆう》公、柳が立った。幽公のとき、晋はいじけてしまい、かつては臣下であった韓・趙・魏の三君にかえって敬意を表した。「畏」は畏縮することだろう。ただの一語であるが、巧みな表現である。幽公はただ絳と曲沃だけを領有し、他はすべて三晋、つまり韓・趙・魏の領土に入った。晋はここに至って、実質的には滅亡したわけである。

幽公の十五年（BC四二三）、魏の文侯がはじめて即位した。
十八年（BC四二〇）、幽公は人妻との奸淫にふけり、夜中ひそかに領内に外出した。盗賊が幽公を殺した。魏の文侯が軍隊をつれて、晋の内紛を平定して、幽公の子である止《し》を擁立した。これが烈《れつ》公である。

烈公十九年。周威烈王賜趙・韓・魏。皆命爲諸侯。二十七年。烈公卒。子孝公頎立。孝公九年。魏武侯初立。襲邯鄲。不勝而去。十七年。孝公卒。子靜公俱酒立。是歳。齊威王元年也。靜公二年。魏武侯・韓哀侯・趙敬侯。滅晉後而三分其地。靜公遷爲家人。晉絶不祀。

烈《れつ》公の十九年、周の威烈《いれつ》王、趙・韓・魏に賜いて、皆命じて諸侯と為《な》す。二十七年、烈公卒《しゅつ》す。子の孝公頎《こうき》、立つ。孝公の九年、魏の武侯、初めて立ち、邯鄲《かんたん》を襲《おそ》うも、勝たずして去る。十七年、孝公卒し、子の静公俱酒《ぐしゅ》、立つ。是《こ》の歳、斉の威《い》王の元年なり。静公の二年、魏の武侯・韓の哀侯・趙の敬侯、晋の後《のち》を滅ぼして、其の地を三分す。静公、遷《うつ》りて家人《かじん》と為《な》り、晋絶えて、祀《まつ》らず。

烈公の十九年（BC四〇一）、東周第十七代の天子威烈《いれつ》王（在位BC四二五—四〇二）

が、趙・韓・魏の三氏に爵位を賜わり、いずれをも諸侯にとりたてた。

二十七年、烈公が亡くなり、子の孝公頎《き》が立った。孝公の九年（BC三八四）、魏の武侯がはじめて立った。趙の首都である邯鄲を襲撃したが、戦果を収めずひきあげた。

十七年、孝公が亡くなり、子の静公の倶酒《ぐしゅ》が立った。この年は斉《せい》の威《い》王の元年にあたる。

静公の二年（BC三七六）、魏の武侯・韓の哀侯・趙の敬侯が、晋の子孫を滅ぼして、その旧領土を三分した。静公は平民の身分におち、晋の祭祀は断絶して国家は亡んでしまった。

太史公曰。晉文公古所謂明君也。亡居外十九年。至困約。及即位而行賞。尙忘介子推。況驕主乎。靈公既弒。其後成・景致嚴。至厲大刻。大夫懼誅禍作。悼公以後日衰。六卿專權。故君道之御其臣下。固不易哉。

太史《たいし》公《こう》曰く、晋の文公は、古《いにしえ》の所謂《いわゆる》明君なり。亡《のが》れて外に居ること十九年、至って困約し、位《くらい》に即《つ》きて賞を行うに及んでは、尚《な》お介子《かいし》推《すい》を忘る。況《いわ》んや驕主《きょうしゅ》をや。霊公、既に弑《しい》せられ、其の後、成・景は厳《げん》を致《いた》し、厲《れい》に至りては大いに刻《こく》なり。

大夫、誅《ちゅう》を懼《おそ》れて、禍《わざわい》作《おこ》る。悼《とう》公以後は日びに衰え、六卿《りく》、権を専《もっぱ》らにす。故に君道の其の臣下を御《ぎょ》する、固《もと》より易《やす》からざる哉《かな》。

太史公のことば――

晋の文公は古人がいう「明君」である。その明君である文公でさえ、国外に亡命すること十九年、困窮生活をさんざんなめ、さて即位して論功行賞をおこなう段になると、介子推《かいしすい》のことを忘れてしまった。まして、おごり高ぶった君主の場合ならば。霊公が弑逆に遭うたあと、成公・景公の二君は、苛酷な政治をやり、厲公となると残酷をきわめ、家老たちは処刑をおそれて、禍難が発生した。悼公よりのちは日ごとに衰微し、六卿が政権を独擅した。だから、臣下を統御する君主のやりかたは、むろんなま易しいものではないのだ。

管晏列伝

春秋時代の二人の名宰相、管仲《かんちゅう》と晏嬰《あんえい》の伝記である。二人が生きた時代は異なるが、それぞれ斉《せい》国の宰相として政治的手腕をふるった。しかし司馬遷は、かれらの政治的主張および政治的行動についての叙述を、斉国の通史である「斉太公世家」（巻三十二）その他にゆずり、この「管晏列伝」（巻六十二）ではかれらの人間としての側面に光りをあてて、二三のエピソードを通じてこれを浮き彫りにする。

管《かん》・晏《あん》両人はともに名政治家であったが、その性格はきわめて対照的である。一方は智恵者、他方は人格者、一方は浪費家、他方は倹約家、というふうに。司馬遷が、この二人の伝記を一つの列伝にまとめた意図は、その共通点とともに、相違点をもきわだたせることにあったと思われる。

管仲夷吾者。潁上人也。少時常與鮑叔牙游。鮑叔知其賢。管仲貧困。常欺鮑叔。

鮑叔終善遇之。不以爲言。

管仲《かんちゅう》、夷吾《いご》なる者は、潁上《えいじょう》の人なり。少《わか》き時、常に鮑叔牙《ほうしゅくが》と游《あそ》ぶ。鮑叔、其の賢なるを知る。管仲、貧困にして、常に鮑叔《ほうしゅく》を欺《あざむ》く。鮑叔、終《つい》に善くこれを遇《ぐう》し、以て言を為さず。

管仲《かんちゅう》、夷吾《いご》は、潁上《えいじょう》の人である。仲は字《あざな》、夷吾が名。「潁上」は今の安徽省潁上、潁水の上《ほとり》にあるところから出た地名である。

若いころ、いつも鮑叔牙《ほうしゅくが》とつきあっていた。叔牙が字《あざな》、名は叔。鮑叔は管仲がすぐれた人物であることを知っていた。管仲は貧乏で、いつも鮑叔をだましたが、鮑叔はさいごまで親しくつきあい、ぐちをいわなかった。

「史記索隠」が引く『呂氏春秋』によれば、——管仲は鮑叔とともに南陽の町で商売をしていたが、利益を分配するとき、管仲はいつも鮑叔をだまし、自分の取り分を多くした。鮑叔は、管仲に母がおり、貧乏ぐらしをしていることを知っていたので、管仲を欲ばりだとは思わなかった。

已而鮑叔事齊公子小白。管仲事公子糾。及小白立爲桓公。公子糾死。管仲囚焉。

鮑叔遂進管仲。管仲既用。任政於齊。齊桓公以覇。九合諸侯。一匡天下。管仲之謀也。

已《すで》にして、鮑叔《ほうしゅく》、斉の公子小白《しょうはく》に事《つか》え、管仲《かんちゅう》、公子糾《きゅう》に事《つか》う。小白、立ちて桓公《かんこう》と為るに及び、公子糾《きゅう》死し、管仲囚《とら》わる。鮑叔、遂に管仲を進む。管仲、既に用いられて、政に斉に任ず。斉の桓《かん》公、以て覇《は》たり。諸侯を九合し、天下を一《いっ》匡《きょう》せしは、管仲の謀《はか》りごとなり。

やがて鮑叔は、斉《せい》の国の王子である小白《しょうはく》に仕え、管仲は小白の兄にあたる王子の糾《きゅう》に仕えた。「公子」といえば太子以外の王子をいう。小白が即位して桓《かん》公とよばれるようになると、王子の糾は殺され、管仲は捕えられた。この公子擁立事件は、「斉太公世家」に詳しい（一七〇ページ参照）。

鮑叔はそこで獄中の管仲を桓公に推挙した。「斉太公世家」には、鮑叔の推薦のことばを載せている。——「王さまが斉の国だけを支配しようとなさるのなら、高傒《こうけい》（桓公派の家老）とわたくしだけで十分でしょう。だが、王さまが天下の支配者になろうというお考えなら、管夷吾でなければだめです。」

管仲は任用されると、宰相として斉の政治に専念した。斉の桓公は、かれのおかげで天下の実権者となった。「覇」とは実力、主として軍事力によって天下を支配することで、桓公は「斉桓・晋文」と併称される春秋時代の二大諸侯の一人にのしあがった。

斉がしばしば諸侯に召集をかけて同盟を結ばせ、天下を統一したのは、管仲の計略によるのである。「九合」「一匡」の語は、『論語』憲問篇の次の句にもとづく（角川ソフィア文庫版『論語』下冊二〇四、二〇七ページ参照）。

――子曰く、桓公の諸侯を九合するに、兵車を以てせざりしは、管仲の力なり。

――子曰く、管仲は桓公に相《しょう》として、諸侯に覇をとなえ、天下を一匡す。

管仲曰。吾始困時。嘗與鮑叔賈。分財利。多自與。鮑叔不以我爲貪。知我貧也。吾嘗爲鮑叔謀事而更窮困。鮑叔不以我爲愚。知時有利不利也。吾嘗三仕三見逐於君。鮑叔不以我爲不肖。知我不遭時也。吾嘗三戰三走。鮑叔不以我爲怯。知我有老母也。公子糾敗。召忽死之。吾幽囚受辱。鮑叔不以我爲無恥。知我不羞小節。而恥功名不顯于天下也。生我者父母。知我者鮑子也。

管仲《かんちゅう》曰く、「吾《われ》、始め困《くる》しみし時、嘗《かつ》て鮑叔《ほうしゅく》と賈《こ》す。財利《ざいり》を分かつに、多く自《みずか》ら与う。鮑叔、我を以て貪《むさぼ》ると為さず。我の貧しきを知ればなり。吾、嘗て鮑叔の為《ため》に事を謀《はか》りて、更に窮困す。鮑叔、我を以て愚《ぐ》と為さず。時に利不利あるを知ればなり。吾、嘗て三たび仕え、三たび君に逐《お》わる。鮑叔、我を以て不肖《ふしょう》と為さず。我の時に遭《あ》わざるを知ればなり。吾、嘗て三たび戦い、三たび走《に》ぐ。鮑叔、我を以て怯《きょう》と為さず。我に老母あるを知ればなり。公子糾《きゅう》敗れ、召忽《しょうこつ》これに死し、吾、幽囚《ゆうしゅう》せられて辱《はず》かしめを受く。鮑叔、我を以て無恥《むち》と為さず。我の小節に羞《は》じずして、功名の天下に顕《あらわ》れざることを恥ずるを知ればなり。我を生みし者は父母、我を知る者は鮑子なり」と。

管仲はいっている、「わたくしはかつて貧乏していたとき、鮑叔といっしょに商売をしたことがある。利益を分けるのに、自分の取り分を多くしたが、鮑叔はわたくしを欲ばりだとはいわなかった。わたくしの貧乏を知っていたからだ。わたくしはかつて鮑叔のために事業を計画してやり、いっそう貧乏になったことがあるが、鮑叔はわたくしをばかだとはいわなかった。時の運が向くときと向かぬときがあるのを知っていたからだ。わたくしはかつて三たび仕官し、そのつど主君に追い出されたが、鮑叔はわたくしをおろかものだとはいわなかった。わたくしがチャンスにめぐまれぬことを知っていたからだ。わたくしはかつて三たび戦《いくさ》に出て、そのつど敗走したが、鮑叔はわたくしをおくびょうものだとはいわなかった。わたくしにとし老いた母がいることを知っていたからだ。わたくしが仕えていた王子の糾《きゅう》が王子の小白に敗れ、家来の召忽《しょうこつ》は殉死したが、わたくしは投獄されてはずかしめを受けた。だが鮑叔は、わたくしを恥しらずだとはいわなかった。わたくしが小さな節操をすてることに恥じず、功名が天下に知れわたらぬことをこそ恥じる男だと知っていたからだ。わたくしを生んでくれたのは父母だが、わたくしの真の理解者は鮑君だ。」

「不肖」の「肖」は似る意、親に似ないおろかものというのが語源である。

鮑叔既進管仲。以身下之。子孫世祿於齊。有封邑者十餘世。常名大夫。天下不多管仲之賢。而多鮑叔能知人也。

鮑叔、既に管仲を進め、身を以てこれに下《くだ》る。子孫、世《よ》よ斉に禄《つか》え、封邑《ほうゆう》を有《たも》つ者《こと》、十余世、常に名大夫《たいふ》たり。天下、管仲の賢を多とせずして、鮑叔の能く人を知るを多とす。

鮑叔は管仲を推薦すると、じぶんは管仲の下位に甘んじた。その子孫は代代斉の禄《ろく》をはみ、領地をもつこと十余代、つねに名家老といわれた。天下の人びとは管仲のすぐれた能力をほめず、鮑叔の人を見抜く力をほめた。

管仲既任政相齊。以區區之齊在海濱。通貨積財。富國彊兵。與俗同好惡。故其稱曰。倉廩實而知禮節。衣食足而知榮辱。上服度則六親固。四維不張。國乃滅亡。下令如流水之原。令順民心。故論卑而易行。俗之所欲。因而予之。俗之所否。因而去之。其爲政也。善因禍而爲福。轉敗而爲功。貴輕重。愼權衡。

管仲《かんちゅう》、既に政に任じて斉に相《しょう》たり。区区《くく》たる斉の海浜に在るを以て、貨を通じ財を積み、国を富まし兵を強くし、俗と好悪《こうお》を同じうす。故に其の称《しょう》に曰く、「倉《そう》廩《りんみ》実ちて礼節を知り、衣食足りて栄辱《えいじょく》を知る。上服《じょうふく》、度《ど》あらば、則ち六親《りくしん》固し。四維《しい》張らざれば、国乃《すなわ》ち滅亡す。令《れい》を下《くだ》すこと流水の原《みなもと》の如く、民心に順《したが》わしめよ」と。故に論は卑《ひく》くして行《おこな》い易《やす》し。俗の欲する所、因りてこれを予《あた》え、俗の否《いな》む所、因りてこれを去る。其の政を為すや、善く禍に因りて福と為し、敗を転じて功と為し、軽重《けいちょう》を貴び、権衡《けんこう》を慎《つつし》む。

管仲は斉の政治を担当して宰相になると、海沿いのちっぽけな斉の国でありながら、物資を流通させ、財貨を蓄積し、国を富ませて兵力を強化し、一般人民におのれの好みをあわせた。「区区」は小さいことの形容。なお、海洋国であることは、船舶のない当時、不利な条件であった。

だから、その著書『管子』（牧民篇）にみえるかれのことばにいう、

「米倉がいっぱいであってこそ礼儀をこころえ、衣食が十分であってこそ恥を知るものだ。おかみの政治にけじめがあってこそ、一家はむつまじく、政治の支柱《ささえ》がぴんとしておらねば、国は滅んでしまう。政令は流れる水の源のように、民の心にそうて下すように。」

「服」は政治のやり方をいうが、古注では君子の召し物をさすという。「六親」は父母兄弟妻子。「四維」は四本のおおづな、国家秩序を保つための四つの精神的支柱。『管子』によれば、礼・義・廉・恥をいう。右の句は、実《じつ》と節《せつ》、足《そく》と辱《じょく》、度《ど》と固《こ》、張《ちょう》と亡《ぼう》、原《げん》と心《しん》がそれぞれ同韻の字、脚韻をふんでことばの調子をよくし、人びとの感性や記憶にうったえる政治スローガンである。

管仲は、だから政令の内容をわかりやすく、実行しやすいものにした。一般人民がのぞむものは、そのとおりあたえ、一般人民がいやがるものは、そのとおり取りのぞいてやった。かれの政治のやりかたは、たくみに禍《わざわい》から福を生みだし、失敗を転じて成功にかえ、もののバランスをたいせつにし、慎重に均衡をはかるようにした。

古注では、「軽重」を金銭または恥辱、「権衡」（元来はかり、の意）を得失と説く。しかし、もっと一般的に実際政治面でゆきすぎや足りない面がないように細かに気をく

ばること、と考えてよかろう。

桓公實怒少姫。南襲蔡。管仲因而伐楚。責包茅不入貢於周室。桓公實北征山戎。而管仲因而令燕修召公之政。於柯之會。桓公欲背曹沫之約。管仲因而信之。諸侯由是歸齊。故曰。知與之爲取。政之寶也。

桓公《かん》、実は少姫《しょうき》に怒りて、南のかた蔡《さい》を襲《おそ》いしに、管仲は因《よ》りて楚を伐《う》ち、包茅《ほうぼう》の周室に入貢《にゅうこう》せざるを責む。桓公、実は北のかた山戎《さんじゅう》を征《せい》せしに、而《しか》も管仲は因《よ》りて燕《えん》をして召公の政を修めしむ。柯《か》の会に於て、桓公、曹沫《そうかい》の約に背《そむ》かんと欲せしも、管仲は因《よ》りてこれに信あらしむ。諸侯、是《こ》れに由《よ》りて斉に帰《き》す。故に曰く、「与うるの取る為《た》るを知るは、政の宝なり」と。

桓公の夫人を少姫《しょうき》といった。蔡《さい》国の繆《ぼく》公の妹である。『左伝』（僖公三年）とそれにもとづく「斉太公世家」には、次のエピソードを載せる――桓公が夫人と船あそびをしていた時、水になれた夫人は船をゆさぶって桓公をこわがらせた。あわてた桓公は夫人を止めたが、夫人はおもしろがってやめない。腹を立てた桓公は、夫人を蔡の実家に帰らせてしまう。正式に離婚したわけではないが、それでは実家の蔡国がおさまらない。夫人を他家に嫁がせてしまった。桓公の即位後二十九年（BC六五七）のことである。翌年、斉は蔡を攻撃した。

桓公は、実はこの少姫のことに腹を立てて、南方の蔡を襲撃したのだが、管仲はそれを口実に、蔡の南隣の楚を征伐し、楚が周の王室に対し、あぶらがやを貢ぎ物としてささげないのを責めたてた。「包茅《ほうぼう》」（あぶらがや）はお祭りのときに酒をしぼるのに使用される。

「斉太公世家」には、この侵略に対する楚の成王の非難に、管仲がこたえたことばを載せている――「昔、周の召公（周の始祖文王の子、死後のおくり名を康という）は、わが斉の始祖太公に命じて『天下の諸侯は汝これを征服し、周の王室を輔佐せよ』といわれ、ご先祖さまに履《くつ》をたまわった。……しかるに楚の貢ぎ物である包茅《あぶらがや》が送られて来ず、王家の祭事の品がととのわぬ。そこで責めたてにやって来たのだ。」

桓公の二十三年（BC六六三）、北方の山戎《さんじゅう》（のちの鮮卑《せんぴ》族）が燕《えん》を攻撃し、燕は桓公に救援をもとめた。

桓公は、実は北方の山戎を征伐したのだが、管仲はそれを口実に、燕をその始祖召公奭《せき》のころの政治的地位にまで高めてやった。召公なみの政治をおこなわせるようにしたのである。山戎を追っぱらってくれた桓公に対し、燕の荘公は国境の外までかれを見送った。諸侯が天子に対してのみおこなう礼である。このように天子なみの待遇をうけた桓公は、衰微した燕の地位を高めてやったのである。しかし、それも恩を売っておけば常にその人間を掌握しておけるとの、管仲の胸三寸から出た処置である。斉国の柯《か》（山東省陽穀の東北）の町でおこなわれた斉と魯の不戦条約会議の際、桓公は魯の刺客曹沫《そうかい》との約束をほごにしようと考えたが、管仲はそのままこれを守らせた。この事件については、本冊「刺客列伝」（四四四―四四六ページ）にくわしい。諸侯は、これらのことが理由で、みな斉に帰属した。だから『管子』（牧民篇）にはいっている、「与えることが奪うことだと知るのが、政治のかなめである。」

これに似たことばは、『老子』第三十六章にもみえる、「奪い取ろうと思ったなら、必ずまず与えることだ。」

管仲富擬於公室。有三歸・反坫。齊人不以爲侈。管仲卒。齊國遵其政。常彊於諸侯。後百餘年而有晏子焉。

管仲は、富《とみ》、公室に擬《ぎ》し、三帰《さんき》・反坫《はんてん》ありしも、斉の人、以て侈《し》と為さず。管仲、卒《しゅつ》す。斉の国、其の政に遵《したが》い、常に諸侯に強し。後《のち》、百余年にして、晏子《あんし》あり。

管仲の財産は、王室のそれに比較され、三帰《さんき》・反坫《はんてん》をもっていたが、斉の人びとは、かれをぜいたくで威ばっているとは考えなかった。

「三帰」については諸説があるが、ふつうには本宅・妾宅など帰るべき三軒の家、いいかえれば三人の妻。「反坫」は座敷にしつらえられた献酬用のさかずき台。諸侯の邸にだけおくことが許されるもの。これらの語は、管仲がぜいたくで礼をわきまえぬ人物だとする孔子の批評として、『論語』八佾《はちいつ》篇にみえる（角川ソフィア文庫版『論語』上冊一二〇ページ参照）。しかし、当時の斉の人びとは、管仲には許されるべき特権として、これを認めたわけである。

管仲が死ぬと、斉の国はその政策を守り、つねに諸侯のあいだで強大であった。

それから百年あまりのちに、管仲と肩をならべる名政治家晏子《あんし》が出た。

晏平。仲。嬰者。萊之夷維人也。事齊靈公・莊公・景公。以節儉力行重於齊。既相齊。食不重肉。妾不衣帛。其在朝。君語及之。卽危言。語不及之。卽危行。國有道卽順命。無道。卽衡命。以此三世顯名於諸侯。

晏平《あんぺい》、仲《ちゅう》、嬰《えい》なる者は、萊《らい》の夷維《いい》の人なり。斉の霊公・荘公・景公に事《つか》え、節倹《せっけん》力行《りきこう》を以て斉に重んぜらる。既に相《しょう》たるや、食、肉を重《かさ》ねず、妾《しょう》、帛《きぬ》を衣《き》ず。其の朝《ちょう》に在るや、君の語これに及べば、即ち言を危《たか》くし、語これに及ばざれば、即ち命を衡《はか》る。国に道なければ、即ち命に順《したが》い、道あれば、即ち行《おこな》いを危《たか》くす。国に道あれば、即ち命に順《したが》い、道なければ、即ち命を衡《はか》る。此《こ》れを以て、三世、名を諸侯に顕《あらわ》す。

晏平《あんぺい》、実はそれは死後のおくり名で、字《あざな》が仲《ちゅう》、本名は嬰《えい》、かれは萊《らい》（山東省黄県の東南）の夷維《いい》の人である。「萊」はもと一国の名、のち斉に合併された。

斉の霊公（在位BC五八一—五五四）・荘公（BC五五三—五四八）・景公（BC五四七—四九〇）と三代に仕え、倹約をむねとして精力的に行動したことにより、斉の国に重んぜられた。

『礼記《らいき》』檀弓《だんぐう》篇には、晏平仲が一着の皮ごろもを三十年間も着ていたという話をのせ、また、時にはけちんぼうかと思わせるエピソードが他にもある。管仲のぜいたくさと対比させている点に注意されたい。

斉の大臣になってからは、食事に二種以上の肉を使わせず、側室には絹ものを着せなかった。「食不重肉」は相似た句が「伍子胥列伝」にみえる（三三五ページ参照）。

朝廷にいるとき、君主の下問があれば、答えることばにきびしく気をくばり、下問がないときは、行動にきびしく気をくばって、これを政治に反映させた。この表現は、『論語』憲問篇の「邦《くに》に道あれば言を危《たか》くし行いを危《たか》くし、邦に道なければ行いを危《たか》くし言は孫《ゆず》る」（角川ソフィア文庫版『論語』下冊一八四ページ参照）にもとづく。朱子の注によれば、「危は高峻なり。」

国に秩序があれば、おのれの使命のままに動き、秩序がなければ、おのれの使命を慎重にまさぐった。こうして君主三代にかけて、その名は諸侯に知れわたった。「道」とは道徳・真理であり、国に道徳・真理がおこなわれるとは、秩序のたもたれた状態をいう。「命」とは運命・使命。

越石父賢。在縲紲中。晏子出遭之塗。解左驂贖之。載歸。弗謝。入閨。久之越石父請絶。晏子懼然。攝衣冠謝曰。嬰雖不仁。免子於戹。何子求絶之速也。石父曰。不然。吾聞君子詘於不知己。而信於知己者。方吾在縲紲中。彼不知我也。夫子既已感寤而贖我。是知己。知己而無禮。固不如在縲紲之中。晏子於是延入爲上客。

越石父《えつせきほ》、賢なるに、縲紲《るいせつ》の中に在り。晏子《あんし》、出《い》でてこれに塗《みち》〔途〕に遭《あ》う。左《さ》驂《さん》を解きてこれを贖《あがな》い、載《の》せて帰る。謝せずして、閨《けい》に入る。これを久しくして、越石父、絶《た》たんことを請う。晏子、懼然《かくぜん》たり。衣冠《いかん》を摂《おさ》めて謝して曰く、「嬰《えい》、不仁なりと雖も、子《し》を戹《やく》〔厄〕より免《まぬが》れしむ。何ぞ子《し》の絶つを求むるの速《すみや》かなるや」と。石父曰く、「然らず。吾《われ》聞く、『君子は己《おのれ》を知らざるものに詘《くつ》〔屈〕して、己《おのれ》を知る者に信《の》〔伸〕ぶ』と。吾《われ》の縲紲《るいせつ》の中に在るに方《あた》りて、彼、我を知らざるなり。夫子《ふうし》、既《すで》に已《すで》に感寤《かんご》して我を贖《あがな》う。是《こ》れ己《おのれ》を知るなり。己《おのれ》を知りて礼なければ、固《もと》より縲紲《るいせつ》の中に在るに如かず」と。晏子《あんし》、是《ここ》に於て延《まね》き入れて上客と為す。

越石父《えつせきほ》はすぐれた人物であるが、獄屋につながれていた。「縲紲《るいせつ》」とは、囚人をしばる黒い縄をいう。

晏子は外出して、途中この場面に出くわした。三頭だての馬車の左の一頭をはずして役人にあたえ、身がらをひきとり、馬車にのせて帰った。晏子は家につくと、越石父にあいさつもせず、寝室に入った。よほど経ってから、越石父は晏子に絶交を申し入れた。晏子はおどろいて衣冠をただし、ことわっていった、「わたしは人格者とはいえぬが、きみを災難から救ってやった。どうしてきみはこんなに早く絶交を求めてくるのかね。」

石父はいった、「そうではありませぬ。『君子《くんし》はおのれを認めぬものには能力をおしころし、認めてくれるものには能力をのばすもの』ときいております。わたくしが縄めをうけていたときは、役人どもはわたくしを認めませんでした。先生はお気づきになって、わたくしを買い取ってくださった。それはわたくしを認めてくださったからです。わたくしを認めながら、それにふさわしい礼をつくしてくださらぬくらいなら、縄めをうけていたほうがましなこと、もちろんです。」

そこで晏子は石父を招き入れて、最上の賓客とした。

晏子爲齊相。出。其御之妻。從門閒而闚其夫。其夫爲相御。擁大蓋。策駟馬。意氣揚揚。甚自得也。既而歸。其妻請去。夫問其故。妻曰。晏子長不滿六尺。身相齊國。名顯諸侯。今者妾觀其出。志念深矣。常有以自下者。今子長八尺。乃爲人僕御。然子之意。自以爲足。妾是以求去也。其後夫自抑損。晏子怪而問之。御以實對。晏子薦以爲大夫。

晏子《あんし》、斉の相《しょう》と為《な》り、出《い》ず。其の御《ぎょ》の妻、門の間《かん》より其の夫を闚《うかが》う。其の夫、相《しょう》の御と為り、大蓋《たいがい》を擁《よう》し、駟馬《しば》に策《むち》うち、意気揚揚《ようよう》として、甚だ自得《じとく》す。既にして帰る。其の妻、去らんことを請《こ》う。夫、其の故を問う。妻曰く、「晏子は長《たけ》六尺に満たざるに、身は斉国に相《しょう》たり、名は諸侯に顕《あら》わる。今者《いま》、妾《しょう》、其の出《い》ずるを観るに、志念《しねん》、深し。常に以て自《みずか》ら下る者あり。今、子《し》、長《たけ》八尺なるに、乃ち人の僕御《ぼくぎょ》と為《な》る。然れども子《し》の意、自《みずか》ら以て足れりと為《な》す。妾、是《ここ》を以て去るを求めしなり」と。其の後、夫、自《みずか》ら抑損《よくそん》す。晏子、怪しみてこれを問う。御《ぎょ》、実を以て対《こた》う。晏子、薦《すす》めて以て大夫《たいふ》と為す。

斉の大臣となった晏子は、ある日外出した。かれの馭者《ぎょしゃ》の妻が、門のすきまから夫の様子をうかがい見ていた。夫は大臣の馭者として、大きな傘をかかえ、四頭だての馬車に鞭うち、意気揚揚としてとても得意そうである。

帰って来ると、妻は離婚を申し出た。夫がわけをたずねると、妻はいった、「晏子さまは、身だけ五尺にみたぬ小男なのに、その身は斉国の大臣として、名は諸侯の間に知れわたっております。さきほどあたくしは外出なさるところをながめていましたが、思慮ぶかそうなご様子。いつもなにかへり下《くだ》ったところがございます。いま、あなたはといえば、六尺ゆたかな大男のくせに、人の馭者をつとめていらっしゃる。しかも、あなたはそれで満足とお考えのようです。だからあたしは離婚いたしたいのです。」

「蓋」は馬車の傘。当時の一尺はおよそ二三センチにあたる。

その後、夫はへり下った態度をとるようになった。晏子はへんにおもってきいた。馭者は事実をありのままにこたえた。晏子は、かれを推挙して家老にしてやった。

「抑損」とは、おのれをおさえて、謙虚であろうとつとめること。

太史公曰。吾讀管氏牧民・山高・乘馬・輕重・九府。及晏子春秋。詳哉其言之也。

既見其著書。欲觀其行事。故次其傳。至其書世多有之。是以不論。論其軼事。管仲世所謂賢臣。然孔子小之。豈以爲周道衰微。桓公既賢。而不勉之至王。乃稱霸哉。語曰。將順其美。匡救其惡。故上下能相親也。豈管仲之謂乎。方晏子伏莊公尸。哭之成禮。然後去。豈所謂見義不爲無勇者邪。至其諫說犯君之顏。此所謂進思盡忠。退思補過者哉。假令晏子而在。余雖爲之執鞭。所忻慕焉。

太史《たいし》公《こう》曰く、吾《われ》、管氏《かんし》の牧民《ぼくみん》・山高・乗馬・軽重《けいちょう》・九府及び晏子春秋《あんししゅんじゅう》を読む。詳《つまびら》かなるかな、其のこれを言うや。既に其の著書を見れば、其の行事を観《み》んと欲す。故に其の伝を次《じ》す。其の書に至りては、世、多くこれあり。是《ここ》を以て論ぜず。其の軼事《いつじ》を論ず。管仲は世の所謂《いわゆる》賢臣なり。然れども孔子これを小とす。豈《あ》に周道衰微し、桓公既に賢なるに、これに勉《つと》めて王に至らしめず、乃ち覇《は》を称《とな》えしめしと以為《おも》えるか。語《ご》に曰く、「其の美を将順《しょうじゅん》し、其の悪を匡救《きょうきゅう》す、故に上下《しょうか》能《よ》く相親しむ」と。豈《あ》に管仲の謂《いい》か。晏子《あんし》、荘公の尸《し》に伏し、これを哭《こく》して礼を成し、然る後去るに方《あた》りては、豈《あ》に所謂《いわゆる》義を見て為さざるは勇なき者か。其の諫《かん》説《ぜい》して君の顔を犯すに至りては、此《こ》れ所謂《いわゆる》進んでは忠を尽くさんことを思い、退きては過《あやま》ちを補わんことを思う者か。仮令《も》し晏子にして在らば、余、これが為《ため》に鞭《むち》を執《と》ると雖も、忻慕《きんぼ》する所なり。

太史公のことば――

わたくしは管氏の著書の「牧民」・「山高」・「乗馬」・「軽重」・「九府」の諸篇、ならびに『晏子春秋』を読んだが、その議論はまことに詳細である。かれらの著書を見たからには、かれらの行為を観察したく思い、だからかれらの伝記を書いた。かれらの書物となると、世間にはたくさんある。したがってそれらは扱わず、かれらのエピソードを扱った。

管仲は世間でいう賢臣である。しかし孔子は、人物が小さいといった。

孔子は、周王朝の理想の政道が見るかげもなくなったとき、桓公がすぐれた人物でありながら、管仲はかれを王者、すなわち人格による支配者にしたてる努力をせず、かえって覇者、すなわち権力による支配者にしたてた、と考えたのであろうか。『孝経』事君章のことばに、「君主の美点はその方向を助長し、君主の過失は矯正する。かくて君民はたがいに通じあえる」というが、これは管仲のような人のことをいうのではあるまいか。

かつて荘公が大臣崔杼《さいじょ》の妻と通じて、崔杼に殺されたとき（「晋世家」二六五ページ参照）、晏子は危険をかえりみず崔杼の家にゆき、荘公の死体にうつぶせて泣き、君主の死を悼む礼をつくして、ようやくその場をたち去った。あの時のことは、いわゆる「義を見てせざるは勇なきなり」(『論語』為政篇、角川ソフィア文庫版『論語』上冊八七ページ参照)とでもいおうか。君主の顔色をうかがわずに直諫した点は、『孝経』事君章のいわゆる「積極的には忠義をつくそうと思い、消極的には君主の過失のうめあわせをしようと思った」のであろうか。

もしも晏子が今も健在なら、わたくしはかれのために馬丁となって仕えてもよい、それほど慕わしく思うのだ。

管仲の著書『管子』は全八十六篇、そのうち十篇は篇名しかのこっていない。「山高」は今の「形勢」篇、「九府」は今のテクストにない。また軽重九府を一つの篇名とする説も古くからある。『晏子春秋』は晏嬰の著書といわれるもの、ただし現存のテクストは後世の偽作といわれる。

『論語』八佾《はちいつ》篇ではまた、孔子は管仲を批評していう、「管仲の器《うつわ》は小なるかな」(角川ソフィア文庫版『論語』上冊一二〇ページ参照)。

伍子胥列伝

「伍子胥列伝」（巻六十六）は、主君に父と兄を虐殺された楚《そ》の伍員《ごうん》、子胥《ししょ》がたどった悲運の生涯をえがく。春秋中期、およそ前六世紀後半の事件である。わが身をも焼きほろぼす熱火の塊をいだき、ひたすら復仇の途を驀進《ばくしん》する伍子胥を主に、あわせて同じ運命を背負う王子の遺児白公勝《はくこうしょう》をも語る。司馬遷はここで人間における怨念をテーマにすえて、もっとも鮮明に『史記』のリアリズムを展開している。詳しくは本冊まえがきを参照されたい。

なお、伍子胥の数奇と哀怨をきわめた生涯は、古代の人たち殊に庶民の感動と同情をよんだ。すでに九・十世紀ごろ、仏教を背景として生まれた、最初の庶民を対象とする語り物――俗講に、かなり潤色をへて採り上げられた。敦煌《とんこう》石窟より発見された「伍子胥変文」がそれである。さらに十三・四世紀の演劇興隆期に、李寿卿《りじゅけい》の「伍員《ごうん》吹簫《すいしょう》」や鄭廷玉《ていていぎょく》の「漁父辞剣《ぎょふじけん》」（いまは散佚《さんいつ》）などの戯曲をも生んだ。

伍子胥者。楚人也。名員。員父曰伍奢。員兄曰伍尙。其先曰伍擧。以直諫事楚荘王。有顯。故其後世有名於楚。

伍子胥《ごししょ》なる者は、楚《そ》の人なり。名は員《うん》。員《うん》の父は伍奢《ごしゃ》と曰《い》い、員《うん》の兄は伍尚《ごしょう》と曰《い》う。其の先《せん》は伍挙《ごきょ》と曰《い》い、直諫《ちょくかん》を以て楚の荘王に事《つか》え、顕《あらわ》るるあり。故に其の後世、楚に名あり。

伍子胥《ごししょ》は、楚《そ》の国の人である。名は員《うん》。子胥とは敬意をこめたよび名であり、字《あざな》が胥。員《うん》の父は伍奢《ごしゃ》といい、員の兄を伍尚《ごしょう》という。その先祖に伍挙《ごきょ》という人がいる。楚の荘王に仕えてずけずけと諫《いさ》めたことで有名だった。だからその子孫は楚の国で評判が高かった。「後世」とは後の世代、子孫のことをいう。

巻四十「楚世家」によると、荘王は日夜淫楽にふけり、しかも「諫めるものがあれば、容赦なく殺す」という布令まで出した。そういう状況のもとでも伍挙は、隠語を用いて諫めたといわれる。

楚平王有太子。名曰建。使伍奢爲太傅。費無忌爲少傅。無忌不忠於太子建。平王使無忌爲太子取婦於秦。秦女好。無忌馳歸報平王曰。秦女絶美。王可自取。而更爲太子取婦。平王遂自取秦女。而絶愛幸之。生子軫。更爲太子取婦。

楚《そ》の平王《へいおう》、太子あり。名づけて建《けん》と曰《い》う。伍奢《ごしゃ》をして太傅《たいふ》と為し、費無忌《ひむき》をして少傅《しょうふ》たらしむ。無忌《むき》、太子建に忠ならず。平王、無忌《むき》をして太子の為《ため》に婦を秦より取《めと》らしむ。秦の女《むすめ》、好し。無忌、馳《は》せて帰り、平王に報じて曰く、「秦の女《むすめ》、絶美なり。王、自《みずか》ら取り、而《しこ》うして更に太子の為《ため》に婦を取るべし」と。平王、遂に自《みずか》ら秦の女を取る。而《しこ》うして絶《はなは》だこれを愛幸し、子軫《しん》を生む。更に太子の為に婦を取る。

楚の平王には太子があり、名を建といった。伍奢を太子づき教育がかりの長官に、費無忌《ひむき》をその次長にした。無忌は太子の建に忠実ではなかった。

平王は無忌に命じて、太子のために秦の国から嫁をとらせようとした。その秦のむすめはみめ美わしかった。無忌は大急ぎで馬を走らせて帰り、平王に報告した、「秦のむすめごは絶世の美人でございます。王さまご自身がめとられ、太子さまには別のきさきをお迎えなさるがよいとぞんじます。」

平王はそのとおり秦のむすめを自分の妻にして、このうえなくいつくしみ、男の子軫《しん》（「楚世家」では熊珍《ゆうちん》）を生んだ。そして、太子のためには別のきさきをもらってやった。「取」は娶におなじ。

無忌既以秦女自媚於平王。因去太子而事平王。恐一旦平王卒。而太子立殺己。乃因讒太子建。建母蔡女也。無寵於平王。平王稍益疏建。使建守城父。備邊兵。

無忌《むき》、既に秦の女《むすめ》を以て自《みずか》ら平王に媚《こ》び、因《よ》りて太子より去りて平王に事《つか》う。一旦平王卒《しゅっ》して、太子、立ちて己《おのれ》を殺さんことを恐る。乃ち因《よ》りて太子建を讒《そし》る。建の母は、蔡《さい》の女《むすめ》なり。平王に寵《ちょう》せらるるなし。平王、稍《よう》く益《ま》すます建を疏《うと》んず。建をして城父《じょうほ》を守りて、辺兵に備《そな》えしむ。

無忌は秦のむすめのことで平王のごきげんをとり結んだので、太子のもとを去って平王に仕えた。平王が死んだあかつきに、太子が即位して自分を殺しはせぬかと恐れ、そこで太子の建のことを平王に中傷した。

建の生みの母は蔡《さい》（河南省上蔡の西南）のむすめで、平王のおぼえはめでたくなかった。平王はますます建をうとましくおもい、城父《じょうほ》（河南省宝豊の東方）の城主として、国境に対する侵略にそなえさせた。辺境に追いやったわけである。

頃之。無忌又日夜言太子短於王曰。太子以秦女之故。不能無怨望。願王少自備也。自太子居城父。將兵。外交諸侯。且欲入爲亂矣。平王乃召其太傅伍奢考問之。伍奢知無忌讒太子於平王。因曰。王獨奈何以讒賊小臣。疏骨肉之親乎。無忌曰。王今不制。其事成矣。王且見禽。於是平王怒囚伍奢。而使城父司馬奮揚往殺太子。行未至。奮揚使人先告太子。太子急去。不然。將誅。太子建亡奔宋。

これを頃《しばら》くして、無忌《むき》、又《ま》た日夜《にちや》太子の短を王に言《つ》げて曰く、「太子、秦の女《むすめ》の故を以て、怨望《えんぼう》なき能わず。願わくは、王、少しく自《みずか》ら備《そな》えよ。太子の城父《じょうほ》に居りてより、兵を将《ひき》いて、外《そと》、諸侯と交《まじわ》る。且《まさ》に入りて乱を為さんと欲するなり」と。平王、乃ち其の太傅《たいふ》伍奢《ごしゃ》を召し、これを考問せしむ。伍奢、無忌の太子を平王に讒《そし》りたるを知り、因《よ》りて曰く、「王、独り奈何《いかん》ぞ讒賊《ざんぞく》小臣を以て、骨肉の親《しん》を疏《うと》んずるや」と。無忌曰く、「王、今制せずんば、其の事成らん。王、且《まさ》に禽《とら》〔擒〕えられんとす」と。是《ここ》に於て、平王、怒りて伍奢を囚《とら》え、城父《じょうほ》の司馬奮揚《ふんよう》をして、往《ゆ》きて太子を殺さしめんとす。行きて未だ至らず。奮揚、人をして先に太子に告げしむ。太子、急ぎ去る。然らずんば、将《まさ》に誅せられんとす。太子建、亡《のが》れて宋に奔《はし》る。

しばらくすると、無忌《むき》はまたあけくれ太子の欠点を王に言上した、「太子さまは秦のむすめごの件で、怨みをいだいておられるに違いありません。王さま、少しご用心なさいますよう。太子さまは城父《じょうほ》で暮らすようになってから、軍隊をつれて国外の諸侯と交際しておられます。お国にむけて乱をおこそうお考えでございましょう。」

そこで、平王は教育がかりの長官である伍奢を呼びよせて、拷問《ごうもん》にかけた。伍奢は、無忌が太子のことを平王に中傷したのを知り、それでいった、「王さまはどうしてつげぐちで人をおとしいれるつまらぬ家来のいうことだけを信じて、肉親をうとまれるのでしょう。」

無忌がいった、「もし王さまが今おさえておかれなければ、太子さまの計画は成功いたしましょう。王さまはやがてとりこになりますぞ。」

そこで平王は、立腹して伍奢を召し捕り、城父の守備隊長である奮揚《ふんよう》に命じて、太子を殺しにゆかせた。出発して向こうまでゆきつかぬうちに、奮揚は人をやって太子にしらせた。太子は急いでたち去った。さもなければ太子は殺されるところだった。太子の建は宋（河南省商丘を中心とする王国）に亡命した。

無忌言於平王曰。伍奢有二子。皆賢。不誅。且爲楚憂。可以其父質而召之。不然。

且爲楚患。王使使謂伍奢曰。能致汝二子則生。不能則死。伍奢曰。尙爲人仁。呼必來。員爲人剛戻忍詢。能成大事。彼見來之幷禽。其勢必不來。

無忌《むき》、平王に言《つ》げて曰く、「伍奢《ごしゃ》に二子あり。皆賢なり。誅《ちゅう》せずんば、且《まさ》に楚《そ》の憂《うれ》いと為らんとす。其の父の質《ち》たるを以てこれを召すべし。然らずんば、且《まさ》に楚の患《うれ》いと為らんとす」と。王、使をして伍奢《ごしゃ》に謂《い》わしめて曰く、「能《よ》く汝の二子を致さば、則ち生きん。能《あた》わずんば則ち死せん」と。伍奢曰く、「尚《しょう》は人となり仁にして、呼ばば必ず来たらん。員《うん》は人となり剛戻忍詢《ごうれいにんこう》なれば、能《よ》く大事を成さん。彼、来たるの幷《とも》に禽《とら》えられんことを見ば、其の勢《いきお》い、必ずや来たらざらん」と。

無忌が平王にいった、「伍奢にはむすこが二人おります。どちらもすぐれた男です。もし殺しておかなかったら、わが楚の心配のたねになりましょう。やつらの父が人質にされているぞといって、呼びだすことです。でないと、わが楚のわざわいのたねになりましょう。」

王は使者をやって伍奢にいわせた、「おまえのむすこ二人をここへ来させることができれば、おまえは生かしてやろう。それができなければ殺すぞ。」

伍奢はいった、「兄の尚はなさけ深いたちですから、呼べば必ずまいりましょう。弟の員《うん》は気がつよくてつむじまがり、恥をも忍ぶ性格ですから、大事をやりとげるかい性があります。あの子は、来ればいっしょにつかまると知ったら、まずまずまいりますまい。」

「仁《じん》」とはひろく深い愛情、儒学における最高の徳目である。「剛戻《ごうれい》」は強情、「忍《にん》詬《こう》」の詬は恥。

なおこの一段は、「楚世家」にも見えるが、細部に若干の差違がある。すなわち、伍奢のことばは——尚は無欲で、節義のためには命さえなげ出し、孝心あつくてなさけ深いたちゆえ、「でかけてゆけば父が助かる」ときいたら、きっとわが命などかえりみずにまいりましょう。胥は、頭がきれて策謀をこのみ、勇気があって功名心にとんでおります。でかけてゆけばきっと殺されるとわかっておれば、きっとまいりますまい。しかし、楚の国の心配のたねは、きっとこの子のほうでしょう。なおこの一段は、『史記』がもとづいた『左伝』（昭公二十年）には見えない。

王不聽。使人召二子。曰。來。吾生汝父。不來。今殺奢也。伍尚欲往。員曰。楚之召我兄弟。非欲以生我父也。恐有脱者後生患。故以父爲質。詐召二子。二子到。則父子倶死。何益父之死。往而令讎不得報耳。不如奔他國。借力以雪父之恥。倶滅無爲也。伍尚曰。我知往終不能全父命。然恨父召我以求生而不往。後不能雪恥。終爲天下笑耳。謂員。可去矣。汝能報殺父之讎。我將歸死。尙既就執。使者捕伍胥。伍胥貫弓執矢嚮使者。使者不敢進。伍胥遂亡。聞太子建之在宋。往從之。奢聞子胥之亡也。曰。楚國君臣且苦兵矣。伍尚至楚。楚幷殺奢與尚也。

王、聴かず。人をして二子を召さしむ。曰く、「来たらば、吾、汝《なんじ》の父を生かさん。来たらずんば、今、奢《しゃ》を殺さん」と。伍尚《ごしょう》、往《ゆ》かんと欲す。員《うん》曰く、「楚の我が兄弟を召すは、以て我が父を生かさんと欲するに非ざるなり。脱する者ありて後《のち》に患《うれ》いを生ぜんことを恐れ、故に父を以て質《ち》と為し、詐《いつわ》りて二子を召す。二子到らば、則ち父子倶《とも》に死せん。何ぞ父の死に益あらん。往《ゆ》きては讎《あだ》をして報《むく》ゆるを得ざらしめんのみ。他国に奔《はし》り、力を借りて以て父の恥を雪《すす》ぐに如《し》かず。倶《とも》に滅ぶは為すなきなり」と。伍尚《ごしょう》曰く、「我、往くも終《つい》に父の命《いのち》を全うすること能わざるを知る。然れども、父、我を召して以て生きんことを求むるに、而《しか》も往かず、後《のち》に恥を雪《すす》ぐ能わずして、終に天下の笑いと為《な》るを恨むのみ」と。員《うん》に謂う、「去るべし。汝《なんじ》、能《よ》く父を殺すの讎《あだ》に報《むく》いん。我、将《まさ》に死に帰せんとす」と。尚《しょう》、既に執《しつ》に就《つ》き、使者、伍胥《ごしょ》を捕《とら》えんとす。伍胥、弓を貫《は》り、矢を執《と》りて、使者に嚮《む》かう。使者、敢えて進まず。伍胥、遂《つい》に亡《に》ぐ。太子建の宋に在るを聞き、往きてこれに従う。奢、子胥の亡《に》ぐるを聞くや、曰く、「楚の国の君臣、且《まさ》に兵に苦しまんとす」と。伍尚、楚に至る。楚、幷《あわ》せて奢と尚とを殺す。

王はいうことをきかず、人をやってむすこ二人を呼ばせた、「でかけて来るなら、わしはおまえたちの父親を生かしてやろう。来なければ、すぐに伍奢を殺すぞ。」この「今」は「ただちに」の用法である。

伍尚がでかけようとすると、弟の員《うん》がいった、「楚王がわれわれ兄弟を呼びよせるのは、父うえを生かそうためではありません。脱出するものが出て、あとでわざわいがおこるのがこわいので、父うえを人質にとり、ふたりをだまして呼びよせるのです。ふたりがむこうへ着けば、父子《おやこ》もろとも殺されましょう。父うえの死にとってなんの役にもたたず、犬死にです。でかければ相手は仇討されずにすむだけです。ほかの国に亡命して、その力をかりて父うえの恥をすすいだほうがよろしい。いっしょに滅びるのは無策というものです。」

兄の伍尚はいった、「わしがでかけて行っても、結局父うえの命が助からぬことはわかっている。だけど、父うえがわしを呼びだして生きようとされているのに、でかけもせず、しかも、あとで恥をすすぐこともできないで、結局天下のもの笑いになる、それが無念なんだ。」

弟の員にいった、「ここからたち去れ。おまえなら父うえを殺したやつに復讐できるだろう。わしは死ににゆくぞ。」「帰」は本来あるべきところにかえること。女がとつぐのにも、人が郷里の家にかえるのにも使う。

「楚世家」には、伍尚のことばを次のように記載する。「父うえが助かると聞いてでかけないのは、不孝というもの。父うえが殺されるというのに恩がえしをしないのは、無策というものだ。よく考えて事にあたってこそ、智慧があるというもの。おまえは旅にでろ。わしは死ににゆくぞ。」

伍尚が縄めにつくと、使者は伍胥を捕えようとした。伍胥は弓に弦をはり、矢をとって、使者に立ちむかった。使者は一歩もふみ出せない。「貫弓」には「弓を挽く」という説もあるが、ここから考えると誤りとおもわれる。

伍胥はこうして脱出し、太子の建が宋にいるときいて、かれのもとに馳せ参じた。「楚世家」には、まず呉の国に脱出し、それから宋にいったとみえる。

父の伍奢は、子胥が脱出したと聞くといった、「楚の国の君臣たちは、これから戦火に苦しめられることだろう。」「楚世家」には、伍奢が、「胥亡《に》ぐ、楚の国や危いかな」といった、と見える。

伍尚は楚の都に着いた。楚は、奢と尚をいっしょに殺してしまった。

伍胥既至宋。宋有華氏之亂。乃與太子建倶奔於鄭。鄭人甚善之。太子建又適晉。晉頃公曰。太子既善鄭。鄭信太子。太子能爲我內應。而我攻其外。滅鄭必矣。滅鄭而封太子。太子乃還鄭。事未會。會自私欲殺其從者。從者知其謀。乃告之於鄭。鄭定公與子產誅殺太子建。

伍胥《ごしょ》、既に宋《そう》に至る。宋に華氏《かし》の乱あり。乃ち太子建と倶《とも》に鄭《てい》に奔《はし》る。鄭の人、甚だこれに善し。太子建、又《ま》た晋《しん》に適《ゆ》く。晋の頃《けい》公曰く、「太子、既に鄭に善く、鄭、太子を信ず。太子、能く我が為《ため》に内応して、我、其の外を攻めなば、鄭を滅ぼさんこと必《ひっ》せり。鄭を滅ぼして太子を封《ほう》ぜん」と。太子、乃ち鄭に還る。事、未だ会せず。会《たま》たま自《みずか》ら私《ひそ》かに其の従者を殺さんと欲す。従者、其の謀《はか》りごとを知り、乃ちこれを鄭《てい》に告ぐ。鄭の定公、子産《しさん》と与《とも》に、太子建を誅殺《ちゅうさつ》す。

伍胥が宋についてから、宋では華《か》氏の乱がおこった。「華氏の乱」とは宋の元公の十年（BC五二二）、元公の不信と不公平を怨んだ家老の華亥《かがい》・華定・華向《きょう》らが、向寧《ねい》とはかっておこしたクーデターである。その経過は『左伝』（昭公二十年）にくわしいが、『史記』では巻三十八「宋微子世家」に「華向氏、乱をおこす」とかるく扱われている。

伍子胥はそこで太子の建とともに、鄭《てい》に逃げた。鄭は河南省新鄭を中心に、黄河以南を領有した国である。鄭の人はたいへん鄭重にもてなしてくれた。

太子の建はさらに晋《しん》へ行った。晋は山西省南部より河北省南部にまたがる国である。晋の頃《けい》公はいった、「太子は鄭に親愛を示されたのだから、鄭は太子を信じております。太子はひとつ鄭の内部から呼応してくださり、わたしが外から攻め入ったなら、鄭はまちがいなく滅ぼせます。鄭を滅ぼせば、太子を鄭の領主にしてあげよう。」

そこで太子は鄭にひきかえした。大事をおこす好機が来ないうちに、たまたまかれの従者を手討ちにすることになった。太子のはかりごとを知る従者は、ここに鄭に密告する。鄭の定公は子産《しさん》といっしょに、太子の建を殺害した。

建有子。名勝。伍胥懼。乃與勝俱奔呉。到昭關。昭關欲執之。伍胥遂與勝獨身歩走。幾不得脱。追者在後。至江。江上有一漁父乗船。知伍胥之急。乃渡伍胥。伍胥既渡。解其劍曰。此劍直百金。以與父。父曰。楚國之法。得伍胥者。賜粟五萬石。爵執圭。豈徒百金劍邪。不受。伍胥未至呉而疾。止中道乞食。

建《けん》に子あり。名は勝《しょう》。伍胥《ごしょ》懼《おそ》れ、乃ち勝と倶《とも》に呉《ご》に奔《はし》る。昭関《しょうかん》に到る。昭関、これを執《と》えんと欲す。伍胥、遂に勝と独身にて歩走し、幾《ほと》んど脱するを得ず。追う者、後《のち》に在り。江に至る。江上に一漁父《ぎょふ》あり、船に乗る。伍胥《ごしょ》の急を知り、乃ち伍胥を渡す。伍胥、既に渡れば、其の剣を解《と》きて曰く、「此の剣、直《あたい》（値）百金なり。以て父《ふ》に与えん」と。父《ふ》曰く、「楚国の法、伍胥を得る者は、粟《ぞく》五万石《せき》を賜《たま》い、爵《しゃく》は執圭《しっけい》なり。豈《あ》に徒《ただ》に百金の剣のみならんや」と。受けず。伍胥、未だ呉に至らずして疾《や》む。中道に止《とど》まりて、食を乞う。

建には男の子があり、名を勝《しょう》という。

伍子胥は恐怖を感じて、ここに勝とともに呉に逃げた。「呉」は江蘇省一帯を領有する国である。一行は呉・楚二国の国境にある関所、昭関《しょうかん》（安徽省含山県の西北）にやってきた。関所の役人がかれらを召し捕ろうとする。伍子胥は勝と二人だけ、従者もつれずに徒歩で逃げた。とても逃げられそうにない。追手はうしろに迫っている。揚子江に出た。川べりには一人の漁師が船に乗っていた。漁師は伍子胥の危急をさとり、伍子胥を向う岸に渡してやった。伍子胥は岸につくと、じぶんの剣をはずしていった、「この剣は百金の値うちがある。これをおやじどのにさしあげよう。」

おやじは、「楚の国のお布令《ふれ》では、伍子胥さまを召し捕ったものに、五万石のふちを賜わり、執圭《しっけい》の爵位をさずかるとあります。百金の剣どころじゃございませぬ」といって、受けとらなかった。「執圭《しっけい》」とは楚の爵位、家老待遇の一つで、「珪」（「晋世家」六三ページ参照）を携帯する。

伍子胥は呉に行きつかぬうちに病気になり、途中に滞留して乞食をした。

至於呉。呉王僚方用事。公子光爲將。伍胥乃因公子光以求見呉王。久之。楚平王以其邊邑鍾離與呉邊邑卑梁氏俱蠶。兩女子爭桑相攻。乃大怒。至於兩國擧兵相伐。呉使公子光伐楚。拔其鍾離・居巣而歸。

呉《ご》に至る。呉王僚《りょう》、方《まさ》に事を用い、公子光《こう》、将たり。伍胥、乃ち公子光に因りて、以て呉王に見《まみ》えんことを求む。これを久しくして、楚の平王、其の辺邑鍾離《へんゆうしょうり》、呉の辺邑卑梁《ひりょう》氏と倶《とも》に蚕《さん》し、両女子桑《くわ》を争いて相攻めしを以て、乃ち大いに怒り、両国、兵を挙げて相伐《う》つに至る。呉、公子光をして楚を伐《う》たしめ、其の鍾離《しょうり》・居《きょ》巣《そう》を抜きて帰る。

呉についた。呉王の僚《りょう》はそのころちょうど軍事計画のまっさい中で、王子の光《こう》が軍の指揮官だった。「公子」とは、太子以外の王子をいう。光は僚の伯父の子、つまり僚には従兄《いとこ》にあたる。そこで伍子胥は、王子の光を通じて、呉王に会見をもとめた。その後だいぶたって、どちらも養蚕を業とする楚の辺境の鍾離《しょうり》（安徽省鳳陽の東北）

と、呉の辺境の卑梁《ひりよう》の部族とが、双方の女たちの桑争いのことから互いに攻撃をはじめた。そこで楚の平王はひどく立腹して、両国は軍隊をくり出す事態にたち至った。呉は王子の光をやって楚を攻撃させ、光は楚の鍾離と居巣《きよそう》（安徽省巣県の東北）の城《まち》を陥落させてかえった。

この一段は、「楚世家」の記事がさらに詳しい。それによれば、居巣にいた楚の太子建の母を、呉がさらってゆき、それを救出する目的も一方にあったらしい。

伍子胥説呉王僚曰。楚可破也。願復遣公子光。公子光謂呉王曰。彼伍胥父兄爲戮於楚。而勸王伐楚者。欲以自報其讎耳。伐楚未可破也。伍胥知公子光有内志。欲殺王而自立。未可説以外事。乃進專諸於公子光。退而與太子建之子勝耕於野。

伍子胥《ごししよ》、呉王僚《りよう》に説きて曰く、「楚、破るべきなり。願わくは復《ま》た公子光を遣《つか》わせ」と。公子光、呉王に謂《い》いて曰く、「彼《か》の伍胥は、父兄、楚に戮《りく》せらる。而《しこ》うして王に勧《すす》めて楚を伐《う》たしむるは、以て自《みずか》ら其の讎《あだ》に報《むく》いんと欲するのみ。楚を伐つも、未だ破るべからざるなり」と。伍胥、公子光に内志ありて、王を殺して自《みずか》ら立たんと欲し、未だ説くに外事を以てすべからざることを知る。乃ち専諸《せんしよ》を公子光に進め、退きて太子建の子勝《しよう》と野に耕す。

伍子胥《ごししょ》は呉王をくどいた、「楚の国は大丈夫やっつけられますよ。どうかもういちど王子の光さまを派遣してください。」

王子の光が呉王にいった、「あの伍胥のやつは、父と兄が楚の手で殺されております。それが王に楚を攻撃するよう勧めますのは、それでわが仇を討とうという考えにほかありません。楚を撃つことも、まだやっつけるほどのものではありません。」

「未だ破るべからざるなり」という表現はさまざまに解しうる。「未可」は要するに「よろしくない」ということで、楚を撃破する条件がまだ満たされていないことを示す。たとえば、呉の軍事力が不足する場合、国際情勢が呉の行動に不利な場合、あるいは楚が攻略に値いせぬ場合、そのいずれにもこの表現は許されよう。巻三十一「呉太伯世家」では「未だ利を見ざるなり」となっており、上記の最後のケースにあたる。いま、かりに訳文のごとくしておいた。

伍子胥は、王子の光が国内政治に対する野望をもち、王を殺害してじぶんが即位したい考えなので、今のところ対外問題で説得するのはむりだとさとった。そこで専諸《せんしょ》を王子の光に推挙し、じぶんは身をひいて、太子建の子である勝《しょう》とともに百姓をすることにした。

「専諸《せんしょ》」は本冊「刺客列伝」（四四七ページ参照）に見える義侠の徒である。「呉太伯世家」によれば、側近に勇士専諸を得て喜んだ王子の光は、伍子胥をも召しかかえようとしたが、伍子胥は「退いて野に耕しつつ、専諸の事を待つ」と見える。

五年而楚平王卒。初平王所奪太子建秦女。生子軫。及平王卒。軫竟立爲後。是爲昭王。呉王僚因楚喪。使二公子將兵往襲楚。楚發兵絶呉兵之後。不得歸。呉國内空。而公子光乃令專諸襲刺呉王僚而自立。是爲呉王闔廬。

五年にして楚の平王卒《しゅっ》す。初め平王が奪いし所の太子建の秦の女《むすめ》は、子軫《しん》を生めり。平王の卒するに及び、軫《しん》、竟《つい》に立ちて後《のち》と為《な》る。是《こ》れ昭王たり。呉王僚、楚の喪《も》に因り、二公子をして、兵を将《ひき》い往《ゆ》きて楚を襲《おそ》わしむ。楚、兵を発して呉の兵の後《うしろ》を絶つ。帰るを得ず。呉の国、内空《うちむな》し。而《しこ》うして公子光、乃ち専諸《せんしょ》をして襲いて呉王僚を刺さしめて、自《みずか》ら立つ。是《こ》れ呉王闔廬《こうりょ》たり。

五年がすぎて、楚の平王が死んだ。かつて平王が横取りした太子建の秦のむすめに、男の子軫《しん》が生まれていた。平王が死ぬと、結局この軫が即位して後を継いだ。これが昭王である。

呉王の僚《りょう》は、楚の王家の喪中につけこみ、二人の王子に命じ、軍をひきつれて襲撃させた。楚が軍隊をくり出して、呉軍の退路を絶ったので、呉軍は帰ることができない。呉は国内の警備が手うすになった。王子の光は、そこで専諸に呉王の僚を襲って刺し殺させ、かってに即位した。これが呉王の闔廬《こうりょ》である。光のクーデターについては、「呉太伯世家」や本冊「刺客列伝」（四五一ページ以下）に、さらに詳しい記述が見える。

闔廬既立得志。乃召伍員以爲行人。而與謀國事。楚誅其大臣郤宛・伯州犂。伯州犂之孫伯嚭。亡奔呉。呉亦以嚭爲大夫。

闔廬《こうりょ》、既に立ちて志を得れば、乃ち伍員《ごうん》を召し、以て行人《こうじん》と為《な》して、与《とも》に国事を謀《はか》る。楚、其の大臣郤宛《げきえん》・伯州犂《はくしゅうり》を誅す。伯州犂の孫伯嚭《はくひ》、亡《のが》れて呉に奔《はし》る。呉も亦《ま》た嚭《ひ》を以て大夫と為《な》す。

王位について大望をとげた闔廬《こうりょ》は、ここに、身を引いた伍員《ごうん》すなわち伍子胥を召しだして、行人に任命し、かれとともに国政を協議した。「行人」とは諸侯の国への外交使節をいう。

楚の国では、ある事件で大臣の郤宛《げきえん》と伯州犂《はくしゅうり》が処刑され、伯州犂の孫にあたる伯嚭《はくひ》が呉に亡命してきた。呉はこの嚭をも家老にして優遇した。
ここで伍子胥にもようやく太陽の光りがさしそめたかとおもわれた。だが、めざす仇敵平王はすでにこの世にいない。しかも、楚に対する復仇の道はなお遠い。

前王僚所遣二公子將兵伐楚者。道絶不得歸。後聞闔廬弑王僚自立。遂以其兵降楚。楚封之於舒。闔廬立三年。乃興師。與伍胥・伯嚭伐楚。拔舒。遂禽故呉反二將軍。因欲至郢。將軍孫武曰。民勞。未可。且待之。乃歸。

前《さき》の王僚《りょう》の遣《つか》わせし所の二公子、兵を将《ひき》いて楚を伐《う》ちし者は、道絶たれて帰るを得ず。後《のち》、闔廬《こうりょ》の王僚を弑《しい》して自《みずか》ら立つを聞き、遂《つい》に其の兵を以て楚に降《くだ》る。楚、これを舒《じょ》に封《ほう》ず。闔廬《こうりょ》立ちて三年、乃ち師を興《おこ》し、伍胥《ごしょ》・伯嚭《はくひ》と楚を伐《う》ち、舒《じょ》を抜く。遂《つい》に故《もと》の呉の反《そむ》きし二将軍を禽〔擒〕《とら》え、因《よ》りて郢《えい》に至らんと欲す。将軍孫武《そんぶ》曰く、「民労《つか》る。未だ可《か》ならず。且《しばら》くこれを待て」と。乃ち帰る。

先代の呉王である僚《りょう》が派遣した二人の王子――軍隊をひきいて楚討伐に向かったあの二人の王子は、退路を絶たれて帰国することができないでいた。その後、闔廬《こうりょ》が呉王の僚を殺害してかってに即位したと聞き、軍もろとも楚に降服した。楚はふたりを舒《じょ》（安徽省廬江の西方）の領主にした。

呉王の闔廬は王位について三年めに、はじめて軍隊を出動させ、伍子胥・伯嚭《はくひ》とともに楚を攻撃した。舒《じょ》の城を陥落させて、寝がえったかつての呉の将軍二人を捕虜にし、勢いをかって楚の首都である郢《えい》（湖北省江陵の北方）に向かおうとした。将軍の孫武《そんぶ》が、「人民たちは疲れております。まだその時機ではありません。しばらくお待ちなさい」というので、帰国した。

「孫武」は「孫子の兵法」で知られる戦術家、『史記』巻六十五に立伝されている。

四年。呉伐楚。取六與灊。五年。伐越敗之。六年。楚昭王使公子囊瓦將兵伐呉。呉使伍員迎擊。大破楚軍於豫章。取楚之居巢。九年。呉王闔廬謂子胥・孫武曰。始子言郢未可入。今果何如。二子對曰。楚將囊瓦貪。而唐・蔡皆怨之。王必欲大伐之。必先得唐・蔡乃可。闔廬聽之。悉興師。與唐・蔡伐楚。與楚夾漢水而陳。呉王之弟夫概。將兵請從。王不聽。遂以其屬五千人擊楚將子常。子常敗走奔鄭。於是呉乘勝而前。五戰。遂至郢。己卯。楚昭王出奔。庚辰。呉王入郢。

四年、呉《ご》、楚《そ》を伐《う》ち、六《りく》と灊《せん》とを取る。五年、越《えつ》を伐《う》ちてこれを敗る。六年、楚の昭王、公子囊瓦《のうが》をして兵を将《ひき》いて呉を伐たしむ。呉、伍員《ごうん》をして迎え撃たしめ、大いに楚の軍を予章《よしょう》に破り、楚の居巣《きょそう》を取る。九年、呉王闔廬《こうりょ》、子胥・孫武に謂《い》いて曰く、「始め子《し》は言えり、郢《えい》は未だ入るべからず、と。今、果して何如《いかん》」と。二子、対《こた》えて曰く、「楚の将囊瓦《のうが》は貪《たん》にして、唐《とう》・蔡《さい》、皆これを怨む。王、必ず大いにこれを伐たんと欲せば、必ず先ず唐・蔡を得て乃ち可なり」と。闔廬《こうりょ》これを聴き、悉《ことごと》く師を興《おこ》し、唐・蔡《さい》と楚を伐ち、楚と漢水《かんすい》を夾《はさ》みて陳《じん》（陣）す。呉王の弟夫概《ふがい》、兵を将《ひき》いて従わんことを請う。王、聴かず。遂に其の属五千人を以て楚の将子常《しじょう》を撃つ。子常、敗走して鄭に奔《はし》る。是《ここ》に於て呉は勝ちに乗じて前《すす》み、五たび戦いて、遂に郢《えい》に至る。己卯《きぼう》、楚の昭王、出奔《しゅっぽん》す。庚辰《こうしん》、呉王、郢《えい》に入る。

呉王闔廬《こうりょ》の四年（BC五一二）、呉は楚を攻撃して、六《りく》（安徽省六安）と灊《せん》（同省霍《かく》山の東北）を奪取した。

五年、越《えつ》（浙江省一帯を領有した国）を攻撃して、撃破した。

六年、楚の昭王は王子の囊瓦《のうが》に命じて、軍隊をひきいて呉を攻撃させた。呉は伍員にむかえ撃たせ、予章《よしょう》（漢水の東、長江の北にあたるが、詳しい地点は未詳）で大いに楚軍を撃破し、楚領の居巣《きょそう》（安徽省巣県の東北）を奪取した。

九年（BC五〇六）、呉王闔廬は、伍子胥と孫武にいった、「かつてそなたらは、まだ楚のみやこ郢《えい》に進入する時機ではないと申した。いまはいったいどうだな。」

両人はこたえた、「楚の大将嚢瓦《のうが》は貪欲で、唐《とう》（河北省唐県一帯）・蔡《さい》（河南省新蔡一帯）の二小国は、どちらもかれを怨んでおります。王さまがぜひ徹底的に楚を攻撃したいというお考えなら、まず唐と蔡を味方にしなければなりません。」

闔廬はかれらの勧告にしたがい、全軍をあげて唐・蔡とともに楚を攻撃し、楚と漢水をはさんで対陣した。呉王の弟の夫概《ふがい》は、軍隊をひきつれて従軍を願いでたが、王は許さない。そこで部下五千人をひきいて、楚の大将子常《しじょう》すなわち嚢瓦《のうが》を攻撃した。子常は敗走して、鄭に亡命した。ここに呉は勝利に乗じて進撃し、五度の交戦ののち、楚の首都郢《えい》に攻めこんだ。己卯《つちのとう》の日、楚の昭王は都から逃亡した。翌庚辰《かのえたつ》の日、呉王は郢に入城した。

昭王出亡入雲夢。盗撃王。王走鄖。鄖公弟懐曰。平王殺我父。我殺其子。不亦可乎。鄖公恐其弟殺王。與王奔随。呉兵圍随。謂随人曰。周之子孫在漢川者。楚盡滅之。随人欲殺王。王子綦匿王。己自爲王以當之。随人卜與王於呉。不吉。乃謝呉不與王。

昭王、出《い》でて亡《のが》れ、雲夢《うんぼう》に入る。盗《とう》、王を撃つ。王、鄖《うん》に走る。鄖《うん》公の弟懐《かい》、曰く、「平王は我が父を殺せり。我、其の子を殺すも、亦《ま》た可《か》ならずや」と。鄖《うん》公、其の弟の、王を殺さんことを恐れ、王と随《ずい》に奔《はし》る。呉の兵、随を囲む。随の人に謂《い》いて曰く、「周の子孫の漢川《かんせん》に在る者、楚、尽《ことごと》くこれを滅ぼせり」と。随の人、王を殺さんと欲す。王子綦《き》、王を匿《かく》し、己自《おのれみずか》ら王と為《な》りて以てこれに当る。随の人、王を呉に与えんことを卜《うらな》うに、不吉なり。乃ち呉に謝して、王を与えず。

逃亡した楚の昭王は、湖南・湖北にまたがる湖沼地帯の雲夢《うんぼう》に逃げこんだ。匪賊が王を襲撃し、王は鄖《うん》（湖北省安陸を中心とする小国）に逃げた。鄖の領主の弟懐《かい》がいった、「楚の平王はわたしの父を殺した。わたしがその子を殺したとて当然だろうよ。」

鄖の領主は、弟が昭王を殺すのを恐れて、昭王とともに随《ずい》（湖北省随県の南方にあった小国）に逃走した。呉軍は随を包囲して、随の人びとにいった、「周王室の子孫で漢川《かんせん》に住むものは、みな楚に滅ぼされたのだぞ。」

「漢川《かんせん》」とは湖北省漢川県附近一帯をいう。周の子孫で揚子江と漢水の間に国を与えられたものが、みなのちに楚に滅ぼされたことは、巻四十「楚世家」にみえる。

これをきいた随の人びとは、昭王を殺害しようとした。

王子の綦《き》、「楚世家」では「王の従臣子綦《しき》」となっているが、かれは王をかくまい、じぶんが王になりすまして対処しようとした。随の人びとが、昭王を呉に提供することについて占ったところ、不吉《ふきつ》と出た。そこで呉にことわって、昭王を提供しなかった。

「楚世家」にはいう、――そこで呉王にことわった、「昭王は逃亡して、随にはおりませぬ。」呉は随に入って捜したいむね申し出たが、随は許さぬ。そこで呉もあきらめてたち去った。

始伍員與申包胥爲交。員之亡也。謂包胥曰。我必覆楚。包胥曰。我必存之。及呉兵入郢。伍子胥求昭王。既不得。乃掘楚平王墓。出其尸。鞭之三百。然後已。申包胥亡於山中。使人謂子胥曰。子之報讎。其以甚乎。吾聞之。人衆者勝天。天定亦能破人。今子故平王之臣。親北面而事之。今至於僇死人。此豈其無天道之極乎。伍子胥曰。爲我謝申包胥曰。吾日莫途遠。吾故倒行而逆施之。

始め伍員《ごうん》、申包胥《しんぽうしよ》と交《まじわ》りを為す。員《うん》の亡《に》ぐるや、包胥に謂《い》いて曰く、「我、必ず楚を覆《くつがえ》さん」と。包胥《ほうしよ》曰く、「我、必ずこれを存せん」と。呉の兵、郢《えい》に入るに及び、伍子胥、昭王を求む。既に得ざれば、乃ち楚の平王の墓を掘りて、其の尸《しかばね》を出《い》だし、これを鞭《むち》うつこと三百、然《しか》る後《のち》已《や》む。申包胥、山中に亡《のが》れ、人をして子胥に謂わしめて曰く、「子の讎《あだ》に報《むく》ゆること、其れ以《すで》〔已〕に甚だしいかな。吾、これを聞く、人衆《おお》ければ天に勝ち、天定《さだ》まらば亦《ま》た能《よ》く人を破ると。今、子《し》は故《もと》の平王の臣にして、親しく北面してこれに事《つか》え、今、死人を僇《はずか》しむるに至る。此れ豈《あ》に其れ天道の極《きょく》（殛）なからんや」と。伍子胥曰く、「我《わ》が為《ため》に申包胥に謝して曰《い》え、吾、日莫《く》（暮）れて途《みち》遠し、吾、故に倒行《とうこう》してこれを逆施《ぎゃくし》す、と」と。

むかし、伍員（伍子胥）は申包胥《しんぽうしょ》と交友関係にあった。伍員が亡命するとき、申包胥にいった、「おれはきっと楚の国を転覆させてやるぞ。」申包胥はいった、「おれはきっと守ってみせるぞ。」

呉軍が楚のみやこ郢《えい》に入城すると、伍子胥は楚の昭王を捜した。見つからないので、楚の平王の墓を掘り、その死体をとり出して、鞭《むち》うつこと三百回、それでやっと手をとめた。巻三十一「呉太伯世家」によれば、死体に鞭うつことには、同じく父を殺された伯嚭も参加している。

申包胥は山中に逃げこみ、人づてに伍子胥にいわせた、「きみの復讐のやりかたは、なんとまあひどいことだ。ぼくは、『人の運がさかんだと天理にうちかつこともあるが、天理が安定すれば、必ず人を破滅さすことができる』ときいている。かつては平王の臣下であり、主君と仰いで親しく平王に仕えたきみが、いまは死者まではずかしめるようなことをする。これじゃ天罰が降《くだ》らずにはすむまい。」「極」は殛、処刑する意。

伍子胥は使者にいった、「ぼくのために申包胥にあいさつしといてくれ。ぼくは、日暮れて道遠し、といった心境だ。めざす昭王は見つからず、命あるうちに復讐できぬことを恐れる。だから常道にはずれた横紙破りをやるのさ、とな。」「倒行」も「逆施」もほぼ同じ。尋常の行為の逆をおこなうこと。なお「故」は、「ことさらに」（わざと）とよむ可能性もある。

於是申包胥走秦告急。求救於秦。秦不許。包胥立於秦廷。晝夜哭。七日七夜。不絕其聲。秦哀公憐之曰。楚雖無道。有臣若是。可無存乎。乃遣車五百乘。救楚擊吳。六月。敗吳兵於稷。

是《ここ》に於て申包胥《しんぽうしょ》、秦に走りて急を告げ、救いを秦に求む。秦、許さず。包胥、秦の廷《てい》に立ちて、昼夜哭《な》く。七日七夜、其の声を絶たず。秦の哀公、これを憐みて曰く、「楚、無道《むどう》なりと雖《いえど》も、臣ありて是《か》くの若《ごと》し。存するなかるべけんや」と。乃ち車《くるま》五百乗を遣《つかわ》し、楚を救いて呉を撃つ。六月、呉の兵を稷《しょく》に敗る。

そこで申包胥は秦に逃げて危急をつげ、秦に救援をもとめた。秦は承諾しない。申包胥は秦の宮廷の政庁に立ちつくしたまま、昼夜声をあげて泣いた。七昼夜にわたって、その声はとだえなかった。『左伝』（定公四年）によれば、申包胥はこの七昼夜のあいだハン・ストをも決行したという。

秦の哀公はあわれに思い、「楚は道義を無視した国だが、こんなりっぱな家臣がおる。滅亡させるわけにもゆくまい」といって、ようやく戦車五百台を派遣し、楚を援助して呉を攻撃させた。

六月、秦は呉軍を稷《しょく》（河南省桐柏）において敗北させた。

會呉王久留楚求昭王。而闔廬弟夫概乃亡歸。自立爲王。闔廬聞之。乃釋楚而歸。撃其弟夫概。夫概敗走。遂奔楚。楚昭王見呉有內亂。乃復入郢。封夫概於堂谿。爲堂谿氏。

会《たま》たま呉王、久しく楚に留まり、昭王を求む。而るに闔廬《こうりょ》の弟夫概《ふがい》、乃ち亡《のが》れ帰り、自《みずか》ら立ちて王と為《な》る。闔廬これを聞き、乃ち楚を釈《す》てて帰り、其の弟夫概を撃つ。夫概、敗走し、遂に楚に奔《はし》る。楚の昭王、呉に内乱あるを見て、乃ち復《ま》た郢《えい》に入り、夫概を堂谿《どうけい》に封《ほう》じ、堂谿氏と為す。

ちょうどそのころ、呉王の闔廬《こうりょ》は楚にながく逗留して、楚の昭王のゆくえを捜していた。ところが闔廬の弟夫概《ふがい》が亡命先から逃げ帰って、かってに即位して王となった。闔廬はこれをきくと、楚をすてて帰国し、弟の夫概を攻撃した。夫概は敗走して、楚に逃げのびた。楚の昭王は、呉に内乱がおこったのを知ると、また首都の郢《えい》に入城して、夫概を堂谿《どうけい》（河南省遂平の西方）の領主にして、堂谿氏とよんだ。

楚復與呉戰。敗呉。呉王乃歸。後二歳。闔廬使太子夫差將兵伐楚。取番。楚懼呉復大來。乃去郢。徙於鄀。當是時。呉以伍子胥・孫武之謀。西破彊楚。北威齊・晉。南服越人。其後四年。孔子相魯。

楚、復《ま》た呉と戦い、呉を敗る。呉王、乃ち帰る。後《のち》二歳、闔廬《こうりょ》、太子夫差《ふさ》をして兵を将《ひき》いて楚を伐たしめ、番《は》〔鄱〕を取る。楚、呉の復《ま》た大いに来たらんことを懼《おそ》る。乃ち郢《えい》より去りて、鄀《じゃく》に徙《うつ》る。是《こ》の時に当りて、呉、伍子胥・孫武の謀《はか》りごとを以て、西のかた強き楚を破り、北のかた斉・晋を威《おど》し、南のかた越の人を服せしむ。其の後四年、孔子、魯《ろ》に相《しょう》たり。

楚はふたたび呉と戦い、呉を撃破した。そこで呉王はやっと帰国した。

それから二年がたち、闔廬《こうりょ》は太子の夫差《ふさ》に軍をひきいて楚を攻撃させ、番《は》（江西省鄱陽《はよう》）を奪取した。楚は、呉がふたたび大挙して攻撃して来ることを恐れ、ここに郢《えい》から鄀《じゃく》（湖北省宜城の東南）に遷都した。

そのころは、呉が伍子胥と孫武の計略によって、西は強大な楚を撃破し、北は斉・晋に脅威をあたえ、南は越《えつ》族をしたがえていた時である。

それから四年がすぎて、孔子は魯《ろ》の大臣になった。孔子五十一歳の年（BC五〇一）のことである。

呉にとっての最大の強敵、楚の勢力はここに一時後退する。代って登場するのが越である。越は夏王朝の子孫が樹立した王朝といわれ、浙江省会稽（紹興）を中心として同省一帯を領有する。一時は楚の属国となり、楚は強大となりつつある呉を牽制するため、有能な智謀家范蠡《はんれい》を派遣して、呉を攻撃させた。以後の二十数年間、ついに越が呉を滅ぼすまで、いわゆる呉越の戦いがくり返される。伍子胥の誠忠はこの過程においても、奸臣の妨碍にあって徹頭徹尾報われず、結局、自殺をよぎなくされるのである。

後五年。伐越。越王句践迎撃。敗呉於姑蘇。傷闔廬指。軍却。闔廬病創将死。謂太子夫差曰。爾忘句踐殺爾父乎。夫差對曰。不敢忘。是夕闔廬死。

後《のち》五年、越《えつ》を伐《う》つ。越王句践《こうせん》、迎え撃ち、呉《ご》を姑蘇《こそ》に敗《やぶ》る。闔廬《こうりょ》の指を傷《きず》つく。軍、却《しりぞ》く。闔廬、創《きず》を病みて将《まさ》に死せんとし、太子夫差《ふさ》に謂いて曰く、「爾《なんじ》、句《こう》践《せん》が爾《なんじ》の父を殺せるを忘るるか」と。夫差、対《こた》えて曰く、「敢えて忘れず」と。是《こ》の夕《ゆうべ》、闔廬《こうりょ》死す。

それから五年がすぎて、呉は越を攻撃した。越王の句践《こうせん》は邀撃《ようげき》して、呉を姑蘇《こそ》（江蘇省呉県）に撃破した。呉王の闔廬《こうりょ》は指に負傷し、呉軍は退却した。闔廬は傷が悪化して危篤状態に陥ると、太子の夫差《ふさ》にいった、「おまえは句践がおまえの父を殺したことを忘れるつもりか。」

夫差はこたえた、「決して忘れはいたしませぬ。」その夕がた闔廬は死んだ。「呉太伯世家」では、父への答えにつづけて「三年ののちには、越王に復讐しますよ」といっている。なお、呉王夫差が復仇心にもえて、日常薪のうえにね起きし、へやに出入りするものに「夫差よ、そなたは越のものにそなたの父が殺されたことを忘れたか」と叫ばせたエピソード（越王句践の「胆を嘗めた」話とともに「臥薪嘗胆」といわれる）は、『史記』にはみえない。おそらく、この条にもとづく後世の作り話であろう。

夫差既立爲王。以伯嚭爲太宰。習戰射。二年後伐越。敗越於夫湫。越王句踐乃以餘兵五千人。棲於會稽之上。使大夫種厚幣遺呉太宰嚭以請和。求委國爲臣妾。呉王將許之。伍子胥諫曰。越王爲人能辛苦。今王不滅。後必悔之。呉王不聽。用太宰嚭計。與越平。

夫差《ふさ》、既に立ちて王と為《な》るや、伯嚭《はくひ》を以て太宰《たいさい》と為し、戦射を習う。二年の後《のち》、越を伐つ。越を夫湫《ふしゅう》に敗る。越王句践《こうせん》、乃ち余兵五千人を以て、会稽《かいけい》の上《ほとり》に棲《す》み、大夫種《しょう》をして幣《へい》を厚くして呉の太宰嚭《ひ》に遺《おく》り、以て和を請わしめ、国を委《ゆだ》ねて臣《しん》妾《しょう》たらんことを求む。呉王、将《まさ》にこれを許さんとす。伍子胥、諫《いさ》めて曰く、「越王は人と為《な》り能《よ》く辛苦す。今、王滅ぼさずんば、後《のち》必ずこれを悔《く》いん」と。呉王、聴かず。太宰嚭の計を用いて、越と平《へい》す。

夫差が即位して呉王になると、さきに楚から亡命して家老に抜擢された伯嚭《はくひ》を首相に任命して、弓術を主とする戦法を訓練させた。

二年ののち、呉は越を攻撃して、夫湫山《ふしゅう》（江蘇省呉県の西南方、太湖の中にあり、湫山・包山ともいう）に撃破した。越王句践は敗残軍五千をひきつれて、会稽山《かいけい》（浙江省紹興の東南）のほとりに住んだ。家老の種《しょう》をつかわし、首相の伯嚭にたっぷり贈り物をとどけて、講和をもとめた。国家の支配権をすて、男子は臣下として、女子は婢妾として仕えたいという。

呉王が許そうとすると、伍子胥が諫めた、「越王は辛苦にたえる性格です。いま王さまが滅ぼしておかれないと、将来きっと後悔なさいますぞ。」

呉王はいうことをきかない。越に買収された伯嚭の意見を採用して、越と講和を結んだ。「平」は和平交渉すること。

このあたりから「呉王不聴」の表現が三たびくりかえしあらわれる。きわめて簡潔な表現を反覆して、読者に一事をつよく印象づけるのは、司馬遷の常套手法である。あわせて巻末「『史記』における人間描写」（五五四ページ以下）を参照されたい。

其後五年。而呉王聞齊景公死。而大臣爭寵。新君弱。乃興師北伐齊。伍子胥諫曰。句踐食不重味。弔死問疾。且欲有所用之也。此人不死。必爲呉患。今呉之有越。猶人之有腹心疾也。而王不先越。而乃務齊。不亦謬乎。呉王不聽。伐齊。大敗齊師於艾陵。遂威鄒・魯之君以歸。益疏子胥之謀。

其の後五年にして、呉王、斉《せい》の景公《けいこう》死して、大臣寵《ちょう》を争い、新君弱《おさな》しと聞き、乃ち師《し》を興《おこ》して、北のかた斉を伐たんとす。伍子胥、諫《いさ》めて曰く、「句践《こうせん》、食、味《あじ》を重《かさ》ねず、死を弔《とむら》い疾《しつ》を問い、且《まさ》にこれを用いる所あらんと欲す。此の人死せずんば、必ず呉《ご》の患《うれ》いと為らん。今、呉の越あるは、猶《な》お人の腹心の疾《やまい》あるがごときなり。而《しか》も王は越を先にせずして、乃ち斉に務《つと》む。亦《ま》た謬《あやま》たずや」と。呉王、聴かず。斉を伐ち、大いに斉の師を艾陵《がいりょう》に敗る。遂に鄒《すう》・魯《ろ》の君を威《おど》して以て帰る。益《ます》ます子胥の謀《はか》りごとを疏《うと》んず。

それから五年がたった。呉王は、斉の景公が亡くなって、重臣たちが主君の寵愛を争奪し、若君はまだ幼いときくと、軍隊を出動させて、北のかた斉を攻撃しようとした。

巻三十二「斉太公世家」および巻四十六「田敬仲世家」によると、斉の景公の死後、重臣の国恵子と高昭子が、景公の愛妾の子である荼《と》（晏孺子）を擁立した。しかし、亡命中の陽生を擁立しようとする田乞と鮑叔がクーデターをおこし、高昭子と荼を殺し、国恵子を追放して、陽生（すなわち悼公）を迎えた。ここにいう「大臣」すなわち重臣とは、国・高・田・鮑らをさし、「新君」とは晏孺子をさす。

伍子胥が諫めた、「越王の句践は、食事は一菜、死者を弔問したり病人を見舞うたりして、それらがいつかは役だつと考えているようなおとこです。このおとこが生きているかぎりは、きっと呉の禍《わざわい》のたねとなりましょう。いま、呉にとって越がありますことは、ちょうど人間が体の中心に病魔をもつようなものです。それなのに王さまは、越のしまつを先にせず、かえって斉を相手になさいます。とんだ見当ちがいです。」

「食、味を重ねず」とは粗食をいう成句。相似た表現は「管晏列伝」（二九四ページ）にもみえる。

呉王はいうことをきかない。斉を攻撃して、斉軍に艾陵《がいりょう》（山東省泰安の東南）で大打撃をあたえた。こうして鄒《すう》（同省鄒県を中心とする小国）と魯《ろ》（同省曲阜《きょくふ》を中心とする小国）の君主に脅威をあたえて帰国した。

伍子胥の意見はますます遠ざけられるようになった。

其後四年。呉王將北伐齊。越王句踐用子貢之謀。乃率其衆以助呉。而重寶以獻遺太宰嚭。太宰嚭既數受越賂。其愛信越殊甚。日夜爲言於呉王。呉王信用嚭之計。伍子胥諫曰。夫越腹心之病。今信其浮辭詐僞。而貪齊。破齊。譬猶石田。無所用之。且盤庚之誥曰。有顚越不恭。劓殄滅之。俾無遺育。無使易種于茲邑。此商之所以興。願王釋齊而先越。若不然。後將悔之無及。而呉王不聽。使子胥於齊。

其の後四年、呉王、将《まさ》に北のかた斉を伐たんとす。越王句践《こうせん》、子貢《しこう》の謀《はか》りごとを用い、乃ち其の衆を率《ひき》いて以て呉を助く。而《しこ》うして重宝《じゆうほう》もて以て太宰嚭《たいさいひ》に献遺《けんい》す。太宰嚭、既に数《しば》しば越の賂《まいない》を受くれば、其の越を愛信すること、殊に甚だし。日夜、為《ため》に呉王に言う。呉王、嚭《ひ》の計を信用す。伍子胥、諫《いさ》めて曰く、「夫《そ》れ越は腹心の病《やまい》なり。今、其の浮辞詐偽《ふじさぎ》を信じて、斉を貪る。斉を破るも、譬《たと》えば猶《な》お石田のごとく、これを用うる所なし。且つ盤庚《ばんこう》の誥《こう》に曰く、『顚越不恭《てんえつふきよう》あらば、劓殄《ぎてん》してこれを滅ぼし、遺育《いいく》するなからしめ、種《たね》を茲《こ》の邑《ゆう》に易《うつ》らしむることなからん』と。此《こ》れ商《しよう》の興《おこ》りし所以《ゆえん》なり。願わくは王、斉を釈《す》てて、越を先にせよ。若《も》し然らずんば、後《のち》、将《まさ》にこれを悔ゆとも及ぶなからんとす」と。而《しか》も呉王聴かず。子胥を斉に使いせしむ。

それから四年がたった。呉王はまた北のかた斉を攻撃しようとした。越王の句践《こうせん》は、孔子の門人子貢《しこう》の意見を採用して、軍隊をひきいて呉を援助し、しかも貴重な宝物を首相の伯嚭《はくひ》に献上した。伯嚭はたびたび越の賄賂《わいろ》をもらっているものだから、越に対するかれの信愛感には絶大なものがあった。かれは、あけくれ呉王に対して越に有利な進言をしてやる。呉王は、伯嚭の意見を信頼して、それを採用した。

伍子胥が諫めた、「そもそも越は、体の中心部に巣くう病魔です。いま、王さまはやつのお世辞や嘘いつわりをまにうけて、斉に欲望の手をのばされますが、斉を撃破したところで、たとえば石ころの多い田んぼのように、なんの役にもたちません。しかも、『書経』の盤庚《ばんこう》の告示には、『礼のおきてにそむき命《めい》に従わぬものがおれば、鼻そぎの刑にして絶滅し、子孫を残すな。そうすればこの村が悪に染まぬようになろう』とあります。これこそ商《しょう》（殷《いん》）の国が興隆した原因です。王さま、どうか斉の攻撃はやめて、越のしまつを先になさい。さもないと、将来後悔されてもおっつかぬことになりますぞ。」

だが、呉王はいうことをきかない。伍子胥を斉への使節にたてた。

「盤庚《ばんこう》の誥《こう》」とは、商（殷）王の盤庚が黄河の水害をさけるため、耿《こう》（山西省河津）から殷《いん》（河南省偃師《えんし》）に遷都しようとして、重臣や人民たちに反対されたとき、かれらを説得するために発布した告諭である。三篇より成り、『尚書（書経）』に収める。なお、「易」は音エキ、唐・孔穎達《くようたつ》の『尚書正義』に「今の俗語で〈相染易する〉ということで、悪い種が善人の中にまじると、善人も悪人にかわる」とある。

子胥臨行謂其子曰。吾數諫王。王不用。吾今見呉之亡矣。汝與呉倶亡。無益也。乃屬其子於齊鮑牧。而還報呉。

子胥、行くに臨んで、其の子に謂《い》いて曰く、「吾、数《しば》しば王を諫《いさ》めしも、王用いず。吾、今、呉の亡《ほろ》ぶを見ん。汝、呉と倶《とも》に亡ぶは、益なきなり」と。乃ち其の子を斉の鮑牧《ほうぼく》に属《しょく》し、而《しこ》うして還りて呉に報ず。

伍子胥は、出発にあたって、むすこにいった、「わしはたびたび王を諫めたが、王はとりあげない。わしにはやがて呉が滅びることが眼に見えている。おまえが呉といっしょに滅んでも、なんのやくにもたたぬわ。」そこで、むすこを斉の大臣の鮑牧《ほうぼく》にあずけ、帰還して呉に報告した。

呉太宰嚭既與子胥有隙。因讒曰。子胥爲人剛暴。少恩猜賊。其怨望。恐爲深禍也。前日王欲伐齊。子胥以爲不可。王卒伐之而有大功。子胥恥其計謀不用。乃反怨望。而今王又復伐齊。子胥專愎彊諫。沮毀用事。徒幸呉之敗。以自勝其計謀耳。今王自行。悉國中武力以伐齊。而子胥諫不用。因輟謝。詳病不行。王不可不備。此起禍不難。且嚭使人微伺之。其使於齊也。乃屬其子於齊之鮑氏。夫爲人臣。內不得意。外倚諸侯。自以爲先王之謀臣。今不見用。常鞅鞅怨望。願王早圖之。呉王曰。微子之言。吾亦疑之。乃使使賜伍子胥屬鏤之劍曰。子以此死。

呉《ご》の太宰嚭《ひ》、既に子胥と隙《げき》あり。因《よ》りて讒《そし》りて曰く、「子胥、人と為《な》り剛暴《ごうぼう》、恩少く猜賊《さいぞく》なり。其の怨望するや、深き禍と為《な》らんことを恐る。前日、王、斉を伐たんと欲せしに、子胥、以て不可と為せり。王、卒《つい》にこれを伐ちて大功あり。子胥、其の計謀の用いられざるを恥じ、乃ち反《かえ》って怨望す。而《しこ》うして今、王又《ま》た復《ま》た斉を伐たんとするに、子胥、専愎《せんぷく》にして強《し》いて諫め、事を用うるを沮毀《そき》す。徒《いたず》らに呉の敗れて以て自《みずか》ら其の計謀に勝《まさ》れりとするを幸《ねが》うのみ。今、王自《みずか》ら行き、国中の武力を悉《つ》くして以て斉を伐つ。而《しこ》うして子胥は諫《いさ》めて用いられず。因《よ》りて輟《や》めて謝し、病と詳《いつわ》〔佯〕りて行かず。王、備《そな》えざるべからず。此《こ》れ禍を起《お》こすこと難《かた》からず。且《か》つ、嚭《ひ》、人をして微《ひそ》かにこれを伺《うかが》わしむるに、其の斉に使いするや、乃ち其の子を斉の鮑《ほう》氏に属《しょく》す。夫《そ》れ人臣たりて、内、意を得ず、外、諸侯に倚《よ》り、自《みずか》ら以為《おも》えらく、先王の謀臣、今用いられず、と。常に鞅鞅《おうおう》として怨望す。願わくは王、早くこれを図《はか》れ」と。呉王曰く、「子《し》の言微《な》くとも、吾《われ》も亦《ま》たこれを疑えり」と。乃ち使いをして伍子胥に属鏤《しょくる》の剣を賜《たま》わしめて曰く、「子《し》、此《こ》れを以て死せよ」と。

呉の首相である嚭《ひ》は、伍子胥との間にみぞができていたので、王につげ口をした、

「子胥は人間が乱暴で気があらく、情味にかけ、人をそねんで傷つけるやつです。やつが怨みにおもえば、ひどい災いを招く恐れがあります。さきごろ王さまが斉を攻撃しようとされましたとき、子胥はいけないと申しました。王さまは結局これを攻撃して大成果をあげられましたが、子胥は、自分の意見が用いられなかったのを恥じて、逆怨《さかうら》みをいたしております。それに今、王さまがふたたび斉を攻撃しようとなさいますと、子胥はわがままでひねくれ、強引に王さまを諫め、せっかくの計画をつぶしにかかります。わが呉の国が敗北すれば、計略ではじぶんのほうがうわ手だということになる、そんなとんでもないことをのぞんでいるのです。ただいま、王さまがみずから出陣し、国の全兵力をあげて斉を撃とうとなさいますのに、子胥は勧告がいれられない。それをしおに辞任していとまをこい、仮病《けびょう》をつかって出陣いたしませぬ。王さま、用心なさらないといけません。いまや災をおこすのは容易です。しかも、わたくしめがひそかに人をやって探りましたところでは、やつが斉への使者にたちましたおり、こともあろうにむすこを斉の大臣鮑《ほう》氏にあずけましたとか。大体、一国の臣が国内では失意の状態にあり、国外の諸侯にたより、先代さまの智謀の臣も今の主君には容れられぬとおもいこみ、いつももやもやと怨みをいだいているとしますれば、王さま、早くなんとか手をうつことです。」「猜賊《さいぞく》」は疑いぶかくて人を害すること。「怨《えん》望《ぼう》」の「望」もうらむ意。「専愎《せんぷく》」は独断的でひねくれていること。「鞅鞅《おうおう》」は怏怏におなじ、心はれぬ形容。

呉王はいった、「そなたから言われなくても、わしはやつを疑ぐっておった。」そこで使者をやって、伍子胥に「属鏤《しょくる》」という名剣を賜わり、こういわせた、「おまえはこの剣で死ぬんだ。」

伍子胥仰天歎曰。嗟乎。讒臣嚭爲亂矣。王乃反誅我。我令若父覇。自若未立時。諸公子爭立。我以死爭之於先王。幾不得立。若旣得立。欲分吳國予我。我顧不敢望也。然今若聽諛臣言。以殺長者。乃告其舍人曰。必樹吾墓上以梓。令可以爲器。而抉吾眼縣吳東門之上。以觀越寇之入滅吳也。乃自剄死。吳王聞之大怒。乃取子胥尸。盛以鴟夷革。浮之江中。吳人憐之。爲立祠於江上。因命曰胥山。

伍子胥《ごししょ》、天を仰ぎて歎じて曰く、「嗟乎《ああ》、讒臣嚭《ざんしんひ》、乱を為《な》せり。王、乃ち反《かえ》って我を誅《ちゅう》す。我、若《なんじ》の父をして覇《は》たらしむ。若《なんじ》の未だ立たざる時より、諸公子、立つを争う。我は死を以てこれを先王に争い、幾《ほと》ど立つを得ざりき。若《なんじ》、既に立つを得るや、呉国を分かちて我に予《あた》えんと欲せしも、我は顧《た》だ敢えて望まず。然れども今、若《なんじ》、諛《へつら》える臣の言を聴き、以て長者を殺さんとす」と。乃ち其の舎人《しゃじん》に告げて曰く、「必ず吾が墓《ぼ》上に樹《う》うるに梓《し》を以てせよ。以て器《き》と為すべからしめん。而《しこう》して吾が眼を抉《えぐ》りて呉の東門の上に県《か》〔懸〕けよ。以て越寇《えっこう》の入りて呉を滅ぼすを観ん」と。乃ち自剄《じけい》して死す。呉王、これを聞きて大いに怒り、乃ち子胥の尸《しかばね》を取り、盛《も》るに鴟夷《しい》の革《かわ》を以てし、これを江中に浮ぶ。呉の人、これを憐み、為《ため》に祠《し》を江上に立て、因《よ》りて命《な》づけて胥山《しょざん》と曰《い》う。

伍子胥は天をふり仰ぎ、嘆息していった、「ああ、茶坊主の伯嚭《はくひ》めがむほんを企みおる。それなのに王は、かえってわしを処刑しようとする。わしはおまえの父を諸侯の覇者にしてやった。おまえがまだ王位につかぬころから、王子たちが王位を争奪するなかで、わしは生命を賭して先代さまにがんばってやった。すんでのことに王位にもつけぬところだったぞ。おまえは王位をものにすると、呉の国の一部をわしにくれようとしたが、こっちにはそんな大それた望みなど絶えてなかった。それがいま、おまえは提灯《ちょうちん》もちの部下のいうことをきいて、わしという苦労人《くろうじん》を殺そうとする。」

「長者」とは世智にたけた人生経験のヴェテランをいう。

そして、かれの執事につげた、「わしの墓には、かならず梓《し》の木を植えよ。それで棺を作るためだ。それから、わしの眼《まなこ》をえぐりとって、呉の都の東門にぶらさげろ。越のえびすどもがやって来て呉を滅ぼすのを、この眼で見るためだ。」

こういうと、われとわが首をはねて死んだ。

「梓《し》」とは耐湿の木で、棺の用材になる。死後の怨みを梓の木に吸収させ、呉王を入れる棺の用材となるまで成長させようというのであろう。

呉王はこれを聞いてたいそう立腹し、ここに子胥の死体を奪って、馬の革《かわ》でつくった袋に入れ、揚子江に浮かべた。「鴟《し》」・「夷《い》」（鵝にもつくる、鵝のこと）はいずれも鳥の名、鴟の腹や鵝の咽喉のようにたくさんものをいれるところから、鴟夷とはそうした大きな袋をいう。なお「革」の字は、一説に誤入したともいう。

呉のみやこの人たちはあわれに思い、子胥のために揚子江の岸べに祠《ほこら》を立て、ここを胥山と呼んだ。

伍子胥の悲運の生涯は、ここに終った。かれの炎のような呪いは、以下の二段において実現する。

令周室。

呉王既誅伍子胥。遂伐齊。齊鮑氏殺其君悼公。而立陽生。呉王欲討其賊。不勝而去。其後二年。呉王召魯・衞之君。會之橐皐。其明年。因北大會諸侯於黄池、以

呉王、既に伍子胥を誅し、遂に斉を伐《う》つ。斉の鮑《ほう》氏、其の君悼公《とうこう》を殺して、陽生《ようせい》を立つ。呉王、其の賊を討たんと欲せしも、勝たずして去る。其の後二年、呉王、

魯《ろ》・衛《えい》の君を召し、これを櫜皋《たくこう》に会す。其の明年、因りて北のかた大いに諸侯を黄池《こうち》に会し、以て周室に令す。

呉王は伍子胥を殺してしまうと、斉を攻撃した。斉の大臣鮑《ほう》氏は、君主の悼《とう》公を殺して、陽生（その子壬《じん》の誤り。三三六ページ参照）を王に擁立した。

呉王は、斉王の殺害者、すなわち鮑氏を攻撃したが、勝利をおさめずに帰った。

それから二年がすぎ、呉王は魯《ろ》と衛《えい》の君主を召しよせ、櫜皋《たくこう》（安徽省巣県西北方の柘皐鎮）で同盟会議を開いた。その翌年、ひきつづき大いに北方の諸侯たちを召集して、黄池《こうち》（河南省封丘の西南）で同盟会議を開き、伝統ある周の王室もその支配下においた。

「呉太伯世家」にはいう——中国に覇たりて、もって周室を全うせんと欲す。「令」と「全」とでは、呉王の周王室に対する立場は逆になる。字形が似ており、いずれが正しいとも断定しがたい。

越王句踐襲殺呉太子。破呉兵。呉王聞之。乃歸。使使厚幣與越平。後九年。越王句踐遂滅呉。殺王夫差。而誅太宰嚭。以不忠於其君。而外受重賂。與己比周也。

越王句践《こうせん》、襲うて呉の太子を殺し、呉の兵を破る。呉王、これを聞き、乃ち帰り、使をして幣《へい》を厚うして越と平《へい》せしむ。後《のち》九年、越王句践、遂に呉を滅ぼし、王の夫差《ふさ》を殺し、而うして太宰嚭《たいさいひ》を誅す。其の君に不忠にして、外、重賂《じゅうろ》を受け、己《おのれ》と比周《ひしゅう》せしを以てなり。

越王の句践は、呉を襲撃して太子を殺し、呉軍を撃破した。巻四十一「越王句践世家」には、呉国の精鋭は王とともに従軍し、国内では老若男女と太子だけが留守していた、とあるから、虚をついたわけである。なお巻三十一「呉太伯世家」では、この事件について詳しい日づけを記している——六月戊子、越王句践、呉を伐つ。乙酉、越の五千人、呉と戦う。丙戌、呉の太子友《ゆう》を虜《とりこ》にす。丁亥、呉に入る。

呉王はこれをきいて帰国した。使者をやって鄭重な贈り物をとどけ、越と和平した。それから九年がすぎ、越王句践はついに呉を滅ぼし、国王の夫差《ふさ》を殺し、首相の伯《はく》嚭《ひ》をも処刑した。君主に対しては不忠、外からは賄賂《わいろ》をたくさん受けとり、相手とぐるになっていたからである。

呉はついに越の手にかかって滅亡し、伍子胥が怨みをのんだ第二・第三の仇敵も、かれの予言どおり非業の最期をとげた。ときにBC四七三年。しかし、呉を滅ぼした越も、およそ百四十年ののちに楚に滅ぼされてしまう。

伍子胥初所與倶亡故楚太子建之子勝者。在於呉。呉王夫差之時。楚惠王欲召勝歸楚。葉公諫曰。勝好勇。而陰求死士。殆有私乎。惠王不聽。遂召勝。使居楚之邊邑鄢。號爲白公。

伍子胥《ごししよ》の初め与《とも》に倶《とも》に亡《のが》れし所の故《もと》の楚の太子建《けん》の子勝《しよう》なる者、呉に在り。呉王夫差《ふさ》の時、楚の恵王《けい》、勝を召して楚に帰らしめんと欲す。葉公《しようこう》、諫《いさ》めて曰く、「勝《しよう》は勇を好みて、陰《ひそ》かに死士を求む。殆《ほとん》ど私《わたくし》あらんか」と。恵王、聴かず。遂に勝を召し、楚の辺邑鄢《えん》に居《お》らしむ。号して白公と為《な》す。

以下は白公勝の伝記である。かれもまた伍子胥とおなじ運命をたどる。

伍子胥がかつていっしょに亡命した楚のもとの太子、建《けん》の子勝《しよう》は、呉にいた。呉王の夫差《ふさ》の時代に、楚の恵王は、勝をよびもどして楚に帰らせようと考えた。

葉公《しよう》がこれを諫めた、「勝は武勇を好み、ひそかに決死の士をさがしております。十中八九まで陰謀をたくらんでおるとみてよいのではありますまいか。」

恵王はききいれず、かくて勝をよびもどし、楚の国境の町である鄢《えん》(湖北省宜城)

に住まわせ、白公と名のらせた。「楚世家」によれば、巣《そう》（安徽省巣県の東北方）の家老にした、という。

白公歸楚。三年而呉誅子胥。白公勝既歸楚。怨鄭之殺其父。乃陰養死士。求報鄭。歸楚五年。請伐鄭。楚令尹子西許之。兵未發。而晉伐鄭。鄭請救於楚。楚使子西往救。與盟而還。白公勝怒曰。非鄭之仇。乃子西也。勝自礪劍。人問曰。何以爲。勝曰。欲以殺子西。子西聞之笑曰。勝如卵耳。何能爲也。

白公《はくこう》、楚に帰り、三年にして、呉、子胥を誅《ちゅう》す。白公勝《しょう》、既に楚に帰るや、鄭《てい》の其の父を殺せるを怨み、乃ち陰《ひそ》かに死士を養い、鄭に報《むく》いんことを求む。楚に帰りて五年、鄭を伐《う》つを請う。楚の令尹《れいいん》子西《しせい》、これを許す。兵、未だ発せざるに、晋、鄭《てい》を伐つ。鄭、救いを楚に請う。楚、子西をして往きて救わしむ。与《とも》に盟《ちか》いて還る。白公勝、怒りて曰く、「鄭の仇《あだ》に非ずして、乃ち子西なり」と。勝、自《みずか》ら剣を礪《と》ぐ。人、問うて曰く、「何をか以て為《な》す」と。勝曰く、「以て子西を殺さんと欲す」と。子西これを聞き、笑いて曰く、「勝は卵の如きなるのみ。何をか能《よ》く為《な》さん」と。

白公（勝《しょう》）が楚に帰って三年めに、呉は子胥を殺害した。白公勝は楚に帰ってくると、鄭がわが父を殺したのを怨み、ひそかに決死の士を家におくようになった。鄭に復讐しようというのである。

楚に帰って五年めに、鄭を攻撃することを願い出た。楚の首相である子西《しせい》は、これを許可した。「令尹《れいいん》」とは楚の国にだけ使われた官名で、総理大臣にあたる。

軍が出発するまえに、晋が鄭を攻撃した。鄭は楚に救援をもとめた。楚は子西をやって救援させた。楚と鄭は同盟を結び、子西は帰還した。白公の勝は怒った。

「鄭がめざす仇じゃのうて、むしろ子西だ。」

こういって、勝はおのれの剣をみがいた。ある人がきいた、「それで何をなさるおつもりです。」

勝はいった、「これで子西を殺すつもりだ。」

これをきいた子西は笑った、「勝は卵のようなものさ。やつになにがやれよう。」

「卵」とは、むろん一人前にあつかえぬ弱小者を意味する。この一段がもとづいた『左伝』（哀公十六年）にはいう——子西はいった、「勝は卵のようなものさ。わしが翼ではぐくんでやろう。楚の国の序列では、わしが死ねば、首相・総司令官となるのは勝をおいてないからな。」

其後四歳。白公勝與石乞襲殺楚令尹子西・司馬子綦於朝。石乞曰。不殺王不可。乃劫之。王如高府。石乞從者屈固。負楚惠王。亡走昭夫人之宮。葉公聞白公爲亂。率其國人攻白公。白公之徒敗。亡走山中自殺。而虜石乞。而問白公尸處。不言。將亨石乞。曰。事成爲卿。不成而亨。固其職也。終不肯告其尸處。遂亨石乞。而求惠王復立之。

其の後《ご》四歳、白公勝、石乞《せきこつ》と襲いて楚の令尹子西・司馬子綦《しき》を朝《ちょう》に殺す。石乞曰く、「王を殺さずんば不可なり」と。乃ちこれを劫《おびやか》す。王、高府に如《ゆ》く。石乞《せきこつ》の従者屈固《くつこ》、楚の恵王を負い、亡《のが》れて昭夫人の宮《きゅう》に走る。葉公《しょうこう》、白公の乱を為《な》せるを聞き、其の国人を率《ひき》いて白公を攻む。白公の徒、敗《やぶ》る。亡《のが》れて山中に走り、自殺す。而《しこ》うして石乞を虜《とら》え、白公の尸《しかばね》の処を問う。言わず。将《まさ》に石乞を亨《に》〔烹〕んとす。曰く、「事成らば卿《けい》たり。成らずして亨《に》らるるも、固《もと》より其の職なり」と。終《つい》に其の尸の処を告ぐるを肯《がえ》んぜず。遂に石乞を亨《に》る。而《しこ》うして恵王を求めて復《ま》たこれを立つ。

それから四年がたった。白公の勝は石乞《せきこつ》とともに襲撃して、楚の首相である子西と軍の総司令官である子綦《しき》を宮廷内で殺害した。石乞がいった、「王を殺しておかねばだめです。」

そこで恵王をおびやかした。王は高府の別荘に逃げた。石乞の従者である屈固《くっこ》というおとこが、恵王を背負って、王の母、すなわち先代昭王の妃である昭夫人の宮殿に逃げこんだ。

葉公《しょう》は、白公が反乱をおこしたとき、領内の兵をひきいて白公を攻撃した。白公の一党は敗北し、白公は山中に逃げのびて自殺した。

石乞を捕えて、白公の死体のありかを尋問したが、口をわらない。石乞を釜ゆでの刑にしようとすると、石乞はいった、「事が成功すれば大臣になれたろう。成功しないで釜ゆでにされるのも、もともとわたしの本分だ。」

あくまで死体のありかをいおうとしない。そこで石乞を釜ゆでの刑に処し、恵王を捜し出して、ふたたび王位につけた。

太史公曰。怨毒之於人。甚矣哉。王者尙不能行之於臣下。況同列乎。向令伍子胥從奢俱死。何異螻蟻。弃小義。雪大恥。名垂於後世。悲夫。方子胥窘於江上。道乞食。志豈嘗須臾忘郢邪。故隱忍就功名。非烈丈夫。孰能致此哉。白公如不自立爲君者。其功謀亦不可勝道者哉。

太史公《たいしこう》曰く、怨毒《えんどく》の人に於けるや、甚だしい哉《かな》。王者すら尚《な》おこれを臣下に行なう能わず。況《いわ》んや同列をや。向《さき》に伍子胥をして奢《しゃ》に従いて倶《とも》に死せしめば、何ぞ螻蟻《ろうぎ》に異ならん。小義を弃《す》てて大恥《ち》を雪《すす》ぎ、名、後世に垂《た》る。悲しい夫《かな》、子胥の江上に窘《くる》しみ、道に食を乞うに方《あた》りては、志《こころざし》、豈《あ》に嘗《かつ》て須臾《しゅゆ》も郢《えい》を忘れしや。故に隠忍《いんにん》して功名を就《な》せり。烈丈夫《れつじょうぶ》に非ずんば、孰《たれ》か能く此れを致さんや。白公、如《も》し自《みずか》ら立ちて君と為《な》らずんば、其の功謀、亦《ま》た道《い》うに勝《た》うべからざる者なりしならん哉《か》。

太史公のことば——

怨恨が人にあたえる害毒は、なんともすさまじい。王者でさえ臣下に怨みをかうべき行為があってはならない。ましてこれが同列の場合なら。「怨毒」の「毒」をも怨の意に解する説があるが、いまは採らない。

もしも伍子胥が父の奢といっしょに死んでいたなら、虫けらも同然で一生を終っていたであろう。小さな義理をすてて大きな恥辱をすすぎ、その名は後世にまで伝わった。いたましいことだ、子胥が揚子江のきしべで窮迫し、道中で乞食をしていたさなかにも、胸のおもいは楚のみやこ郢《えい》を瞬時も忘れたことがなかったろう。だからこそ、耐えしのんで功名をなし遂げたのだ。偉丈夫でなければ、誰がここまでやれようか。

白公も、もしかれがかってに楚王になろうとしたのでなかったら、かれの功業智謀も一一あげきれぬものであったろうに。

なお「向令」は旧訓にしたがったが、二字で仮定法の助字とみてもよい（向は嚮、令は使にもつくる）。

廉頗藺相如列伝

「廉頗藺相如列伝《れんぱりんしょうじょ》」（巻八十二）は、いわゆる戦国七雄の一――趙《ちょう》国の将軍五人の伝記である。中心をなすものは、むろん標題に掲げる二将軍であり、さらにしぼれば、すでに論賛がしめすように、藺相如《りんしょうじょ》だといえよう。かれの「勇気」を廉頗《れんぱ》との交渉にふれつつ描く。それはまず、和氏《かし》の璧《たま》を秦《しん》にとどける使節として、ついで澠池《べんち》の会盟における趙王の随員として、再度にわたり遺憾なく発揮される。しかし著者司馬遷は、この「勇気」をむやみにたたえるわけではない。「勇気」は武将がそなえるべき必須の条件ではあっても、さらに優先するものとして「智慧」がある。というより、深く澄んだ智慧に支えられた勇気こそ、栄光をになう真の勇気だと、司馬遷は語るかのようである。だから真の勇者は、平生無事の際にはむしろその反対のごとくにさえ見え、真の勇気は、それが必要とあればはじめて満を持して放たれる。附伝された趙奢《ちょうしゃ》と李《り》牧《ぼく》もまた真の勇者といえよう。かれらは人間愛にもとみ、部下をこよなく愛した。反対に奢《しゃ》のむすこ趙括《ちょうかつ》は、それを欠いたがために みずから破滅の途をたどっていった。

廉頗者。趙之良將也。趙惠文王十六年。廉頗爲趙將。伐齊大破之。取陽晉。拜爲上卿。以勇氣聞於諸侯。

廉頗《れんぱ》なる者は、趙《ちょう》の良将なり。趙の恵《けい》文王の十六年、廉頗、趙の将と為《な》り、斉を伐《う》ちて大いにこれを破り、陽晋《ようしん》を取る。拝せられて上卿《じょうけい》と為る。勇気を以て諸侯に聞《きこ》ゆ。

廉頗《れんぱ》というのは、趙国のすぐれた将軍である。「趙」は戦国七雄の一であり、当時の領土は河北省南部、河南省の黄河以北および山東省東部にまたがっていた。趙の第七代君主である恵文《けいぶん》王の十六年（BC二八三）、廉頗は趙の将軍として斉《せい》を討伐し、大いにこれを破って、陽晋《ようしん》（山東省荷沢《かたく》の西北）を奪い取った。その功によって上卿を拝命した。当時の官僚は卿・大夫・士の三つの職階に分かたれ、さらに「卿」に上・中・下の三段階があった。臣下として最高の待遇をうけたわけである。かれの勇気は、諸侯すなわち戦国期の他の諸国の間に知れわたった。

藺相如者。趙人也。爲趙宦者令繆賢舍人。

藺相如《りんしょうじょ》なる者は、趙の人なり。趙の宦者《かんじゃ》の令繆賢《ぼくけん》の舍人《しゃじん》と為《な》る。

藺相如《りんしょうじょ》というのは、趙の人である。趙の宦官《かんがん》の長である繆賢《ぼくけん》の家令となった。「宦者」は宦官、去勢手術をうけて宮廷の奥向きにつかえる役人。「舍人」とは、非常事態にそなえて養っておく食客のうち、役づきのものをいう。

趙惠文王時。得楚和氏璧。秦昭王聞之。使人遺趙王書。願以十五城請易璧。趙王與大将軍廉頗・諸大臣謀。欲予秦。秦城恐不可得。徒見欺。欲勿予。卽患秦兵之來。計未定。求人可使報秦者。未得。

趙《ちょう》の恵文《けいぶん》王の時、楚《そ》の和氏《かし》の璧《たま》を得たり。秦《しん》の昭王これを聞き、人をして趙王に書を遺《おく》らしめ、願わくば、十五の城を以て璧《たま》に易《か》えんと請う。趙王、大将軍廉《れん》頗《ぱ》・諸大臣と謀《はか》る。秦に予《あた》えんと欲せば、秦の城、恐らくは得《う》べからずして、徒《いたず》らに欺《あざむ》かれんのみ。予《あた》うる勿《な》からんと欲せば、即ち秦の兵の来たらんことを患《うれ》う。計、未だ定まらず。人の使いして秦に報ずべき者を求むるも、未だ得ず。

趙の恵文王の時、王は楚の和氏《かし》の璧《たま》を手に入れた。「璧《へき》」は環状の玉器で、環のはばが孔《あな》の直径に等しいものをいう。この「和氏の璧」には、一篇の哀話が秘められていた。——楚のひと和氏《かし》は、あるとき玉の原石を手に入れて、楚の厲《れい》王に献上した。王が玉細工師に鑑定させたところ、「ただの石ころにすぎません」という。だまされたと思った王は、罰として和氏の左足を切断させた。厲王が亡くなり武王が即位すると、和氏はふたたびそれを献上した。玉細工師はまた「ただの石です」といい、今度は右足を切断された。武王が亡くなり、文王が即位した。和氏は玉の原石を抱いて、山中で泣いていた。文王がこれを玉細工師に磨かせたところ、みごとな宝玉があらわれ、これに「和氏の璧」と名づけた（『韓非子《かんぴし》』和氏篇）。

秦の昭王は、このいわくつきの璧《たま》が趙王の手に入ったと聞き、人をつかわして趙王に手紙をおくり、十五の城《まち》と璧とを交換したいと願い出た。趙王は、大将軍である廉《れん》頗《ぱ》や重臣たちと相談した。璧《たま》を秦に与えようとすれば、秦の城《まち》はおそらく手に入らず、一ぱいくわされるだけのこと、さて秦に与えまいとすれば、秦軍の襲来が心配であり、相談がまとまらない。秦への使者にたって趙の意志を伝えるものを捜したが、見あたらない。

宦者令繆賢曰。臣舍人藺相如可使。王問。何以知之。對曰。臣嘗有罪。竊計欲亡走燕。臣舍人相如止臣曰。君何以知燕王。臣語曰。臣嘗從大王。與燕王會境上。燕王私握臣手曰。願結友。以此知之。故欲往。相如謂臣曰。夫趙彊而燕弱。而君幸於趙王。故燕王欲結於君。今君乃亡趙走燕。燕畏趙。其勢必不敢留君。而束君歸趙矣。君不如肉袒伏斧質請罪。則幸得脱矣。臣從其計。大王亦幸赦臣。臣竊以爲其人勇士。有智謀。宜可使。

宦者《かんじゃ》の令繆賢《ぼくけん》曰く、「臣の舍人藺相如《しゃじんりんしょうじょ》、使いすべし」と。王、問う、「何を以てこれを知るや」と。対《こた》えて曰く、「臣、嘗《かつ》て罪あり、窃《ひそ》かに計りて燕《えん》に亡《のが》れ走らんと欲す。臣の舍人相如《しょうじょ》は、臣を止《とど》めて曰く、『君、何を以て燕王を知るや』と。臣、語りて曰く、『臣、嘗て大王に従いて、燕王と境の上《ほとり》に会す。燕王、私《ひそ》かに臣の手を握りて曰く、〈願わくば、友わりを結ばん〉と。此《こ》れを以てこれを知る。故に往かんと欲す』と。相如《しょうじょ》、臣に謂《い》いて曰く、『夫《そ》れ趙《ちょう》は強くして燕《えん》は弱し。而うして君は趙王に幸せらる。故に燕王は君に結ばんと欲せり。今、君は乃ち趙より亡《のが》れて燕に走る。燕は趙を畏《おそ》るれば、其の勢い、必ずや敢《あ》えて君を留めずして、君を束《しば》りて趙に帰さん。君は肉袒《にくたん》し、斧質《ふしつ》に伏して罪を請うに如《し》かず。則ち幸いに脱するを得ん』と。臣、其の計に従う。大王も亦《ま》た幸いに臣を赦《ゆる》せり。臣、窃《ひそ》かに以為《おも》えらく、其の人、勇士にして、智謀ありと。宜《よろ》しく使わすべし」と。

宦官《かんがん》の長である繆賢《ぼくけん》がいった、「それがしの家令藺相如《りんしょうじょ》なら使者の任にたえます る。」

王が「どうしてそれがわかる」とたずねると、答えた、「それがしは過去に罪を犯したことがあります。ひそかに燕《えん》(河北省北部から遼寧《りょうねい》にかけて領有した王国)に亡命しようと考えておりますと、家令の相如がそれがしをひきとめて申します、『あなたはどうして燕王をご存知です。』それがしは申しました、『それがしはわが君のお供をして、国境のほとりで開かれた燕王との会議に参加したことがある。燕王はそっとそれがしの手を握り、君と友人になりたいといわれた。こうして燕王を知ったわけだ。だからわしは行こうとおもう。』相如はそれがしに申しました、『大体、趙は強く燕は弱いうえに、あなたは趙王に寵愛されている。だから、燕王はあなたの友になりたいのです。ところが、いまあなたは趙から燕に亡命する身です。燕は趙をおそれておりますから、まずまずあなたをかくまいはせず、あなたを縛って趙に送還することでしょう。それよりもあなたは肌ぬぎで処刑台に伏し、処罰を乞うにかぎります。そうすれば、命が助かることもかないましょう。』それがしはかれの意見にしたがい、わが君も幸い許してくださいました。それがし、ひそかに思いまするに、かれは勇士で智謀にたけております。使者の任にふさわしい男です。」
「肉袒《にくたん》」とは衣服を脱いで肌をあらわし、罰として打たれる覚悟を示すことをいう。
「斧」は断頭器、「質」はその台。

於是王召見。問藺相如曰。秦王以十五城請易寡人之璧。可予不。相如曰。秦彊而趙弱。不可不許。王曰。取吾璧。不予我城。奈何。相如曰。秦以城求璧。而趙不許。曲在趙。趙予璧而秦不予趙城。曲在秦。均之二策。寧許以負秦曲。王曰。誰可使者。相如曰。王必無人。臣願奉璧往使。城入趙而璧留秦。城不入。臣請完璧歸趙。趙王於是遂遣相如。奉璧西入秦。

是《ここ》に於て王、召見す。藺相如《りんしょうじょ》に問うて曰く、「秦王、十五の城を以て寡人《かじん》の璧《たま》に易《か》えんと請う。予《あた》うべきや不《いな》や」と。相如《しょうじょ》曰く、「秦は強くして趙は弱し。許さざるべからず」と。王曰く、「吾《わ》が璧《たま》を取りて、我に城《まち》を予《あた》えずんば、奈何《いかん》せん」と。相如曰く、「秦、城を以て璧を求むるに、趙、許さずんば、曲《つみ》は趙に在り。趙、璧を予《あた》うるに、秦、趙に城を予《あた》えずんば、曲《つみ》は秦に在り。之《こ》の二策を均《くら》ぶるに、寧《むし》ろ許して以て秦に曲《つみ》を負《お》わしめん」と。王曰く、「誰か使いすべき者ぞ」

と。相如《しょうじょ》曰く、「王、必ず人なくんば、臣願わくは、璧を奉じ往きて使いせん。城、趙に入りて、璧、秦に留まらん。城入らずんば、臣請う、璧《たま》を完《まっと》うして趙に帰らん」と。趙王、是《ここ》に於て遂に相如を遣わし、璧を奉じて西のかた秦に入らしむ。

そこで王は、藺相如《りんしょうじょ》を召しよせて会い、かれにたずねた、「秦王は十五の城《まち》をわたしの璧《たま》と交換してもらいたいといって来た。与えるべきだろうか。」「寡人」は君主の自称。

相如はいった、「秦は強く趙は弱うございます。承諾せぬわけにはまいりますまい。」

王「秦がわが璧を奪い、こちらに城《まち》をくれなかったら、どうしよう。」

相如「秦が城《まち》を代償として璧をくれといいますのに、趙がきかなければ、責任は趙にあります。趙が璧を与えたのに、秦が趙に城《まち》をくれなければ、責任は秦にあります。この二つの策をくらべてみますと、むしろ願いをきいて秦に責任を負わせた方がよろしいでしょう。」

王「して、使者に誰をたてればよかろう。」

相如「王さまにどうしても人がないなら、それがしが璧をささげて使者にたたせていただきましょう。城《まち》が手に入れば城《まち》は趙の手に入り、璧は秦にのこされることでしょう。城《まち》が手に入らねば、璧を守りぬいて持ち帰りたいものです。」

趙はそこで相如を派遣し、璧をささげ持って西のかた秦にのりこませることにした。

こうして、重大使命をおびた藺相如は秦にのりこみ、最初の勇名をはせる機会を見いだすのである。

秦王坐章臺見相如。相如奉璧奏秦王。秦王大喜。傳以示美人及左右。左右皆呼萬歲。相如視秦王無意償趙城。乃前曰。璧有瑕。請指示王。王授璧。相如因持璧。却立倚柱。怒髮上衝冠。謂秦王曰。大王欲得璧。使人發書至趙王。趙王悉召羣臣議。皆曰。秦貪負其彊。以空言求璧。償城恐不可得。議不欲予秦璧。臣以爲布衣之交。尚不相欺。況大國乎。且以一璧之故。逆彊秦之驩。不可。於是趙王乃齋戒五日。使臣奉璧拜送書於庭。何者。嚴大國之威。以修敬也。今臣至。大王見臣列觀。禮節甚倨。得璧傳之美人。以戲弄臣。臣觀大王無意償趙王城邑。故臣復取璧。大王必欲急臣。臣頭今與璧倶碎於柱矣。相如持其璧。睨柱。欲以擊柱。秦王恐其破璧。乃辭謝固請。召有司案圖。指從此以往十五都予趙。

秦王、章台《しょうだい》に坐して、相如に見《あ》う。相如《しょうじょ》、璧《たま》を奉じて秦王に奏す。秦王、大いに喜ぶ。伝えて以て美人と左右に示す。左右、皆万歳を呼ぶ。相如、秦王が趙に城を償《つぐの》うに意なきを視るや、乃ち前《すす》みて曰く、「璧《たま》に瑕《きず》あり、請う、王に指し示《さ》さん」と。王、璧を授く。相如《しょうじょ》、因《よ》りて璧を持ち、却《しりぞ》き立ちて柱に倚《よ》る。怒髪《どはつ》上《のぼ》りて冠《かんむり》を衝《つ》く。秦王に謂いて曰く、「大王、璧《たま》を得んと欲し、人をして、書を発して趙王に至らしむ。趙王、悉《ことごと》く群臣を召して議せしに、皆曰く、『秦は貪《たん》にして其の強きを負《たの》み、空言を以て璧を求む。城を償《つぐな》わんこと、恐らくは得《う》べからず』と。議《ぎ》、秦に璧を予《あた》うるを欲せず。臣、以為《おも》えらく、『布衣《ほい》の交《まじわ》りすら尚《な》お相欺《か》かず。況《いわ》んや大国をや。且つ、一の璧の故を以て、強き秦の驩《よし》みに逆《そむ》くは、可ならず』と。是《ここ》に於て趙王、乃ち斎戒《さいかい》すること五日。臣をして璧を奉じて書を庭《てい》に拝送せしむ。何となれば、大国の威を厳にし、以て敬《うやま》いを修むるなり。今、臣至るに、大王は臣と列観《れっかん》に見《あ》い、礼節甚だ倨《おご》れり。璧を得るや、これを美人に伝え、以て臣を戯弄《ぎろう》す。臣、大王の趙王に城邑《ゆう》を償《つぐの》うに意なきを観《み》る。故に、臣復《ま》た璧を取れり。大王、必ず臣に急《せま》らんと欲せば、臣の頭《こうべ》、今、璧と倶《とも》に柱に砕《くだ》けん」と。相如、其の璧を持ちて柱を睨《にら》み、以て柱に撃《う》たんと欲す。秦王、其の璧を破らんことを恐る。乃ち辞謝して固く請う。有司《ゆうし》を召して図を案《あん》じ、「此《こ》れより以往《おう》の十五都は、趙に予《あた》えん」と指さす。

秦王は、首都咸陽《かんよう》(陝西省西安の西北)にある展望台——章台《しょうだい》に腰かけて、相如に会った。本来なら宮中の正庁で謁見すべきなのに、おりしも遊楽にふけっていた場所に呼びよせたわけである。

相如は璧《たま》をささげつつ、秦王に口上をのべて奉呈した。秦王はたいへん喜び、側室や側近のものに回して見せる。側近たちはみな万歳とさけんだ。相如は、秦王に代償として趙に城《まち》をわたす意志のないのを見とどけると、進み出ていった、「璧にきずがございます。その個所を教えてさしあげましょう。」「美人」は側室の称号。

王は璧を相如に手わたす。相如はすかさず璧をもって後《あと》ずさりし、柱に寄りかかって立った。怒りのあまり髪は直立して、冠《かんむり》をもおしあげんばかり。秦王にむかっていった、

「大王は璧を手に入れようと、人をつかわして手紙を趙王にとどけられた。趙王は家臣を全部召して相談されたところ、誰もが申しました、『秦は貪欲《どんよく》で、その強大さをたのみ、でたらめいって璧をくれといってるのです。城《まち》を代償にするなど、おそらく実現しますまい。』話は、秦に璧を与えまいということに決りました。だが、それがしの意見は、『庶民のつきあいでさえだましあいはせぬもの。まして相手は大国、しかもたかが璧一つのために、強国秦の友誼を無にするのはよくない』というものです。そこで趙王は、五日の間ものいみして体を清め、それがしに璧をもたせて、うやうやしく貴国の宮廷に手紙をとどけさせたのです。なぜかといえば、大国の権威を尊重し

て、十分に敬意をはらうためです。いま、それがしがまいりますと、大王は遊興の場所でそれがしと会い、はなはだごうまんなあしらい。璧が手にはいると、それをおめかけどもにまわして、それがしをばかにされる。それがし、大王には代償として城《まち》を趙王にさし出す意志がないと見ました。だからそれがしは璧を取りかえしたのです。大王があくまでそれがしに危害を加えようとなさるなら、それがしの頭は、璧とともにたちまち柱でくだけるでしょう。」『史記』の「今」には「ただちに・たちまち」の用法がしばしば見られる。

相如は璧を手に、柱をにらみつつ、それをぶつけようとする。秦王は、相如が璧を台なしにしてはたいへんだとおもい、ようやく詫びをのべて、むちゃをせぬようかたくたのんだ。係りの役人を呼びよせて地図をしらべ、「ここからむこうの十五の町を、趙に与えよう」と、指で示した。

相如度秦王特以詐詳爲予趙城。實不可得。乃謂秦王曰。和氏璧。天下所共傳寶也。趙王恐。不敢不獻。趙王送璧時。齋戒五日。今大王亦宜齋戒五日。設九賓於廷。臣乃敢上璧。秦王度之。終不可彊奪。遂許齋五日。舍相如廣成傳舍。

相如《しょうじょ》、度《はか》るらく、秦王特《た》だ詐詳《さよう》〔佯〕を以て趙に城を予《あた》うる為《まね》し、実は得べからずと。乃ち秦王に謂《い》いて曰く、「和氏《かし》の璧《たま》は、天下の共に伝えて宝とする所なれど、趙王は恐れて、敢《あ》えて献ぜずんばあらざりき。趙王、璧を送りし時、斎戒するること五日、今、大王も亦た宜《よろ》しく斎戒すること五日、九賓《ひん》を廷《てい》に設くべし。臣、乃ち敢えて璧を上《たてま》つらん」と。秦王これを度《はか》るに、終《つい》に強《し》いて奪うべからずと。遂に斎《ものい》みすること五日なるを許し、相如《しょうじょ》を広成《こうせい》の伝舎《でんしゃ》に舎《やど》らしむ。

相如は、ひそかに思いめぐらす、秦王はうそをついて、趙に城《まち》を与える顔をしているだけであり、実際はもらえまいと。そこで秦王にいった、

「和氏《かし》の璧《たま》は、天下のものがみなして伝えた宝物です。趙王は貴国が恐ろしいので、献上せぬわけにはゆかなかったのです。趙王は璧を送り出すとき、五日間もものいみをしました。いま大王も五日のものいみをなさり、宮廷で正式の引見の礼を行うべきです。そのときには、それがしもきっと璧をさし上げましょう。」

秦王もひそかに思いめぐらす、結局はむりやり奪うわけにもゆくまいと。そこで五日のものいみを承諾して、相如を広成《こうせい》街の宿舎に泊らせた。

「九賓」の賓は、接待係の役人、正しくは「擯者」という。九人の擯者による国賓引見の礼である。「伝舎」は公務出張者の宿舎、ここでは首都の迎賓館をさす。一部のテクストには「伝」の下に「舎」の字がない。

相如度秦王雖齋。決負約不償城。乃使其從者衣褐懷其璧。從徑道亡。歸璧于趙。秦王齋五日後。乃設九賓禮於廷。引趙使者藺相如。相如至。謂秦王曰。秦自繆公以來二十餘君。未嘗有堅明約束者也。臣誠恐見欺於王而負趙。故令人持璧歸。間至趙矣。且秦彊而趙弱。大王遣一介之使至趙。趙立奉璧來。今以秦之彊。而先割十五都予趙。趙豈敢留璧而得罪於大王乎。臣知欺大王之罪當誅。臣請就湯鑊。唯大王與羣臣孰計議之。秦王與羣臣相視而嘻。左右或欲引相如去。秦王因曰。今殺相如。終不能得璧也。而絶秦・趙之驩。不如因而厚遇之。使歸趙。趙王豈以一璧之故欺秦邪。卒廷見相如。畢禮而歸之。相如既歸。趙王以爲賢大夫使不辱於諸侯。拜相如爲上大夫。秦亦不以城予趙。趙亦終不予秦璧。

相如《しょうじょ》、度《はか》るらく、秦王は斎《ものい》みすと雖《いえど》も、決《かなら》ず約に負《そむ》きて城を償《つぐな》わざらんと。乃ち其の従者をして、褐《かっ》を衣《き》、其の璧を懐《ふところ》にし、径道《けいどう》より亡《のが》れて、璧《たま》を趙に帰《かえ》さしむ。秦王、斎《ものい》みすること五日の後、乃ち九賓《ひん》の礼を廷《てい》に設け、趙の使者藺《りん》相如を引《みちび》く。相如、至る。秦王に謂《い》いて曰く、「秦《しん》は繆公《ぼくこう》より以来、二十余君、未だ嘗て約束を堅明《けんめい》にせし者あらざるなり。臣の誠に恐るるは、王に欺《あざむ》かれて趙に負《そむ》かんことなり。故に人をして璧を持ちて帰り、間《ひそ》かに趙に至らしむ。且つ、秦は強くして趙は弱ければ、大王、一介《かい》の使いをして趙に至らしめば、趙は立《ただ》ちに璧を奉じて来たらん。今、秦の強きを以てして、先ず十五都を割《さ》きて趙に与えなば、趙、豈《あ》に敢えて璧を留めて罪を大王に得んや。臣、大王を欺きし罪の誅《ちゅう》に当るを知る。臣請う、湯鑊《とうかく》に就《つ》かん。唯《た》だ大王、群臣と孰《じゅく》〔熟〕計《けい》して、これを議せ」と。秦王、群臣と相視《あいみ》て嘻《おど》く。左右、或いは相如を引きて去らんと欲す。秦王、因《よ》りて曰く、「今、相如を殺すも、終に璧を得る能わず、而《しか》も秦・趙の驩《まじわ》りを絶つ。因《よ》りてこれを厚遇し、趙に帰らしむるに如《し》かず。趙王、豈《あ》に一つの璧の故を以て秦を欺《あざむ》かんや」と。卒《つい》に廷に相如に見《あ》い、礼を畢《つく》してこれを帰す。相如、既に帰り、趙王以為《おも》えらく、賢大夫《けんたいふ》、使いして諸侯に辱《はず》かしめられずと。相如を拝して上大夫と為《な》す。秦も亦《ま》た城を以て趙に予《あた》えず、趙も亦た終《つい》に秦に璧を予えず。

相如《しょうじょ》は、たとえ秦王がものいみをしても、きっと約束にそむき、城《まち》を代償に提供することはあるまいと推測した。そこで従者に庶民のきるそまつな麻服を着せ、璧《たま》を懐《ふところ》にもたせて、近道からにがし、趙王に持ち帰らせた。

秦王は五日のものいみをすると、宮中で正式に引見の礼をととのえ、趙の使節である藺相如《りんしょうじょ》を案内した。相如は到着すると、秦王にいった、

「秦は繆公《ぼくこう》（在位BC六五九—六二一）以来、二十余代、かつて約束を厳守されたた

めしがありません。それがしは、王にだまされて趙の期待にそむくことを、どんなに恐れたことでしょう。だから璧はひとに持ち帰らせ、ひそかに趙にとどけました。それに、秦は強く趙は弱いのですから、大王は一人の使者を趙に送りつけるだけで、趙はただちに璧をささげてまいりましょう。いま、強大な秦のことですから、まず十五の城を趙に分かたれたなら、趙は大王に対して、いつまでも璧を手許におくような失礼なことをいたしましょうか。それがしは、大王をだました罪が死刑に値いすることも承知のうえです。どうかゆで釜のところにまいりましょう。大王、ご家来衆ととくと相談のうえおきめください。」

秦王はギョッとして、家臣たちと顔を見あわせる。「嘻」を「おどろく」とよむのは仮りの訓であり、驚きあきれた時に発する音声をうつしたもの、「ヒェッ」。「いかる」とよむ場合も、驚き怒る音声をうつしたとみるべきである。

側近たちの中には、相如を処刑の場につれ去ろうとするものもあった。

秦王はそこでいった、「いま相如を殺してみたところで、璧は結局手に入るまい。それに秦と趙の友誼を絶つことにもなる。このままやつを手あつくもてなし、趙に帰らせたほうがよい。たかが一つの璧のことで、趙王が秦を裏切りなどするものか。」

結局、宮廷で相如に会い、礼をつくして帰国させた。

相如が帰って来ると、趙王は考えた、まことにりっぱな家老だ、諸侯の国へ使者にたち、はずかしめもうけずに帰りおったと。相如を上位家老に任命した。秦は結局、城《まち》を趙に与えなかったし、趙も秦に璧を与えずにすんだ。

最初の功績を祖国にもたらした藺相如には、ふたたび強国秦を圧倒する機会がおとずれる。以下、「澠池《べんち》の会」として知られる有名な事件にうつる。

其後秦伐趙。抜石城。明年。復攻趙。殺二萬人。秦王使使者告趙王。欲與王爲好。會於西河外澠池。趙王畏秦。欲毋行。廉頗・藺相如計曰。王不行。示趙弱且怯也。趙王遂行。相如從。廉頗送至境。與王訣曰。王行。度道里。會遇之禮畢還。不過三十日。三十日不還。則請立太子爲王。以絶秦望。王許之。遂與秦王會澠池。

其の後、秦、趙を伐《う》ち、石城《せきじょう》を抜く。明年、復《ま》た趙を攻めて、二万人を殺す。秦王、使者をして趙王に告げしめ、王と好《よし》みを為し、西河《せいか》の外なる澠池《べんち》に会せんと欲す。趙王、秦を畏《おそ》れて行く毋《なか》らんと欲す。廉頗《れんぱ》・藺相如《りんしょうじょ》、計りて曰く、「王、行《ゆ》かずんば、趙の弱く且つ怯《きょう》なるを示すなり」と。趙王、遂に行く。相如、従う。廉頗、送りて境に至り、王と訣《わか》れて曰く、「王の行《こう》、道里を度《はか》るに、会遇《かいぐう》の礼畢《おわ》りて還るまで、三十日を過ぎず。三十日にして還らずんば、則ち請う、太子を立てて王と為《な》し、以て秦の望みを絶《た》たん」と。王これを許す。遂に秦王と澠池《べんち》に会す。

その後、秦は趙を討伐して、石城（河南省林県の西南）を陥落させた。翌年、ふたたび趙を攻撃して、二万人を殺した。秦王は使者をたてて趙王に告げ、友好関係を結ぶべく、黄河の西方にある澠池《べんち》で会議を開こうとした。

「西河」には二つの用法がある。一つは『尚書（書経）』禹貢《うこう》篇に見えて黄河をさし、他は黄河の西の意で、陝西《せんせい》省中東部一帯をさす。ここは後者の用法である。

秦をおそれた趙王は、行かずにおこうと考えた。廉頗《れんぱ》と藺相如《りんしょうじょ》は相談して趙王にいった、「王さまがおいでにならないと、わが趙が弱くて、しかもおくびょうなことを示すことになります。」趙王はそのとおり行くことにして、相如が随行した。廉頗は国境まで見送って行き、王に別れをつげた、

「王さまの旅について、行程をはかってみますと、会見の儀式がすんでおもどりになるまで、三十日をこえることはありません。三十日がすぎておもどりにならねば、その時は太子さまを立てて王位におつけし、秦の期待を絶ちきりたいと存じます。」

「秦の望みを絶つ」とは、秦が趙王を人質として趙から不当な利益をえようとする、その望みを絶ってあきらめさせることである。

趙王はそのことを許した。かくて秦王と澠池《べんち》で会見することになった。

秦王飲酒酣曰。寡人竊聞趙王好音。請奏瑟。趙王鼓瑟。秦御史前書曰。某年月日。秦王與趙王會飮。令趙王鼓瑟。藺相如前曰。趙王竊聞秦王善爲秦聲。請奉盆缻秦王。以相娛樂。秦王怒不許。於是相如前進缻。因跪請秦王。秦王不肯擊缻。相如曰。五步之內。相如請得以頸血濺大王矣。左右欲刃相如。相如張目叱之。左右皆靡。於是秦王不懌。爲一擊缻。相如顧召趙御史。書曰。某年月日。秦王爲趙王擊缻。秦之羣臣曰。請以趙十五城爲秦王壽。藺相如亦曰。請以秦之咸陽爲趙王壽。秦王竟酒。終不能加勝於趙。趙亦盛設兵以待秦。秦不敢動。

秦王、酒を飲み、酣《たけな》わにして曰く、「寡人《かじん》、窃《ひそ》かに聞く、趙王は音《おん》を好《この》むと。請う、瑟《しつ》を奏せよ」と。趙王、瑟《しつ》を鼓《こ》す。秦の御史《ぎょし》、前《すす》み書して曰く、「某《ぼう》年月日、秦王、趙王と会飲し、趙王をして瑟《しつ》を鼓《こ》せしむ」と。藺相如《りんしょうじょ》、前《すす》みて曰く、「趙王、窃《ひそ》かに聞く、秦王は善く秦声を為すと。請う、盆缻《ぼんぷ》を秦王に奉《ささ》げ、以て相娯楽せん」と。秦王、怒りて許さず。是《ここ》に於て相如、前《すす》みて缻《ふ》を進め、因《よ》りて跪《ひざまず》きて秦王に請う。秦王、缻《ふ》を撃つことを肯《がえ》んぜず。相如曰く、「五歩《ごほ》の内《うち》、相如請《こ》う、頸《うなじ》の血を以て大王に濺《そそ》ぐを得ん」と。左右、相如を刃《じん》せんと欲す。相如、目を張りて之を叱《しっ》す。左右、皆靡《なび》く。是《ここ》に於て秦王、懌《よろこ》ばざるも、為《ため》に一たび缻《ふ》を撃つ。

相如、顧《かえ》りみて趙の御史《ぎょし》を召し、書せしめて曰く、「某年月日、秦王、趙王の為《ため》に缻《ふ》を撃つ」と。秦の群臣、曰く、「請う、趙の十五城を以て秦王の寿《じゅ》を為《な》せ」と。藺相如も亦《ま》た曰く、「請う、秦の咸陽《かんよう》を以て趙王の寿を為《な》せ」と。秦王、酒を竟《おわ》るまで、終《つい》に勝ちを趙に加うる能わず。趙も亦《ま》た盛《さか》んに兵を設けて、以て秦を待つ。秦、敢《あ》えて動かず。

秦王は酒宴をひらき、宴がたけなわになるといった、「趙王どのは音楽好きだとうかがっとる。どうか瑟《しっ》を弾《ひ》いてくだされ。」「瑟」とは琴に似た二十五絃の楽器で、竹べらでかきならす。

趙王は瑟を弾いた。秦の史官が進み出て書きつけた、「某年某月某日、秦王は趙王と酒をくみかわし、趙王に瑟を弾かせた。」「御史」は、後世になると検察官をいうが、当時は史官をいう（本冊「晋世家」六三ページ参照）。

藺相如が進み出ていった、「趙王がもれ聞かれるところでは、秦王は秦の民謡をうたうのがお上手だそうで。どうか素焼のはちとかめを秦王にさしあげて、ごいっしょに楽しませていただきましょう。」「盆」は素焼の洗面器、「缻《ふ》」は缶《ほとぎ》で、酒を入れる素焼のかめ。いずれも歌の伴奏に楽器として使う。巻八十七「李斯《りし》列伝」の李斯の上奏中にいう、「かめ（甕）をうちほとぎ（缶）をたたき、箏《こと》をならし股をたたいて、ウーウーとたのしくやるのが、まことの秦声です。」要するに、俗曲を歌わせることによって秦王の上に出たのである。

秦王は立腹して承知しない。そこで相如は進み出て、かめをさし出すなり、ひざまずいて秦王にたのむ。秦王はかめをたたこうとしない。相如はいった、「わずかに五歩のへだたり、一つそれがしめ、首の血しおを大王にふりそそいでお目にかけましょう。」身をすててかかれば、秦王の一命はないぞ、とおどしたのである。

秦王の側近は、相如を斬ろうとする。相如は眼をむいて、どなりつける。側近たちはみなたじろいだ。そこで秦王は、不愉快ではあったが、かめを一度たたいてやった。相如はふりかえって趙の史官をよび、こう書かせた、「某年某月某日、秦王は趙王のためにかめをたたいた。」

秦の家臣たちはいった、「趙の十五の城《まち》を、秦王の長寿を祝うしるしにさし出したまえ。」藺相如もいった、「秦のみやこ咸陽《かんよう》を趙王の長寿を祝うしるしにさし出したまえ。」秦王は酒宴が終るまで、結局趙から一本とることができなかった。

趙のほうでもさかんに軍備をととのえて秦を待ったが、秦は行動をおこすわけにゆかなかった。「澠池《べんち》の会」の一段はここに終る。以下、藺相如の反面をえがきつつ、真の勇者を浮きぼりにする。

既罷歸國。以相如功大。拜爲上卿。位在廉頗之右。廉頗曰。我爲趙將。有攻城野戰之大功。而藺相如徒以口舌爲勞。而位居我上。且相如素賤人。吾羞。不忍爲之下。宣言曰。我見相如。必辱之。相如聞。不肯與會。相如每朝時。常稱病。不欲與廉頗爭列。已而相如出。望見廉頗。相如引車避匿。於是舍人相與諫曰。臣所以去親戚而事君者。徒慕君之高義也。今君與廉頗同列。廉君宣惡言。而君畏匿之。恐懼殊甚。且庸人尙羞之。況於將相乎。臣等不肖。請辭去。藺相如固止之曰。公之視廉將軍。孰與秦王。曰。不若也。相如曰。夫以秦王之威。而相如廷叱之。辱其羣臣。相如雖駑。獨畏廉將軍哉。顧吾念之。彊秦之所以不敢加兵於趙者。徒以吾兩人在也。今兩虎共闘。其勢不俱生。吾所以爲此者。以先國家之急。而後私讎也。廉頗聞之。肉袒負荊。因賓客至藺相如門。謝罪曰。鄙賤之人。不知將軍寬之至此也。卒相與驩。爲刎頸之交。

既に罷《や》めて国に帰る。相如の功の大なるを以て、拝して上卿《じょうけい》と為《な》す。位《くらい》、廉頗《れんぱ》の右に在り。廉頗曰く、「我、趙の将と為《な》り、城を攻め野に戦うの大功あり。而《しか》るに、藺相如は徒《いたず》らに口舌《こうぜつ》を以て労を為し、而《しか》も位は我が上に居《お》る。且つ、相如は素《も》と賤《いや》しき人なり。吾羞《は》ず、これが下《しも》たるに忍《しの》びず」と。宣言して曰く、「我、相如を見ば、必ずこれを辱《はず》かしめん」と。相如聞き、これと会《あ》うを肯《がえ》ぜず。相如、朝《ちょう》する時ごとに、常に病《やま》いと称し、廉頗と列を争うを欲せず。已《すで》にして相如出《い》で、廉頗を望み見る。相如、車を引いて避け匿《かく》る。是《ここ》に於て、舎人《しゃじん》、相与《あいとも》に諫《いさ》めて曰く、「臣の、親戚を去りて君に事《つか》うる所以《ゆえん》は、徒《た》だ君の高義《こうぎ》を慕《した》えばなり。今、君、廉頗と列を同じうす。廉君、悪言《あくげん》を宣《ふ》れたるに、君は畏《おそ》れてこれより匿《かく》れ、恐懼《きょうく》すること殊に甚だし。且つ、庸人《よう》すら尚《な》おこれを羞《は》ず。況《いわ》んや将相《しょうしょう》に於てをや。臣ら不肖《ふしょう》なり、請う辞去せん」と。藺相如、固くこれを止《とど》めて曰く、「公らの廉《れん》将軍を視《み》ること、秦王と孰与《いず》れぞ」と。曰く、「若《し》かざるなり」と。相如曰く、「夫《そ》れ秦王の威を以てして、相如は廷《てい》にこれを叱《しっ》し、其の群臣を辱《は》ずかしめたり。相如、駑《ど》なりと雖《いえど》も、独《ひと》り廉将軍のみを畏《おそ》れんや。顧《た》だ吾これを念《おも》う――強き秦の敢《あ》えて兵を趙に加えざる所以《ゆえん》は、徒《た》だ吾ら両人在《あ》るを以てなり。今、両虎《りょうこ》共に闘《たたか》わば、其の勢い、倶《とも》には生きざらん。吾の此《こ》れを為《な》す所以《ゆえん》は、国家の急を先《さき》にして、私の讐《あだ》を後《のち》にするを以てなり」と。廉頗これを聞くや、肉袒《にくたん》して荊《けい》を負《お》い、賓客《ひんかく》に因《よ》りて、藺相如《りんしょうじょ》の門に至り、罪を謝して曰く、「鄙賤《ひせん》の人、将軍の寛《かん》なること此《ここ》に至るを知らざりき」と。卒《つい》に相与《とも》に驩《むつ》みて、刎頸《ふんけい》の交《まじわ》りを為《な》す。

会談がすんで帰国した。相如の功績は大きいので、かれを上卿《じょうけい》（上位の大臣、三五六ページ参照）に任命した。その席次は廉頗の上になった。「右」はつねに優位を示す。

廉頗はいった、「おれは趙の将軍として、城を攻め野に戦って大手柄を立てた。ところが藺相如は口先だけのはたらきで、しかも席次はおれの上だ。それに、相如は素《す》性《じょう》のいやしい男。おれははずかしい。やつの下にいるのはがまんならぬ。」そして、ふれまわった、「おれは相如と顔をあわしたら、きっと恥ずかしいめにあわせてやるぞ。」

これを聞いた相如は、かれと顔をあわせようとしない。相如は、朝廷に出仕するべき時には、いつも仮病をつかって、廉頗と席次を争うまいとした。

やがて相如が外出したとき、廉頗をかなたに見かけた。相如は車をもどさせて、廉頗をさけてかくれた。そこで、家令たちが口ぐちに意見した、

「それがしが親戚のもとを去ってあなたにお仕えしたのは、ただもうあなたの高潔な人格を慕えばこそです。いまあなたは廉頗と同列になられました。廉さまはひどいことをふれ歩いておられるのに、あなたはこわがって逃げかくれ、これはまたひどいおそれよう。それに、これはつきなみの男でさえ恥に思うことです。まして将軍・大臣ともあろうかたが。それがしどもは至らぬものですが、おひまをいただきとう存じます。」

相如はつよくひきとめていった、「そなたらは廉将軍を秦王とくらべて、どちらを重視なさる。」

「とても秦王には及びません。」

相如はいった、「大体、秦王の威光をもってしても、この相如はものともせずに宮廷でどなりつけ、秦の家臣どもに恥をかかせました。わたしはいかにも駄馬《だば》ではあろうが、廉将軍ぐらいにおそれをなしていましょうか。ただ、わたしはこう考える。強大なあの秦がわが趙に軍勢をようさしむけないのは、われらふたりがおればこそです。二頭の虎が争ったなら、どうしてもいずれか一方が倒れる。わたしがこんなざまをさらすのも、国家の危急を第一と考え、個人の怨みは後まわしにするからです。」

廉頗はこのはなしを聞くと、肌ぬぎになって荊《けい》の木の鞭を背負い、藺相如の客分を介して藺相如の門をおとずれ、罪をわびていった、

「育ちのわるいわたくしめは、将軍がこれほどまでに心ひろい方とは知りませんでした。」

ついにふたりはたがいに友情をかよわせ、刎頸《ふんけい》の交《まじ》わりを結んだ。首をはねあっても後悔せぬほどの親友となったのである。「鄙賤の人」廉頗は、まえに藺相如を「素《も》と賤しい」といったことに注意されたい。

是歳。廉頗東攻齊。破其一軍。居二年。廉頗復伐齊幾。拔之。後三年。廉頗攻魏之防陵・安陽。拔之。後四年。藺相如將而攻齊。至平邑而罷。其明年。趙奢破秦軍閼與下。

是《こ》の歳《とし》、廉頗《れんぱ》、東のかた斉を攻め、其の一軍を破る。居《お》ること二年、廉頗、復《ま》た斉の幾《き》を伐《う》ち、これを抜く。後《のち》三年にして、廉頗、魏の防陵《ぼうりょう》と安陽《あんよう》を攻め、これを抜く。後四年にして、藺《りん》相如、将として斉を攻め、平邑《へいゆう》に至りて罷《や》む。其の明年、趙奢《ちょうしゃ》は秦の軍を閼与《あつよ》の下《もと》に破る。

この年、廉頗は東のかた斉を攻撃して、その一個師団を撃破した。そのまま二年たち、廉頗はふたたび斉の幾《き》（河北省大名の東南）を攻撃して、これを陥落させた。さらに三年ののち、廉頗は魏《ぎ》の防陵《ぼうりょう》（河南省安陽の南方）と安陽（現在の安陽の東南二五キロ）を攻撃して、これを陥落させた。さらに四年ののち、藺相如が大将となって斉を攻撃し、趙領の平邑《へいゆう》（河南省南楽）まで行って、進撃をやめた。その翌年、趙奢《ちょうしゃ》が秦軍を閼与《あつよ》（山西省和順の西北）のあたりで撃破した。

以下は主として「趙奢」の伝にうつる。

趙奢者。趙之田部吏也。收租税。而平原君家不肯出。趙奢以法治之。殺平原君用事者九人。平原君怒。將殺奢。奢因說曰。君於趙爲貴公子。今縱君家而不奉公。則法削。法削則國弱。國弱則諸侯加兵。諸侯加兵。是無趙也。君安得有此富乎。以君之貴。奉公如法。則上下平。上下平則國彊。國彊則趙固。而君爲貴戚。豈輕於天下邪。平原君以爲賢。言之於王。王用之治國賦。國賦太平。民富而府庫實。

趙奢《ちょうしゃ》なる者は、趙の田部《でんぶ》の吏《り》なり。租税《そぜい》を収むるに、平原君《へいげんくん》の家、出《い》だすことを肯《がえ》んぜず。趙奢《ちょうしゃ》、法を以てこれを治《ち》し、平原君の事を用いる者九人を殺す。平原君怒り、将《まさ》に奢《しゃ》を殺さんとす。奢、因《よ》りて説きて曰く、「君は趙に於て貴公子たり。今、君の家を縦《ゆる》して公《こう》に奉ぜずんば、則ち法は削《けず》られん。法削らるれば、則ち国弱し。国弱ければ、則ち諸侯は兵を加えん。諸侯兵を加えなば、是《こ》れ趙なからん。君、安《いずく》んぞ此《こ》の富《とみ》を有《たも》つを得んや。君の貴きを以て、公に奉ずること法の如くせば、則ち上下平《しょうかたいら》かならん。上下平かなれば、則ち国強からん。国強ければ、則ち趙は固《かた》からん。而《しか》も君は貴戚《きせき》たり。豈《あ》に天下に軽《かろ》んぜられんや」と。平原君、以て賢《すぐ》れたりと為し、これを王に言う。王、これを用いて、国賦《こくふ》を治《ち》せしむ。国賦、太《はなは》だ平《たいら》かにして、民富みて府庫《ふこ》実《み》てり。

趙奢《ちょうしゃ》は、趙の農地税係りの役人であった。税をとりたてたが、王族である平原君の家では納めようとしない。「平原君」というのは、孟嘗君《もうしょう》・信陵君《しんりょう》・春申君《しゅんしん》とともに、食客を大ぜいかかえたことで有名な、戦国四公子のひとりである（四二八ページ参照）。趙奢は法にてらして取調べ、平原君の家政をとりしきるもの九人を処刑した。怒った平原君は、趙奢を殺そうとする。奢はすかさずいった、

「あなたは趙にあって王子のご身分です。いまあなたの家の不法を放任しておいて上《かみ》のご用をはたさぬのでは、法の威力が減殺されます。法の威力が減殺されれば、国は弱くなります。国が弱くなれば、諸侯が武力を加えます。諸侯が武力を加えますと、趙は亡びます。あなたはこの富《とみ》をたもつことはできませんぞ。もし高貴の身のあなたが掟《おきて》どおりおかみの命に従われますなら、上下の不公平はなくなり、上下の不公平がなくなれば、国家は強くなります。国家が強くなれば、趙は安定します。それにあなたは王室の身内《みうち》ですもの、どうして天下の人たちからばかにされることがありましょう。」

趙奢のことばにみられる含尾式ともいうべき表現は、当時の雄弁術に用いられた特徴ある様式である。諸侯の勢力がバランスを失った戦国期には、軍事力の増強にやくだつ軍人とともに、諸侯を説得してまわる遊説家が活躍した。蘇秦《そしん》・張儀《ちょうぎ》はその代表的人物であり、『史記』では巻六十九・七十にそれぞれかれらの伝記を収めている。

そういう遊説家の活躍が同時に雄弁術を発達させて、さまざまの形式を生んだ（四七四ページ参照）。

平原君は、これはすぐれた男だとおもい、王に進言した。王は趙奢を任用して、国税を取扱わせた。国税はきわめて公平になり、人民は富み、政府の倉庫はいっぱいになった。

秦伐韓。軍於閼與。王召廉頗而問曰。可救不。對曰。道遠險狹。難救。又召樂乘而問焉。樂乘對如廉頗言。又召問趙奢。奢對曰。其道遠險狹。譬之猶兩鼠鬪於穴中。將勇者勝。王乃令趙奢將救之。兵去邯鄲三十里。而令軍中。曰。有以軍事諫者死。秦軍軍武安西。秦軍鼓譟勒兵。武安屋瓦盡振。

秦《しん》、韓《かん》を伐《う》ち、閼与《あつよ》に軍す。王、廉頗を召して、問うて曰く、「救うべきや不《いな》や」と。対《こた》えて曰く、「道遠く険狭《けんきょう》にして、救い難し」と。又、楽乗《がくじょう》を召して問う。楽乗、対《こた》うること、廉頗の言の如し。又、召して趙奢《ちょうしゃ》に問う。奢、対《こた》えて曰く、「其の道遠くして険狭なること、これを譬《たと》うれば、猶《な》お両鼠《りょうそ》の穴《けつ》中に闘《たたか》うがごとし。将の勇なる者勝たん」と。王、乃ち趙奢をして、将として、これを救わしむ。兵、邯鄲《かんたん》を去ること三十里にして、軍中に令《れい》す。曰く、「軍事を以て諫《いさ》むる者あらば、死せん」と。秦の軍、武安《ぶあん》の西に軍す。秦の軍、鼓譟《こそう》して兵を勒《ろく》す。武安《ぶあん》、屋瓦《おくが》尽《ことごと》く振《ふる》う。

秦は韓を討伐しようと、閼与《あつよ》（山西省和順の西北）に布陣した。「韓」は陝西省の東部と河南省の北西部を領有した、戦国七雄の一である。

趙王は廉頗をよび出してたずねた、「韓を救援してやるべきだろうか。」廉頗は答えた、「道が遠くけわしくて、救援はむつかしゅうございます。」「険狭」とは山あいや絶壁など、通過に危険のともなうところをいう。

王はさらに楽乗《がくじょう》をよび出してたずねた。楽乗の返事も廉頗がいったのと同じである。

さらに趙奢《ちょうしゃ》をよび出してきいた。奢は答えた。「あの道は遠くて険しいですが、たとえていえば二匹の鼠が穴の中でたたかうようなもの、大将の勇敢なほうが勝ちましょう。」

そこで王は趙奢を指揮官として、救援にむかわせた。軍が趙の首都邯鄲《かんたん》から三十里（約一五キロ）まで来たとき、軍中に命令した、「軍事について意見するものがあれば、命はないぞ。」秦軍は武安（河北省武安）の西に陣をしく。秦軍は太鼓をたたき、ときの声をあげて、兵を訓練した。武安では屋根瓦がみなゆさぶられた。

軍中候有一人。言急救武安。趙奢立斬之。堅壁。留二十八日。不行。復益增壘。秦閒來入。趙奢善食而遣之。閒以報秦將。秦將大喜曰。夫去國三十里。而軍不行。乃增壘。閼與非趙地也。趙奢既已遣秦閒。乃卷甲而趨之。二日一夜至。令善射者去閼與五十里而軍。軍壘成。秦人聞之。悉甲而至。軍士許歷請以軍事諫。趙奢曰。內之。許歷曰。秦人不意趙師至此其來氣盛。將軍必厚集其陣以待之。不然必敗。趙奢曰。請受令。許歷曰。請就鈇質之誅。趙奢曰。胥後令邯鄲。許歷復請諫。曰。先據北山上者勝。後至者敗。趙奢許諾。卽發萬人趨之。秦兵後至爭山。不得上。趙奢縱兵擊之。大破秦軍。秦軍解而走。遂解閼與之圍而歸。趙惠文王賜奢號爲馬服君。以許歷爲國尉。趙奢於是與廉頗・藺相如同位。

軍中の候《こう》に一人あり、急ぎ武安《ぶあん》を救わんことを言う。趙奢《ちょうしゃ》、立《たち》どころにこれを斬る。壁《へき》を堅《かた》めて、留まること二十八日、行《すす》まず。復《ま》た益《ます》ます塁《とりで》を増す。秦の間《かん》、来たり入る。趙奢、善く食らわしめて、これを遣《や》る。間《かん》、以て秦の将に報ず。秦の将、大いに喜びて曰く、「夫《そ》れ国を去ること三十里にして、軍行《すす》まず、乃ち塁《とりで》を増す。閼与《あつよ》は趙の地に非ざるなり」と。趙奢、既《すで》に已《すで》に秦の間を遣《や》るや、乃ち甲《こう》を巻《ま》きてこれに趨《おもむ》く。二日一夜にして至る。射を善くする者をして閼与《あつよ》を去ること五十里にして軍せしむ。軍塁《ぐんるい》、成る。秦の人、これを聞くや、甲《こう》を悉《つ》くして至る。軍士《ぐんし》なる許歴《きょれき》、軍事を以て諫《いさ》めんと請う。趙奢《ちょうしゃ》曰く、「これを内《い》れよ」と。許歴《きょれき》曰く、「秦の人、趙の師の此《ここ》に至るを意《おも》わざれば、其の来たるや気盛《さか》んならん。将軍、必ず厚くその陣を集め、以てこれを待て。然らずんば、必ず敗《やぶ》れん」と。趙奢曰く、「請う、令《れい》を受けん」と。許歴曰く、「請う、鈇質《ふしつ》の誅《ちゅう》に就かん」と。趙奢曰く、「後《のち》の令《れい》を邯鄲《かんたん》に胥《ま》て」と。許歴、復《ま》た諫めんと請う。曰く、「先んじて北の山上に拠《よ》る者は勝ち、後《おく》れて至る者は敗れん」と。趙奢、許諾《きょだく》し、即ち万人を発してこれに趨《おもむ》かしむ。秦の兵、後《おく》れて至り山を争わんとするも、上《のぼ》るを得ず。趙奢、兵を縦《はな》ってこれを撃ち、大いに秦の軍を破る。秦の軍、解《と》きて走《に》げ、遂《つい》に閼与《あつよ》の囲《かこ》みを解きて帰る。趙の恵文王《けいぶんおう》、奢に号を賜いて馬服君《ばふくくん》と為す。許歴《きょれき》を以て国尉《こくい》となす。趙奢、是に於て廉頗・藺相如と位《くらい》を同じうす。

趙軍の斥候《ものみ》の一人が、急いで武安を救援するよういった。趙奢はたちどころに斬ってすてた。とりでをかためて、じっととどまること二十八日、進軍はしないでいよいよ防塁をふやした。

秦のスパイが入りこんだ。趙奢はごちそうを食わせて、帰してやった。スパイはこのことを秦の将軍に報告した。秦の将軍はたいへん喜んでいった、「大体、都から三十里はなれた所で、進軍もせず防塁をふやしているようでは、閼与《あつよ》も趙のものではないぞ。」
趙奢は秦のスパイを帰らせてしまうと、軽装になるため、よろいを巻いてもたせ、閼与に急がせた。二日一晩で到着した。射撃の上手なものに命じて、閼与から五十里(約二五キロ)の所に陣どらせる。陣地ができあがった。秦がわはこれを聞き、全兵力を投入してやって来た。

下士官の許歴《きょれき》が、軍事のことで意見をのべたいと申し出た。趙奢は「中へいれなさい」といった。

許歴「秦がわは、趙の軍隊がここまで来ているとは思いませんから、意気さかんに来襲することでしょう。将軍はぜひとも、集中的に厚い陣形をしいて待機なさい。でないと、きっと敗北いたします。」

趙奢「指示に従わせてもらおう。」

許歴「断頭台について処刑してもらいましょう。」

趙奢「邯鄲へ帰ってからの沙汰を待て。」

趙奢のことばの「請う、令を受けん」には、異説がある。「令」を前にみえる「軍事を以て諫むる者あらば死せん」という軍令と解し、いかにもけっこうな意見を提出してはくれたが、掟は掟だから「軍令どおり死んでもらおう」という説である。なお「鈇」は斧におなじ。

許歴はふたたび意見をしたいと申し出ていった、「北の山上を先に占拠したものが勝ち、おくれて来たものが負けましょう。」

趙奢はこれをききいれ、すぐさま一万人をくり出して北の山地に急がせた。遅れて到着した秦軍は、山を奪取しようとするが、登ることができぬ。趙奢は待機の部隊をくり出して攻撃し、大いに秦軍を破った。秦軍はちりぢりになって逃げ、こうして趙は閼与《あつよ》の囲《かこ》みをやぶって帰還した。趙の恵文王は、奢に馬服君という称号を賜わり、許歴を国尉《こくい》（武官の名称、階級は未詳）にした。趙奢はこうして廉頗・藺相如と位《くらい》を同じくすることとなった。

趙奢もこのように真の武人として祖国に貢献した。ここに第四の武人、かれのむすこ趙括《ちょうかつ》が登場する。かれもたしかに武人としてのすぐれた一面の素質には恵まれていた。しかし——

後四年。趙恵文王卒。子孝成王立。七年。秦與趙兵相距長平。時趙奢已死。而藺相如病篤。趙使廉頗將攻秦。秦數敗趙軍。趙軍固壁不戰。秦數挑戰。廉頗不肯。趙王信秦之閒。秦之閒言曰。秦之所惡。獨畏馬服君趙奢之子趙括爲將耳。趙王因以括爲將代廉頗。藺相如曰。王以名使括。若膠柱而鼓瑟耳。括徒能讀其父書傳。不知合變也。趙王不聽。遂將之。

後《のち》四年にして、趙《ちょう》の恵文《けいぶん》王、卒《しゅっ》す。子の孝成《こうせい》王、立つ。七年、秦、趙の兵と長平《ちょうへい》に相距《あいふせ》ぐ。時に、趙奢《ちょうしゃ》已《すで》に死し、而も藺相如《りんしょうじょ》は病篤《あつ》し。趙、廉頗《れんぱ》をして、将として秦を攻めしむ。秦、数《しば》しば趙の軍を敗る。趙の軍、壁《へき》を固めて戦わず。秦、数《しば》しば戦いを挑む。廉頗、肯《がえん》ぜず。趙王、秦の間《かん》を信ず。秦の間《かん》、言いて曰く、「秦の悪《にく》む所は、独《た》だ馬服君趙奢の子趙括《ちょうかつ》が将たらんことを畏《おそ》るるのみ」と。趙王、因《よ》りて括《かつ》を以て将となし、廉頗に代らしむ。藺相如《りんしょうじょ》曰く、「王、名を以て括《かつ》を使うは、柱《ことじ》に膠《にかわ》して瑟《しつ》を鼓《こ》するが若《ごと》きのみ。括《かつ》は、徒《いたず》らに其の父の書伝を読むを能《よ》くするも、変《へん》に合《がっ》するを知らざるなり」と。趙王、聴かず。遂にこれを将とす。

それから四年して趙の恵文王は亡くなり（BC二六五）、子の孝成王が即位した。孝成王の七年、秦は趙軍と長平《ちょうへい》（山西省高平の西北）において攻防戦をおこなった。当時、趙奢はすでに死に、藺相如は重い病気にかかっていた。趙は廉頗を大将として秦を攻撃させた。秦はたびたび趙軍を撃破した。趙軍はとりでをかためて、戦わない。秦はたびたび戦いをいどむが、廉頗は応じようとしないのである。

趙王は秦のスパイのいうことを信じた。秦のスパイはいった、「秦が苦《にが》手のあいては、ただ馬服君趙奢さまのご子息、趙括《ちょうかつ》さまが大将となること、それがこわいのです。」そこで趙王は趙括を大将に任命して、廉頗に交替させた。

藺相如がいった、「王さまが名声にたよって括《かつ》を使われるのは、瑟《しつ》のことじをにかわでくっつけて弾くようなもの。括はただ亡父がのこした兵法の奥伝書が読めるというだけで、変化に対応することを知りません。」

「瑟のことじをにかわでかためる」とは、曲の変調に対応できぬこと、戦争の変化に応じて臨機の処置ができぬことをいう。

趙王はききいれず、予定どおり趙括を大将にした。

趙括自少時學兵法。言兵事。以天下莫能當。嘗與其父奢言兵事。奢不能難。然不謂善。括母問奢其故。奢曰。兵死地也。而括易言之。使趙不將括卽已。若必將之。破趙軍者必括也。

趙括《ちょうかつ》、少《わか》き時より兵法を学び、兵事を言いて、天下能《よ》く当るなしと以《おも》えり。嘗《かつ》て其の父奢《しゃ》と、兵事を言うに、奢も難《なん》ずる能わず。然れども、善《よ》しと謂《い》わず。括《かつ》の母、奢《しゃ》に其の故《ゆえ》を問う。奢曰く、「兵は死地なるに、括《かつ》は易《やす》くこれを言う。使《も》し趙をして括《かつ》を将たらしめずんば、即ち已《や》む。若《も》し必ずこれを将たらしめば、趙の軍を破らしむる者は、必ず括ならん」と。

趙括《ちょうかつ》はわかいころから兵法を学んで、軍事を語り、天下に相手になるものはおるまいと考えていた。かつて父の奢《しゃ》と軍事を語り、奢も文句のつけようがなかった。しかしみごとだとはいわなかった。

括の母が理由をただすと、奢はいった、「戦争は命をかける場所なのに、括はことをもなげに語りおる。もしわが趙国が括を大将にしなければそれまでのこと。もしやつを大将にということになれば、趙軍を敗北させるのは、括にきまっている。」「使」は仮定法の助字、「もし」とよんでもよい。

及括將行。其母上書言於王曰。括不可使將。王曰。何以。對曰。始妾事其父時。爲將。身所奉飯飲而進食者。以十數。所友者以百數。大王及宗室所賞賜者。盡以予軍吏士大夫。受命之日。不問家事。今括一旦爲將。東向而朝。軍吏無敢仰視之者。王所賜金帛。歸藏於家。而日視便利田宅可買者買之。王以爲何如其父。父子異心。願王勿遣。王曰。母置之。吾已決矣。括母因曰。王終遣之。卽有如不稱。妾得無隨坐乎。王許諾。

括《かつ》の将《まさ》に行かんとするに及び、其の母、書を上《たてまつ》りて王に言う、曰く、「括は将たらしむるべからず」と。王曰く、「何を以てぞ」と。対《こた》えて曰く、「始め妾《しょう》、其の父に事《つか》えし時、将たるに身《み》飯飲《はんいん》を奉《ささ》げて食を進めし者、十を以て数え、友とする所の者、百を以て数う。大王及び宗室《そうしつ》より賞賜《しょうし》せられし者は、尽《ことごと》く以て軍吏《ぐんり》・士《し》大夫《たいふ》に予《あた》う。命《めい》を受くるの日も、家事を問わず。今、括、一旦将となるや、東向《とうこう》して朝《ちょう》し、軍吏も敢《あ》えてこれを仰ぎ視《み》る者なく、王の賜《たま》いし所の金帛《きんぱく》は、帰りて家に蔵し、而も日《ひ》びに便利なる田宅の買うべき者を視《み》てこれを買う。王、以為《おも》うに其の父と何如《いかん》。父子、心を異《こと》にす。願わくば王、遣《や》る勿《なか》れ」と。王曰く、「母、これを置け。吾已《すで》に決せり」と。括《かつ》の母、因《よ》りて曰く、「王、終《つい》にこれを遣《や》る。即《たと》え称《かな》わざるが如きこと有らんも、妾《しょう》、坐に随うなきを得んか」と。王、許諾《きょだく》す。


さて趙括が出発しようとする時に、かれの母は手紙をさし出して趙王に言上した、

「括は大将になさってはいけませせぬ。」

王がいった、「どうしてじゃ。」

母は答えた、「むかしあたくしがあの子の父に仕えておりました時、あの子の父は、大将の身でありながら、みずから料理をささげて給仕をしてあげたかたが数十人、友人として附きあったかたが数百人ありました。大王や王室のかたがたから頂戴したご

褒美は、すっかり軍の事務官や上級の部下たちに与えました。出陣の勅命をお受けしました日でも、家のことはかまいつけぬ人でした。ところがこの括は、大将になるなり、御所では東向きの席にすわって、軍関係の部下のかたで、あれの目をまともに見上げられる人はありません。王さまから賜わりました金銀・絹織物は、持ち帰って家にたくわえ、しかも毎日毎日、手ごろな田地や屋敷を、買いどくとみれば買いこんでおります。王さまはあの子の父とおくらべあそばしていかがですか。父子《おやこ》でも心はちがうのです。どうか王さま、派遣しないでくださいまし。」「便利」は価格の安いことをも意味するだろう、ちょうど現代語の「便宜」pianyi のように。

趙王はいった、「母ごよ、すておかれい。わしはもう決めてしまったのだ。」

そこで括の母はいった、「王さまがどうしてもあれを派遣なさるのなら、たとえご命《めい》にそわぬようなふつごうをしでかしましても、あたくしが巻きぞえをくわぬようにしていただけますか。」王は承知した。「随坐」は罪に連坐すること。

趙括既代廉頗。悉更約束。易置軍吏。秦將白起聞之。縱奇兵。詳敗走。而絕其糧道。分斷其軍爲二。士卒離心。四十餘日軍餓。趙括出銳卒自搏戰。秦軍射殺趙括。括軍敗。數十萬之衆。遂降秦。秦悉阬之。趙前後所亡。凡四十五萬。明年。秦兵遂圍邯鄲歲餘。幾不得脫。賴楚・魏諸侯來救。乃得解邯鄲之圍。趙王亦以括母先言。竟不誅也。

趙括《ちょうかつ》、既に廉頗《れんぱ》に代るや、悉《ことごと》く約束を更《あらた》め、軍吏を易置《えきち》す。秦の将白起《はくき》、これを聞くや、奇兵《きへい》を縦《はな》ち、詳《いつわ》〔佯〕り敗走せしめて、其の糧道を絶《た》ち、其の軍を分断して二と為《な》す。士卒、離心《りしん》す。四十余日にして軍餓《う》う。趙括、鋭卒《えいそつ》を出だし、自《みずか》ら搏《はく》戦す。秦の軍、趙括を射殺《いころ》す。括の軍敗れ、数十万の衆、遂《つい》に秦に降る。秦、悉《ことごと》くこれを阬《あなうめ》す。趙の前後亡《うしな》いし所、凡そ四十五万なり。明年、秦の兵、遂《つい》に邯鄲《かんたん》を囲むこと歳余、幾《ほとん》ど脱するを得ず。頼《さいわ》いにして楚《そ》・魏《ぎ》の諸侯来たり救い、乃ち邯鄲《かんたん》の囲みを解くを得たり。趙王も亦《ま》た括の母の先の言を以て竟《つい》に誅《ちゅう》せず。

趙括《ちょうかつ》が廉頗《れんぱ》と交替すると、すべてのとりきめを改め、軍関係の人事の配置がえをした。これを聞いた秦の大将白起《はくき》は、奇襲部隊をくり出し、敗走と見せかけて趙の軍糧補給路を絶ち、趙軍は二つに分断された。趙の兵士たちのきもちは離反した。四十日あまりたつと、軍は飢えはじめた。趙括は精鋭部隊をくり出し、みずから白兵戦に加わった。秦軍は趙括を射殺した。趙括の部隊が敗北したので、数十万の兵が秦に降伏した。秦はかれらをぜんぶ穴埋めにして殺してしまった。趙が失った軍隊の数は、前後あわせて四十五万人である。

秦の将軍白起のこの大量殺戮は、秦の残虐さを語るときにいつも言及される。司馬遷はできるかぎり歴史家としての客観的立場を守りながら、人情としてはかれら殺戮者を許しがたくおもった。巻七十三「白起《はくき》王翦《おうせん》列伝」においては、秦王に自殺を強要された白起の末路を語ることをわすれない。――武安《ぶあん》君（白起）は剣を逆手にとり、わが首をはねようとしていった、「天に対してなんの罪を犯したからとて、わしはこんなめに会うのだろう。」しばらくして、「わしはやはり死んで当たりまえだ。長平の戦では、降伏した趙の兵卒数十万人を、わしはだましてみんな穴埋めにした。これは死に値いするものだわい」といって、自殺した。

翌年、秦の軍隊は勢いをかって趙のみやこ邯鄲《かんたん》を包囲すること一年あまり、ほとんど危機を脱することが不可能に思われた。幸いにも、楚と魏の諸侯が救援に来てくれたので、やっと邯鄲の包囲をとかせることができた。趙王も、括の母のかつての進言どおり、かの女を処刑することはしなかった。本来なら敗戦将軍の罪は三族に及び、一家親戚みな殺しにあうのである。

趙括の伝記はここで終る。以下しばらく晩年の廉頗について語られる。

自邯鄲圍解五年。而燕用栗腹之謀。曰。趙壯者盡於長平。其孤未壯。擧兵擊趙。趙使廉頗將擊。大破燕軍於鄗。殺栗腹。遂圍燕。燕割五城請和。乃聽之。趙以尉文封廉頗。爲信平君。爲假相國。

邯鄲《かんたん》の囲み解《と》かれしより五年にして、燕《えん》は栗腹《りっぷく》の謀《はか》りごとを用う。曰く、「趙の壮者、長平《ちょうへい》に尽き、其の孤、未だ壮ならず」と。兵を挙げて趙を撃つ。趙、廉頗《れんぱ》をして将として撃たしめ、大いに燕《えん》の軍を鄗《こう》に破り、栗腹《りっぷく》を殺し、遂に燕を囲む。燕、五城を割《さ》きて和《わ》を請う。乃ちこれを聴《ゆる》す。趙、尉文《いぶん》を以て廉頗を封じ、信平《しんぺい》君《くん》と為《な》し、仮《かり》の相国《しょうこく》たらしむ。

邯鄲《かんたん》の包囲がとかれてから五年めに、燕は栗腹《りっぷく》の計略を採用した。「趙の働きざかりのものは長平《ちょうへい》の戦いで全滅し、その遺児たちはまだ幼少です」というのである。今のうちにというわけで、軍を出動させて趙を攻撃した。趙は廉頗《れんぱ》に指揮させて反撃し、燕軍を鄗《こう》（河北省南部の柏郷《はくきょう》附近）で大いに撃破して、栗腹を殺し、かくて燕のみやこを包囲した。燕は五つの城を割譲して講和を願い出たので、これをききいれた。趙は廉頗に所領地として尉文《いぶん》（所在未詳）を与え、信平君とよんで臨時の宰相とした。

廉頗之免長平歸也。失勢之時。故客盡去。及復用爲將。客又復至。廉頗曰。客退矣。客曰。吁。君何見之晩也。夫天下以市道交。君有勢。我則従君。君無勢則去。此固其理也。有何怨乎。

廉頗《れんぱ》の長平《ちょうへい》に免《めん》ぜられて帰るや、勢いを失うの時にして、故《もと》の客、尽《ことごと》く去る。復《ま》た用いられて将たるに及び、客、又《ま》た復《ま》た至る。廉頗曰く、「客、退け」と。客曰く、「吁《ああ》、君何ぞ見ることの晩《おそ》きや。夫《そ》れ天下は市道《しどう》を以て交《まじわ》る。君、勢いあらば、我は則ち君に従う。君、勢い無ければ則ち去る。此《こ》れ固《もと》より其の理なり。何の怨みかあらんや」と。

廉頗《れんぱ》が長平《ちょうへい》の敗戦で免職されてみやこに帰ると、勢力を失った時のこととて、元いた食客たちはすっかり立ち去った。ふたたび任用されて大将になると、食客たちはまた元どおりやって来た。廉頗はいった、「居候《いそうろう》ども、出てゆけ。」食客たちはいった、「ああ、殿はなんと悟りのおそいこと。大体、世間のつきあいは商取引の手でやるものです。殿に勢力があればわれわれは殿のもとにいますし、殿に勢力がなくなれば出てゆくのです。これはきまりきった道理、なんでお怨みなさることがあります。」

このエピソードは、巻七十五「孟嘗君列伝《もうしょうくん》」に見える次の一段と酷似する。——斉王が孟嘗君を失脚させると、食客たちはみなかれのもとから去った。その後、召されて元の地位にかえると、馮驩《ふうかん》（食客のリーダー株）がまた食客を迎えようとした。孟嘗君はためいきついて嘆き、「わたしは日ごろ食客を好み、かれらの待遇に手ぬかりないよう心がけて来た。食客が三千余人もいたことは、先生もご存じのとおり。ところが、食客たちはこのわたしが廃せられたと見ると、みなわたしからそむき去り、顧りみるものもない。いま先生のおかげで元の地位に復し得たが、食客たちはこのわたしにあわせる顔もあるまい。もしもふたたびわたしに面会するものがあれば、必ずその面《つら》につばを吐きかけ、大恥をかかせてやるんだ。」馮驩《ふうかん》はたづなをゆわえて馬からおり、礼拝する。孟嘗君も車からおりて、その礼をうけていった、「先生は食客たちのためにわびるのですか。」「食客たちのためにわびるのではありません。あなたのお話がまちがっているからです。そもそも物には必至の事態があり、事には必然のことわりがあることをあなたはご存じでしょうか。」「愚鈍のわたくし、おっしゃることがわかりません。」馮驩《ふうかん》「生きているものが必ず死ぬのは、必至の事態です。富貴だと追随者が多く、貧賤だと友人が少ないのは、必然のことわりです。あなたもごらんになったでしょう、朝がた市場に出かけるあの人たちを。夜明けには肩を張ってわれがちに門を入りますが、日暮れに市場を通る人は、ひじをふって見むきもしません。といっても、朝が好きで夕方がきらいというわけでなく、日暮れには期待する品物がそこにはないからです。今、あなたが地位を失い、食客がみな離れたからといって、士を怨み、食客の道を絶ちきるにはあたりません。どうか元どおり食客を待遇してください。」孟嘗君は再拝していった、「ありがたく仰せに従いましょう。先生のお話をうかがえば、教えに従わぬわけにはまいりません。」

なお、栄枯盛衰に応じて他人の帰附離散の常ならぬことは、このほか巻百七「魏其《ぎき》武《ぶ》安侯《あんこう》列伝」（本書下冊一四七ページ参照）などでも語られる。これは司馬遷自身が、かの李陵《りりょう》を弁護して罪に問われた時に、身をもって経験した感慨を託したといえよう。そうした想像をおこさせるほど、『史記』では、このことが強調されているのである。

居六年。趙使廉頗伐魏之繁陽。抜之。趙孝成王卒。子悼襄王立。使樂乘代廉頗。廉頗怒。攻樂乘。樂乘走。廉頗遂奔魏之大梁。其明年。趙乃以李牧爲將。而攻燕拔武遂・方城。

居《お》ること六年、趙、廉頗《れんぱ》をして魏《ぎ》の繁陽《はんよう》を伐《う》たしめ、これを抜く。趙の孝成王、卒《しゅっ》す。子の悼襄《とうじょう》王、立つ。楽乗《がくじょう》をして廉頗に代らしむ。廉頗、怒り、楽乗を攻む。楽乗、走《に》ぐ。廉頗、遂《つい》に魏《ぎ》の大梁《たいりょう》に奔《はし》る。其の明年、趙は乃ち李牧《りぼく》を以て将と為《な》し、燕を攻めて武遂《ぶすい》・方城《ほうじょう》を抜く。

そのまま六年がたって、趙は廉頗に魏《ぎ》の繁陽《はんよう》（河南省内黄の東北）を討伐させ、これを陥落させた。

趙の孝成王が亡くなり、子の悼襄王《とうじょう》が即位した。楽乗《がくじょう》を廉頗と交替させたので、廉頗は怒って楽乗を攻撃した。楽乗は逃げた。廉頗はそのまま魏のみやこ大梁《たいりょう》（河南省開封）に亡命した。その翌年、趙は李牧《りぼく》を大将とし、燕を攻撃して武遂《ぶすい》（河北省徐水の西方）と方城（同省固安の南方）を陥落させた。

廉頗居梁久之。魏不能信用。趙以數困於秦兵。趙王思復得廉頗。廉頗亦思復用於趙。趙王使使者視廉頗尚可用否。廉頗之仇郭開。多與使者金。令毀之。趙使者既見廉頗。廉頗爲之一飯斗米・肉十斤。被甲上馬。以示尚可用。趙使還。報王曰。廉將軍雖老尚善飯。然與臣坐。頃之三遺矢矣。趙王以爲老。遂不召。楚聞廉頗在魏。陰使人迎之。廉頗一爲楚將。無功。曰。我思用趙人。廉頗卒死于壽春。

廉頗《れんぱ》、梁《りょう》に居《お》ることこれを久しうす。魏《ぎ》は信用する能わず。趙、数《しば》しば秦の兵に困《くる》しみしを以て、趙王、復《ま》た廉頗を得んことを思う。廉頗も亦《ま》た復《ま》た趙に用いられんことを思う。趙王、使者をして、廉頗の尚《な》お用う可きや否《いな》やを視《しら》べしむ。廉頗の仇《あだ》なる郭開《かくかい》は、多く使者に金を与えて、これを毀《そし》らしめんとす。趙の使者、既に廉頗に見《まみ》ゆ。廉頗、これが為《ため》に、一飯《いっぱん》に斗米《とまい》・肉十斤、甲《こう》を被《こうむ》りて馬に上《の》り、以て尚《な》お用う可きを示す。趙の使い還《かえ》り、王に報じて曰く、「廉将軍は老いたりと雖《いえど》も、尚《な》お善《よ》く飯《はん》す。然れども臣と坐せしに、これを頃《しばら》くして三たび遺矢《いし》せり」と。趙王、以て老いたりと為《な》し、遂に召さず。楚、廉頗の魏《ぎ》に在るを聞き、陰《ひそ》かに人をしてこれを迎えしむ。廉頗、一たび楚の将と為るや、功なし。曰く、「我、趙の人を用いんことを思う」と。廉頗、卒《つい》に寿春《じゅしゅん》に死す。

廉頗は梁《りょう》（大梁）に住んでずいぶんになるが、魏にはかれを信頼して任用する力がない。趙はたびたび秦軍に苦しめられたので、趙王は廉頗をとりもどすことを考えている。廉頗も廉頗で、もう一ど趙に使われたいと考えている。趙王は使者に命じて、廉頗がまだ役にたつかどうかをしらべさせた。廉頗の仇《かたき》である郭開《かくかい》は、使者に黄金をどっさり与え、誹謗させようとした。趙の使者が廉頗に面会すると、廉頗はわざわざ一食に一斗（約一升）の米と肉十斤（約一・二キログラム）をたいらげ、よろいをつけて馬に乗り、まだまだ役にたつことを示した。

趙の使者は帰還して、王に報告した、「廉将軍はお年をめされましたが、まだ食事はたっしゃなもの。けれど、わたくしとおりましたとき、ちょっとの間に三度も大便をもらされました。」「遺矢」の矢は屎と同音。

趙王は、これは年とったものだと思い、召還せぬことにした。

廉頗が魏《ぎ》にいると聞いた楚《そ》の国では、ひそかに人をやってかれを迎えさせた。廉頗は楚の大将になると、ばったり功績もたてなくなり、そして「わしは趙の人間を部下にしたい」という。廉頗はとうとう寿春《じゅしゅん》（安徽省寿県）で亡くなった。

名将たちは相次いで死んでいった。同時にそれは趙国の凋落をまねいた。それをわずかに支えたのが李牧である。以下、かれの伝記にうつる。

李牧者。趙之北邊良將也。常居代鴈門。備匈奴。以便宜置吏。市租皆輸入莫府。爲士卒費。日撃數牛饗士。習射騎。謹烽火。多閒諜。厚遇戰士。爲約曰。匈奴即入盜。急入收保。有敢捕虜者斬。匈奴每入。烽火謹。輒入收保。不敢戰。如是數歲。亦不亡失。然匈奴以李牧爲怯。雖趙邊兵。亦以爲吾將怯。趙王讓李牧。李牧如故。趙王怒召之。使他人代將。歲餘。匈奴每來出戰。出戰數不利。失亡多。邊不得田畜。復請李牧。牧杜門不出。固稱疾。趙王乃復彊起。使將兵。牧曰。王必用臣。臣如前乃敢奉令。王許之。李牧至。如故約。匈奴數歲無所得。終以爲怯。

李牧《りぼく》なる者は、趙の北辺の良将なり。常《かつ》〔嘗〕て代《だい》の鴈門《がんもん》に居《お》り、匈奴《きょうど》に備《そな》う。便宜《べんぎ》を以て吏《り》を置き、市租《しそ》は皆輸《おく》りて莫《ばく》〔幕〕府《ふ》に入れ、士卒の費《ついえ》と為《な》す。日《ひ》びに数牛を撃ちて士に饗《ふるま》い、射騎を習わせ、烽火《ほうか》を謹しみ、間諜《かんちょう》を多くし、戦士を厚遇す。約を為《つく》りて曰く、「匈奴《きょうど》、即《も》し入りて盗まんとせば、急ぎ入りて収保《しゅうほ》せよ。敢えて捕虜《とら》うる者あらば斬らん」と。匈奴、入る毎《ごと》に、烽火《ほうか》謹しみ、輒《つね》に入りて収保《しゅうほ》し、敢《あ》えて戦わず。是《かく》の如くすること数歳、亦《ま》た亡失せず。然れども匈奴は李牧《りぼく》を以て怯《きょう》なりと為《な》し、趙の辺兵《へんぺい》と雖《いえど》も、亦《ま》た吾《わ》が将は怯《きょう》なりと以為《おも》えり。趙王、李牧を譲《せ》むれども、李牧は故《もと》の如くす。趙王怒って、これを召し、他の人をして代り将たらしむ。歳余、匈奴の来たる毎《ごと》に、出《い》でて戦う。出でて戦うも、数《しば》しば利あらず。失亡するもの多く、辺《へん》、田畜《でんちく》するを得ず。復《ま》た李牧に請う。牧、門を杜《とざ》して出《い》でず。固《かた》く疾《やまい》と称す。趙王、乃ち復《ま》た強《し》いて起《た》たしめ、兵に将たらしめんとす。牧曰く、「王、必ず臣を用いんとせば、臣は前の如くにして、乃ち敢えて令《れい》を奉ぜん」と。王これを許す。李牧至り、故《もと》の約の如くす。匈奴、数歳得るところなし。終《つい》に以為《おも》えらく、怯《きょう》なりと。

李牧《りぼく》というのは、趙の北方国境のすぐれた将軍である。かつて、代《だい》（山西省代県）の雁門《がんもん》にあり、匈奴《きょうど》防衛の任についていた。一一勅命を仰がぬ独断の処置を許されて、役人をおき、商取引税はみなじぶんの軍政府におくり、将兵の費用にあてた。毎日数頭の牛をうち殺して部下にふるまい、射撃と馬術を練習させ、烽火《のろし》はきちんきちんとあげ、スパイをふやし、また兵士たちを優遇した。規則をつくって、「もし匈奴が侵入して掠奪をはじめたら、急遽城内に入り、人畜を集めてたてこもること。匈奴を捕えようなどとするものがあれば打ち首にする」とさだめた。匈奴が侵入して来るごとに、烽火をきちんとあげ、いつも城内に集合してたてこもり、戦おうとはしなかった。

こんな調子が数年つづいたが、人畜の損失はなかった。しかし、匈奴は李牧を臆病ものだと考え、趙の国境守備兵たちでさえ、かれらの大将を臆病ものだとおもった。

趙王は李牧を責めたが、李牧はあいかわらずである。立腹した趙王は、李牧を呼びよせて、ほかの人間を代りの大将とした。それから一年あまりは、匈奴が攻めて来るたびに、城を出て戦った。城を出て戦うのだが、たびたび敗北して、人畜の損失も多く、国境地帯では農耕牧畜ができなくなった。ふたたび李牧の出馬を頼んだが、李牧は門をとざして出て来ず、仮病《け》をつかって固辞する。

そこで趙王は、さらに強硬に起用して、軍の指揮をさせようとした。李牧はいった、「王さまがぜひともそれがしを使おうとなさるなら、それがしは以前どおりにやるのでなければ、ご命令には従いかねます。」王は承知した。李牧は出かけてゆくと、もとの規則どおりやった。匈奴《きょうど》は数年の間なにも手に入らなかったが、いつまでも臆病ものだとおもいこんでいた。

邊士日得賞賜而不用。皆願一戰。於是乃具選車得千三百乘。選騎得萬三千匹。百金之士五萬人。彀者十萬人。悉勒習戰。大縱畜牧。人民滿野。匈奴小入。詳北不勝。以數千人委之。單于聞之。大率衆來入。李牧多爲奇陳。張左右翼。擊之大破。殺匈奴十餘萬騎。滅襜襤。破東胡。降林胡。單于奔走。其後十餘歲。匈奴不敢近趙邊城。

辺の士、日《ひ》びに賞賜《しょうし》を得《う》るも、用いられず。皆一戦せんことを願う。是《ここ》に於て、乃ち選車《せんしゃ》を具《そな》え、千三百乗を得、選騎《せんき》は万三千匹を得、百金の士は五万人、彀者《こうしゃ》は十万人、悉《ことごと》く勒《ろく》して戦《いくさ》を習わしめ、大いに畜牧を縦《はな》ち、人民、野《の》に満《み》つ。匈奴、小《すこ》しく入る。詳《いつわ》〔佯〕り北《に》げて勝たず、数千人を以てこれに委《す》つ。単于《ぜんう》これを聞き、大いに衆を率《ひき》いて来たり入る。李牧、多く奇陳《きじん》〔陣〕を為《な》し、左右の翼を張《は》り、これを撃ちて大いに破り、匈奴の十余万騎を殺す。襜襤《たんらん》を滅ぼし、東胡《とうこ》を破り、林胡《りんこ》を降《くだ》す。単于《ぜんう》、奔《はし》り走《に》ぐ。其の後、十余歳、匈奴、敢えて趙の辺城《へんじょう》に近づかず。

国境の戦士たちは、毎日のようにご褒美にあずかるのだが、お役にはたてず、だれもが一戦をまじえたいと願っている。そこでようやく選りすぐった戦車の千三百台と、選りすぐった馬の一万三千頭、および百金の賞にあたいする戦士五万人、強弓《ごうきゅう》の射手十万人をそろえた。これらをすべて統率して実戦の訓練をやり、牧畜の動物たちをたくさん放ち飼いにし、人民たちは原野にみちあふれた。

匈奴がちょっぴり侵入して来た。負けたふりをして逃げ、数千人を犠牲《ぎせい》にして匈奴にあたえた。単于《ぜんう》（匈奴の王の称号）はこれを聞き、兵をひきつれて大大的に侵入して来た。李牧はいろいろ型破りの陣形をしき、左右に鳥の翼のような形をとり、攻撃を加えて大いに破り、匈奴の騎兵十余万を殺した。

さらに襜襤《たんらん》（代の北方にいた異民族）を滅ぼし、東胡《とうこ》（匈奴の東方にいた異民族、現在のツングース系民族）を破り、林胡《りんこ》（河北省張家口《ちょうかこう》北方にいた異民族）を降伏させた。単于《ぜんう》は逃げ去った。その後十年あまりの間は、匈奴も趙の国境の町によう近づかなかった。

趙悼襄王元年。廉頗既亡入魏。趙使李牧攻燕。抜武遂・方城。居二年、龐煖破燕軍。殺劇辛。後七年。秦破。殺趙將扈輒於武遂。斬首十萬。趙乃以李牧爲大將軍。撃秦軍於宜安。大破秦軍。走秦將桓齮。封李牧爲武安君。

趙の悼襄王《とうじょう》の元年、廉頗《れんぱ》、既に亡《のが》れて魏《ぎ》に入る。趙は李牧をして燕を攻めしめ、武遂《ぶすい》・方城《ほうじょう》を抜く。居《お》ること二年、龐煖《ほうだん》は燕の軍を破り、劇辛《げきしん》を殺す。後《のち》七年、秦は破りて趙の将扈輒《こちょう》を武遂に殺す。首を斬ること十万。趙、乃ち李牧を以て大将軍と為《な》し、秦の軍を宜安《ぎあん》に撃ち、大いに秦の軍を破り、秦の将桓齮《かんき》を走らす。李牧を封《ほう》じて武安《ぶあん》君と為《な》す。

趙の悼襄《とうじょう》王の元年、といえば、廉頗は魏に亡命していたころである。趙は李牧に燕《えん》を攻撃させて、武遂《ぶすい》と方城を陥落させた。そのまま二年たって、龐煖《ほうだん》は燕軍を撃破して、劇辛《げきしん》を殺した。それから七年して、秦は趙軍を撃破し、趙の将軍扈輒《こちょう》を武遂で殺した。首を斬ること十万。趙はそこで李牧を大将軍として、秦軍を宜安《ぎあん》（河北省藁《こう》城の西南）で攻撃し、大いに秦軍を破って、秦の将軍桓齮《かんき》を敗走させた。李牧を大名にとりたてて、武安君とよばせた。

居三年。秦攻番吾。李牧撃破秦軍。南距韓・魏。趙王遷七年。秦使王翦攻趙。趙使李牧・司馬尚禦之。秦多與趙王寵臣郭開金。爲反間。言李牧・司馬尚欲反。趙王乃使趙蔥及齊將顏聚代李牧。李牧不受命。趙使人微捕。得李牧斬之。廢司馬尚。後三月。王翦因急撃趙。大破殺趙蔥。虜趙王遷及其將顏聚。遂滅趙。

居《お》ること三年、秦、番吾《はご》を攻む。李牧、秦の軍を撃破し、南のかた韓・魏を距《ふせ》ぐ。趙王遷《せん》の七年、秦は王翦《おうせん》をして趙を攻めしむ。趙、李牧・司馬尚《しばしょう》をして、これを禦《ふせ》がしむ。秦は、多く趙王の寵臣郭開《ちょうしんかくかい》に金《かね》を与え、反間《はんかん》を為《な》して、「李牧・司馬尚、反《そむ》かんと欲す」と言わしむ。趙王、乃ち趙葱《ちょうそう》と斉《せい》の将顔聚《がんしゅう》とをして李牧に代らしむ。李牧、命を受けず。趙、人をして微《ひそ》かに捕えしめ、李牧を得てこれを斬る。司馬尚を廃す。後《のち》三月、王翦《おうせん》は因《よ》りて急に趙を撃ち、大いに破りて趙葱《ちょうそう》を殺し、趙王遷《せん》と其の将顔聚《がんしゅう》を虜《とりこ》にす。遂《つい》に趙を滅ぼす。

そのまま三年がたち、秦は番吾《はご》（河北省平山の南方）を攻撃した。李牧は秦軍を撃破して、南方の韓と魏を防衛した。

趙王遷《せん》の七年、秦は将軍王翦《おうせん》に趙を攻撃させた。趙は李牧と司馬尚に防禦させた。秦は趙王のおぼえがめでたい郭開《かくかい》に黄金をどっさり与えて、内部分裂を起こさせようと、「李牧と司馬尚は反乱をおこす気です」といわせた。そこで趙王は趙葱《ちょうそう》と斉の将軍顔聚《がんしゅう》を李牧に代らせようとした。李牧は命令をうけつけない。趙はひそかに逮捕するよう人をやり、李牧をとらえて斬った。司馬尚は免職にした。それから三か月して、王翦はこの内部分裂に乗じて趙を急襲し、大いに破って趙葱を殺し、趙王の遷《せん》とその将軍顔聚を捕虜にした。こうして秦は趙を滅ぼしてしまった。

太史公曰。知死必勇。非死者難也。處死者難。方藺相如引璧睨柱。及叱秦王左右。勢不過誅。然士或怯懦而不敢發。相如一奮其氣。威信敵國。退而讓頗。名重太山。其處智勇。可謂兼之矣。

太史公《たいしこう》曰く、死を知れば必ず勇あり。死なる者は難《かた》きに非ざるなり。死に処《しょ》すること難きなり。藺相如《りんしょうじょ》の璧《たま》を引きて柱を睨《にら》み、及《ま》た秦王の左右を叱《しっ》するに方《あた》りては、勢い誅《ちゅう》せらるるに過ぎず。然れども士或《あ》るいは怯懦《きょうだ》にして、敢《あ》えて発せず。相《しょう》如《じょ》、一たび其の気を奮《ふる》うや、威、敵国に信《の》ぶ。退きては頗《は》に譲《ゆず》り、名、太山《たいざん》より重《おも》し。其の智勇に処すること、これを兼ぬと謂《い》うべし。

太史公のことば――
死ぬのだとわかれば必ず勇気がわく。死ぬのがむつかしいのではない、死にかたがむつかしいのだ。
藺相如《りんしょうじょ》が璧《たま》をひきよせて柱をにらみつけ、また秦王の側近にどなりつけたとき、その場のなりゆきとして処刑される以外に道はなかった。しかし、おとこといわれるものにも臆病かぜが吹いて、とても勇気がふるえぬときがある。相如はひとたび勇気をふるいおこすと、たちまちその威力は敵国にまで伸長した。そのかれも平生は廉頗に譲《ゆず》り、かれの名声は泰山《たいざん》よりも重きをなした。事態に対処するのに智慧によるか勇気によるかという点では、かれは両者を兼ねそなえていたというべきであろう。

「退」とは平生無事のときの身の処しかたをいう。「太山」は泰山、山東平野にただ一つそびえ立つ名山で、つねに重鎮のシンボルとされる。

呂不韋列伝

七国がたがいにしのぎを削る戦国期（BC四八一―BC二二一）は、秦《しん》の始《し》皇帝《こうてい》によって終止符がうたれた。ここにかれは、かつてなにびとも果たしえなかった中国統一の夢を実現して、広大な版図を手中に収めた。不可能事を可能にした始皇帝のこの自信は、やがてかれを駆って、人間の可能性をつぎつぎと追い求めさせる。現世的なあらゆる享楽はむろんのこと、中央集権化のための郡県制の施行、独裁の道に立ちはだかる邪魔者を除くための、刑法体制の強化や焚書坑儒などなど。あくことを知らぬかれのエネルギッシュな生涯は、『史記』の巻六「秦始《しんし》皇本紀《こうほんぎ》」に、司馬遷独自の叙述形式によって巧みに諷刺されている（本冊「まえがき」三四ページ参照）。

ところで、この巨大な独裁皇帝には、おそらくかれ自身にも終生知らされなかったであろう、出生にまつわる秘密がひそんでいた。かれの実の父こそは、この「呂不韋《りよふい》列伝」（巻八十五）の主人公、大商人呂不韋である。呂不韋はその対象を商品から人間に移した、世にも稀なる投資家である。かれのめずらしい投資はまんまと成功を収めて、かれは一躍宰相に出世した。しかし、この始皇の実の父親は、結局わが子のために死に追いやられる運命にあった。ここには、淫乱の女性も登場する宮廷秘話を暴露しつつ、そうした人間の運命のくすしさが、著者の異常な情熱のもとに、みごとに描かれている。

ちなみに、始皇帝の出生に関する秘密は、「秦始皇本紀」にはまったく言及されていない。

呂不韋者。陽翟大賈人也。往來販賤賣貴。家累千金。

呂不韋《りょふい》なる者は、陽翟《ようてき》の大賈人《こじん》なり。往来して賤《やす》きを販《か》い貴《たか》きを売り、家に千金を累《かさ》ぬ。

呂不韋《りょふい》は、韓《かん》のみやこ陽翟《ようてき》(河南省禹《う》県)の大商人である。諸国を往来して、やすく買い入れ高く売りつけ、家産千金をたくわえた。「韓」は河南省西南部をしめる国、戦国七雄の一。

秦昭王四十年。太子死。其四十二年。以其次子安國君爲太子。安國君有子二十餘人。安國君有所甚愛姫。立以為正夫人。號曰華陽夫人。華陽夫人無子。安國君中男名子楚。子楚母曰夏姫。毋愛。子楚爲秦質子於趙。秦數攻趙。趙不甚禮子楚。子楚秦諸庶孼孫。質於諸侯。車乗進用不饒。居處困。不得意。

秦《しん》の昭王《しょうおう》の四十年、太子死す。其の四十二年、其の次子安国君《あんこくくん》を以て太子と為《な》す。安国君、子二十余人あり。安国君、甚だ愛する所の姫《き》あり。立てて以て正夫人と為《な》し、号して華陽《かよう》夫人と曰《い》う。華陽夫人、子なし。安国君の中男《ちゅうだん》、名は子楚《しそ》、子楚の母は夏姫《かき》と曰《い》い、愛毋《な》し。子楚、秦の為《ため》に趙《ちょう》に質子《ちし》たり。秦、数《しば》しば趙を攻め、趙、甚だしくは子楚を礼せず。子楚は秦の諸庶孼孫《しょげっそん》にして、諸侯に質《ち》たり。車乗《しゃじょう》・進用《しんよう》、饒《ゆたか》ならず、居処困《くる》しみて、意を得ず。

秦の昭王の四十年（BC二六七）、昭王の太子が死んだ。四十二年には、昭王の次男である安国君《あんこくくん》を太子にした。「昭王」は正しくは昭襄《しょうじょう》王、太子の名は悼《とう》（秦本紀）。

安国君には、男の子が二十人あまりいた。また安国君にはとてもいつくしんでいた側室《そばめ》があり、かの女を正夫人に立てて、華陽《かよう》夫人と名のらせた。華陽夫人には男の子がなかった。安国君の次男は名を子楚《しそ》という。子楚の生母は夏姫《かき》とよばれ、安国君の愛を失っていた。

ここに本伝の理解をたすけるために、簡単な系図をかかげておこう。

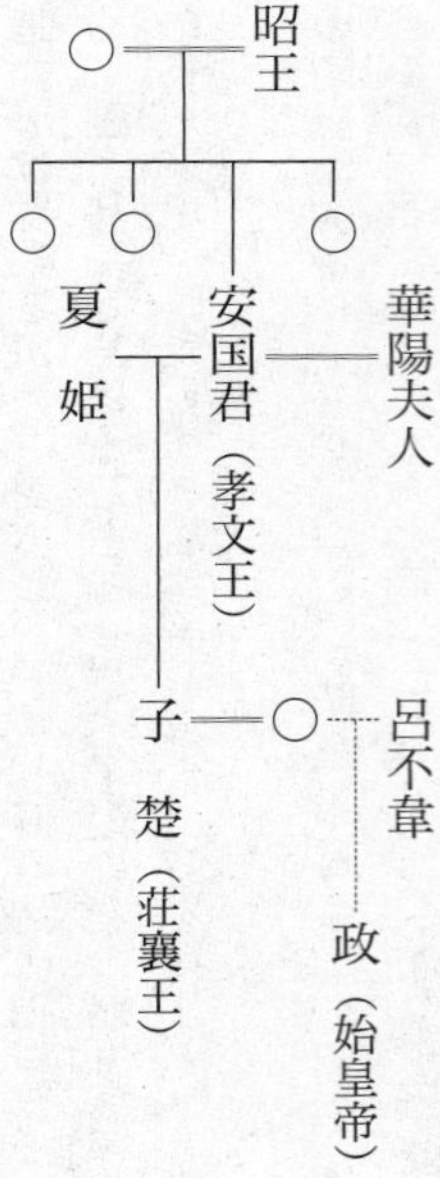

子楚は秦のために人質として趙国にあずけられていた。秦がたびたび趙を攻撃したので、趙では子楚に対してあまり優遇しなかった。子楚は秦王室の妾腹の孫たちの一人だし、諸侯のもとに人質になっていたものだから、乗り物や小遣いがゆたかでなく、日常生活は苦しくて、不満を感じていた。

「諸庶孽《しょげつ》孫」の「庶孽」は庶子に同じ、「諸」は複数を示す。「進用」は財用、日常生活を運用する金銭をいう。

呂不韋賈邯鄲。見而憐之曰。此奇貨可居。乃往見子楚説曰。吾能大子之門。子楚笑曰。且自大君之門。而乃大吾門。呂不韋曰。子不知也。吾門待子而大。子楚心知所謂。乃引與坐深語。

呂不韋《りよふい》、邯鄲《かんたん》に賈《こ》す。見てこれを憐みて曰く、「此《こ》れ奇貨《きか》居くべし」と。乃ち往《ゆ》きて子楚《しそ》に見《まみ》え、説きて曰く、「吾《われ》、能《よ》く子《し》の門を大《だい》にせん」と。子楚笑いて曰く、「且《しばら》く自《みずか》ら君の門を大にし、而《しこ》うして乃ち吾《わ》が門を大にせよ」と。呂不韋《りよふい》曰く、「子《し》、知らざるなり。吾《わ》が門、子《し》を待ちて大ならん」と。子楚、心に謂《い》わんとする所を知り、乃ち引きて与《とも》に坐し、深く語る。

呂不韋《りよふい》は趙のみやこ邯鄲《かんたん》（河北省邯鄲）へ商用にでかけ、子楚の様子を見てきのどくに思い、「こいつは掘り出し物だ、仕入れておかねば」といった。「奇貨」とは珍奇な財貨、出物をいう。「居《お》く」は買い入れて手もとにおき、値上りを待つこと。そこで出かけてゆき、子楚に会うていった、「わたしにはあなたの家を大きくしてあげる力があります。」

子楚は笑っていった、「まあ自分の家を大きくしてから、その後でわたしの家を大きくしてくれたまえ。」

呂不韋はいった、「あなたはごぞんじない。わたしの家はあなたによって大きくなるのですよ。」

子楚は心中あいてのいおうとしていることをさとり、やっと家の中に案内して一しょに腰をおろし、腹うちわって語りあった。「深語」とは、ふつうなら話せぬことまで話すこと。

呂不韋曰。秦王老矣。安國君得爲太子。竊聞安國君愛幸華陽夫人。華陽夫人無子。能立適嗣者。獨華陽夫人耳。今子兄弟二十餘人。子又居中。不甚見幸。久質諸侯。卽大王薨。安國君立爲王。則子毋幾得與長子及諸子旦暮在前者。爭爲太子矣。子楚曰。然。爲之奈何。

呂不《りよふ》韋《い》曰く、「秦王、老いたり。安国君、太子と為《な》るを得たり。窃《ひそ》かに聞く、安国君は華陽《かよう》夫人を愛幸《あいこう》す、と。華陽夫人、子なし。能《よ》く適《てき》〔嫡〕嗣《し》を立つる者は、独《ひと》り華陽夫人なるのみ。今、子《し》、兄弟二十余人あり、子《し》は又《ま》た中《ちゅう》に居る。甚だしくは幸《こう》せ見《ら》れずして、久しく諸侯に質《ち》たり。即《も》し大王薨《こう》じ、安国君立ちて王と為《な》らば、則ち子《し》は幾《ほとん》ど長子及び諸子の旦暮《たんぼ》に前に在る者と、太子と為《な》るを争うを得ざらん」と。子楚曰く、「然り。之を為《な》すこと奈何《いかん》」と。

呂不韋はいった、「秦王は年をとられました。安国君は太子になることができましたが、わたくしめの聞くところでは、安国君は華陽夫人をたいそう寵愛されてるそうです。華陽夫人には男の子がありませんが、秦王のあとつぎをきめることができるのは、華陽夫人だけです。いま、あなたには兄弟が二十人あまりもあり、それにあなたは長男ではありません。父うえからもあまり目をかけられず、長らく諸侯のもとで人質になっておられる。もし大王がお亡くなりになり、安国君が即位して王になられましたら、ご長男とか朝夕王の御前にある王子たちと、あなたが太子の位を争うことは、ほとんどむりなようです。」

子楚はいった、「その通りだ。どうすればよかろう。」

呂不韋曰。子貧。客於此。非有以奉獻於親。及結賓客也。不韋雖貧。請以千金爲子西游。事安國君及華陽夫人。立子為適嗣。子楚乃頓首曰。必如君策。請得分秦國與君共之。

呂不韋《りよふい》曰く、「子《し》は貧しく、此《ここ》に客《かく》たり。以て親《しん》に奉献し、及《ま》た賓客に結ぶ有るに非ざるなり。不韋、貧なりと雖《いえど》も、請う、千金を以て子《し》の為《ため》に西游《せいゆう》し、安国君及び華陽夫人に事《つか》え、子《し》を立てて適嗣《てきし》と為さん」と。子楚、乃ち頓首《とんしゅ》して曰く、「必ず君の策の如くんば、請う、秦国を分かちて君とこれを共にするを得ん」と。

呂不韋はいった、「あなたは貧乏で、ここに旅ずまいの身です。ご親族につけとどけしたり、王のとりまきの食客たちにわたりをつけたりするだけのものをお持ちでない。わたくしは貧乏ですが、千金を持って西に旅立ち、安国君と華陽夫人にお仕えして、あなたをあとつぎに立ててあげましょう。」

子楚はそこで額《ひたい》を地にすりつけていった、「きっと君の計略どおりになるなら、秦の国を分けて君と共有させてもらおう。」「頓首」とは地上に頭をうちつけるようにする最敬礼。

呂不韋乃以五百金與子楚。爲進用。結賓客。而復以五百金買奇物玩好自奉。而西游秦。求見華陽夫人姊。而皆以其物獻華陽夫人。因言子楚賢智。結諸侯賓客徧天下。常曰。楚也以夫人爲天。日夜泣思太子及夫人。夫人大喜。

呂不韋《りょふい》、乃ち五百金を以て子楚《しそ》に与え、進用《しんよう》と為《な》し、賓客と結ばしめ、而《しこ》うして復《ま》た五百金を以て奇物《きぶつ》・玩好《がんこう》を買い、自《みずか》ら奉《ささ》げて西のかた秦に游《たび》す。求めて華陽夫人の姉に見《まみ》え、而うして皆其の物を以て華陽夫人に献ず。因《よ》りて言う、「子楚《しそ》は賢智《けんち》にして、諸侯の賓客と結ぶこと天下に徧《あまね》し。常に曰く、『楚や夫人を以て天と為《な》し、日夜泣きて太子及び夫人を思う』と」と。夫人、大いに喜ぶ。

呂不韋は、そこで小遣いとして五百金を子楚にわたし、食客たちと交際させ、さらに五百金で珍奇な品や愛玩品を買い、自分でささげ持って西方の秦に旅立った。呂不韋は自分の全財産を投げ出したわけである。

華陽夫人の姉に面会を求めて、それらの品物をすっかり華陽夫人に献上した。そのついでにこういった、「子楚どのはすぐれた智恵者で、広く天下の諸侯の食客たちと交際しております。いつもおっしゃるのです、『わたしは奥方さまを天とあがめ、明けくれ涙を流して太子さまや奥方さまのことを思っているのです』と。」華陽夫人は、たいへん喜んだ。

「夫人を以て天と為す」とは、天のごとくに絶対視して尊敬する意。『儀礼《ぎらい》』喪服《そうふく》の「父なる者は子の天なり、夫なる者は妻の天なり」を想起するべきだろう。なお「常」は「嘗」（かって）の通用とみてもよい。

不韋因使其姉説夫人曰。吾聞之。以色事人者。色衰而愛弛。今夫人事太子。甚愛而無子。不以此時蚤自結於諸子中賢孝者。擧立以爲適而子之。夫在則重尊。夫百歲之後。所子者爲王。終不失勢。此所謂一言而萬世之利也。不以繁華時樹本。卽色衰愛弛後。雖欲開一語。尙可得乎。今子楚賢而自知中男也。次不得爲適。其母又不得幸。自附夫人。夫人誠以此時拔以爲適。夫人則竟世有寵於秦矣。

不韋《ふい》、因《よ》りて其の姉をして夫人に説かしめて曰く、「吾これを聞く、色《いろ》を以て人に事《つか》うる者は、色衰《おとろ》うれば愛弛《ゆる》む、と。今、夫人は太子に事《つか》え、甚だ愛せらるるも、子なし。此の時を以て蚤《はや》く自《みずか》ら諸子の中の賢孝なる者と結び、挙立《きょりつ》して以て適《てき》となし、これを子とせざるや。夫《おっと》在らば則ち重尊《じゅうそん》せらる。夫《おっと》百歳の後、子《こ》とする所の者、王と為《な》らば、終《つい》に勢を失わざらん。此れ所謂《いわゆる》一言にして万世の利あるなり。繁華の時を以て本《もと》を樹《た》てずんば、即ち色衰え愛弛《ゆる》むの後、一語を開かんと欲すと雖も、尚《な》お得べけんや。今、子楚は賢にして、自《みずか》ら、中男《ちゅうだん》なれば、次《じ》として適《てき》と為《な》るを得ず、其の母も又《ま》た幸《こう》せらるるを得ざるを知り、自《みずか》ら夫人に附く。夫人、誠《も》し此の時を以て、抜きて以て適と為さば、夫人は則ち世を竟《お》うるまで秦に寵《ちょう》あらん」と。

呂不韋はそこで奥方の姉をつかって、奥方にこういわせた、「色香で人に仕えるものは、色香が衰えると愛情もうすらぐ、とかいうことです。いま奥方さまはとても愛されていらっしゃいますが、男の子がありません。いまのうちに早く王子たちの中の優れて親孝行のかたと手を結び、これを守りたててあとつぎとし、お子さまになすっておかれませぬか。ご夫君の在世中は大事にもされましょうが、ご夫君がなくなられたあと、子にしておかれた方が王になれば、いつまでも権勢を失うことはありますまい。これがたった一言《ひとこと》で万世の利を収めるということです。はなやかな時代に本《もと》をしっかりつくっておかねば、色香が衰え愛情がうすれてから、一言《ひとこと》切り出そうたって、そんなうまいぐあいにまいりましょうか。いま、子楚さまはりっぱな方ですが、ごじぶんでも、次男の身ゆえ、順序としてあとつぎにはなれず、それに母上も王さまのおぼえがめでたくないことをご存じなので、奥方さまを慕われるのです。奥方さまがもしもこの機会に抜擢してあとつぎになさったなら、奥方さまは生涯秦王さまのご寵愛をおうけになりましょう。」

「百歳」とは高貴な人の死を忌んでいうことば、人生百年が中国古来の寿命であることに本づく。

華陽夫人以爲然。承太子閒。從容言子楚質於趙者絶賢。來往者皆稱譽之。乃因涕泣曰。妾幸得充後宮。不幸無子。願得子楚。立以爲適嗣。以託妾身。安國君許之。

乃與夫人刻玉符。約以爲適嗣。安國君及夫人。因厚餽遺子楚。而請呂不韋傅之。子楚以此名譽益盛諸侯。

華陽《かよう》夫人、以て然《しか》りと為《な》し、太子の間《かん》を承《う》けて、従容《しょうよう》として言う、「子楚《しそ》、趙に質《ち》たる者、絶えて賢なり。来往する者皆これを称誉《しょうよ》す」と。乃ち因《よ》りて涕泣《ていきゅう》して曰く、「妾《しょう》は幸《さいわい》にして後宮《こう》に充《あ》てらるるを得たるも、不幸にして子なし。願わくは子楚を得て、立てて以て適嗣《てきし》と為《な》し、以て妾が身を託せん」と。安国君これを許す。乃ち夫人の与《ため》に玉符《ぎょくふ》を刻み、以て適嗣と為《な》すを約す。安国君及び夫人、因《よ》りて厚く子楚に餽遺《きい》し、而《しこ》うして呂不韋に請いてこれに傅《ふ》たらしむ。子楚、此れを以て名誉益《ます》ます諸侯に盛んなり。

華陽夫人は、なるほどと思い、太子安国君のひまなときをうかがって、さりげなくいった、「子楚と申して趙に人質にされてるお方は、すばらしい人物だと、あの国と往き来するものみながほめそやしております。」「従容」とは重要用件をさりげなく切り出すさまを形容する。わざと落ちついてみせるわけである。この語も韻尾を同じくする擬態語（cong-rong）。

そこですかさずすすり泣きながらいった、「あたくしは幸せにも後宮に迎えていただきましたが、不幸にも男の子にめぐまれませぬ。どうか子楚どのをあとつぎに立てて、この身をあずけられますようにしてくださいまし。」「後宮」とはきさきたちの住まう宮廷の奥向き、ハレム。またきさきたちをも指す。

安国君はそれに承諾をあたえ、そこで奥方のために玉《ぎょく》製の割符《わりふ》をきざませ、子楚をあとつぎにすることを約束した。「符」とは二片より成り、その一片ずつを両者がわけ持ち、約束の証拠とするもの。

安国君と奥方は、これを機会に子楚に鄭重な贈り物をし、呂不韋に頼んでその後見役になってもらった。子楚はこのことからますます諸侯の間に名声が高まった。

呂不韋取邯鄲諸姫絶好善舞者與居。知有身。子楚從不韋飲。見而説之。因起爲壽請之。呂不韋怒。念業已破家為子楚。欲以釣奇。乃遂獻其姫。姫自匿有身。至大期時生子政。子楚遂立姫爲夫人。

呂不韋、邯鄲《かんたん》の諸姫《しょき》の絶好《ぜっこう》にして善く舞う者を取りて与《とも》に居《お》る。身有《みごも》るを知る。子楚、不韋に従いて飲み、見てこれを説《よろこ》〔悦〕び、因《よ》りて起ちて寿《じゅ》を為し、これを請う。呂不韋、怒る。業已《すで》に家を破りて子楚のためにせしは、以て奇を釣らんと欲せしを念《おも》う。乃ち遂に其の姫《き》を献ず。姫《き》、自《みずか》ら身有《みごも》りしを匿《かく》し、大期《たいき》の時に

　至りて、子《こ》の政《せい》を生む。子楚、遂に姫を立てて夫人と為《な》す。

呂不韋は、みやこ邯鄲《かんたん》の遊女《あそびめ》たちのうち、すばらしい美人で舞が上手な女をひきとって同棲し、かの女が妊娠したことに気づいた。

子楚は呂不韋のもとで酒を飲み、かの女を見て気に入った。そこで立ち上がり、不韋の健康をいのる杯をあげ、かの女を頂戴したいと頼んだ。呂不韋は怒った。だが、全財産をなげ出してまで子楚のためにつくしてやったのは、掘り出し物を釣りあげたいためだったことを考えた。そこでいうとおりに遊女を献上した。遊女は自分が妊娠していることをかくし、月満《つきみ》ちておとこの子の政《せい》を生んだ。この嬰児がのちの秦の始皇帝である。時に昭王の四十八年（BC二五九）。子楚は、この遊女を立てて奥方にした。

「寿を為す」とは長命をいのるために乾杯すること。また、「大期」は懐妊十か月めをいうが、ほかの説もある。期は一年をいい、二か月も多く胎内にいたから、「大期」というのだとある（「史記索隠」）。子楚がめとった時かの女はすでに妊娠していたから、でないと子楚に他人の子であることを感づかれるという、老婆心にもとづく説であろう。あまり信用しがたいが、他に用例がないのでいずれとも断定しがたい。

秦昭王五十年。使王齮圍邯鄲。急。趙欲殺子楚。子楚與呂不韋謀。行金六百斤予守者吏。得脫亡赴秦軍。遂以得歸。趙殺子楚妻子。子楚夫人趙豪家女也。得匿。以故母子竟得活。

秦《しん》の昭王の五十年、王齮《おうき》をして邯鄲《かんたん》を囲ましむ。急なり。趙、子楚を殺さんと欲す。子楚、呂不韋と謀《はか》り、金六百斤を行《まかな》いて守者《しゅしゃ》の吏に予《あた》え、脱《のが》れ亡《に》げて秦の軍に赴《おもむ》くを得《え》、遂に以て帰るを得たり。趙、子楚の妻子を殺さんとす。子楚の夫人は、趙の豪家《ごうか》の女《むすめ》なり。匿《かく》るるを得《う》。故を以て母子竟《つい》に活《い》くるを得たり。

秦の昭王の五十年（BC二五七）、王は将軍王齮《おうき》に趙のみやこ邯鄲《かんたん》を包囲させた。危険が迫った。趙は人質の子楚を殺そうとした。子楚は呂不韋と相談して、黄金六百斤をつかって監視の小役人に与え、脱出して秦軍のもとにたどりつき、おかげで帰国することができた。

趙は子楚の妻子を殺そうとした。子楚の奥方は、趙の豪家のむすめで、身をかくしおおせた。それで母子ともに命拾いしたのである。

ここで突如として「趙の豪家の女《むすめ》」と身分が明かされる。むろん、まんまとかくれおおせた理由として提出されたのだが、豪家の娘が遊女に落ちぶれていたことは、古来注釈家たちの疑惑をまねいた。清・銭大昕《せんたいきん》は「呂不韋が援助したので、かの女の実家は邯鄲の豪家にのしあがったのだろう」といっている(『廿二史考異』巻五)。

秦昭王五十六年薨。太子安國君立爲王。華陽夫人爲王后。子楚爲太子。趙亦奉子楚夫人及子政歸秦。

秦《しん》の昭《しょう》王、五十六年に薨《こう》ず。太子安国君《あんこくくん》、立ちて王と為《な》る。華陽夫人、王后《こう》と為り、子楚は太子と為る。趙も亦《ま》た子楚夫人及び子の政《せい》を奉じて秦に帰す。

秦の昭王は、即位後五十六年めに亡くなり、太子の安国君が即位して王になった。華陽夫人は王后になり、子楚が太子になった。趙のほうでも、子楚の奥方とむすこの政《せい》を鄭重に秦に帰還させた。

これによれば、まえに命拾いした奥方と政は、その後も趙に残留したままだったのである。

秦王立一年薨。謚爲孝文王。太子子楚代立。是爲莊襄王。莊襄王所母華陽后爲華陽太后。眞母夏姬。尊以爲夏太后。莊襄王元年。以呂不韋爲丞相。封爲文信侯。

食河南雒陽十萬戸。

秦王、立ちて一年にして薨《こう》ず。諡《おくりな》して孝文《こうぶん》王と為《な》す。太子子楚、代りて立つ。是《こ》れ荘襄《そうじょう》王たり。荘襄王、母とする所の華陽后《かようこう》を華陽太后と為す。真の母は夏姫《かき》、尊びて以て夏《か》太后《たいこう》と為す。荘襄王の元年、呂不韋を以て丞相《じょうしょう》と為し、封《ほう》じて文信《ぶんしん》侯と為し、河南の雒陽《らくよう》の十万戸を食《は》ましむ。

秦王（安国君）は、王位について一年めに亡くなり、孝文王とおくり名された。太子の子楚がかわって王位についた。これが荘襄《そうじょう》王である。荘襄王は母として仕えた華陽后を華陽太后とよび、生みの母である夏姫《かき》にも、尊称をあたえて夏太后とよんだ。荘襄王の元年、呂不韋を宰相とし、領地を与えて文信侯とよび、河南の洛陽《らくよう》の十万戸を領有させた。

荘襄王即位三年薨。太子政立爲王。尊呂不韋爲相國。號稱仲父。秦王年少。太后時時竊私通呂不韋。不韋家僮萬人。

荘襄王、即位して三年にして薨《こう》ず。太子政《せい》、立ちて王と為《な》る。呂不韋を尊んで相《しょう》国《ごく》と為し、号して仲父《ちゅうほ》と称す。秦王、年少《わか》く、太后、時時《じじ》竊《ひそ》かに呂不韋と私通す。不韋の家僮《かどう》万人あり。

荘襄王《そうじょうおう》は即位して三年めに亡くなり、太子の政が王位についた。すなわち始皇帝である。時に年十三歳。

呂不韋をあがめて宰相にし、仲父《ちゅうほ》とよばせた。「仲父」とは二番めのおじ、あるいは父に次ぐものというきもちである。かつて斉の桓公は、名宰相管仲《かんちゅう》に同じ称号をあたえたし、のちに楚の項羽《こうう》がブレーン・トラスト范増《はんぞう》を「亜父《あほ》」とよんだのも同じ尊称である（中冊「項羽本紀」七三ページ参照）。

秦王の政は年ゆかず、母の太后は人目をしのんでしょっちゅう呂不韋と姦通した。不韋の家には召使いが一万人もいた。この「太后」とは政の母、つまり呂不韋がかつて囲っていた遊女だから、よりが戻ったわけである。「時時」とは、ときどきの連続であって、むしろ「しょっちゅう」の意にかたむく。「家僮《かどう》」とは男の召使い、太后との姦通を記したあとに記された「家僮万人」は、なにか意味ありげである。

當是時。魏有信陵君。楚有春申君。趙有平原君。齊有孟嘗君。皆下士。喜賓客。以相傾。呂不韋以秦之彊。羞不如。亦招致士。厚遇之。至食客三千人。

是《こ》の時に当り、魏《ぎ》に信陵《しんりよう》君あり、楚に春申《しゆんしん》君あり、趙《ちよう》に平原《へいげん》君あり、斉《せい》に孟嘗《もうしよう》君あり。皆士に下《くだ》り、賓客を喜び、以て相傾く。呂不韋も、秦の強きを以て、如《し》かざるを羞《は》じ、亦《ま》た士を招致して、これを厚遇す。食客三千人に至る。

この当時、魏に信陵《しんりよう》君、楚に春申《しゆんしん》君、趙に平原《へいげん》君、斉に孟嘗《もうしよう》君がいた。いずれもすぐれた人物を大切にして、食客をおくことを好み、互いに相手をしのごうと競争していた。これがいわゆる「戦国の四公子」である。『史記』では、四人の公子のために巻七十五以下の四巻を割いて、それぞれ特徴ある伝記をのこしている。

呂不韋も、秦が強国であるのにかれらに負けては恥ずかしいとおもい、人物を招きよせて優遇し、食客三千人というところまでいった。「食客三千人」は一種のイディオムといってよい。つねに大量の食客を擁することを示して、「三千」乃至《ないし》「三千余人」という（「孟嘗君」・「平原君」・「春申君」の各列伝）。

是時諸侯多辯士。如荀卿之徒。著書布天下。呂不韋乃使其客人人著所聞。集論以爲八覽・六論・十二紀。二十餘萬言。以爲備天地・萬物・古今之事。號曰呂氏春秋。布咸陽市門。懸千金其上。延諸侯游士・賓客。有能增損一字者予千金。

是《こ》の時、諸侯に弁士《べんし》多し。荀卿《じゅんけい》の徒《と》の如きは書を著《あらわ》して天下に布《し》く。呂不韋、乃ち其の客をして人人に聞きし所を著《しる》さしめ、集論して以て八覧《はちらん》・六論《りくろん》・十二紀《じゅうにき》を為《つく》る、二十余万言なり。以て天地・万物・古今の事を備《そな》うと為す。号して呂氏《りょし》春秋《しゅんじゅう》と曰《い》う。咸陽《かんよう》の市《し》の門に布《し》き、千金を其の上に懸《か》け、諸侯の游士《ゆうし》・賓客《ひんかく》を延《まね》き、能《よ》く一字を増損《ぞうそん》する者あらば、千金を予《あた》えんとす。

この当時、諸侯はおおぜいの弁士をかかえていた。「弁士」とは弁論によって外交接衡にあたる専門家。六国が互いに浸蝕しあった戦国期には、戦術に長じた軍事専門家や軍人とともに、かれらは各国に欠くべからざる存在であった。

荀卿《じゅんけい》の一派などは、書物を著わして天下にひろめた。「荀卿」は荀況《じゅんきょう》、ふつう荀子《じゅんし》の名で呼ばれる。もと斉のひとで、五十歳を過ぎて趙にやって来た。孔子の弟子である子夏《しか》の学統をつぎ、孟子の「性善説」に対して、「性悪説」――人間の本性を悪とみて、礼によって矯正することを主張――を唱えた。その著作『荀子』はもと十二巻三百二十三篇、現在は二十巻三十二篇のテクストが伝えられている。

そこで呂不韋は、食客たちにめいめい見聞したことを書きしるさせ、これを編集して「八覧《はちらん》」「六論《りくろん》」「十二紀《じゅうにき》」をつくった。全篇二十余万字の大著である。ここには天地・万物・古今の事象がすべて記されているといい、『呂氏春秋』と名づけられた。「八覧」とは有始《ゆうし》・孝行《こうこう》・慎大《しんだい》・先識《せんしき》・審分《しんぶん》・審応《しんおう》・離俗《りぞく》・恃君《じくん》の八篇、「六論」とは開春《かいしゅん》・慎行《しんこう》・貴直《きちょく》・不苟《ふこう》・似順《じじゅん》・士容《しよう》の六篇、「十二紀」とは四季をそれぞれ孟・仲・季に三分した十二篇の論文である。この書はまた、「八覧」の名にちなんで『呂《りょ》覧《らん》』ともいう。学説としては道家《どうか》の比重が大きく、以下儒家・兵家・農家など各種が雑居する。『史記』の編纂にも少なからぬ資料を提供したといわれる。

　呂不韋はこれをみやこ咸陽《かんよう》のさかり場の門に陳列し、その上に千金の懸賞をおき、諸侯の国をわたり歩く浪人ものや食客たちを誘い寄せ、一字でも増したり削ったりできるものがあれば、その千金を与えることにした。

始皇帝益壯。太后淫不止。呂不韋恐覺禍及己。乃私求大陰人嫪毐以爲舍人。時縱倡樂。使毐以其陰關桐輪而行。令太后聞之。以啗太后。太后聞。果欲私得之。呂不韋乃進嫪毐。詐令人以腐罪告之。不韋又陰謂太后曰。可事詐腐。則得給事中。太后乃陰厚賜主腐者吏。詐論之。拔其鬚眉爲宦者。遂得侍太后。太后私與通。絶愛之。有身。太后恐人知之。詐卜。當避時。徙宮居雍。嫪毐常從。賞賜甚厚。事皆決於嫪毐。嫪毐家僮數千人。諸客求宦。爲嫪毐舍人千餘人。

始皇帝、益《ます》ます壮《そう》にして、太后《たいこう》、淫《いん》して止まず。呂不韋、覚《あらわ》れて禍《わざわい》の己《おのれ》に及ばんことを恐る。乃ち私《ひそ》かに大陰《だいいん》の人なる嫪毐《ろうあい》を求めて以て舎人《しゃじん》と為す。時に倡楽《しょうがく》を縦《はな》ち、毐《あい》をして其の陰を以て桐輪《とうりん》を関《かん》して行かしめ、太后をして、これを聞かしめて、以て太后に啗《くら》わす。太后聞き、果して私《ひそ》かにこれを得んと欲す。呂不韋、乃ち嫪毐《ろうあい》を進め、詐《いつわ》りて、人をして腐罪《ふざい》を以てこれを告げしむ。不韋、又《ま》た陰《ひそ》かに太后に謂《い》いて曰く、「事、腐《ふ》と詐《いつわ》らば、則ち中《うち》に給事するを得べけん」と。太后、乃ち陰《ひそ》かに厚く腐者を主《つかさ》どる吏に賜い、詐《いつわ》りてこれを論ぜしめ、其の鬚眉《しゅび》を抜きて宦者《かんじゃ》と為《な》し、遂に太后に侍《じ》せしむるを得たり。太后、私《ひそ》かに与《とも》に通じ、絶《はなは》だこれを愛す。身《み》有《ご》もる。太后、人のこれを知るを恐れ、詐《いつわ》りて卜《うらな》わしむ、「当《まさ》に時を避け、宮を徙《うつ》して雍《よう》に居《お》るべし」と。嫪毐《ろうあい》、常に従い、賞賜《しょうし》甚だ厚く、事、皆嫪毐《ろうあい》に決す。嫪毐、家僮《かどう》数千人あり。諸客の宦《つか》えんことを求めて、嫪毐の舎人と為《な》るもの、千余人。

始皇帝はいよいよ男ざかりを迎えてゆき、母の太后の淫乱はとどまるところを知らない。「壮」とは三十歳をいうが、漠然と男の最盛期を指す。また年齢的なそれとともに、エネルギッシュにばりばり仕事をすることをも意味するだろう。だから呂不韋の心配がきざすのである。

呂不韋はみそか事がばれて、わが身に災難がふりかかることをおそれた。そこで大きな一物《いちもつ》を持つ男——嫪毐《ろうあい》をこっそり見つけ出し、家令にした。おりを見てみだらな音楽を流し、毐に命じて一物《いちもつ》に桐の木の輪をはめて歩行させ、そのことが太后の耳にはいって、太后に食指を動かさせようとした。

「舎人《しゃじん》」とは役づきの食客である。「関《かん》」はうがつこと。『礼記《らいき》』雑記に「叔孫武叔《しゅくそんぶしゅく》は朝するとき、輪人《くるまひき》のその杖をもって轂《こく》（車輪の中央、車軸を通す部分）を関《うが》ちて輪《くるま》を輮《めぐら》すものを見る」とある。

これを聞いた太后は、果たして毐をひそかにわが物にしたくおもった。そこで呂不韋は嫪毐をさしあげて、人を使って毐は宮刑にあたる罪を犯していると、いつわりの告発をさせた。「腐罪《ふざい》」とはふつう宮刑ともいい、生殖器を摘除する肉体刑で、手術あとが腐臭を発するのでその名がある。宮廷の奥向きに仕える、いわゆる宦官《かんがん》（宦者）には、この宮刑をうけたものがあてられた。

呂不韋は一方で太后にそっと告げた、「宮刑をうけたと嘘ついておけば、奥向きの用事をさせることができましょう。」

そこで太后は人しれず宮刑係りの主任にたっぷりつけとどけして、にせの判決を下させ、毐のひげと眉を抜いて宦官にしたてた。かくて太后の側に侍らせることができたのである。去勢された男性は、ひげや眉毛がうすくなること、いうまでもない。

太后はひそかにかれと通じ、こよなく可愛がって、妊娠した。太后は人に知られることをおそれ、にせの占いをたてさせた、「世を避けるために、宮殿を移して雍《よう》（陝《せん》西《せい》省鳳翔の南、秦の旧都）に住まねばいけません」と。

嫪毐《ろうあい》はいつもお側につき従い、下賜の品もたっぷりあり、万事が嫪毐によって決められた。嫪毐の家には召使いが数千人もいたし、仕官を求める流れもので、嫪毐の家令になるものが千人あまりもいた。

始皇七年。荘襄王母夏太后薨。孝文王后曰華陽太后。與孝文王會葬壽陵。夏太后子荘襄王葬芷陽。故夏太后獨別葬杜東。曰。東望吾子。西望吾夫。後百年。旁當有萬家邑。

始皇《しこう》の七年、荘襄王《そうじょう》の母夏太后薨《かたいこうこう》ず。孝文王の后《きさき》を華陽太后と曰《い》い、孝文王と寿《じゅ》陵《りょう》に会葬《かいそう》す。夏太后の子荘襄《そうじょう》王は芷《し》陽《よう》に葬らる。故に夏太后は独り別に杜《と》の東に葬る。曰《いわ》く、「東に吾が子を望み、西に吾が夫を望む。後《のち》百年して、旁《かたわら》に当《まさ》に万家《ばんか》の邑《ゆう》あるべし」と。

始皇の七年（BC二四〇）、荘襄王の母である夏太后が亡くなった。孝文王の后《きさき》は華陽太后といって、孝文王とともに寿陵《じゆりよう》（陝西省西安郊外の万年県にある）に合葬されていたし、夏太后の子である荘襄王は芷陽《しよう》（西安の東郊）に埋葬されていた。それで夏太后はひとり別に杜原《とげん》（陝西省渭南《いなん》の東北）に埋葬された。夏太后は生前に語っていた、「東にわが子を望み見、西にわが夫を望み見る。百年もたてば、陵墓のまわりに万戸の村ができよう。」

　夏太后の予言めいたことばは、やがて漢王朝が生まれて、長安（今の西安）附近に首都づくりが進められることによって実現されるわけであろう。清・梁玉縄《りようぎよくじよう》は、家相・墓相に関するいわゆる「風水の説」が秦の国に生まれたことを指摘して、秦の樗《ちよ》里子《りし》の類似の例をあげている。つまり、樗里子も死の直前に「わしが死んで百年たてば、ここに天子の宮殿ができて、わしの墓をとりかこむだろう」といった（巻七十一「樗《ちより》里子《し》甘茂《かんも》列伝」）。その予言どおり、秦の始皇帝による首都咸陽《かんよう》の豪勢な宮城が生まれたのである。

始皇九年。有告嫪毐實非宦者。常與太后私亂。生子二人。皆匿之。與太后謀曰王即薨。以子爲後。於是秦王下吏治。具得情實。事連相國呂不韋。九月。夷嫪毐三族。殺太后所生兩子。而遂遷太后於雍。諸嫪毐舍人。皆沒其家。而遷之蜀。王欲誅相國。爲其奉先王功大。及賓客・辯士爲游說者衆。王不忍致法。

始皇《しこう》の九年、「嫪毐《ろうあい》は実は宦者《かんじゃ》に非《あら》ずして、常に太后と私《ひそ》かに乱《らん》し、子二人を生み、皆これを匿《かく》し、太后と謀りて、『王即《も》し薨《こう》ぜば、子《こ》を以て後《のち》と為《な》さん』と曰《い》えり」と告ぐるものあり。是《ここ》に於て秦王、吏に下《くだ》して治《ち》す。具《つぶさ》に情実を得たり。事、相国《しょうごく》呂不韋に連なる。九月、嫪毐《ろうあい》の三族を夷《たいら》げ、太后の生みし所の両子を殺し、而うして遂に太后を雍《よう》に遷《うつ》す。諸《もろ》もろの嫪毐の舎人《しゃじん》は、皆其の家を没し、これを蜀《しょく》に遷《うつ》す。王、相国《しょうごく》を誅《ちゅう》せんと欲せしも、其の先王に奉ぜし功の大にして、及《ま》た賓客・弁士の為《ため》に游説《ゆうぜい》する者衆《おお》きが為《ため》に、王、法に致すに忍びず。

始皇の九年（BC二三八）、告発するものがあった、「嫪毐《ろうあい》は実は宦官《かんがん》でなく、いつも人知れず太后と淫乱にふけり、二人の子をもうけながら、みなこれをかくし、太后と相談して、『王がもし亡くなれば、この子を後継者にするんだ』といっております。」

そこで秦王は裁判官のもとに送って取調べさせ、くわしく実情を知った。事件には宰相の呂不韋が関係している。その九月、嫪毐の父母・兄弟・妻子を皆殺しにし、太后が生んだ二人の男の子を殺し、太后を雍《よう》に移した。嫪毐の食客たちに対しては、かれらの財産を没収する処置をとり、かれらを四川省、蜀《しょく》の地へ流しものにした。王は宰相を処刑しようと思ったが、先代を守りたてたかれの功労は大きいし、またかれの食客や弁士で秦のために遊説してくれているものも大勢いるので、王は法にかけて処置するに忍びなかった。

秦王十年十月。免相國呂不韋。及齊人茅焦説秦王。秦王乃迎太后於雍。歸復咸陽。而出文信侯就國河南。歲餘諸侯賓客使者。相望於道。請文信侯。秦王恐爲其變。乃賜文信侯書曰。君何功於秦。秦封河南。食十萬戶。君何親於秦。號稱仲父。其與家屬徙處蜀。呂不韋自度稍侵。恐誅。乃飲酖而死。秦王所加怒呂不韋。嫪毐。皆已死。乃皆復歸嫪毐舍人遷蜀者。

秦王の十年十月、相国《しょうごく》呂不韋を免《めん》ず。斉の人茅焦《ぼうしょう》、秦王に説くに及び、秦王、乃ち太后を雍《よう》より迎え、帰りて咸陽《かんよう》に復《ふく》せしめ、而《しこ》うして文信侯を出《い》だして国に河南に就《つ》かしむ。歳余《さいよ》にして、諸侯の賓客使者、道に相望み、文信侯に請う。秦王、其の変を為《な》さんことを恐れ、乃ち文信侯に書を賜いて曰く、「君、秦に何の功ありて、秦、河南に封じ、十万戸を食《は》ましめしや。君、秦に何の親《しん》ありて、号して仲父《ちゅうほ》と称せしや。其れ家属《かぞく》と徙《うつ》りて蜀《しょく》に処《お》れ」と。呂不韋、自《みずか》ら度《はか》るに、稍《ようや》く侵されん、と。誅《ちゅう》せられんことを恐れ、乃ち酖《ちん》を飲みて死す。秦王の怒りを加えし所の呂不韋・嫪毐《ろうあい》、皆已《すで》に死せり。乃ち皆嫪毐の舎人の蜀に遷《うつ》せし者を復帰せしむ。

秦王の十年（BC二三七）十月、宰相の呂不韋を罷免した。斉のひと茅焦《ぼうしょう》が秦王を説得したので、秦王は太后を雍《よう》から迎え、みやこ咸陽に帰らせた。巻六「秦始皇本紀」には茅焦の進言をのせている――天下を相手になさる王さまが、母ぎみを流罪《るざい》にしておられるとあっては、諸侯が謀叛《むほん》をおこす種になりましょう。

そして、文信君呂不韋を中央から離して、河南の領地に赴任させた。一年あまり経つと、諸侯の食客や使節たちが、道中で待ちうけて、文信侯に要請する。「相望」とは、はるかに待ちうけること。「請」は明・徐孚遠《じょふえん》の説によれば、当時、諸侯の大臣で罷免されるものが多く、かれらの代りに就任することを要請したという。

秦王は謀叛でもおこされてはたいへんと、文信侯に手紙をおくった、「あなたは秦にどんな功労があって、あなたに河南の領地を与え、十万戸を領有させたのでしょう。あなたは秦とどんなつながりがあって、仲父《ちゅうほ》という称号を与えられたのでしょう。家族とともに蜀に移住されよ。」

秦王――実は呂不韋の子――のこのことばは、かならず読者をくすぐるはずである。蜀に移住するべき理由はなにも示されていないところからいっても、このことばには司馬遷の創作のにおいがする。なお、「其」は命令文における発語のことばである。

呂不韋はしだいに追いつめられてゆくとひとりで推しはかり、処刑をおそれて、ここに酖《ちん》をあおって自殺した。「酖《ちん》」とは鴆《ちん》という鳥の羽をひたした毒酒である。

秦王が恐怖をつのらせた呂不韋と嫪毐は、みな死んだ。そこで蜀に流されていた嫪毐の食客たちをみなみやこに帰還させた。

「秦始皇本紀」には、呂不韋の自殺後のことが詳しく語られている。呂不韋の遺体は秘密裡に葬られた。かれの家来で葬儀に参列したもののうち、晋国籍のものは追放にあった。また秦国籍のもので、扶持米六百石以上のものは、爵位剥奪のうえ辺境に流され、五百石以下は参列しなかったものも、爵位はそのままで流罪に処した。さらに「今後は国事に参与しながら、嫪毐や呂不韋のように道ならぬ行為をなすものは、一族ぜんぶを奴隷の身分にする」という布令を出した。

始皇十九年、太后薨。謚爲帝太后。與莊襄王會葬茝陽。

始皇の十九年、太后、薨《こう》ず。謚《おくりな》して帝太后《ていたいこう》と為《な》す。荘襄王《そうじょう》と茝陽《しよう》に会葬す。

始皇の十九年（ＢＣ二二八）、太后が亡くなった。おくり名して帝太后とよび、茝《し》陽《よう》（さきの芷陽《しよう》と同じ）の荘襄王の陵墓に合葬した。「帝太后」のおくり名はおそらく、さらに数年のちに定められたのであろう。始皇は即位後二十六年に、王綰《わん》・馮劫《ふうきよう》・李《り》斯《し》の進言によって、はじめて皇帝の称号を名のったからである。

太史公曰。不韋及嫪毐。貴封號文信侯。人之告嫪毐。毐聞之。秦王驗左右未發。上之雍郊。毐恐禍起。乃與黨謀。矯太后璽。發卒以反蘄年宮。發吏攻毐。毐敗亡走。追斬之好時。遂滅其宗。而呂不韋由此絀矣。孔子之所謂聞者。其呂子乎。

太史公《たいしこう》曰く、不韋及び嫪毐《ろうあい》、貴封《きほう》せられて、文信侯《ぶんしんこう》と号す。人の嫪毐を告《つ》ぐるや、毐これを聞く。秦王、左右に験《けん》して未だ発せず。上《しよう》の雍《よう》に之《ゆ》きて郊《こう》するや、毐、禍《わざわい》の起らんことを恐れ、乃ち党と謀《はか》り、太后の璽《じ》を矯《た》め、卒《そつ》を発して以て蘄年《きねん》宮《きゆう》に反《そむ》く。吏を発して毐を攻め、毐、敗れて亡《のが》れ走る。追いてこれを好時《こうじ》に斬り、遂に其の宗《そう》を滅ぼす。而うして呂不韋、此れ由《よ》り絀《しりぞ》けらる。孔子の所謂《いわゆる》「聞《ぶん》」とは、其れ呂子《りよし》か。

太史公のことば――

呂不韋《りよふい》と嫪毐《ろうあい》は、領地をもらう高貴の身分になり、不韋は文信侯の称号をうけた。人が嫪毐を告発したことは、毐の耳にはいった。秦王は側近から事実をたしかめたが、なお表沙汰にしないでいた。天子が郊《こう》の祭りをするため雍《よう》にでかけると、災難がふりかかることを恐れ、かれははじめて一味と相談し、太后の印を悪用して軍隊をくり出し、蘄年宮《きねんきゅう》でクーデターをおこした。なお、「郊《こう》」とは冬至の日におこなう天の祭りをいう。また、「璽《じ》」とは御印のこと、それを「矯《た》める」とは、御印を盗用して太后の命令だといつわること。秦は役人を送って毐を攻撃し、毐は敗北して逃走した。これを追撃して好畤《こうじ》（陝西省乾《かん》県の東方）で斬りすて、かくて一族を滅ぼしてしまった。しかも、呂不韋はこのころから落ちめになった。孔子がいう「聞《ぶん》」とは呂子のことであろうか。

孔子のいう「聞」とは、内実のともなわない有名人、名士をさす。『論語』顔淵篇にみえる（角川ソフィア文庫版『論語』下冊一二七ページ参照）。――夫《そ》れ聞なる者は、色《いろ》に仁を取りて、行ないは違《たが》い、これに居て疑わず。邦《くに》に在りても必ず聞こえ、家に在りても必ず聞こゆ。

ところでこの論賛には、嫪毐の末路について具体的な事実が語られている。こうした事実はもともと本文中に説かれるべき性質のものであるから、これは異例だといってもよい。司馬遷はなぜこのような論賛の形式を採ったのであろうか、いささか理解に苦しむ。名実のともなわぬ人間の崩壊の速さ、もろさを結論とするらしいが、かれの真意は、あくまで始皇帝出生にまつわる運命のいたずらを語りたかったのではなかろうか。この伝記の叙述態度からも、そのことは窺えよう。

刺客列伝

巻八十六「刺客列伝《しかく》」は、春秋時代から戦国末期にかけて現われた五人の刺客——テロリストの伝記である。かれらは殺人を業とする職業的テロリストではない。一人一殺の動機となるのは、ある場合は小国（弱者）の大国（強者）に対する抵抗精神であり、またある場合は「人生意気に感ず」といった義侠心の触発である。ことに後者は、くりかえし出て来る「士は己《おのれ》を知るもののために死す」ということばに象徴され、列伝全体を貫くテーマとなっている。司馬遷は、かれらの誇らかな意気と異常なまでの執念を描いて、テロリストが本来的にになわされる悲劇性を活写する。いま、郭沫《かくまつ》若《じゃく》の戯曲に聶政《じょうせい》と荊軻《けいか》を扱った「棠棣《とうてい》之華」と「筑《ちく》」がある。

曹沫者。魯人也。以勇力事魯荘公。荘公好力。曹沫爲魯將。與齊戰。三敗北。魯荘公懼。乃獻遂邑之地以和。猶復以爲將。

曹沫《そうかい》なる者は、魯《ろ》の人なり。勇力を以て魯《ろ》の荘公《そう》に事《つか》う。荘公、力を好《この》む。曹沫、魯の将と為《な》り、斉《せい》と戦いて、三たび敗北す。魯の荘公、懼《おそ》れ、乃《すなわ》ち遂邑《すいゆう》の地を献じて以て和す。猶《な》お復《ま》た以て将と為《な》す。

曹沫《そうかい》は魯の人である。「魯」は、孔子の故郷である曲阜《きょくふ》の町を中心に、山東省南部一帯を領有する小国である。

曹沫は武勇腕力をかわれて魯の荘公に仕えた。荘公は武芸好《ごの》みの殿さまであった。曹沫は魯の将軍となり、大国の斉《せい》と戦い三たび敗北した。魯の荘公は恐怖に駆られ、遂邑《すいゆう》（山東省寧陽《ねいよう》の西北）の地をさし出して、講和を結ぼうとした。たびたびの敗戦にもかかわらず元どおり曹沫を将軍にした。

齊桓公許與魯會于柯而盟。桓公與莊公既盟於壇上。曹沫執匕首。劫齊桓公。桓公左右莫敢動。而問曰。子將何欲。曹沫曰。齊彊魯弱。而大國侵魯亦以甚。今魯城壞。卽壓齊境。君其圖之。桓公乃許盡歸魯之侵地。既已言。曹沫投其匕首下壇。北面就羣臣之位。顏色不變。辭令如故。

斉《せい》の桓公《かんこう》、魯《ろ》と柯《か》に会して盟《ちか》うことを許す。桓公、荘公と既に壇上に盟う。曹《そう》沫《かい》、匕首《ひしゅ》を執《と》りて、斉の桓公を劫《おびや》かす。桓公の左右、敢えて動くなし。而《しこ》うして問いて曰く、「子《し》、将《は》た何をか欲する」と。曹沫曰く、「斉は強く、魯は弱し。而《しか》も大国の魯を侵すこと、亦た以《すで》〔已〕に甚だし。今、魯の城壊《こぼ》たれ、即ち斉の境を圧す。君、其れこれを図《はか》れ」と。桓公、乃ち尽《ことごと》く魯の侵し地を帰すことを許す。既《すで》に已《すで》に言い、曹沫、其の匕首を投げて壇より下り、北面《ほくめん》して群臣の位に就《つ》く。顔色、変らず、辞令《じれい》、故《もと》の如し。

講和のあいては斉の桓公《かんこう》。当時、晋《しん》の文公（本冊「晋世家」参照）とともに「斉桓晋文」と併称された春秋期の覇者《はしゃ》である。桓公は魯の国に対し、柯《か》（山東省陽穀《ようこく》の東北方、当時は斉の領土）の地に会して不戦同盟を結ぶことを承諾した。『左伝《さでん》』によれば、魯の荘公十三年（BC六八一）のことである。

　桓公は荘公とともに、壇上で講和の儀式をとりおこなっていた。と、曹沫が匕首《あいくち》を手にし、桓公にせまった。

　桓公の側近も、瞬間のこととて身動きがならぬ。桓公はきいた、「おまえは一体なにが望みだ。」「劫」とは威嚇すること。「将《は》た」とは、疑問文によく用いられる発語のことば。

曹沫《そうかい》はいった、「斉は強大で、魯は弱小です。しかも、貴国のわが魯に対する侵略は、すでに度を越しております。いまわが国境の町町の城壁は破壊され、そのまま貴国の領土へとのしかかっているありさま。殿《との》、なんとかご考慮くだされ。」

そこで桓公は、侵略した魯の土地を、そっくり返還することを許した。

曹沫《そうかい》はいいたいことをいってしまうと、匕首《あいくち》を投げすてて壇から下り、北を向いて、家臣たちの位置にもどった。顔色ひとつかえず、言葉づかいもいつもとかわりがない。

「北面《ほくめん》」とは南面《なんめん》（君主が坐る方向、したがって君臨する意）に対し、臣下としての位置につくこと。

桓公怒。欲倍其約。管仲曰。不可。夫貪小利以自快。棄信於諸侯。失天下之援。不如與之。於是桓公乃遂割魯侵地。曹沫三戰所亡地。盡復予魯。

桓《かん》公怒り、其の約に倍《そむ》かんと欲す。管仲《かんちゅう》曰く、「不可なり。夫《そ》れ小利を貪《むさぼ》りて以《もっ》て自《みずか》ら快《こころよ》しとせば、信を諸侯に棄て、天下の援《たす》けを失わん。これを与うるに如《し》かず」と。是《ここ》に於いて桓公、乃ち遂に魯の侵しし地を割《さ》く。曹沫《そうかい》の三たび戦いて亡《うしな》いし所の地も、尽《ことごと》く復た魯に予《あた》う。

桓公は脅迫されて約束したものの、腹だちをおさえきれず、盟約を破棄しようとした。名宰相の評判たかい管仲《かんちゅう》（本冊「管晏列伝」参照）がいった、「それはようございませぬ。そもそも小利をむさぼっていい気でおるようでは、諸侯の信頼をなくし、天下の援助を失いましょう。あれはくれてやったほうがよろしい。」

そこでようやく、桓公は侵略した魯の土地を返還することにした。曹沫が三たびの敗戦で失った土地も、すべて魯にもどされた。

其後百六十有七年。而呉有専諸之事。

其の後百六十有七年にして、呉《ご》に専諸《せんしょ》の事あり。

それから百六十七年、すなわち魯の昭公の二十七年（BC五一五）に、呉の国、江蘇省一帯を領有した一王国に、専諸《せんしょ》の事件がおこった。以下、人物がかわるごとに「その後……年にして云云」という異例の説明が加えられる。この操作は、刺客という特異な存在に、伝統あることを告げるかのようである。なお、専諸のことについては、「伍子胥《ごししょ》列伝」をもあわせて参照されたい（本冊三一八ページ以下）。

専諸者。呉堂邑人也。伍子胥亡楚而如呉也。知専諸之能。伍子胥既見呉王僚。説以伐楚之利。呉公子光曰。彼伍員父兄皆死於楚。而員言伐楚。欲自爲報私讎也。非能爲呉。呉王乃止。

専諸《せんしょ》なる者は、呉《ご》の堂邑《どうゆう》の人なり。伍子胥《ごししょ》、楚《そ》より亡《のが》れて呉に如《ゆ》くや、専諸《せんしょ》の能《のう》を知る。伍子胥、既に呉王僚《りょう》に見《まみ》えたれば、説くに楚を伐《う》つの利を以てす。呉の公子光《こう》曰く、「彼《か》の伍員《ごうん》は、父兄皆楚に死す。而《しこ》うして員《うん》の楚を伐つを言うは、自《みずか》ら為《ため》に私讎《ししゅう》に報いんと欲すればなり。能く呉の為《ため》にするに非《あら》ず」と。呉王、乃ち止む。

専諸《せんしょ》というのは、呉の堂邑《どうゆう》（江蘇省六合《りくごう》の北）の人である。父と兄を平王に殺された伍子胥《ごししょ》は、楚から亡命して呉に来ると、まず専諸の有能さを知った。伍子胥は、呉王である僚《りょう》に会見すると、楚を征伐することの有利を説いた。呉の王子光《こう》はいった、「あの伍員《ごうん》（伍子胥の本名）は、父も兄も楚で殺されております。員《うん》が楚の征伐を口にするのは、個人的な怨みを晴らしたいからです。わが呉のためにというような殊勝なものではありません。」

呉王はそこで思いとどまった。

伍子胥知公子光之欲殺呉王僚。乃曰。彼光將有內志。未可説以外事。乃進專諸於公子光。光之父曰呉王諸樊。諸樊弟三人。次曰餘祭。次曰夷昧。次曰季子札。諸樊知季子札賢。而不立太子。以次傳三弟。欲卒致國于季子札。諸樊既死。傳餘祭。餘祭死。傳夷昧。夷昧死。當傳季子札。季子札逃不肯立。呉人乃立夷昧之子僚爲王。

伍子胥《ごししょ》、公子光《こう》の呉王僚《りょう》を殺さんと欲するを知る。乃ち曰く、「彼《か》の光《こう》は、将《まさ》に内志あらんとす。未だ説くに外事を以てすべからず」と。乃ち専諸《せんしょ》を公子光に進む。光の父は、呉王諸樊《しょはん》と曰う。諸樊の弟は三人。次を余祭《よさい》といい、次を夷昧《いばつ》といい、次を季子札《きしさつ》という。諸樊《しょはん》は季子札の賢なるを知りて、太子を立てず、次《じ》を以て三弟に伝え、卒《つい》に国を季子札に致さんと欲す。諸樊《しょはん》既に死し、余祭《よさい》に伝う。余祭死《よさいし》し、夷昧《いばつ》に伝う。夷昧死して、当《まさ》に季子札に伝うべきに、季子札は逃《のが》れて立つを肯《がえ》んぜず。呉の人、乃ち夷昧の子僚《りょう》を立てて王と為《な》す。

伍子胥は、王子の光《こう》が呉王の僚を殺そうとしているのを知ると、つぶやいた、「あの光は、どうやら国事について野望をもやしかけている。今のところ対外政策を説く

諸樊——光
余祭
夷眛——僚
季子札

のはまずい。」「内志」とは外国侵略の意図などに対し、王位簒奪などの野心をいう。

そこで専諸を王子の光に推挙した。これは伍子胥の陰謀の第一の伏線である。「呉《ご》太伯《たいはく》世家」には、側近に専諸をえて喜んだ王子の光が、伍子胥をも召しかかえようとしたが、伍子胥は「退いて野に耕しつつ、専諸の事を待つ」と見える。

光の父は、数代まえの呉王諸樊《しょはん》である。諸樊に弟が三人あり、すぐ下が余祭《よさい》、次を夷眛《いばつ》、その次を季《き》子《し》札《さつ》といった。

諸樊は、末弟の季子札がすぐれているのを知って、太子は立てず、順次に三人の弟にあとをつがせ、さいごに季子札に国をゆずろうと考えた。諸樊が死んで、余祭がつぎ、余祭が死んで、夷眛がついだ。夷眛が死んで、当然季子札がつぐ番なのに、季子札は身を引いて、即位を拒んだ。そこで呉の家臣は夷眛の子である僚《りょう》を擁立して王とした。

「呉太伯世家」によると、実は、最初にやむをえず即位した長兄の諸樊は、父の喪があけると、すぐ末弟の季（子）札に王位をゆずろうとした。しかし、季札は長兄がつぐのが当然だとして受けず、野にくだって農耕生活に入った。そして、三兄が順次に王位をつぎ、いよいよ季札の番が来たときに、かれは行方をくらますのである。

公子光曰。使以兄弟次邪。季子當立。必以子乎。則光眞適嗣。當立。故嘗陰養謀臣以求立。光既得專諸。善客待之。

公子光《こう》曰く、「使《も》し兄弟の次《じ》を以てせんか、季子当《まさ》に立つべし。必ず子《こ》を以てせんか。則ち光は真の適《てき》〔嫡〕嗣《し》にして、当《まさ》に立つべきなり」と。故に嘗《つね》に陰《ひそ》かに謀臣を養い、以て立たんことを求む。光、既に専諸《せんしょ》を得るや、善くこれを客待《かくたい》す。

王子の光がいった、「もし兄弟の順でゆくなら、季子《きし》（札《さつ》）が即位するべきだ。もしも子《こ》でなければというのなら、わたしこそまことの嫡子であり、即位してしかるべきだ。」

だから、かれはいつも万一に役だてるための智謀にたけた家来をこっそり養っておき、王位につくことをねらっていた。

光《こう》は専諸《せんしょ》を手にいれると、賓客として優遇した。

九年而楚平王死。春。呉王僚欲因楚喪。使其二弟公子蓋餘・屬庸。將兵圍楚之灊。使延陵季子於晉。以觀諸侯之變。楚發兵絕呉將蓋餘・屬庸路。呉兵不得還。於是公子光謂専諸曰。此時不可失。不求何獲。且光眞王嗣。當立。季子雖來。不吾廢也。専諸曰。王僚可殺也。母老子弱。而兩弟將兵伐楚。楚絶其後。方今呉外困於楚。而內空無骨鯁之臣。是無如我何。公子光頓首曰。光之身。子之身也。

九年にして、楚《そ》の平王《へいおう》死す。春、呉王僚《りょう》、楚の喪《も》に因《よ》らんと欲し、其の二弟、公子蓋余《がいよ》・属庸《しょくよう》をして、兵を将《ひき》いて楚《そ》の灊《せん》を囲ましめ、延陵《えんりょう》の季子を晋《しん》に使いせしめ、以て諸侯の変を観《み》しむ。楚、兵を発して呉の将蓋余《がいよ》・属庸《しょくよう》の路を絶《た》つ。呉の兵、還《かえ》るを得ず。是《ここ》に於いて公子光《こう》、専諸に謂《い》いて曰く、「此の時、失うべからず。求めずんば何をか獲《え》ん。且つ光は真の王嗣《おうし》にして、当《まさ》に立つべし。季子来《き》たると雖《いえど》も、吾を廃せざらん」と。専諸曰く、「王の僚《りょう》は、殺すべきなり。母老い子弱《おさな》く、而《しか》も両弟は兵を将《ひき》いて楚を伐《う》ち、楚、其の後《うしろ》を絶《た》つ。方今《ほうこん》、呉は外《そと》楚に困《くる》しみ、而も内空《うちむな》しくして、骨鯁《こっこう》の臣なし。是《こ》れ我を如何《いかん》ともするなし」と。公子光、頓首《とんしゅ》して曰く、「光の身は、子《し》の身なり」と。

それから九年がすぎ、楚の平王が死んだ。その春、呉王の僚《りょう》は楚の国の喪中につけこむつもりで、二人の弟、蓋余《がいよ》と属庸《しょくよう》に軍をひきいて楚の灊《せん》（安徽省霍山《かくざん》の東北）を包囲させ、かたわら延陵《えんりょう》（江蘇省武進）の城主になっていた季子《きし》（札《さつ》）を晋につかわし、諸侯の動きを観察させた。このことは「晋世家」（本冊二六七ページ参照）にも見えている。「変」とは動静変化をいう。

楚は軍隊を出動させて、呉の将軍蓋余《がいよ》・属庸《しょくよう》の退路を絶った。呉軍は帰ることができない。

すると、王子の光《こう》が専諸《せんしょ》にいった、「この時機を失してはならぬ。積極的に求めないでなにが得られよう。それに、わたしはまことの王位継承者で、当然即位すべきものなのだ。おじの季子（札）が帰って来たって、わたしを廃立することはあるまい。」

専諸はいった、「王の僚《りょう》は殺してしまうべきです。僚の母はとし老い、むすこは幼い。しかも、二人の弟は軍をひきいて楚をうち、楚はその退路を絶ちました。ただいま呉の国は、外は楚に苦しめられ、しかも内はからっぽで、骨っぷしのある家臣はおりませぬ。わたくしどもをどうすることもできますまい。」

王子の光《こう》は地にぬかずいていった、「わしの体はそなたの体だ。」

むろん、一身同体だということで、将来とも専諸の身について、一切の責任をもとうと約束したわけである。


四月丙子。光伏甲士於窟室中。而具酒請王僚。王僚使兵陳。自宮至光之家。門戸階陛左右。皆王僚之親戚也。夾立侍。皆持長鈹。酒既酣。公子光詳爲足疾。入窟室中。使専諸置匕首魚炙之腹中而進之。既至王前。専諸擘魚。因以匕首刺王僚。王僚立死。左右亦殺専諸。王人擾亂。公子光出其伏甲以攻王僚之徒。盡滅之。遂自立爲王。是爲闔閭。闔閭乃封専諸之子以爲上卿。

四月丙子《へいし》、光《こう》、甲士《こうし》を窟室《くっしつ》の中に伏せ、酒を具《そな》えて王の僚を請う。王の僚、兵をして陳《つら》ねて、宮より光の家に至らしむ。門戸《もんこ》・階陛《かいへい》の左右、皆王の僚《りょう》の親戚なり。夾立《きょうりつ》して侍し、みな長鈹《ちょうひ》を持つ。酒既に酣《たけなわ》なれば、公子光、詳《いつわ》〔佯〕りて足疾《そくしっ》の為《まね》し、窟室《くっしつ》の中に入り、専諸をして匕首《ひしゅ》を魚炙《ぎょしゃ》の腹中に置き、これを進めしむ。既に王の前に至れば、専諸、魚を擘《さ》き、因《よ》りて匕首《ひしゅ》を以て王の僚を刺す。王の僚、立ちどころに死す。左右も亦《ま》た専諸を殺す。王の人、擾乱《じょうらん》す。公子光《こう》、其の伏せし甲《こう》を出《いだ》し、以て王の僚の徒を攻め、尽《ことごと》くこれを滅ぼす。遂に自《みずか》ら立ちて王と為《な》る。是れ闔閭《こうりょ》たり。闔閭、乃ち専諸の子を封《ほう》じて以て上卿《じょうけい》と為《な》す。

四月の丙子《ひのえね》の日、光は武装した兵士を地下室にかくし、酒宴の用意をして、王の僚《りょう》を招待した。

それと察した僚は、宮廷から光の家まで兵士を配置させた。光の家の門口や階段の左右は、僚の身内でかため、かれらが両側に立ってひかえ、みな柄の長い両刃の槍を持っている。

酒宴がたけなわになったので、王子の光は脚気《かっけ》のぐあいがわるいといつわって、地下室にはいり、専諸に命じて、焼き魚の腹に匕首《あいくち》をいれて、これを王に進めさせた。王の前にゆくと、専諸は魚の腹をさき、すかさず匕首で王の僚を刺した。王の僚はたちまち死んだ。側近のものも専諸を殺した。王がわの連中はたいへんな混乱である。光はしのばせておいた武装兵を出して、王の部下たちを攻め、みな殺しにしてしまった。

こうして光はみずから即位して王となった。これが呉王の闔閭《こうりょ》である。闔閭はそこで専諸の子を大臣にとりたてた。「上卿《じょうけい》」とは、「卿」（大臣）の上位にあるもの。

其後七十餘年。而晉有豫讓之事。

其の後、七十余年にして、晋に予譲《よじょう》の事あり。

その後七十年あまり経って、晋《しん》に予譲《よじょう》の事件がおこった。

豫讓者。晉人也。故嘗事范氏及中行氏。而無所知名。去而事智伯。智伯甚尊寵之。及智伯伐趙襄子。趙襄子與韓・魏合謀滅智伯。滅智伯之後。而三分其地。趙襄子最怨智伯。漆其頭以爲飲器。

予讓《よじょう》なる者は、晋の人なり。故《も》と嘗て范《はん》氏及び中行《ちゅうこう》氏に事《つか》えしも、名を知らるるなし。去りて智伯《ちはく》に事《つか》う。智伯、甚だこれを尊寵《そんちょう》す。智伯、趙襄子《ちょうじょうし》を伐《う》つに及び、趙襄子、韓《かん》・魏《ぎ》と謀《はか》りごとを合わせて智伯を滅ぼし、智伯の後《のち》を滅ぼして、其の地を三分す。趙襄子、最も智伯を怨み、其の頭《こうべ》に漆《うるし》して以て飲器《いんき》と為《な》す。

予譲《よじょう》というのは、晋の人である。晋の六卿の家がらの范《はん》氏や中行《ちゅうこう》氏に仕えたことがあるが、名も知られずうだつが上がらなかった。かれらのもとを去って、家老の智伯に仕えた。智伯はとても大事にめをかけてやった。当時、智伯は晋の国政をあずかり、あたるべからざる勢いであったという。

智伯が同じ家老の趙襄子《ちょうじょうし》（名は無恤《ぶじゅつ》）を討伐したとき、趙襄子は韓康子《かんこうし》・魏桓子《ぎかんし》の二人と共謀して智伯をほろぼし、その子孫までも絶滅して、その領地を三分した（本冊「晋世家」二七八ページ参照）。

智伯のしうちを誰よりも怨んだ趙襄子は、そのしゃれこうべに漆《うるし》をぬって杯にした。

「飲器」にはしびん（便器）とする説もあるが、いまは採らない。

豫讓遁逃山中曰。嗟乎。士爲知己者死。女爲說己者容。今智伯知我。我必爲報讎而死。以報智伯。則吾魂魄不愧矣。乃變名姓爲刑人。入宮塗廁中。挾匕首。欲以刺襄子。襄子如廁。心動。執問塗廁之刑人。則豫讓。內持刀兵曰。欲爲智伯報仇。左右欲誅之。襄子曰。彼義人也。吾謹避之耳。且智伯亡無後。而其臣欲爲報仇。此天下之賢人也。卒釋去之。

予譲《よじょう》、山中に遁逃《とんとう》して曰く、「嗟乎《ああ》、士《し》は己《おのれ》を知る者の為《ため》に死し、女《おんな》は己を説〔悦《よろこ》〕ぶ者の為に容《かたちづく》る。今、智伯、我を知る。我、必ず為《ため》に讎《あだ》を報《むく》いて死し、以て智伯に報じなば、則ち吾が魂魄《こんぱく》、愧《は》じざらん」と。乃ち名姓を変えて刑人の為《まね》し、宮《きゅう》に入りて廁《し》中に塗《ぬ》り、匕首《ひしゅ》を挟《さしはさ》んで、以て襄子を刺さんと欲す。襄子、廁《かわや》に如《ゆ》く。心動く。廁を塗る刑人を執問《しゅうもん》すれば、則ち予譲なり。内に刀兵《とうへい》を持ちて曰く、「智伯の為《ため》に仇《あだ》を報《むく》いんと欲せり」と。左右、これを誅《ちゅう》せんと欲す。襄子曰く、「彼は義人《ぎじん》なり。吾、謹みてこれを避けんのみ。且つ智伯は亡《ほろ》びて後なく、而《しこ》うして其の臣、為《ため》に仇を報いんと欲す。此《こ》れ天下の賢人なり」と。卒《つい》に釈《ゆる》してこれを去らしむ。

山中にのがれた予譲はいった、「ああ、男はおのれの理解者のために命をすて、女はおのれを愛するもののためにみめかたちを飾るものだ。いま、智伯さまに理解されたわたしだ。そのわたしはぜひとも仇を討って死んであげよう。それを智伯さまに報告すれば、死んでもわが魂は恥ずかしいおもいをして迷うこともあるまい。」

そこで名をかえて刑余者になりすまし、宮廷に入って便所内の壁ぬり仕事をやり、匕首《あいくち》をかくしもって、趙襄子を刺し殺そうと考えた。そのころの刑余者は、奴隷として苦役に使われていたのである。

趙襄子が便所に来た。どうも胸がさわぐ。壁ぬりの刑余者をとらえて訊問すると、予譲である。刃物をしのばせて、「智伯さまのために仇討ちするつもりだ」という。側近たちはかれを処刑しようといったが、襄子はいうた、「やつは正義のおとこだ。わしはつつしんでやつを避けるほかない。それに、智伯は死んで子孫もおらんのに、その家来がむくわれることのない仇討ちをしようとする。かれこそは天下の人物だよ。」

結局、釈放してたち去らせた。

居頃之。豫譲又漆身爲厲。呑炭爲啞。使形狀不可知。行乞於市。其妻不識也。行見其友。其友識之曰。汝非豫讓邪。曰。我是也。其友爲泣曰。以子之才。委質而臣事襄子。襄子必近幸子。近幸子。乃爲所欲。顧不易邪。何乃殘身苦形。欲以求報襄子。不亦難乎。豫讓曰。既已委質臣事人。而求殺之。是懷二心以事其君也。且吾所爲者極難耳。然所以爲此者。將以愧天下後世之爲人臣。懷二心以事其君者也。

居《お》ることこれを頃《しばらく》して、予譲又《ま》た身に漆《うるし》して厲《らい》の為《まね》し、炭を呑《の》みて唖と為《な》り、形状をして知るべからざらしむ。行くゆく市《し》に乞《ものご》いするに、其の妻も識《し》らざるなり。行くゆく其の友に見《あ》う。其の友、これを識りて曰く、「汝は予譲に非《あら》ずや」と。曰く、「我、是《こ》れなり」と。其の友、為《ため》に泣きて曰く、「子《し》の才を以て、質《しっ》を委《い》して襄子に臣事《しんじ》せば、襄子、必ず子を近幸《きんこう》せん。子を近幸せば、乃ち欲する所を為《な》せ。顧《おも》うに易《やす》からずや。何ぞ乃ち身を残《そこな》い形を苦しめて、以て襄子に報ゆるを求めんと欲する。亦《ま》た難《かた》からずや」と。予譲曰く、「既《すで》に已《すで》に質《しっ》を委《い》して人に臣事し、而《しか》もこれを殺さんと求むるは、是《こ》れ二心を懐《いだ》きて以て其の君に事《つか》うるなり。且つ吾が為《な》さんとする所のものは、極めて難きのみ。然《しか》れども此《こ》れを為さんとする所以《ゆえん》のものは、将《まさ》に以て天下後世の、人臣たるに二《に》心《しん》を懐《いだ》きて以て其の君に事《つか》うる者をして、愧《は》じしめんとすればなり」と。

しばらくすると、予譲はまた体に漆《うるし》をぬって病をよそおい、炭をのんで声を出せなくし、かくて人にはみわけのつかぬ風貌にかわった。さかり場をもの乞いして歩いたが、かれの妻さえそれとは気づかない。

このあたりの描写は、『戦国策』（趙策）ではもっとくわしい——体に漆をぬって病をよそおい、あごひげをなくし、眉をけずり、われとわが顔に傷つけて容貌をかえ、乞食になって道中ものごいをした。かれの妻も気がつかずにいった、「顔かたちは夫に似てないけれど、なんと声のよく似ていること。」さらに、炭をのんで、声をかえてしまった。


途中で友人に出あった。友人がそれと気づいていった、「おまえは予譲じゃないか。」

「そうだ、おれだよ。」

友人は予譲のために涙を流していった、「君ほどの才能があるなら、それで襄子に命をあずけて家来になったなら、襄子はきっと君を側近でかわいがってくれよう。側近でかわいがってくれたその時に、目的をとげてみろ、なんでもないじゃないか。それなのに君は、なぜわが身を傷つけいためて、襄子を討とうというのだい。そりゃ容易なことではないぜ。」

「委質《いしつ》」の「質」は、一説に仕官するときに持参する礼物（音シ）だともいう。

予譲はいった、「この身をあずけて家来になりながら、かれを殺そうとするのでは、ふたごころを抱いて主君に仕えることになる。わしのやろうとすることは、そりゃとても無理なことさ。だが、それをあえてやるのは、天下の、そして後の世の、ふたごころを抱いて主君に仕える家来どもに、恥を知らせてやろうとおもうからだ。」

既去。頃之。襄子當出。豫讓伏於所當過之橋下。襄子至橋。馬驚。襄子曰。此必是豫讓也。使人問之。果豫讓也。於是襄子乃數豫讓曰。子不嘗事范・中行氏乎。智伯盡滅之。而子不爲報讎。而反委質臣於智伯。智伯亦已死矣。而子獨何以爲之報讎之深也。豫讓曰。臣事范・中行氏。范・中行氏。皆衆人遇我。我故衆人報之。至於智伯。國士遇我。我故國士報之。

既に去る。これを頃《しばら》くして、襄子《じょうし》、出《い》ずるに当る。予譲《よじょう》、当《まさ》に過ぐべき所の橋下《きょうか》に伏す。襄子、橋に至る。馬驚く。襄子曰く、「此《こ》れ必ず是れ予譲なり」と。人をしてこれを問わしむ。果たして予譲なり。是《ここ》に於いて襄子、乃ち予譲を数《せ》めて曰く、「子《し》は嘗て范《はん》・中行氏《ちゅうこう》に事《つか》えざりしや。智伯は尽《ことごと》くこれを滅す。而《しこ》うして子《し》は為《ため》に讎《あだ》を報《むく》いずして、反《かえ》って質《しつ》を委《い》して智伯に臣たり。智伯も亦《ま》た已《すで》に死せり。而るに子は独り何を以てこれが為にのみ讎を報ゆるの深きや」と。予譲曰く、

「臣、范・中行氏に事《つか》えしも、范・中行氏は皆衆人もて我を遇せり。我、故に衆人もてこれに報《むく》ゆ。智伯に至りては、国士もて我を遇せり。我、故に国士もてこれに報ゆるなり」と。

かれがたち去ってしばらくたち、趙襄子《ちょうじょうし》の外出する時が来た。予譲は、趙襄子がわたるはずの橋のたもとにしのんでいた。襄子が橋にさしかかる。馬が驚いた。襄子はいった、「これはきっと予譲にちがいない。」

家来に訊問させると、はたして予譲だった。そこで襄子は、はじめて予譲を責めていった、「君はかつて范《はん》氏や中行《ちゅうこう》氏に仕えていたのだろう。智伯はかれらをみな殺しにしたのに、君はかれらの仇討ちはせず、智伯に身をあずけて家来になった。その智伯ももう死んでいないのだぜ。なのに君は、智伯のためにだけ、なぜしつこく仇を討とうとするんだい。」

予譲を責めた趙襄子だが、なおかれに対する畏敬の念は失っていない。そのことは、人称代名詞「子」によってわかる。全体はかなり鄭重な口吻で、静かに反省をもとめたのである。

予譲はいった、「わたくしめは、范・中行の二氏に仕えましたが、范・中行の二氏は、いずれも凡人なみにわたくしを扱いました。だからわたくしも凡人なみに報います。智伯さまはといえば、わたくしを国士扱いしてくれました。だから、わたくしも国士として報いるわけです。」

「国士」とは一国を背おって立つような人物をいう。

襄子喟然歎息而泣曰。嗟乎。豫子。子之爲智伯。名既成矣。而寡人赦子。亦已足矣。子其自爲計。寡人不復釋子。使兵圍之。豫讓曰。臣聞。明主不掩人之美。而忠臣有死名之義。前君已寛赦臣。天下莫不稱君之賢。今日之事。臣固伏誅。然願請君之衣而擊之焉。以致報讎之意。則雖死不恨。非所敢望也。敢布腹心。於是襄子大義之。乃使使持衣與豫讓。豫讓拔劍。三躍而擊之。曰。吾可以下報智伯矣。遂伏劍自殺。死之日。趙國志士聞之。皆爲涕泣。

襄子《じょうし》、喟然《きぜん》として歎息し、泣きて曰く、「嗟乎《ああ》、予子《よし》よ。子《し》の智伯が為にする、名は既に成り、而《しこ》うして寡人《かじん》の子《し》を赦《ゆる》すこと、亦《ま》た已《すで》に足れり。子、其れ自《みずか》ら計を為《な》せ。寡人、復《ま》た子を釈《ゆる》さず」と。兵をしてこれを囲ましむ。予譲曰く、「臣聞けり、『明主は人の美を掩《おお》わず、而《しこ》うして忠臣は名に死するの義あり』と。前《さき》に君已《すで》に臣を寛赦《かんしゃ》せり。天下、君の賢を称せざるなし。今日の事、臣、固《もと》より誅《ちゅう》に伏《ふく》せん。然れども願わくば君の衣を請いてこれを撃《こ》たん。以て讎に報ゆるの意を致さば、則ち死すと雖も恨みず。敢えて望む所に非ざるなり。敢えて腹心《ふくしん》を布《の》べしのみ」と。是《ここ》に於いて襄子、大いにこれを義とし、乃ち使いをして衣を持ちて予譲に与えしむ。予譲、剣を抜き、三たび躍《おど》りてこれを撃ち、曰く、「吾、以て下《しも》智伯に報ずべし」と。遂に剣に伏して自殺す。死するの日、趙国の志士これを聞き、皆為《ため》に涕泣《ていきゆう》す。

趙襄子《ちようじようし》は深いため息をつき、涙をながしていった、「ああ、予譲どの。智伯のためにする君の忠義だても、その名目はもはや立ったわけだし、わたしももう十分君を赦《ゆる》してあげた。君はじぶんで方法を考えたまえ。わたしもこのうえは君を釈放しないよ。」「喟然《きぜん》」は歎息する形容。

兵士に命じてとりかこませた。予譲はいった、

「わたくしめは聞いております、『明君とは人の美点をつつみかくさずたたえるもの、そして忠臣は名に命をかける義理をこころえている』と。以前、殿はわたくしめを許してくださり、天下の人たちはみな殿をすぐれたお人とたたえております。今日の事は、わたくしがお手討ちにかかってあたりまえ。だが、できれば殿のお召し物を頂戴して突き刺し、仇討ちの望みを遂げさせてもらえますなら、死んでも悔いはありません。ぬけぬけと望みうることではありませんが、あえて本心をぶちまけましたまでの

こと。」

すると襄子は、予譲のいい分がいかにも義にかなったことだとおもい、使いのものに着ていた服を持たせて予譲にあたえた。

予譲は剣をぬき、三たびおどりあがってつき刺し、「これでわたしはあの世で智伯さまに報告できます」というと、剣にうつぶして自殺した。

予譲が死んだ日、これを聞いた趙国の志士たちは、みな予譲のために涙を流した。

『戦国策』の古いテキストは、予譲が三たび服にきりかかったあとにつづけて、「衣ことごとく出血す。襄子、車を廻《かえ》すに、車輪いまだひと周《めぐ》りもせざるに亡《し》す」という。伝説のこうした超自然の部分を、司馬遷は容赦なく削った（五三〇ページ、太史公論賛参照）。

其後四十餘年。而軹有聶政之事。

其の後、四十余年にして、軹《し》に聶政《じょうせい》の事あり。

その後、四十年あまりして、軹《し》（河南省済源の東南、当時は魏領）に聶政《じょうせい》の事件がおこった。三晋《さんしん》が智伯を滅ぼしてから、聶政が俠累《きょうるい》を殺す年まで、実は五十六年。ただし、厳仲子《げんちゅうし》との出会いはさらに十年をさかのぼるか。

聶政者。軹深井里人也。殺人避仇。與母・姊如齊。以屠爲事。

聶政《じょうせい》なる者は、軹《し》の深井里《しんせいり》の人なり。人を殺して仇《あだ》を避け、母・姉と斉に如《ゆ》き、屠《と》を以て事と為《な》す。

聶政《じょうせい》は、軹《し》の深井里《しんせいり》の人である。人を殺して仇《かたき》をさけ、母や姉とともに斉《せい》の国にゆき、屠業を仕事にしていた。

久之。濮陽嚴仲子事韓哀侯。與韓相俠累有郤。嚴仲子恐誅。亡去游。求人可以報俠累者。至齊。齊人或言。聶政勇敢士也。避仇隱於屠者之閒。

これを久しくして、濮陽《ぼくよう》の厳仲子《げんちゅうし》、韓《かん》の哀侯に事《つか》え、韓の相《しょう》なる俠累《きょうるい》と郤《げき》あり。厳仲子、誅せられんことを恐れ、亡《に》げ去りて游《たび》し、人の以て俠累に報《むく》ゆべき者を求む。斉に至る。斉の人、或いは言う、「聶政《じょうせい》は勇敢の士なり。仇を避けて、屠《と》者《しゃ》の間に隠《かく》る」と。

それからずいぶん経った。衛の首都である濮陽《ぼくよう》（河南省鄄城《けんじょう》）の厳仲子（名は遂《すい》）は、韓の哀侯に仕え、韓の大臣俠累《きょうるい》との間に溝ができた。

司馬遷がもとづいた『戦国策』（韓策）では、韓の大臣の名を韓傀《かんかい》とする。そして厳遂が政治論議の席上で政策の誤りをむきつけに指摘し、韓傀《かんかい》のあやまちをあげつらったので、韓傀は主君の前で厳遂をどなりつけた。厳遂は剣を抜いて追っかけたが、人にとめられてあきらめた、というエピソードを伝える。

殺されることを恐れた厳仲子は、亡命の旅に出て、俠累に怨みをはらしてくれそうな男を捜した。斉の国についた。斉のあるひとがいってくれた、「聶政《じょうせい》は勇敢な男だ。仇《あだ》をさけて屠者の仲間に身をかくしている。」

嚴仲子至門請。數反。然後具酒。自暢聶政母前。酒酣。嚴仲子奉黃金百溢。前爲聶政母壽。聶政驚怪其厚。固謝嚴仲子。嚴仲子固進。而聶政謝曰。臣幸有老母。家貧。客游以爲狗屠。可以旦夕得甘毳以養親。親供養備。不敢當仲子之賜。嚴仲子辟人。因爲聶政言曰。臣有仇。而行游諸侯衆矣。然至齊。竊聞足下義甚高。故進百金者。將用爲大人麤糲之費。得以交足下之驩。豈敢以有求望邪。聶政曰。臣所以降志辱身居市井屠者。徒幸以養老母。老母在。政身未敢以許人也。嚴仲子固譲。聶政竟不肯受也。然嚴仲子卒備賓主之禮而去。

厳仲子《げんちゅうし》、門に至りて請《こ》い、数《しば》しば反《かえ》る。然《しか》る後《のち》、酒を具《そな》え、自《みずか》ら聶政の母の前に暢《すす》む。酒酣《たけなわ》にして、厳仲子、黄金百溢《ひゃくいつ》〔鎰〕を奉《ささ》げ、前《すす》みて聶政の母の寿《じゅ》を為《な》す。聶政、其の厚《あつ》きに驚き怪しみ、固《かた》く厳仲子に謝す。厳仲子、固く進む。而《しこ》うして聶政、謝して曰く、「臣、幸いにして老母あり。家貧しく、客游《かくゆう》して以て狗《く》屠《と》と為り、以て旦夕《たんせき》に甘毳《かんぜい》を得て以て親を養うべし。親の供養《きょうよう》、備《そな》われり。敢えて仲子の賜《たまもの》に当らず」と。厳仲子、人を辟《さ》〔避〕け、因って聶政の為《ため》に言いて曰く、「臣、仇ありて、諸侯に行游《こうゆう》すること衆《おお》し。然れども斉に至りて、窃《ひそ》かに足《そく》下《か》の義の甚だ高きを聞けり。故に百金を進めしは、将《まさ》に用《もっ》て大人《たいじん》の粗糲《それい》の費と為《な》し、以て足下の驩《よしみ》を交《まじ》えんことを得んとす。豈《あ》に敢えて以て求め望むことあらんや」と。聶政いわく、「臣、志を降《くだ》し身を辱《はず》かしめ市井《しせい》に居りて屠《と》する所以《ゆえん》のものは、徒《た》だ以て老母を養うを幸《ねが》えばなり。老母在《いま》せば、政が身は未だ敢えて以て人に許さざるなり」と。厳仲子、固《かた》く譲《ゆず》る。聶政、竟《つい》に受くるを肯《がえん》ぜざるなり。然れども厳仲子、卒《つい》に賓主《ひんしゅ》の礼を備《そな》えて去る。

厳仲子は聶政の家の門口へ来て案内をこうたが、たびたび追いかえされた。そうしたあげく、酒の用意をして、したしく聶政の母のまえにすすめた。酒もりがたけなわになったころ、厳仲子は黄金百鎰《いつ》をささげもち、すすみ出て聶政の母に長寿をいのる杯をさした。聶政はその鄭重さをふしぎにおもい、強硬にことわった。厳仲子は強硬にさし出す。それでも聶政はことわった、「わたくしめは幸せにも年老いた母があります。家が貧しいため、故郷はなれて、犬の屠畜を生業とし、それで日日の母へのごちそうを手に入れ、それで親を養うことができております。親のたべしろは十分で、あなたさまから贈り物をうけるなど、とんでもありませぬ。」「一鎰」は二十四両。「百鎰」といえば莫大な金額である。なお、念のためにいうが、犬は当時食用に供せられた。

聶政の卑下しつつも毅然とした返答に、厳仲子は胸中の意図をズバリときり出すほかなかった。

厳仲子は、人ばらいをして、聶政にむかっていった。「聶政の為に」とはよんでも、以下にのべることとは、聶政のためにプラスすることではない。あいてにむりに聞かせたい、ぜひ聞いてもらいたい場合の用法である。むりに聞かせるという意味で、やはりあいてにはたらきかけるわけである。かれはいった、

「わたくしめには仇があり、諸侯の国を方方たくさん旅しております。ところが斉にまいり、あなたがとても俠気《おとこぎ》にとんだ人物だともれ聞きました。だから、百金を進呈

しますのは、母君のお口よごし代にしていただき、それであなたとよしみを結べるなら、と考えただけです。どうしてほかに大それた目的がございましょう。」

この厳仲子のことばも「臣」という自称によって、きわめて鄭重なことばづかいであることに注意されたい。「大人」とは長老者に対する呼称である。あるテクストでは「夫人」とする。「糲《れい》」は玄米、そまつな米とは謙遜したいいかた。

聶政はいった、「わたくしめがおとこの望みをすて、身をおとしめて巷《ちまた》にあり、屠畜ぐらしをしておりますのは、ただ老母を養うためです。老母が健在なうちは、決してこの身を人にゆだねるわけにまいりませぬ。」

厳仲子は強硬に贈り物をおし出すが、聶政は結局受けとることを拒んだ。しかし、厳仲子はさいごまで主客の礼をつくしてたち去った。「賓主《ひんしゅ》の礼を備う」とは、あいてに対してある限りの敬意をはらうことである。

久之。聶政母死。旣已葬。除服。聶政曰。嗟乎。政乃市井之人。鼓刀以屠。而嚴仲子乃諸侯之卿相也。不遠千里。枉車騎而交臣。臣之所以待之。至淺鮮矣。未有大功可以稱者。而嚴仲子奉百金爲親壽。我雖不受。然是者徒深知政也。夫賢者以感忿睚眦之意。而親信窮僻之人。而政獨安得嘿然而已乎。且前日要政。政徒以老母。老母今以天年終。政將爲知己者用。

これを久しくして、聶政《じようせい》の母死す。既《すで》に已《すで》に葬れば、服を除《のぞ》く。聶政曰く、「嗟乎《ああ》、政は乃ち市井《しせい》の人なり。刀を鼓《こ》して以て屠《ほふ》るのみ。而《しこ》うして厳仲子は乃ち諸侯の卿相《けいしよう》なり。千里を遠しとせず、車騎《しやき》を枉《ま》げて、臣と交《まじ》わる。臣のこれを待つ所以《ゆえん》は、至って浅鮮《せんせん》なり。未だ大功の以て称すべきものあらざるに、而《しか》も厳仲子は百金を奉じて親の寿《じゆ》を為せり。我、受けずと雖も、然れども是《こ》の者《もの》、徒《いたず》らに深く政《せい》を知るなり。夫《そ》れ賢者は感忿睚眦《かんぷんがいさい》の意を以てして、窮僻《きゆうへき》の人を親信《しんしん》す。而《しこ》うして政独《ひと》り安《いず》くんぞ嘿《もく》〔黙〕然《ねん》として已《や》むを得んや。且つ前日、政を要《もと》めしに、政、徒《いたず》らに老母を以てせり。老母、今、天年を以て終る。政、将《まさ》に己《おのれ》を知る者の為《ため》に用いられんとす」と。

よほど経って、聶政《じようせい》の母が死んだ。埋葬がすんだので、喪《も》もあけた。父母の「喪」はあしかけ三年、その間喪主は喪服をつけ、喪あけとともにぬぐので、「除服」という。聶政はいった、「ああ、わしは町人、たかが庖丁《ほうちよう》を鳴らして屠るのみ。ところが厳仲子どのは諸侯の大臣級のお人だ。千里の道を遠しとせず、わざわざ先方から馬車とお供でかけつけ、わしとつきあいたいとおっしゃる。わしの扱いかたは至ってすげなかった。人にほめられるほどの大きなてがらもたてておらんのに、厳仲子どのは百金をささげておふくろの長寿をいのってくだすった。わしは受けとらなんだが、このおかたはちと買いかぶるとおもえるほど、わしへの深い理解を示してくれた。そもそも、偉いおかたがおさえきれぬ怒りを胸にいだき、さればこそしがない人間を心から信頼してくれたというのに、わしとしてが、ただ黙ってすごすわけにゆこうか。しかも、この前わしに頼まれたとき、わしはただ老母がいるという理由で断わった。いま老母は天寿を全うして死んだ。わしはひとつわしの理解者のために役だとう。」

「車騎を枉《ま》げる」とは、下々《しもじも》のもののところへ自分から出向くことをさす。「感忿《かんぷん》」はものごとに感じて発憤すること、「忿」は憤・奮と通用される。「睚眦《がいさい》」はまなじりがさけるほど敵視すること。韻尾を同じくする擬態語であろう。「天年」は寿命。

乃遂西至濮陽。見嚴仲子曰。前日所以不許仲子者。徒以親在。今不幸而母以天年終。仲子所欲報仇者爲誰。請得從事焉。嚴仲子具告曰。臣之仇韓相俠累。俠累又韓君之季父也。宗族盛多。居處兵衞甚設。臣欲使人刺之衆。終莫能就。今足下幸而不棄。請益其車騎壯士。而爲足下輔翼者。聶政曰。韓之與衞相去。中閒不甚遠。今殺人之相。相又國君之親。此其勢不可以多人。多人不能無生得失。生得失。則語泄。語泄。是韓擧國而與仲子爲讎。豈不殆哉。遂謝車騎人徒。

乃ち遂に西のかた濮陽《ぼくよう》に至り、厳仲子《げんちゅうし》に見《まみ》えて曰く、「前日、仲子に許さざりし所以《ゆえん》の者は、徒《た》だ親の在《いま》すを以てなり。今、不幸にして、母、天年を以て終る。仲子の仇《あだ》を報《むく》いんと欲する所の者は、誰とか為《な》す。請《こ》う、事に従うを得ん」と。厳仲子、具《つぶ》さに告げて曰く、「臣の仇《あだ》は、韓の相《しょう》、侠累《きょうるい》なり。侠累《きょうるい》は又《ま》た韓の君の季父《きほ》なり。宗族《そうぞく》、盛んにして多く、居処、兵衛《へいえい》、甚だ設《もう》く。臣、人をしてこれを刺さしめんと欲せしこと衆《おお》きも、終に能《よ》く就《な》す莫《な》し。今、足下は幸いにして棄てず。請《こ》う、其の車騎・壮士にして足下の為《ため》に輔翼《ほよく》する者を益《ま》さん」と。聶政《じょうせい》曰く、「韓の衛と相去《あいさ》ること、中間甚だしくは遠からず。今、人の相《しょう》を殺さんとし、相は又《ま》た国君の親《しん》なり。此《こ》れ其の勢《いきお》い、以て人を多くすべからず。人を多くせば、得失を生ずるなき能《あた》わず。得失を生ずれば、則ち語泄《も》れん。語泄れなば、是《こ》れ韓は国を挙げて仲子と讎《あだ》を為《な》さん。豈《あ》に殆《あや》うからずや」と。遂に車騎・人徒《じんと》を謝す。

そこで、聶政《じょうせい》は西のかた濮陽《ぼくよう》にゆき、厳仲子にあっていった、「先だってあなたさまに承諾いたさなかったのは、ただ親がいることだけが理由でした。いま不幸にも母は天寿を全うして死にました。あなたさまが仇討ちしたいというのは、誰ですか。どうか仕事をやらせてください。」

厳仲子は、詳しい事情をうちあけた、「わたくしめの仇は、韓の大臣の侠累《きょうるい》です。

侠累は韓王のすえの叔父にあたり、一族は勢力さかんで大勢おり、住まいの防備はとても厳重です。わたしはつぎつぎと人を送って刺そうとしましたが、ついに成功せずじまい。いま貴殿はさいわい見棄てずに来てくだすった。貴殿を助ける騎馬車輛とか、血気のおとこを増してあげましょう。」

聶政はいった、「韓《かん》とこの衛《えい》とは、さほど距離があるわけじゃなし。それに、いま殺すあいては他国の大臣、その他国の大臣は国王の身内でもあります。とすれば、大勢で出かけるのはまずい。大勢で出かければ、利害を天秤《てんびん》にかけるやつが出ずにはおきません。利害を天秤にかけるやつが出れば、事が洩れます。事が洩れると、韓は国中をあげてあなたを仇敵視します。それでは危険千万じゃありませんか。」

というわけで、騎馬車輛や徒歩の従者をことわった。

このたたみかけるような三段論法式（含尾式といえよう）の議論は、戦国期に特に発達した雄弁術の一形式（三八二ページ参照）である。なお古いテクストに、うえの「得失」の「失」がない。それだと「生得なき能わず」と読み、生け捕りされるものも出ずにはすまぬという意。わかり易くはなるが、含尾形式が損われるので、本来のすがたではなかろう。

聶政乃辭獨行。杖劍至韓。韓相俠累方坐府上。持兵戟而衞侍者甚衆。聶政直入上階。刺殺俠累。左右大亂。聶政大呼。所撃殺者數十人。因自皮面抉眼。自屠出腸。遂以死。韓取聶政屍暴於市。購問莫知誰子。於是韓購縣之。有能言殺相俠累者。予千金。久之莫知也。

聶政《じようせい》、乃ち辞《じ》して独《ひと》り行き、剣を杖《つえ》つきて韓《かん》に至る。韓の相《しよう》、俠累《きようるい》、方《まさ》に府上《ふじよう》に坐す。兵戟《へいげき》を持ちて衛《まも》り侍する者、甚だ衆《おお》し。聶政、直《ただ》ちに入りて階を上り、俠累を刺殺す。左右、大いに乱る。聶政、大いに呼《さけ》び、撃ち殺す所の者、数十人。因りて自《みずか》ら面を皮《かわ》はぎ眼を抉《えぐ》り、自《みずか》ら屠《さ》きて腸を出だし、遂に以《い》て死す。韓、聶政の屍《かばね》を取りて市《し》に暴《さら》す。購問《こうもん》するに誰の子なるかを知るもの莫《な》し。是《ここ》に於いて韓、これを購県《こうけん》〔懸〕す、「能《よ》く相《しよう》の俠累《きようるい》を殺せし者を言うあらば、千金を予《あた》えん」と。これを久しくするも、知るもの莫《な》きなり。

そこで聶政《じようせい》は、いとまをつげて、独り旅をつづけ、剣を杖にして韓にやって来た。韓の大臣俠累《きようるい》はちょうど役所にいた。武器を手にして護衛するものがおおぜいいる。聶政はつかつかとなかに入り、階段をかけのぼって俠累を刺し殺す。側近たちは大混乱におちいった。聶政は大声をあげつつ、うち殺すこと数十人。そこでわれとわが顔の皮をはぎ、眼をえぐり、わが腹をさいて腸をとり出し、そのまま息たえた。

韓《かん》の国では、聶政の死体を町のさかり場にさらしものにした。賞金をかけて身許を尋ねたが、誰の子であるかわからない。そこで韓では、「大臣俠累を殺害せし犯人の名を告ぐるものあらば、千金をあたうべし」と大金をかけた。だが、いつまでたってもわからない。「購問《こうもん》」「購県《こうけん》」の「購」はみな賞金をかけること。

政姉榮聞。人有刺殺韓相者。賊不得。國不知其名姓。暴其尸而縣之千金。乃於邑曰。其是我弟與。嗟乎。嚴仲子知吾弟。立起如韓之市。而死者果政也。伏尸哭極哀。曰。是軹深井里所謂聶政者也。

政《せい》の姉栄《えい》、聞く、「人、韓の相《しょう》を刺殺せし者あり、賊、得られず。国、其の名姓を知らず、其の尸《しかばね》を暴《さら》して、これに千金を県《か》（懸）く」と。乃ち於邑《おゆう》して曰く、「其《こ》れ是れ我が弟なるか。嗟乎《ああ》、厳仲子《げんちゅうし》、吾が弟を知れり」と。立《た》ちどころに起ちて、韓の市《し》に如《ゆ》く。而《しこ》うして死者は果たして政なり。尸《しかばね》に伏して哭《こく》すること極めて哀《かな》し。曰く、「是れ軹《し》の深井里《しんせいり》の所謂《いわゆる》聶政なる者なり」と。

聶政の姉である聶栄《じょうえい》は、こんなうわさを耳にした、「韓の大臣を刺し殺したものがおり、主犯が捕まらぬ。おかみではその男の姓名がわからないので、死体をさらしものにして、千金の賞をかけている。」
姉はすすりあげていった、「きっとあたしの弟だろう。ああ、厳仲子さまはあたしの弟を知っていた。」

姉のことばの末句は複雑なものを含む。弟の死を直接なげくより、まず厳仲子の人物を見ぬく眼に感嘆し、やがて、それにこたえた弟のけなげさ、人生意気に感じた弟という人間に対する信頼感が実証された感嘆へと移行する。そしてはじめて、そのような弟を失った悲しみがどっと押しよせるのである。「於邑」は哀しみが胸にむすぼれる状態をいう擬態語、または擬声語。

かの女はすぐに出発して、韓の都の盛り場にやって来た。死人ははたして政である。死体のうえにかぶさり、声をあげていとも哀しげに泣いていった、「これは軹《し》の深井《しんせい》里《り》の聶政《じょうせい》というものです。」

市行者・諸衆人皆曰。此人暴虐吾國相。王縣購其名姓千金。夫人不聞與。何敢來識之也。榮應之曰。聞之。然政所以蒙汚辱。自棄於市販之間者。爲老母幸無恙。妾未嫁也。親既以天年下世。妾已嫁夫。嚴仲子乃察擧吾弟困汚之中而交之。澤厚矣。可奈何。士固爲知己者死。今乃以妾尚在之故。重自刑以絶從。妾其奈何畏歿身之誅。終滅賢弟之名。大驚韓市人。乃大呼天者三。卒於邑悲哀而死政之旁。

市《し》の行く者・諸《もろ》もろの衆人、皆曰く、「此の人、吾が国の相《しょう》に暴虐し、王、其の名姓に千金を県《けん》〔懸〕購《こう》す。夫人、聞かざるか。何ぞ敢えて来たりて、これを識るとするや」と。栄、これに応《こた》えて曰く、「これを聞けり。然れども、政の汚辱《おじょく》を蒙《こうむ》り、自《みずか》ら市販《しはん》の間に棄てし所以《ゆえん》のものは、老母、幸いに恙《つつが》なく、妾《われ》、未だ嫁せざりし為《ため》なり。親《おや》、既に天年を以て世を下《くだ》り、妾《しょう》、已《すで》に夫に嫁《か》す。厳仲子、乃ち察して、吾が弟を困汚《こんお》の中より挙げて、これに交わり、沢厚《たく》し。奈何《いか》にすべき。士は固《もと》より己《おのれ》を知る者の為《ため》に死す。今、乃ち妾尚《な》お在るの故を以て、重く自《みずか》ら刑し、以て従うを絶つ。妾《しょう》、其れ奈何《いか》んぞ身を歿《ぼっ》するの誅《つみ》を畏《おそ》れて、終《つい》に賢弟の名を滅ぼさんや」と。大いに韓の市の人を驚かし、乃ち大いに天に呼ぶこと三たび。卒《つい》に於邑《おゆう》悲哀して、政の旁《かたわら》に死す。

通行人や街の人人は口ぐちにいった、「この男はわが国の大臣をひどいめにあわせ、王さまがその姓名を知るために千金をかけているんですぜ。奥さんはこのことを聞いとられんのかい。どうしてわざわざ出かけて来て、この男を知っているといわれるのか。」

姉の栄《えい》はこたえた、「聞いております。でも、政が恥をしのんで商人《あきんど》ふぜいに落ちぶれていたのは、幸い老母が達者で、あたしがまだお嫁にゆかずにいたからです。いま、親は天寿を全うしてあの世にゆき、あたしは夫のもとに嫁ぎました。厳仲子さまは事情を察して、あたしの弟をどん底から救いあげて交際してくださり、深いご恩をうけております。どうすればよいのでしょう。男はもちろんおのれの理解者のために死ぬもの。いま、あたしがまだ生きているというので、自分の体にひどい傷をつけ、まきぞえにならぬようにしてくれたのです。そのあたしは、わが身を殺されるのがこわくて、りっぱな弟の名声を消してしまうことが、どうしてできましょう。」

「従」は「従坐」ともいい、連累すること。

かの女のことばに、韓の都の盛り場の人たちはいたくおどろいた。そこでかの女は天を仰いで絶叫すること三たび、ついに悲しみむせびつつ、政のかたわらで命を絶った。

晉・楚・齊・衞聞之。皆曰。非獨政能也。乃其姊亦烈女也。鄉使政誠知其姊無濡忍之志。不重暴骸之難。必絶險千里。以列其名。姊弟俱僇於韓市者。亦未必敢以身許嚴仲子也。嚴仲子亦可謂知人能得士矣。

晋《しん》・楚《そ》・斉《せい》・衛《えい》、これを聞き、皆曰く、「独《ひと》り政の能あるのみに非《あら》ざるなり。乃、ち其の姉も亦《ま》た烈女なり」と。郷《さき》〔嚮〕に政をして、誠に其の姉に濡忍《じゅにん》の志なく、骸《むくろ》を暴《さら》すの難を重しとせず、必ず険を絶《わた》ること千里、以て其の名を列ね、姉弟倶《とも》に韓の市に僇《りく》せらるるを知らしめば、亦《ま》た未だ必ずしも敢えて身を以て厳仲子に許さざりしなり。厳仲子も亦《ま》た人を知りて能《よ》く士を得たりと謂うべし。

晋・楚・斉・衛の人人は、この事件を聞くと、口ぐちにいった、「政が有能な人物であるだけでなく、なんとあの姉も烈女だよ。」「非独……乃……」の表現は、英文の“not only …… but also ……”にあたる。以下には、めずらしく司馬遷自身の意見が挿入される。その感動の深さを物語るものであろう。

このように聶政の姉にはじっとしのぶ気もちがなく、死体がさらされる災難もものかは、なんとしてでも遠い旅路の苦労もおかし、姉弟して名を列ねて韓の盛り場で殺されたのだが、もしも聶政がこうなると知っていたなら、必ずしも厳仲子に一身をゆだねるわけにゆかなかったろう。厳仲子も人を知って、うまく人物をつかんだというべきである。

「嚮使」は二字で、単に仮定法の助字と考えてよい。「濡忍《じゅにん》」(ru-ren)は子音を同じくする双声の擬態語、ぐっとこらえる形容。

其後二百二十餘年。秦有荊軻之事。

其の後、二百二十余年にして、秦《しん》に荊軻《けいか》の事あり。

その後二百二十年あまりして、秦《しん》に荊軻《けいか》の事件がおこった。侠累《きょうるい》が刺されてから、荊軻が秦の始皇帝刺殺に向かう年まで、実際は百七十年あまりである。伝写の誤りというより計算ちがい、もしくは記憶ちがいであろう。秦は陝《せん》西《せい》省を中心とする王国、戦国末期には最大の強国にのしあがっていた。ここではその首都咸陽《かんよう》（西安の北西）を指す。

荊軻者。衛人也。其先乃齊人。徙於衛。衛人謂之慶卿。而之燕。燕人謂之荊卿。

荊軻《けいか》なる者は、衛《えい》の人なり。その先《せん》は、乃ち斉の人にして、衛に徙《うつ》りては、衛の人これを慶卿《けいけい》と謂《い》い、而《しこ》うして燕《えん》に之《ゆ》きては、燕の人これを荊卿《けいけい》と謂う。

荊軻というのは、衛《えい》の人である。その先祖は斉《せい》の人で、衛に移ってからは、衛の人が慶卿《けいけい》とよび、燕《えん》に行ってからは、燕の人が荊卿《けいけい》とよんで尊敬した。

「衛」は河北省南部から河南省北部地方を領有した国、「斉」は山東半島一帯を占め、「燕」は河北省北部を領有した王国である。「慶《けい》」と「荊《けい》」とは音が通じ、「卿《けい》」は尊称。

荊卿好讀書撃劍。以術説衞元君。衞元君不用。其後秦伐魏。置東郡。徙衞元君之支屬於野王。

荊卿《けいけい》は読書・撃剣を好み、術を以て衛の元君《げんくん》に説く。衛の元君、用いず。其の後、秦《しん》、魏《ぎ》を伐《う》ちて、東郡《とうぐん》を置き、衛の元君の支属《しぞく》を野王《やおう》に徙《うつ》す。

荊卿は読書と剣術を好んだ。政策をかかげて衛の元君を説得したことがあるが、元君には採用されなかった。「元君」は衛国第四十一代の君主（在位BC二五一―二三〇）、当時の衛はすでに魏《ぎ》の属国となっていた。荊軻の献策はそのことと関係があるかも知れない。

その後（BC二四二）、秦が魏を征服して、衛の旧領土に東郡《とうぐん》という行政区をおき、衛の元君の分家を野王《やおう》（河南省沁陽《しんよう》）に移した。

これは秦王政《せい》、すなわちのちの始皇帝の五年のことである。荊軻の始皇帝に対する宿敵としての関係は、ここに始まる。

荊軻嘗游過楡次。與蓋聶論劍。蓋聶怒而目之。荊軻出。人或言復召荊卿。蓋聶曰。曩者吾與論劍。有不稱者。吾目之。試往。是宜去。不敢留。使使往之主人。荊卿則已駕而去楡次矣。使者還報。蓋聶曰。固去也。吾曩者目攝之。

荊軻《けいか》、嘗《かつ》て游《たび》して楡次《ゆじ》を過ぎ、蓋聶《がいじょう》と剣を論ず。蓋聶、怒りてこれを目《もく》す。荊軻、出《い》ず。人、或いは復《ま》た荊卿《けいけい》を召《め》せと言う。蓋聶《がいじょう》曰く、「曩者《さきごろ》、吾与《とも》に剣を論じて、称《かな》わざるものあり。吾、これを目す。試みに往《ゆ》け。是《こ》れ宜《よろ》しく去るべし。敢えて留まらざらん」と。使いをしてこれが主人に往かしむ。荊卿は則ち已《すで》に駕《が》して楡《ゆ》次《じ》を去れり。使者、還り報ず。蓋聶《がいじょう》曰く、「固《もと》より去れり。吾、曩者《さきごろ》これを目摂《もくしょう》すればなり」と。

荊軻《けいか》はかつて旅に出て、楡次《ゆじ》（山西省楡次、当時は趙領）にたち寄ったことがある。ここで蓋聶《がいじょう》という男と剣術について議論した。蓋聶が腹を立てて荊軻をにらみつけると、荊軻は出ていった。だれかがもう一度荊卿をよびもどしてはというと、蓋聶はいった、「さきほど、俺はあいつと剣術について議論をやり、気にくわぬことがあったので、にらみつけてやった。まあ行ってみな。きっとたち去っとるとおもうがな。ようとどまってはおるまい。」

「試往。是宜去。不敢留」という三句は、のちのせりふとともに、自負の口吻をみごとに示して特に写実的なことに注意されたい。

使いのものを、荊軻がせわになっているあるじのもとにゆかせると、荊卿はすでに馬車で楡次を発《た》っていた。使者が帰って報告すると、蓋聶はいった、「発《た》ったにきまってるさ。俺がさっきにらみつけてやったんだもの。」

このエピソードは、つぎの一段とともに、一見おくびょうものに見える真の勇者の沈着慎重さを示し、のちの激越な行為と対比させる役わりをになう。こうした手法は、司馬遷の得意とするところで、明の茅坤《ぼうこん》は、藺相如《りんしょうじょ》（「廉頗藺相如列伝」三七六ページ参照）・韓信《かんしん》（本書中冊「淮陰侯列伝」四八九ページ参照）の列伝にも同じ手法を用いていることを指摘する。

荊軻游於邯鄲。魯句踐與荊軻博。争道。魯句踐怒而叱之。荊軻嘿而逃去。遂不復會。

荊軻、邯鄲《かんたん》に游《たび》す。魯《ろ》句践《こうせん》、荊軻と博《はく》し、道を争う。魯句践、怒りてこれを叱《しっ》す。

荊軻、嘿《もく》〔黙〕して逃げ去る。遂に復《ま》た会わず。

荊軻は趙の首都である邯鄲《かんたん》に来た。魯句践《ろこうせん》が荊軻にばくちをいどみ、盤上の道の奪いっこで争った。魯句践は腹を立ててどなりつける。荊軻はだまって逃げ去ったまま、二度と会わなかった。

「遂に復た会わず」という一句は、なにか想わせぶりであることに読者は気づかれたであろうか。二人はたしかに二度とあわなかったが、本伝の末尾には、魯句践の回想という形で、このエピソードが生かされている。

荊軻既至燕。愛燕之狗屠及善撃筑者高漸離。荊軻嗜酒。日與狗屠及高漸離飲於燕市。酒酣以往。高漸離撃筑。荊軻和而歌於市中。相樂也。已而相泣。旁若無人者。

荊軻《けいか》、既に燕《えん》に至るや、燕の狗屠《くと》及び善く筑《ちく》を撃つ者、高漸離《こうぜんり》を愛す。荊軻、酒を嗜《この》み、日《ひ》びに狗屠及び高漸離《こうぜんり》と燕《えん》の市《し》に飲む。酒酣《たけなわ》となりて以往は、高漸離、筑《ちく》を撃《う》ち、荊軻、和《わ》して市中に歌い、相楽しむなり。已《すで》にして相泣き、旁《かたわら》に人なきものの若《ごと》し。

荊軻は燕《えん》に来ると、燕の犬の屠者たちや筑《ちく》の妙手である高漸離《こうぜんり》が気にいった。酒ずきの荊軻は、毎日犬の屠者や高漸離たちと、燕の街のさかりばで酒をのんだ。酒もりがたけなわになると、高漸離は筑《ちく》をかきならし、荊軻がこれにあわせて街中を歌いあるき、みなで楽しんだ。やがてみなでわっと泣きだし、まるでそばに人などないふるまいである。「筑」は琴に似た楽器で竹べらで弦をうつ。

荊軻雖游於酒人乎。然其爲人沈深好書。其所游諸侯。盡與其賢豪長者相結。其之燕。燕之處士田光先生亦善待之。知其非庸人也。

荊軻、酒人に游《まじ》わると雖《いえど》も、然れども其の人と為《な》り沈深《ちんしん》にして、書を好む。其の游《たび》せし所の諸侯、尽《ことごと》く其の賢豪・長者と相結ぶ。其の燕《えん》に之《ゆ》くや、燕の処士《しょし》田光《でんこう》先生も亦《ま》た善くこれを待つ。其の庸人《ようじん》に非ざるを知ればなり。

荊軻は酒飲みたちとつきあっているが、その性格は思慮ぶかく落ちついて、書物が好きだった。かれが旅して歩いた諸侯の国国では、そこの傑物や苦労人ばかりと交際を結んだ。かれが燕《えん》にゆくと、燕の浪人田光《でんこう》先生も手あつくかれをもてなした。荊軻が尋常の人間でないと知っていたからである。「長者」とは苦労人、遊俠の親分的性格をもつ。

居頃之。會燕太子丹質秦。亡歸燕。燕太子丹者。故嘗質於趙。而秦王政生於趙。其少時與丹驩。及政立爲秦王。而丹質於秦。秦王之遇燕太子丹不善。故丹怨而亡歸。歸而求爲報秦王者。國小力不能。其後秦日出兵山東。以伐齊・楚・三晉。稍蠶食諸侯。且至於燕。燕君臣皆恐禍之至。

居《お》ることこれを頃《しばら》くして、会《たま》たま燕《えん》の太子丹《たん》、秦に質《ち》たり、亡《のが》れて燕に帰る。燕の太子丹なる者は、故《もと》と嘗て趙《ちょう》に質《ち》たり。而《しこ》うして秦王政《せい》、趙に生まれて、其の少《わか》き時、丹と驩《よろこ》ぶ。政の立ちて秦王と為《な》るに及びて、丹は秦に質《ち》たり。秦王の燕の太子丹を遇すること善《よ》からず。故に丹は怨んで亡《のが》れ帰る。帰りて為《ため》に秦王に報《むく》いん者を求む。国小にして力能《あた》わず。其の後、秦、日《ひ》びに兵を山東《さんとう》に出《い》だし、以て斉・楚・三晋《さんしん》を伐《う》ち、稍《ようや》く諸侯を蚕食《さんしょく》し、且《まさ》に燕に至らんとす。燕の君臣、皆禍《わざわい》の至らんことを恐る。

しばらくすると、秦に人質としてとられていた燕《えん》の太子丹《たん》が、ちょうど燕に逃げ帰って来た。

燕の太子丹というのは、趙の国に人質となっていたことがある。人質交換による一時的な平和共存の維持という方法は、わが国の戦国時代にも諸大名の間でおこなわれた。

ところが、秦王の政《せい》——のちの始皇帝——は趙の生まれで、幼いころ、丹となかよくあそんだ。政が即位して秦王になると、丹は秦の人質にされ、幼な馴じみであるにもかかわらず、太子丹に対する秦の待遇はよろしくない。そこで丹は怨みをいだいて逃げ帰った。

帰って来て、秦王に仇討ちをしてくれる人物を捜すのだが、燕の国は小さくて力が足りない。

その後、秦は毎日のように軍隊を山東にくり出して来る。「山東《さんとう》」とは太行山脈《たいこう》以東の地をさす。一説に函谷関《かんこくかん》のある河南の崤《こう》から東をさすともいう。いずれにしても、当時天下を分有した七国のうち、西方の秦をのぞいて、他の六国（楚・燕・斉・韓・趙・魏）はすべて山東にあった。

秦は軍隊を国外に送って、斉・楚・三晋を征伐した。「三晋《さんしん》」とは、晋の家老であった趙・魏・韓の三家が、晋を分割して立てた国で、今の山西・河南二省および河北省の西南部一帯にまたがっていた（本冊「晋世家」二七九ページ参照）。

秦は、じわじわと諸侯の国国を、ちょうど蚕《かいこ》が桑を食うように浸蝕してゆき、いよいよ燕に迫ろうとする。燕の君臣は、戦禍の及ぶことを恐れた。

太子丹患之。問其傅鞠武。武對曰。秦地徧天下。威脅韓・魏・趙氏。北有甘泉・谷口之固。南有涇・渭之沃。擅巴・漢之饒。右隴・蜀之山。左關・殽之險。民衆而士厲。兵革有餘。意有所出。則長城之南。易水以北。未有所定也。奈何以見陵之怨。欲批其逆鱗哉。丹曰。然則何由。對曰。請入。圖之。

太子丹《たん》、これを患《うれ》い、其の傅《ふ》なる鞠武《きくぶ》に問う。武《ぶ》、対《こた》えて曰く、「秦の地、天下に徧《あまね》く、韓・魏・趙氏《ちょうし》を威脅《いきょう》す。北に甘泉《かんせん》・谷口《こくこう》の固《かた》きあり、南に涇《けい》・渭《い》の沃《ゆた》かなるあり。巴《は》・漢の饒《じょう》を擅《ほしいまま》にし、隴《ろう》・蜀《しょく》の山を右にし、関《かん》・殽《こう》の険《けん》を左にす。民衆《おお》くして士厲《はげ》しく、兵革《へいかく》、余りあり。意、出《い》ずる所あらば、則ち長城の南、易《えき》水《すい》以北は、未だ定まる所あらざるなり。奈何《いかん》ぞ、陵《しいた》げられし怨みを以て、其の逆《げき》鱗《りん》に批《ふ》れんと欲するや」と。丹《たん》曰く、「然らば則ち何にか由《よ》らん」と。対《こた》えて曰く、「請《こ》う、入れ、これを図《はか》らん」と。

太子の丹《たん》は心配して、かれの教育掛である鞠武《きくぶ》に対策をきいた。武《ぶ》はこたえた、「秦の領土は天下にあまねく、韓《かん》・魏《ぎ》・趙《ちょう》の三氏をもおびやかしております。北には甘泉《かんせん》の山・谷口《こくこう》の谷のかたい守りがあり、南には涇水《けいすい》・渭水《いすい》の流れる肥沃の地帯があります。巴水《はすい》・漢水《かんすい》流域のゆたかな稔《みの》りを独占し、隴《ろう》・蜀《しょく》のそそりたつ山岳地帯を右にひかえ、函谷関《かんこくかん》・殽山《こうざん》の天険を左にひかえております。人口は多く、男子の気性ははげしく、武器・甲冑は余裕があって、国外進出の野望をもてば、万里の長城から南、易水《えきすい》から北の地域、すなわちわが燕国全土は、予測をゆるさぬ不安定な立ち場におかれております。どうして冷遇された恨みなどで、秦の逆鱗《げきりん》にふれようとなさるのですか。」

丹はいった、「それではどういう手段によればよい。」

武《ぶ》はこたえた、「奥へおはいりください。ご相談いたしましょう。」

「甘泉」は陝西《せんせい》省淳化《じゅんか》の西北にある山、「谷口《こくこう》」も同省醴泉《れいせん》の東北にある渓谷、一名寒門《かんもん》という。「隴《ろう》」は隴山乃至《ないし》その西方の地、甘粛《かんしゅく》省の東南地域、「蜀」は四川《しせん》省、ともにけわしい山岳地帯。「逆鱗《げきりん》」とは、竜ののどの下にある逆だつうろこ、これにふれると竜の激怒をかうという。もちろん秦の比喩。「批」はふれること。

居有間。秦將樊於期。得罪於秦王。亡之燕。太子受而舍之。鞠武諫曰。不可。夫以秦王之暴。而積怒於燕。足爲寒心。又況聞樊將軍之所在乎。是謂委肉當餓虎之蹊。禍必不振矣。雖有管・晏。不能爲之謀也。願太子疾遣樊將軍入匈奴以滅口。

請西約三晉。南連齊・楚。北購於單于。其後迺可圖也。

居ること間《しばら》くありて、秦の将樊於期《はんおき》、罪を秦王に得《え》、亡《のが》れて燕《えん》に之《ゆ》く。太子、受けてこれを舎《やど》す。鞠武《きくぶ》、諫《いさ》めて曰く、「不可なり。夫《そ》れ秦王の暴を以て、怒りを燕に積む。寒心《かんしん》と為すに足れり。又《ま》た況《いわ》んや樊《はん》将軍の所在を聞くをや。是《こ》れ肉を委《す》てて餓えたる虎の蹊《みち》に当るを謂《い》う。禍《わざわい》、必ず振《すく》われざらん。管《かん》・晏《あん》ありと雖も、これが謀《はか》りごとを為《な》す能わざるなり。願わくは太子、疾《と》く樊将軍をして匈奴《きょうど》に入らしめて、以て口を滅せよ。請《こ》う、西のかた三晋《さんしん》と約し、南のかた斉・楚と連《むす》び、北のかた単于《ぜんう》と購《こう》じ、其の後《のち》、迺《すなわ》ち図《はか》るべきなり」と。

そのまましばらくして、秦の将軍である樊於期《はんおき》が、秦王から罪に問われ、燕《えん》に亡命して来た。太子の丹はかれをうけ入れて、宿をせわしてやった。

鞠武《きくぶ》は諫《いさ》めた、「いけません。大体、もともと乱暴な秦王に、わが燕に対する怒りが積みかさなり、それでも十分におぞけ立つおもいでいるのです。まして樊将軍のありかが秦王の耳にでも入ってごらんなさい。これは飢えた虎の通路に肉をすてておくようなもの、きっと救いがたい禍にあいます。管仲《かんちゅう》や晏嬰《あんえい》のような智恵者（本書上冊「管晏列伝」参照）がいても、この対策を考えることはできないでしょう。どうか太子さま、早く樊将軍を匈奴《きょうど》の土地に入らせて人のうわさを消しておしまいなさい。どうか西は三晋と同盟し、南は斉・楚と連盟し、北は匈奴の単于《ぜんう》（大酋長）と講和をむすんでください。そのあとでこそ、考えようもあるというものです。」

太子曰。太傅之計。曠日彌久。心惛然。恐不能須臾。且非獨於此也。夫樊將軍窮困於天下。歸身於丹。丹終不以迫於彊秦。而棄所哀憐之交。置之匈奴。是固丹命卒之時也。願太傅更慮之。

太子曰く、「太傅《たいふ》の計は、日を曠《むな》しうして久しきに弥《わた》る。心、惛然《こんぜん》たり。恐らくは須臾《しゅゆ》する能《あた》わず。且《か》つ独《ひと》り此《これ》のみに非ざるなり。夫《そ》れ樊《はん》将軍は天下に窮困し、身を丹《たん》に帰《き》す。丹、終《つい》に強秦に迫られしを以て、哀憐《あいれん》する所の交《まじわ》りを棄て、これを匈奴《きょうど》に置くをせず。是《こ》れ固《もと》より丹の命の卒《おわ》るの時なり。願わくは太傅《たいふ》、更にこれを慮《おもんぱか》れ」と。

太子はいった、「（教育掛）長官どのの計略は、日をむだに使ってながい時間がかかる。気が遠くなりそうだ。もう少しの猶予もならぬだろう。なにもそれだけではない。そもそも、樊将軍はひろい天下に身のおき場もなくて、わたしをたよって来たのだ。

わたしは、強国の秦に迫られたからといって、きのどくな友を見棄て、匈奴にすまわせることは、絶対にせん。そんな薄情なことは、むろんわたしが死んだ後のことだ。どうか長官どの、更に考慮してください。」

「惛然《こんぜん》」の惛は昏におなじ。「心惛然たり」は、思慮分別を失った状態をいうのだろう。「須臾《しゅゆ》」は韻尾をおなじくする擬態語で、この類の語は内容に大きなひろがりをもつ。「しばらく」という副詞ともなれば、ここのように「寸刻を猶予する」意にもなる。

鞠武曰。夫行危欲求安。造禍而求福。計淺而怨深。連結一人之後交。不顧國家之大害。此謂資怨而助禍矣。夫以鴻毛燎於爐炭之上。必無事矣。且以鵰鷙之秦。行怨暴之怒。豈足道哉。燕有田光先生。其爲人智深而勇沈。可與謀。

鞠武《きくぶ》曰く、「夫《そ》れ危きを行《おこな》いて安きを求めんと欲し、禍《わざわい》を造《いた》して福を求むるは、計浅くして怨み深し。一人の後交《こうこう》と連結して、国家の大害を顧みざるは、此《こ》れ怨みを資《たす》けて禍を助くるを謂《い》う。夫《そ》れ鴻毛《こうもう》を以て炉炭《ろたん》の上に燎《や》かば、必ず事なからん。且つ鵰鷙《ちょうし》の秦を以《か》て、怨暴《えんぼう》の怒りを行わしめば、豈《あ》に道《い》うに足らんや。燕《えん》に田光《でんこう》先生あり。其の人と為《な》り、智深くして勇沈《ふか》く、与《とも》に謀《はか》るべし」と。

鞠武《きくぶ》はいった、「そもそも、危い橋をわたりながら、安全をねがったり、禍いを招きながら福を求めるのは、考えが浅はかで、ひとの怨みが深うございます。あとまわしにするべき交際を、たった一人の人間と結ぶために、国家の大害をかえりみないのは、ひとの怨みに輪をかけ、禍いを助長することです。そもそも、おおとりの軽い羽毛を炉の炭火の上で焼けば、きっと事もなく燃えつきましょう。ところが、鷙のような秦が、狂暴と憎悪による怒りを発揮しましたなら、こりゃ問題にもなりますまい。燕《えん》には田光先生がおられます。その人がらは、ふかい智謀と沈着な勇気のもちぬしで、十分相談あいてになります。」

「鴻毛を以て云云」の比喩は、もう一つよくわからない。

太子曰。願因太傅而得交於田先生。可乎。鞠武曰。敬諾。出見田先生。道太子願圖國事於先生也。田光曰。敬奉教。乃造焉。

太子曰く、「願わくは、太傅《たいふ》に因《よ》りて田先生に交わるを得ん。可ならんか」と。鞠武《きくぶ》曰く、「敬《つつし》みて諾《だく》す」と。出《い》でて田先生に見《まみ》え、太子が国事を先生に図《はか》らんと願うを道《い》う。田光《でんこう》曰く、「敬《つつし》みて教えを奉ぜん」と。乃ち造《いた》る。

太子「なんとか長官どののつてで、その田先生とやらとおつきあいしたいもの。どうだろう。」
鞠武「承知つかまつりました。」
退出した鞠武は、田先生に会うて、太子が国事について相談したがっているむねをのべた。田光は、「仰せに従いましょう」といって、やって来た。

太子逢迎。却行爲導。跪而蔽席。田光座定。左右無人。太子避席而請曰。燕・秦不兩立。願先生留意也。田光曰。臣聞騏驥盛壯之時。一日而馳千里。至其衰老。駑馬先之。今太子聞光盛壯之時。不知臣精已消亡矣。雖然。光不敢以圖國事。所善荊卿可使也。

太子、逢迎《ほうげい》し、却行《きゃくこう》して導《どう》を為《な》し、跪《ひざまず》きて席を蔽《はら》う。田光、座定まる。左右に人なし。太子、席を避けて請《こ》うて曰く、「燕《えん》・秦《しん》は両立せず。願わくは先生、意を留めよ」と。田光曰く、「臣聞く、『騏驥《きき》盛壮の時、一日にして千里を馳《は》す。其の衰老に至りては、駑馬《どば》もこれに先んず』と。今、太子、光《こう》の盛壮の時を聞き、臣の精已《すで》に消亡せるを知らざるなり。然りと雖《いえど》も、光《こう》、敢て以て国事を図《はか》らず。善くする所の荊卿《けいけい》、使うべきなり」と。

太子は出迎えて、あとずさりしつつ先導をつとめ、ひざまずいて田光の席を払う。一国の太子として、これは異例の行為である。長上が「却行《きゃくこう》」して案内する類似の例は、巻八「高祖本紀」高祖六年の条（本書中冊二七九ページ参照）にも見いだす。

田光が座についた。左右に人はいない。太子は席からすべり降りて、嘆願する、「燕と秦とは両立せぬ仲。どうか先生、この点にお心をとどめられて……。」

田光はいった、「わたくしめはこういう諺をきいております、『駿馬《しゅんめ》は血気さかんの時は、一日に千里を駆けるが、老いさらぼうと駄馬にも先を越される』とか。いま太子はわたくしの血気さかんな時のことをきかれ、わたくしめの精気がすでに消えうせていることをご存じない。心をとどめよとの仰せながら、わたくしはとても国事の相談にのることはできませぬ。わたくしが親しくしている荊卿《けいけい》なら、お役にたちまする。」

田光のことばの「雖然」は、前文をうければ、「自分の精力は消耗しているけれども」ということでなければならない。そのために、下句を「光、敢て以て国事を図らざらんや」と反語に解する説もある。しかし、それなら原文は「敢不……」でなければならぬ。また「荊卿、使うべし」の一句は、精力消耗した自分を否定して、代理を推薦することばである。したがって原文はやはり「不敢……」であったと思われる。とすると右に試みた訳のような意になるだろう。

太子曰。願因先生得結交於荊卿。可乎。田光曰。敬諾。即起趨出。太子送至門。戒曰。丹所報。先生所言者。國之大事也。願先生勿泄也。田光俛而笑曰。諾。

太子曰く、「願わくは、先生に因《よ》りて交りを荊卿《けいけい》に結ぶを得ん。可ならんか」と。田光《でんこう》曰く、「敬《つつし》みて諾《だく》す」と、即ち起ちて趨《はし》り出《い》ず。太子、送りて門に至る。戒《いまし》めて曰く、「丹《たん》の報ぜし所、先生が言いし所の者は、国の大事なり。願わくは、先生、泄《もら》す勿《なか》れ」と。田光、俛《ふ》して笑いて曰く、「諾《だく》」と。

太子「どうか先生のつてにより、荊卿《けいけい》どのとお近づきになりたいもの。どうでしょうか。」
田光「承知つかまつりました。」
すぐさま立ちあがり、足ばやに退出する。爺さん精力消耗どころかまだまだ元気なのだ。司馬遷はこういう皮肉をこめて、この「即ち起ちて趨《はし》り出《い》ず」という四字をおいたのだろう。

太子は門まで見送り、念をおしていった、「わたしがおしらせしたこと、先生のおっしゃったことは、国家の大事です。どうか先生、口外なさいませぬよう。」

田光は、おもてをふせ、笑っていった、「承知いたした。」

「口外するな」、これは自明のことである。自明のことをいわれた田光は、十分に信用されぬ侮辱を感じたであろう。太子に面とむかえば、こちらの顔に怒りの影がさすかもしれぬ。田光がうつむいて冷笑したのはそのためか。「俛而笑」という短い表現が、複雑な心理を代弁して、のちの波瀾はここで予感される。

僂行見荊卿曰。光與子相善。燕國莫不知。今太子聞光壯盛之時。不知吾形已不逮也。幸而教之曰。燕・秦不兩立。願先生留意也。光竊不自外。言足下於太子也。願足下過太子於宮。荊軻曰。謹奉敎。田光曰。吾聞之。長者爲行。不使人疑之。今太子告光曰。所言者國之大事也。願先生勿泄。是太子疑光也。夫爲行而使人疑之。非節俠也。欲自殺以激荊卿。曰。願足下急過太子。言光已死。明不言也。因遂自刎而死。

僂《る》行《こう》して荊卿《けいけい》に見《あ》いて曰く、「光《こう》、子《し》と相善きこと、燕国、知らざるなし。今、太子、光が壮盛の時を聞きて、吾が形の已《すで》に逮《およ》ばざるを知らざるなり。幸いにしてこれに教えて曰く、『燕・秦、両立せず。願わくは、先生、意を留めよ』と。光、窃《ひそ》かに自《みずか》ら外にせず。足下《そくか》を太子に言えり。願わくは足下、太子を宮に過《よぎ》れ」と。荊軻《けいか》曰く、「謹んで教えを奉ぜん」と。田光曰く、「吾、これを聞けり、『長者は行いを為《な》すに、人をしてこれを疑わしめず』と。今、太子、光に告げて曰く、『言う所の者は、国の大事なり。願わくは、先生、泄《もら》す勿《なか》れ』と。是《こ》れ太子、光を疑えるなり。夫《そ》れ行いを為《な》して人をしてこれを疑わしむるは、節俠《せっきょう》に非ざるなり」と。自殺して以て荊卿を激せんと欲し、曰く、「願わくは、足下、急ぎて太子に過《よぎ》り、『光、已《すで》に死して、言わざるを明らかにせり』と言《つ》げよ」と。因《よ》りて遂に自刎《じふん》して死す。

腰を曲げて歩いてゆき、荊卿《けいけい》に会っていった、「このわしが君と親しいことは、燕国でだれ知らぬものもない。いま太子どのは、わしの血気さかんな時のことをきいて、わしの体がもうむかしに及ばぬことをご存じない。かたじけなくもわしにおたのみがあった、『燕と秦とは両立できぬ仲。どうか先生、このことに心をとどめよ』とな。わしは君をわし自身と切り離しては考えておらん。貴殿のことを太子に申しあげた。どうか太子を宮殿にたずねてくだされ。」

荊軻「仰せのとおりにいたしましょう。」

田光「わしはこういうことを聞いている、『苦労人は行動するときに、人を疑わせるようなことはせぬ』とな。いま、太子どのはわしに『申しあげたことは、国家の大事ですぞ。どうか先生、口外なさいませぬよう』とおっしゃった。これは太子どのがわしを疑っておられるのじゃ。そもそも行動をして人に疑わせるようでは、操のしっかりした男とはいえぬ。」

田光は自殺して荊卿をはげまそうとおもい、いった、「どうか貴殿は即刻太子のもとにゆき、『光はすでに死んで、口外しないことを示しました』というてくだされ。」こういうと、そのまま自分で首をかききって死んだ。

荊軻遂見太子。言田光已死。致光之言。太子再拝而跪。膝行流涕。有頃而後言曰。丹所以誡田先生毋言者。欲以成大事之謀也。今田先生以死明不言。豈丹之心哉。

荊軻《けいか》、遂に太子に見《まみ》え、田光《でんこう》の已《すで》に死せるを言《つ》げ、光の言を致す。太子、再拝して跪《ひざまず》き、膝行《しっこう》して、流涕《りゅうてい》す。頃《しばら》くありて後《のち》、言いて曰く、「丹の田先生に『言う毋《なか》れ』と誡《いまし》めし所以《ゆえん》の者は、以て大事の謀《はか》りごとを成さんと欲すればなり。今、田先生、死を以て言わざることを明らかにす。豈《あ》に丹の心ならんや」と。

こうして荊軻は太子に会見した。田光がすでに死んだことをつげて、光《こう》の遺言を伝えた。

太子は再拝してひざまずき、いざり進みながら涙を流した。しばらくしてからいった、

「わたしが田先生に口外せぬよう戒めたのは、大事の計画をやりとげたいからだった。いま田先生は死をもって口外せぬことを示された。わしはそんなつもりじゃなかったのに。」

荊軻坐定。太子避席頓首曰。田先生不知丹之不肖。使得至前敢有所道。此天之所以哀燕而不棄其孤也。今秦有貪利之心。而欲不可足也。非盡天下之地。臣海內之王者。其意不厭。今秦已虜韓王。盡納其地。又擧兵南伐楚。北臨趙。王翦將數十萬之衆。距漳・鄴。而李信出太原・雲中。趙不能支秦。必入臣。入臣則禍至燕。燕小弱。數困於兵。今計擧國不足以當秦。諸侯服秦。莫敢合從。丹之私計。愚以爲誠得天下之勇士使於秦。闚以重利。秦王貪。其勢必得所願矣。誠得劫秦王。使悉反諸侯侵地。若曹沫之與齊桓公。則大善矣。則不可。因刺殺之。彼秦大將擅兵於外。而內有亂。則君臣相疑。以其閒。諸侯得合從。其破秦必矣。此丹之上願。而不知所委命。唯荊卿留意焉。

荊軻《けいか》、坐《ざ》定まる。太子、席を避《さ》け、頓首《とんしゅ》して曰く、「田《でん》先生、丹《たん》の不肖《ふしょう》なるを知らず、前に至りて敢て道《い》う所あるを得しむ。此《こ》れ天の燕を哀れみて其の孤《こ》を棄てざる所以《ゆえん》なり。今、秦、利を貪《むさぼ》るの心ありて、而《しか》も欲《よく》、足《みた》すべからざるなり。天下の地を尽《つく》し、海内《かいだい》の王を臣とするに非ずんば、其の意、厭《あ》かず。今、秦、已《すで》に韓王を虜《とら》え、尽《ことごと》く其の地を納む。又《ま》た兵を挙げて南のかた楚を伐《う》ち、北のかた趙に臨《のぞ》み、王翦《おうせん》、数十万の衆を将《ひき》いて漳《しょう》・鄴《ぎょう》に距《ふせ》ぎ、而《しこ》うして李信《りしん》、太原《たいげん》・雲中《うんちゅう》に出《い》ず。趙、秦を支《ささ》うる能わずんば、必ず入りて臣たらん。入りて臣たらば、則ち禍《わざわい》燕に至らん。燕は小弱にして、数《しば》しば兵に困《くる》しむ。今、計《はか》るに、国を挙ぐるも以て秦に当るに足らず。諸侯、秦に服して、敢て合従《がっしょう》する莫《な》し。丹の私計に、愚《ぐ》以為《おも》えらく、誠《も》し天下の勇士を得て秦に使いせしめ、闚《うかが》うに重き利を以てせば、秦王、貪《むさぼ》り、其の勢い、必ず願う所を得んと。誠《も》し秦王を劫《おびやか》すを得て、悉《ことごと》く諸侯の侵地を反《かえ》さしめ、曹沫《そうかい》の斉の桓公に与《お》けるが若《ごと》くならしめば、則ち大いに善し。則《も》〔即〕し不可ならば、因《よ》ってこれを刺殺せん。彼の秦の大将、兵を外に擅《ほしいまま》にして、内に乱あらば、則ち君臣相疑わん。其の間を以て、諸侯合従《がっしょう》するを得ば、其れ秦を破らんこと必《ひっ》せり。此《こ》れ丹の上願にして、命を委《ゆだ》ぬる所を知らず。唯《ただ》、荊卿《けいけい》、意を留めよ」と。

荊軻は座席についた。太子は座からすべり降り、頭を地にすりつけていった、

「田先生は、わたしが至らぬものとは知らず、あなたの前であつかましいお願いができるようにさせてくださった。これは天が燕《えん》をかなしみ、孤立無援のわたしを見棄てないからでしょう。いま、秦は利をむさぼる心をいだきながら、欲望をみたすことができません。天下の土地をすっかり手中におさめ、世界の王たちをすっかり臣下にするのでなければ、満足しないのです。いま、秦はすでに韓王を捕え、その領土をすべて手中におさめました。さらに、全軍をくり出して南は楚《そ》を征伐し、北は趙《ちょう》の国境に迫り、秦の将軍王翦《おうせん》は数十万の軍隊をひきいて趙の南境、漳《しょう》・鄴《ぎょう》の地をおさえ、同じく将軍李信《りしん》は、趙の西境、太原《たいげん》・雲中《うんちゅう》に出撃しています。趙は秦を防ぎとめることができなければ、必ず秦の配下に入りましょう。秦の配下に入れば、戦禍はわが燕《えん》に及ぶでしょう。この燕は弱小国で、しばしば戦火に苦しめられております。いま考えますに、国をあげて対抗しても、秦にはかないません。秦に帰服してしまった諸侯に、秦に対して連合戦線を結ぶものなど、とてもありません。このわたしがひそかに立てた計画では、こういうふうにするつもりです――もしも天下の勇士に秦へ使者に立ってもらい、莫大な儲《もう》けをちらつかせたなら、秦王は欲ばって、きっとこちらの希望どおりになるでしょう。もし秦王を脅迫して、あの刺客の曹沫《そうかい》（四四三ページ参照）が

斉の桓公をあいてにやったように、侵略された諸侯の領土をすべて返還させることができますなら、大いにけっこう。もしだめなら、そのまま秦王を刺し殺すのです。あの秦の将軍どもは、国外で軍をきままに操っておりますが、国内に乱がおこれば、君臣たがいに猜疑の心をいだくことでしょう。その間隙に乗じて諸侯が連合戦線を結ぶことができれば、まちがいなく秦は撃破できるのです。これはわたしの最上の望みですが、その使命をゆだねる人物が見あたりません。荊卿《けいけい》どの、ひとつご考慮をわずらわしたいのです。」

「合従《がっしょう》」とは、戦国の六国が南北たてに連合戦線を結んで秦に対抗する政策で、蘇秦の考案にかかる。「漳《しょう》・鄴《ぎょう》」は河北省臨漳《りんしょう》と河南省安陽《あんよう》、「雲中《うんちゅう》」は内蒙古自治区托克《トク》托《ト》県附近。

久之。荊軻曰。此國之大事也。臣駑下。恐不足任使。太子前頓首。固請毋讓。然後許諾。於是尊荊卿爲上卿。舍上舍。太子日造門下。供太牢。具異物。間進車騎・美女。恣荊軻所欲。以順適其意。

これを久しくして、荊軻《けいか》曰く、「此《こ》れ国の大事なり。臣は駑下《どか》、恐らくは任使《にんし》するに足らざらん」と。太子、前《すす》みて頓首し、固く譲《ゆず》る毋《なか》らんことを請《こ》い、然る後、許諾《きょだく》す。是《ここ》に於て荊卿を尊びて上卿と為し、上舎《じょうしゃ》に舎《お》らしむ。太子、日《ひ》びに門下に造《いた》り、太牢《たいろう》を供え、異物を具《そな》え、間《ま》ま車騎・美女を進めて、荊軻の欲する所を恣《ほしいまま》にせしめ、以て其の意に順適《じゅんてき》せしむ。

よほどたってから、荊軻はいった、「これは国の重大事です。わたくしめは駄馬のような無能者、とてもこの大役はつとまりますまい。」太子はすすみ出て頭を地にすりつけ、ぜひ断わらないでほしいと強硬に頼みこみ、やっと荊軻は承諾した。そこで荊卿を上卿《じょうけい》（大老）の要職につけ、高級官舎をあたえた。

太子は毎日官舎をたずねて、最上のごちそうをとどけ、珍宝の類をそなえたり、たびたび乗物や美女を提供して荊軻の思いどおりにさせ、快適に過ごさせるようにした。

「太牢《たいろう》」とは、牛・羊・豚三種の肉をそろえた最上のごちそうをいう。なお「太牢……」以下の数句は、別の句読が成立する可能性もある。――太牢の具を供え、異物を間《しば》しば進め、車騎と美女は荊軻の欲する所を恣《ほしいまま》にせしめ……。「太牢の具」は「項《こう》羽《う》本紀」や「陳丞相《ちんじょうしょう》世家」にも見えるが、「異物間進」の句にはやや無理を感ずるので、この句読に従わないこととした。

久之。荊軻未有行意。秦將王翦。破趙虜趙王。盡收入其地。進兵北略地。至燕南界。太子丹恐懼。乃請荊軻曰。秦兵旦暮渡易水。則雖欲長侍足下。豈可得哉。

これを久しくして、荊軻《けいか》、未だ行くの意あらず。秦の将王翦《おうせん》、趙《ちょう》を破りて趙王を虜《とりこ》にし、尽《ことごと》く其の地を収入し、兵を進めて北のかた地を略して、燕《えん》の南界に至る。太子丹《たん》、恐懼《きょうく》し、乃ち荊軻《けいか》に請うて曰く、「秦の兵、旦暮《たんぼ》に易水《えきすい》を渡らば、則ち長く足下に侍せんと欲すと雖も、豈《あ》に得《う》べけんや」と。

よほどたった。荊軻にはまだ出かける気がない。秦の将軍王翦《おうせん》は、趙を撃破して趙王を捕虜にした。趙の領土をすっかり手中におさめ、軍をすすめて北方の各地を攻略しつつ、燕の南国境までやって来た。

太子の丹はおそれおののき、そこで荊軻に頼むのだ、「秦軍が今日明日にも易水《えきすい》を渡れば、いつまでもあなたのおせわをしたくても、かないましょうか。」太子のことばは、まことに巧みでずるい。

荊軻曰。微太子言。臣願謁之。今行而毋信。則秦未可親也。夫樊將軍。秦王購之金千斤・邑萬家。誠得樊將軍首。與燕督亢之地圖。奉獻秦王。秦王必說見臣。臣乃得有以報。太子曰。樊将軍窮困來歸丹。丹不忍以己之私。而傷長者之意。願足下更慮之。

荊軻《けいか》曰く、「太子の言微《な》かりせば、臣、これに謁《えつ》せんと願えり。今、行きて信毋《な》くんば、則ち秦は未だ親しむべからざるなり。夫《そ》れ樊《はん》将軍は、秦王、これを金千斤・邑《ゆう》万家に購《あがな》えり。誠《も》し樊《はん》将軍の首と、燕の督亢《とくこう》の地図とを得て、秦王に奉献せば、秦王、必ず説《よろこ》〔悦〕びて臣に見《あ》わん。臣、乃ち以て報ずるあるを得ん」と。

太子曰く、「樊将軍は窮困して来りて丹《たん》に帰《き》す。丹、己《おのれ》の私を以て、長者の意を傷つくるに忍びず。願わくは、足下、更にこれを慮《おもんぱか》れ」と。

荊軻はいった、「太子のお声がかりがなければ、こちらからお目どおり願おうと思っておりました。たとえいま出かけましても、信用させる品がなければ、秦は胸をひらいて迎えてはくれぬでしょう。そもそも樊《はん》将軍は、秦王が黄金千斤と一万戸の大名という懸賞づきで捜している人物。もし樊将軍の首と、燕の南境の地、督亢《とくこう》（河北省涿《たく》県の東南、肥沃の地）の地図とを下さって、秦王に献上しますなら、秦王はきっと喜んでわたくしめに会いましょう。わたくしめもそうなればご恩返しができるというものです。」

太子はいった、「樊将軍は、身のおき場もなくて、わたしをたよって来たのです。わたしは個人のことのために、尊敬するお人のきもちを傷つけるにしのびません。どうか貴殿は、もう一度考えなおしてください。」

荊軻知太子不忍。乃遂私見樊於期曰。秦之遇将軍。可謂深矣。父母宗族。皆爲戮沒。今聞購将軍首金千斤・邑萬家。將奈何。於期仰天太息流涕曰。於期毎念之。常痛於骨髓。顧計不知所出耳。

荊軻、太子の忍びざるを知り、乃ち遂に私《ひそ》かに樊於期《はんおき》に見《まみ》えて曰く、「秦の将軍を遇すること、深しと謂《い》うべし。父母宗族《そうぞく》、皆為《ため》に戮没《りくぼつ》せらる。今聞く、将軍の首を金千斤・邑《ゆう》万家に購《あがな》うと。将《は》た奈何《いかん》せん」と。於期《おき》、天を仰いで太息し、流《りゅう》涕《てい》して曰く、「於期《おき》、これを念《おも》う毎《ごと》に、常に骨髄《こつずい》に痛む。顧《た》だ計、出《い》だす所を知らざるのみ」と。

荊軻は太子が樊将軍を殺すにしのびないことを知ると、こっそり樊於期《はんおき》に会っていった、

「将軍に対する秦のあつかいは、むごいというべきです。ご両親や同族のかたがたは、

ぜんぶ殺されたり財産没収のうきめにあわれました。いま、将軍の首には黄金千斤と一万戸の大名の懸賞がかかっているそうです。さてどうしたものでしょう。」

於期《おき》は天を仰いでため息《いき》をつき、涙を流していった、

「このわたしはそのことを考えるたびに、いつも骨の髄《ずい》にまで達する痛みをおぼえるのです。ただどんな方法をとればよいのかわかりません。」

「顧」は唐の顔師古《がんしこ》の注に「念也」とあり、わが国でも「おもうに」と読みならわしているが、清《しん》の劉淇《りゅうき》の『助字弁略』が、ここの例をあげて「但也」とよむのに従った。『史記』の中ではこの用法が少なくない。後世にも「只顧」（「只管」におなじ）の用法がある。

荊軻曰。今有一言可以解燕國之患。報將軍之仇者。何如。於期乃前曰。爲之奈何。荊軻曰。願得將軍之首以獻秦王。秦王必喜而見臣。臣左手把其袖。右手揕其匈。然則將軍之仇報。而燕見陵之愧除矣。將軍豈有意乎。

荊軻曰く、「今、一言にして、以て燕《えん》国の患《うれ》いを解き、将軍の仇を報《むく》ゆべき者あり。何如《いかん》」と。於期《おき》、乃ち前《すす》みて曰く、「これを為《な》すこと奈何《いかん》」と。荊軻曰く、「願わくは、将軍の首を得て、以て秦王に献《ささ》げん。秦王、必ず喜びて臣に見《あ》わん。

臣、左手もて其の袖を把《と》り、右手もて其の匈《むね》〔胸〕を揕《さ》さん。然らば則ち将軍の仇は報《むく》いられ、而《しか》も燕の陵《しいた》げられし愧《はじ》も除かれん。将軍、豈《あ》に意ありや」と。

荊軻はいった、「いま、燕国の心配をとりのぞき、同時に将軍の仇討ちもできる、たった一言で申せることがあります。どうでしょうか。」

於期《おき》はそこで身をのり出していった、「どうするのですか。」

荊軻はいった、「将軍のお首をいただいて、これを秦王に献上したいのです。秦王はきっと喜んでわたくしめに会うでしょう。わたくしめ、そのとき左手で王の袖をつかみ、右手でその胸を刺してやります。そうすれば、将軍の仇はむくわれ、かつまた燕が侵略される恥辱もとりのぞかれます。将軍、なんとその気がおありかな。」

樊於期偏袒搤捥而進曰。此臣之日夜切齒腐心也。乃今得聞教。遂自剄。太子聞之。馳往。伏屍而哭。極哀。既已不可奈何。乃遂盛樊於期首。函封之。

樊於期《はんおき》、偏袒搤捥《へんたんやくわん》して、進みて曰く、「此《こ》れ臣の日夜切歯腐心《せっしふしん》せしことなり。乃ち今、教えを聞くを得たり」と。遂に自剄《じけい》す。太子これを聞き、馳《は》せ往きて、屍《しかばね》に伏して哭《こく》し、極《はなは》だ哀しむ。既《すで》に已《すで》に奈何《いかん》ともすべからざれば、乃ち遂に樊《はん》於期《おき》の首を盛《も》り、函《はこ》もてこれを封《ふう》ず。

樊於期《はんおき》は、袖をたくしあげ、腕をさすりつつ、にじり出ていった、「それこそわたくしめがあけくれ歯ぎしりして心をくだいたこと。いまはじめて教えていただくことができました。」かくて、かれはみずから首をはねた。

これを聞いた太子は、馬を馳せてかけつけ、死体にうつぶして声あげて泣き、大へんな悲しみようである。いまさらどうすることもならないので、樊於期の首を盛《も》り、箱に入れて封をした。「偏袒《へんたん》」は片うでを露出していきまくこと。「搤腕《やくわん》」は扼腕におなじ。

於是太子豫求天下之利匕首。得趙人徐夫人匕首。取之百金。使工以藥焠之。以試人。血濡縷。人無不立死者。乃裝爲遣荊卿。燕國有勇士秦舞陽。年十三殺人。人不敢忤視。乃令秦舞陽爲副。

是《ここ》に於て、太子、予《あらかじ》め天下の利き匕首《するどひしゅ》を求め、趙《ちょう》の人徐夫人《じょふじん》の匕首《ひしゅ》を得《え》、これを百金に取り、工をして薬を以てこれを焠《や》かしめ、以て人に試す。血、縷《いとすじ》を濡《うるお》せば、人、立ちどころに死せざる者なし。乃ち装《そう》して為《ため》に荊卿を遣《つか》わす。燕国に勇士秦《しん》舞《ぶ》陽《よう》あり。年十三にして人を殺す。人、敢て忤視《ごし》せず。乃ち秦舞陽をして副たらしむ。

ここで太子は、まず世にもまれな鋭い匕首《あいくち》を捜しもとめ、趙の出身である徐夫人《じょふじん》の匕首を手に入れた。『史記索隠』では、徐が姓、夫人は名、男子を謂う、とあるが、おそらくは牽強の説にすぎず、やはり女性であろう。女性と匕首、それはわれわれの空想を限りなくひろがらさせてくれる。しかも謎の人物であるだけに。

この匕首を百金で買いあげ、鍛冶屋に命じて毒薬をぬってやきを入れさせた。これで試し斬りをやらせてみると、血が糸すじほどににじむだけで、誰でもたちどころに絶命した。そこで匕首の外装をととのえて、いよいよ荊軻を派遣することにした。「装」は一説に匕首の外装でなく、旅装をととのえる意とする。ただ下の「為」はやや読みにくい。おそらく、壮挙を急ぐ太子の積極的なきもちを反映したのであろう。つまり、荊軻をかりたてるニュアンスをふくむ。『史記』がもとづく『戦国策』（燕策）では「為装」となっており、それならば外装をつくるか、匕首のために飾るか、いずれかの意になる。

燕の国に秦舞陽《しんぶよう》という勇者がいた。十三歳で人を殺したおとこで、誰も目をそらさずに見つめるものはなかった。そこでこの秦舞陽を、荊軻の介添役《かいぞえやく》にすることとした。

「忤視《ごし》」の「忤」はさからう意。

荊軻有所待。欲與俱。其人居遠未來。而爲治行。頃之未發。太子遲之。疑其改悔。乃復請曰。日已盡矣。荊卿豈有意哉。丹請得先遣秦舞陽。荊軻怒。叱太子曰。何太子之遣。往而不返者。豎子也。且提一匕首。入不測之彊秦。僕所以留者。待吾客與俱。今太子遲之。請辭決矣。遂發。

荊軻《けいか》、待つ所あり、与《とも》に倶《とも》にせんと欲す。其の人、遠きに居りて未だ来らず。而も治行《ちこう》を為《な》す。これを頃《しばら》くして未だ発せず。太子、これを遅しとし、其の改悔《かいかい》せしを疑う。乃ち復《ま》た請うて曰く、「日、已《すで》に尽きたり。荊卿《けいけい》、豈《あ》に意ありや。丹《たん》請《こ》う、先に秦舞陽を遣《つか》わすを得ん」と。荊軻、怒り、太子を叱《しっ》して曰く、「何ぞ太子の遣わすや。往《ゆ》きて返らざる者は、豎子《じゅし》なり。且《か》つ一匕首《ひしゅ》を提《ひっさ》げて、不測《ふそく》の強秦に入らんとす。僕の留まる所以《ゆえん》の者は、吾が客を待ちて与《とも》に倶《とも》にせんとすればなり。今、太子、これを遅しとす。請う、辞決《じけつ》せん」と。遂に発す。

荊軻には、だれか待ち人があり、その人といっしょに出かけるつもりである。その人は遠方にすみ、まだ到着しないのだが、旅支度はととのえておいた。

しばらくたっても、荊軻は出発しない。太子は待ちかねて、荊軻が心変りしたのでないかと疑ぐり、ふたたび頼む、「もう日がありません。荊卿どの、何かおもわくがおありなんですか。わたしは秦舞陽を先にやらせようと思うのですが……」

荊軻は怒り、太子をどなりつけた、「なぜ太子さまは、こんな派遣のしかたをされる。行ったきりもどらぬのは、青二才のやること。しかも、たった一口《ひとふり》の匕首をひっさげ、予測を許さぬ強国の秦に乗りこもうというのに、それがしがじっとおるのは、友を待っていっしょにゆくためです。いま太子さまはお待ちかねのようす。おいとまいたしましょう。」こうしていよいよ出発することになった。

荊軻が同行をねがって心待ちした人とは誰なのか、結局わからない。テロはつねに単独行為としておこなわれる。曹沫《そうかい》以下すべてそうである。荊軻に同行すべき人があったとは、結局は単独でおこなわねばならぬ刺客としての運命を強調するための、架空の設定であるかも知れぬ。なお、「豎子」は小僧っ子、軽蔑したことば。「辞決」の決は訣におなじ。

太子及賓客知其事者。皆白衣冠以送之。至易水之上。既祖。取道。高漸離撃筑。荊軻和而歌。爲變徴之聲。士皆垂淚涕泣。又前而爲歌曰。風蕭蕭兮易水寒。壯士一去兮不復還。復爲羽聲忼慨。士皆瞋目。髮盡上指冠。於是荊軻就車而去。終已不顧。

太子及び賓客の其の事を知る者、皆白き衣冠して以てこれを送る。易水《えきすい》の上《ほとり》に至る。既に祖《そ》し、道を取らんとす。高漸離《こうぜんり》、筑《ちく》を撃ち、荊軻、和して歌う。変徴《へんち》の声《せい》を為《な》す。士、皆涙を垂れて涕泣《ていきゅう》す。又た前《すす》みて歌を為《つく》りて曰く、

風は蕭蕭《しょうしょう》として易水《えきすい》寒く
壮士　一たび去って復《ま》た還《かえ》らず

と。復《ま》た羽声《うせい》を為し、忼慨《こうがい》す。士、皆目を瞋《いか》らし、髪尽《ことごと》く上りて冠を指《さ》す。是《ここ》に於て、荊軻、車に就きて去る。終《つい》に已《すで》に顧みず。

太子と、そのもとに養われている食客たちで、事情を知るものは、みな白装束で見送った。「白衣冠」とは喪服である。荊軻がふたたびかえらぬであろう悲愴感と、かれへの激励をこめたものか。

易水《えきすい》のほとりについた。別れの宴がおわり、いよいよ旅路につく。「祖」とは道祖神を祭って酒をのみ、道中の安全を祈ることをいう。

高漸離《こうぜんり》が筑《ちく》をかきならし、荊軻《けいか》はこれにあわせて歌った。パセティックな感情をもるにふさわしい「変徴《へんち》」のしらべだった。

中国の古代音楽には、宮・商・角・徴《ち》・羽《う》の五つの基本音、及びその変調として変宮・変徴の二音があり、それぞれの音を基調にした曲もその名でよばれる。これは西洋音楽のイ長調・変ロ短調などというのにあたる。「変徴《へんち》」の曲は悲愴感をあらわすにふさわしい音調といわれる。

男たちはみな涙を流しすすり泣いた。荊軻はさらに前へ進み出て、即興の詩をうたった。

風は蕭蕭《しょうしょう》として易水《えきすい》寒く
壮士一《ひと》たび去って復《ま》た還《かえ》らず

風がヒューヒューと吹きすさび、易水は寒い。その易水の流れのように、壮志を抱く男児がひとたびここを去れば、二度と帰って来ないのだ。「兮《けい》」はリズムをととのえるための助字。「寒」と「還」が押韻する。

それにまた心の高潮をあらわすにふさわしい羽のしらべで歌い、心を高ぶらせるのだった。男たちはみな目をいからし、頭髪はことごとく逆立って冠をおしあげんばかり。

そこで荊軻は車に乗って、出発した。もう二度とふりかえらずに。

遂至秦。持千金之資幣物。厚遺秦王寵臣中庶子蒙嘉。嘉爲先言於秦王曰。燕王誠振怖大王之威。不敢擧兵以逆軍吏。願擧國爲内臣。比諸侯之列。給貢職如郡縣。而得奉守先王之宗廟。恐懼不敢自陳。謹斬樊於期之頭。及獻燕督亢之地圖。函封。燕王拜送于庭。使使以聞大王。唯大王命之。

遂《つい》に秦に至る。千金の資幣物《しへいぶつ》を持ちて、厚く秦王の寵臣《ちょうしん》中庶子なる蒙嘉《もうか》に遺《おく》る。嘉《か》、為《ため》に先《ま》ず秦王に言《つ》げて曰く、「燕王、誠に大王の威に振怖《しんぷ》し、敢て兵を挙げて以て軍吏に逆《さから》わず。国を挙げて内臣と為《な》り、諸侯の列に比し、貢職《こうしょく》を給することと郡県の如くにして、先王の宗廟《そうびょう》を奉守するを得んと願う。恐懼して敢て自《みずか》ら陳《の》べず。謹《つつし》みて樊於期《はんおき》の頭《こうべ》を斬り、及び燕の督亢《とくこう》の地図を献げて函《はこ》もて封《ふう》じ、燕王、庭《てい》に拝送し、使いをして以て大王に聞《ぶん》せしむ。唯《ただ》、大王これに命ぜよ」と。

こうして秦に到着した。千金に値いする贈り物をたずさえてゆき、秦王のおぼえめでたい家臣で、家老たちの子弟の教育をあずかる蒙嘉《もうか》に鄭重なつけとどけをした。嘉《か》

は荊軻のために、あらかじめ秦王に取り次いでやった、

「燕王はたしかに大王のご威勢におののきおそれ、全軍をくり出してわが軍官にさからうことなど、とてもよういたしませぬ。一国をあげてわが国に臣として仕え、諸侯と同列となり、わが国の郡・県のように貢《みつ》ぎ物をささげ、わが先王のみたまやを守護し奉りたいと願っております。燕王は恐懼して、みずからは言上いたさず、つつしんで樊於期《はんおき》の首をきり、また燕の督亢《とくこう》の地図を献上するべく、これを箱に封じ、燕の宮庭にて拝送し、使者をして大王に伝えんといたしております。大王、おことばを賜わりますように。」

「内臣」は外国の帰属者に対していう語。「貢職《こうしょく》」は「職貢」ともいう、職も貢の意。

秦王聞之大喜。乃朝服設九賓。見燕使者咸陽宮。荊軻奉樊於期頭函。而秦舞陽奉地圖匣。以次進至陛。秦舞陽色變。振恐。羣臣怪之。荊軻顧笑舞陽。前謝曰。北蕃蠻夷之鄙人。未嘗見天子。故振慴。願大王少假借之。使得畢使於前。

秦王、これを聞きて大いに喜び、乃ち朝服《ちょうふく》して九賓《ひん》を設け、燕《えん》の使者に咸陽《かんよう》の宮に見《あ》う。荊軻《けいか》、樊於期《はんおき》の頭《こうべ》の函《はこ》を奉じ、而《しこ》うして秦舞陽、地図の匣《はこ》を奉じ、次《じ》を以て進み、陛《きざはし》に至る。秦舞陽、色変じ、振《ふる》え恐る。群臣、これを怪しむ。荊軻、

顧みて舞陽を笑い、前《すす》みて謝して曰く、「北蕃蛮夷《ほくばんばんい》の鄙人《ひじん》、未だ嘗て天子に見《まみ》えず、故に振慴《しんしゅう》す。願わくは、大王、少しくこれを仮借《かしゃ》し、使いを前に畢《お》うるを得しめよ」と。

これを聞いた秦王は大喜びで、ここに宮中正装に身をかため、国賓を迎える最高の儀礼をととのえ、秦の首都咸陽《かんよう》（陝《せん》西省西安の北西）の宮殿で燕の使者に会見した。「九賓」とは接待役の九人の官吏、正しくは「擯者」という。九人の接待役による大がかりな引見の礼である（三六六ページ参照）。

荊軻は樊於期の首を入れた箱をささげ、また秦舞陽は地図の小箱をささげ、しずしずと進んで、玉座の階段のところまで来た。秦舞陽は顔色が変り、おそれおののいている。おおぜいの家臣たちはへんにおもった。荊軻はふりかえって舞陽を笑い、進み出てわびた、「北方野蛮《やばん》の地の田舎もの、いまだ天子にお目どおりしたことがございませんので、ふるえおののいております。どうか大王さま、しばらくかれをご勘弁たまわり、使命を御前に果たしえますよう。」

秦王謂軻曰。取舞陽所持地圖。軻既取圖奏之。秦王發圖。圖窮而匕首見。因左手把秦王之袖。而右手持匕首揕之。未至身。秦王驚。自引而起。袖絶。拔劍。劍長。

操其室。時惶急。劍堅。故不可立拔。荊軻逐秦王。秦王環柱而走。羣臣皆愕。卒起不意。盡失其度。而秦法羣臣侍殿上者。不得持尺寸之兵。諸郎中執兵。皆陳殿下。非有詔召。不得上。方急時。不及召下兵。以故荊軻乃逐秦王。而卒惶急。無以擊軻。而以手共搏之。是時。侍醫夏無且。以其所奉藥囊提荊軻也。秦王方環柱走。卒惶急。不知所爲。左右乃曰。王負劍。負劍。遂拔以擊荊軻。斷其左股。荊軻廢。乃引其匕首。以擿秦王。不中。中桐柱。秦王復擊軻。軻被八創。軻自知事不就。倚柱而笑。箕踞以罵曰。事所以不成者。以欲生劫之。必得約契。以報太子也。

秦王、軻《か》に謂《い》いて曰く、「舞陽の持つ所の地図を取れ」と。軻、既に図を取りてこれを奏す。秦王、図を発《ひら》く。図《ず》窮《きわ》まりて匕首《ひしゅ》見《あらわ》る。因りて左手もて秦王の袖を把《と》り、右手もて匕首を持ち、これを揕《さ》す。未だ身に至らず。秦王、驚き、自《みずか》ら引きて起《た》つ。袖絶《た》つ。剣を抜かんとす。剣長し。其の室を操《と》らんとす。時に惶急《こうきゅう》し、剣堅《かた》し。故に立ちどころに抜くべからず。荊軻、秦王を逐《お》う。秦王、柱を環《めぐ》りて走《に》ぐ。群臣、皆愕《おどろ》く。卒《にわか》に意《おも》わざること起れば、尽《ことごと》く其の度《ど》を失う。而《しか》も秦の法、群臣の殿上に侍する者、尺寸《せきすん》の兵も持つを得ず。諸郎中《ろうじゅう》、兵を執《と》るも、皆殿下に陳《なら》び、詔召《しょうしょう》あるに非ずんば、上《のぼ》るを得ず。急なる時に方《あた》り、下の兵を召すに及ばず。故を以て、荊軻、乃ち秦王を逐う。而《しか》も卒《つい》に惶急《こうきゅう》して、以て軻を撃つなくして、手を以て共にこれを搏《う》つ。是《こ》の時、侍医、夏無且《かむしょ》、其の奉ぜし所の薬嚢《やくのう》を以て、荊軻に提《なげう》つ。秦王、方《まさ》に柱を環《めぐ》りて走《に》ぐ。卒《つい》に惶急《こうきゅう》して、為《な》す所を知らず。左右、乃ち曰く、「王、剣を負《お》え」と。剣を負う。遂に抜きて以て荊軻を撃つ。其の左股《こ》を断つ。荊軻、廃《たお》る。乃ち其の匕首を引き、以て秦王に擿《なげう》つ。中《あた》らず。桐柱に中《あ》つ。秦王、復《ま》た軻を撃つ。軻、八創を被《こうむ》る。軻、自《みずか》ら事の就《な》らざるを知り、柱に倚《よ》りて笑う。箕踞《ききょ》して以て罵《ののし》りて曰く、「事の成らざりし所以《ゆえん》の者は、生きながらにしてこれを劫《おびやか》し、必ず約契《やくけい》を得て、以て太子に報ぜんと欲せしを以てなり」と。

秦王は荊軻にいった、「舞陽どののたずさえる地図をこれへ。」

軻が図をとりあげて、献上する。秦王は図をひらく。ひろげ終って、匕首《あいくち》があらわれた。すかさず左手で秦王の袖をとらえ、右手に匕首をとって、突きかかる。体までとどかない。秦王は驚いた。身を引いて立ちあがる。袖がちぎれた。剣を抜こうとする。剣が長すぎた。鞘《さや》をにぎりしめた。とっさにうろたえ、剣のすべりがわるい。だからすぐには抜けないのだ。荊軻が秦王を追う。秦王は柱をめぐって逃げる。家臣たちはみなギョッとしている。とつぜん思わぬ事態がおこったので、みな度《ど》を失っている。しかも、秦の法律では、殿上にひかえる家臣は、ほんの短い刃物も帯びてはならぬのだ。禁衛隊は武器を手にもっているが、みな宮殿の下にならび、天子のお召しがかからねば、殿上にのぼれない。しかも、急場のことで、殿下の兵をよぶ間もない。だから荊軻は、ここぞと秦王を追う。しかも、みなは結局うろたえて、荊軻を討つすべもなく、素手でなぐりかかる。

この時、侍医の夏無且《かむしょ》が、ささげ持つ薬嚢《やくのう》を荊軻めがけてなげつけた。秦王は柱をめぐって逃げるのに夢中だ。結局うろたえて、どうしてよいかわからぬ。側近のものがようやくいった、

「王さま、剣を背負われい。」

剣を背負った。こうして王は剣を抜きはなち、荊軻に斬りつけて、左のももをぶち斬った。

荊軻は、くずおれた。やっとのことで匕首を引きよせ、秦王になげつけた。あたらぬ。桐の柱にあたった。秦王はもう一ど軻に斬りつけた。軻は八か所に傷を負った。軻は事の失敗をさとり、柱によりかかって笑い、あぐらを組んで罵った、「うまくゆかなんだのは、王を生かしたままでおどしつけ、あくまで約定《じょう》をとりきめて、太子に報告しようとしたためだ。」

この一段の表現はみごとだ。緊迫感をもりあげる短い句法を中心とした、文章のリ

ズムに注意されたい。

於是左右既前殺軻。秦王不怡者良久。已而論功賞羣臣。及當坐者。各有差。而賜夏無且黄金二百溢。曰。無且愛我。乃以藥囊提荊軻也。

是《ここ》に於て、左右、既に前《すす》みて軻《か》を殺す。秦王、怡《よろこ》ばざる者良久《ことやや》し。已《すで》にして功を論じて群臣を賞し、及び坐に当る者、各《おの》おの差あり。而《しこ》うして夏無且《かむしょ》に黄金二百溢《いっ》〔鎰〕を賜いて、曰く、「無且《むしょ》、我を愛す。乃ち薬嚢を以て荊軻に提《なげう》てり」と。

そこで側近のものたちが進み出て、軻を殺した。

秦王の不快な思いはしばらくつづいた。やがて家臣たちに論功行賞があり、さらに責任を問われて罪にかかるものと、それぞれ差等がつけられた。そして、夏無且《かむしょ》には黄金二百鎰《いっ》（五千両）が下賜された。

「無且《むしょ》はわたしを愛してくれた。さればこそ薬嚢《やくのう》を荊軻になげつけたのだ。」

於是秦王大怒。益發兵詣趙。詔王翦軍以伐燕。十月而拔薊城。燕王喜・太子丹等。盡率其精兵。東保於遼東。秦將李信追擊燕王急。代王嘉乃遺燕王喜書曰。秦所以尤追燕急者。以太子丹故也。今王誠殺丹獻之秦王。秦王必解。而社稷幸得血食。其後李信追丹。丹匿衍水中。燕王乃使使斬太子丹。欲獻之秦。秦復進兵攻之。後五年。秦卒滅燕。虜燕王喜。其明年。秦幷天下。立號爲皇帝。

是《ここ》に於て、秦王、大いに怒り、益《ます》ます兵を発して趙に詣《いた》らしめ、王翦《おうせん》の軍に詔して以て燕《えん》を伐《う》たしむ。十月にして薊《けい》城を抜く。燕王喜《き》・太子丹《たん》等、尽《ことごと》く其の精兵を率《ひき》いて、東のかた遼東《りょうとう》に保つ。秦の将李《り》信《しん》、燕王を追撃すること急なり。代《だい》王嘉《か》、乃ち燕王喜《き》に書を遺《おく》りて曰く、「秦の尤《もっと》も燕を追うこと急なる所以《ゆえん》の者は、太子丹の故を以てなり。今、王、誠《も》し丹を殺してこれを秦王に献じなば、秦王、必ず解き、而《しこ》うして社稷《しゃしょく》は幸いに血食《けっしょく》するを得ん」と。其の後、李信《りしん》、丹を追い、丹、衍水《えんすい》の中に匿《かく》る。燕王、乃ち使いをして太子丹を斬らしめ、これを秦に献ぜんと欲す。秦、復《ま》た兵を進めてこれを攻む。後《のち》五年、秦は卒《つい》に燕を滅ぼし、燕王喜《き》を虜《とりこ》にす。其の明年、秦、天下を幷《あわ》せ、号を立てて皇帝と為《な》る。

いまや、秦王は大いに立腹し、いよいよ軍隊をくり出して趙におくり、王翦《おうせん》の軍に命じて燕を討たせた。十か月で燕の首都薊城《けいじょう》（今の北京附近）を攻略した。燕王の喜《き》と太子の丹らは、精鋭部隊をひきつれて、東のかた遼東《りょうとう》（遼寧《りょうねい》省東南境一帯）にたて燕王をきびしく追撃した。代王の嘉《か》——もと趙の王子、秦が趙王をとりこにしたので、一族をつれて代(河北省蔚県)にゆき王を名のる——が、燕王の喜《き》に書簡をおくってのべた、

「秦の国が燕をいままでになくきびしく追撃しますのは、太子丹のことがあるからです。いまもし王が丹を殺して、秦王に献上されますなら、秦王はきっと攻撃態勢をとき、貴国は滅亡のうきめをみずにすみましょう。」

「社《しゃ》」は土地神、「稷《しょく》」は穀物神、ともに国家の支配者が祭る神で、国家の象徴であるところから、国家そのものをも意味する。「血食《けっしょく》」とは生《なま》のいけにえをうけること。「社稷は幸いに血食するを得ん」とは、国家の祭事がつづけられる意。

その後、将軍李信《りしん》は丹を追撃した。丹は遼東を流れる衍水《えんすい》の中洲《なかす》に身をかくした。燕王はそこで使者を出して、太子の丹を斬らせ、秦に献上しようとしていた。巻六「始皇本紀《しこう》」や巻七十三「白起王翦列伝《はくきおうせん》」によると、燕の太子丹を斬ったのは秦軍であり、ここと一致しない。

秦はふたたび軍をすすめて燕を攻撃した。五年の後、秦はついに燕を滅ぼし、燕王の喜《き》を捕虜にした。

その翌年、秦は天下を統一して、あらたに称号をたてて皇帝となのった。

於是秦逐太子丹・荊軻之客。皆亡。高漸離變名姓。爲人庸保。匿作於宋子。久之。作苦。聞其家堂上客擊筑。傍偟不能去。毎出言曰。彼有善有不善。從者以告其主曰。彼庸乃知音。竊言是非。家丈人召。使前擊筑。一坐稱善賜酒。而高漸離念久隱。畏約無窮時。乃退出其裝匣中筑。與其善衣。更容貌而前。擧坐客皆驚。下與抗禮。以爲上客。使擊筑而歌。客無不流涕而去者。宋子傳客之。

是《ここ》に於て、秦、太子丹・荊軻の客を逐《お》う。皆亡《に》ぐ。高漸離《こうぜんり》、名姓を変え、人の庸《よう》保《ほ》と為《な》り、匿《かく》れて宋子《そうし》に作《さく》す。これを久しくして、作、苦し。其の家の堂上の客の筑《ちく》を撃《う》つを聞き、傍偟《ほうこう》して去る能わず。毎《つね》に言を出《い》だして曰く、「彼、善きあり、善からざるあり」と。従者、以て其の主に告げて曰く、「彼《か》の庸《よう》、乃ち音《おん》を知る。竊《ひそ》かに是非を言えり」と。家の丈人召し、前に筑を撃たしむ。一坐、善しと称して酒を賜う。而うして高漸離、久しく隠れて、畏約《いやく》すること窮《きわま》る時なきを念《おも》い、乃ち退きて其の装匣《そうこう》中の筑と其の善衣《ぜんい》とを出《い》だし、容貌を更《あらた》めて前《すす》む。坐客を挙げて皆驚く。下《くだ》りて与《とも》に抗礼《こうれい》し、以て上客《じょうかく》と為《な》し、筑を撃ちて歌わしむ。客、流涕《りゅうてい》して去らざる者なし。宋子《そうし》、伝えてこれを客とす。

帝国を宣言した秦は、太子丹と荊軻の一味を追及した。一味はみな逃走した。高漸《こうぜん》離《り》は姓名をかえ、よその家の傭い人となり、宋子《そうし》（趙領、河北省趙県の北方）に身をかくしてはたらいていた。「庸保《ようほ》」とは保証人をたててやとわれるもの。

ずいぶん日がたった。仕事につかれたころ、その家の奥座敷の客の筑《ちく》をかきならすのが聞こえ、その場を去りかねてゆきつもどりつするのだった。そしていつもつぶやいた、「あれはうまいところもある。まずいところもある。」「毎」はかきならされる一曲乃至一段ごとにという意か。

家来がそのことを主人に告げた、「あの奉公人は音楽がわかりますぜ。こっそり批評をしております。」

家のあるじは呼びよせて、目の前で筑を弾《ひ》かせた。その場にいたものはみんなうまいとほめたたえ、酒をたまわった。そして高漸離は、世をしのぶこと久しく、身のちぢまる思いの生活がはてしなくつづくことを考えた。そこで退出して、行李の中から筑と晴衣をとり出し、風采をあらためてあらわれた。居あわせた人たちはみな驚き、しも座について、かれと対等の礼をとり、上座の客とした。あらためて筑を弾き歌ってもらった。ひとりとして涙をみせずに帰るものはなかった。「畏約」（wei-yuek）は双声の擬態語、ちぢこまる形容。

宋子《そうし》の人人は、話を伝えきいて、つぎつぎにかれを客人として招待するのだった。

聞於秦始皇。秦始皇召見。人有識者。乃曰。高漸離也。秦皇帝惜其善擊筑。重赦之。乃矐其目。使擊筑。未嘗不稱善。稍益近之。高漸離乃以鉛置筑中。復進得近。擧筑扑秦皇帝。不中。於是遂誅高漸離。終身不復近諸侯之人。

秦《しん》の始《し》皇《こう》に聞《きこ》ゆ。秦の始皇、召見す。人、識《し》る者あり。乃ち曰く、「高漸離《こうぜんり》なり」と。秦の皇帝、其の善く筑を撃つを惜しみ、重《おも》んじてこれを赦《ゆる》し、乃ち其の目を矐《めしい》にす。筑を撃たしむるに、未だ嘗て善しと称せずんばあらず。稍《ようや》く益《ます》ますこれを近づく。高漸離、乃ち鉛《なまり》を以て筑中に置き、復《ま》た進みて近づくを得《え》、筑を挙げて秦の皇帝を扑《う》つ。中《あた》らず。是《ここ》に於て、遂に高漸離を誅《ちゅう》す。終身、復《ま》た諸侯の人を近づけず。

この評判が秦の始皇帝の耳に入った。始皇帝は召しよせて会った。高《こう》と顔み知りのものがおり、いった、「高漸離でございます。」

秦の皇帝はかれが筑を巧みに弾くのを惜しみ、大事にめをかけて罪をゆるし、そこで目をつぶしてしまった。一説に馬糞を燃やして煙で目をいぶしたのだという。

筑を弾かせてみると、いつだってその巧みさがお賞《ほ》めにあずかり、次第に皇帝のお側に近づくようになった。そこで高漸離は鉛のかたまりを筑の中にいれた。それからまた呼ばれてお側に近づくことができたとき、筑をふり上げて秦の皇帝にうってかかった。あたらない。ここに高漸離は処刑された。皇帝は生涯二度と諸侯に仕えたものを側近におかなかった。

魯句踐已聞荊軻之刺秦王。私曰。嗟乎。惜哉。其不講於刺劍之術也。甚矣。吾不知人也。曩者吾叱之。彼乃以我爲非人也。

魯句踐《ろこうせん》、已《すで》に荊軻《けいか》の秦王を刺せるを聞き、私《ひそ》かに曰く、「嗟乎《ああ》、惜しい哉《かな》、其の刺剣《しけん》の術を講ぜざるや。甚だしいかな、吾の人を知らざるや。曩者《さきごろ》、吾これを叱《しっ》せり。彼、乃ち我を以て人に非ずと為《な》せるならん」と。

魯句践《ろこうせん》、かつて荊軻とばくちをうち、争ってどなりつけたあの魯句践は、荊軻が秦王を刺そうとしたことをきくと、ひとりつぶやいた、「ああ、惜しかった、あの男が居合の術を会得《えとく》していたらな。ひどいざまさ、俺に人を見る目のないことといったら。むかし俺はやつにどなりつけた。やつの方じゃ、俺を犬畜生のように思っていたろうな。」

太史公曰。世言荊軻。其稱太子丹之命。天雨粟。馬生角也。太過。又言。荊軻傷秦王。皆非也。始公孫季功・董生與夏無且游。具知其事。爲余道之如是。自曹沫至荊軻五人。此其義或成。或不成。然其立意較然。不欺其志。名垂後世。豈妄也哉。

太史《たいし》公《こう》曰く、世に荊軻《けいか》を言うに、其の太子丹《たん》の命《めい》を称し、天、粟《ぞく》を雨《ふ》らし、馬、角《つの》を生ずるなり、と。太《はなは》だ過《あやま》てり。又《ま》た言う、荊軻、秦王を傷つく、と。皆非なり。始め公孫季功《こうそんきこう》・董生《とうせい》、夏無且《かむしょ》と游《まじわ》り、具《つぶさ》に其の事を知り、余の為《ため》にこれを道《い》うこと是の如し。曹沫《そうかい》より荊軻《けいか》に至る五人、此《こ》れ其の義或いは成り、或いは成らず。然れども其の意を立つること較然《こうぜん》として、其の志を欺《あざむ》かず。名、後世に垂る。豈《あ》に妄《もう》ならんや。

太史公のことば――

世間では荊軻のことを口にするとき、太子丹がうけた天命をたたえ、それで天は米を降らし、馬に角《つの》が生えたのだというが、ひどいまちがいだ。また荊軻は秦王に傷を負《お》わせたというが、どちらもそうではない。

わたくしの知人である公孫季功《こうそんきこう》と董生《とうせい》は、かつて侍医の夏無且《かむしょ》と交際があり、こまかにあの事件を知っており、わたくしに以上のべたような物語をしてくれたのである。

曹沫《そうかい》から荊軻に至るまでの五人の刺客は、あるものはその義侠の行為に成功し、あるものは成功しなかった。しかし、いずれも一度きめたことはあいまいにせず、おのれの意志をうらぎることはなかった。かくて名を後世に伝えたのである。どうしてこれが無意味なことであろうか。

「太子丹《たん》の命《めい》」とは、太子が天から与えられた使命あるいは運命をいう。秦に人質となった太子丹が、秦王から帰国を許す条件として五つの難題――太陽が一日のうちに二度中天にのぼること、天から「粟《ぞく》」すなわちもみをとった米が降ること、烏《からす》の頭が白くなること、馬に角《つの》がはえること、くりやの入口の木像に肉づきの足がはえること――を出され、その奇蹟が実現するという説話が、漢の王充《おうじゅう》（二七―一〇〇）の『論《ろん》衡《こう》』巻五感虚篇や応劭《おうしょう》の『風俗通』巻二などに見える。こうした超自然の説話は、司馬遷が扱った人物について数多く語られていたはずだが、それらを否定排除して、正しい伝記をつたえるのがかれの使命であった。

「荊軻は秦王に傷を負わせた」という誤伝の否定もおもしろい。悲劇の英雄に同情する人人の心が、せめてその悲運の一部を救おうとして、「秦王に傷を負わせた」と、事実をまげさせる。司馬遷はそれをも排除しようとつとめたのである。歴史家司馬遷は、なによりも事実を重んじた。逆説のようだが、それはかれのドラマツルギーでもあったのである。

なお、「刺客列伝」について一こと附言しておかねばならない。それは列伝中におけるこの一篇の位置についてである。戦国期の人物の伝記では、この一篇はその最末尾におかれている。いわば「刺客列伝」は戦国部分の跋《ばつ》のやくわりをにない、ここに久しくつづいた戦国期の無秩序状態に終止符がうたれ、秦の統一が実現することを、これは示すかのようである。

解説　『史記』における人間描写

田中謙二

われわれは、『史記』を読んでいると、一たいどれだけの部分がほんとうに司馬遷のものであるのか、という疑惑にかられる。こころみに、戦国期の列伝などを『戦国策』と対校すると、その幾篇かではわずかな異同しか指摘しえない。それはちょうど、班固《はんこ》（三二—九二）が編纂した前漢の歴史『漢書《かんじょ》』の、武帝朝にいたるまでの部分の、『史記』との関係にも似ている。『漢書』のそれらの部分でも、単に事実だけではなく、叙述表現までが『史記』のそれを全面的におそうて、一見『漢書』自体の個性を見失いそうである。だが、両者の文章をくわしく比較すると、班固と司馬遷との間には、やはり明確な境界線が横たわっている。そこに見られる差違こそは、それぞれの編者が立って歴史を書く位置の差違にもとづくであろう。いわば、単に漢一朝の歴史を記録する立場と、永遠の人間の典型を描く立場との差違にほかならない。

だから『史記』を『漢書』と比較することによっても、『史記』という書物の性格を把握することは可能である。だが、それはやはりなによりも『漢書』の武帝朝までの部分で、どれだけがほんとうに班固のものであるかを知るのに役だつこと、いうまでもない。

それとは反対に、もしも、『史記』が編まれたとき、司馬遷がそれ以前の文献をどのように利用したかということを知りうるなら、なんとすばらしいではないか。二千年前に書かれたこの偉大な著述における作者の秘密の部屋をのぞきうるからだ。それにそのことは決して不可能でもない。『漢書』（巻六十二）司馬遷伝の論賛には、春秋期については、左丘明が孔子の『春秋』を敷衍《ふえん》し、また『国語』をも著わしたほか、『世本《せほん》』という書が帝王諸侯の出処を明らかにし、さらに戦国期については『戦国策』、秦末より漢の天下統一までについては『楚漢春秋』があることを叙《の》べたあとでいう、

　だから司馬遷は左氏の『国語』に拠り、『世本』『戦国策』を採り、『楚漢春秋』を敷衍して、かれらの残したしごとをひきついだ。

ここに挙げられた文献の一半はすでに亡佚《ぼういつ》したが、幸いにも『国語』と『戦国策』とは現存している。また、自明のこととして特記こそされないが、現存する経書の類――『尚書（書経）』『毛詩（詩経）』『春秋』およびその三伝などが利用されていることも、確かである。とすれば、われわれの目的を遂行するのに最も好適な対象は、

『国語』『左伝』という、二種のまとまって価値高い資料が現存する、本冊関係の諸篇である。

まず本冊に収めた「晋世家」のお家騒動を採りあげて、『左伝』および『国語』と比較し、司馬遷がそれらをどのように利用しているかを、うかがってみよう。

世のお家騒動の多くがそうであるように、晋のそれにも、根本原因をなすものとして一人の女性が登場する。第十九代の献公は、即位後の五年（BC六七二）に西戎《じゅう》の一部族――驪戎《りじゅう》を征服して、首長のむすめ姉妹――驪姫《りき》とその妹を妻にした。まもなく驪姫には奚斉《けいせい》、その妹には悼子《とうし》という、いずれも男の子が生まれた。当時、献公には亡妻斉姜《せいきょう》との間にもうけた申生《しんせい》という太子があった。また大戎《たいじゅう》出身の狐姫との間に重耳《ちょうじ》、その妹との間に夷吾《いご》という、いずれ劣らぬ俊秀の三児もあったし、異腹の王子もなお五人いた。

しかし、驪姫をえた献公は、専らかの女に寵愛を集中した。したがって、かの女が生んだ奚斉は眼の中に入れても痛くない存在であり、いつしかかれに太子廃立の意向がめばえていた。そのための工作として、まず太子の申生を先祖の出身地である曲沃《きょくよく》に置き、他の二王子をもそれぞれ辺境の領主に任命して、みな体よく中央より放逐した。即位後十二年（BC六六五）のことである。さらにかれは、狄《てき》の部族を討伐する際には、大臣たちの反対をおしきって、太子の申生を統帥として派遣した。以上の処置は、「晋世家」による限り、みな献公自身の意志として進められ、驪姫の工作はなに一つなかったかのように描かれている。

ところが、献公の十九年（ＢＣ六五八）に至ると、驪姫の意図はようやくあらわになる。「晋世家」（九二ページ参照）にはいう、

献公、私《ひそ》かに驪姫に謂《い》いて曰く、「吾、太子を廃し、奚斉を以てこれに代えんと欲す」と。驪姫、泣いて曰く、「太子の立たんことは、諸侯、皆已にこれを知れり。而も数《しば》しば兵に将たりて、百姓これに附く。奈何《いかん》ぞ賤妾の故を以て、適〔嫡〕を廃して庶を立てんとするや。君必ずこれを行わば、妾、自殺せん」と。驪姫、詳《いつわ》〔佯〕りて太子を誉むるも、而も陰《ひそ》かに人をして太子を譖悪《しんあく》せしめて、其の子を立てんと欲す。

驪姫《りき》の工作は、司馬遷のもとづいた資料によれば、実はこのとき始まったのではない。『左伝』（荘公二十八年）によると、かの女は献公の側近の茶坊主——梁五《りょうご》と東関《とうかん》五《ご》にわいろを贈り、『史記』が献公の意志とする前記三王子追放の件を勧告させている。また、『国語』（晋語一）によると、優施《ゆうし》（優は一種の俳優）と密通するかの女が、

わが子を立てる計画について早くから知恵を借り、中生の性格の弱点を利用するように教えられ、そこで『左伝』に見える茶坊主を介しての勧告の実行にうつる。さらに、『国語』の十六年の条には、優施にそそのかされて、寝ものがたりに献公をくどく一段が見える。

優施のいれ智恵で、驪姫は夜なかに泣いていった、「なんでも中生さまは博愛を好んでお気がつよく、とても寛大で民に情けをかけられるそうです。これもみな民を動かそう下心です。いま、殿があたくしに眼くらんで、きっと国を台なしになさるというお考えなのでしょう。お国大事を理由に、殿に対して強気に出られますと、殿が天寿を全うせずにおかくれあそばすこともないとは申せません。殿、いったいどうなさいますの。なぜあたくしを殺されません。ひとりの妾《おんな》のためにおおぜいの民を台なしにはなさらずに。」

これは寝ものがたりの、ごく冒頭の部分にすぎない。血縁のきずなをより信じて疑わぬ献公は、驪姫のことばを否定しつつ、ふたりの問答はなおながながと続く。その問答は驪姫によって終始リードされ、太子に殺されぬうち政権を譲れという驪姫の意見には従わぬ献公も、結局、太子を東山討伐の危険に追いやるのである。だが、ながながと展開される驪姫の理屈っぽい話は、優施のいれ知恵だとはいえ、異族出身の女性である驪姫との間に、なにか違和感を覚えさせる。それはむしろ議論とよぶにふさわしく、少なくとも寝ものがたり的ではない。歴史を動かすほどの、妖艶多情の女性のことばとして、ここで必要なのは、「なぜあたくしを殺されません（盍《なん》ぞ我を殺さざる）」というヒステリックな殺し文句だけである。これは実現されることなど決してないどころか、かえってあいての愛情を激しく揺さぶる効果まで計算されたことばである。また、「ひとりの妾《おんな》のためにおおぜいの民を台なしにはなさらずに（一妾をもって百姓を乱す無《なか》れ）」という、国民とじぶんをはかりにかける考えからして、すでにかの女に適わしくなかろう。このような材料を利用しつつ、『史記』の編者はあらためて驪姫のせりふを書きかえた、とおもわれる。まことに、それはお家騒動の震源たるにふさわしい、いかにも現実に生きる人間のせりふである。それは明らかに『国語』の文章の影響をうけている。しかし、あらためて両者を比較すると、そこには一つの本質的な差違が指摘される。『国語』では、驪姫が太子をあからさまに中傷しているのに、『史記』では、ことばの表面では太子をかばい、かの女が非難するのはむしろ献公の処置である。献公に対して太子を中傷する驪姫と、献公のまえであくまで仮面を装う驪姫とでは、はたしてどちらが毒婦たるにふさわしいか。答えはいうまでもない。このように、驪姫をお家騒動の震源にふさわしい、いかにも現実に生きる人間らしく描く『史記』の方向は、つぎのクライマックス（九三ページ）に至って、いよいよ顕著となる。

二十一年、驪姫《りき》、太子に謂《い》いて曰く、「君、夢に斉姜《せいきょう》を見る。太子、速かに曲沃に祭り、釐《き》を君に帰《おく》れ」と。太子、是に於て其の母斉姜を曲沃に祭り、其の薦胙《せんそ》を献公に上《たてまつ》る。献公、時に出猟す。胙《そ》を宮中に置く。驪姫、人をして毒薬を胙中に置かしむ。居ること二日、献公、猟より来たり還る。宰人《さいじん》、胙《そ》を献公に上《たてまつ》る。献公、これを饗《う》けんと欲す。驪姫、旁よりこれを止めて曰く、「胙の従《よ》りて来たる所や遠し。宜《よろ》しくこれを試むべし」と。地を祭るに、地墳《うごも》つ。犬に与うるに、犬死す。小臣に与うるに、小臣死す。

これは驪姫が巧みに策謀し、太子申生が父の毒殺をはかったようにして、かれを窮地に陥れる一段である。この一段については、幸いにも『左伝』（僖公四年）と『国語』（晋語二）の双方に、司馬遷がもとづいた記事が見え、比較にたいそう便利である。いま、両者の問題になる個所を挙げておく。

公が狩りにゆかれた。妃はこれを宮廷においた。六日ののち公が帰着された。毒をもって献上した。公は（酒をそそいで）地神の祭りをされた。地めんがふきあがった。犬にやると犬が死んだ。茶坊主にあたえると、茶坊主も死んだ。（左伝）

公が狩りにゆかれた。驪姫は供物をうけとると、鴆《ちん》毒を酒にもり、堇《きん》毒を肉にもった。公が帰着された。申生をよんで献上させた。公が（酒をそそいで）地神を祭ると、地めんがふきあがった。おそれた申生は外に出た。驪姫が犬に肉をやると、犬が死んだ。茶坊主に酒をのませると、やはり死んだ。（国語）

これらの記載を『史記』の文章と比較すると、われわれはその後半の部分に、二つの相違点を発見する。その一つは、供物に対して毒あらための必要を説く驪姫のせりふは、『史記』に至ってはじめて挿入されたこと。その二つは、地上に酒をそそいで地神を祭る「祭地」という行為は、したがって『史記』では毒あらための方法としての役わりを担っていること。

献公があわや毒いり供物をいただこうとする際のせりふの挿入は、まことに的確な布石である。すでに緊迫した空気は、ただちに毒あらための段階に入ることによってますます緊迫を加える。また、「祭地」のほうは、もともと毒あらためとはまったく無関係の行為で、一種の儀礼にすぎない。『左伝』と『国語』の場合も、実は供物をいただくまえの儀礼として酒が地上にそそがれた。ところが、たまたま地上が沸騰したことから毒いりの疑惑が生じ、そこで二重の正式な毒あらためが採用された。しかも司馬遷は、がんらい儀礼にすぎないこの「祭地」の手続きまでも、毒あらための段階にくり入れた。こうして毒あらためは三段階を構成し、かれ独特の表現を用いて、満座かたずをのむ雰囲気をもりあげたのである。

　祭地。地墳。与犬。犬死。与小臣。小臣死。——ji di, di pen. yü qüan, qüan si. yü xiao-chen, xiao-chen si.

簡素ではあるが、これは中国語の特徴を万全に活用した表現である。

そこで、もう一度『国語』の表現をふり返ろう。そこでは、ごていねいにも供物を区別して肉と酒とに分かち、毒薬についても鴆《ちん》と堇《きん》とを使いわけて、犬には肉をあたえ茶坊主には酒を飲ませる。だが、事態を正確に伝えるための細かな詮索も、一直線をなす事態の流動を反って阻害し、歴史としての真実を期したはずの『国語』の文章が、いわば文学としての真実をめざす『史記』の表現にはるかに及ばぬ、という結果をもたらす。それに『国語』では、有毒の疑惑が生じた最初の段階で、早くも太子申生を退場させている。勿論そのような演出法もあってよいし、事実もそうであったかもしれない。だがそれは、いましもり上がる事態のかもす緊迫感をぶちこわすものでしかない、とわたくしにはおもわれる。

われわれはさらに、右に続く「晋世家」の一段に読みすすもう。

驪姫、泣きて曰く、「太子、何ぞ忍なるや。其の父なるに弑《しい》してこれに代らんと欲す。況《いわ》んや他人をや。且つ君は老いたり。旦暮《たんぼ》の人なるに、曽《な》お待つ能わずして、これを弑せんと欲す」と。献公に謂いて曰く、「太子の然る所以《ゆえん》の者は、妾及び奚斉《けいせい》の故を以てに過ぎざるのみ。妾、願わくは、子母して他国に辟《さ》〔避〕くるか、若《も》しくは早く自殺せん。徒《いたず》らに母子をして太子の魚肉とする所と為《な》らしむる毋《なか》れ。始め君これを廃せんと欲せり。妾、猶《な》おこれを恨みて今に至れば、妾、殊に此《ここ》に自失す」と。

この部分に相当する前代の記載のうち、『左伝』にはつぎのごとくあって、比較の対象にならない。

驪姫は泣いていった。「犯人（または犯罪）は太子さまのさしがねです」（僖公四年）。

『国語』はどうであろうか。毒あらための結果、献公は太子の養育係り杜原款《とげんかん》を殺して、太子自身は所領の新城に逃げ帰る。杜原款の遺言をつたえられた太子は、ある人の亡命勧告をも退けて、みずから孝道をつらぬくために、首都に赴いて君命を待つ。ただ、『国語』に見えるその時の驪姫のせりふは、右の『史記』の文章に少なからぬ影響をあたえたようである。

驪姫は申生にあい、声をあげて泣きながらいった、「さっさと首でも吊っておしまいなさい。父うえがおられますのに、むごいしうち。ましてこれがご家来衆なら。父うえにむごいしうちをしておいて、人に好かれようたって誰が好くもんですか。人を殺してうまいことしようたって、誰がうまいことさせるもんですか。みな民に憎まれることばかりです。これじゃ長生きはむりですわ。」

ここで『史記』に影響をあたえたといったのは、いうまでもなく「父うえがおられますのに、むごいしうち。ましてこれがご家来衆なら（父ありてこれに忍《むご》し、況《いわ》んや国人をや）」である。ただ、その「国人」（ご家来衆）を「他人」におき換えた操作は、うかつに読めば看過されるほどに、微細な差違である。だが、ここに司馬遷の人間を描く態度が圧縮されている。みずからをも含むというより、むしろみずからを中心とする「他人」は、より公的で、いかにも『国語』的なことば「国人」よりは、お家騒動の震源たる女性のせりふとして、はるかに適わしくおもわれる。しかも、これに続くせりふこそ、もしかすると他に拠るところがあったかもしれぬが、またなんと生まましいせりふであろうか。わけても、太子が退出したあとの独白らしいせりふが、「あすをも知れぬお人（旦暮の人）」献公の眼のまえで吐かれていることは、献公に与える効果をも十二分に計算した、これは名せりふというに値いしないか。

さてわれわれは、「晋世家」の一段を原拠と信ぜられる『左伝』や『国語』と比較することにより、人間描写における司馬遷の特徴をほぼ把握しえた。つまり、かれは対象をより真実らしくしたてるため、つねに現実の面における人間像を追究し、それを理想化して描こうとは決してしない。しばしば、人間の言動や事態の忠実な記述、いわば歴史的真実を伝えるよりも、文学的真実をうつしとり、それらを強調して印象づけようとする。だから『左伝』や『国語』などの既成の材料を前にして、消極的には、それらのうちからかれの目的に適合したもののみを選択する。それらの記載者が歴史の形をかりて、実は思想とか道徳とかをのべようとして、なにがしか理想化して描きあげた人間像を、檀上から同じ平面にひきおろし、その思想とか道徳とかの衣裳を容赦なく剝奪して、真にありうべき人間のごとくに描くのである。また積極的には、やはりかれの目的を遂行するために、かなり大胆な書きかえを敢行して、しばしば創作に近い工作をなしとげている。以下、わたくしはさらに他の例について、資料の選択と書きかえに見られる司馬遷の人間描写の写実的態度をたしかめることにしよう。

まず前者の、資料の選択における写実については、ふたたび「晋世家」の一段を採りあげよう。祖国を逐《お》われた重耳《ちょうじ》が、亡命の旅路のはてに楚より秦に迎えられた時のことである。そのころ祖国では、かれを出し抜いていち早く帰国のうえ即位した異母弟の夷吾《いご》（恵公）も亡くなり、むすこの子圉《しぎょ》（懐公）が王位にあった。かれは、父の恵公が秦の援助のもとに帰国した時、人質として秦に残されていた。父の重体を知ったかれは、急いで秦より脱出して帰国した。そのときかれは、亡命中に妻としてあてがわれた秦の王女に同行を促したが、かの女は君命に背くことを恐れて、これを拒絶した。このあたりの「晋世家」（一三五ページ）がもとづく記事は『左伝』（僖公二十二年）に見えるが、どうしたことか、『国語』には見あたらない。

ところで、秦に迎えられた重耳が、やはり繆《ぼく》公よりおくられた五人の女のなかに、子圉のかつての妻――懐嬴《かいえい》がまじっていた。『左伝』（僖公二十三年）は、かの女について一つのエピソードを掲げている。あるとき手を洗う重耳の揮《ふる》うた水滴が、水さしを捧げる懐嬴にふりかかった。かの女は、「秦と晋とは対等の国なのに、なぜわたくしをさげすまれますか」と怒った。驚いた重耳は上衣をぬいで罪人のさまをまねて詫びた。『左伝』の記載は簡潔で理解に苦しむ点もあるが、注釈家の説によると、懐嬴は繆公嫡出の王女であるため、少なからぬプライドをもっていたという。しかし、『左伝』はこのエピソードを掲げるだけで、子《し》圉《ぎょ》のかつての妻を重耳におくったことから当然予想される摩擦については、全くふれていない。『左伝』に関する限り、秦がおくった五人の女のうちに懐嬴も加わっていたことは、ただ読者にだけ教えられて、当の重耳は知らないのである。

ところが、『国語』(晋語四)では、やはり予想された摩擦の発生に言及している。『左伝』に見える右の事件を表現もほとんどそのまま掲げたあと、秦の繆公が、かの女は特に才気に富む嫡出の王女であるため、子圉の妻ではあったが五人に加えたこと、そのために重耳を辱ずかしめる結果をまねいたことなどをのべて詫びる。そして、あらためてかの女を受納してくれるように要請する。重耳は一たんこの申し出を拒絶しようとしたが、三人の従者の意見を容れて結局は受諾する。このとき三人の従者は、それぞれ異なる観点から、いずれも懐嬴を受けいれるように勧告した。まず第一の司《し》空《くう》季《き》子《し》(胥臣臼季《しょしんきゅうき》)は、古代の例を引用して、徳を同じうし、心を同じうし、志を同じうするものは、血縁的にはたとえ遠くても婚姻関係を結ばぬという。このように、血液よりも精神の近接を重視する立場から、実の甥である子圉も無縁のひと同然であり、かつての妻をめとることもなんら支障がない、というのである。

いま、あなたは子圉さまに対しては、行きずりの人です。かれが棄てたものを妻にして大事を成就する。それもいいじゃありませんか。

ここでも、『国語』に特徴的なくどい議論が、以下ながながと展開されている。第二の子犯《しはん》（狐偃《こえん》）の意見は、はなはだ簡単だから、全文を挙げておこう。

これからその国を奪おうというのに、妻ぐらいかまうことがありますか。秦のいいつけどおりにするものですよ。

ここで蛇足を加えるなら、子犯がこのような意見をのべたについては、その根底に、子圉に対する深い憎悪が横たわっていたことが、想像される。秦から脱出して帰国した子圉は、秦が重耳の帰国に援助をあたえようとしていることを知り、重耳の亡命に随行する子犯――狐偃とその弟狐毛《こもう》らの父である狐突を殺害したからである。そのことは、『左伝』（僖公二十三年）に見え、それにもとづく記事が『史記』（一三八ページ）にも見える。

第三の子余《しよ》（趙衰《ちようさい》）の意見は、つぎのとおりである。他人に依頼するには他人の意見に従い、他人に愛されたければ他人を愛し、他人を従わせるためには他人に従う、という礼《らい》の記載を引用したあとで、かれはいう。

いま、婚姻関係を結んで秦のいうことをきこうというのです。（秦が）愛好するものを愛し、いうことをきいて有難くおもい、それでもまだ至らぬのでないかと心配するものです。いまさら躊躇なさることはありません。

以上が『国語』に見える三人の随行者の意見である。これらの材料を前にした司馬遷が、子圉のかつての妻を重耳にあたえたことを問題にせぬはずはない。なぜなら、かれは「晋世家」のこれまでの段階にあっても、重耳の亡命先における女性関係は、洩れなく収録して来た。重耳だけではない。異母弟の夷吾や甥の子圉のそれをも、かれは決して書き忘れはしなかった。しかも、それらの原拠は、時としては『左伝』のみに、時としては『国語』のみに、或いはその双方にというように、あちこちに散在している。おそらく、それを記すことによって、歴史を動かす人間の生活が一そう立体感を具える、とかれは考えたのであろう。

前の部分ですでに子圉《しぎょ》とその妻との別離を描いた司馬遷は、だからここで重耳とかつての子圉の妻との一件を収録しなければならなかった。だが、重耳の生涯を平均した密度で叙べる「晋世家」には、これら三人の従者の意見の全部を引用することは許されない。おそらくは、かれらの意見の一つを記録すれば事足りると、司馬遷は考えたのであろう。

そこで、三つの意見について考えてみる。まず第一の意見は、一つの思想ともいうべき大議論であって、或いはこれに対立する見解も十分ありうる。また、第三の常識的な意見は、なにびとの共感をもえられそうではあるが、「妻」とか「女性」とかに焦点を合わせるかぎり、よほど消極的な意見だといえよう。要するに、これらの二説は、人間の行為をすべて理想化しようとするものの机上の論でしかない。第二の意見の、狐偃自身の怨恨にもとづくでもあろう、まことにあらあらしい、だが人間の現実感覚に訴える力の最も強烈な意見のまえに、それらは屈服せざるをえないだろう。「晋世家」（一六〇ページ）にはいう。

繆公《ぼくこう》、宗女五人を以て重耳に妻《めあ》わす。故《もと》の子圉の妻も与《とも》に往く。重耳、受くるを欲せず。司空季子曰く、「其の国すら且つ伐《う》つ、況《いわ》んや其の故《もと》の妻をや。且《しばら》く受け、以て秦の親を結びて入らんことを求めよ。子、乃ち小礼に拘《かかわ》りて大醜を忘るるか」と。遂に受く。

ただし、この文章で子犯を司空季子にあらためたのは、司馬遷のミスと見てもよかろう。既述のように、このあらあらしい発言は子犯にふさわしく思われるからである。

つぎに、後者の書きかえに見られる写実については、巻三十二「斉太公世家《せいたいこうせいか》」の中の一段を挙げよう。

懿《い》公の四年春のことである。かつて懿公が若君だったころ、丙戎《へいじゅう》の父と猟をやり、獲物争いで負けた。やがて即位したとき、丙戎の父の足を断《た》ち、しかも丙戎を馭者《ぎょしゃ》にした。庸職《ようしょく》の妻は美人だった。懿公はかの女を宮中にむかえ、庸職を陪乗者にさせた。五月、懿公は申池《しんち》（首都の南門申門外にある名勝地）に遊んだ。二人は水浴して戯《たわ》むれ、職は「足切られの子」といい、戎は「女房取られ」といった。二人はどちらもこのことばを苦にし、そこで怨んだ。相談して、懿公と竹林に遊んだ。二人は懿公を車のうえで殺し、竹林のなかに棄てて逃げ去った。

これは春秋期にありがちな弑逆事件の一つである。のちの六朝期に頻発する弑逆事件が、ほとんど政治的野望に因って起こり、したがってより公的な色彩をもつのとは対照的に、春秋期のはむしろ私的な事件に属する。その原因も、君主に妻を奪われた臣下の怨恨といったケースが意外に多い（二二三―四および二六六―七ページ参照）。だから、これらの弑逆事件にもお家騒動と同じように、主役として最も生地《きじ》のあらわな人間が活躍し、それを叙述する司馬遷の筆は、やはり突如として熱をおびるかにみえる。

ところで、右の事件はすでに『左伝』（文公十八年）に見えている。

斉の懿公《いこう》が若君のころ、丙歜《へいしょく》の父と狩りで獲物争いをやって負けた。王位につくと、いまは亡きあいての遺骸を掘り出して足斬りにし、しかも丙歜を馭者にした。閻職《えんしょく》の妻をそばめに迎え、しかも閻職を陪乗者にさせた。夏の五月、懿公は申池《しんち》に遊び、二人は池で水浴した。歜《しょく》は鞭で職を打ったので、職が怒った。歜はいった、「人に女房をね取られて怒らなんだやつが、ちょいと打ったぐらいで、歎くことはあるまい。」職はいった、「おやじを足斬りされながら、苦にするかい性もないやつとではどうだい。」そこで相談して懿公を殺し、竹林にかくして帰り、乾杯してたち去った。

その前半の、懿公じしんが暗殺の原因をつくる部分では、僅かに人名の異同（発音が相似する）と、足を切られたのが死体であることのほか、ほとんど内容に変りはない。ところが後半に至ると、『史記』の方が『左伝』よりも使用字数が少なく、叙述にも若干の差違が見られる。

概していえば、少なくとも暗殺を計画するまでの段階では、『左伝』のほうがより論理的だといえよう。ふがいない男ふたりが、主人のお供をして水浴に出かけ、何かが原因でささやかな喧嘩が起きる。馭者はかれの持ちものの鞭で陪乗者を打ち、当然のこととしてあいてが怒る。そこで馭者は毒舌をあびせ、あいても負けずに言いかえす。事件のはこびはまことに自然である。これに対して、『史記』の叙述は一見飛躍的である。「戯れ」に始まる事件の発端は、戯れゆえに問うべき理由もない。だが、たちまち冗談にしてはあくどすぎる「足切られの子」（断足子）と「女房取られ」（奪妻者）という罵倒が交され、読者はまず抵抗なしに読み進めまい。これを『左伝』に比べると、実はその差違は少なくない。『左伝』の問答は、それぞれの状態を説明した対話であるが、『史記』のほうは、かれらの状態が凝縮された呼称におき換えられている。すこし想像を逞しくすれば、文言である「断足子」「奪妻者」は、そのとき実際に吐かれた同義の口語を逆に飜訳したものではなかろうか。とすれば、せいぜい三音までの口調のよい呼称であったろう。つまり「奪妻者」のほうは現代語の「王八《ワンバ》

（蛋《ダン》）」やフランス語の「コキュー」“cocu”のように、意味するところは同じでもまったく別個のあだなではなかったか。そして、それにつりあわせるために、特殊なケースである「断足子」という呼称をむりに作成したのではあるまいか。それが考えすぎだとしても、あだな的な呼称であるからには、それらは一回性のものでない。あだなの象徴性・凝縮性は一しお痛烈にふたりの胸を突き刺したとおもわれる。だから、冗談半分にあだなを呼びかわしていた二人は、突然「このことばを苦にし（病）た」。その屈辱は、足切られの子、妻を寝とられた男であるというだけではない。足を切り妻を寝とった当の犯人に、みずからはおめおめと使われている、という二重の屈辱にいまさら気づいた二人である。そこで、はじめて「怨」みの念が勃然と湧く。『左伝』では直ちに二人が暗殺を「謀」ると記し、この点はかえって飛躍を覚えさせる。『史記』ではわざわざ「怨」の字を加えることによって、怨憎の念を湧かせることのあまりに遅い二人の男のふがいなさを強調する。しかし、あだな的呼称でよびあった二人は、ここでまず面前のあいてに対する憎悪ないし怒りを覚えたはずである。それを記していないことが、やはり一つの飛躍を覚えさせずにはおかない。が実は、互いの呼称に対する怒りは、その呼称を口にした面前のあいてに対してよりも、より多くみずからの内に向かって発せられた。かくて、ふたりは「このことばを苦にし」、はじめて真の対象にむかって怨みの念を燃えたたせたのである。

この弑逆事件の特徴は、原因が他の場合と同じであっても、この事件は起こるべくして起こったのではない、という点にある。といえば誤解をまねくおそれもあろう。つまり、父の足を切られ妻を奪われたふたりの憎悪怨恨が、徐徐に醸成されて復仇の決行を促したというのではない。かれらは憎悪するどころか、みずからの力によらないで馭者や陪乗者というけっこうな地位についたことをむしろ喜んでいた。そのまことにふがいない男たちが、ふとした動機で突発的に憎悪の念を燃やし、突発的に復仇を決行した。相互がかんばしからぬあだなで呼ばれるまで憎悪を起こさなかったところに、すでに常識的な論理の否定がある。そのような突発的事件を描くには、『史記』の一見飛躍のあるがごとき叙述こそ、この事件をより真実らしく、また印象深いものに作りあげた、とおもう。司馬遷はおそらく、この弑逆事件の細部を描く過程で、文学的真実により忠誠をささげるために、歴史的真実の無視を犯しているだろう。だが、さらに慎重を期する観点からすれば、かれは今日のわれわれが知ることのできない他の資料に拠ったのであるかもしれない。とすれば、右の例はむしろ前項に属することになる。わたくしはさらに、人間描写における真実への肉薄のための、書きかえによる一種の創作を、これも本冊に収めた巻六十六「伍子胥列伝」のうちに指摘しておこう。

伍子胥《ごししょ》つまり伍員《ごうん》は、司馬遷が最も深い共感と同情をいだき、さればこそ、最も冷酷な筆をもって描いた対象——かの悲運の英雄群の一人である。この悲運の英雄の生涯を語る一篇には、理性では否定しながら現実にはどうしても抑制することのできない、人間の「怨毒」のあらしがすさまじく吹き荒れていることは、すでに説いた（まえがき三九—四五ページ）。わたくしがここで問題にするのは、その後半の部分である。呉の重臣らが越王（句践《こうせん》）のわいろに目くらむ中で、伍員はただひとりひたむきの忠誠に駆られて、越の絶滅を勧告してやまない。われわれはそれを『史記』がもとづいた『左伝』の記事に求めておこう。まず、哀公元年の条にはつぎのごとく見える。

呉王の夫差《ふさ》が越を夫椒《ふしょう》でやぶった。携李《けいり》の戦いに復讐したのである。勢いをかって越に侵入した。越王は部隊五千をつれて会稽山にたてこもり、家老の種《しょう》に命じて、呉の宰相嚭《ひ》を通じて講和を結ばせようとした。呉王が許そうとすると、伍員がいった、「いけません。恩徳を樹立するのはさかんなほどよく、病気をのぞくのは、根絶やしにかぎるとか申します。むかし、過《か》の国の澆《ぎょう》が斟灌《しんかん》を殺して斟鄩《しんじん》を討ち、夏《か》のきみ相《しょう》を滅ぼしたとき、おりしも妊娠中の妃の緡《びん》さまは、排水口から脱出し、仍《じょう》に帰って少康を生みました。少康は仍《じょう》の牧畜主任となり、澆をにくみつつ十分警戒していました。澆が椒《しょう》に少康の捜索を命じたので虞《ぐ》にのがれ、コック長になって危害を避けました。虞のきみ思はそこで二人の娘を妻にやり、綸《りん》の領主にとりたて、十里四方の田地と五百人の兵隊をもちました。徳政をしき、復仇計画をおこし、かつて夏に仕えたものをあつめて官職をさずけ、女艾《じょがい》に澆を偵察させ、季杼《きじょ》に命じて澆の弟豷《き》をおびきよせて、過および兄弟国の戈《か》を滅ぼし、禹《う》王のあとめを復興、夏王朝を祭って天に配合し、かつての財物をなくさずにすみました。いま、呉はこの過にも及びませんし、しかも越は少康より勢力があります。呉の国をゆたかにしようたってむりでしょう。句践《こうせん》は部下に親愛をしめし、恩恵をほどこします。恩恵をほどこせば人を失わず、親愛を示せば人は労をいとわぬもの。わが国と縄ばりが一つで代代仇敵のなかです。この際に攻略せずに、存続させようとなさるのは、天意にそむいて仇《あだ》をはびこらせることです。後日悔《くや》まれても追っつきません。姫《き》姓たる呉の衰微も時間の問題です。蛮族の間にはさまれて仇をはびこらせながら、諸侯の覇者になろうたって、だめにきまってます。」勧告はきいてもらえなかった。

伍《ご》員《うん》の勧告は、さらに哀公十一年の『左伝』にもつぎのごとく見える。

　呉が斉を討とうとした。越王が家臣をつれて宮廷にやって来た。呉王やその家臣らにみな賄賂がおくられ、呉の連中はみな喜んだ。ただ伍子胥だけは心配して、

「これはえさで呉をつるのだ」といい、王を諌めた、「越はわが国にとって、体内に巣くう病気です。縄ばりは一つで、わが国に野望をいだいているのです。やつの従順さは、野望をとげようためで、早く始末したほうがよろしい。斉をものにしたって、石だらけの田を手にいれるようなもの、使いみちがありません。越が沼地にならねば、呉は滅びます。医者に病気をとりのぞかせるのに、ぜひ病源をのこしておくようなんていうものはありません。盤庚《ばんこう》さまの告諭に、『ソレ顚越《てんえつ》不共（恭）ナルモノ有ラバ、則チ劓殄《ぎてん》シテ遺育スル無ク、茲《こ》ノ邑《くに》ニ種ヲ易《うつ》ラシムル無《なか》レ』とあります。これが商（殷《いん》）の興隆した理由です。いま、殿は違ったやりかたをとられ、それで強大になろうなんてむりです。」王はききいれない。

さて、『左伝』に見えるみぎの二度にわたる伍員の勧告は、実は『国語』にも記録されている。まず哀公元年の条に相当する記事は、呉語（十九）と越語（二十）の双方に見えるが、どちらも紀年はない。しかも、伍員の諌言の内容については、越の従順さが本心ではないこと、および人心の把握に専念することにふれるが、『左伝』の記載と共通する表現は全くない。一方、呉語と越語相互の間にもほとんど共通するものがない。つぎに、哀公十一年の条に相当する記事は、呉語（十九）にだけ見えるが、やはり紀年はない。

呉王の夫差は越に講和を許すと、軍隊に戒告して斉を攻撃しようとした。申胥（伍子胥）が王に勧告していった、「むかし、天がわが呉に越を賜わりましたのに、王さまはお受けになりませんでした。そもそも、天の命にはうらがあるものです。越王の句践《こうせん》はおそれて計画をかえ、まちがった法令をかえたり年貢を軽くしたり、民の喜ぶことをやり、いやがることを止め、じぶんはつましい生活をして民をゆたかにしました。その国民は生活力がさかんで、兵隊がふえました。越はわが呉にとって、体の中心部に病気があるようなもの……いま、王さまは天意にそむいて、斉を討とうとなさいますが、いったい、呉の民心は離れ、体に故障があるのです。たとえば群なすけものみたいに、一匹が矢をうけると、あちこちの群がみな逃げ腰になり、王さまは収拾のよしもありません。越軍はきっとやって来てわが方を襲います。王さま、そのとき後悔なすっても手おくれですよ。」王はききいれない。

この記事も、越の存在を「腹心の疾《やまい》」に喩えるほかは、内容ないし表現に『左伝』と共通するものを見いだしがたい。ただ、冒頭に紀年はないが、右の記載にすぐ続いて「十二年、そのまま斉を討った」とあるから、上記の事件も、呉王夫差の十二年

（哀公十一年）か、それをさかのぼることとあまり遠くない時期だとみてよかろう。いずれにしても、伍員の忠諫が前後二回——おそらく、越王句践が帰順した哀公元年と呉が斉攻撃を計画した哀公十一年とにわたったろうことは、諫言の内容に差違があっても、『左伝』と『国語』に共通する歴史事実である。

ところが、これらの事件は『史記』に至って、奇妙な書きかえが行なわれる。この場合は、連続して叙述されているため、ここに一一掲げる煩は避けよう。読者は更めて本冊に収めた「伍子胥列伝」中の三段（三三四、三三五、三三七ページ）を見られたい。司馬遷の記載では、哀公元年と十一年の中間に、伍員の忠諫事件がさらに一度よけいに挿入されているのだ。しかも、新たに加えられた記事に見える艾陵《がいりょう》における斉の敗北は、『春秋』哀公十一年五月の条に、つぎの如く明記されている。

甲戌《きのえいぬ》の日、斉の国書は軍をひきいて、呉と艾陵《がいりょう》に戦った。斉の軍は敗北し、斉の国書を捕えた。

さらに、『国語』にあっても、前記のようにそれを呉王夫差の十二年（哀公十一年）に属している。これはどうやら司馬遷が事実をまげ、わざわざ伍員の忠諫事件をさらに一度つけ加えた、と断定してよさそうである。おそらくかれは、伍員の勧告が二度まで棄却された事実に着目して、伍員が呉王より疎外されて自殺をよぎなくされる悲運の最終段階をより強調するために、さらに一度の勧告と棄却の事件を創造したのであろう。たしかにそれは史実の創造である。だが、暗愚の君主にあくまで忠誠をささげながらその身はいよいよ不幸に陥る、宿命的な人間のすがたを浮き彫りするのに、この創造はかなり効果をあげている。三段の記事とともに、「伍子胥諫曰……呉王不聴」という、全く同一の表現が反覆されていることが、一そうその効果を増す。それに、伍員の勧告の内容が回を逐ってことば数を増し（一五—五一—七四）、かつ複雑さを加えてゆくことも、巧みに計算された司馬遷の用意であろう。その証拠に、三段の記事は巻三十一「呉太伯世家」にも見え、その第一段における伍員の忠諫では、『左伝』の哀公元年のそれに引用されている「過氏の先例」がながながと語られ、かえって第二段・第三段と、ことば数が漸減している。さらに、伍員の三度の勧告は、巻四十一「越王句践世家」にも見え、そこでも勧告内容の数量に対する配慮はこらされていない。かれの最初の勧告は両断されていたり、各段の中間に越側の別の事件が挿入されていたりさえする。ただ伍員の三度の勧告はこのように三伝記を通じて見え、さすがに『史記』内部における矛盾だけは犯していない。伍員の勧告内容ないし表現が、三篇の伝記それぞれに異なっていることは、実は『史記』ではめずらしいケースである。この場合、『国語』に拠る部分はわずかで、大半が『左伝』に拠ることをも、附記しておこう。

さて、以上において、司馬遷が眼前の資料に対し消極的には選択を加え、積極的には書きかえ――一種の創造――を敢行して、かれが対象とする人間をつねに現実の面で最もありうべきすがたに描き、しばしば歴史的真実よりも文学的真実をうつすことに忠実であったことは、ほぼ了解されたであろう。ここに「創造」といい、「文学的真実」ともいったが、かれの工作はもはや明らかに文学の領域に奥深く踏みこんでいる。もっとも、ランケの如く「歴史は科学であると同時に芸術である」（桑原武夫『事実と創作』に拠る）とまでいわなくても、完全に科学でありうる歴史などこの世にないであろうが。とにかく、『史記』が久しきにわたって中国における小説の空白を埋めて来たゆえんもここにある。しかし、かの「太史公自序」などに見られる司馬遷の『史記』を著わすはげしくも誇りやかな抱負よりすれば、かれの意識では依然として栄光ある歴史を綴っていたに相違ない。いうならば、歴史と文学とはかれにあっては未分の状態にあったのである。

本書は『史記　上　春秋戦国篇』（朝日選書、一九九六年）に一部修正を加えて文庫化したものです。

本書には、今日の人権擁護の観点からは不適切な、身体障害者に対する差別的な表現があります。

本文中の「厲」という語は、ハンセン病を主に指しながらも、歴史的にはその他の皮膚病の可能性を含む言葉です。ハンセン病の罹患者やその家族は、病気への偏見から不当な差別を受けてきました。現代においてハンセン病は、感染力が弱く治療によって完治する病気であることも判明しています。

また、刺客が屠畜業に従事する記述がありますが、屠畜業への今なお存続する偏見によって、関係者が理不尽な差別にさらされている現代日本において、これは差別や偏見を助長するおそれがあり、今日の社会常識・人権意識に照らして不適切な表現であると考えます。

編集部は、一切の差別に与しません。しかし、『史記』の中国文学史における古典としての位置付けを考慮するとともに、編纂された古代中国の歴史的状況を踏まえた記述を正しく理解するためにも、著者のご遺族の了承を得て訳文に最小限の修正をおこなうにとどめました。（編集部）

史《し》記《き》 上《じょう》

春秋戦国篇《しゅんじゅうせんごくへん》

田中《たなか》謙二《けんじ》　一海《いつかい》知義《ともよし》

令和7年 4月25日　初版発行

発行者●山下直久

発行●株式会社KADOKAWA
〒102-8177　東京都千代田区富士見2-13-3
電話　0570-002-301（ナビダイヤル）

角川文庫 24633

印刷所●株式会社暁印刷
製本所●本間製本株式会社

表紙画●和田三造

◎本書の無断複製（コピー、スキャン、デジタル化等）並びに無断複製物の譲渡および配信は、著作権法上での例外を除き禁じられています。また、本書を代行業者等の第三者に依頼して複製する行為は、たとえ個人や家庭内での利用であっても一切認められておりません。
◎定価はカバーに表示してあります。

●お問い合わせ
https://www.kadokawa.co.jp/（「お問い合わせ」へお進みください）
※内容によっては、お答えできない場合があります。
※サポートは日本国内のみとさせていただきます。
※Japanese text only

©Toshiko Nakamura, Maki Ikkai, Mine Kanaizuka 1996, 2025　Printed in Japan

ISBN 978-4-04-400810-9　C0198

角川文庫発刊に際して

角　川　源　義

第二次世界大戦の敗北は、軍事力の敗北であった以上に、私たちの若い文化力の敗退であった。私たちの文化が戦争に対して如何に無力であり、単なるあだ花に過ぎなかったかを、私たちは身を以て体験し痛感した。西洋近代文化の摂取にとって、明治以後八十年の歳月は決して短かすぎたとは言えない。にもかかわらず、近代文化の伝統を確立し、自由な批判と柔軟な良識に富む文化層として自らを形成することに私たちは失敗して来た。そしてこれは、各層への文化の普及滲透を任務とする出版人の責任でもあった。

一九四五年以来、私たちは再び振出しに戻り、第一歩から踏み出すことを余儀なくされた。これは大きな不幸ではあるが、反面、これまでの混沌・未熟・歪曲の中にあった我が国の文化に秩序と確たる基礎を齎らすためには絶好の機会でもある。角川書店は、このような祖国の文化的危機にあたり、微力をも顧みず再建の礎石たるべき抱負と決意とをもって出発したが、ここに創立以来の念願を果すべく角川文庫を発刊する。これまで刊行されたあらゆる全集叢書文庫類の長所と短所とを検討し、古今東西の不朽の典籍を、良心的編集のもとに、廉価に、そして書架にふさわしい美本として、多くのひとびとに提供しようとする。しかし私たちは徒らに百科全書的な知識のジレッタントを作ることを目的とせず、あくまで祖国の文化に秩序と再建への道を示し、この文庫を角川書店の栄ある事業として、今後永久に継続発展せしめ、学芸と教養との殿堂として大成せんことを期したい。多くの読書子の愛情ある忠言と支持とによって、この希望と抱負とを完遂せしめられんことを願う。

一九四九年五月三日

角川ソフィア文庫ベストセラー

論語（上）
吉川幸次郎

東アジア最大の古典、論語。日本においても修養やリーダー論の軸として重視され、渋沢栄一や山本七平など、実業家や知識人に愛読されてきた。中国学で時代を築いた著者が語りかけるように解き明かす決定版。

論語（下）
吉川幸次郎

古来もっとも多くの日本人によって愛読されてきた中国古典、論語。中国における代表的な古注・新注にくわえ、江戸時代の日本の学者による注釈を参照。古今を超越した人生の知恵をひもとく。語句索引を収録。

論語
ビギナーズ・クラシックス 中国の古典
加地伸行

孔子が残した言葉には、いつの時代にも共通する「人としての生きかた」の基本理念が凝縮され、現代人にも多くの知恵と勇気を与えてくれる。はじめて中国古典にふれる人に最適。中学生から読める論語入門！

老子・荘子
ビギナーズ・クラシックス 中国の古典
野村茂夫

老荘思想は、儒教と並ぶもう一つの中国思想。「上善は水のごとし」「大器晩成」「胡蝶の夢」など、人生を豊かにする親しみやすい言葉と、ユーモアに満ちた寓話を楽しみながら、無為自然に生きる知恵を学ぶ。

韓非子
ビギナーズ・クラシックス 中国の古典
西川靖二

「矛盾」「株を守る」などのエピソードを用いて法家の思想を説いた韓非。冷静ですぐれた政治思想と鋭い人間分析、君主の君主による君主のための支配を理想とする君主論は、現代のリーダーたちにも魅力たっぷり。

角川ソフィア文庫ベストセラー

陶淵明
ビギナーズ・クラシックス 中国の古典

釜谷武志

自然と酒を愛し、日常生活の喜びや苦しみをこまやかに描く一方、「死」に対して揺れ動く自分の心を詠んだ田園詩人。「帰去来辞」や「桃花源記」ほかひとつひとつの詩を丁寧に味わい、詩人の心にふれる。

李白
ビギナーズ・クラシックス 中国の古典

筧久美子

大酒を飲みながら月を愛で、鳥と遊び、自由きままに旅を続けた李白。あけっぴろげで痛快な詩は、音読すれば耳にも心地よく、多くの民衆に愛されてきた。豪快奔放に生きた詩仙・李白の、浪漫の世界に遊ぶ。

杜甫
ビギナーズ・クラシックス 中国の古典

黒川洋一

若くから各地を放浪し、現実社会を見つめ続けた杜甫。日本人に愛され、文学にも大きな影響を与え続けた「詩聖」の詩から、「兵庫行」「石壕吏」などの長編を主にたどり、情熱と繊細さに溢れた真の魅力に迫る。

孫子・三十六計
ビギナーズ・クラシックス 中国の古典

湯浅邦弘

中国最高の兵法書『孫子』と、その要点となる三六通りの戦術をまとめた『三十六計』。語り継がれてきた名言は、ビジネスや対人関係の手引として、実際の社会や人生に役立つこと必至。古典の英知を知る書。

易経
ビギナーズ・クラシックス 中国の古典

三浦國雄

陽と陰の二つの記号で六四通りの配列を作る易は、「主体的に読み解き未来を予測する思索的な道具」として活用されてきた。中国三〇〇〇年の知恵『易経』をコンパクトにまとめ、訳と語釈、占例をつけた決定版。

角川ソフィア文庫ベストセラー

唐詩選
ビギナーズ・クラシックス 中国の古典

深澤一幸

漢詩の入門書として最も親しまれてきた『唐詩選』。李白・杜甫・王維・白居易をはじめ、朗読するだけで風景が浮かんでくる感動的な詩の世界を楽しむ。初心者にもやさしい解説とすらすら読めるふりがな付き。

史記
ビギナーズ・クラシックス 中国の古典

福島正

司馬遷が書いた全一三〇巻におよぶ中国最初の正史が一冊でわかる入門書。「鴻門の会」「四面楚歌」で有名な項羽と劉邦の戦いや、悲劇的な英雄の生涯など、強烈な個性をもった人物たちの名場面を精選して収録。

蒙求
ビギナーズ・クラシックス 中国の古典

今鷹眞

「蛍火以照書」から「蛍の光、窓の雪」の歌が生まれ、「漱石枕流」は夏目漱石のペンネームの由来になった。礼節や忠義など不変の教養逸話も多く、日本でも多く読まれた子供向け歴史故実書から三一編を厳選。

白楽天
ビギナーズ・クラシックス 中国の古典

下定雅弘

日本文化に大きな影響を及ぼした白楽天。炭売り老人への憐憫や左遷地で見た雪景色を詠んだ代表作ほか、家族、四季の風物、酒、音楽などを題材とした情愛濃やかな詩を味わう。大詩人の詩と生涯を知る入門書。

十八史略
ビギナーズ・クラシックス 中国の古典

竹内弘行

中国の太古から南宋末までを簡潔に記した歴史書から、注目の人間ドラマをピックアップ。伝説あり、暴君あり、国を揺るがす美女の登場あり。日本人が好んで読んできた中国史の大筋が、わかった気になる入門書！

角川ソフィア文庫ベストセラー

春秋左氏伝
ビギナーズ・クラシックス 中国の古典
安本 博

古代魯国史『春秋』の注釈書ながら、巧みな文章で人々を魅了し続けてきた『左氏伝』。「力のみで人を治めることはできない」「一端発した言葉に責任を持つ」など、生き方の指南本としても読める！

詩経・楚辞
ビギナーズ・クラシックス 中国の古典
牧角悦子

結婚して子供をたくさん産むことが最大の幸福であった古代の人々が、その喜びや悲しみをうたい、神々への祈りの歌として長く愛読してきた『詩経』と『楚辞』。中国最古の詩集を楽しむ一番やさしい入門書。

菜根譚
ビギナーズ・クラシックス 中国の古典
湯浅邦弘

「一歩を譲る」「人にやさしく己に厳しく」など、人づきあいの極意、治世に応じた生き方、人間の器の磨き方を明快に説く、処世訓の最高傑作。わかりやすい現代語訳と解説で楽しむ、初心者にやさしい入門書。

孟子
ビギナーズ・クラシックス 中国の古典
佐野大介

論語とともに四書に数えられる儒教の必読書。人の上に立つ者ほど徳を身につけなければならないとする王道主義の教えと、「五十歩百歩」「私淑」などの故事成語の宝庫をやさしい現代語訳と解説で楽しむ入門書。

大学・中庸
ビギナーズ・クラシックス 中国の古典
矢羽野隆男

国家の指導者を目指す者たちの教訓書である『大学』。人間の本性とは何かを論じ、誠実を尽くせと説く『中庸』。わかりやすい現代語訳と丁寧な解説で、今の時代に生きる中国思想の教えを学ぶ、格好の入門書。

角川ソフィア文庫ベストセラー

貞観政要
ビギナーズ・クラシックス 中国の古典
湯浅邦弘

中国四千年の歴史上、最も安定した唐の時代「貞観の治」を成した名君が、上司と部下の関係や、組織運営の妙を説く。現代のビジネスリーダーにも愛読者の多い、中国の叡智を記した名著の、最も易しい入門書！

呻吟語
ビギナーズ・クラシックス 中国の古典
湯浅邦弘

皇帝は求心力を失い、官僚は腐敗、世が混乱した明代末期。朱子学と陽明学をおさめた呂新吾が30年かけて綴った人生を諭す言葉。「過ちを認める勇気」「冷静沈着の大切さ」など、現代にも役立つ思想を説く。

墨子
ビギナーズ・クラシックス 中国の古典
草野友子

儒家へのアンチテーゼとして生まれ、隆盛を誇った墨家。その思想を読み解けば、「自分を愛するように他人を愛する＝兼愛」、「自ら攻め入ることを否定する＝非攻」など、驚くほど現代的な思想が見えてくる！

書経
ビギナーズ・クラシックス 中国の古典
山口謠司

四書五経のひとつで、中国最古の歴史書。堯・舜から秦の穆公まで、古代の君臣の言行が記されており、帝王学の書としても知られる。教えのもっとも重要な部分を精選。総ルビの訓読文と平易な解説の入門書。

荀子
ビギナーズ・クラシックス 中国の古典
湯浅邦弘

2300年前、今の「コンプライアンス」につながる考え方を説いていた思想家・荀子。「青は藍より出でて藍より青し」など、現代に残る名言満載の、性悪説にもとづく「礼治」の思想をわかりやすく解説！

角川ソフィア文庫ベストセラー

漢文脈と近代日本　齋藤希史

漢文は言文一致以降、衰えたのか、日本文化の基盤として生き続けているのか——。古い文体としてではなく、現代に活かす古典の知恵だけでもない、「もう一つのことばの世界」として漢文脈を捉え直す。

漢字文化の世界　藤堂明保

日本文化の源流をなす漢字文化。文字の成り立ちを解き明かすことで、古代中国の人々のものの見方、価値観、神話的な世界観を引き出すことができる。悠久の歴史をもつ大国の深淵に迫るアジア文明論。

四字漢語辞典　武部良明

わずか四文字に、深い意味や味わいのあるニュアンスを凝縮した四字漢語。表現に役立つ２１７０語をとりあげ、意味や由来、使い方を豊富な用例とともに解説。生き生きとした語彙が身につく辞典。

漢字使い分け辞典　武部良明

パソコン等で入力するとずらりと並ぶ変換候補。「伸ばす」／「延ばす」「正統」／「正当」……自分が使いたいのはどの候補？　迷いそうな熟語や漢字の意味、何故その使い分けなのかを丁寧に解説した漢字ガイド。

中国故事　飯塚朗

「流石」「杜撰」「五十歩百歩」などの日常語から、「帰りなん、いざ」「燕雀いずくんぞ鴻鵠の志を知らんや」などの名言・格言まで、１１３語を解説。味わい深い名文で最高の人生訓を学ぶ、故事成語入門。

角川ソフィア文庫ベストセラー

孫子の兵法
湯浅邦弘

『孫子』に代表される中国の兵法を、作戦立案やスパイ活用法などのテーマごとに詳しく解説。占いや呪いを重視する兵法と、合理的な兵法の特色を明らかにする。用語や兵書名がすぐにわかる便利な小事典付き。

漢文の語法
西田太一郎
校訂／齋藤希史・田口一郎

「これに勝る漢文文法書なし」との呼び声も高い名著を復刊。『論語』や『史記』など中国古典の名著から引いた一二七〇を超える文例を読み込むことで、漢字・文法の知識と理解を深めて確かな読解力を身につけよう。

論語と算盤
渋沢栄一

孔子の教えに従って、道徳に基づく商売をする――。日本実業界の父・渋沢栄一が、後進の企業家を育成するために経営哲学を語った談話集。金儲けと社会貢献の均衡を図る、品格ある経営人のためのバイブル。

龍の起源
荒川紘

奇怪な空想の怪獣がなぜ宇宙論と結びついたのか。西洋のドラゴンには、なぜ翼をもっているのか。なぜ、権力と結びついたのか。神話や民話、絵画に描かれた世界の龍を探索。龍とは何かに迫る画期的な書。

中国古代史
司馬遷「史記」の世界
渡辺精一

始皇帝、項羽、劉邦――。『史記』には彼らの善悪功罪の両面が描かれている。だからこそ、いつの時代も読む者に深い感慨を与えてやまない。人物描写にもとづき、中国古代の世界を100の物語で解き明かす。

角川ソフィア文庫ベストセラー

諸子百家
渡辺精一

孔子、老子、荘子、孟子、荀子、韓非子、孫子……乱世に現れ、熱弁を振るった多数の思想家。彼らに共通するのは、誠実であること、そして根底にある人間愛だった。人柄を読み解き、思想の本質を解き明かす。

倭人・倭国伝全釈
東アジアのなかの古代日本
鳥越憲三郎

「倭国」「倭人」は、古代中国の歴史書ではどのように記されてきたか。『漢書』から『旧唐書』まで11種の史書の倭人・倭国に関わるすべての記述を網羅。現代語で読み下し、注解と詳細な解説で明らかにする。

朝鮮半島史
姜在彦

大陸の動乱や諸外国の圧力に常に晒される半島的性格を持ちながら、2000年の歴史を紡いできた朝鮮。建国神話から日本による「併合」まで、隣国の動向も踏まえてその歩みを網羅する、入門に最適の1冊。

インド史
南アジアの歴史と文化
辛島昇

インダス文明から始まり、カースト制度の成立や仏教の誕生、列強による植民地化、そして独立運動に至るまで、5000年にわたる悠久のインド史を南アジア研究の大家が描き出す。写真40点を掲載。

アフリカの歴史
川田順造

人類誕生の舞台であり、民族移動や王朝の盛衰を経て、他者と共存するおおらかな知恵を蓄えたアフリカ大陸。現地調査を重ねた文化人類学者が、「世界史」の枠組みをも問い直す、文明論的スケールの通史。

角川ソフィア文庫ベストセラー

孔子　加地伸行

中国哲学史の泰斗が、孔子が悩み、考え、たどり着いた思想を、現代社会にも普遍的な問題としてとらえなおす。聖人君主としてだけではなく、徹底したリアリズムで、等身大の孔子像を描き出す待望の新版！

聖書物語　木崎さと子

キリスト教の正典「聖書」は、宗教書であり、良質の文学でもある。そのすべてを芥川賞作家が物語として再構成。天地創造、バベルの塔からイエスの生涯、そして黙示録まで、豊富な図版とともに読める一冊。

イスラーム世界史　後藤　明

肥沃な三日月地帯に産声をあげる前史から、宗教としての成立、民衆への浸透、多様化と拡大、近代化、そして民族と国家の20世紀へ——。イスラーム史の第一人者が日本人に語りかける、１００の世界史物語。

感染症の世界史　石　弘之

コレラ、エボラ出血熱、インフルエンザ……征服しては新たな姿となって生まれ変わる微生物と、人類は長い「軍拡競争」の歴史を繰り返してきた。40億年の地球環境史の視点から、感染症の正体にせまる。

鉄条網の世界史　石　弘之 石紀美子

鉄条網は19世紀のアメリカで、家畜を守るために発明された。一方で、いつしか人々を分断するために用いられていく。この負の発明はいかに人々の運命を変えたのか。全容を追った唯一無二の近現代史。

角川ソフィア文庫ベストセラー

東方見聞録

マルコ・ポーロ
訳・解説／長澤和俊

ヴェネツィア人マルコは中国へ陸路で渡り、フビライ・ハーンの宮廷へと辿り着く。その冒険譚はコロンブスを突き動かし、大航海時代の原動力となった。現地を踏査した歴史家が、旅人の眼で訳し読み解く。

古代への情熱

H・シュリーマン
池内　紀＝訳

ドイツに生まれたシュリーマンは、大学を諦め、雑貨店などを転々としたのち、商人として成功する。その資金を元手に、トロヤ発掘へ邁進し、ついに大発見へと至った。考古のロマンへ、世界中を駆り立てた名著。

白隠
禅画の世界

芳澤勝弘

独特の禅画で国際的な注目を集める江戸時代の名僧、白隠。その絵筆には、観る者を引き込む巧みな仕掛けと、言葉に表せない禅の真理が込められている。作品図版の分析から時空を超えた叡智をよみとく決定版。

最澄と空海
日本仏教思想の誕生

立川武蔵

日本仏教千年の礎を築いた最澄と、力強い思考から密教の世界観を樹立した空海。アニミズムや山岳信仰の豊穣をとりこみ、インドや中国とも異なる「日本型仏教」を創造した二人の巨人、その思想と生涯に迫る。

東方の言葉

中村　元

「自己を灯火とし、自己をよりどころとせよ」（大ニッバーナ経）。仏教・東洋思想の碩学が、自身が感銘をうけた60の至言を解説。宗派や既成宗教の制約をこえて心を揺さぶる、現代人が生きるための指針の書。

角川ソフィア文庫ベストセラー

禅と日本文化 新訳完全版
鈴木大拙
碧海寿広＝訳

禅は悟りの修行であり、水墨画、剣術、武士道、俳句、茶道など、日本の文化や生活のあらゆる領域に浸透している。欧米に禅を広め、大きな影響力をもった大拙の代表作。その全体像を日本語訳した初の完訳版。

東洋的な見方
鈴木大拙

英米の大学で教鞭を執り、帰国後に執筆された、大拙自ら「自分が到着した思想を代表する」という論文十四編全てを掲載。東洋的な考え方を「世界の至宝」と語る、大拙思想の集大成！　解説・中村元／安藤礼二

華厳の研究
鈴木大拙
杉平顗智＝訳

仏の悟りの世界はどのようなものか。どうすればそこに至ることができるのか。鈴木大拙が人生最後の課題として取り組んだもの、それが華厳教の世界であった。安藤礼二氏による解説も付して再刊する、不朽の名著。

三国志演義 1
羅貫中
立間祥介＝訳

二世紀末、宦官が専横を極め崩壊寸前の漢王朝。劉備、関羽、張飛の三豪傑が乱世を正すべく義兄弟の契りを結び立ち上がる——。NHK人形劇で人気を博した立間祥介訳で蘇る壮大なロマン！

三国志演義 2
羅貫中
立間祥介＝訳

曹操に大敗した劉備玄徳、稀代の策士・諸葛孔明を三顧の礼をもって軍師に迎え、ついに赤壁の戦いへ——。孔明、七星壇を築いて東風を起こし、八十万の曹操軍が火の海に包まれる！　怒濤の第二巻。

角川ソフィア文庫ベストセラー

三国志演義 3
羅貫中
立間祥介＝訳

ついに劉備は蜀を獲得するが、関羽と張飛を失い悲嘆に暮れる——。魏では曹丕が帝位を奪い、英傑たちの思いを受け継いだ次世代による戦いの幕が開ける。NHK人形劇で人気を博した立間祥介訳で蘇る壮大なロマン！

三国志演義 4
羅貫中
立間祥介＝訳

劉備の悲願を受け継いだ諸葛亮は「出師の表」を奉呈し北伐へ挑む。魏では司馬一族が実権を握り、晋によってついに天下は統一へ——。歴史超大作ここに完結！　NHK人形劇で人気を博した立間祥介訳で蘇る壮大なロマン！

神曲　地獄篇
ダンテ
三浦逸雄＝訳

闇の森に迷い込んだダンテが、師ウェルギリウスに導かれ、生き身のまま地獄の谷を降りてゆく。壮大な叙事詩の第一部。全篇ボッティチェリの素描収録。「これはダンテが遺した文字の時限爆弾だ」（島田雅彦）

神曲　煉獄篇
ダンテ
三浦逸雄＝訳

地獄を抜けたダンテは現世の罪を浄める煉獄の山に出る。罪の印である七つのPを額に刻まれ、ベアトリーチェの待つ山頂の地上楽園を目指す第二部。「父・逸雄が挑んだ全人類の永遠の文化財」（三浦朱門）

神曲　天国篇
ダンテ
三浦逸雄＝訳

永遠の女性ベアトリーチェと再会し、九つの天を昇りはじめたダンテ。聖なる魂たちと星々の光が饗宴する中、天上の至高天でついに神の姿を捉える第三部。「文学の枠を越え出た、表現の怪物」（中沢新一）